Tardes con el emperador

SERGIO MARTÍNEZ

Tardes con el emperador

Grijalbo

Papel certificado por el Forest Stewardship Council®

MIXTO
Papel | Apoyando la
silvicultura responsable
FSC
www.fsc.org
FSC® C117695

Penguin
Random House
Grupo Editorial

Primera edición: julio de 2024

Printed in Spain – Impreso en España

ISBN: 978-84-253-6822-6
Depósito legal: B-9.213-2024

Compuesto en Llibresimes, S. L.

Impreso en Liberdúplex
Sant Llorenç d'Hortons (Barcelona)

GR 6 8 2 2 6

LIBRO PRIMERO

EL REY SIN CORONA

1

Muy alto y poderoso y muy católico príncipe

No había manera. Tumbado de espaldas en el camastro de mi cuarto, la lengua se me trababa cada vez que intentaba recitar de carrerilla la interminable lista de títulos tantas veces repetidos:

—Muy alto y poderoso y muy católico príncipe; invicto..., ¡no!, invictísimo emperador y señor nuestro; rey de España, Nápoles, Sicilia y Cerdeña, conde..., ¡no!, duque de Borgoña y archiduque de Austria...

Sabía que dichos títulos ya no le correspondían y que su vasto imperio había quedado desmembrado tras su renuncia al trono, pero lo último que deseaba era faltarle al respeto, de modo que me empeñaba en aprender de memoria el interminable listado de sus honores, tan extenso como para llenar un pliego por ambas caras. Aún me costaba creerlo: aquel día, ¡aquella misma tarde!, iba a conocer al que había sido el monarca más poderoso del mundo. Sí, en unas horas estaría frente al emperador Carlos, el César, ahora apartado del mundo en su voluntario retiro al monasterio jerónimo de Yuste, el lugar más remoto del reino, encerrado entre montañas y ahogado en la espesura de interminables bosques de robles.

Que yo estuviera allí, y en dicha situación, se debió solo a un cúmulo de coincidencias. Quién sabe por qué, después de una vida dedicada solo a navegar y conquistar nuevas tierras a golpe de lágrimas, fuego y espada, un iletrado como yo decidió un día que debía aprender a leer. Podría decir que fue un intento de conseguir en la vejez lo que me venía reconcomiendo desde muchos años atrás, pues siempre vi que aquellos que sabían leer y escribir terminaban alcanzando los puestos y los honores que los demás solo podíamos contemplar con admiración o con envidia, que son dos sentimientos tan cercanos que con frecuencia se confunden. Sin embargo, mis días de gloria ya habían quedado atrás. Cuando necesité leer no sabía y mi vida discurría ahora por unos derroteros en los cuales el mayor de los honores no era disfrutar de un título o recibir la pleitesía de nadie, sino poder levantarme cada día por mi propio pie, salir a trabajar mis campos y comer de lo que yo mismo cultivaba. Por ello, si soy sincero, creo que lo que me espoleó fue el escuchar cómo tantos autores, algunos de los cuales ni siquiera habían puesto un pie en las Indias, mentían con descaro al referirse a los hechos que yo, entre otros muchos, había protagonizado en aquellas lejanas tierras. Tal fue mi empeño en aprender a leer que pagué a un escribano de Toledo para que me diese lecciones. Al ver mis manos de agricultor, gruesas y ajadas por el trabajo en el campo, intuí que quería preguntarme por el motivo de aquella ansia repentina. Sin embargo, se guardó su curiosidad y se aplicó en su labor. El pobre se desesperaba con razón ante mi torpeza, pero andaba mal de dinero y no le quedaba más remedio que agachar la cabeza y resoplar. Al final, tras un agotador esfuerzo, fui capaz de leer con cierta soltura e incluso de escribir de manera inteligible.

Un día, sin embargo, la curiosidad le pudo y me preguntó por qué me empeñaba en aprender a leer y escribir a tan avanzada edad. Cuando le dije que quería acceder a los libros escritos por los grandes cronistas de las Indias y refutar sus mentiras, me preguntó:

—¿Y ya sabes dónde encontrarás esos volúmenes?

No lo sabía. Me habían llegado comentarios, retazos…, aunque siempre por boca de otros, y no me había parado a pensar cómo podría llegar a la fuente original.

—En ese caso —me dijo él, muy acertado—, eso es lo primero que deberías hacer. Busca esos textos que tanto criticas y practica con ellos tu lectura: no tendrás mejor maestro.

En el fondo creo que el escribano lo decía para librarse de mí; no me extraña. No obstante, la idea no era mala y decidí hacerle caso. Pregunté a varios hombres ilustres de la ciudad, por ver si ellos tenían los volúmenes que buscaba, pero mis pesquisas lograron poco fruto. Hasta que un día alguien me dio la pista que necesitaba: si quería conocer lo que se había escrito sobre las Indias, la mejor biblioteca sería la del monasterio de Yuste, adonde el emperador Carlos se había dirigido tras renunciar al trono. Al principio deseché la idea, pues encaminarme a Gredos y dejar mi casa y mi huerto desatendidos no era demasiado prudente; sin embargo, cuando reflexioné más detenidamente sobre ello, me di cuenta de que llevaba demasiado tiempo sin salir de la ciudad, atado a mi casa y a mis tierras más por comodidad que por necesidad y que, en definitiva, no me vendría mal cambiar de aires y emprender una nueva misión —quién sabe si la última— tras tanto tiempo en dique seco.

De modo que, lleno de ilusión y con el corazón acelerado, me puse en camino desde Toledo hasta Yuste, en la apartada comarca de La Vera. Cuatro días me llevó la tarea, cruzando interminables campos de encinas, tan secos en aquella época del año que apenas podía respirar por el polvo atravesado en la garganta. Tenía más de sesenta años y, aunque el corazón todavía respondía con frescura a los esfuerzos, no estaba para acometer los trabajos de mi juventud, por lo que buscaba con ahínco los recodos de sombra del camino para dar un respiro a mi frente sudorosa y a mis cansadas piernas. Una vara de avellano me ayudaba en las cuestas y en las quebradas a modo de cayado de pastor, y un morral con queso, pan y tasajo era mi compañero cuando al llegar el ocaso había de dejar el sendero y descansar. Lo cierto es que el último día mis piernas se habían acostumbrado ya a las caminatas y me sentía especialmente ágil y dispuesto; pero el camino se acababa —siempre se acaba— y me acercaba por fin a mi destino.

Atravesé un pequeño pueblo, al que luego volveré a referirme y, tras superar un último repecho, llegué al monasterio. Dejé la vara de avellano a un lado y sacudí mis ropas para mostrarme lo más presentable posible, pues de tanto polvo acumulado parecían grises y no negras. Un muro de piedra cerraba el recinto, pero la puerta estaba abierta, de modo que entré. Nada más cruzarla me salió al paso uno de los monjes. Llevaba un hábito blanco y un escapulario marrón y me miró fijamente.

—Perdón, hermano... —dije inclinando la cabeza.

Él se puso un dedo delante de los labios sin dejar de mirarme, aunque no lo hizo con reproche. Se dio media vuelta y comenzó a caminar en dirección al edificio del monasterio. Como no sabía qué hacer, fui tras él sin más y entré en un hermoso claustro lleno de plantas y flores, y mucho más fresco que el insufrible ambiente del exterior. El monje se detuvo un momento y, con un leve ademán, me indicó que lo siguiera por una de las galerías hasta el refectorio. Era la hora del almuerzo y vi a otros muchos monjes que se dirigían también al comedor, en fila y en riguroso silencio, como una procesión de penitentes. El monje me invitó a entrar y me señaló una banqueta de madera para que me sentase. Así lo hice, como los demás, hasta el momento en que el prior entró y todos nos pusimos en pie. Era ya anciano, muy enjuto y de gesto adusto, y tenía un ojo blanco. Levantó una mano con dificultad y, tras inclinar la cabeza, todos los monjes se sentaron de nuevo. Al poco vinieron unos novicios sirviendo una sopa tan transparente como el agua del río. Me moría de ganas por preguntar qué hacía allí; mas, como todos guardaban un silencio sepulcral, no me atreví a hablar y solo abrí la boca para sorber la sopa tratando de hacer el menor ruido posible.

Después del insulso caldo, vino un pescado hervido, que no supe identificar, acompañado de unas verduras cocidas tan sosas y desangeladas que hicieron que echase de menos el queso, el pan y el vino de mi morral, y que prefiriese la soledad de las noches bajo las estrellas a aquel opresivo silencio. La gente no suele entender que, a veces, la soledad es el más preciado de los lujos.

Terminé la frugal comida preguntándome si los monjes seguirían esa dieta tan triste todos los días. Supuse que habría sido un mal día del cocinero, pues algo así a diario parecía más difícil de soportar que el voto de castidad. Por fin sirvieron un dulce hecho con yemas para cerrar la comida. Estaba tan sabroso y su textura era tan cremosa que aquello me reconcilió con el cocinero y me evitó soltar la primera maldición del día.

Los monjes se levantaron y salieron en fila del refectorio, en riguroso silencio y mirando al suelo. Esperé hasta que me tocó el turno y me uní al desfile, sin tener claro a dónde demonios me tocaría dirigirme; en cuanto dejé la sala noté una mano en el hombro y me volví.

—¿Has reconfortado tu cuerpo? —me preguntó el monje que poco antes me había mandado callar.

—Sí —dije—, no recuerdo haber tomado una comida tan sabrosa desde hace tiempo.

Sonrió de manera casi imperceptible.

—Eso está bien: para acometer cualquier trabajo es preciso haber satisfecho primero el estómago.

Pensé en la cantidad de veces que había emprendido esfuerzos sobrehumanos después de días sin comer, aunque lo guardé para mí.

—Gracias, hermano. Habéis sido muy amables invitándome a compartir vuestra mesa.

Él inclinó la cabeza y me preguntó:

—Ahora que ya estás saciado, cuéntame qué te trae al monasterio.

«Saciado» no era precisamente la palabra, pero no dije nada. Inspiré hondo y le conté mi propósito y el deseo que tenía de acceder a los libros que allí se atesoraban. Él reflexionó por unos instantes y luego me dijo:

—Te han informado mal: el monasterio guarda muchos volúmenes, aunque no los que necesitas. Si lo que quieres conocer es lo que se ha escrito sobre las Indias, la mejor colección no es la nuestra, sino la que posee el propio emperador. La trajo consigo y se guarda en su palacete.

Levanté la vista y aprecié que, en efecto, adosado al monasterio había un edificio de más reciente construcción y que debía de ser el «palacete» al que se refería el monje.

—Creo que sé cómo ayudarte —prosiguió—. Espera en el claustro y trataré de conseguirte una entrevista con el mayordomo del emperador. ¿Cómo debo presentarte?

—Como Martín del Puerto; así me conocen...

—Está bien.

Quise decirle que aquello era demasiado y que no quería causar molestias innecesarias, pero no me dio tiempo a responder, de modo que me quedé esperando, como me sugirió. Cerré los párpados y me dejé arrullar por el canto de los pájaros, el murmullo del agua de las fuentes y el silbido del viento entre las hojas de los álamos. En aquel momento pensé en lo feliz que se puede ser con tan poca cosa y me pregunté si aquella vida monacal de silencio, paz, meditación y penitencia no sería, en el fondo, la mejor que una persona podía llevar en este mundo. Un hombre extraordinario, con algo de ángel y mucho de demonio, al que conocí y con el que viví mis mayores penurias en las Indias, lo aprendió cuando quizá era demasiado tarde. Hablaré mucho de él, aunque no todavía.

Al cabo de un rato unas pisadas que se aproximaban me sacaron de mis pensamientos y mis recuerdos. Abrí los ojos y vi que se acercaba el monje que me había recibido.

—El mayordomo te atenderá en unos instantes. Parece que le ha interesado tu deseo de conocer la biblioteca. Puedes estar contento: es el hombre con más poder aquí; casi más que el emperador, se podría decir.

—Muchas gracias, hermano...

—Gabriel.

—Hermano Gabriel, habéis sido muy amable conmigo. Bien se nota que Dios está con vos y en este santo lugar.

Él inclinó la cabeza y me indicó con la mano hacia dónde

debía dirigirme. Caminé hasta llegar al palacete y entré por una puerta que conducía a una sala de buen tamaño, aunque por estar en la planta baja reinaba la penumbra. En su interior pude apreciar a un hombre sentado tras un gran escritorio lleno de legajos. Tenía una poblada barba, algo rojiza, que compensaba su acusada calvicie. Parecía algo más joven que yo y, por su vestimenta, se veía bien que pertenecía a la nobleza.

—Buenos días, señor —comencé—. Mi nombre es...

—Martín del Puerto; eso me han dicho.

Y mientras lo decía, lo apuntó en un cuaderno que tenía abierto sobre la mesa.

—Fray Gabriel me ha dicho que estuviste en las Indias y que ahora deseas acceder a algunos libros de la biblioteca del emperador. ¿Es así?

En realidad, no había pensado en consultar la biblioteca del emperador hasta que fray Gabriel lo mencionó, pero efectivamente aquel era mi deseo.

—Así es, señor; me gustaría leer esas páginas y comprobar si mintieron o no sus autores, como algunos comentarios me han hecho sospechar.

—Los comentarios y la verdad no son buenos amigos, pero para dirimir esas disputas tendrás que valerte tú solo; sin embargo, hay otro asunto —dijo mientras se atusaba la barba— en el que creo que podríamos sernos de mutua ayuda.

No tenía ni la menor idea de en qué podría ayudarle, pero asentí en silencio. Entonces me preguntó:

—¿Por qué crees que el emperador se ha retirado a este lugar?

La pregunta me sorprendió, aunque todo estaba resultando tan extraño que me aventuré a contestar sin pararme a pensar en lo rara que era la cuestión.

—Si de entre todos los magníficos lugares que este reino posee el emperador ha escogido el rincón más apartado de todos, para estar acompañado solo por el trinar de los pájaros, y por monjes que apenas hablan y por consejeros que hacen preguntas complicadas, supongo que lo habrá hecho para olvidar, para alejarse del mundo y para vivir en paz. ¿No es así?

—No soy su consejero y de tus tres respuestas solo has acertado una. El emperador busca aquí la paz, sí, pero si ha escogido este monasterio no ha sido para alejarse del mundo ni para olvidar, sino para tener la quietud necesaria para reflexionar.

—¿Reflexionar?

—Sí, reflexionar sobre sí mismo, sobre su obra, sobre la cristiandad... y sobre Dios. Su fin está cercano y quiere entrar en los cielos con el corazón limpio y el alma serena.

Incliné la cabeza con respeto.

—Si es así —dije—, me parece que el emperador demuestra tanta sabiduría al despojarse de sus honores como cuando los ostentaba.

—Así es; no he conocido a nadie tan sabio y con tanta dignidad como él; y lo sé muy bien, pues le he servido durante más de treinta años. Y ahora, por extraño que te parezca, creo que tú también podrías ayudarle.

Agaché la cabeza de nuevo y dije:

—Por supuesto que haré lo que sea preciso, pero ¿qué puede desear de mí el emperador?

—El emperador no quiere nada de ti. De hecho, ni siquiera sabe que existes ni que te encuentras aquí en este momento. Aun así, te necesita.

La cabeza me daba vueltas y a cada palabra de mi interlocutor entendía menos.

—Perdonadme, señor, no comprendo nada. Haré lo que esté en mi mano por ayudar al emperador, como siempre he hecho, pero me resultará difícil si no sé lo que necesita ni en qué puedo serle útil.

El misterioso hombre inspiró hondo mientras me miraba, como tratando de leerme el pensamiento; si realmente lo intentó no creo que fuera capaz de extraer mucho, dado el batiburrillo de ideas que cruzaba mi cabeza.

—Desde hace unos meses el emperador decidió renunciar

definitivamente a sus cargos y retirarse a reflexionar, como te he dicho. No obstante, cuando uno ha tenido en sus manos el destino del mundo, convendrás conmigo en que esa tarea es harto difícil. Cada día llegan a este lugar decenas de cartas para informarle de cómo van las cosas fuera de estos muros, y el emperador es incapaz de recordar que ya no ostenta sus cargos, y que sus responsabilidades cesaron cuando entregó su corona. Lee los mensajes con atención, se preocupa por lo que contienen y trata desesperadamente de encontrarles solución. Si le hablan de una derrota, busca en su mente alguna que él sufrió, procurando rescatar la lección aprendida, y aquel recuerdo le hiere; si le cuentan de una traición, revive cuando él mismo fue traicionado y monta en cólera. Nada de eso le conviene, lo sé. Su salud es muy frágil y su cuerpo soporta cada vez peor las alteraciones y los disgustos. Es como una montaña de arena a la que el mar va lamiendo la base: solo puede esperarse que vaya a peor. Necesita calma y por eso quiero que su mente vuele lejos de las preocupaciones que un día fueron las suyas y se entretenga escuchando las historias de otras tierras que le pertenecieron y que solo le proporcionaron alegrías.

Estaba empezando a comprender lo que aquel hombre me decía, aunque el dibujo no terminaba de perfilarse.

—¿Os estáis refiriendo a las Indias?

—¿A qué si no? —exclamó alzando los hombros—. El emperador hubo de luchar con los franceses, con los turcos, con el papa, con los luteranos..., y cada vez que conseguía poner paz en un frente, era otro el que demandaba su atención. ¿Por qué crees que su cuerpo dijo «basta»? Sin embargo, yo que le he conocido como pocas personas lo han hecho, mejor aún que su propio hijo, sé que la conquista de las Indias fue para él el consuelo que apaciguaba todos los demás pesares. Es cierto que también le dio quebraderos de cabeza, y que hubo de enfrentarse a graves dilemas morales, pero en su conjunto fue el escenario en el que disfrutó de más recompensas. Y no solo por el oro de Veragua o la plata de Zacatecas, como algunos críticos piensan, sino porque en aquellas tierras pudo dar forma al proyecto de expansión de la cristiandad que tantos disgustos le acarreó en Europa. Por eso te necesita: si estuviste presente en la conquista de las Indias, nadie como tú puede aliviar el dolor del emperador haciéndole partícipe de aquello que tanta felicidad le procuró.

Noté un escalofrío en la espalda y me costó tragar saliva para contestar.

—Señor…, no soy más que un pobre ignorante, hasta hace unos meses no sabía ni leer… ¿No dispone el emperador de buenos consejeros que le cuenten las nuevas?

—El trabajo de los consejeros no es referir la verdad, sino ocultarla… o disfrazarla al menos. No es eso lo que nuestro señor necesita.

—¿Y los cronistas? No deben faltar los que hayan narrado lo que allí ocurrió. De hecho, esa era la razón de mi visita.

—¿Cronistas? Fray Gabriel me refirió que viniste aquí porque los repudias. Los cronistas acomodan la realidad para que se ajuste a sus discursos. No los quiero aquí. Tú eres un hombre sencillo, Martín; se ve en tus ojos. No quiero que inventes, ni que fantasees, ni que disfraces la realidad creyendo que con ello harás más dichoso al emperador. Solo háblale de lo que hiciste, de tus trabajos, de las maravillas de aquellas tierras y mares. Quizá me equivoque, pero creo que eso será un gran consuelo para nuestro señor y le ayudará a alejar su mente de otros muchos asuntos que ya ningún bien puede hacerle recordar, aunque no sea más que por unos días. Si aceptas y cumples tu cometido, me encargaré de que puedas acceder a todos los libros que necesites, salvo a los que no esté permitido, por supuesto.

Reflexioné sobre sus palabras. Aunque el encargo me asustaba, al mismo tiempo sentía que, si podía ser de utilidad a mi señor, no podía negarme a ello bajo ningún pretexto. Levanté la mirada y él leyó en ella mi determinación antes de que pronunciase palabra.

—Está bien, señor. Haré como me pedís. Serviré a mi emperador una vez más, si eso es lo que necesita. Solo tengo dos condiciones.

El hombre se mostró sorprendido por mi atrevimiento.

—Dime, y veré si está en mi mano aceptarlas.

—La primera es que deseo estar a solas con él cuando hablemos. Hay cosas que habré de contar de las que no me siento orgulloso y quiero que queden solo entre el emperador y yo.

—Está bien —dijo—, pero si, en vez de alegrarse, veo que el emperador se entristece o se pone melancólico te preguntaré sobre lo que habéis hablado, ¿de acuerdo?

—De acuerdo —respondí.

—¿Y la segunda condición?

—Es muy sencilla, aunque irrenunciable: exijo no tener que volver a comer con los monjes o cerraré mi boca hasta el día de mi muerte.

Su carcajada resonó en la sala y por primera vez sentí que los nervios me abandonaban.

—Para eso creo que podemos encontrar una solución. Mientras estés aquí, comerás con los servidores del emperador, no en el refectorio. Podrás dedicar las mañanas a lo que más te plazca, pues el emperador se levanta tarde y tiene las horas ocupadas hasta el almuerzo con sus oraciones y con los cuidados de los doctores. Será por la tarde, después de la siesta y antes de la misa de ocho, cuando te verás con él.

Asentí en silencio.

—Por cierto, mi nombre es Luis de Quijada, señor de Villagarcía de Campos. Si necesitas algo, házmelo saber; aunque, como ya te he dicho cuál es tu tarea, espero que no me molestes mucho.

—¿Vos residís también aquí?

—No, mi casa está en la aldea de Cuacos; supongo que has pasado por ella al venir, salvo que hayas atravesado el monte por los senderos de las cabras. El emperador quiere que mi mujer y nuestro... —aquí hizo una pausa y carraspeó—, en fin, quiere que mi mujer venga también a residir aquí conmigo. En todo caso, eso es algo que no te incumbe. Te sirve con saber que, si en algún momento me buscas, y espero que no sea así, es más fácil que me encuentres aquí que en mi propia casa. ¿Precisas algo más?

Pensé si me hacía falta algo más, y no se me ocurrió nada.

—En ese caso —dijo él—, uno de los camareros te acompañará a tus aposentos. Ahora puedes retirarte a descansar hasta que te reclame para reunirte con el emperador.

El corazón me dio un vuelco.

—¿Cómo?, ¿hoy mismo lo veré? —pregunté sorprendido.

—Por supuesto, ¿pensabas acaso que esto era una fonda?

—¿Y de qué le hablaré? Necesitaría un poco de tiempo para poner en orden mis recuerdos.

—Ese ya ha dejado de ser mi problema, pero te daré un consejo: al emperador le aburren las crónicas. Haz que te vea como un hombre, no como un libro.

Y con aquellas palabras regresó a sus papeles y me dejó solo y desconcertado. No me había repuesto de la sorpresa cuando apareció un joven que me indicó que lo siguiera. Juntos recorrimos un pasillo con dependencias a ambos lados: almacenes, bodegas, una botica... Había sirvientes por todas partes y todos parecían muy afanados en su trabajo. Nadie reparó en mí, por lo que supuse que estarían acostumbrados a la llegada de visitas. Tras caminar unos pasos más, el joven abrió una puerta y me mostró mi alcoba: un pequeño cuarto en el que solo cabía una cama, una mesita y una silla; apenas había sitio para moverse dentro y la única luz provenía de una diminuta ventana alta, de suerte que por ella no se veía el exterior salvo subiéndose a la silla.

—Bienvenido —me dijo.

—Te llamas...

—Josepe, señor; y os serviré en todo aquello que necesitéis.

Iba a dar las gracias al muchacho y a preguntarle qué se suponía que debía hacer mientras no estuviese con el emperador cuando vi que la puerta se cerraba y me quedaba solo en la habitación. Colgué mi morral en el respaldo de la silla y me tumbé en la cama. A pesar de la estupefacción que me invadía en aquel momento, el cansancio del viaje y las emociones hicieron mella en mí y me quedé dormido mientras iba recitando los innumerables títulos del emperador:

—Muy alto y poderoso y muy católico príncipe...

2

A solas ante el César

Al cabo de poco más de una hora de aquel primer sueño en Yuste, el aporreo sobre la puerta me despertó. En mi letargo, pensé que me encontraba de nuevo en un barco, cruzando la mar Océana, y que los golpes que escuchaba eran los crujidos de las cuadernas. Al final conseguí salir de mi sopor. Aun así me costó ubicar dónde y en qué momento del día me hallaba y tuve que darme una bofetada para situarme: estaba en Yuste. El golpeteo volvió a sonar y me levanté dando tumbos para abrir la puerta.

—¿Estás listo? —me preguntó Luis de Quijada.

Me imaginé que la respuesta iba implícita en la pregunta, y el mayordomo me lo confirmó:

—Vamos, el emperador te espera.

Me froté el rostro y me compuse un poco el pelo para que no se notase demasiado que me acababa de despertar. Todavía me sentía embotado y tenía miedo de que el emperador me creyese idiota nada más verme. Aunque, por otra parte, quizá aquella fuese una buena manera de escapar de aquel embrollo en el que me había metido y que me tenía amedrentado.

Quijada caminaba a buen paso y no miraba atrás. Finalmente llegamos ante una puerta cerrada, ni más grande ni más pequeña que las demás, en la planta superior del palacete. Golpeó con los nudillos y entró sin esperar respuesta, invitándome a pasar. Me había imaginado un gran salón de audiencias, lleno de enormes tapices y alfombras, de modo que me sorprendí al comprobar que las dimensiones de la sala eran más bien modestas. Contaba, eso sí, con una gran ventana al sur y disponía de una voluminosa estufa que irradiaba un calor sofocante en toda la estancia.

Quijada se hizo levemente a un lado y fue entonces cuando lo vi. Solo una vez había contemplado un retrato suyo, pero lo que tenía ante mis ojos se parecía bien poco a aquel cuadro: el emperador era un anciano, sin apenas pelo, con una barba rala y canosa y la espalda encorvada. Su piel era blanquecina, casi transparente, como si no hubiese recibido nunca los rayos del sol. Y sus ojos azules, clarísimos, estaban hundidos en las cuencas y parecían carecer de vida. Estaba sentado en un sillón de madera con cojines y tenía un armatoste para apoyar el pie. Parecía cargar sobre los hombros un pesado fardo, tal era la sensación de abatimiento que transmitía.

Me acerqué despacio y, postrándome de hinojos, comencé a recitar mi cantinela con voz trémula:

—Muy al… alto y poderoso y… y muy católico príncipe…

—… por la divina clemencia, Emperador Semper Augusto —me interrumpió él, con una voz potente que no supe cómo podía salir de aquel cuerpo decrépito—, rey de Alemania, por la gracia de Dios, rey de Castilla, de León, de Aragón, de las Dos Sicilias, de Jerusalén, de Navarra, de Granada, de Toledo, de Valencia, de Galicia, de Mallorca, de Sevilla, de Cerdeña, de Córdoba, de Córcega, de Murcia, de Jaén, de los Algarves, de Algeciras, de Gibraltar, de las islas de Canaria, de las Indias, islas y tierra firme del mar Océano, conde de Barcelona, señor de Vizcaya y de Molina, duque de Atenas y de Neopatria, conde de Rosellón y de Cerdaña, marqués de Oristán y de Gociano, archiduque de Austria, duque de Borgoña y de Brabante, conde de Flandes y de Tirol, etcétera, etcétera, etcétera.

El silencio se hizo en la sala; mientras, en las paredes rebotaba todavía el eco de sus palabras, teñidas por su fuerte acento. No me atrevía siquiera a pestañear.

—Quizá he olvidado algún título —dijo con una casi inapreciable sonrisa—. De todos modos, ahora esos honores no son más que polvo sobre mis ropas.

Y según lo decía se sacudió el negro jubón con la mano derecha. En ese momento reparé en que sus dedos estaban tan agarrotados y deformes que tenían aspecto como de garra de águila o de raíz de olivo.

—Yo, yo... —balbuceé.

—Levántate: a nuestra edad ya no estamos para andar arrodillándonos; yo no puedo y tú no debes. Y, sobre todo, olvida tus miedos. He sido el hombre más poderoso del mundo, mas ahora no soy más que un pobre anciano que apenas puede valerse, un pobre despojo... ¿Te inspiro temor, acaso? ¿Crees que puedo causarte algún daño?

Negué con la cabeza mientras me ponía en pie todavía con las piernas temblando.

—Eso está bien, muy bien —siguió él. Hablaba despacio, buscando siempre la palabra exacta, como si le costase un tanto expresarse en aquella lengua que, de hecho, no era la suya, aunque la hablase con mucha propiedad—. Siempre quise que me amasen, aunque lo más que conseguí fue que me tuvieran miedo y esa es un arma mucho menos... poderosa. El amor perdura; pero si solo te temen, basta con mostrar un signo de debilidad para que los que te creyeron invencible se lancen contra ti armados de odio... y de resentimiento.

Sus ojos se cerraron y su mentón tembló. Eso me hizo fijarme en su exagerada mandíbula inferior, que sobresalía casi dos dedos de la superior, y en sus dientes desgastados y negros. Quijada se dio cuenta de su gesto y se apresuró a intervenir:

—No merece la pena recordar los sinsabores del pasado, majestad.

—¿Y qué me queda entonces, Luis, si no puedo siquiera recordar?

Quijada se acercó a su sillón y apoyó una mano en uno de los brazos, mientras con la otra me cogía por el hombro.

—Este hombre tiene mucho que contarle a vuestra majestad, pero le aseguro que nada de lo que le relate será para entristecerle.

Don Carlos sacudió la cabeza con desgana y se llevó una mano al rostro al tiempo que resoplaba.

—Me duele la cabeza, Luis, y no tengo gana alguna de escuchar a nadie. Solo me apetece descansar un poco y luego rezar. Ya te dije que no quería más visitas. ¿Es tan difícil de entender? ¿Por qué no me escuchas? ¿Por qué nadie me escucha?

Estaba tan avergonzado de estar molestando al emperador que me apresuré a intervenir:

—Eso mismo creo yo, majestad; de hecho, solo quería…

Pero Quijada no me dejó terminar.

—Algunas visitas son molestas, majestad, pero le aseguro que este hombre no ha venido a perturbar su paz, sino solo a recordarle las maravillas que bajo su reinado se hicieron en las Indias. Nadie como él puede hacerlo.

Don Carlos separó la mano del rostro y pude ver un ligerísimo destello de fulgor en sus ojos.

—¿De veras es así?

—Sí, así es —respondí con la voz temblorosa—; y con la ayuda de Dios lo haré, si a vuestra majestad le place.

Me miró fijamente, todavía con una sombra de duda en los ojos. Inspiró hondo y dijo con desgana:

—Está bien; te escucharé un rato si ese es el empeño de mi mayordomo. A fin de cuentas, quizá me entretengas un poco la tarde.

Me giré y miré a Quijada, que comprendió al instante. Apartó la mano de mi hombro e inclinó la cabeza.

—Me retiro, majestad. Volveré para la hora de la misa.

El emperador asintió en silencio, con resignación, mientras Quijada se dirigía a la puerta y cerraba con cuidado tras salir. Me quedé parado, sin saber cómo comenzar. El silencio era opresivo y solo podía escuchar los latidos del corazón en el pecho. Deseaba con todas mis ganas que el emperador se hartase de mí cuanto antes para regresar a mi casa de Toledo, sin volver a meter las narices donde nadie me había llamado.

—Toma una silla; si son tantas las cosas que tienes que contarme, será muy incómodo que lo hagas de pie.

Vi una silla junto a la estufa y la acerqué. Mientras lo hacía, él me dijo:

—En todo caso, antes de que me cuentes nada de tus viajes a las Indias, desearía conocerte mejor. Dime: ¿cuál es tu nombre? ¿Y dónde naciste?

—De acuerdo, majestad…

—Detente —me interrumpió—; a Luis le permito que se dirija a mí con tantos miramientos porque me ha servido durante casi cuarenta años y sé que para él sería enojoso tratarme ahora con familiaridad, aunque sea, de hecho, una de las pocas personas a las que puedo considerar de mi familia. Vale con que me trates de «vos». Antiguamente solo me llamaban así los que querían insultarme; ahora aquello quedó atrás, pues ya ni siquiera quedan los que me agraviaban, sino solo los que me ignoran. En todo caso, no puedo lamentarme por ello, pues es lo que libremente he escogido.

Me sentía más a gusto con el «majestad», pero no tenía ninguna gana de contradecirle ya desde el comienzo. Y aunque me avergonzaba también de tener que contarle a quien había sido el hombre más poderoso del mundo mi triste y pobre infancia, me dispuse a hacerlo sin protestar.

—Está bien, señor —comencé—. Vine al mundo en el lugar de Adarzo, cerca de la villa de Santander, en el mar de Castilla, con el nombre de Martín García. Era el último de seis hermanos, cuatro varones y dos mujeres, y aunque mi madre había escogido ese nombre para mí en honor del gran santo de Tours, al que venerábamos además en una ermita cercana, la verdad es que casi nadie me llamaba Martín de pequeño. Como era enclenque y enfermizo, mi madre me llamaba «Martinuco» y mis hermanos, «canijo», «ruin», «musaraña», «topillo», «renacuajo», «piojo» y «poca cosa», entre otros muchos apelativos que ahora no recuerdo.

El emperador esbozó una sonrisa.

—Cuéntame, ¿cómo era tu familia?

—Era una familia de labradores, más o menos como cualquier otra del lugar: no llegábamos al extremo de ser pobres de pedir, y comíamos al menos una vez al día, aunque nuestras tierras eran tan escasas y daban tan poco pan que no había un solo día en que mi madre no se sentase en su banqueta al atardecer, pusiera la cara entre las manos y dijera entre suspiros: «¡Virgen santísima, protégenos!». Una y otra vez; lo recuerdo como si fuera hoy. La pobre trabajaba más que nadie y encima debía ocuparse de mí y de mis hermanos y soportar los malos modos de mi padre, que mostraba más cariño con los animales que con cualquiera de nosotros.

Miré al emperador a los ojos, con la certeza de que mis palabras no le estarían interesando lo más mínimo; mas, para mi sorpresa, su expresión era de atención y con un leve ademán me indicó que continuara.

—La vida no era fácil: mis hermanos varones me pegaban todos los días, casi siempre en las tierras de labranza, cuando nadie los veía. A veces tenía ganas de protestar, pero mi padre nunca me hubiese protegido, así que aprendí desde bien pronto a valerme por mí mismo y a tragarme en silencio las lágrimas de rabia y el orgullo herido. En aquel momento no lo podía saber, pero hoy creo que aquellos golpes me ayudaron a aguantar todo lo que me vino después, y a que fuera capaz de sobrevivir a la extenuación y la desesperación cuando otros caían derrotados. Lo siento, me estoy desviando…

Hice una pausa y a mi cabeza regresó de nuevo, por solo un brevísimo instante, un rostro que hacía mucho tiempo que no era capaz de recordar.

—La única que me protegía siempre era mi madre —dije mientras trataba de retener aquella imagen un poco más—. Ella sabía que mis hermanos se burlaban de mí y me pegaban, aunque también sabía que, defendiéndome, solo conseguiría enfurecerlos más. Y lo sabía bien porque mis hermanos no hacían más que repetir conmigo lo que mi padre hacía con ella; aunque se empeñaba en ocultar los moretones de los brazos o desviar la mirada cuando sus ojos estaban enrojecidos por el llanto, no cabía duda de que mi padre se ensañaba con ella. De modo que, como forma de consolarme (o consolarnos mutuamente), aprovechaba los ratos en que estábamos solos para apretarme contra su pecho, decirme palabras al oído y besar mi pelo. Su piel olía a harina y manteca, y sus besos eran el mejor remedio para curarme de todas mis penas.

—Si es como cuentas —dijo el emperador, interrumpiéndome—, en el fondo, y a pesar de tus sufrimientos, fuiste una persona afortunada. Yo he tenido todos los bienes materiales que un hombre puede desear, pero nunca recibí el amor de una madre. Estuve bajo el cuidado de mi abuelo, de mi tía, de instructores, de preceptores, de camareros, de maestros... Sin embargo, hubiera dado cualquier cosa por haber aspirado ese aroma del que hablas. Y cuando por fin tuve la oportunidad de estar con mi madre, ya en Castilla, su cabeza se perdió para siempre. El amor que ella sentía por mi padre borró de su corazón cualquier otro tipo de afecto, sobre todo hacia sus hijos, y al final la condujo a la locura. Pero ahora soy yo el que se desvía... Cuéntame: ¿cuándo naciste?

—Nací en el año del Señor de 1493, en primavera. Mi madre siempre me decía que nací al poco de que se anunciase el descubrimiento de las Indias. Y se acordaba bien porque en la iglesia del pueblo se ofició una misa de celebración tras la llegada del almirante Cristóbal Colón y la entrevista que tuvo con vuestros abuelos en Barcelona.

—¡Qué gran momento debió ser ese! —dijo elevando un poco más la voz—. No me extraña que se oficiase esa misa y que tu madre no olvidase la coincidencia con tu nacimiento.

Seguía sin saber muy bien por qué al emperador le interesaba mi infancia, pero la cercanía con la que me hablaba me hizo continuar.

—El caso es que nací con muchos apuros para respirar y durante los primeros años de vida todos pensaban que me moriría. De hecho, con poco más de tres años tuve un ataque del que salí milagrosamente, después de quedarme sin respiración y ponerme más morado que una berenjena. Una vecina llamada Felisa, que era experta sacando adelante a los corderos que nacían más muertos que vivos, tuvo que soplarme en la boca hasta que mi pecho se hinchó de nuevo y regresé a la vida. Para dar gracias por mi recuperación mi madre pagó una misa que, curiosamente, coincidió con la que se celebraba para festejar el matrimonio de vuestros padres y desearles la mayor de las fortunas.

—Plegarias que no surtieron efecto...

Asentí con la cabeza.

—Dios escucha unas súplicas y desoye otras, señor, y nadie sabe el motivo de ello. Sin embargo, tenéis razón en que, en este caso, quizá por la lejanía, las plegarias no hicieron el efecto deseado, o ningún efecto en absoluto, pues por desgracia aquel matrimonio hubo de soportar numerosas desdichas que vos de sobra conocéis y que no querréis oír de nuevo...

—Así es —afirmó él.

—El caso es que la misma fortuna que me trajo de nuevo a la vida se tornó tiempo después en desgracia para partir mi existencia por la mitad. He vivido muchas cosas dolorosas, aunque creo que ninguna tan negra como aquella.

Luis de Quijada me había dicho que no le contase nada triste y pensé en desviar mi relato, pero, antes de que pudiera hacerlo, el emperador me indicó que continuara.

—Recuerdo que aquella tarde, como todas, mi madre dijo: «¡Virgen santísima, protégenos!». Pero esa vez no lo decía por nuestra pobreza, sino por el lamentable aspecto que traía mi padre cuando apareció por la puerta, con el rostro cetrino, el cuerpo como sin hálito y apestando a vino. Mi madre se apresuró a llevarle algo de comer, pero él rechazó la comida, cosa que ninguno recordábamos que hubiese hecho antes, lo cual nos convenció de que algo serio había ocurrido.

»—¿Qué pasa, Matías? ¿Te encuentras mal?

»Mi madre preguntó aquello con voz suave, pues temía su reacción. Pero en aquella ocasión a mi padre no se le veía furioso ni violento, sino derrotado. Cogí una silla y se la acerqué. Estaba tan borracho que tuvo que agarrarse bien con las dos manos para no irse al suelo. El mentón le temblaba y parecía tener el pecho hundido por la opresión, y eso que era un hombre muy voluminoso… Una de mis hermanas le acercó un cuenco con agua, pero lo rechazó también.

»—Lo he… lo he perdido… —dijo susurrando, de tal modo que mi madre creyó no entenderle.

»—¿Qué dices? ¿Qué has perdido?

»—Fue en el mesón, esta tarde…

»Se me hizo un nudo en el estómago, porque sabía que mi padre era muy aficionado a los juegos de naipes y que sus jugadas ganadoras palidecían ante las muchas manos que perdía. Era algo a lo que, por desgracia, ya estábamos acostumbrados. Pero aquello no parecía solo una mala mano; y que mi padre estuviese dando explicaciones me hacía temer que estaba de verdad arrepentido.

»—Isidro apostó dos ovejas y Benito subió con su carro y un cerdo; luego Juan añadió la cuadra y las tierras junto al río y Benito añadió su casa y sus huertos. Yo tenía una mano muy buena, muy buena…, nunca había tenido otra igual. Así que…

»Mi madre había pasado del desasosiego a la indignación y vi que apretaba los puños con rabia al tiempo que su rostro se encendía. Ninguno de nosotros la habíamos visto encararse con mi padre, pero aquel día lo hizo.

»—¿Qué es lo que apostaste, malnacido? ¡Habla de una vez!

»Yo sentía que las piernas me temblaban porque temía lo que iba a decir. Entonces, levantó la vista y dijo:

»—¡Todo! ¡La casa, las tierras, los huertos! ¡Todo!

»Mi madre se mordió el puño hasta hacerse sangre y luego comenzó a golpear a mi padre con todas sus fuerzas en el pecho, en la cabeza, en los brazos. Estaba fuera de sí y gritaba de forma histérica. En cualquier otra ocasión mi padre le hubiese respondido con un guantazo, pero aquella tarde ni se defendió y aguantó el chaparrón de golpes como si de un muñeco de trapo se tratase. Cuando terminó, exhausta, se llevó las manos a la cara y comenzó a llorar sin consuelo posible.

»—Estaba seguro de que iba a ganar —dijo mi padre sin levantar la vista—, nadie podía igualar mis cartas…, pero Benito lo hizo. No nos queda nada…, nada. Los muchachos tendrán que ir a trabajar sus tierras, y Justina y Emilia a servir en su casa. Yo, yo…

»Mi madre estaba tan angustiada que no podía ni llorar; solo emitía un quejido débil y entrecortado que era peor que los gritos anteriores. Los hermanos nos mirábamos unos a otros pensando en el triste futuro que nos esperaba y en que aquella había dejado de ser nuestra casa. Justina se adelantó. Era la mayor de los hermanos y, a sus diecinueve años, estaba en la flor de la edad. Había tenido varios pretendientes, pero mi padre los había rechazado a todos porque sus familias eran más pobres que la nuestra. Era de pelo castaño, muy hermosa y simpática, aunque, con tantos miramientos por parte de mi padre, algunos decían que se le estaba pasando la edad de casarse.

»—¿Dónde viviremos? —preguntó.

»Mi padre tragó saliva y respondió:

»—Benito quiere alquilar nuestra casa, pero nos dejará quedarnos en un establo abandonado a cambio de una renta que pagaremos trabajando en sus tierras. Es lo mejor que le pude sacar…

»Justina bajó la mirada. Supongo que pensaba en todos aquellos pretendientes que mi padre había rechazado y en la penosa situación que se nos presentaba. ¿Quién querría casarse ahora con ella? Mi madre cesó en su llanto y levantó la mirada.

»—¿Lo mejor, dices? ¿Cómo te atreves? Lo que tendrías que hacer es regresar al mesón y pedirle que te perdone.

»—No puedo hacer eso, Joaquina; yo tengo palabra…

»—¿Que tienes palabra? Lo que no tienes es vergüenza: ¡nos has dejado en la ruina! Pero si tú no lo haces, te aseguro que yo sí lo haré.

»Y así mi madre agarró la puerta y salió a la calle dispuesta a enmendar el error de mi padre. Yo, en aquel momento, deseaba cualquier cosa antes que seguir allí con el llanto de mis hermanas, el silencio de mis hermanos y viendo a mi padre con la cabeza entre las manos y tirándose de los pelos, de modo que la seguí y le tomé la mano.

»—¿Qué vamos a hacer, madre?

»Ella se limpió las lágrimas con la mano y me dijo:

»—Suplicar, hijo; suplicar y esperar que el corazón se le ablande.

»Al poco llegamos ante el mesón, que se encontraba junto a la iglesia. Según nos acercábamos a la puerta podíamos escuchar el jolgorio, los gritos y las risas. Nosotros éramos los derrotados, pero Benito acababa de recibir un enorme golpe de fortuna. Al entrar lo vimos echándose un buen vaso de vino y rodeado de otros borrachos que bebían con él y jaleaban su hazaña. Cuando nos vieron, cesaron de repente y se apartaron para dejarnos pasar. Mi madre iba dispuesta a hablar, pero Benito se adelantó:

»—¿Te manda Matías para que juegues por él?

»Todos corearon la broma y se reían de nosotros sin piedad.

»—Peor que él no puedes hacerlo —prosiguió—; el problema es que ya no te queda nada con lo que apostar.

»Las risas volvieron y también el golpeteo sobre las mesas.

»—Matías ha cometido un error y ha apostado lo que no debía —dijo mi madre, con todo el temple que pudo—, pero mis hijos no deben pagar por ello. Te suplico que los dejes fuera. Permíteles quedarse en la casa y déjales al menos un trozo de tierra para que puedan vivir de ello.

»Benito la miró con desprecio y se echó un buen trago de vino.

»—¿Hubieses tenido tú clemencia conmigo si el caso hubiese sido al revés? Yo también aposté mi casa y mis tierras y también tengo familia y lo pude haber perdido todo…, pero no lo hice. Mira Juan: perdió su carro y sus ovejas, y no llora ni suplica, porque se comporta como un hombre; no como tu marido, que fue a refugiarse bajo tus faldas. Hace unos años él me ganó una partida y hube de darle dos vacas, ¿no lo recuerdas? Y creo que ni él ni tú vinisteis a devolvérmelas, ni tampoco la leche que habéis estado bebiendo todos estos años y con la que has criado a tus hijos. Por eso déjate de lamentos y apechuga con lo que te ha tocado.

»—Yo sí lo intenté, Benito —insistió mi madre, tratando de agarrarse a algo—. Le dije a Matías que te devolviese al menos una vaca o que te llevase alguno de los quesos que hacíamos con la leche, pero él no quiso.

»—Me da lo mismo lo que le dijeses: aquellos quesos nunca llegaron. Ahora podré hacerlos yo mismo cuando mis vacas regresen. Si se me ablanda el corazón, igual os dejo probarlos.

»Estaba claro que Benito no iba a echarse atrás y que aquello no daba más de sí, pero mi madre no estaba dispuesta a darse tan rápido por vencida. Lo que yo nunca hubiese podido imaginar es lo que hizo en aquel momento.

»—Tu mujer murió, ¿verdad, Benito?

»Él se echó hacia atrás, sorprendido.

»—Sí, ya lo sabes; hace dos años.

»—Eso es mucho tiempo para que un hombre esté solo. Juega conmigo a las cartas y te daré la oportunidad de solucionarlo. Si gano, recuperamos la casa y las tierras que el imbécil de mi marido perdió esta tarde.

»—¿Y si pierdes? No acierto a comprender qué más puedes ofrecerme.

»Mi madre inspiró hondo.

»—Si pierdo, te juro que tu cama no volverá a estar fría cuando te metas en ella. Mi hija Justina se casará contigo.

»El mesón se quedó en completo silencio. Mi padre había apostado todas sus propiedades, pero lo que mi madre apostaba ahora era a su propia hija, a su querida hija mayor. Benito la miró como tratando de descubrir si había doblez en aquellas palabras.

»—Justina… —dijo—. He oído que rechazó a muchos pretendientes, y ahora tú me la ofreces como si fuera ganado; la idea no es mala. ¿Cómo puedo fiarme de que será así?

»Mi madre no estaba dispuesta a dejarse vencer por las provocaciones de Benito.

»—Mi marido ha mantenido su palabra tras perder la apuesta; te aseguro que yo también la cumpliré si pierdo.

»Miré a Benito y vi el brillo en sus ojos; aquel día descubrí que un jugador nunca tiene bastante, por mucho que haya ganado.

»—Solo la casa y la tierra de cereal —dijo—; los huertos no los devuelvo ni por todo el oro del mundo; y tampoco las vacas, te lo aseguro. Tu hija es una buena yegua, pero no vale tanto.

»Mi madre dudó; aquello no sería suficiente para nuestro mantenimiento, aunque era más que nada. Tenía que decidirse.

»—Está bien: la casa y la tierra.

»Benito se relamió:

»—¿Y a qué jugaremos? —preguntó—. Tú no sabes jugar a nada.

»—No hace falta: lo jugaremos a la carta más alta.

»Ahora no fue el silencio, sino un murmullo lo que se extendió por todo el local. Nadie había visto algo semejante. Uno se adelantó y trajo una baraja. Mi madre no dudó ni un instante y la tomó en su mano.

»—La carta más alta —repitió.

»Benito tenía ganas de jugar, se le veía, aunque al tiempo dudaba porque tenía mucho que perder y solo algo que ganar, aunque algo que deseaba poderosamente. Pero el ambiente era tan opresivo y la lascivia que sentía era tan profunda que no pudo echarse atrás.

»—Sea —dijo.

»El que había traído las cartas las cogió de nuevo y las barajó. Yo sentía un nudo en el estómago. Lo que mi madre estaba haciendo era un sacrificio insuperable, pero ¿qué otra cosa podría hacer si la contrapartida era condenar a sus hijos a una suerte de esclavitud de por vida?

»El hombre terminó de barajar y extendió las cartas sobre la mesa. Benito fue a coger una, pero mi madre lo detuvo.

»—Yo primero.

»Me miró a los ojos y luego alargó la mano y cogió una carta de la mitad del abanico. Le dio la vuelta y todos vimos el valor: un cuatro. Inmediatamente se extendió de nuevo el rumor por el mesón. Era un número muy bajo. Benito sonrió; tenía a su alcance la victoria una vez más aquella misma noche. Alargó la mano y fue a coger la primera de las cartas de la derecha. La tensión era tan insoportable que dos hombres que estaban detrás, tratando de ver la escena, se abalanzaron sobre la mesa. Benito se dio la vuelta un momento, temeroso de que le cayeran encima, y yo aproveché ese descuido para coger aquella carta y metérmela al bolsillo, tan rápido que nadie salvo mi madre me vio; estuvo a punto de decir algo, pero al final permaneció en silencio. Entonces Benito volvió a la baraja y cogió por fin el naipe, creyendo que era el elegido previamente. Lo que yo había hecho era una estupidez: no había visto la carta y lo mismo podía estar ayudando que perjudicando a mi hermana. Cerré los ojos, apreté los dientes y lo siguiente que escuché fue un grito de júbilo ensordecedor. Luego sentí la mano de mi madre tomando la mía y escuché su voz entre el griterío:

»—Nos vamos a casa.

»Abrí los ojos y vi sobre la mesa un "dos" boca arriba. ¿Fue Dios el que me guio? ¿Fue simplemente la fortuna? A día de hoy todavía no lo sé. Aun así, lo he sentido tantas veces junto a mí y me ha sacado de tantas situaciones comprometidas que estoy convencido de que aquel día fue su aliento el que me ayudó a obrar.

Levanté la vista y miré al emperador. Los ojos que había visto al llegar, tan apagados que se diría que pertenecían a un fantasma más que a una persona, ahora refulgían.

—Un «dos» —repitió—. Te la jugaste y salió bien. Supongo que una vez fuera miraste la carta, ¿no?

Sonreí ante su impaciencia; realmente era una crueldad no contar la historia completa.

—Por supuesto que la miré. Mientras caminábamos de

vuelta a casa eché mano al bolsillo y saqué el naipe que Benito hubiese sacado: era un siete. Se lo enseñé a mi madre y sonreí, orgulloso y lleno de felicidad. Ella me agarró por los hombros y me dijo: «Nunca en tu vida cojas de nuevo una carta entre tus manos, ¿me oyes?». Yo dudé por un instante, porque en mi inocencia no comprendía que hubiera hecho nada malo. Entonces me dio un bofetón y repitió con rabia: «¡Nunca!». Y así regresamos a casa aquella noche. Ella respirando hondo y yo con el orgullo herido y la lección bien aprendida.

Don Carlos sonrió, aunque su rostro contenía una mueca de tristeza.

—Quizá tú aprendieras la lección —dijo—, mas tu ejemplo es solo un guijarro en el lecho de un río. Ya no sé cuántas disposiciones se han hecho para prohibir los juegos de naipes y, sobre todo, las apuestas insensatas como esta que me has contado. ¿Decenas? ¿Cientos? Nada sirve y estoy seguro de que nada servirá nunca. La atracción del azar es feroz y yo mismo me he sentido muchas veces atrapado por ella. No en los juegos de naipes, a los cuales nunca he sido aficionado, sino en la guerra, que no deja de ser otro juego, salvo que raramente hay un vencedor. Cuántas veces pensé: «¡Hoy la suerte ha de acompañarme!» o «¡Si ayer la fortuna me fue adversa, hoy tiene que serme favorable!». Y con esos débiles argumentos, que nacen solo de la cobardía de dejar en manos del destino lo que en realidad es una decisión propia, me lanzaba a la batalla, apostando mi vida, es verdad, pero también las vidas de otros que no me pertenecían. Tu padre fue estúpido; tu madre, valiente, aunque insensata; y yo, en el fondo, un temerario, más confiado en la suerte que en la voluntad de Dios...

Sentí que mis palabras hubiesen entristecido al emperador porque podía entender que la responsabilidad del gobernante y del general es ganar los conflictos, y ningún conflicto se gana sin sufrimiento y sin muertes.

—Es difícil conocer la voluntad de Dios, señor, y no siempre se puede acertar, ni siquiera actuando con la mejor de las intenciones. Pero aquella noche, a pesar de su atrevimiento, mi madre consiguió arreglar un tanto la comprometida situación en la que mi padre nos había metido.

—¿En parte? —preguntó el emperador.

—Sí, solo en parte. En primer lugar, porque solo pudo recuperar la casa y las tierras de cereal, pero no los huertos, con lo cual no podríamos abastecernos de verduras ni legumbres. Tendríamos que trabajar en las tierras de otros y eso si lográbamos que alguien nos diese trabajo. A pesar de ello, mientras mi madre me apretaba la mano, yo sentía su confianza en que las cosas ya no podrían irnos peor.

—¿Estaba en lo cierto? —preguntó don Carlos.

—Por desgracia, no. Al llegar a casa le contó a mi padre que había recuperado parte de lo perdido en su estúpida apuesta, aunque se cuidó muy mucho de explicarle los detalles. No hizo falta: al día siguiente aquello era la comidilla en el pueblo y mi padre terminó por enterarse, claro está. Estaba tan avergonzado que no pudo más que agachar la cabeza y callar, por una vez en su vida. Sin embargo, supongo que por dentro le corroía el amor propio, ese que parecía no haber tenido cuando nos incluyó a todos en su apuesta. Y lo que más le quemaba eran los comentarios de Benito, que, furioso por la derrota, iba por ahí diciendo que no se hubiese casado con Justina de ningún modo, que era una ramera y que antes se hubiese desahogado con una de las cabras de su rebaño. Mi padre, lleno de rabia por aquellas palabras, fue a casa de Benito, solo Dios sabe con qué intención, pero en el camino se le interpuso uno de sus hijos, un muchachón grande como un toro que, para mayor infortunio, llevaba un garrote en la mano.

»Por lo que luego contaron, mi padre quiso pasar, él trató de impedírselo y al final llegaron a las manos; en resumen: mi padre recibió un garrotazo en la cabeza y allí mismo cayó muerto. De modo que aquella aciaga noche de cartas en el mesón se saldó con un muerto, dos familias rotas y un joven encarcelado a la espera de su castigo.

»Aquella muerte, como vos entenderéis, fue una enorme desgracia para todos, y más para mi madre, que se quedó sola a cargo de seis hijos y sin las tierras suficientes para mantenernos. Había que tomar una decisión para seguir adelante y mi madre lo hizo; si había sido capaz de apostar a su propia hija no se detendría por nada. Al día siguiente del entierro, me llamó a su lado y me dijo que no podía dejar que nos muriésemos de hambre. Mis hermanas Justina y Emilia habrían de casarse cuanto antes, ahora ya sin remilgos. Y mis hermanos tendrían que labrar las tierras y arrendar algún huerto o trabajar como aparceros. Aun así, había muchas bocas que alimentar y muy poco pan, de modo que mi madre escogió por mí y decidió que habría de ir a vivir con su hermano, mi tío Alonso, que residía en la villa de Santander, a unas dos leguas de Adarzo. Yo, claro está, me opuse con todas mis armas: le dije que trabajaría como un mulo, que haría todo lo que fuese necesario para ayudar en casa…, pero nada la convenció. Tenía clara su decisión y no pensaba echarse atrás.

»A la mañana siguiente nos encaminamos a Santander y en el trayecto mi madre no hizo más que repetirme lo que me esperaría a partir de entonces, cómo debía portarme, que fuese bueno, que obedeciese, y que no había tenido más remedio que tomar esa decisión, que ojalá hubiese otro camino y otra serie de cosas que no acertaba a comprender. En todo el recorrido fui cabizbajo y sin abrir la boca, rumiando la pena por la muerte de mi padre, por la separación de mi familia y por el futuro que se abría ante mí.

»A pesar de la cercanía, nunca había estado en Santander. Lo primero que me llamó la atención fueron las murallas que la rodeaban y la gran cantidad de vecinos que allí se congregaban, unos junto a otros, en calles muy oscuras y casas muy estrechas. Pero más asombrado me quedé cuando contemplé el castillo y la colegiata de los Cuerpos Santos, elevados ambos edificios sobre un cerro que dominaba la bahía. En todo caso, nuestro destino no estaba en el cerro de la colegiata, ya que mi tío Alonso vivía fuera de las murallas, en el arrabal de los pescadores. Por eso todos me llamaron después Martín del Puerto, no Martín García, como me hubiese correspondido.

»Mi tío, al vernos llegar, entendió la situación y dijo: "¡Virgen santísima, protégenos!". Sin embargo, años atrás había hecho una promesa y estaba obligado a cumplirla. Miré a mi madre y sentí el temor atroz de no verla más. La abracé y aspiré aquel olor a harina y manteca que jamás en mi vida volvería a encontrar en nadie mientras sentía sus lágrimas sobre mis cabellos. Ella fue a decir "adiós", pero la amarga palabra se le atragantó.

»—No quiero que os vayáis, madre —acerté a decir, notando que me temblaba el mentón.

»Ella se llevó la mano a la boca y dijo:

»—Tu dolor es grande, Martín, lo sé, pero el mío es aún mayor, te lo aseguro. Solo te pido que confíes en Dios. Él estuvo contigo en el mesón, ¿lo recuerdas? Piensa que, si entonces te ayudó, tuvo que ser por algo. No olvides nunca mis palabras, por muy lejos que estés.

»No podía entender que su dolor fuera mayor que el mío, pues el mío era inconmensurable; aun así, acepté sus palabras.

»—¿Cuándo volveré a veros? —pregunté, como queriendo agarrarme a algo que me permitiera tener esperanza.

»Ella sonrió con tristeza y dijo:

»—Nos veremos muy pronto; te lo prometo.

»Me dio un beso en la frente y se volvió. Quise alcanzarla, pero mi tío me agarró por el cuello, me empujó al interior de la casa y cerró la puerta.

Mientras le contaba todo esto al emperador, cerré los ojos y me pareció escuchar de nuevo aquel portazo. Don Carlos me sacó de mi ensimismamiento.

—Cuéntame, ¿cómo eran tus tíos?

—Alonso y María eran poco más o menos igual de pobres que nosotros, aunque con buen acierto solo habían tenido dos hijos: Diego y Catalina. Diego era fuerte como un asno y razonaba como tal. Catalina, en cambio, era de más finos modales y mis tíos tenían la esperanza de que cuando creciese algo más, pues por aquel entonces tenía solo catorce años, podrían enviarla a servir a casa de algún señor. Apenas los conocía y me sentía tan extraño allí como si me hubiesen llevado a la Berbería, os lo aseguro.

—Es curioso..., al hablar de tus tíos me has hecho recordar a mi tía Margarita. Ella fue lo más parecido que tuve a una madre. Era muy terca y se encolerizaba con frecuencia, sobre todo porque yo era un mediocre estudiante, pero también era cariñosa y cercana cuando lo necesitaba. Todavía conservo alguno de los cuadernos en los que aprendía latín, matemáticas y geografía mientras estudiaba bajo su cuidado en Malinas. Ella me decía siempre que aquello era lo que necesitaba aprender, pero la verdad es que me interesaban bien poco aquellas materias; lo que me gustaba de verdad eran las historias de caballeros. ¡Ah, qué tiempos tan lejanos! —Se quedó mirando al techo un momento, pero inmediatamente bajó la vista de nuevo—. En fin, dime, ¿qué ocurrió cuando tu madre se marchó?

—Cuando la puerta se cerró a mi espalda, mi tío me cogió el hatillo que llevaba con mis escasas pertenencias y ascendió por la escalera que llevaba a la planta superior de la casa y luego por la empinada escalerilla que daba acceso al desván. Yo iba detrás como un perrillo, cabizbajo, sin abrir la boca. Empujó la puerta del desván y tiró al suelo mi bolsa.

»—Aquí dormirás —dijo—. Ahora baja a cenar.

»Gracias al resplandor que se colaba entre las tejas vi que había algo de paja y supuse que con aquello podría hacerme una cama. También vi algunos sacos y una manta vieja y llena de polvo. Mi tío se dio la vuelta y bajó por la escalerilla hasta la cocina, que estaba en la planta baja. Lo seguí. Mi tía María estaba friendo en manteca unos bollos de harina y pescado, y me invitó a sentarme.

El emperador me miraba con expectación. Yo dudaba si seguir contando lo que me ocurrió aquella noche no solo porque fuera un hecho vergonzoso para mí, sino porque tenía miedo de que don Carlos me considerase un zafio o un descarado.

—¿De veras que queréis que siga con estas minucias, señor?

Os debo de estar aburriendo... ¿No sería mejor que os contase alguna de las historias que me ocurrieron en las Indias?

El emperador negó con la cabeza.

—Antes de conocerlas necesito conocerte a ti. La infancia es el momento que nos marca a todos, que nos hace como somos. No te avergüences: mis labios quedarán sellados.

Y mientras decía aquello, miró a un enorme cuadro colgado en una de las paredes de la estancia en el que se representaba la Sagrada Trinidad, como para dar mayor solemnidad a sus palabras.

—Está bien, señor. Aquella noche me senté a la mesa por no desobedecer a mis tíos, aunque lo que realmente quería era salir a la calle a... a..., en fin..., a orinar, porque no lo había hecho desde que partimos de casa. Nos sentamos y mi tía repartió la comida: seis bollos para mi tío, cinco para mi primo, cuatro para ella y mi prima y dos para mí. Los comí en silencio, mientras mi tío hablaba con María acerca de la jornada que había tenido en el mar y temas similares, aunque me pareció que lo hacía solo por tener algo de lo que hablar.

»Mi tío era un hombre muy fuerte, con una voluminosa pelambrera negra de rizos tan cerrados que siempre albergaban restos de paja como para dar de almorzar a un carnero. Comía como un perro hambriento, con la boca abierta y echando buenos tragos de vino para pasar la comida. Aquella noche, mientras cenábamos, notaba que me miraba de soslayo y su mirada no parecía especialmente afable. Dada la situación, no me extrañaba. Al cabo de un rato, a mi tío se le acabó la conversación y el silencio invadió la mesa. Escuchaba a mi primo Diego masticar ruidosamente y notaba que mi prima me miraba con una sonrisa burlona. Yo todavía no había abierto la boca aquella noche, ni siquiera les había agradecido que me acogieran en su casa, así que dije:

»—Gracias, tío Alonso.

»Él dejó de masticar y me miró con atención. Luego suspiró y dijo:

»—No es agradecimiento lo que espero de ti, sino esfuerzo,

¿entiendes? Hice una promesa a mi hermana el día que naciste y la cumpliré, vive Dios, pero tendrás que aplicarte como los demás.

»—Sí, señor —respondí agachando la cabeza.

»Él se echó otro bollo a la boca y luego me dijo:

»—Come, anda; habrá que hacer un hombre de esos huesos.

»Asentí y cogí el cuenco de madera que tenía delante de mi plato para dar un sorbo a la leche y terminar de tragar el trozo de bollo que tenía atascado en la garganta. Mientras lo hacía, mi primo me dio un golpe en el codo sin que nadie lo viera y el cuenco se me cayó en medio de la mesa. Fui a recogerlo de inmediato para tratar de salvar algo, y al hacerlo golpeé el cuenco de mi tío y derramé su vino. Él se puso en pie, con la camisa manchada. Todos estaban quietos.

»—¡Maldita sea, vete arriba! —gritó furioso, al tiempo que intentaba que el vino no le escurriese de la camisa al pantalón.

»Me levanté de manera atropellada, mientras mi primo se reía por lo bajo. Mi tía tuvo la intención de interceder por mí, pero al final permaneció en silencio.

»—Yo, yo… lo siento…

»—¡Que te vayas, demonios! ¿O es que además de tonto eres sordo?

»Empujé la banqueta y subí las escaleras hasta el desván. Cerré tras de mí y me eché al suelo. Traté de controlar el llanto, sin mucho éxito. Solo deseaba dormirme y que al despertar todo fuese como unos días antes, cuando mi mayor preocupación era vivir en el seno de una familia pobre y desgraciada, pero que al menos era la mía.

»Al final, después de un buen rato, me calmé. Reuní un poco de paja, sacudí la manta y la puse encima. No hacía demasiado frío y podría dormir destapado. Aquel, en todo caso, no era mi mayor problema: pensaba haber salido a orinar después de la cena, pero con la reprimenda de mi tío no me había atrevido a abrir la boca y ya no sabía qué hacer. Primero me tumbé boca arriba. Notaba la vejiga llena, de modo que me puse de lado para ver si así mejoraba; el cambio no surtió ningún efecto. Me puse bocabajo, y el resultado fue peor. Me dolían los muslos de apretar y sentía cómo me corría el sudor frío por la frente mientras en la planta inferior escuchaba a mis tíos y a mis primos acostándose. Al poco todo fue silencio y oscuridad. No conseguía dormirme y la presión era cada vez mayor. Tanteé por el suelo, por si allí hubiera una bacinilla, mas no hallé nada. Sentía que se me iba a escapar de un momento a otro y tomé una decisión: tratando de no hacer mucho ruido, quité la manta de estameña e hice un montón con la paja, tan alto como pude. Me bajé los pantalones y desagüé sobre el montículo lo más despacio posible, para que no se oyera. Rezaba para acabar cuanto antes, pero eran tantas las ganas que tenía que parecía que alojase un río entero en mi interior. Entonces fui consciente de que la paja no absorbería lo suficiente, que terminaría por llegar al suelo y luego gotearía. El grito de mi tío resonó como un trueno…

»—¡Martín!

»Estuve dos días sin poder sentarme. Sin embargo, lo que más me dolía no eran mis posaderas, que también, sino la vergüenza por lo que había hecho. Todavía recuerdo cómo mi tío subió la escalerilla como una exhalación y cómo me bajó más rápido aún a la calle dándome azotes en el trasero mientras la orina le escurría todavía por el pelo. Tan humillante fue toda la escena que ni siquiera mi primo Diego se atrevía a reírse, que ya es decir. Cuando mi tío se cansó de golpearme, cerró la puerta y me dejó durmiendo en la calle.

Levanté la cabeza, avergonzado. Me había metido tanto en mis recuerdos que casi había olvidado que quien tenía enfrente era el emperador Carlos y que aquel relato escatológico de mis miserias de niño debía de haberle resultado totalmente insolente. Estaba a punto de disculparme cuando, para mi completo desconcierto, lo que vi fue su rostro contraído de risa. E, inmediatamente después, su carcajada resonó en la sala con tal fuerza que el propio Luis de Quijada llegó a la carrera y abrió la puerta sin preguntar, temiendo seguramente que el emperador estuviera sufriendo uno de sus frecuentes ataques o que le hubiese dado un síncope. Cuando vio que no era así, se quedó mirando primero a su señor y luego a mí, y me preguntó con incredulidad:

—¿Qué diantres le has contado, Martín?

Pero solo pude encogerme de hombros mientras el emperador se carcajeaba con la boca abierta, mostrándonos sus cuatro dientes, y sin apenas respirar.

3

Buscando un barco

Estaba soñando con mi infancia en casa de mis tíos Alonso y María cuando los meneos de Luis de Quijada me despertaron.

—¡Qué forma de dormir! —Lo escuché exclamar mientras me desperezaba—. Te comprometiste a servir al emperador, no lo olvides.

Sacudí la cabeza, tratando de centrarme, y estiré brazos y piernas. El camastro era poco más blando que el suelo de losas y casi igual de frío, y notaba los músculos entumecidos. Me quité las legañas y me dirigí al mayordomo:

—No lo he olvidado, señor. De hecho, he puesto todo mi empeño en cumplir con mi tarea.

Él me miró fijamente. No estaba enfadado, aunque se notaba que tampoco estaba satisfecho del todo.

—He de admitir que el emperador disfrutó con tu relato, sea lo que fuera que le contaras.

Pensé que Quijada tendría medios para saber lo que hablé con el emperador, pero preferí dejarlo pasar.

—El emperador rio a gusto —dije— y, aunque fuera por unos instantes, borró de su mente el nubarrón de melancolía que parece estar sobre su cabeza. ¿Importa realmente lo que le contara?

Inspiró hondo.

—El carácter del emperador es variable, y lo mismo se muestra taciturno que exultante. Creo firmemente que eso no es lo que necesita. Lo conozco bien y sé que aquí ha venido a buscar, por encima de todo, calma. Me preocupa que estos cambios de humor puedan afectarle, después de todo.

—Si os soy sincero, nunca he sabido de nadie a quien le venga mal reír. La risa es la mejor medicina que se haya inventado: al que está triste le hace olvidar sus penas; al que perdió un amigo le hace ver que habrá otros muchos; al que su mujer le engañó le muestra que estaba mejor sin ella; y al que tiene dolores en el cuerpo le enseña que nada duele tanto como vivir con pesares en el alma, ya sea por rabia, por odio o por envidia. A mí la risa me ha salvado de desfallecer en muchas ocasiones, os lo aseguro. Por eso, aunque respeto vuestra opinión, considero que el emperador debe reír todo lo que pueda, al despertarse, a la hora de comer y al acostarse, si es posible.

Quijada asintió sin muchas ganas y me pregunté si en su actitud suspicaz no habría un trasfondo de celos. No me dio tiempo a indagar mucho más, porque enseguida agarró la puerta para marcharse.

—Puedes ir al comedor para tomar el almuerzo y luego dedícate a lo que quieras hasta que vayas a ver de nuevo al emperador. Aquí tendrás tiempo de sobra para pensar.

Se fue sin más, sin darme tiempo a preguntarle cuándo podría consultar la biblioteca. Tampoco me importaba mucho: era feliz sabiendo que estaba sirviendo a mi señor, aunque en el fondo seguía teniendo un profundo miedo a fallar en mi cometido y aburrirle, enfadarle o entristecerle con mis palabras. ¿De qué le hablaría hoy? ¿Querría seguir escuchando historias de mi infancia o preferiría por fin que le relatase mis aventuras en las Indias? Al final decidí no pensar más en ello, pues fuera una cosa u otra no tenía capacidad para cambiarlo. De hecho, quizá ya se hubiese olvidado de mí o, si me recordaba, no quisiera volver a verme.

Almorcé en el comedor y, aunque frugal, la comida fue notablemente mejor que la del monasterio. El vino me gustó especialmente. Josepe me dijo que provenía de Almendralejo y alabó sus virtudes para facilitar las digestiones. No sabría decir si tenía razón o no en lo de las digestiones. Lo que sí consiguió fue provocarme una profunda somnolencia que terminó con mi cuerpo de nuevo sobre el catre, esta vez vestido y sin mantas. Tal fue mi sopor que tuvo que venir Quijada a despertarme, ahora con peores modos que por la mañana.

—¡Esto es el colmo! —me espetó mientras yo saltaba del camastro—. ¡Ni sabiendo que el emperador te espera muestras un poco de respeto!

Compuse mis ropas como pude y me abofeteé para espabilarme mientras Quijada me agarraba por el brazo y me sacaba de mi cuarto a la carrera. Llegamos ante la puerta del emperador y se detuvo por fin. Respiró hondo, lo que aproveché también para buscar algo de resuello, y llamó a la puerta. Pasé detrás del mayordomo y vi al emperador en el mismo sillón que el día anterior, de nuevo con su jubón negro, aunque con el rostro mucho más luminoso. Los ojos, que el día antes se veían hundidos en las cuencas, ahora refulgían, e incluso percibí que su postura en el asiento era más erguida, como si el yugo que parecía portar sobre los hombros se hubiese aligerado de golpe. Caminé despacio hasta llegar a su lado y él me indicó con la mano que tomara mi silla.

—¿Has descansado, Martín? —me preguntó—. ¿Encuentras cómodas tus estancias?

—Sí, señor. —Mentí; pero, aprovechando que don Luis todavía no se había ido, añadí—: He dormido en tantos sitios horrendos durante mi vida que ni la cama más dura me parece ahora incómoda.

—No hay motivo para sufrir innecesariamente —dijo el emperador mirando con censura a Quijada—. Tienes mi permiso para solicitar cualquier cosa que haga más holgada tu estancia.

Luis de Quijada asintió y se retiró haciendo más ruido del habitual al cerrar la puerta.

Don Carlos tomó una jarra de cerámica que descansaba en una mesita a su lado y le dio un larguísimo trago. La espuma de la cerveza se le quedó en la barba y se limpió torpemente con la mano agarrotada.

—Me he permitido pedir otra para ti también —dijo señalándome con la mano mi jarra, decorada con imágenes de montañas nevadas y con una tapa metálica que se accionaba desde el asa—. ¿La has probado alguna vez?

—Solo una vez, hace ya algún tiempo, en Toledo. Pero hoy la tomaré con mucho gusto.

Y sin más preámbulos tomé la jarra y me dispuse a darle un trago tan largo como el del emperador, hasta que me di cuenta de que aquella no era la cerveza aguada y fresca que conocía, sino una de Flandes espesa, negra y caliente que recibí como un puñetazo en el paladar. Tragué aquello como pude, tratando de mantener la compostura y frenar las lágrimas que asomaban a mis ojos, pues el emperador esperaba ansioso mi parecer.

—Es ex… excelente… —afirmé a la vez que notaba aquel puré bajando despacio hasta mi estómago—. Es una cerveza digna de un emperador.

Don Carlos levantó su jarra y sonrió.

—Eso mismo pienso yo. Los médicos que me atienden no se ponen de acuerdo. Mathiso, en el que tengo más confianza, dice que me hace bien, mientras que otros quieren prohibírmela por completo; de modo que he optado por el punto medio y no bebo más de cinco jarras al día. Después de tanto tiempo he aprendido que la moderación es una gran virtud.

Asentí y bajé la tapa rápidamente, para que no se notase que mi trago no había sido tan largo como se esperaba.

—En fin, ayer me hiciste disfrutar con tu historia —dijo él—. Y eso que en un primer momento, cuando te vi, pensé en despedirte sin más miramientos. Son tantos los que piden audiencia para verme y molestarme con sus problemas, sus súplicas o sus exigencias que la paciencia se me termina. Sin embargo, tu caso es diferente. En primer lugar, porque la idea de venir a verme no fue tuya, como al principio pensé, sino de Quijada. Y, en segundo lugar, porque me mostraste un mundo al que siempre me costó asomarme. Llevo toda la vida viviendo rodeado de lujos y abundancia, y por eso me resulta difícil entender cómo es la vida de las personas sencillas, como tú. En mi camino desde Laredo hasta Cuacos recorrí muchas aldeas y vi a muchos labradores y pastores, aunque los contemplé como se contempla un cuadro: con interés, pero a la vez con distancia. Sin embargo, tú me has revelado mejor que nadie la vida del pueblo llano; te lo agradezco.

Agaché la cabeza, arrebolado, pues nunca hubiese imaginado que el emperador tuviera que agradecerme nada a mí; él se dio cuenta y prosiguió:

—No te avergüences: si he sido emperador durante cuarenta años no ha sido gracias a mí, sino a todos los que me han rodeado. Mientras estás en la cumbre, es difícil verlo. Al bajar de nuevo al suelo es cuando te das cuenta de lo mucho que debes y de las pocas veces que has dicho «gracias».

Sonreí ante sus palabras.

—Cuéntame, ¿qué pasó después de aquella primera noche en casa de tus tíos? ¿De verdad tuviste que dormir toda la noche en la calle?

Pensé que el emperador querría que le hablase de otra cosa, pero, visto que prefería que le siguiese relatando mi infancia, me esforcé en rebuscar en mi memoria. Inspiré hondo para vencer los nervios y tomé la palabra.

—Así es, señor. Dormí toda la noche al raso, escuchando entre sueños el golpeteo de las olas sobre el muelle del puerto, hasta que me desperté cuando mi tío me agarró de la oreja y a trompicones me llevó a un huerto que tenía cerca para plantar unos ajos, pues el mar estaba picado y no se podía faenar. Otros vecinos de la villa tenían también tierras extramuros y se veía actividad por todas partes. Mi primo Diego nos acompañaba, todavía con la sonrisilla en la mirada. Una vez en el huerto, y mientras mi tío se alejaba a cortar algo de leña, me dio un pescozón y me dijo:

»—¿Cómo se te ocurrió, botarate? Mira que yo las he hecho buenas, pero esa nunca se me había pasado por la cabeza…

»—¿Te crees que lo hice a propósito? —respondí—. Fue todo culpa tuya. Si no me hubieras empujado, nada de eso hubiese ocurrido.

»Él se burló.

»—La verdad es que tuvo gracia ver a mi padre con el pelo meado… No veo el momento de contárselo a todo el mundo.

»Quise protestar y pedirle que no lo contara, como vos podréis comprender, pero sabía que era inútil, de modo que agaché el lomo y me puse a plantar los ajos lo mejor que sabía, que era más bien nada, pues en mi casa solo me había ocupado de pastorear las cabras en el encinar.

»—¡Anda, quita! —dijo mi primo, empujándome—. A ver si aprendes algo.

»Cogió la azada y comenzó a abrir surcos en la tierra; luego fue depositando los dientes a intervalos de un paso más o menos. Lo imité e hice también un surco. Aunque todavía estaba resentido por como se había comportado la noche antes, agradecí su gesto.

»—Si trabajas bien, igual hasta consigues comer hoy —dijo guiñándome el ojo—. Eso sí: procura no tirar nada en la mesa.

»Se fue un poco más allá riéndose por lo bajo; mientras, yo iba sembrando los ajos con el firme propósito de remediar mi falta de la noche anterior. A mediodía mi tío y mi primo se sentaron un rato bajo una encina a comer pan con queso, pero yo no lo hice. Primero, porque mi tío no me invitó a acompañarlos; y segundo, porque prefería seguir trabajando para que viera que no era tan inútil como parecía. Cuando el sol comenzó a declinar, totalmente deslomado y con más hambre que en toda mi vida, mi tío se acercó y me dijo:

»—Abona un poco con ceniza y cúbrelos. Por hoy ya es bastante.

»Asentí con la cabeza mientras veía a mi tío alejarse. Diego se acercó sonriendo:

»—Al final va a resultar que no eres tan inútil, después de todo.

»Quise responderle, pero me tragué las palabras. En cambio, aprovechando que aquel día se mostraba algo más amable conmigo, le pregunté dónde podría hacerme con la ceniza para abonar.

»—¡Serás mentecato! ¿De dónde se saca la ceniza?

»Se echó la azada al hombro y me dejó allí plantado, haciéndome sentir como un completo idiota. No estaba dispuesto a arruinar mi recobrado crédito, de modo que, tras pensar un momento en el asunto, me acerqué a la casa y fui al patio trasero en el que mi tía acababa de echar las cenizas de la lumbre. Vi un cochambroso capazo de esparto y lo llené hasta arriba de cenizas humeantes, ayudándome con un palo porque todavía quedaban algunos rescoldos. A la carrera me dirigí de nuevo a las tierras y fui vertiendo como pude la ceniza, tratando de no abrasarme las manos. Cuando terminé, tenía los dedos enrojecidos y todo el cuerpo tiznado. Tapé los surcos con tierra, recogí la azada y me dirigí a la casa.

»Mi tía me recibió en la puerta y se quedó muy consternada con mi aspecto, porque inmediatamente me llevó junto a la lumbre, me puso una manta sobre los hombros y me trajo un cuenco con caldo caliente. Pensé que mi tío se enfadaría por ello, pero vi que asentía con la mirada, poco antes de dar un interminable trago a la bota de vino.

»—¿Entras en calor, Martín? —me preguntó mi tía.

»Asentí con la cabeza mientras notaba cómo el caldo bajaba hasta mi estómago y me calentaba desde dentro, devolviéndome la vida. Mi tío me preguntó:

»—¿Abonaste con la ceniza?

»Lleno de orgullo, respondí:

»—Sí, tío. Casi me abraso las manos, pero está hecho.

»Su grito resonó más fuerte aún que el de la noche anterior. Salió de casa a la carrera y comprobó que, efectivamente, había chamuscado los ajos recién sembrados con la ceniza caliente. Cuando regresó, mi tía se tapaba la cara con las manos, Diego se cubría la boca para que no se oyera su risa y mi prima me miraba estupefacta, preguntándose, sin duda, cómo podía ser tan tonto.

Levanté la vista y vi que el emperador tenía también la mano en la cara y se reía por lo bajo. A pesar de la vergüenza que sentía, me consolaba pensar que lo estaba haciendo feliz.

—¡Vaya comienzos con la agricultura! —exclamó—. Espero que en tus experiencias marineras fueras más diestro...

—Sí, señor; de no haber sido así, creo que hubiese mandado todos los barcos a pique. Navegando es donde más a gusto me sentí. Quizá fue porque me permitía alejarme de todo, especialmente de mi pasado.

—Muchas veces eso es lo mejor que nos puede suceder, aunque por lo general el pasado es tozudo y cuesta dejarlo atrás. Cuéntame, ¿cuándo fue la primera vez que embarcaste?

Agradecí en lo más profundo que el emperador me hiciera esa pregunta, pues temía tener que seguir hablando de mi desventurada infancia. Así que me apresuré a contestar.

—En casa de mis tíos salí muchas veces a faenar, pero siempre cerca de la costa. La primera vez que me embarqué en un viaje de verdad, en mar abierto, tenía quince años. Dejé Castilla siendo apenas un hombre y, cuando regresé, cuarenta años después, ya era un anciano.

—Eso debió de ser en el reinado de mi abuelo Fernando, ¿no es así?

—Así es, señor: en el año de 1509. Después de haber dado muchas vueltas terminé por embarcarme en una flota que partió hacia La Española, junto con un muchacho llamado Mateo. Muchas veces me he preguntado si habría actuado de otro modo de haber sabido cuál iba a ser mi destino en las Indias, mas... ¡cómo saberlo! En el fondo creo que es mejor no pensar demasiado en esas cosas.

—Tienes razón... —señaló el emperador, indicándome con la mano que guardara silencio—. No puedes imaginar las veces que he meditado sobre muchas de las decisiones que hube de tomar. Y el problema es que ninguna era despreciable: de todas ellas dependía la vida de muchas personas, el destino de los países o el futuro de la cristiandad. Eso último fue lo que más daño me hizo. Siempre tuve el sueño de unir Europa bajo una sola fe, pero entre esos malditos protestantes y el testarudo del rey Francisco de Francia echaron por tierra mis esperanzas.

Nunca pude entenderlo: nos odiábamos más entre nosotros que a los musulmanes.

Se detuvo un momento y le dio un larguísimo trago a la jarra de cerveza. Yo tomé la mía también e hice como que bebía.

—Para mis consejeros —continuó— la tarea era sencilla: su labor no era tomar decisiones, sino solo aportar alternativas. ¡Qué fácil es decir «puede hacer vuestra majestad esto» o «puede hacer vuestra majestad lo otro» cuando el que tiene que hacer «esto o lo otro» no es uno mismo! Escuchaba atentamente a todos: al gran duque de Alba, a Filiberto, a Chièvres. Y no les culpo, pues sé que aconsejar era su labor y lo hacían con la mayor dedicación, pero en demasiadas ocasiones me sentía abrumado. Me veía como el protagonista de aquella historia que leí una vez, esa en la que un padre y un hijo iban al mercado montados en un burro y primero les criticaban por ir los dos subidos en el burro, sometiendo al animal a aquel cruel castigo; luego, por ir los dos caminando pudiendo ir montados; luego, por ir el viejo arriba y el niño andando, soportando en sus piernas inmaduras la dureza del camino; y, finalmente, por ir el niño montado y el viejo a pie, a pesar de su avanzada edad... ¿A quién hacer caso? ¿Lo sabrías tú? Te aseguro que más de una vez deseé ser consejero y no rey. Reflexionaba y trataba de alcanzar la mejor respuesta con ayuda de Dios, aunque Dios no acostumbra a hablarnos con claridad, como tú mismo dijiste ayer. En muchas ocasiones, de hecho, nos abandona cuando creemos que le estamos sirviendo correctamente y viene en nuestro rescate cuando no lo merecemos en absoluto.

—En eso os doy la razón, señor; he hecho tantas cosas indignas que todavía me pregunto por qué sobreviví yo cuando otros mejores morían, o por qué Dios parecía sonreírme cuando a otros más devotos o ingenuos los desasistía.

—Son reflexiones vanas, Martín, pues nadie puede responderlas. Solo cabe agachar la cabeza y confiar en la benevolencia de Dios. En todo caso, nos estamos distrayendo. Cuéntame: ¿cómo fue ese viaje en el que te embarcaste?

—Mateo y yo llegamos a Sevilla en la primavera de 1509 porque sabíamos que allí se preparaban las flotas para las Indias, y durante semanas nos mantuvimos con lo poco que llevábamos: unas mudas, algo de carne seca y fruta en conserva, y muy pocos cuartos. Para no tener que pagar una pensión dormíamos en los alrededores del puerto, escondidos entre las maderas de los astilleros como otros muchos, con un ojo cerrado y otro abierto por si alguien se atrevía a robarnos nuestras míseras pertenencias. Mateo y yo nos conocíamos desde hacía un tiempo y estábamos muy unidos. Como ambos éramos vagabundos y aún muy jóvenes, el caminar juntos nos hacía sentir más seguros.

»Una noche, en una taberna del puerto conocida como El Gallo, por fin tuvimos noticia de una flota que buscaba marineros. Todavía recuerdo aquella noche como si hubiese sido ayer. Mateo, harto de merodear todo el día por el muelle sin obtener ninguna noticia esperanzadora, decidió que era hora de gastar algo de nuestro dinero en una cena digna.

»—Si hace falta, mañana ayunaremos —dijo—, pero hoy vamos a tomar algo caliente, ¿no te parece?

»Asentí y nos acercamos a una taberna cuando el sol ya comenzaba a ponerse. A la entrada nos recibió una talla en madera de un gallo, con una de las patas atada con una cadena a un tonel de vino. Dentro del local había un gran bullicio, con los hombres gritando y maldiciendo. Mateo vio en el fondo a otro buscavidas que había conocido días atrás y que, saludándonos con la mano, nos invitó a juntarnos con él y su acompañante.

»—¡Por fin te animas a emborracharte, Mateo! Ya me parecía raro no verte nunca por aquí. ¿Dónde diablos te metes? Vamos, os invito a un trago —dijo el hombre, al que se le notaba que estaba ya bastante ebrio.

»—Hay que saber dividir el tiempo, Hernando...

»—Eso hago aquí: un tiempo al vino blanco y otro al tinto. —Rio él con estruendo.

»Era un hombre muy grande, con los ojos negros como el

carbón y una barba muy poblada y empapada de vino que atufaba a la legua. A su lado, Mateo parecía un alfeñique y yo ni digamos... Tomó dos taburetes cercanos y le pegó un empujón al hombre que tenía a su lado para que nos hiciese un hueco. Este estaba tan borracho que se levantó de la mesa con los ojos medio cerrados y salió dando tumbos del local. Mateo sonrió, pero no había acudido allí solo para beber, de modo que preguntó mientras se sentaba:

»—El vino ayuda a olvidar, pero lo que nosotros necesitamos ahora es buscar una nueva vida. ¿Has oído algo últimamente? ¿Sabes cuándo partirá otra flota a las Indias?

»—Algo he escuchado. Sin embargo..., tengo la garganta tan seca que no puedo ni hablar; de hecho, no tengo fuerzas ni para levantarme. —Y mientras lo decía sacó del bolsillo una moneda y me la puso en la mano para que fuese a pedir vino.

»Me levanté presto del taburete y cogí la jarra vacía; él me agarró del brazo para detenerme.

»—Escúchame, muchacho: veo por tu aspecto que no eres más que un pobre diablo, y en el fondo me das lástima, aunque apenas te conozco, así que voy a prevenirte de lo que te ocurrirá cuando vayas a pedir el vino. Buscarás al dueño, pero él no estará, pues siempre está borracho, peleando o jugando a las cartas; normalmente todo a la vez. Entonces te atenderá su mujer. Es muy bella, te lo aseguro. Le gustaría incluso a quien no le atrajesen las mujeres. Se acercará al mostrador, te dirá que eres muy guapo, te revolverá el pelo, apoyará sus pechos en la madera y comenzará a contarte la historia del gallo y el vino, como hace con todo el mundo, pues no creo que conozca otra. En esas, tú sucumbirás dulcemente a sus encantos y a la hora de pagar te dirá que has de darle el doble de lo que realmente cuesta el vino... Así que, Mateo, vete dándole otra moneda o volverá dentro de una hora con las manos vacías y eso sí sería una tragedia.

»Mateo dudaba, pero, al ver el gesto de seguridad de Hernando, se llevó la mano al bolsillo y me dio otra moneda.

»—Aunque sea un pobre diablo —dije—, estoy bien curtido en engaños. Descuida, Mateo, que volveré con el vino y con tu moneda.

»Y, sin esperar más respuestas, me acerqué a la barra, avanzando a empellones entre los muchos clientes. Busqué al dueño del local y lo encontré en una esquina del mostrador. Era un hombre muy gordo, calvo como una bola de cañón y con una nariz enorme y colorada. Traté de llamar su atención para que me atendiera, aunque sin éxito; estaba jugando a los dados con unos clientes y no me hizo caso. Debía de estar perdiendo y tenía cara de pocos amigos, por lo cual no quería interrumpirle, pero tampoco deseaba que saliera su esposa, así que tosí un poco para llamar su atención. Sin embargo, a mi penosa llamada no acudió el mesonero, que seguía enfrascado en el juego, sino su mujer. Se acercó a mí y comprobé que Hernando no había mentido: era joven y terriblemente hermosa. Llevaba un corpiño bastante ajustado y lucía un generoso escote.

»—¿Qué quieres, hijo?

»—Un poco de vino, por favor —pedí, y puse sobre el mostrador la jarra y la moneda.

»Ella sonrió con picardía.

»—¿Vas a beberte todo el vino tú solo?

»—No, señora —respondí avergonzado.

»—Me gustas, muchacho; no sé cuántos años hace que nadie me llamaba "señora", puede que nunca... ¿No te han dicho que eres muy guapo?

»Quise decir algo, pero no se me ocurrió nada y me quedé allí plantado. Ella se inclinó todavía más sobre la barra, me revolvió los cabellos y apoyó los pechos en la madera.

»—¿Sabes por qué este sitio se llama El Gallo?

»Estaba aterrorizado.

»—No, señora —musité, tratando de no mirar su escote.

»—Dicen que hace mucho tiempo, en la casa de un gran señor, había un gallinero muy bien cuidado en el que reinaba un gallo hermoso y altanero, con la cabeza roja, el cuello dorado y largas plumas negras y azules en la cola. Se paseaba orgulloso entre sus gallinas, sabiéndose el amo y señor; no obstante, había algo que le fastidiaba: aunque la dueña de la casa los tenía bien cebados y les daba todos los días pan mojado en leche y los tallos de las verduras, el gallo podía ver que un arrendajo se paseaba por las viñas comiendo uvas a su antojo. El gallo, envidioso de la suerte del arrendajo, le llamó para que se acercara y le dijo: "No paras nunca de merodear las viñas. Dime, ¿a qué saben las uvas?". El arrendajo le contestó: "¡Que a qué saben las uvas! Entre todos los frutos creados por Dios es el más delicioso, el más dulce, el más embriagador. ¿Por qué crees que los hombres lo prefieren sobre cualquier otro?". El gallo bajó la cabeza, apesadumbrado. "Nunca podré probarlas. La dueña puso una verja entre el gallinero y las viñas para que no nos colemos". El arrendajo se dio cuenta de que el gallo, a pesar de que lo alimentaban todo el día sin tener que molestarse en buscar su comida, sentía envidia por él, y le dijo con malicia: "No tengas pesar, gallo. Las uvas no están a tu alcance, pero sí el vino que la dueña guarda en la bodega, ¡y es mucho mejor que la fruta! Solo tienes que ir por la noche, picar la tapa de la cuba con tu poderoso pico y beber cuanto quieras. Ella creerá que han sido los ratones y nadie te echará la culpa". El gallo se retiró para meditar lo que el arrendajo le había dicho. Quería a su dueña, que lo trataba muy bien, mas la tentación del vino era tan grande que finalmente se decidió a hacer lo que el arrendajo le había sugerido. Por la noche, cuando todos se habían ido a dormir, salió del gallinero y se coló por un agujero en la bodega. Cuando sus ojos se acostumbraron a la oscuridad, caminó despacio hasta una de las cubas, que se encontraba tumbada. Picó en la tapa, procurando no armar mucho escándalo, hasta que salió un chorrito de vino. Al probarlo comprobó que el arrendajo no le había mentido: ¡aquello era más delicioso que el néctar! Bebió cuanto quiso, pero entonces se dio cuenta de que el chorro no cesaría hasta que la cuba se rebajase lo suficiente, de modo que tuvo que beber, beber y beber para que el vino no se derramase por el suelo de la bodega. Al final, tanto vino bebió que se cayó desplomado mientras el chorro seguía saliendo y mojando sus plumas. Por la mañana, la dueña se extrañó de que el gallo no hubiese cantado y más se alarmó cuando acudió al gallinero y no lo vio. Siguiendo las pisadas halló el agujero en la pared de la bodega y entró para descubrir al gallo empapado junto a la cuba de vino. Encolerizada, le dio una somanta de palos y le ató la pata a la cuba con una cadena. Y mientras las gallinas desayunaban su pan con leche, él se quedó mirando durante dos días, hasta que terminó de vomitar todo el vino que había bebido. En ese momento apareció el arrendajo y, volando en círculos sobre él, le graznó: "Por ansiar vino en la cena, paga ahora tu condena".

»La mujer se echó a reír mientras se daba la vuelta y me rellenaba la jarra hasta arriba. Luego me la acercó y, poniendo sus labios sobre mi oído, me susurró:

»—Te habrán dicho que engaño a los pobres pardillos, ¿verdad? En realidad, solo lo hago con aquellos que se lo merecen, como el papanatas de Hernando, que se deja aquí todo su dinero en envites y borracheras. Tú me has caído bien, así que..., ahora que conoces la historia, toma el vino y bebe con mesura. ¡Y date cuenta de que te lo digo yo, que vivo de vender vino!

»Y empujándola con el dedo, me devolvió la moneda mientras me guiñaba el ojo.

»—Guárdala para cuando te haga falta de verdad. A este trago invito yo.

»Si hubiese actuado con honestidad, tendría que haber devuelto la moneda a Hernando, pero, como me había tratado con tanto desdén, decidí guardármela. De modo que la metí en mi bolsillo y regresé a la mesa sorteando a los borrachos y con una sonrisa de idiota en los labios. Cuando llegué, Hernando me miraba con suficiencia.

»—Ya ni te esperábamos... ¿Has ido tú mismo a pisar las uvas o es que la mesonera te engañó con sus historias, como predije?

»Palpé las dos monedas en mi bolsillo.

»—Todo ocurrió exactamente como dijiste: de principio a fin.

»Hernando rio con estruendo. Me senté a la mesa al tiempo que le ponía a Mateo su moneda en la mano. Él me miró con asombro, pero no dijo nada. Hernando, mientras tanto, fue rellenando nuestros cubiletes.

»—¡Brindemos! —exclamó.

»Los tres bebimos de un trago aquel vino picado y cabezón.

»—Es incluso peor que el anterior, que ya es decir... —dijo Hernando mientras el vino le escurría por la barba y salpicaba en la mesa—. En fin, Mateo, lo que te decía: se oye por el puerto que se está preparando una gran flota. Partirá en pocos meses y su destino final, en esta ocasión, no será La Española, sino Tierra Firme.

»Mateo sabía casi tan poco como yo de aquellos asuntos y puso cara de estupefacción.

»—¿Tierra Firme?

»—¡Ay, madre! —exclamó Hernando, llevándose la mano a la cara—. Veo que tendré que empezar por el principio... Tierra Firme es como llaman al continente que hay más allá de las islas. De momento solo se sabe que es un territorio muy vasto, mucho más de lo que podamos imaginar, pero no hay ni un asentamiento estable. Por lo que parece, el rey Fernando, un poco cansado de la situación, reunió en Burgos a los mejores conocedores del mar y allí decidieron que convenía enviar una nueva expedición para costear aquel litoral y tomar el control del continente, no solo de las islas.

»—Entonces —continuó Mateo, sirviéndose vino—, ¿es esa la expedición que requiere hombres?

»—No es tan sencillo. En aquella reunión estaba Juan de la Cosa, que, aparte de un grandísimo marino, hablaba por boca de uno de los hombres que mejor conoce aquella costa: Alonso de Ojeda. De modo que, convencido por Juan de la Cosa, el rey determinó que la expedición la comandase Ojeda, con Juan de la Cosa como su lugarteniente.

»—De modo que esa es la expedición que...

»—¡Espera, demonios! —exclamó Hernando, dando un

golpe en la mesa con el cubilete—. Esa era la idea inicial. Sin embargo, mientras De la Cosa preparaba los documentos para organizar el viaje, llegó a la corte otro pretendiente: Diego de Nicuesa, un noble andaluz muy bien posicionado, que sirvió de joven en casa del tío del rey Fernando y que se ha enriquecido durante años como encomendero en La Española, capturando y vendiendo indios. Nicuesa sabía que Ojeda estaba arruinado y que no conseguiría reunir una flota muy lustrosa, de modo que le calentó la cabeza al rey, o a sus consejeros —quién sabe— hasta que consiguió que don Fernando aceptase dividir en dos las tierras a explorar: una parte para Ojeda y otra para él, como quien parte una hogaza.

»—¡Vaya! Eso significa que hay donde escoger, ¿no? ¿Qué harás tú? ¿Cuál te parece que es mejor elección?

»—Puedo equivocarme, pero, como os dije, parece que la flota de Nicuesa estará mejor pertrechada. Ojeda es un hombre valiente y muy impulsivo, y parece que está protegido por un ángel, pues nunca ha sido herido en combate. En todo caso, se las está viendo muy mal para conseguir no solo hombres, sino también barcos. Ayer, por fin, Juan de la Cosa consiguió llegar de Portugal con dos naos que le han vendido allí y que habrá que reparar por completo si quiere cruzar el océano con ellas. No solo irá él, sino también su mujer y sus hijos, a los que dejará en La Española. Allí dicen que se juntará con los hombres que consiga reclutar Ojeda en la isla para luego dirigirse a Tierra Firme y tomar aquel territorio.

»—No sé... —dudó Mateo—, yo pensaba embarcarme para poder obtener tierras en La Española y empezar una nueva vida allí; esto que nos cuentas se parece muy poco. Si aquellas costas están apenas exploradas, lo que se necesitaría serían soldados, no marineros...

»—Uno no embarca para ir a pescar sardinas o cultivar nabos, Mateo. Si te subes a uno de estos barcos, tienes que saber que tu destino ya no te pertenecerá más. Piensa en lo que tienes aquí y lo que puedes lograr allí, y valora por ti mismo.

»Mateo me miró como tratando de desentrañar mi parecer;

yo conocía tan poco de aquellas cosas que no pude más que encogerme de hombros.

»—Habrá otras flotas, vive Dios —continuó Hernando, dirigiéndose a Mateo—, pero mientras estés aquí tendrás que mantenerte, y no me parece a mí que estés muy boyante, la verdad. Dentro de una semana igual no tienes ni para pagar una jarra de vino…

»Mateo meditó un poco más y por fin se decidió:

»—Está bien, me presentaré mañana en el puerto e intentaré que me incluyan en la flota de ese tal Nicuesa.

»Y luego, mirándome a mí, añadió:

»—Eres libre para tomar tu propia decisión, Martín: o vienes conmigo o te sigues pudriendo aquí a la espera de otro barco.

»Aquella era una de las habituales e incoherentes disyuntivas de Mateo, pues quedarme solo en Sevilla me hacía sentir tan vacío como una cáscara de huevo, de modo que dije con rapidez:

»—Yo te sigo donde vayas, Mateo. Peor que aquí no puede irnos.

»Hernando se rio con estruendo y bebió su cubilete de un trago; a continuación lo llenó de nuevo.

»—¡Mañana buscaremos barco, pero hoy dediquémonos a beber!

»Así lo hicimos y, aunque Mateo y Hernando bebieron sin parar, entre trago y trago pude echarme un poco de vino para mí, si bien tuve presentes las palabras de la mujer del tabernero y procuré no acabar ebrio. Al final, Hernando estaba tan borracho que, cuando nos echaron a patadas, y mientras trataba de ayudarle para que no cayese, él empezó a acusarme de que quería asesinarle y otras barbaridades semejantes. Tras convencerlo de que no era así, fuimos al puerto y dormimos al raso, tapados solo por unas mantas apestosas que encontramos entre las cañas. Hernando y Mateo durmieron abrazados y se juraron amistad eterna, tal era su borrachera.

»Dormí bien, pero, como no estaba acostumbrado a beber,

al día siguiente me desperté con un formidable dolor de cabeza. Me acerqué al río y me mojé la cara para espabilarme un poco. Fue entonces cuando vi los barcos de los que Hernando nos había hablado. En un muelle había dos navíos cochambrosos y en otro, otras naos algo mejores. Supuse que los primeros serían los de Juan de la Cosa y los segundos los de la flota de Nicuesa. Volví donde Mateo al tiempo que él se ponía en pie. A pesar de que había bebido diez veces más que yo, no parecía tener ninguna muestra de resaca.

»—Mira, Mateo —dije señalando con el dedo hacia los muelles—. Esos deben ser los barcos de los que nos hablaba ayer Hernando.

»Mateo se refrescó también un poco la cara y nos dirigimos a los muelles. Hernando se quedó durmiendo la mona. Íbamos convencidos de enrolarnos en la flota de Nicuesa, pero en el último momento una idea cruzó por mi mente.

»—Mateo —dije cogiéndolo del brazo—, Hernando nos contó que el capitán Juan de la Cosa llevará a bordo a su familia hasta La Española. Quizá sea una tontería, pero me parece que nadie pondrá tanto empeño en que los barcos lleguen a su destino como él, ¿no te parece?

»Mateo reflexionó un momento y mi idea le convenció, no sé si porque era buena o porque no había ninguna otra que valorar, así que nos acercamos a uno de los capataces que dirigían las labores de reparación de los barcos de Juan de la Cosa. Era un hombre delgadísimo, con el torso desnudo y la piel tostada por el sol. Estaba tan seco que parecía que se conservara en sal, como los arenques. Luego hube de darme cuenta de que a la mayor parte de los marineros les ocurre lo mismo. El caso es que Mateo le dijo que queríamos participar en el viaje y, para darse algo de importancia, empleó palabras marineras como "arboladura", "trinquete", "mesana" y otras parecidas. Creo que el hombre se dio cuenta nada más escucharlo de que no tenía ni la más mínima idea de lo que estaba diciendo, pero el caso es que nos acogió de inmediato y nos dijo que fuéramos donde el escribano para inscribirnos. Los rumores de que Ojeda no tenía dinero ni para pagar los barcos y que Juan de la Cosa había tenido que invertir parte de su capital en la expedición para que esta pudiera avanzar habían hecho desistir a muchos y andaban cortos de aspirantes. De modo que si terminamos en aquella flota no fue por nuestros méritos, que de hecho eran inexistentes, sino por los deméritos de la empresa que Ojeda y Juan de la Cosa pretendían acometer.

»Desde ese mismo día comenzamos a trabajar, siguiendo las instrucciones de los marineros más experimentados. Tratábamos de aprender rápido y no cometer errores, sobre todo porque de la buena reparación de aquellas naves dependía en buena medida que consiguiéramos llegar a La Española. El ajetreo en el muelle de las Muelas era incesante y mi nariz estaba taponada de continuo con el penetrante olor a brea. Yo había ayudado a mi tío en Santander y conocía algunas de las tareas propias del mantenimiento de los barcos, aunque la pobre barca de pesca del tío Alonso poco tenía que ver con aquellas enormes carabelas en las que íbamos a embarcar.

»Unos días después, mientras estábamos ayudando a calafatear el casco de La Concepción de Nuestra Señora, la mayor de las dos naos, se acercó Hernando. Traía una amplia sonrisa y en sus ojos se apreciaba que ya había bebido en abundancia, aunque aún no era ni mediodía.

»—¡Vaya par! No habíais trabajado tanto en toda vuestra vida, ¿verdad?

»Y se rio con estruendo, como de costumbre.

»—A la fuerza ahorcan —le respondió Mateo—. Aunque cometa algún error, prefiero que me echen por inútil que por vago.

»—Eso está bien. Normalmente uno necesita dos o tres meses para aprender lo necesario; en vuestro caso calculo medio año… En fin, espero que os acompañe la fortuna. A mí me admitieron en la flota de Nicuesa. Por lo que se dice, partirán más o menos al tiempo y ya en Santo Domingo tanto Nicuesa como Ojeda tendrán que pelear por más hombres, porque con los que vamos desde aquí no hay ni para conquistar un islote.

»Me estremecí al oír la palabra "conquistar", aunque no dije nada.

»Luego estuvo hablando de mil cosas con Mateo, sin prisa aparente, por lo que el capataz de nuestra flota vino varias veces a llamarnos la atención para que volviéramos al trabajo. Hernando no hizo aprecio y Mateo hubo de cortarle para evitar que el siguiente aviso terminase en castigo. Por fin se decidió a marcharse, pero estaba tan borracho y tenía la lengua tan suelta que la despedida se hizo interminable mientras le oíamos decir necedades y repetirse una y otra vez.

»Tras un buen rato se alejó hacia el muelle en el que se preparaban las naos de Nicuesa y durante los días siguientes solo lo vimos en alguna ocasión saliendo completamente borracho de las tabernas o metido en alguna bronca con otros marineros. Ese insufrible verano de Sevilla trabajamos de sol a sol con la espalda quemada y las manos abrasadas por las maromas, preparando nuestros cuerpos para la travesía y aprendiendo labores que a bordo nos resultarían muy útiles.

»Nuestras dos naos, la Concepción y la Santa Ana, necesitaban cincuenta marineros en total, pero las dudas acerca de la expedición era tantas que a unas pocas semanas de partir todavía faltaba por completar un cuarto de la dotación. En un intento desesperado se envió a un comisionado a la localidad de Écija, quien consiguió reclutar a los hombres que faltaban. Ello me reconfortó, porque estos últimos sabían tanto del mar como yo de escolástica y, en la ignorancia general, la mía se diluía un tanto.

»Por fin, a comienzos de septiembre, la flota se puso en marcha: primero los barcos de Nicuesa y pocos días después los nuestros. No volvería a ver el perfil de la costa andaluza hasta cuarenta años más tarde…

Levanté la vista y vi que el emperador tenía la mirada perdida. Mostraba la boca abierta, como de costumbre, y su pecho se elevaba con pesadez, como si cada bocanada de aire le supusiera un esfuerzo supremo. No estaba muy seguro de que en ese momento me prestara atención.

—¿Os encontráis bien, señor?

Pareció regresar a la vida.

—Sí, Martín, me encuentro bien. Tu relato es magnífico, pero por hoy es suficiente. Mi cabeza ya no es la de antaño, y necesito tiempo para asimilar lo que me cuentas. Mañana seguiremos.

—Por supuesto, señor —musité mientras me levantaba, orgulloso de que el emperador quisiera verme de nuevo y, al mismo tiempo, intranquilo por tener que seguir con mi cometido—. Que descanséis.

Despacio me acerqué a la puerta y volví a mi cuarto para acostarme. Me desvestí con calma, reviviendo en mi mente todas las cosas extraordinarias que me habían ocurrido en aquellos últimos días, y me metí en la cama.

Tumbado en mi nuevo y mullido colchón, solo y en completo silencio, me parecía sentir otra vez el golpeteo de las olas sobre el casco del barco.

4

Un rey a la deriva

Aquella tarde no hizo falta que nadie me despertase de la siesta. Cuando Luis de Quijada vino a avisarme, yo ya estaba abriendo la puerta para dirigirme a la estancia del emperador.

—¡Ave María! —exclamó él—. ¡Los milagros existen!

Aprovechando mi ímpetu, me acompañó a buen paso hasta el salón del emperador, picó a la puerta y abrió, dándome paso. Me acerqué a don Carlos, que me esperaba con su gran jarra de cerveza espesa en la mano y con el rostro más serio que el día anterior. Noté el temblor de mis manos mientras me fijaba en que mi jarra de cerveza no estaba.

—Siéntate, Martín.

Asentí respetuosamente y tomé asiento con la respiración contenida.

—Ayer —prosiguió— el camarero me dijo que tu cerveza estaba casi sin probar, a pesar de las muchas veces que la inclinaste, y por eso me he permitido no hacerte pasar de nuevo por el mismo calvario. Admiro la sinceridad... Debiste decirme que no te gustaba.

Tragué saliva e incliné la cabeza, avergonzado. El emperador tenía razón y yo lamentaba mucho haberle decepcionado tan pronto. Solo tenía ganas de salir de allí corriendo. Él pareció darse cuenta de mi tribulación.

—No te avergüences; en realidad no es para tanto... Me resulta increíble que no te guste la cerveza, pues es magnífica, pero en el fondo entiendo que no dijeras nada. La sinceridad muchas veces es compañera de la descortesía y no soy tan ingenuo como para ignorar que no es fácil estar ante un rey, aunque ese rey ya no tenga ni corona... En todo caso, preferiría que a partir de ahora tuvieras la confianza suficiente para decir lo que te gusta y lo que no. Habla con franqueza, ¿deseas algo?

Alcé la cabeza y contesté:

—Una... una copa de vino estaría bien, señor, si no es mucho pedir.

Llamó a su camarero y, al poco, este volvió con una copa. Le di un largo trago y recuperé parte de la compostura.

—¿Mejor así?

—Sí, señor. Mucho mejor.

El emperador levantó su jarra de cerveza y le dio un trago interminable, limpiándose a continuación la comisura de los labios con la mano.

—De verdad que no entiendo que no te guste. En fin..., ayer nos quedamos en el momento en que los barcos partieron rumbo a La Española, si no me equivoco. Cuéntame, ¿cómo fue aquel viaje?

Me quedé muy sorprendido, pues estaba convencido de que el emperador no había escuchado en absoluto la última parte de mi relato. Desde aquel momento comprendí que escuchaba todo con suma atención aunque pareciese estar muy lejos.

—Podéis imaginar que aquel viaje no fue muy placentero, señor. Como os dije, yo solo había faenado en la barca de mi tío y mi bautismo en alta mar fue una travesía por el océano de más de un mes de duración. Me encargaron, por supuesto, las tareas más penosas: cargar cosas de un sitio para otro, izar las velas, limpiar las escudillas y las cucharas después de la comida y otras labores semejantes. Los dos primeros días estuve tan mareado que no pude más que vomitar una vez tras otra, siendo así la mofa de los marineros más experimentados.

»Una de las primeras noches, mientras dormía en la cubierta tapado solo con una manta empapada por las olas, me desperté de pronto más descompuesto que en toda mi vida. Sentía como si alguien me estuviese apretando desde dentro el estómago al tiempo que mi cabeza giraba sin cesar, de suerte que apenas sabía dónde estaba la cubierta y dónde los mástiles. Me agarré a duras penas a la borda y traté de arrojar, aunque no fui capaz, de modo que me dejé caer de nuevo en las maderas y me hice un ovillo gimiendo y rezando a Dios para que aquel suplicio terminase.

»Un marinero que se había despertado me pegó una patada y me dijo que me callase de una maldita vez. Seguí retorciéndome en silencio hasta que escuché a alguien acercándose. Pensé que sería alguno que vendría a darme otro puntapié; entonces sentí sobre mi cabeza una mano y, al volverme, vi que era Mateo. Me hizo ponerme de rodillas y encogerme como una musaraña con la cabeza entre las piernas. Sacó de entre sus ropas una pequeña botellita con una infusión, que olía de manera muy penetrante a manzanilla y laurel, y me hizo dar un trago. De inmediato sentí náuseas y vomité por fin. Caí desplomado por el cansancio y él apartó la manta mojada y me puso sobre los hombros otra seca. Cómo se lo agradecí. Sentí un profundo alivio y me dormí de nuevo por una o dos horas, hasta que el contramaestre nos despertó a todos para volver a la tarea.

Iba a seguir con mi relato, pero vi que el emperador tenía la misma expresión de ausencia que el día anterior. Sin embargo, en esta ocasión me explicó el porqué.

—De viajes tortuosos sé bastante, Martín, y ahora seré yo el que tome la palabra para relatarte uno de ellos.

—Por supuesto, señor —dije, y me dispuse a escuchar.

—Durante mi largo reinado fui nueve veces a Alemania, seis a España, siete a Italia, cuatro a Francia, dos a Inglaterra y dos a África, lo que, si las matemáticas no me fallan, suman treinta y una. Para ello hube de cruzar el Mediterráneo ocho veces y el Atlántico cuatro, y no creo que mis días en el mar sumasen menos de un año completo, o cerca. Algunos de aquellos viajes fueron desesperantes, insufribles, aunque ninguno como el que me tocó emprender para tomar posesión de mi título de rey de España. Me explicaré.

Dio un buen trago a la jarra y siguió:

—En Castilla los ánimos estaban muy alterados entonces porque yo permanecía en Flandes tras la muerte de mi abuelo Fernando, y por eso me decidí a viajar a España en el otoño de 1517 y tratar de apaciguar la situación. El barco en el que iba llevaba en la vela mayor un emblema con las columnas de Hércules y el lema «PLUS ULTRA», que yo mismo había ideado. Se suponía que debíamos llegar con toda pompa a Santander, donde me esperaban, pero los ineptos pilotos equivocaron el rumbo y terminamos desembarcando en el puerto de Tazones. ¿Puedes imaginar el estupor de los vecinos de aquel villorrio cuando vieron acercarse nuestra flota? Al principio debieron de pensar que éramos turcos o franceses y que veníamos a invadirlos, y no fue hasta que vieron el pabellón castellano, y descubrieron que entre nuestra tripulación iban mi hermana y otras damas, que se tranquilizaron un tanto.

»Bajamos a tierra y fuimos recibidos con respeto, aunque nos informaron, en cuanto encontraron la oportunidad, de que allí apenas tenían provisiones para alimentar a los doscientos que descendimos. De modo que nos internamos en la ría y llegamos hasta otro pueblo no mucho más grande, llamado Villaviciosa. Sus vecinos, avergonzados por no tener nada digno que ofrecernos, prepararon obleas con harina y huevo, y pudimos reponer en parte nuestros maltrechos cuerpos. Lo que no había, por supuesto, era nada de cerveza, así que hubimos de conformarnos con sidra. Salvo por eso, fue un día muy agradable. Lo peor, en todo caso, se presentó cuando cayó la noche: no había sitio donde dormir y la mayor parte de mis hombres tuvieron que hacerlo en la calle, mientras que a mí me buscaron una casa de piedra de la que, supongo, alguien se ocupó de echar a sus propietarios. El caso es que la situación era tan mala que a los pocos días decidimos seguir por la senda de la costa hacia Santander, soportando lluvias torrenciales y una niebla negra y fría que apenas nos permitía avanzar. Tan arduo fue el camino que, al llegar a San Vicente de la Barquera y a pesar del cálido recibimiento que allí nos dieron, con festejo de toros incluido, caí gravemente enfermo, de suerte que ni los bufones fueron capaces de hacerme reír.

Me mordí la lengua para no decir que aquellos sufrimientos los padecí yo en las Indias casi de continuo sin caer enfermo; pero cualquiera sabe que el cuerpo responde a lo que se le enseña y que los príncipes duermen tanto entre algodones y están tan poco acostumbrados a caminar fuera de palacio que piensan que todos los caminos son alfombrados y olvidan que, en realidad, son de barro y piedra.

—Los médicos —siguió el emperador—, que no tenían ni idea de lo que me pasaba, nunca la han tenido, concluyeron que la culpa fue de la brisa marina, lo mismo que podrían haber dicho que fue del polvo de los carros o del pelo de los caballos. Estaba tan débil que no me molesté en discutir el asunto. Lo que nunca entendí fue que decidieran, sin consultarme, que lo mejor era marchar directamente hacia el interior en vez de seguir camino a Santander, donde había llegado el resto de nuestra flota.

»Con apenas unos carros tirados por bueyes, algunos caballos y cuatro o cinco mulas de carga superamos montañas interminables azotados por temporales de lluvia y viento como no había visto en toda mi vida. ¡Y qué decir de las aldeas! Las casas de Tazones eran palacios al lado de aquellas inmundas viviendas, algunas de ellas cubiertas con pieles de oso y donde los aldeanos convivían bajo techo con sus animales y con ejércitos de moscas. En un pueblo tan apartado y mísero, que no creo que tuviese siquiera nombre, fue imposible encontrar un sitio digno donde pasar la noche y mis hombres hubieron de montar las tiendas en el exterior, si bien llovió de tal forma hasta el amanecer que acabamos todos completamente empapados. Llevábamos veintiséis días de ruta y no habíamos hecho más que catorce leguas.

—Conozco bien las montañas del norte, señor, pues en ellas me crie; y coincido con vos en que son las más fragosas y agrestes del mundo.

—Eso pensaba yo, hasta que conocí los Alpes; aunque de eso no me apetece hablar ahora. El caso es que la situación no mejoró hasta que llegamos a Aguilar, donde coincidimos con algunos de los hombres de nuestra comitiva que venían desde Santander. Y, aun así, todavía hubimos de transitar por algunos pueblos donde los vecinos en vez de vivir en casas lo hacían en lugares escondidos y oscuros, como si fueran madrigueras de conejos o de zorros... Te aseguro que en aquellas jornadas hubiese renunciado con gusto al título de rey si alguien me hubiese podido llevar volando desde allí a Flandes.

Sabía que el emperador no decía aquello en serio, porque no he conocido a ningún rey, ni conde, ni marqués que renuncie siquiera a un pedazo de sus posesiones... aunque conservarlas suponga comenzar una guerra.

—Nadie viaja por placer, señor —dije—; ni creo que alguien lo vaya a hacer alguna vez.

—En eso estoy de acuerdo. Pero nos hemos desviado del asunto, pues eras tú quien estaba hablando. Dime, ¿qué ocurrió después de aquellas primeras jornadas a bordo?

—Pues ocurrió que, como todo en esta vida, o te acostumbras o mueres, y yo no estaba por la labor de morir tan pronto. Poco a poco conseguí resistir los mareos y las náuseas, y empecé a comer sin vomitar y a dormir una o dos horas seguidas. También aprendí a mantenerme siempre alerta y a no permanecer demasiado tiempo en las bodegas del barco a solas.

El emperador pareció no comprender, lo cual fue un fastidio porque me tocó explicar aquel espinoso asunto.

—Como sabréis, señor..., los marineros... en los barcos... a veces... Yo por fortuna me libré, aunque siendo tan joven sabía que algunos pretendían...

—¡Ah! —exclamó el emperador, y deduje que había comprendido al fin. Aquel tema no le gustó mucho, de modo que me invitó a continuar—: Sigue, Martín, no te distraigas con cosas sin interés.

—Está bien. Solo lo decía porque, en gran parte, que consiguiera evitar esos inconvenientes se debió a que el capitán Juan de la Cosa me acogió bajo su protección, más o menos a la semana de partir. A bordo llevaba, como os dije, a su mujer y sus hijos: un varón y dos muchachas. Todos dormían en el camarote del capitán y durante las primeras jornadas de navegación no se les vio ni un solo instante, pues parece que los mareos e indisposiciones que sufrieron fueron similares a los míos.

»Al cabo de una semana salieron por fin a cubierta. El hijo se llamaba Pedro y era poco mayor que yo. Supuse que no había navegado nunca, no solo por los mareos, sino porque se asustaba con los bandazos del barco y los golpetazos de las olas en el casco. Dicen que todo se hereda, pero vive Dios que aquel muchacho no parecía estar adornado por las mismas virtudes que su padre. Y, en cierto modo, creo que aquel temor y aquella inseguridad que desprendía hicieron que le cogiese aprecio porque me hacía sentir que no era el único de la expedición que estaba asustado.

»Una de aquellas jornadas, por la mañana, Pedro salió a cubierta y se puso a mirar el horizonte agarrado a la borda; tenía aspecto de haber dormido poco. Instantes después aparecieron sus hermanas, cuyos nombres no recuerdo, y la más pequeña se puso a chincharle precisamente por lo mal que llevaba lo de navegar. Estaba en mi turno de trabajo, fregando la cubierta, y podía escuchar la conversación, aunque disimulé. Pedro se iba enfureciendo más y más y se notaba bien que no soportaba a sus hermanas, hasta que terminó por soltar una blasfemia tan malsonante que hasta algunos de los marineros se sonrojaron.

»En ese momento apareció en cubierta el capitán. Envió a sus hijas inmediatamente de vuelta al camarote y luego reprendió a su hijo por haberse comportado de aquella manera impropia de su condición. Pedro agachó la cabeza, avergonzado, y aguantó como pudo la reprimenda. Muchos marineros se habían vuelto para ver lo que ocurría, aunque yo solo lo hacía de soslayo. Entonces el capitán, en voz alta y dirigiéndose a su hijo, añadió:

»—Pedro, estos hombres que ves aquí duermen en cubierta,

se cubren por la noche con mantas de estameña y trabajan por turnos hasta que sus manos se vuelven duras como las piedras. ¿Crees de veras que merecen escuchar a un crío que duerme en un colchón y no se mancha las manos, cómo discute con sus hermanas y maldice?

»El muchacho agachó todavía más la cabeza.

»—No, padre.

»—Pues aprende bien que todo pecado tiene su castigo. Y como el ofendido no he sido yo sino los marineros, serán ellos los que te lo impongan.

»Aquello me sorprendió tanto que, ahora sí, me volví para comprobar que todos los demás marineros también habían dejado sus tareas para ver el rapapolvo, entre ellos Mateo. El capitán elevó su voz:

»—¿Qué castigo merece?

»No sé si el capitán esperaba realmente una respuesta, pero era evidente que nadie se atrevía a hablar. Al final fue el capitán el que tomó la decisión.

»—¡Tú! —exclamó señalando a un marinero—. ¿Cómo te llamas?

»El marinero dejó lo que tenía entre manos y respondió:

»—Me llamo Pascual de Malpartida, capitán, aunque todos me conocen como Pascual el Rubio.

»De la Cosa asintió en silencio.

»—Muy bien, Pascual, ¿qué castigo crees que merece mi hijo?

»Pascual dudó unos instantes antes de hablar, como temeroso de las consecuencias que aquello pudiera tener.

»—Capitán, en este mundo unos mandan y otros obedecen, y no está bien que las cosas se cambien de orden. Si vuestro hijo merece un castigo, sois vos el que debe imponérselo, no nosotros.

»Algunos asintieron con la cabeza o murmuraron en aprobación de las palabras de Pascual. Pensé que aquello terminaría allí, pero el capitán no pensaba darse por vencido. Entonces escuché espantado:

»—¡Tú! Te llamas Martín, ¿verdad?

»Asentí sin moverme del sitio.

»—Sí…, señor… —balbuceé, sorprendido de que el capitán supiera quién era y temiendo que también fuera a ser castigado por alguna falta cometida.

»—Si no me equivoco eres el más joven en este barco y, aunque te he visto sufrir en las primeras jornadas en el mar, has trabajado como los demás y has puesto todo tu empeño. Di, sin miedo, qué castigo te parece adecuado para arreglar esta situación, ya que Pascual no ha querido imponer pena alguna.

»Sentía todo mi cuerpo temblando. Miré de soslayo a Mateo y vi que negaba ligeramente con la cabeza. Lo prudente era callar, por supuesto, o hacer como Pascual, pero el capitán me había dado una orden y no pensaba desobedecerlo.

»—Señor —respondí, tratando de controlar el temblor de mi voz—, hace mucho que salí de mi tierra; aun así, todavía recuerdo las palabras de un cura que en uno de sus sermones nos dijo: "No juzgues y no serás juzgado". Me parece que vuestro hijo no merece un castigo, sino solo algo en lo que ocupar sus horas. Quizá, si participase en alguna tarea, no tendría tiempo de discutir con nadie…

»La mujer del capitán, que había salido también de su camarote, intervino de inmediato:

»—¡Menuda estupidez! Mi hijo no se mezclará con los demás. ¿Quién te crees que eres para proponer algo así? Eres tú el que merece un castigo por tu insolencia.

»Las piernas apenas me sostenían y no era capaz de articular palabra. El capitán levantó el brazo y la hizo callar.

»—Este grumete ha hablado con sabiduría: no hay cosa peor que no tener nada que hacer. Pedro colaborará a partir de ahora en las tareas a bordo como uno más. Ya es hora de que aprenda lo que significa el trabajo.

»—Juan… —protestó su mujer.

»—No hay nada más que discutir. Cuando lleguemos a La Española, harás como te parezca. Aquí el capitán soy yo.

»La mujer se retiró al interior del camarote visiblemente contrariada, mientras los demás mirábamos a Pedro, que no parecía saber cómo cumplir con la orden. Su padre se lo aclaró:

»—Quítate el jubón y quédate solo con la camisa. Puedes empezar por fregar la cubierta, al igual que Martín.

»Pedro obedeció a regañadientes y, cogiendo un cepillo, se puso de rodillas para frotar las maderas y desincrustar la sal y la suciedad que se acumulaban día a día. Era aún más torpe que yo, y el cepillo se le escapó en varias ocasiones. En una de ellas se golpeó con los nudillos en la cubierta y se levantó la piel. Recogí el cepillo y se lo acerqué, pero él me apartó con odio y me dijo:

»—Esto habrás de pagarlo; lo juro.

»Así transcurrieron varias jornadas. Pedro participaba en los turnos de día (pues parece que su madre se negó rotundamente a que lo hiciese también por la noche y ni su esposo fue capaz de convencerla) y poco a poco iba ganando algo de destreza. Al principio se le escuchaba todo el rato mascullando, pero después de un tiempo se notaba que estaba satisfecho de tener una ocupación. Un día, por fin, después de haber estado trabajando un buen rato, dejó el cepillo y se acercó a mí. Pensaba que venía a discutir; sin embargo, en vez de eso me dijo:

»—Creo que tenías razón. No hay nada mejor que tener ocupada la cabeza en algo. Y así, además, no tengo que estar todo el rato con mis hermanas.

»Sonreí y él continuó:

»—Cuando acabes el turno de la tarde, acércate al camarote y te daré algo que te gustará.

»Tenía mis motivos para dudar de sus buenas intenciones, y más teniendo en cuenta el modo en que se había comportado conmigo antes. Lo que más me escamaba era el recuerdo de las muchas veces que mi primo Diego me había engañado en casa de mis tíos, prometiéndome ayuda y luego arreglándoselas para dejarme en ridículo. De modo que, a pesar de la invitación, cuando llegó la noche no me acerqué al camarote del capitán, sino que permanecí en el otro extremo de la cubierta, tapado con mi manta hasta las orejas.

»Fue por la mañana temprano, mientras ayudaba a otros marineros a subir unos fardos de la bodega, cuando Pedro se acercó.

»—Anoche no viniste…, ¿tenías algo mejor que hacer? —me preguntó con ironía.

»—Lo siento —respondí agachando la cabeza—. Nunca nadie ha hecho nada por mí y supongo que sentí recelo.

»—No tienes por qué hacerlo, ni tampoco tener miedo. Ven, acompáñame.

»Miré al marinero al que estaba ayudando, pero este se encogió de hombros. Dejé las cosas y acompañé a Pedro hasta el castillo de popa. La puerta estaba entreabierta y él entró sin más; yo me quedé fuera esperando.

»—¿A qué aguardas? ¡Pasa!

»Entré con algo de miedo en la estancia. A un lado estaba la señora, con sus dos hijas, sentadas a una mesa y bordando. La más pequeña levantó la vista y me sonrió. Su madre la reprendió y enseguida bajó la mirada. Al otro lado, calculando con un compás sobre un mapa, estaba el capitán. Tenía una lente colocada sobre el ojo derecho y, al verme entrar, la dejó sobre la mesa.

»—Buenos días, Martín. Por lo que parece mi hijo ha aprendido la lección, de lo cual no tenía ninguna duda. —Y miró a su mujer mientras lo decía, aunque esta lo ignoró.

»Estaba tan nervioso que no sabía si aquello era un comentario o si esperaba que dijese algo, así que escogí lo más sencillo y me quedé callado.

»—Cuando lleguemos a La Española, nuestra misión no habrá terminado, sino que estará a punto de comenzar. Allí nos espera el capitán Alonso de Ojeda con más hombres para dirigirnos a Tierra Firme y tomar posesión de las tierras que corresponden a su gobernación. ¿Sabías algo de esto?

»—Algo, señor; aunque para mí La Española o Tierra Firme son tan desconocidas como Italia o Alemaña. Iré donde me manden y os serviré a vos, al capitán Ojeda y al rey Fernando en todo lo que pueda.

»—Vamos a necesitar mucha gente como tú, Martín. En este barco hay ladrones y otra suerte de delincuentes, pero también gente honrada, y te quiero a mi lado. Escúchame bien: siempre que necesites algo puedes venir a decírmelo inmediatamente. Y si está en mi mano, ten por seguro que te ayudaré.

»A mí no se me ocurría nada que pudiera pedir al capitán; aun así, agradecí sus palabras.

»—Dios os bendiga, señor. Os doy mi palabra de que yo también os serviré en todo lo que esté en mi mano.

»El capitán asintió y, con un gesto de la cabeza, le indicó a su hijo que me diera algo. Este abrió un cajoncito y sacó un pequeño frasco de cristal, que puso en mi mano.

»—Es dulce de membrillo —dijo Juan de la Cosa—. No se sabe muy bien por qué, pero parece que ayuda a los marineros a no enfermar a bordo. Toma una cucharadita cada día y mantente fuerte para las jornadas que se avecinan, ¿de acuerdo?

»—De acuerdo, señor; os lo agradezco.

»Me retiré con mi regalo en las manos como si llevase un doblón de oro. Era la primera vez que alguien me hacía un obsequio y me sentía la persona más afortunada del mundo. Mateo, al verme, se dio cuenta de mi expresión de felicidad y me dijo:

»—¿Se te ha aparecido la Virgen, Martín? Parece que flotaras en vez de caminar.

»Le mostré el frasquito.

»—Es membrillo; me lo ha dado el capitán y, a partir de hoy, tomaremos una cucharada cada noche. Dice que nos ayudará a no enfermar.

»Mateo miró el frasco con perplejidad, supongo que tanto por aquellas supuestas propiedades como porque el capitán me hubiese hecho tal regalo.

»—Está bien…, si el capitán lo dice… Pero guárdalo donde

nadie lo vea, porque algo así en un barco puede ser motivo de muchas envidias.

»Asentí y lo metí en un bolsillo interior de mi camisa. Por primera vez en mi vida sentía que lo que me esperaba sería mejor que lo que dejaba atrás.

5

La Española

Aquella mañana me desperté pronto. Había dormido espléndidamente en el camastro soñando con mi viaje en barco a La Española y estaba ansioso por que llegase la tarde y poder reunirme de nuevo con el emperador. Los nervios del primer día habían desaparecido y sentía que don Carlos disfrutaba de mi presencia y que con mis relatos su mente viajaba lejos de los muchos sufrimientos que su cuerpo arrastraba. Tan entusiasmado estaba que incluso olvidé que mi verdadero motivo de estar allí era acceder a los libros que había estado buscando; aunque ahora aquellos libros ya poco me importaban.

Me acerqué al comedor y engullí unos bollos de almendra y tocino de cielo junto con un cuenco de leche de las cabras del monasterio, tan espesa que se hubiese podido comer con tenedor. Luego salí a la fuente del claustro y me lavé, recibiendo como una bendición el agua helada de la sierra en mi rostro. Una vez arreglado, me disponía a salir del monasterio para dar un paseo cuando Quijada me llamó:

—¿Dónde vas, Martín?

—Buenos días. Quería dar un paseo antes de la comida y aprovechar para pensar en las cosas que le contaré hoy al emperador.

—Pues podrás pasear hasta el anochecer si te place, ya que hoy el emperador no te recibirá.

Aquello me sobresaltó.

—¿Le ha ocurrido algo? Ayer lo dejé en muy buen estado cuando terminé con mi relato.

—Después de estar contigo, por lo que parece, se encontraba de tan buen humor que pidió que le sirviesen cerveza negra y carne mechada para la cena. Y el problema es que cuando algo le gusta le cuesta parar, y después de la primera cerveza pidió otras dos más y otros cuantos platos de carne. Al poco de irse a la cama empezó a encontrarse mal y comenzó a lamentarse de dolor en las articulaciones y en los pies en particular. Apenas ha podido dormir una hora en toda la noche y no ha sido hasta el amanecer que, por fin, el dolor se ha aliviado un poco y ha conseguido quedarse dormido. Ahora sigue medio adormilado y le hemos dado una infusión de manzanilla con zumo de limón, que habitualmente le calma.

La noticia del empeoramiento del emperador me entristeció. No había más que reparar en su aspecto para adivinar el dolor que debía de sufrir en todo el cuerpo, a pesar de lo cual se obligaba todos los días a seguir una rutina que le mantuviese atado al mundo.

—No cabe más que esperar —continuó Quijada—. Si Dios quiere, mañana estará mejor y podrás verlo de nuevo.

—Así lo espero —le dije para despedirme. Pero cuando me iba a marchar, me cogió por el brazo.

—Dime, Martín. ¿Qué es lo que le cuentas al emperador para que esté tan interesado? Si te soy sincero, pensé que se cansaría rápido de ti, pues se cansa rápido de casi todo, y que te despediría al segundo o tercer día. Mas no lo ha hecho… y eso me intriga.

No me apetecía contarle a don Luis demasiadas cosas, pues esa había sido precisamente una de mis condiciones, pero tampoco tenía ganas de mentir, así que le dije:

—Solamente le cuento la verdad, sin inventarme nada y sin ahorrarme nada. Eso es lo que me pidió y eso es lo que le ofrezco. Me dijo que para ocultarle la verdad ya tiene a su camarilla.

—Ya veo… —respondió Quijada, con evidente disgusto.

No había querido referirme a él con ese comentario y, de

hecho, creo que el emperador tampoco se refería a él cuando lo dijo, aunque ahora iba a ser difícil enderezarlo.

—Os pido disculpas…, el emperador no lo decía por vos, pues os tiene en la mejor consideración; eso es evidente.

Quijada reflexionó unos instantes.

—No trates de arreglarlo, pues creo que en el fondo el emperador tiene razón. Hemos creado a su alrededor un mundo de irrealidad para protegerlo y eso, inevitablemente, me obliga a mentirle, por mucho que deteste hacerlo.

—No os torturéis. No creo que nadie en el mundo lo comprenda y lo trate mejor que vos.

Don Luis asintió sin mucho convencimiento.

—¿Qué harás hoy? —me preguntó.

—Supongo que daré un paseo. En realidad, me gustaría ir hasta la aldea de Cuacos, por cambiar un poco de aires. Puedo, ¿verdad?

—¿Por qué no ibas a poder? Esto no es una cárcel.

Se dio media vuelta y se retiró. Me dirigí a la puerta del recinto, la misma que atravesé en sentido contrario cuando llegué allí sin sospechar nada de lo que me iba a ocurrir. Solo habían pasado unos días, pero me había sumergido tanto en mis recuerdos que me parecía como si hubiese transcurrido un lustro. No era fácil tener que rescatar tantas vivencias, pero estaba feliz de servir a mi señor.

Tomé el sendero que conducía a Cuacos y caminé despacio, disfrutando de la suave brisa que bajaba desde Gredos y que agitaba las hojas de los olmos y los sauces. Pronto mi paz se vio turbada por unos gritos que escuché a lo lejos.

—¡Fuera de aquí! —gritaba uno de los monjes del monasterio—. ¡Ya te lo dije ayer, no vuelvas!

Delante de él estaba una mujer de aproximadamente mi edad, vestida con un pobre atuendo y con el pelo cubierto por un pañuelo. A pesar de los gritos del religioso, se resistía a marcharse.

—¿Dónde queda la piedad, hermano? ¿Es así como tratáis a los pobres?

El monje no se dejó convencer por aquel argumento y la amenazó:

—¡No eres quién para darme lecciones, palurda! Si te vuelvo a ver por aquí tendrás que atenerte a lo que ordenó el emperador; y el incumplimiento se paga con cien azotes, recuérdalo.

Ante aquellas palabras, la mujer se dio por fin la vuelta y se alejó en dirección a Cuacos a buen paso.

Me acerqué hasta el monje y le pregunté:

—¿Qué orden es esa?

Él se encogió de hombros.

—El emperador no quiere que ninguna mujer se acerque al monasterio más allá del humilladero. Por lo que parece, estaba muy disgustado por el hecho de que los pobres llegasen continuamente aquí a pedir…; en especial las mozas.

—¿Y qué tiene eso de malo?

—Algunos de mis hermanos, sobre todo los más jóvenes, se entretenían hablando con ellas, bromeando y riendo abiertamente, y al emperador a veces le llegaban incluso las conversaciones, no muy edificantes, la verdad… De modo que, aprovechando la llegada hace un tiempo de los visitadores generales de nuestra orden, el emperador les conminó a que acabasen de inmediato con aquellas prácticas y castigasen a todas las mujeres que se acercasen al monasterio, fueran mozas o no. Quizá no sea una orden muy justa, pero no estoy aquí para juzgarla, sino para cumplirla.

Esas últimas palabras me recordaron las muchas veces que yo había dicho lo mismo y lo difícil que es para el que obedece elegir entre hacer lo que le manda su superior o lo que le dicta su conciencia.

—En todo caso —dije—, eso es poner la culpa en el inocente, no en el que actúa con lascivia, ¿no es así?

—Podría ser… Aunque ya se sabe: muerto el perro, se acabó la rabia.

El monje se rio de su propia broma y se adentró en el monasterio canturreando.

Seguí mi camino por el sendero a Cuacos, cuando al fondo vi el humilladero, coronado por una tosca imagen en piedra de Nuestro Señor en la cruz. Al aproximarme, me percaté de que junto a él estaba sentada una persona. Se asustó al verme llegar y se puso en pie; reparé en que era la mujer que había discutido con el monje.

—¡Estoy más allá del humilladero! —me gritó al tiempo que se limpiaba con rabia las lágrimas del rostro—. ¿O es que aquí tampoco puedo descansar en paz?

—Si por mi fuera, podríais descansar o caminar por donde quisierais, os lo aseguro; por desgracia, no depende de mí...

Ella arqueó las cejas, con desconfianza.

—¿Quién sois?

—Nadie de quien debáis temer.

Mis palabras no la convencieron.

—Yo temo a quien me parece bien... Y no soy estúpida, aunque el monje ese me llamase «palurda». Decid, ¿me estabais siguiendo?

—En absoluto. Solo salí a dar un paseo.

—Un sitio extraño para dar paseos. ¿De dónde sois?

—No soy de aquí; estoy en el monasterio al servicio del emperador.

—Y si es así, ¿por qué os dedicáis a dar paseos en vez de servirle?

—El emperador hoy no se encontraba bien y me dispensó: al parecer no estaba para escuchar historias.

Su expresión seguía siendo de rechazo y se mantuvo a distancia, pero le picó la curiosidad.

—¿Escuchar historias? ¿Es ese vuestro cometido? ¿Sois un juglar o algo así?

Sonreí con la comparación.

—¿Juglar? ¡Ojalá! No tengo el talento para recitar canciones ni gestas; solo me limito a contar lo que viví.

Inspiró hondo y pareció relajarse un poco.

—Nunca oí que a nadie le pagasen por contar su vida.

—No he dicho que me paguen; de hecho, no me pagan en

absoluto. Solo me dan comida y me proporcionan un cuarto, y os aseguro que no es muy confortable. Si queréis comodidades, no vayáis nunca a un monasterio.

—¿Comodidades? Lo único que quiero es un poco de pan que llevarme a la boca...

Aquello me sorprendió, pues alrededor de Cuacos había visto buenas tierras de labranza.

—¿Habéis tenido malas cosechas?

—¿Malas? La cosecha fue desastrosa el año pasado y nos morimos de hambre.

—¿Y no habéis recibido ayuda?

—Los alcaldes reparten trigo de tanto en tanto, pero es una miseria. Por eso nos vemos obligados a mendigar..., y los monjes nos responden amenazándonos con azotes. ¿Es eso justicia?

—Por supuesto que no lo es, aunque supongo que, si el cereal es escaso este año, necesariamente tiene que tocar a poco en el reparto.

Ella negó con desprecio:

—No he visto que los monjes ni los criados del emperador hayan adelgazado mucho... ¿Vos sí?

—Solo llevo aquí unos pocos días como para haberme dado cuenta; aun así, coincido con vos en que muy delgados no están, la verdad.

Ella esbozó su primera sonrisa.

—Habláis con franqueza...

—¿Por qué habría de hacer lo contrario? No tengo nada que ocultar ni temo a nadie.

Ella asintió y noté que me creía.

—¿Cómo os llamáis?

—Martín del Puerto, señora. ¿Y vos?

—Beatriz Montánchez.

Incliné la cabeza.

—Espero que podamos vernos algún otro día —dije—. Teniendo en cuenta la salud del emperador, no me extrañaría que mis paseos fuesen frecuentes. Si hay algo en lo que os pueda ayudar...

—Nos veremos, sí, porque a pesar de las prohibiciones seguiré rondando el monasterio por si algún caminante tiene a bien darme una limosna.

En ese momento me di cuenta de que no llevaba ni una triste moneda encima, salvo aquella de la que no podía desprenderme, y fui a excusarme, pero ella me detuvo:

—Hoy me habéis dado comprensión y eso en ocasiones es más importante que el dinero.

Y sin más, se dio la vuelta y siguió camino a Cuacos. Me agradó hablar con ella, sobre todo por su determinación y su coraje. Tenía en mente algo para ayudarla.

Pasé el resto del día cavilando un plan y a la mañana siguiente me desperté dispuesto a llevarlo a cabo, pero mis intenciones se torcieron antes siquiera de echar a andar. Quijada me esperaba para comunicarme que el emperador se encontraba ya mejor.

—Ha seguido un estricto ayuno y las articulaciones se han deshinchado notablemente. Me ha pedido que regreses hoy mismo para continuar con tu relato.

La noticia de la mejoría del emperador me alegró mucho, y la verdad es que yo también estaba ansioso por volver a verlo, con lo cual decidí posponer mi propósito. Seguí sus pasos y llegué a la habitación del emperador, donde Quijada se hizo a un lado para dejarme pasar.

—Majestad, Martín ya está aquí.

—Gracias, Luis —dijo el emperador con un brillo en los ojos—. Puedes retirarte.

Me di cuenta al instante de que Quijada querría haber añadido algo más, pero la despedida tan cortante del emperador se lo impidió. Me pareció que aquello le causó disgusto; sin embargo, don Luis nunca dejaría que algo así se notase a las claras, menos aún que lo notase el emperador, y se retiró en silencio tras inclinar la cabeza. Cuando la puerta se cerró a mi espalda, avancé unos pasos.

—Me han dicho que ya os encontráis mejor, señor. ¿Es así?

Don Carlos levantó las cejas y movió ligeramente la mano

derecha como para dejarme ver que sus articulaciones seguían terriblemente hinchadas.

—A mi edad... —comenzó, pero inmediatamente se interrumpió—, quiero decir, en mi estado, cualquier ligera mejoría es un gran triunfo. Ayer quise morirme de dolor y sentía como si un alma sin compasión estuviese despedazándome el cuerpo con saña, disfrutando con mi sufrimiento. Me encontraba rodeado de médicos, cada cual más inútil, uno diciendo que lo mejor era el calor, otro que lo mejor era el frío, otro que habría que ponerme ungüentos de cera y orégano, y otro más que lo mejor sería proceder a una sangría... Todos se equivocan, Martín, todos... Y cuando aciertan, se muestran incluso más sorprendidos que el sanado. Lo que tengo yo no lo cura ya la mano del hombre, sino solo la de Dios.

En boca de otra persona, aquellas palabras me hubiesen estremecido. Él, sin embargo, no lo dijo temiendo la llegada de la muerte, sino como si la aguardase con gusto.

—Señor, es cierto que solo Dios decide cuándo nos lleva a su lado; no obstante, espero que no sea pronto y que podáis vivir aún largos años libre de dolor.

Don Carlos sonrió ligeramente.

—Lo veo difícil, pues en el pecado llevo la penitencia. ¿Cuántos pobres has visto que sufran de mi mal? Los médicos me ocultan la verdad, mas yo sé que mi dolencia es la de los ricos, por haber comido, bebido, amado y odiado en demasía. Mírate tú. Me superas en edad y, aun así, cualquiera que te viera diría que tienes diez años menos. Tus carnes están firmes, tu mirada atenta y tus dedos se mueven tan rápido como los de un tañedor de laúd. Yo, en cambio, no soy más que una piltrafa, un torpe amasijo de huesos agarrotados y músculos inútiles. El poder lleva siempre al hartazgo, en todas las facetas de la vida, también en el comer. Decían que en la antigua Roma algunos emperadores eran muy sobrios, y que gustaban de comer solo productos extremadamente selectos y en muy poca cantidad... No lo creo. El que tiene a su alcance lo mejor solo es feliz si lo consume hasta la náusea. Y, la verdad, poco importa al final que tus gustos sean más finos o más rudos, pues todos acaban aplastados por la saciedad de lo mucho antes que de lo bueno.

»A mí me pasó igual. Tuve a mi alcance todo lo mejor, pero caí en la gula y en el puro deseo de satisfacer mis placeres como fuera. Si tenía faisanes, patés o vinos escogidos, los devoraba; si eran embutidos, guisos o vino malo, tampoco hacía ascos. El caso era estar lleno, siempre lleno, como si eso me pudiera hacer olvidar el resto de las cosas. Y ahora pago con creces aquellos excesos... Solo con sobrepasar un poco mis rutinas noto las consecuencias. Procuro contenerme, pero hay días que la pasión me ciega y no pienso en lo que vendrá después del festín. ¡Qué se le va a hacer! Soy humano y, como tal, pecador...

Sabía que era como él decía y, en cierto modo, me sentía culpable, pues habían sido mis historias las que le habían causado aquel buen estado de ánimo. Me dije que debería contenerme un poco y moderar mi ímpetu.

—En fin —continuó el emperador—, dejemos de hablar ya de mí, que mi historia la conozco bien. Cuéntame: ¿qué ocurrió después de que trabases amistad con Juan de la Cosa? Me apetece saberlo.

Eché mi mente atrás y traté de enlazar justo donde había dejado la historia.

—Pues ocurrió, señor, que las cosas comenzaron a ir mejor en todos los sentidos. Aunque tenía que seguir atendiendo a todos los trabajos habituales, al menos conseguí que los marineros más veteranos no me molestasen. Tener al capitán de mi lado era como si estuviese protegido por las alas de un ángel. Y como para mí la persona más importante del mundo en aquel momento era Mateo, hice lo posible por que él también se beneficiase, dando a entender a los demás que harían bien en no buscarse problemas con nosotros. La mayoría de ellos lo comprendieron rápido, pero Pascual el Rubio, el que no quiso pronunciarse sobre el castigo al hijo del capitán, no podía con la envidia. Todo el día se le veía mirándonos con evidente desprecio y cuando le tocaba hacer algo, solía hacer comentarios del tipo «vamos a trabajar mientras otros sestean» o «ahí van el juez y el licenciado». Ni Mateo ni yo le hacíamos mucho caso, la verdad, pero aquella actitud tan agria no me gustaba, ni creo que la mereciéramos, y tenía miedo de que alguna vez pudiera afectarnos.

—¿Lo hizo? —preguntó el emperador.

—Sí, señor, lo hizo. La primera vez fue a raíz del botecito de membrillo que el capitán me regaló. Mateo y yo tomábamos un poco cada día y aquello a Pascual le repateaba. Uno de los días, mientras comía con Mateo sentado sobre la cubierta, Pascual pasó junto a nosotros, pisó a propósito el frasco y lo rompió. Mateo se levantó dispuesto a golpearlo. Me costó un triunfo, os lo aseguro, pero logré contener a mi amigo mientras Pascual se alejaba por la cubierta con una sonrisa cínica. Es curioso: pensé que mi decisión de dejar aquella afrenta sin respuesta calmaría su acritud; sin embargo, fue todo lo contrario. En el fondo, creo que deseaba que hubiese saltado.

—Puedes estar seguro, pues, como dice el adagio castellano: «No hay mejor desprecio...».

—«... que no hacer aprecio». Sí, lo sé, aunque no era mi intención despreciarlo, sino apaciguarlo. En fin, aquello fue una pequeñez. Las cosas realmente graves vendrían después, aunque para eso todavía queda mucha historia por contar.

—Está bien; prosigue.

—El resto del viaje no tuvo más incidencias: los días de bonanza se alternaron con otros tempestuosos y tras unas semanas más de viaje por fin llegamos a nuestro destino: la isla de La Española, concretamente a su puerto, una ciudad llamada Santo Domingo, situada en la margen occidental de un gran río que permitía la entrada y la salida de los barcos. Era hermoso ver como todo en la ciudad estaba aún por construir: en algunas partes se levantaban muros de piedra para proteger a la población, mientras en otras solo existía una endeble empalizada de madera. Lo mismo ocurría con las casas, en su mayor parte construidas con paredes de madera y techos de palma;

solo unas pocas eran de piedra y tenían las paredes encaladas, al uso de Castilla.

»Unos meses antes de nuestra arribada había llegado la gran flota del gobernador Diego Colón y el puerto, mejor dicho la ciudad entera, bullía de actividad. La fama de las riquezas que se podían lograr en La Española había cruzado el Atlántico y muchas familias nobles, sobre todo de Andalucía, habían decidido tomar el camino a la isla. Es curioso: estaban dispuestos a asumir esa apuesta, pero a lo que no estaban dispuestos era a renunciar a sus comodidades, de modo que, cuando marchaban a las Indias, llevaban consigo a sus sirvientes, sus artesanos, sus músicos, y también sus muebles y sus vajillas. ¡Tendríais que haber visto a las damas andaluzas, con sus vestidos y sus tocados, muriéndose de calor bajo el abrasador sol de las Antillas!

»Al amarrar en el puerto todos deseábamos bajar de los barcos y poner los pies en tierra por primera vez después de tanto tiempo, pero no fue tan sencillo. El gobernador, que sabía que nuestra misión final era ir a Tierra Firme, consideraba que nuestra expedición iba en contra de los derechos que su padre, Cristóbal Colón, había obtenido de los reyes doña Isabel y don Fernando, y no tenía el más mínimo interés en facilitarnos las cosas. Menos aún sabiendo que, para acometer nuestra tarea, tanto Nicuesa como Ojeda tenían permiso para reclutar marineros y soldados en la isla, algo que el gobernador consideraba muy perjudicial para la economía de La Española. Y también porque el mismo acuerdo de Burgos permitía a Ojeda y Nicuesa abastecerse de lo que necesitaran en la isla de Jamaica, que Cristóbal Colón había recibido como prenda personal de vuestros abuelos.

—Si supieras lo difícil que es contentar a todos los que te reclaman justicia... —me interrumpió el emperador, y lo dijo con tono de supremo cansancio.

—Lo comprendo, señor.

Él negó con la cabeza.

—No creo que puedas. Por supuesto que sé que Diego Colón tenía sus derechos y que pocas personas hay a las que se les deba tanto como a Cristóbal Colón, pero también hay que tener en cuenta que cuando mis abuelos firmaron con el almirante las capitulaciones, lo hicieron a ciegas y en la cabeza de nadie cabía que al otro lado del océano hubiese un continente nuevo. ¡Si el propio Colón murió empeñado en que lo que había descubierto eran las costas de la India! Los reyes hemos de ser justos, eso es cierto, pero debemos mirar primero por el bien de la mayoría, no por el de unos pocos, y el almirante y sus hijos ya tuvieron buena recompensa.

—Así lo creo, señor. El caso es que en aquel momento el gobernador nos veía como a sus enemigos y nos puso todo tipo de impedimentos. En primer lugar, cuando nos acercamos al puerto solo nos dejó el peor sitio para atracar, en una ensenada de poco calado en la que Juan de la Cosa tuvo que echar mano de toda su pericia para no encallar los barcos. Y además era el lugar más alejado y, por ello, el que más trabajo nos supondría para la carga y descarga. En todo caso, el capitán aceptó con buena cara las indicaciones que nos dieron los hombres del gobernador. Luego supimos que habían hecho exactamente lo mismo con la flota de Nicuesa, que había llegado unos días antes que la nuestra. De todos modos, De la Cosa no solo accedió a lo que le indicaban por su buen carácter, sino también porque no quería crear ningún problema antes de hablar con el capitán Alonso de Ojeda, a cuyas órdenes debía ponerse. Y aquello no tardó: mientras estábamos terminando de echar las sogas para amarrar los barcos, vimos cómo se acercaba nuestro capitán. Era de poca estatura, aunque fornido. Lucía una barba muy poblada y tenía la nariz y el mentón muy prominentes, casi como si su rostro fuese una escultura. Se movía con mucha rapidez y era puro nervio. En todo caso, según muchos decían, su mayor virtud era la valentía, o la temeridad según otros, pues no se arredraba ante nada ni nadie y arriesgaba la vida con el desprecio propio de los que no temen a la muerte. Luego hube de comprobar que despreciaba la vida de los demás de la misma manera, aunque eso os lo contaré más adelante.

»Al fijarme en el capitán me dio la impresión de que su rostro mudó rápidamente de la alegría por vernos aparecer a la desilusión tras comprobar el lamentable estado de las naves. Sin embargo, si esos fueron sus pensamientos, pronto los ocultó.

»—¡Juan! —bramó entre carcajadas y con un vozarrón que no parecía propio de un ser humano, sino de un gigante u otro ser sobrenatural—. ¿No encontrasteis dos cascarones más miserables en los que cruzar el océano, maldito cicatero? ¿Adónde creéis que podremos ir en esas carracas?

»Juan de la Cosa se asomó a la borda y sonrió con ganas al ver a su amigo.

»—Creo que iríais a Tierra Firme en un tronco si fuera necesario. De todos modos, os aseguro que estas carracas, como vos las llamáis, os llevarán mucho mejor.

»—Habrá que adecentarlas un poco, pero confiaré en vuestra palabra —respondió riendo—. De todas formas, lo único que deseo es salir de aquí cuanto antes. Cada vez que pongo un pie en el puerto me salen al encuentro los acreedores para decirme que mis deudas superan mis ingresos, o mis beneficios mis gastos, nunca me acuerdo. En fin, los números nunca fueron lo mío; ignorar a esas ratas se me da mejor.

»Juan de la Cosa bajó del barco por la escalerilla ante la mirada de todos los marineros, y los dos hombres se abrazaron. Se notaba que eran viejos amigos y me llamó la atención que el santoñés, aunque fuera en aquel momento uno de los mejores marinos del reino y hubiese tomado parte en algunas de las decisiones más importantes en lo que a las Indias se refería, como vos bien sabéis, no tuviese ningún problema en ponerse a las órdenes de un hombre como Ojeda, tan experimentado como él, sin duda, aunque con mucho menos seso. En esos pensamientos estaba cuando se acercó Pedro, el hijo de Juan de la Cosa, y me habló en confianza, sin que otros marineros escuchasen:

»—Para mí el viaje termina aquí, Martín. Espero de corazón que te sonría la fortuna a partir de ahora. Mi padre ha puesto mucho empeño en esta aventura y la apuesta ha sido alta, pues Ojeda está arruinado y nunca hubiese podido asumir un coste tan elevado por sí solo. Es muy arrojado, por lo que dicen, pero la osadía es mala compañera si no se tiene templanza. Por el aprecio que te tengo, cuídate mucho, pues te esperan muchos peligros, y trata de estar más cerca de mi padre que de don Alonso. Y, sobre todo, recuerda siempre lo que voy a decirte: no te ofrezcas voluntario para nada.

»Asentí, aunque no comprendía muy bien sus palabras, y agradecí aquel gesto de confianza para conmigo. Se alejó hacia el camarote con su madre y sus hermanas, y no hube de volver a verlo hasta pasado mucho tiempo y en unas circunstancias totalmente distintas. Si Dios quiere, en algún momento os hablaré de ello.

»Por la noche, ya en tierra y mientras descansábamos en una pobre construcción de madera y palma que hacía las veces de taberna, los marineros nos juntamos para olvidar la travesía a fuerza de beber vino y cantar. Mateo me agarró del brazo, tratando de alejarme de Pascual el Rubio, y nos sentamos con otros marineros en una mesa destartalada. Nos pusieron una jarra de vino picado, varios cubiletes y algo de carne con pan mohoso, pues todos los alimentos se corrompían con prontitud en aquella tierra húmeda y cálida. Fui bebiendo un cubilete tras otro con el sudor corriendo por mi espalda, escuchando las conversaciones de los marineros. Uno de ellos, Gregorio Crespo, nos explicó con más detalle lo que Pedro de la Cosa apenas me había insinuado al tocar tierra.

»—Dicen que lo que nos espera al otro lado es incluso peor que esto. —Y escupió al suelo con desprecio—. He oído que el objetivo es poner el pie definitivamente en Tierra Firme y adentrarse en el continente. La vegetación es tan espesa allí que apenas se puede andar; los ríos son tan grandes que el Guadalquivir es como un arroyo a su lado; y los hombres que habitan allí son más fieros que las bestias.

»—Es cierto —intervino otro—, los guerreros van desnudos y portan lanzas larguísimas que untan con una ponzoña negra que te mata con solo rozarte. Y también me han dicho que se acompañan de lagartos devoradores de hombres, de más de veinte pies de largo, y de aves con picos afilados que lanzan al vuelo contra sus enemigos para que les arranquen los ojos. Y, por si fuera poco, en una isla viven mujeres-demonio que, en el lugar de los pechos, tienen cabezas de león y te despedazan sin piedad cuando te acuestas con ellas.

»—¡Sandeces! —cortó Mateo—. Aunque sus pechos fueran así, que no lo creo, no serían más feroces que las putas de Sevilla, y con esas ya me las he visto. Os estáis dejando embaucar por habladurías. Si lo que contáis sobre esos lugares fuera cierto, ¿quién tendría interés en conquistar una tierra así? Lo que vamos a encontrar allí no es nada de eso, sino lo que todos queremos: oro y tierras. ¿Entendéis? Aunque hemos llegado aquí pobres como ratas, saldremos cubiertos de riquezas, os lo aseguro. He visto hoy al capitán Ojeda desde la cubierta y me gusta su actitud. Es decidido y valiente, y eso es lo que necesitamos.

»Gregorio sacudió la cabeza.

»—Hablas así porque no conoces aquello y no quieres escuchar.

»Mateo se echó otro cubilete de vino a la garganta, y ya iban demasiados, y elevó la voz para imponerse a Gregorio y a los demás.

»—¡Sois todos unos cobardes! No salí de mi tierra para venir a otra peor, sino para enriquecerme y eso es lo que haré. Y si vosotros no queréis lo mismo, ¡que os lleve el diablo a todos!

»Lo siguiente que ocurrió fue lo previsible: Gregorio lo empujó para que se callase, otro empujó a Gregorio y este respondió con un puñetazo, de suerte que al instante estábamos todos golpeándonos sin saber a quién ni por qué, hasta que el hombre que regentaba aquel lugar salió con una vara y un mastín y nos echó a todos a la calle entre golpes y mordiscos.

»A la mañana siguiente, con un tremendo dolor de cabeza, nos levantamos pronto para seguir con nuestras tareas, bajo la atenta dirección de Ojeda y De la Cosa, cuando vimos llegar al puerto al capitán Diego de Nicuesa seguido de algunos de sus subalternos. Nicuesa era, con mucho, el hombre más elegante y gentil que hubiese visto nunca. Se movía por las calles del puerto de Santo Domingo como si lo hiciese por un palacio, casi de puntillas, sonriendo a izquierda y derecha. Sus coloridas ropas brillaban bajo los rayos del sol, y si los demás teníamos la frente y la espalda empapadas de sudor, él parecía tan fresco como un ramillete de perejil. Mostraba una media sonrisa mientras inspeccionaba nuestros barcos, que al final se transformó en una carcajada cuando uno de sus hombres le señaló el estado del velamen de una de las naves. Alonso de Ojeda lo vio deambular por el muelle como un pavo real y apretó los puños para contener su rabia. Se había enterado de que tendría que compartir con él la exploración de Tierra Firme y se había callado porque sabía que nada podía hacer al respecto. Sin embargo, la risotada de aquella mañana fue demasiado para él.

»—Da gusto veros tan feliz, don Diego —dijo haciendo una reverencia—. Bien se ve que os habéis recuperado pronto de vuestro viaje.

»Ojeda sabía que Nicuesa llevaba muy mal las travesías en barco y quería ridiculizarlo. Pero Nicuesa era un viejo zorro y conocía todas las tretas para salir vencedor en un combate dialéctico.

»—Os agradezco vuestro interés. Es cierto que los viajes oceánicos no son agradables, aunque rápidamente se aprende a sobrellevarlos. La elegancia y la gentileza, en cambio, solo se tienen si se nace con ellas.

»Los hombres de Nicuesa rieron con ganas. Ojeda, aunque menos culto y sin tanto porte, no se arredró.

»—Espero que tengáis algo más que galanura; a los indios les impone más una espada o un arcabuz que una capa de tafetán.

»Ahora fuimos nosotros los que reímos, mientras en el rostro de Nicuesa se reflejó una mueca de fastidio que pronto disimuló.

»—Puede que no haya navegado tanto como vos —dijo recuperando la sonrisa—, pero en el manejo de la espada soy tan diestro como el más pintado. En fin…, os deseo que podáis reparar pronto vuestras naves para la travesía a Tierra Firme. Nosotros partiremos en cuanto el viento sea favorable, ya que nuestros barcos no necesitan tantos arreglos. De hecho, hasta tienen mástiles…

»Ojeda quiso responder de nuevo. De la Cosa, que estaba junto a él, lo agarró por el brazo y le impidió contestar.

»—Sois muy amable, don Diego —dijo el piloto—; os deseamos de corazón que vuestra travesía sea placentera.

»Nicuesa inclinó la cabeza y sonrió. Me pareció que, a pesar de la animadversión que sentía por Ojeda, por Juan de la Cosa tenía sincera simpatía. Giró grácilmente sobre sus talones y se marchó seguido de sus hombres. Cuando estuvo lo bastante lejos, De la Cosa le soltó el brazo a nuestro capitán.

»—¿Quién se habrá creído que es este puerco zalamero? —dijo Ojeda—. Estoy deseando que esa víbora llegue de una vez a Tierra Firme para que sepa lo que es tener que arrastrarse por un manglar o luchar con los indios en medio de la jungla.

»—No dejéis que sus provocaciones os distraigan, Alonso. El rey ha dividido la gobernación para evitar las disputas, no para avivarlas; debemos centrarnos en nuestro objetivo, nada más.

»Ojeda resopló mientras echaba llamas por los ojos.

»—Tenéis razón, pero por Dios os juro que saldremos de este puerto antes que ese papagayo. No le daré el gusto de que nos despida desde la borda de su barco.

»Y volviéndose hacia nosotros, nos dirigió unas palabras de ánimo:

»—¿A qué estáis esperando, escoria? ¡A trabajar o yo mismo os levantaré la piel a latigazos, atajo de gandules!

»Durante todo el día estuvimos ocupados en las naves, sin parar, bajo el tórrido sol, y no fue hasta que llegó la tarde que pudimos por fin descansar un poco. Me senté junto a Mateo en el muelle, dispuestos a cenar algo de pan con embutido y dar un trago a la bota, cuando vimos aparecer una figura que en un primer momento no reconocimos, hasta que abrió la boca:

»—¡Por Dios que no pensaba que fuerais a sobrevivir a la travesía! —exclamó Hernando mientras se acercaba a abrazarnos—. Por lo que veo, os habéis convertido en dos marineros hechos y derechos.

»Y al decirlo me palpó los brazos, como para corroborar sus propias palabras.

»—Tendones de hierro y ni un cuarto de carne: ¡ya eres casi un marinero de verdad, vive Dios!

»Mateo y él se rieron con la broma —yo, apenas—, y Hernando aprovechó para quitarme la bota de la mano y darle un interminable trago.

»—Vuestros barcos dan pena, pero el vino que traéis es mejor que el nuestro, eso he de admitirlo. Tendré que decírselo a nuestro capitán.

»—Por lo que parece —dijo Mateo—, los dos capitanes no son precisamente amigos, ¿verdad?

»—¡Cómo habrían de serlo! Son como el agua y el aceite: no tienen nada en común. Dicen que Nicuesa, en Sevilla, montaba en una yegua blanca y que esta bailaba al son que él marcaba tocando la vihuela. ¿Os imagináis a Ojeda tocando una vihuela? No creo que sepa ni por dónde se agarra...

»—No me gusta ese enfrentamiento —dije—. Creo que sería mejor colaborar si queremos salir bien parados.

»—Pues eso te lo puedes ir quitando de la cabeza, muchacho. Ojeda y Nicuesa no colaborarían ni para escapar del infierno, si es que existe...

»Hernando le dio otro trago a la bota hasta que la vació por completo y luego comenzó, como de costumbre, a hablar de mil cosas a la vez, embarullándose y divagando sin sentido alguno hasta altas horas de la madrugada. Lo escuché durante un rato, e incluso intenté tomar la palabra en alguna ocasión, pero, visto que era imposible, me dejé vencer por el sopor y dormí con su interminable parloteo de fondo. Cuando me desperté con la primera luz de la mañana, Hernando ya no estaba allí... ni tampoco mi embutido. Meneé a Mateo:

»—Vamos, el trabajo nos espera.

»Durante los días siguientes tuvimos poco tiempo para distracciones. Las horas discurrían rápidas mientras trabajábamos para aprovisionar los barcos de todo lo necesario para la aventura que nos esperaba en Tierra Firme: víveres, agua, vino, cuerdas y brea, pólvora y armas, lanzas y espadas...; todo lo que considerábamos que nos sería útil, si bien nuestra misión era tan incierta que resultaba casi imposible saber lo que realmente necesitaríamos. Lo que nos daba cierta confianza era ver que nuestro capitán Alonso de Ojeda, siempre entre juramentos, y también Juan de la Cosa, colaboraban en todas las labores y dirigían personalmente los trabajos.

»Mi admiración la tenía De la Cosa. Era un hombre de pocas palabras, aunque justo en sus decisiones y muy comedido. Su serenidad empapaba todas nuestras acciones. Recuerdo que uno de aquellos días en que permanecimos anclados en el puerto se produjo una agria discusión entre el contramaestre de nuestro barco y un comerciante local, que nos quería cobrar un precio demasiado alto por el tocino en salazón que debíamos embarcar. Era evidente que se trataba de un abuso, pero también es verdad que aquel tocino nos resultaría imprescindible en la travesía, de modo que se imponía alcanzar un compromiso. El capitán se decidió a arreglar él mismo la situación, consiguiendo una notable rebaja del precio, a cambio de asegurar a aquel comerciante, por escrito, que se convertiría en el suministrador habitual de tocino y otras provisiones para las flotas que él comandase. El hombre se quedó contento con aquel papel, que de todos modos sería pronto papel mojado, y el capitán consiguió solucionar un problema que amenazaba con entorpecer y dilatar nuestra partida. Aquellas acciones me hicieron sentir aún más respeto por él y me alentaron a trabajar con más ahínco, pues no hay cosa que más exaspere al que obedece que ver la pasividad o la desidia en los que mandan.

—En eso no puedo sino darte la razón, Martín —me interrumpió el emperador—. Siempre, en todas y cada una de las batallas en las que participé, fui a la cabeza de mis tropas, guiando y dando ejemplo. Y te juro ante el Altísimo que cada vez que uno de mis soldados moría, yo deseaba que hubiese sido mi sangre la derramada y no la suya. Nunca soporté a los capitanes que se escondían detrás de sus tropas, dando órdenes a gritos desde la retaguardia y eludiendo el enfrentamiento. Algunos lo olvidan, o lo ignoran, pero los reyes deben ser líderes y el líder va siempre a la cabeza.

Sabía que aquellas palabras del emperador eran ciertas e incliné la cabeza en señal de respeto.

—Basta por hoy, Martín —dijo—. Quiero reflexionar sobre lo que me has contado. Me tomaría bien a gusto una o dos cervezas mientras lo hago, pero me quedaré con las ganas pues no quiero enfermar de nuevo y perderme tu historia. No creas que no la conozco, pues de todo he sido informado puntualmente. Sin embargo, tu narración es única porque la cuentas desde tus ojos y la viviste en persona. Nunca los informes oficiales ni las crónicas podrán igualarla. Y te agradezco que me hagas partícipe de ella.

Era yo el que se sentía agradecido, pero sabía que el emperador lo decía con sinceridad y guardé silencio. Despacio, me levanté de mi asiento y dejé la sala. En el último momento, mientras cerraba la puerta, lo miré por última vez y me pareció que una lágrima corría por su mejilla. Nunca sabré lo que pasaba por su cabeza en ese momento.

6

Palos y piedras

La mente de cada persona es un universo particular y, para los demás, resulta imposible dilucidar lo que se mueve en su interior. Hay que dar gracias a Dios por ello, pues, en caso contrario, ninguno se libraría de ser tomado por loco o por lunático. El caso es que, cuando más interesante se estaba poniendo mi relato acerca de los preparativos para la expedición a Tierra Firme, el emperador tenía otro asunto que atrapaba su curiosidad. Y así me lo hizo saber en nuestro nuevo encuentro:

—Dejemos por un momento los barcos, Martín; querría que regresases a tu infancia en Santander, pues me quedé con ganas de saber más. ¿Cómo siguió tu vida allí? ¿Conseguiste enmendar tus errores con tu nueva familia?

Me costó, pero alejé de mi cabeza los barcos a punto de embarcar en La Española y retrocedí hasta mis primeros días con mis tíos.

—A todo se aprende en esta vida, señor; incluso un torpe como yo. Visto que mis aptitudes para la agricultura eran reducidas, por no decir nulas, mi tío no me volvió a encomendar ninguna tarea en solitario. Creo que temía que les prendiese fuego a los manzanos o cualquier otra barbaridad. Me ponía, en cambio, a plantar ajos o cebollas en los surcos que él abría, a quitar caracoles o escarabajos de las plantas que él me indicaba o a recoger la hierba que él segaba. A veces también recogía sarmientos, cardos y boñigas secas para prender la lumbre. En definitiva: tareas en las que no pudiera provocar ninguna catástrofe. Y, por supuesto, no me permitía ni acercarme a su barca, que era el sustento principal de la familia. Yo me sentía mal con todo aquello, y hubiese preferido recuperar la confianza de mi tío, pero no estaba en posición de pedir nada, así que obedecía en silencio.

—A veces hay que saber dónde están nuestros límites; y aceptarlos —dijo el emperador, con aire pensativo.

Por un instante me pareció que hablaba de sí mismo; aunque quizá solo lo pensé para no reconocer que hablaba claramente de mí.

—Así es, señor. Sin embargo, la vida me ha enseñado que los verdaderos límites están siempre un poco más allá de lo que creemos: podemos aguantar más frío, más calor, estar más sedientos, cansados o hambrientos de lo que imaginamos. Puede parecer un regalo, aunque en realidad es un castigo. Pero de eso os hablaré más adelante…

—Sí, sí, continúa.

—El caso es que, a pesar de mi torpeza en las tierras, mi tío descubrió que mis capacidades con los animales eran bien distintas. En casa de mis padres había trabajado cebando a los guarros, cuidando a las gallinas u ordeñando las cabras, y tenía buena mano con el ganado. De modo que, al cabo de unos meses, comenzó a encargarme todo lo relacionado con su reducida ganadería: tres ovejas, dos cabras y un cerdo que se criaba en el huerto trasero de la casa. Alimentar a los animales o limpiar las cuadras eran tareas que no me disgustaban, aunque con lo que realmente disfrutaba era llevando las cabras y las ovejas al encinar que se abría al norte de la ciudad, sobre una pronunciada ladera. Solo, con un cayado en la mano y un pañuelo en la cabeza para protegerme del sol, salía con los animales para que pastasen durante largas horas. La mayor parte de los días me sentaba a la sombra de un gran roble y jugaba con un palo, haciendo surcos sobre la tierra, y construyendo torres de piedras hasta que terminaban por desmoronarse.

»Un día, sin embargo, decidí aventurarme un poco más arriba y llegué hasta lo alto del promontorio. El cielo estaba despejado y se veía a la perfección la magnífica bahía en la que se asentaba la villa de Santander, abierta al mar solo por un estrecho paso y puerto seguro para los muchos barcos que allí llegaban a cargar o descargar mercancías. No obstante, aunque la vista de la villa era excelente, mi mirada se dirigió a otro lugar a mi espalda. Al principio me costó reconocerlo, pero las casas que se dibujaban en lontananza, casi perdidas entre los encinares y los pastos, eran las de Adarzo, mi pueblo natal. En aquel momento, surgiendo de mi interior como un deseo irrefrenable, sentí unas ganas enormes de dejar las cabras y las ovejas y salir corriendo de vuelta a mi pueblo para ver de nuevo a mi madre y abrazarme a su pecho.

»No lo hice, pero mientras regresaba despacio a la villa, ya con los arreboles del atardecer, se me ocurrió que no tenía sentido aquella continua separación y que, en definitiva, bien podía ir un día a verla, pues no eran más de dos horas de camino. Y quizá hasta a mi tío le vendría bien que fuese para hacer algún recado y evitarle así el paseo. Reconfortado por la idea regresé contento a casa, saltando de piedra en piedra y silbando. No le diría nada a mi tío aquella noche, pues en la cena solía estar más arisco. Se lo preguntaría al amanecer, antes de que saliese con la barca al mar.

»A la mañana siguiente me levanté pronto y me vestí en un santiamén. Bajé casi de un salto la escalera del sobrado y me lancé escaleras abajo hasta la cocina para hablar con mi tío; pero no me dio tiempo. Cuando me estaba acercando a él, sonaron unos golpes en la puerta. Mi tía María se acercó a abrir y allí estaba Miguel, mi hermano mayor. Mi primera reacción al verlo fue de alegría y corrí dispuesto a abrazarlo, a pesar de que nunca en mi vida lo había hecho; sin embargo, al ver su expresión me detuve en seco y un mal presentimiento me recorrió. Estaba tan paralizado que fue mi tía la que intervino:

»—¿Qué ocurre, Miguel? ¿Qué haces aquí?

»Mi hermano nunca fue muy locuaz, pero aquel día creo que le hubiese costado hasta pronunciar su nombre.

»—He... he venido... a hablar con... con Martín.

»Temía lo que habría de escuchar, pues solo se me ocurría un motivo para que Miguel hubiese venido hasta la villa, y además sin apenas amanecer.

»—¿Qué ha ocurrido, Miguel? Habla.

»—Madre… ha muerto —dijo.

»Aunque esperaba sus palabras, me negaba a creer que aquello fuera verdad.

»—¿Muerta? No puede ser…

»—Fue hace dos semanas. Estaba trabajando en las tierras, con el arado… tropezó y se cortó en la pierna. Le limpiamos la herida lo mejor que pudimos, pero a los pocos días empezó a sentirse torpe y como sin ánima y al atardecer del día siguiente ya apenas se podía mover. Cuando la tumbamos en la cama, se quedó rígida como un madero y con una extraña sonrisa en la boca. Una vecina que vino a atenderla dijo que estaba feliz porque ya veía a Dios, pero aquella sonrisa no tenía nada de divina… Poco después ya no podía ni hablar… y al poco de meterse el sol dejó de respirar.

»No quería creer sus palabras. No podía imaginarme a mi madre tumbada en la cama, sin vida… Ella era la fuerza, la alegría… No podía ser.

»Mi tía cogió a Miguel por el hombro y lo hizo pasar, mientras yo me dejaba caer en la silla más cercana, totalmente abatido. Recuerdo que mi tía prendió una vela y comenzó a recitar una serie interminable de padrenuestros y avemarías, y que mi tío Alonso se sentó a mi lado y me agarró la cabeza con su enorme manaza. Era muy reacio a mostrar cariño, pero aquel gesto de afecto fue muy importante para mí y siempre le estaré agradecido por ello, pues sé que lo hizo de corazón.

»Al cabo de unas horas nos pusimos todos en camino: mis tíos, mis primos, mi hermano y yo. Iba en último lugar, cabizbajo y maldiciéndome por no haber ido antes a verla. ¿Cómo había podido ser tan estúpido? ¿Por qué no lo había hecho?

»Después de unas dos horas llegamos por fin a Adarzo. Pensaba que iríamos a mi casa, pero Miguel me dijo que nos esperaban en el camposanto. Al llegar descubrí que, efectivamente, allí estaba toda mi familia: mis hermanos y hermanas, algunos tíos y primos y algún que otro familiar lejano. Pasé entre todos ellos y me arrodillé frente a la sepultura de mis padres: dos montículos con sendas cruces de madera y unas pocas flores. Recordé las palabras de mi madre al despedirnos: "Volveremos a vernos pronto", y sentí una profunda rabia interior. Me había mentido: aquello no era un reencuentro, sino una despedida. Una despedida para siempre.

Don Carlos me miró fijamente y tomó la palabra:

—Si se cree en Dios, las despedidas son siempre un «hasta pronto».

Sabía que tenía razón. Sin embargo, junto a las sepulturas de mis padres no sentía ninguna esperanza, sino solo desazón. Pero eso era algo que no le podía contar al emperador.

—Así es, señor —dije—. Desde entonces espero el reencuentro con mis padres, si Dios quiere.

—Llegará; pero no tengas prisa.

Asentí en silencio y luego añadí:

—Después de dejar el cementerio, mi tío habló con mis hermanos mayores y decidieron, sin preguntarme, que lo mejor sería que ellos se quedasen con la casa y las tierras. Mi hermana Petronila, la más pequeña de las mujeres, iría a servir a la casa de unos señores en Santillana del Mar y yo seguiría con mis tíos en Santander. Con las cosas arregladas, por decirlo así, tomamos el camino de vuelta. Mis tíos iban delante; mi primo Diego detrás, sin gastarme bromas por una vez; y cerrábamos la comitiva mi prima Catalina y yo. Habían pasado ya casi cuatro meses desde que había llegado a Santander, pero no habíamos hablado mucho. Ella era dos años mayor que yo y estaba casi siempre con mi tía ocupándose de hacer el pan, cocinar y limpiar la casa. Aquella tarde, sin embargo, me di cuenta de que me iba mirando de reojo. Al final, la miré también y ella me sonrió. Luego alargó la mano y tomó la mía. Sentí un escalofrío que me recorrió todo el cuerpo y los ojos se me humedecieron, pero no solté su mano en todo el camino. ¡Qué amalgama de sentimientos, señor: estaba destrozado por la muerte de mi madre y, al tiempo, sentía un calor que me mostraba que estaba empezando a dejar de ser un niño!

Don Carlos se quedó mirando al infinito, con la boca abierta, como de costumbre. Parecía recordar. Luego habló:

—Hay quien dice que esa atracción es un castigo y que con la senectud el hombre se libra por fin de una prisión que le roba la voluntad. No comparto esa filosofía. Dios quiere que el hombre y la mujer se ayunten y nos da el placer para recompensar a los que le complacen.

—Pero, para mí —dije bajando el rostro—, en aquel momento sentir placer era como un castigo. Me sentía indigno de poder pensar en algo que no fuera en mi madre muerta. Todavía hoy, cuando lo recuerdo, me siento culpable.

Levanté la vista y vi que don Carlos me miraba con aire contrito; y yo estaba allí para distraerlo, no para apenarlo.

—Lo siento, señor..., os estoy importunando con mi historia..., no debí...

Él me detuvo.

—No, Martín, has hecho muy bien. Como te dije, las historias hay que contarlas de principio a fin y sin escatimar detalles: solo así se comprenden de verdad. Aunque Luis y los demás crean que solo preciso de alegrías y distracciones, no es cierto. La vida se compone de momentos buenos y malos y de todos ellos se aprende, o se escarmienta. No debes mortificarte por tus pensamientos, pues no hiciste nada malo: alma y cuerpo van juntos desde el nacimiento a la muerte, pero sus caminos no siempre son paralelos.

El emperador se incorporó en el sillón y compuso sus ropas.

—En todo caso —continuó—, me apena que tengas que estar rescatando momentos tan dolorosos de tu vida. Tú has venido aquí para distraer mis tardes y yo me comporto de forma egoísta obligándote a recordar lo que está mejor dormido en el fondo de tu corazón... Decías que me importunabas con tu historia; pero creo, en realidad, que el importuno soy yo.

—Señor...

—No hay más que hablar, Martín. Deja esas historias que

solo pueden causarte dolor y cuéntame ahora qué ocurrió en La Española mientras os preparabais para partir. No creo que eso te aflija, ¿verdad? —Y al decirlo me sonrió ligeramente.

—Aquello no, señor —dije, y agradecí la cercanía con la que me trataba—. Los preparativos fueron muy rápidos, a pesar de los muchos obstáculos que ponía el gobernador Colón para que se reclutaran hombres o suministros.

—¿Y consiguió impedirlo?

—No, porque por encima de su empeño muchos hombres en La Española sí querían alistarse y los comerciantes, como podéis imaginar, siempre encuentran el medio para vender sus mercadurías pese a las prohibiciones. El mayor problema, en todo caso, no fue abastecer las naves, sino evitar que Ojeda y Nicuesa se matasen antes incluso de haber iniciado nuestra empresa. El motivo fundamental era la división de las gobernaciones, que a ninguno de ellos había gustado, pero había también rencillas más personales. Y es que, a pesar de todos los intentos de Juan de la Cosa, nuestro capitán no podía soportar a Nicuesa. Le tenía una animadversión tal que, cuando estaba por el puerto, podía oler su perfume de lavanda a cien pasos. Las invectivas del primer día no hicieron sino aumentar. No obstante, fue una mañana de noviembre, a punto de partir, cuando todo estalló.

»Nicuesa había estado paseando por el puerto, inspeccionando sus barcos y criticando, como de costumbre, los nuestros. Se ocupaba bien de decirlo todo suficientemente alto como para que llegase a nuestros oídos, de modo que el capitán Ojeda terminó por enterarse de sus burlas. Harto de la suficiencia y los desprecios de Nicuesa, y sin poner oídos a los intentos desesperados de Juan de la Cosa por detenerlo, se acercó hasta él y le espetó:

»—¡Don Diego, visto que os hace tanta gracia nuestra flota y que os tomáis la libertad de burlaros de mi persona tan abiertamente, os daré la oportunidad de probar no vuestro sentido del humor, que ya queda acreditado, sino vuestra gallardía, que está aún por ver!

»Y mientras lo decía se llevó la mano al puño de la espada.

»—¡Aquí, delante de los marineros de ambas flotas, os reto a un combate a muerte! ¡Solo vos y yo! ¡Responded en voz alta! ¿Aceptáis?

»Yo esperaba que Nicuesa se acobardase, pues era peor espadachín que Ojeda; en vez de eso dio un paso al frente y gritó:

»—¡Por supuesto que acepto, don Alonso! No obstante, carece de sentido enfrentarse a muerte si el único premio es la sangre de uno u otro. Por eso propongo que depositemos cada uno cinco mil castellanos como garantía y que el ganador se lleve el premio para su flota. Así, al menos, estos marineros que van a ser testigos de nuestro duelo podrán sacar partido. ¿Qué decís?

»Ojeda había caído en la trampa. Nicuesa sabía de sobra que nuestro capitán no tenía esa suma —ni esa ni ninguna, pues apenas tenía para comer cada día— y de ese modo quería ridiculizarlo delante de todos. Ojeda masculló algo, pero no pensaba dejar que Nicuesa se riese de él:

»—¡Por Dios que pondré ese dinero! —exclamó. Y dando media vuelta se encerró en uno de los barcos y a punto estuvo de desquebrajarlo con sus terribles juramentos.

—¿Y llegaron a enfrentarse? —preguntó el emperador.

—No. Por suerte la querella no llegó a las manos. Aunque si no lo hizo no fue por la prudencia de los capitanes, sino por el buen carácter de Juan de la Cosa. Con su habitual discreción, habló con algunos de los oficiales de Nicuesa y les hizo ver que aquel enfrentamiento no tenía ningún sentido, dejando caer, de paso, que Ojeda malamente podría recaudar la suma requerida para el combate. Aquellos oficiales, también más inteligentes que su señor, estuvieron de acuerdo en la insensatez del duelo y convencieron a Nicuesa para que todo aquel asunto fuese olvidado. En todo caso, si las rencillas personales podían mitigarse, lo que quedaba era el problema de fondo: el límite entre las dos gobernaciones en Tierra Firme. Al ser territorios apenas explorados, no estaba muy claro lo que le correspondía a cada uno. Y de nuevo la solución vino de mano del lugarteniente de Ojeda. Él estableció que la división quedaría en la desembocadura del río Atrato, en el golfo de Urabá: al oeste de la desembocadura sería la gobernación de Veragua, para Nicuesa; al este, Nueva Andalucía, para Ojeda. Eran nombres muy hermosos, mas, hasta que tomásemos posesión de aquellas tierras, no eran más que nombres.

—De eso sé algo, sí —intervino el emperador—. Siempre fue más fácil dibujar fronteras en los mapas que en el campo de batalla. Me alegra saber que en aquella ocasión alcanzasen un acuerdo amistoso.

—No lo llamaría exactamente «amistoso»: Ojeda y Nicuesa se rehuían y durante los últimos días de preparativos creo que solo se juntaron para dar su visto bueno al acuerdo y para desearse suerte protocolariamente. Más adelante habrían de verse a la fuerza, pero de eso os hablaré cuando corresponda, si os parece.

—Sí, cada cosa en su momento.

—Por fin, en el mes de noviembre logramos reunir a todos los hombres y llenar los barcos para una travesía que, aunque no sabíamos lo que habría de durar, se presumía larga. Nicuesa consiguió ochocientos hombres; nosotros, algo menos de trescientos.

»Yo seguía teniendo muchas dudas, pero Mateo me convenció de que lo que hacíamos era lo mejor, que no habíamos cruzado el océano solo para ser granjeros u hortelanos y que en la Nueva Andalucía hallaríamos la fortuna que nos había faltado en toda nuestra vida. Os aseguro, señor, que por mucho que otros os puedan haber contado, los que fuimos allí no lo hicimos movidos por grandes ideales, sino por propio interés, quizá por codicia…

Pensé que aquello le molestaría al emperador, aunque no fue el caso.

—No te avergüences de decirlo así. El hombre que se levanta todas las mañanas y va a cultivar sus campos lo hace para procurarse el sustento para sí y los suyos; y el que empuña una pica y marcha a la guerra no lo hace para dar gloria a su patria, sino porque sabe que recibirá un buen salario a cambio. Y de esto último, te lo aseguro, sé mucho, pues gran parte del tiempo que estuve al frente del imperio lo pasé arrastrándome ante los banqueros para obtener el dinero con el que pagar a mis tropas... Tú fuiste allí para ganarte un futuro y no veo nada malo en ello.

—Puede ser, aunque a veces pienso si no sería mejor que el mundo se gobernase por sentimientos más desinteresados. Mirad aquí, en el monasterio. Los monjes no obtienen un salario a cambio de su trabajo, lo hacen solo por el bien de la comunidad. Aun así se levantan todos los días para atender los huertos, ordeñar las cabras o preparar la comida.

El emperador reflexionó un momento antes de contestar.

—Entiendo lo que dices, Martín, pero el monje recibe también su recompensa, solo que no es en forma de metal. Ellos, a través de su entrega y sus renuncias, alcanzan el estado espiritual más cercano a Dios del que se puede gozar en este mundo. Los monjes no huyen del mundo para desentenderse de él, sino que ese alejamiento les proporciona la libertad necesaria para seguir a Cristo allá donde otros solo podemos asomarnos tímidamente. De todos modos, aunque sé que muchos lo hacen con el único fin de servir a Dios y a los demás, me cuesta creer que muchos de ellos no lo hagan por el interés de salvar su alma, vivir una vida relajada o llenar la tripa cada día, que de eso también hay... En todo caso, que pienses sobre el tema ya demuestra que eres un alma buena, pues el que lo hace todo por propio beneficio rara vez se cuestiona si su proceder es correcto o no.

—Eso es cierto, señor. Entre todos nosotros había muchos que antes de levar anclas ya se relamían pensando en las riquezas que iban a lograr a costa de lo que fuera. Entre ellos, Pascual el Rubio, del que antes os hablé.

—Sí..., lo recuerdo. ¿Siguió importunándote en tierra como lo había hecho en la travesía?

—No, en realidad pasó a ignorarnos. Lo que hizo fue juntarse con otros marineros de su calaña con los que voceaba y alardeaba todo el día de lo que harían cuando pusieran el pie en el continente... Cosas horribles, totalmente contrarias a Dios, y que por desgracia hube de contemplar.

Agaché la cabeza, avergonzado, y el emperador se tomó su tiempo antes de hablar.

—Cuando se desata la violencia, no hay fuerza en la tierra capaz de contenerla. ¿Crees que nunca me vi en parecidas circunstancias? Pues sí..., también me ocurrió. En la primavera de 1526 mis ejércitos se lanzaron sobre Roma. Yo había obtenido previamente la victoria sobre las tropas del papa y sus aliados italianos y franceses, pero no conseguí reunir a tiempo el dinero para pagar a los soldados. Al enterarse, se amotinaron y obligaron a los comandantes a dirigirse hacia Roma y tomar la ciudad. Puedes imaginar lo que ocurrió a continuación: durante tres días no hubo modo de contenerlos y los soldados se dieron a todas las tropelías imaginables. Tal fue mi disgusto al enterarme que me obligué a vestir de luto riguroso durante mucho tiempo en señal de arrepentimiento. El gobernante ha de saber ofrecer el premio con una mano y retener el desenfreno con la otra; y yo no supe. Como te dije, los soldados van al combate por la recompensa y nadie lucharía si supiera que le quitarán las riquezas cuando se las haya ganado. ¡Ay, yo también he soñado muchas veces, como tú, con un mundo más justo en el que todos nos guiáramos solo por buenos sentimientos!

Iba a tomar la palabra de nuevo cuando escuché el repiqueteo en la puerta. Luis de Quijada se asomó y nos informó de que ya eran las ocho, y que en breve se celebraría la misa. El emperador asintió y lo hizo pasar.

—¿Os encontráis bien? —preguntó don Luis—. ¿Desea algo vuestra majestad?

Don Carlos negó con la cabeza mientras se ponía trabajosamente en pie. Su cuerpo estaba tan rígido que acometer cualquier movimiento era una tarea titánica.

—Solo quería darte las gracias, Luis. Conozco tus desvelos para hacer mi estancia aquí más agradable y creo que en esta ocasión has acertado por completo: Martín consigue que mis tardes pasen volando y que apenas me acuerde de mis achaques. Dime una cosa: ¿por qué nunca visité las Indias?

Don Luis se quedó muy sorprendido por la pregunta.

—Supongo que vuestra majestad tenía muchos frentes que atender aquí... Y, además, es una travesía larga y peligrosa.

Don Carlos asintió; yo adiviné un velo de tristeza en su mirada.

—Tienes razón. No importa: ahora estoy descubriendo las Indias como si realmente hubiese estado allí y eso ya es suficiente para este anciano decrépito.

Don Luis fue a decir algo, pero el emperador no le dio tiempo. Cogió su báculo y avanzó despacio hacia la puerta, arrastrando los pies y sin dejar que le ayudásemos.

—Mañana seguiremos, Martín —dijo mientras atravesaba el dintel—. ¡Estoy deseando embarcar de nuevo!

7

Con buen viento

Sostenía en mi mano la copa de vino que el copero me había servido mientras esperaba al emperador. Normalmente era él quien aguardaba mi llegada; sin embargo, aquel día me informaron de que don Carlos se retrasaría un poco. Aprovechando el momento de soledad, estudié con detenimiento la sala, solo para comprobar de nuevo la austeridad en la que el emperador pasaba sus horas. A cualquiera que le preguntasen podría decir que se encontraba en el despacho de un notario de medio pelo o de un comerciante arruinado. A mí me gustaba: me daba una idea muy clara del tipo de persona con la que compartía aquellas tardes tan especiales.

En aquellos pensamientos estaba cuando se abrió la puerta y vi a don Carlos acercándose con dificultad a su sillón. Fui a levantarme para ayudarle, pero él me indicó con un ademán que permaneciese sentado.

—Algunos autores han hablado sobre la vejez queriendo ver en este momento de la vida un sinfín de ventajas; te aseguro que se engañan. La única virtud de la vejez es que embota nuestros sentidos lo suficiente para que no nos demos cuenta del todo de los achaques que arrastramos. Solo doy por ciertas las palabras de Cicerón cuando decía que es preferible ser viejo menos tiempo que serlo antes de la vejez, pero no he sido capaz de cumplirlo: llevo años arrastrando mi cuerpo como el que carga una piedra sobre los hombros.

—Mi abuelo paterno, que se llamaba Marcelino, vivió cerca de ochenta años y yo lo llegué a conocer. Tenía menos carnes que una lagartija y comía de manera tan frugal que algunos decían que se alimentaba del aire. Es curioso: nadie lo oyó nunca quejarse y mantuvo siempre su vitalidad, de suerte que bien se podría decir que fue viejo muy poco tiempo.

Don Carlos sonrió.

—Si es como lo cuentas, tu abuelo fue una persona muy inteligente y afortunada. Pero mucho me temo que yo no tengo su fortaleza física ni mental. En fin...

Se acomodó en su sillón y se llevó a la boca la jarra de cerveza que tenía preparada en la mesa.

—Cuando tenga que pasar por el urinario, me arderá..., pero no pienso renunciar a este placer; a este, no.

Me sonrojé un poco, porque no esperaba que el emperador me hiciera partícipe de tales intimidades. Él cambió inmediatamente de tema, para alivio mío.

—Estábamos cerca de embarcar, ¿no es así?

Me hizo gracia su entusiasmo.

—Así es, señor. En noviembre de 1509 largamos velas unos días antes de que la flota de Nicuesa estuviese del todo compuesta. De este modo nuestro capitán consiguió su primer objetivo: adelantarse a su oponente. Y, además, nos llegó una noticia que a todos nos sorprendió: no solo fuimos más rápidos en partir por el empeño de Ojeda, sino porque Nicuesa estaba acuciado también por enormes deudas y varios acreedores se negaban a dejarlo marchar hasta que les pagase. De modo que, paradojas del destino, ni uno ni otro contaba con dinero para haber hecho frente al duelo...

El emperador rio con ganas:

—Menudo envite el de don Diego... No me hubiese gustado jugar a las cartas con él.

—Por fortuna aquello no llegó a oídos de Ojeda, o al menos no lo manifestó, porque de haberlo sabido creo que habría planteado de nuevo el duelo. El caso es que, aunque todos considerábamos a Ojeda demasiado impulsivo, antes de partir tuvo el buen juicio de nombrar alcalde mayor de su gobernación al bachiller Martín Fernández de Enciso, un letrado al que dejó encargado que preparase una embarcación con más provisiones para asistirnos después de que pusiéramos el pie en el continente y estableciésemos algún tipo de asentamiento. De ese modo supimos que nuestro objetivo primordial era establecer una población permanente en la Nueva Andalucía, lo cual nos alivió sobremanera, pues algunos decían que no íbamos a hacer otra cosa más que guerrear con los indígenas.

»El día que partimos lucía un sol espléndido y el calor era considerable a pesar de las fechas del año en que estábamos. Tomamos dirección sureste hacia el golfo de Urabá y no tuvimos ningún percance reseñable en la navegación, pues las aguas estaban en completa calma y el viento era favorable. Sin embargo, lo que inmediatamente surgió fue el desencuentro entre los dos amigos, Ojeda y De la Cosa, sobre el lugar al que habíamos de arribar. De la Cosa, siempre prudente, pensaba que lo mejor era internarse en el golfo hasta cerca de la desembocadura del río Atrato, pues allí los indígenas se habían mostrado siempre amistosos y, además, era el punto donde se dividían las gobernaciones de Ojeda y Nicuesa. Qué mejor, por tanto, que empezar la conquista dejando fijado el límite en primera instancia. Pero Ojeda no pensaba igual: él quería dirigirse a una zona de la costa poblada por indios caribes, mucho más agresivos y que siempre se habían manifestado en contra de los españoles. No podía entender el porqué de aquella decisión; sin embargo, una de las noches, mientras hacía guardia en la cubierta, encontré la respuesta. Estaba con Mateo y con otro marinero, Gregorio Crespo, del que antes os hablé. No sé cómo se las arreglaba, pero Gregorio siempre conocía las conversaciones que mantenía el capitán con los oficiales.

»—¿Por qué creéis que Ojeda quiere ir donde los indios son más hostiles? —nos interrogó, dejando la pregunta en el aire unos instantes; como los dos lo mirábamos sin decir nada, se dio por vencido y se respondió a sí mismo—: El que quiere algo siempre encuentra una justificación; y lo que Ojeda desea es tener un motivo para hacerse con esclavos.

»—¿Esclavos? —dijo Mateo—. No sé mucho de leyes, pero creo que no está permitido esclavizar a los indios, ¿no?

»—Esos indios son caribes. ¿Sabéis lo que eso significa? Son caníbales, son sodomitas y son idólatras. A ojos de la Corona todo eso justifica que se les pueda esclavizar, más aún si no aceptan por las buenas nuestro dominio..., cosa que no harán. Y cuando alguien es esclavizado, se puede vender; y cuando se vende, se obtiene un beneficio...

»—De modo que... —empecé a razonar, dándome cuenta de cómo funcionaba la cabeza de Ojeda.

»—Lo que el capitán quiere es forzar un enfrentamiento, hacerse con cuantos más esclavos mejor y luego llevarlos de vuelta a La Española para venderlos. Está arruinado: ¡si hasta ha tenido que vender su propia casa en Santo Domingo perseguido por los acreedores! Os aseguro que haría lo que fuera por conseguir el dinero necesario.

»Aquello no me gustó. Cierto es que sabía que allí todos íbamos con ánimo de enriquecernos, pero al menos nos consolaba pensar que lo hacíamos por engrandecer a nuestra Corona y por llevar allí la palabra de Cristo, no para que nuestro capitán se aprovechara de nosotros y de los indios.

»—De modo que somos sus marionetas —dijo Mateo, adelantándose a mí.

»—Eso parece, aunque también os diré una cosa: Ojeda es un aprovechado, pero estando cerca de él siempre se puede sacar provecho. Si nos necesita para sus planes, debemos obtener nuestra recompensa. Si el objetivo es hacer esclavos, los haremos; y no solo él.

»No estaba muy de acuerdo con aquel razonamiento, ni me podía imaginar siquiera a mí mismo haciendo prisionero a nadie y llevándolo luego a un mercado de esclavos; sin embargo, Gregorio lo tenía muy claro.

»—De la Cosa es un buen hombre y sus intenciones son más loables, pero en la batalla poneos siempre al lado del que sabe guerrear... y ese es Ojeda. Lleva más de veinte años en estos mares luchando contra todos esos salvajes y aún no ha recibido un rasguño. ¡Os aseguro que lo protege Dios, la Virgen o algún santo! Su espada es la prolongación de su brazo, es capaz de derribar al guerrero más fornido con un solo golpe y no se asusta ni ante el mismísimo diablo. Escuchadme bien: si queréis seguir con vida, debéis estar siempre a su lado.

»Aquellas palabras me dejaron muy preocupado: no me gustaba estar a las órdenes de un temerario, ni tener que unir mi destino al de alguien que solo miraba por su interés. Además, todavía recordaba vivamente las palabras de Pedro, el hijo de Juan de la Cosa, cuando me dijo que debía seguir a su padre, no a Ojeda. ¿A quién debía hacer caso?

»Regresamos a nuestras tareas de inmediato. Me di cuenta de que Mateo tenía el gesto serio.

»—¿En qué piensas, Mateo?

»—En lo difícil que nos va a resultar servir a nuestro capitán sin dejar de servir a Dios…

»No recuerdo cuántas jornadas nos llevó llegar a Tierra Firme, aunque no fueron muchas, ya que La Española se encontraba muy cerca del continente. Una mañana vimos aparecer, en el horizonte, una delgadísima línea verde de litoral y supimos que nuestro destino se aproximaba. Todavía aquellos días hubo algunas discusiones entre Ojeda y De la Cosa; no obstante, el enfrentamiento lo zanjó el primero tirando de su rango de capitán, y el santoñés hubo de callarse. De modo que, en vez de penetrar en el golfo, fuimos directamente a otro lugar al que llamaban "bahía de Calamar". A día de hoy, y después de haber estado toda mi vida en el mar, me sigue maravillando que Ojeda, De la Cosa y los demás marinos a los que serví fueran capaces de reconocer la costa con esa facilidad. Para mí todo era semejante: el azul del mar, el dorado de las playas y el verde de la vegetación. Y, además, la ausencia de montañas hacía que todo el litoral pareciese exactamente igual. Para ellos, no. De alguna manera eran capaces de reconocer un entrante, una pequeña loma o la desembocadura de un río para saber exactamente dónde nos encontrábamos en cada momento.

»Al ver tierra, surgió de todos los marineros un grito de triunfo, lo cual resultaba extraño porque no estábamos ante el final de nuestra tarea, sino apenas al comienzo. Navegando con mucho cuidado de no encallar nuestros barcos, nuestra flotilla atravesó un estrecho entrante de mar, bordeamos una gran isla y accedimos a la bahía. A diferencia de las olas del mar abierto, allí las aguas estaban en completa calma e incluso el viento soplaba con menos fuerza. En el cielo lucía un color azul hermosísimo, sin una sola nube, y las aguas eran tan claras, tan puras y cristalinas que podíamos ver los peces de innumerables colores que nos seguían. Incluso en algunos sitios llegábamos a ver el fondo cubierto de algas, conchas y estrellas de mar. Ante aquel espectáculo nada parecía indicar que allí pudieran habitar unos individuos tan aterradores como los que nos habían descrito.

»Según íbamos dejando atrás la lengua de arena y nos acercábamos a la parte interior de la bahía, pudimos apreciar con más detalle la exuberante vegetación. Árboles altísimos cubrían cada palmo de tierra, como si no quisieran dejar un solo lugar sin ocupar, y lanzaban sus raíces al agua y crecían en el mismo borde de la bahía. Tanto yo como otros muchos marineros jóvenes estábamos absortos ante aquel paisaje. El capitán Ojeda tenía otras preocupaciones mayores. Fue Mateo el que me lo hizo ver.

»—Fíjate, Martín: creo que el capitán está buscando un lugar en el que podamos anclar los barcos.

»Efectivamente, me di cuenta de que el capitán, con su lugarteniente al lado, buscaba alguna ensenada para acercar los barcos a la costa sin encallar y desde allí bajar a tierra. Por fin Ojeda vio un sitio que le agradó, pues, levantando el brazo, señaló con su dedo índice hacia una playa un poco menos cubierta de vegetación.

»Los dos bergantines y las dos carabelas se acercaron a la costa y, no sin esfuerzo, conseguimos atracar los barcos. Al instante se lanzaron las anclas y fuimos preparando los botes en los que bajaríamos a la playa. En mi barca, entre otros varios hombres, me acompañaban Mateo, Gregorio y otro marinero que parecía bastante más experto que nosotros, que vos conocéis bien y del que a partir de ahora os hablaré con frecuencia: Francisco Pizarro, de origen extremeño y de noble cuna.

Don Carlos asintió levemente y me indicó que continuara.

—Remamos con fuerza y alcanzamos la playa a las órdenes de Pizarro, que, por su experiencia, pareció arrogarse un cierto grado sobre los demás. No nos importó: sabíamos tan poco de lo que había que hacer que agradecimos que alguien tomase la iniciativa.

»Mientras tanto, el capitán Ojeda estaba ya en tierra e igualmente Juan de la Cosa, y no perdieron ni un instante en organizar nuestro recién estrenado asentamiento. Por lo que parecía, debía ser un lugar frecuentado por los indios, ya que había algunas pobres construcciones de palma y también restos de antiguas hogueras. Para asegurar el perímetro se pusieron algunos hombres con espadas y escudos alrededor de la playa y se fueron descargando también las armas de fuego y los toneles con la pólvora. Había esperado un primer contacto mucho más accidentado, así que estaba contento de nuestro feliz desembarco. Entonces, mientras nos encontrábamos en estas tareas, escuché un sonido que me heló la sangre: desde el interior de la selva, atravesando aquella impenetrable vegetación, se oyó un aullido espantoso, como surgido de mil gargantas. Los marineros más jóvenes retrocedimos asustados e incluso algunos se subieron de nuevo a los botes dispuestos a regresar a los barcos.

»—¡Son demonios! —gritó uno, aterrorizado.

»El capitán nos llamó al orden:

»—¡No digáis sandeces! ¡Empuñad las armas y formad!

»Siguiendo las instrucciones del capitán y sus oficiales, fuimos tomando posiciones en grupos cerrados, compuesto cada uno por varios hombres con espadas, tres o cuatro lanceros y uno o dos arcabuceros. Ninguno de nosotros hablaba y escuchábamos en silencio aquel grito aterrador, esperando que en cualquier momento los indios fueran a saltar sobre nosotros.

»Entonces, entre la espesura del bosque, lo que vimos no fue un asalto, sino que varios de los indígenas se aventuraron a salir de su refugio para volver de inmediato a su escondite, entrando y saliendo como una marea. Tan pronto veíamos a uno salir de detrás de un árbol como otro salía entre dos arbustos golpeando la lanza contra el escudo o alzando al aire el arco. Nos estaban retando: trataban de ver si éramos tan valientes y fieros como ellos. Notaba todo mi cuerpo temblando. Me habían puesto en la mano una espada, pero apenas era capaz de sostenerla.

»El capitán se adelantó a todos y, tras tirar su arma a la arena, sacó de entre sus ropas una serie de bagatelas: joyas de cristal, campanillas, cascabeles y otros rescates sin ningún valor, y que habitualmente servían para calmar a los salvajes. Estos, sin embargo, hacía tiempo que habían tenido contacto con otros españoles y no se dejaron comprar por aquellas baratijas. El capitán hizo llamar a algunos indios que habíamos traído desde La Española, y que suponíamos que hablaban una lengua similar a la de los caribes, y estos les comunicaron a los fieros habitantes de aquella tierra que habíamos venido pacíficamente y que solo queríamos comerciar. Bien fuera porque las lenguas no eran tan parecidas o porque los indios no se aviniesen a razones, el caso es que redoblaron sus gritos y sus demostraciones de rechazo. El capitán echó a un lado a los intérpretes y, con su potente vozarrón, les dijo:

»—¡Lo repito: no hemos venido para hacer la guerra, sino para entablar amistad con vosotros! Deponed las armas y hablemos. Si accedéis a ello, nada habéis de temer. Mas si os oponéis con terquedad, os aviso que quedaréis fuera de la ley y habréis de probar nuestro fuego.

»Los indios, por supuesto, no entendieron ni palabra de aquel discurso. Sin embargo, el capitán lo dijo con tal fiereza y mostrándose tan altanero que creo que sirvió para excitar aún más el ánimo de los indígenas. Algunos que parecían ser los líderes alzaron sus lanzas y sus arcos y todos los demás los corearon, sin dejar de avanzar y retroceder. Juan de la Cosa, ante el tenor que estaban tomando los acontecimientos, se acercó de nuevo al capitán. Yo estaba cerca y lo oí decir:

»—Alonso, creo que esto es un sinsentido. Nos superan en número y ni siquiera hemos tenido tiempo para prepararnos. Sería más prudente volver a los barcos y atracar en un lugar más tranquilo. Aún estamos a tiempo de evitar un combate.

»Pero Ojeda, en aquel momento, había traspasado el límite de la prudencia y ya solo era capaz de responder a su osadía.

»—¿Qué estáis diciendo, Juan? ¿No los veis? Van desnudos y no conocen el hierro. ¿Qué creéis que pueden hacernos?

»—No conocen el hierro, pero tienen lanzas emponzoñadas... Pueden matar a un hombre solo con rozarlo.

»El aullido continuaba y los indios avanzaban cada vez un paso más antes de esconderse. Estaba claro que aquello no iba a prolongarse indefinidamente. Ojeda levantó el brazo, dispuesto a dar la orden de ataque. No le dio tiempo: con un grito ensordecedor, los indios tensaron los arcos y dispararon una lluvia de flechas contra nosotros. Nuestra reacción fue agacharnos y protegernos bajo los escudos. Algunos no anduvieron atentos y fueron alcanzados. Sus gritos apenas se oyeron ante la jauría de los indios. Pero estos cometieron un error: en vez de continuar diezmándonos con sus flechas, decidieron iniciar el ataque portando sus lanzas. En ese momento Ojeda dio la orden:

»—¡Arcabuceros!

»Los soldados salieron del parapeto de escudos y abrieron fuego. Algunos indios cayeron muertos o heridos, pero estaban a mucha distancia aún y varios tiros fallaron su objetivo. Los indios avanzaron a la carrera. Sin apenas tiempo para recargar las armas, nuestros hombres dispararon otra vez cuando casi los teníamos encima. Ahora fueron muchos más los que cayeron y los indios retrocedieron acobardados entre el humo de la pólvora. Eso era lo que Ojeda estaba esperando:

»—¡Ahora van a aullar con motivo! ¡A por ellos!

»Como una exhalación, salimos todos a la carrera y atravesamos con nuestras lanzas y espadas a los indios desnudos, todavía desconcertados por el estruendo de las armas de fuego. La batalla era cuerpo a cuerpo, y sus arcos servían ya de poco. No sabía qué hacer, sentía que el corazón se me iba a salir por la boca. De pronto escuché un grito a mi espalda:

»—¡Cuidado, Martín! —me advirtió Mateo.

»Corriendo hacia mí, venía un indio dispuesto a arrojar su lanza. Traía todo el cuerpo pintado y gritaba como si un demonio lo poseyese, con las venas marcadas en el cuello. Levanté la espada en un intento inútil para protegerme cuando escuché un disparo y vi cómo el indio se retorcía por el impacto en la pierna. Cayó de rodillas, aunque era tan bravo que se puso en pie de nuevo y siguió avanzando, tambaleándose. Creo que en todo el universo yo era lo único que existía para él. Estaba paralizado, con más miedo que en toda mi vida, pero no quería acabar allí y saqué de mi interior el ansia de sobrevivir a toda costa. Esperé a que se acercase un poco más, levanté la espada y la descargué con toda mi alma, acertándole en el pecho. El pobre cayó desplomado, con los ojos muy abiertos y mirándome. Por un momento tuve el deseo de acudir a socorrerlo. Antes de que lo hiciera, varios de mis compañeros pasaron por encima en su avance y lo pisotearon. Era la primera persona a la que quitaba la vida y solo pude rezar por su alma y por la mía. Entonces escuché el grito de Juan de la Cosa:

»—¡No os detengáis! ¡Avanzad!

»El ímpetu inicial de los indios se había estrellado contra nuestro fuego y ahora éramos nosotros quienes teníamos la iniciativa. Los arcabuceros cargaban y disparaban sin cesar, y nuestros lanceros formaban una muralla ante la que los indios nada podían hacer. Algunos seguían luchando; otros se rindieron al verse rodeados o perdieron sus armas al ser heridos. Cada vez era más evidente que habían sido derrotados y ellos mismos se dieron cuenta, pues muchos de los que quedaban con vida retrocedieron de inmediato y se escondieron en la selva.

»Pero no todos. A algunos les podía el orgullo y de ningún modo se resignaban a rendirse, de manera que fueron a refugiarse en una de las construcciones que tenían en la playa. Era una casa muy pobre, hecha con troncos de palmera y cubierta por las hojas del mismo árbol; los indios se sentían tan perdidos que no encontraron un sitio mejor en el que protegerse. Uno de los nuestros, con más ímpetu que seso, no tuvo mejor idea que lanzarse a la carrera y abrir la puerta de la caseta; no bien lo hizo cuando recibió en el pecho un lanzazo que lo mató en el acto. Los que lo acompañaban gritaron con rabia dispuestos a vengar su muerte, pero el capitán los detuvo: no quería más muertos en nuestras filas.

»—¡Esperad!

»Mientras todos lo mirábamos, arrebató una antorcha a uno de los que llevaban las armas de fuego y la arrojó a los pies de la caseta, que al instante empezó a arder con enormes llamaradas. Enseguida vimos salir a los indios, ahogados por el humo algunos y envueltos en llamas otros, y el capitán ordenó que se abriera fuego. Fue una imagen terrible, os lo aseguro, más propia del infierno que del paraíso en el que creíamos estar. Cuando el último de los indios cayó muerto, y mientras su cuerpo se consumía como un tizón, el capitán alzó el brazo y dio por concluida la batalla.

»El grito resonó en la playa con más fuerza aún que el aullido de los indios. Rápidamente el capitán nos organizó para que fuéramos agrupando a los que se habían rendido, los atáramos y los enviáramos a los barcos. Colaboré en aquella captura, aliviado al menos de no tener que seguir guerreando. Sin embargo, aún me quedaban por contemplar otras horribles escenas. La más cruel la protagonizó Pascual el Rubio. Yo me había arrodillado junto a un indio dispuesto a llevarlo a los barcos; tenía varias heridas en los brazos y el pecho, pero aún respiraba y trataba de decirme algo que, por supuesto, no podía entender. Le puse la mano bajo el sobaco, con la intención de levantarlo, cuando Pascual pasó a mi lado y le clavó la espada en el pecho.

»—Nos han dicho que capturemos esclavos, no moribundos.

»Se acercó a él y le arrancó una figurita de oro que colgaba de su cuello.

»Apoyé otra vez su cabeza en el suelo y le cerré los ojos. Levanté la vista y vi que en la playa la escena se repetía por doquier: los que estaban ilesos o solo tenían rasguños eran enviados a los barcos; los demás no iban a ver un nuevo día. Nuestros hombres los iban inspeccionando a todos y, si tenían oro, se lo arrancaban de inmediato.

»Me levanté y traté de encontrar a Mateo. Al fin, lo vi ayudando a otro de nuestros compañeros a atar las manos a la espalda a varios de los indios.

»—¿Cómo estás, Martín? —me preguntó al verme.

»—Vivo —respondí. No lo había dicho con guasa, aunque él se rio con ganas.

»—No has hecho poco. ¡Anda, ayúdanos!

»Tomé la cuerda que Mateo me daba y até las manos a uno de los indios, mientras Mateo le arrancaba sus amuletos de oro. Cada poco pasaba un oficial e iba recopilando el metal que conseguíamos. Yo, que apenas había visto oro en mi vida, consideraba que aquello era un botín formidable. Nuestro capitán no pensaba lo mismo. Espoleado su ánimo por aquella rápida victoria, quería más: sus ojos solo reflejaban codicia.

»—¡Traed a aquellos dos! —nos gritó.

»Inmediatamente le presentamos a los dos hombres a los que habíamos atado. A pesar de haber sido capturados, no habían perdido su orgullo y mantenían el mentón alto y los brazos apretados. Su aspecto era imponente: tenían la piel cobriza, el pelo lacio y negro como el carbón y lucían tatuajes y dibujos hechos con cicatrices por todo el cuerpo. Algunos llevaban un trapo que les cubría las partes naturales, pero la mayoría iban desnudos o solo ataviados con collares y pulseras de conchas y plumas de ave.

»Ojeda llamó a uno de nuestros trujamanes y este les preguntó adónde habían huido los demás y si allí había más oro.

Los prisioneros al principio se negaron a responder; los soldados los golpearon en el estómago y les pusieron la espada en la garganta, hasta que uno de ellos habló y dijo que nos llevaría hasta su poblado si le perdonábamos la vida.

»El capitán aceptó, pero juró que, si nos traicionaba, no solo lo pagaría él, sino todos los demás habitantes de la aldea. Luego se volvió hacia nosotros y con su potente voz nos dijo:

»—¡Descansemos ahora! ¡Más tarde nos tocará conseguir el verdadero botín!

»Un nuevo grito de júbilo se extendió por toda la playa, mientras los soldados levantaban las espadas y soltaban vítores. Estaba aturdido por todo lo que había contemplado y hecho aquella mañana, pero me uní a los demás y dejé escapar toda la tensión contenida: las fuerzas me abandonaron y rompí a llorar como ya no recordaba.

Levanté la vista, avergonzado, y vi que el emperador me miraba fijamente. En un primer momento pensé que lo hacía con reproche, por los muchos pecados que acababa de confesar. Entonces vi que estiraba su brazo y ponía su agarrotada mano sobre mis cabellos. Era una mano torpe, casi inerte; sin embargo, sentí el calor que transmitía.

—Es suficiente por hoy, Martín; no solo por mí, por ti también.

Me puse en pie y me despedí, todavía con la congoja atenazándome. De camino a mi aposento me encontré con uno de los sirvientes, que me preguntó si deseaba cenar. Le respondí que no y me encerré en mi alcoba. Al tumbarme en el camastro sentí de nuevo la misma liberación que experimenté aquel primer día en la bahía de Calamar: feliz por seguir vivo y torturado por las terribles escenas vistas y los horribles pecados cometidos. Tapado por las mantas, lloré sin consuelo mientras rezaba por mi alma pecadora.

8

Vulnerant omnes, ultima necat

Aquel día había hígado de ternera encebollado para comer, y reconozco que es mi plato favorito. Sin embargo, ni por esas conseguí meter nada al estómago. Había dormido muy inquieto durante toda la noche, sudando y dando vueltas en la cama, incapaz de conciliar el sueño más que por unos breves instantes. Lo único que deseaba era volver a estar con don Carlos y continuar con mi relato, para ver si así conseguía desembarazarme del desconsuelo que me tenía atenazado.

Josepe vino y, al ver que no hacía más que revolver la comida en el plato, me preguntó:

—¿No os gusta?

Me dio pena que pudiera pensar aquello y dije:

—No podría estar mejor…, pero no tengo apetito. Lo siento.

—No lo sintáis. El problema es tener hambre y no tener qué comer.

—Es cierto —dije, y recordé al instante las penurias vividas en Tierra Firme; pero hacerlo no hizo sino aumentar mi desasosiego.

—Os lo guardaré para la noche si es vuestro deseo.

Agradecí la amabilidad del muchacho y me dirigí a mi estancia, dispuesto a descansar un rato antes de ver al emperador. Cuando salí de nuevo, fui primero a buscar a don Luis a su despacho.

—Hoy don Carlos no está en sus aposentos —me dijo al verme entrar.

La nueva me dejó preocupado.

—¿Se encuentra mal otra vez?

—Al contrario —respondió él—. Se encuentra mejor que nunca y ha querido salir a dar un paseo. Míralo: allí está.

Seguí la indicación de Quijada y, efectivamente, vi que el emperador se encontraba junto al gran estanque que había sido construido enfrente del palacio. Estaba sentado en una silla de madera con apoyabrazos y unos grandes cojines. A su lado había otra algo más sencilla que inmediatamente interpreté que era la que me correspondía.

—Adelante —me dijo don Luis—, don Carlos te espera.

Descendí por la rampa que comunicaba las dependencias del palacete con los jardines y me acerqué al emperador. A pesar de que hacía calor —estaba ya entrado mayo—, una manta le cubría los hombros y otra más las piernas. Solo verlo me hacía sudar, pero comprendí que en su estado de salud no se podía permitir coger frío. Me senté en la silla que tenía reservada. Don Carlos no me prestó atención; tenía la vista fija en las aguas.

—Es maravilloso el trabajo que hizo Juanelo, ¿no te parece? —dijo por fin, sin siquiera mirarme.

No sabía a lo que se refería; él, sin esperar respuesta, me lo aclaró:

—Juanelo Turriano es, ante todo, un grandísimo relojero y, además de construirlos, cada día se encarga de poner en hora todos mis relojes. No hay ingenio que se le resista. Le basta con echar un vistazo a cualquier mecanismo para entender al instante cómo funciona. Y eso, para una persona como yo, que no sabe ni cómo trabaja una polea, es algo digno de admiración. Por eso lo hice venir desde Italia y le pedí que me construyese un estanque y un sistema de riego que mantuviese siempre verdes los jardines de este lugar. Es un verdadero genio. Ahora, de hecho, creo que anda atareado en otro invento.

Contemplé con detenimiento el sistema de canalillos y pozas, a diferentes alturas, y el gran estanque y me pareció, en efecto, muy ingenioso.

—Tenéis razón, señor. Es una obra digna de una brillante cabeza.

Sin embargo, la contemplación de aquellas aguas estancadas me había hecho retroceder a otro momento y el emperador se dio cuenta.

—Algo ha cruzado por tu mente. Dime qué es.

—Os pido disculpas, señor; cada vez que veo un estanque mi mente vuela...

—¿Está en relación con lo que viviste en Tierra Firme?

—Lo habéis adivinado. Es algo difícil de olvidar.

—No olvides, pues estoy deseando conocer qué te pasó después de aquel primer enfrentamiento. Cuéntamelo.

Inspiré hondo y me situé de nuevo en los momentos que siguieron a la toma del poblado indígena en la bahía de Calamar.

—Como os dije, la conquista de aquel primer territorio no tuvo apenas dificultad. Aquello, por supuesto, era un buen presagio, aunque hay veces que el entusiasmo se convierte en imprudencia, sobre todo cuando desde detrás empujan la ambición y la codicia. El capitán Ojeda, como os dije, tenía más deudas que... que...

No sabía si acabar la frase, pero don Carlos me ayudó:

—Recuerda que ya te lo dije: «más deudas que un emperador con sus banqueros» —dijo sonriendo.

Yo también sonreí.

—Ojeda necesitaba imperiosamente hacerse con más esclavos para enviar de inmediato a La Española. Habíamos capturado unos sesenta en la playa, mas con aquello no tenía ni para cubrir un diez por ciento de los dineros que debía. De modo que, prestando oídos a lo que nuestro cautivo había contado, decidió avanzar hacia el interior y llegar a un poblado que se llamaba Turbaco. Según el relato del indio, el pueblo era tan rico que las casas tenían los tejados de oro y otras maravillas; fue la primera vez que escuché aquello y os juro que no sería la última: cada vez que un indio veía nuestro interés por el metal solía emplear esa descripción u otras parecidas que no hacían sino aumentar nuestra codicia. Y vaya

126

si lo consiguió. Aunque en principio Ojeda había pensado en descansar al menos un día, al final cambió de idea y decidió realizar el asalto enseguida, esa misma tarde. Cuando De la Cosa escuchó aquello, se llevó las manos a la cabeza; y no lo digo metafóricamente.

»—¿Ahora? —exclamó el santoñés—. ¿No os dais cuenta de lo que eso supone? No conocemos el terreno, ni sabemos cuántos son. Podrían tendernos una emboscada.

»—¡Me meo en sus emboscadas, Juan! Ya habéis visto cómo luchan los indios: mucho grito y muchas alharacas, pero a la hora de pelear, sus repugnantes berridos se agotan en cuanto escuchan un disparo. Si vamos ahora, sin darles tiempo a sobreponerse de su derrota, los venceremos y haremos cuantos prisioneros queramos.

»De la Cosa negó con la cabeza y me di cuenta de que hablaba así no por cobardía, pues siempre fue valiente, sino por prudencia. Nuestras armas eran superiores, pero solo lo serían mientras luchásemos en campo abierto y tuviéramos espacio para disparar nuestros arcabuces o cargar con nuestros caballos.

»—Entiendo vuestras precauciones —siguió Ojeda—, pero la situación será peor mañana que hoy. Bien sabéis la estima que os tengo y que en las cosas del mar jamás osaría llevaros la contraria, al menos no de forma consciente, mas con el pie en tierra sois vos el que debéis hacerme caso y más en asuntos de guerra.

»De la Cosa pensaba replicar de nuevo. Entonces Ojeda hizo lo que todo capitán hace cuando siente que la razón no es suficiente para sostener sus postulados. Se volvió hacia nosotros y gritó:

»—¡Escuchadme, sabandijas! ¿Quién quiere riquezas y gloria? ¿Quién está conmigo?

»El grito surgió de la soldadesca como el rugido de un volcán y De la Cosa se dio cuenta de que cualquier intento de cambiar el parecer de Ojeda era ya vano. Agachó la cabeza y se dispuso a cumplir las órdenes.

»En todo caso quedaba otro punto que resolver. No todos los hombres podían internarse en la jungla, ya que era necesario que algunos permaneciesen en la playa protegiendo los barcos y descargando el resto de los pertrechos. Ojeda alzó de nuevo la voz y dijo:

»—Necesito sesenta hombres para esta misión. Aunque me gustaría contar con soldados de verdad, tendré que conformarme con vosotros. Si os batís con valentía, quizá mañana os considere hombres de armas y no basura ni chusma de taberna. ¡Los que quieran acompañarme que den un paso al frente!

»Yo había tenido bastante con la batalla de la mañana y además recordaba las palabras de Pedro, el hijo de Juan de la Cosa, que me dijo que no me presentase voluntario para nada, pero mientras el capitán y su lugarteniente iban estrechando la mano a los que avanzaban, sentí un empujón en la espalda justo cuando De la Cosa pasaba junto a mí y no tuve tiempo de reaccionar; me miró a los ojos y me dijo:

»—¿Recuerdas cuando te dije que necesitábamos personas como tú?

»—Sí, señor; no podría olvidarlo.

»—Pues ahora me reafirmo. Eres muy valiente a pesar de tu juventud. Solo una cosa: lucha con valentía, pero sobre todo mantente con vida, ¿de acuerdo?

»No pude sino asentir en silencio mientras De la Cosa seguía avanzando y reclutando hombres. Sin haberme repuesto aún del susto, miré hacia atrás y vi a Pascual conteniendo la risa.

»—¿No te gustaba tanto estar con De la Cosa? Pues ahí lo tienes. Todo tuyo.

»Mateo se me acercó y me dijo:

»—¿Cómo se te ocurre? ¿Estás loco?

»—Yo... fue... —respondí trastabillado, aunque al final preferí morderme la lengua.

»A una orden del capitán iniciamos el camino hacia la aldea de Turbaco. Si al principio parecían intuirse algunos senderos, pronto la vegetación se hizo tan densa e intrincada que apenas nos veíamos entre nosotros. De hecho, no veíamos ni el suelo que pisábamos. Desenvainamos las espadas y comenzamos a cortar ramas, lianas y arbustos a derecha e izquierda. La vegetación se enredaba con nuestras armaduras y en algunos puntos era imposible avanzar si alguien no te ayudaba antes a librarte de las enredaderas. Así con todo, lo más insufrible no eran las ramas, sino los insectos: llevábamos alrededor una nube de mosquitos que nos torturaban sin descanso, zumbándonos en las orejas, metiéndose por los ojos y los agujeros de la nariz, y picándonos en el cuello, la espalda y los brazos. Era inútil tratar de espantarlos: supongo que no había en toda aquella jungla un lugar más apetecible para ellos que nuestros cuerpos sudorosos. El calor era cada vez más insoportable y además teníamos que avanzar chapoteando sobre las aguas estancadas. Cuando por fin, tras más de tres horas de caminata, vimos al fondo el poblado, estábamos exhaustos. Y, además, la tarde ya caía.

»Ojeda se puso al frente y observó atentamente aquella población. Habría cerca de cien viviendas, construidas con troncos y hojas de palmera, y rodeadas de campos de cultivo cuidados con esmero. El capitán envió a dos hombres de avanzadilla, los cuales regresaron al poco con la noticia que todos imaginábamos: los indios, asustados por el combate de la mañana, habían abandonado el pueblo llevándose consigo los objetos de valor. Por lo que dijeron, se notaba que se habían ido a la carrera, ya que en algunos hogares todavía se veían los troncos humeantes. Al escuchar aquello el capitán masculló unas maldiciones y ordenó que fuéramos a ver si en alguna vivienda habían olvidado algo de oro. Después de inspeccionar el poblado, vimos que se lo habían llevado todo. Solo quedaba un poco de comida que no habrían podido cargar.

»—Si es así —dijo—, por ahora no hay más que podamos hacer. Reunid lo que hayáis encontrado y cenemos, que buena falta nos hace.

»Y así era, vive Dios, porque no habíamos probado bocado

desde la mañana. Era tanta el hambre que tenía que en aquel momento prefería algo que llevarme a la boca antes que una sortija.

»La noche terminó de caer mientras cenábamos aquellos alimentos que, aunque nos resultaban extraños, devoramos como si fueran un manjar. Encontramos también vino de coco y, entre trago y trago, conseguimos contentar un poco el alma. Ojeda bebió el que más, aunque De la Cosa trató de contenerse.

»—Alonso —dijo—, haríamos bien en montar guardia a partir de ahora. Los indios se han ido, pero nada nos asegura que no vayan a volver.

»Algunos de los marineros, ya ebrios, abuchearon sus palabras, si bien por una vez Ojeda tuvo en consideración su opinión y ordenó que nos reuniéramos en el centro del poblado, que encendiéramos antorchas para poder ver algo y que nos turnásemos para que alguien estuviera siempre despierto por si veía algo sospechoso. A mí me tocó con un marinero andaluz, Pedro Baza, que no me resultaba especialmente simpático. Además, había bebido más de la cuenta y las risas de la cena se transformaron pronto en su habitual gesto malencarado. Pensaba proponerle los turnos de vigilia, pero él me dejó muy clara su postura:

»—Como me despiertes, eres hombre muerto.

»Y dicho esto se recostó en el suelo, dispuesto a dormir la borrachera.

»Aquello me molestó, por supuesto, y lo que deseaba de veras era recriminarle su actitud, pero respiré hondo por no acabar con una trifulca. Además, estaba tan excitado por todo lo vivido aquel día que no podía dormir, de modo que me conformé.

»La noche era muy oscura y de fondo solo se oían nuestras conversaciones a media voz, los ronquidos de algunos hombres y el coro de ruidos y melodías de la selva: los gritos de los monos, el canto de los pájaros y el zumbido de los insectos. La temperatura era muy cálida y, por un momento, pensé que aquello era el paraíso en la tierra. Estiré los brazos y bostecé. Estaba muy cansado, así que me senté en el suelo y recosté la espalda contra una palmera. Es increíble lo caprichosa que puede ser la fortuna, pues, solo un instante después de agacharme, una flecha cortó el aire y fue a clavarse un palmo por encima de mi cabeza. Me tiré al suelo bocabajo y grité con todas mis fuerzas:

»—¡Nos atacan!

»De inmediato se escuchó el terrible alarido de los indios mientras comenzaban a volar las flechas en todas direcciones. Miré hacia los árboles y pude ver cómo cientos de guerreros se abalanzaban sobre el poblado disparando sus arcos y blandiendo sus lanzas. Sobre los gritos se escuchó la voz de nuestro capitán:

»—¡A las armas! ¡Formad en círculo!

»A la carrera nos fuimos agrupando como pudimos, tratando de formar una línea de defensa, pero era en vano: los indios eran tantos y la oscuridad tal que no veíamos apenas por dónde nos atacaban. Pedro se había despertado y estaba a mi lado con la espada en la mano.

»—Reza lo que sepas, muchacho —me dijo—, porque de esta no salimos.

»Me estremecí con sus palabras y más aún lo hice cuando vi que hacia nosotros se lanzaban varios indios a la carrera. Agarré mi espada, dispuesto a morir, cuando en su camino se cruzó el capitán Ojeda. Comenzó a soltar espadazos mientras se protegía como podía con el escudo. Nunca había visto a nadie luchar con tal bravura ni con tanta pericia: mató a dos de los indios acertándoles en el pecho y a otro lo derribó golpeándolo con el escudo en la cabeza. Yo estaba absorto, pero Pedro me espabiló:

»—¡Cuidado, a tu derecha!

»Me volví en el momento en que un indio se me echaba encima y me arrojaba al suelo. Caí de espaldas y él se colocó a horcajadas sobre mí, tratando de ahogarme con sus manos. Cuando ya me daba por muerto, el indio se contrajo súbitamente y soltó mi cuello mientras la punta de una espada le salía por el pecho. Entre las sombras pude distinguir que era Pedro el que lo había matado.

»—¡Arriba!

»Me puse en pie y vi que, efectivamente, nos estaban ganando la batalla. Eran cientos y, por mucho que nuestras armas fueran superiores, en la oscuridad y la confusión no teníamos nada que hacer. Salimos a la carrera, sin saber muy bien hacia dónde, cada cual a refugiarse como bien podía. Me protegí tras una de las casetas y vi que los indios nos habían dividido en dos grupos: en uno estaba el capitán, que se batía con arrojo; en el otro se encontraba Juan de la Cosa, con unos veinte hombres, entre ellos Pedro y yo. De la Cosa trataba de mantener la disciplina entre nosotros y ordenó que formásemos en un grupo cerrado y que nos protegiésemos con los escudos. Había perdido el mío en la carrera, de modo que me puse junto a Pedro, que se había convertido en mi ángel protector.

»—Si te aciertan las flechas, estás muerto; no asomes ni un pelo, ¿entendido?

»No pude ni contestar, porque lo siguiente que ocurrió fue que una flecha le impactó en la pierna. Gritó de dolor y, al ir a arrancarla, apartó ligeramente el escudo y otra le impactó en la cara. Cayó derrumbado a mis pies.

»—¡El escudo, Martín! ¡Coge el escudo!

»Era Juan de la Cosa el que me gritaba. Me rozaron varias flechas, pero conseguí agacharme y recoger el escudo de las manos inertes de Pedro y protegerme. A mi alrededor los hombres iban cayendo uno tras otro.

»—¿Qué vamos a hacer, capitán?

»De la Cosa miró hacia el otro grupo. Su situación era incluso peor que la nuestra: apenas quedaban un puñado de hombres luchando junto a Ojeda y estaban totalmente rodeados. Cayó una nueva tormenta de flechas sobre ellos y el capitán se quedó solo con un hombre. Entre el silbido de las flechas y los gritos de los indios y de nuestros heridos, se escuchó la voz de Ojeda:

»—¡Hay que huir!

»Y no vais a creer lo que sucedió, señor: Ojeda salió a la carrera armado con su escudo y su espada y, profiriendo un terrible alarido, se lanzó contra los indios como si lo llevase el demonio. Al primero que se cruzó le pegó un golpetazo con el escudo que lo derribó; y al segundo le abrió el pecho con un golpe de la espada. Creo que estaban tan sorprendidos que no eran capaces de reaccionar. Las flechas le rozaban mientras corría, aunque ni una de ellas le dio. Otro indio, armado con una lanza, trató de cortarle el paso, pero Ojeda lo derribó acertándole con la espada en la pierna y siguió avanzando. Os juro que nunca vi, ni creo que nunca vea, a una persona correr tan rápido: no era humano, parecía una aparición. Mató a otro más que se le interpuso y luego lo vi desaparecer entre las sombras, sin llegar a saber si consiguió o no superar la línea enemiga. El soldado que había luchado con él hasta el final, al verse solo, trató de imitarlo, pero en cuanto inició la carrera una flecha le dio en el vientre.

»Un impacto en mi escudo me devolvió a la realidad y me hizo comprender que mi destino sería el mismo que el de ese hombre. Ya solo quedábamos tres junto a De la Cosa; tenía cerca de veinte flechas clavadas en el escudo. Uno de los marineros, a mi lado, comenzó a rezar un avemaría. Aunque lo hizo a toda velocidad, no llegó a terminarlo. Yo trataba de mantener todo el cuerpo detrás del escudo, protegiéndome como podía, aunque sabía que pronto me llegaría mi turno. El soldado que estaba a mi lado, no recuerdo ahora su nombre, se puso en pie, incapaz de aguantar más, y dijo:

»—¡Por Dios!

»Y fue lo último que dijo porque una flecha le atravesó la garganta.

»Me volví hacia De la Cosa, como buscando una respuesta, y reparé en que tenía ya varias flechas clavadas en su cuerpo: una en el brazo y dos en las piernas; respiraba con dificultad y la vida se le iba por momentos. Me miró a los ojos y me dijo:

»—Voy a morir, Martín. Sálvate tú y diles a todos que morí con dignidad y rezando a Dios.

»Sabía que salvarse era imposible, pero, como la muerte era tan segura, creo que algo dentro de mí me hizo pensar en que no perdía nada por intentarlo, de modo que me puse en pie dispuesto a imitar a Ojeda. Si quería correr rápido, no podía llevar peso, así que solté el escudo y la espada y salí a la carrera hacia un punto que, en medio de la oscuridad, me pareció que estaba algo más despejado. Varias saetas me pasaron rozando la cara y juraría que otra lo hizo entre mis piernas mientras corría. No pensaba en nada más que en huir y salvarme. Entonces una flecha me dio en el brazo. Sentí la fina madera atravesando mi carne hasta llegar al hueso. Grité de dolor, mas no me detuve; no podía hacerlo. Salté por encima de un arbusto espinoso y vi venir hacia mí a un indio tensando el arco y apuntándome. No le di tiempo a terminar, lo empujé con todas mis fuerzas con el brazo sano y lo derribé. Oía los gritos a mi alrededor y sabía que era ya el blanco de todos los indígenas.

»—Sácame de aquí, Dios mío, sácame —conseguí decir.

»A día de hoy no sé si Dios intervino o fueron solo mis piernas. Corrí de tal modo, con tanta convicción, sin pensar en absolutamente nada más, que conseguí atravesar la línea enemiga e internarme en la selva. Aquello, en todo caso, no me aseguraba nada: no conocía el terreno y llevaba una flecha clavada. Si estaba envenenada, lo cual aún no sabía, moriría al poco. Si no, lo más probable era que los indios me encontrasen y me matasen de todas formas.

»Seguía escuchando sus aullidos a mi espalda, y no dejaba de correr, apartando la maleza, tropezando, cayendo al suelo, poniéndome de pie de nuevo… ¡Quién sabe cuánto duró aquello! Quizá fuera breve, pero a mí se me hizo eterno. Ni siquiera sabía si estaba corriendo en dirección a la playa o si me internaba tierra adentro, mas no me detuve hasta que caí exhausto. Tomé tres o cuatro bocanadas de aire muy profundas, tratando de calmarme un poco, y luego continué arrastrándome, con la cara pegada al suelo. El asta de la flecha se me enganchaba continuamente en la maleza y sentía un dolor indescriptible; aun así no cejé en mi avance hasta que, en un momento dado, dejé de escuchar a mi alrededor las voces y los gritos de los indios.

»Me quedé parado y esperé a que mi corazón se calmase para oír mejor; efectivamente, solo se escuchaban los sonidos de la selva. Agotado por completo, me acurruqué junto a la base de un árbol. Me hice un ovillo, saqué de mi camisa la moneda de la mesonera y la agarré con fuerza entre mis manos, como si fuese un amuleto. ¡No tenía otra cosa! Luego me dispuse a esperar allí el amanecer, si es que antes no me encontraban los indios.

»Pero no lo hicieron... ¡Quién sabe si fue la pura casualidad o si Dios estuvo conmigo aquella noche para protegerme! ¿Merecía más su favor que los indios? La verdad es que aún no lo sé. El caso es que cuando los rayos del sol comenzaron a filtrarse entre la maleza y a calentar mi cuerpo, me invadió el sentimiento de que algo a mi alrededor me protegía, que no moriría aquel día y que conseguiría llegar donde los demás españoles esperaban.

»Me puse en pie y traté de situarme. La salida del sol me marcaba el oriente y me acordaba de que para llegar a aquella aldea de Turbaco habíamos tomado, aproximadamente, esa misma dirección. Con lo cual me di la vuelta y confié en que, caminando en dirección al oeste, llegaría al menos al mar. Emprendí mi camino tratando de seguir aquella pobre corazonada, con el cuerpo magullado de arriba abajo y con la flecha aún clavada en el brazo. Notaba el latido en la herida y esta presentaba un color horrible, pero al menos no estaba emponzoñada; de lo contrario, ya habría muerto. Al cabo de una hora, más o menos, reparé en algo: en medio de la espesura de la selva se adivinaba, aunque levemente, un punto algo más claro. Era evidente que aquello podía ser un sendero de animales o quizá un camino empleado por los indios; como tenía tan poco a lo que aferrarme, decidí dirigirme hacia allí. Efectivamente, la vegetación había sido cortada y comprobé que los cortes no eran producto de golpes, sino de un instrumento afilado. ¿Era aquel el camino que habíamos empleado el día antes para llegar a Turbaco? Fie todas mis esperanzas en que lo fuera y seguí aquel sendero, rezando a Dios y a la Virgen para que me estuvieran conduciendo en la dirección correcta, y no de vuelta a la aldea. Por fin, después de más de dos horas de caminata, oí de lejos unas voces. No distinguía si eran las de mis compañeros o las de los indios, de modo que seguí avanzando, procurando no hacer demasiado ruido al apartar la vegetación. Y de pronto, entre todas aquellas palabras incomprensibles, surgió una soez maldición de un marinero que me hizo salir de dudas: ¡estaba salvado!

»Avancé a la carrera sin importarme ya el cansancio ni las heridas, solo deseando estar de una vez por todas junto a los míos. Me llegaba el olor del mar e incluso escuchaba de vez en cuando el sonido de las olas hasta que, tras atravesar una zona especialmente espesa, di de bruces sobre la playa y caí al suelo extenuado. Escuché las pisadas de varios hombres que se acercaban corriendo y luego sus expresiones de asombro: "¿Qué ha ocurrido?". "¿Dónde se hallan los demás?". "¿Por qué no están los capitanes?". No pude responder a ninguno porque perdí el conocimiento.

»Cuando lo recuperé varias horas más tarde, me desperté tumbado junto a una hoguera y cubierto con una manta. La levanté ligeramente y miré mi brazo: me habían sacado la flecha, pero lo sentía terriblemente dolorido. Una mano se posó en mi frente y al volverme vi de quién se trataba.

»—Tranquilo, Martín —me dijo Mateo—. Aún no ha llegado el momento de separarnos.

»Sin poder aguantar la emoción rompí a llorar abrazado a mi amigo y dando gracias a Dios por haberme protegido, por haber obrado un verdadero milagro. Ante mi llanto se acercaron varios hombres que se arrodillaron a mi lado y me interrogaron. Como es lógico, estaban ansiosos por saber qué había ocurrido: habían velado toda la noche esperando nuestro triunfante regreso y se habían despertado con mi lamentable aparición, medio muerto y hecho un guiñapo. Les relaté lo sucedido, la emboscada que nos habían tendido y la suerte de nuestros hombres.

»—Juan de la Cosa murió a mi lado, con el cuerpo lleno de flechas y con el nombre de Dios en la boca. Resistió hasta el final y luego me dijo que huyera y diera testimonio de lo que nos había ocurrido.

»—¿Y el capitán? —preguntó Pizarro, que se había puesto a la cabeza de nosotros ante la ausencia de Ojeda—. ¿Dices que lo viste huir?

»No quería dar falsas esperanzas, aunque tampoco ser derrotista, de modo que lo dije como lo sentía.

»—Vi cómo salía corriendo. Y os juro que no lo vi caer muerto, pero tampoco puedo asegurar que no lo derribaran. Apenas se distinguía nada y bastante tenía con mantenerme vivo tras mi escudo.

»Pizarro reflexionó durante unos instantes y luego dijo:

»—Dada la situación, si no lo viste morir, debemos pensar que sigue vivo y tratar de encontrarlo; otra cosa sería una canallada. Hay que organizar su búsqueda sin perder un instante.

»Y así fue como se comenzó la búsqueda del capitán Ojeda. Los hombres se dividieron en grupos de rastreo y se internaron en la selva tratando de mantener el contacto, dándose voces y regresando a la playa de cuando en cuando para informar de lo que habían visto. Aquello era casi imposible. Si el capitán estaba vivo, lo cual era improbable, podía estar en cualquier parte: quizá cerca de la playa o quizá perdido en el interior de la selva, incluso más allá de Turbaco. Al atardecer, mientras estaba aún tumbado en la arena sin fuerzas para levantarme, los hombres regresaron y nos anunciaron el fracaso de su misión: el capitán no aparecía.

»Pasamos la noche en tensión. Nuestra situación era muy comprometida. Levar anclas sin certificar la muerte del capitán era algo que ninguno de nosotros deseaba, pero quedándonos allí nos exponíamos a otro ataque, al cual era dudoso que pudiéramos responder. Ante la imposibilidad de dar una respuesta entre todos, Pizarro hizo valer su voluntad:

»—Un día más de búsqueda... y luego nos marcharemos.

»Con la primera luz de la mañana se reanudó la operación, tratando de encontrar alguna huella, algún indicio que nos permitiera saber si el capitán estaba vivo o muerto. Un equipo se internó en la selva y llegó casi a las inmediaciones de Turbaco, pero se asustaron con unas voces que oyeron y regresaron de inmediato a la playa.

»—Es imposible —admitieron—; nunca daremos con el capitán.

»En ese momento, desde uno de los extremos de la playa, escuchamos las voces de los miembros de otro equipo. No se les entendía, pero se distinguía bien que no eran gritos de alarma. Y al final pudimos escuchar con claridad sus palabras:

»—¡El capitán está vivo! ¡Lo hemos encontrado!

»Si lo mío fue un milagro, ¡qué decir del hallazgo de Ojeda! Lo encontraron en medio de un manglar, con el agua por el cuello y agarrado a las raíces de un árbol. Estaba frío como un cuerno, con la piel azulada y apenas balbuceaba palabras inconexas mientras trataba de controlar la tiritona. Lo sacaron de allí y lo llevaron a la playa; secaron su cuerpo y avivaron la lumbre para darle calor. Uno de los marineros se desnudó y se metió con él bajo la manta para tratar de revivirlo, pues estaba medio inerte. Después de una hora, por fin, su piel recuperó un color más o menos normal y sus temblores remitieron. Lo primero que hizo al despertar fue echar al marinero desnudo:

»—¡Sal de aquí, maldito cerdo, o te juro que te mataré a ti y a todos los que te rodean en cuanto sea capaz de ponerme en pie!

»Cuando conseguimos calmarlo, explicó más o menos lo mismo que yo había relatado: que los indios nos sorprendieron, que todos los españoles habían caído y que si él se había salvado fue solo por un increíble milagro. Pizarro le contó que yo también había sobrevivido y el capitán se abrazó a mí, lloró y dio gracias a Dios y a todos los santos, para a continuación comenzar a maldecir contra sí mismo por su decisión de ir a Turbaco, a pedir perdón por la muerte de su amigo Juan de la Cosa y a escupir una serie de blasfemias que ahora, por favor, permitiréis que no os repita. Y es que el capitán era una persona muy cambiante; por un lado era un guerrero formidable, el mejor que nunca vi, el más osado y valiente; por otro, un fanfarrón y un maldecidor, capaz de las mayores insensateces; y por último, y aunque parezca increíble, era un hombre temeroso de Dios, arrepentido de sus vilezas y deseoso de abandonar la vida de sangre que arrastraba desde demasiado tiempo atrás.

—En eso no se diferencia tanto de mí —dijo el emperador, que había escuchado todo mi relato en silencio—. Quería la paz después de una vida de guerra.

Entendía lo que don Carlos quería decir, aunque no estaba de acuerdo con él.

—Ojeda era un pecador. Hizo cosas atroces, muchas de ellas por pura maldad, y por eso su conciencia le atormentaba. Perdonadme, señor, pero creo que vuestro corazón es mucho más puro...

—Cada uno sabe lo que su corazón guarda, Martín. Y el mío, por fortuna o por desgracia, ha vivido muchas cosas.

Cuando el emperador hablaba de ese modo solemne, empecé a comprender en aquellos días, significaba que no admitía más respuestas. De modo que no insistí, aunque en mi interior seguía convencido de que su alma era mucho más limpia que la del capitán Ojeda.

—Dime, Martín. ¿Qué es lo que hicisteis? ¿Abandonasteis aquella playa en busca de un lugar más seguro?

—No, señor. Era lo que todos deseábamos, lo que el propio Ojeda deseaba, pero el destino nos cambió los planes. Cuando el capitán recuperó algo de ánimo y parecía que iba a ordenar la retirada y seguir el consejo que le dio Juan de la Cosa de establecer un asentamiento en el golfo de Urabá, en el mar vimos aparecer algo sorprendente.

—¿De qué se trataba? —preguntó el emperador mirándome a los ojos.

—Una flota de barcos, señor; comandada por la persona que menos podíamos esperar.

9

Como un pobre san Sebastián

Hay ideas que nos martillean la cabeza y que, como una melodía machacona, no nos abandonan ni un instante. Supongo que eso era lo que le ocurría al emperador, porque Luis de Quijada me dijo que don Carlos llevaba toda la mañana esperándome como perro con pulgas.

—Ha pedido acortar la misa, por primera vez desde que llegó aquí, y ha comido en un santiamén. Y aunque siempre le gusta que la comida llegue muy caliente e ir soplándola poco a poco, hoy ha insistido en que la trajesen tibia, para no perder tiempo en soplidos. De verdad que me pica la curiosidad...

Sonreí por dentro, tratando de que no se me notase. Sé que la vanidad es un pecado, pero me sentía muy halagado por tener al mismísimo emperador atado a mi relato de aquel modo.

—En fin... —concluyó—, ha pedido que acudas de inmediato, así que termina la comida y cumple con tu cita.

Le di un mordisco al pan y tomé un último trago de vino antes de que don Luis empezase a tirar de mi silla para que me levantase. Apenas me dio tiempo a lavarme un poco las manos y componer mis vestiduras antes de ser llevado a la carrera hasta el aposento de don Carlos, que me esperaba allí junto a la estufa y con su jarra de cerveza. Se lo veía muy contento.

—¿Habéis dormido bien, señor? —pregunté.

—No he dormido nada en absoluto. En mi cabeza daban vueltas tus palabras sin cesar, y no encontraba respuesta a mi pregunta: ¿una flota? ¿De quién?

Tomé mi silla y me senté a su lado.

—Eso mismo fue lo que nos preguntamos nosotros aquel día, señor. Lo primero que pensamos es que sería la flota del alcalde mayor Martín Fernández de Enciso. Como os dije, Ojeda pensaba que necesitaríamos pertrechos una vez asentados en Tierra Firme y por eso había dejado encargado al bachiller que comprase un barco y lo fletase al continente en cuanto fuera posible; pero aquello no cuadraba: solo llevábamos tres días en tierra y lo que venía no era un barco, sino cinco. El capitán Ojeda dijo en voz alta lo que todos imaginábamos:

»—Nicuesa...

»En efecto, la flota que se acercaba era la de Diego de Nicuesa, lo cual era muy sorprendente teniendo en cuenta que su gobernación se extendía desde Urabá hacia occidente, no hacia oriente que es donde nosotros nos encontrábamos. Nuestro capitán, que unas horas antes parecía más cerca de la muerte que de la vida, se levantó de un salto y la sangre le volvió al cuerpo toda de golpe.

»—¡Nicuesa! —repitió, ahora lleno de rabia—. El muy hijo de...

»Os ahorro los improperios, señor, pero hasta algún marinero enrojeció con lo que tuvimos que escuchar saliendo de aquella boca. Entre el torrente de barbaridades pudimos dilucidar los motivos del enfado de nuestro capitán. Si Nicuesa se encontraba allí, solo podía ser por dos razones: o se había desviado de su rumbo y había llegado a Calamar como nosotros —que ya era mucha casualidad— o venía con toda intención para mostrar a Ojeda la superioridad de su armada y obligarle a que se pusiera bajo su autoridad, vengándose así de las afrentas que nuestro capitán le había hecho antes de partir. Todos entendimos, por descontado, que la segunda opción era la correcta.

»El caso es que, a pesar de todas las maldiciones y los juramentos del capitán, en su interior supongo que se sentía mal consigo mismo y reconocía que su decisión de ir a Calamar había sido una completa equivocación; y una equivocación, además, que había terminado con la muerte de su más fiel y querido amigo. Y por eso debía de haber algo dentro diciéndole que Nicuesa, en realidad, era más apto que él.

»Los barcos se acercaron a la playa y buscaron acomodo para poder bajar los botes y descender a tierra. No hizo falta mucho para descubrir que en el primero de ellos iba Nicuesa: vestía unas ropas tan pomposas y brillantes que parecía que se dirigiese a un baile. Remaron hasta la playa y Nicuesa pisó tierra no sin que antes dos marineros se bajasen y lo llevasen en unas angarillas para que no se mojara los pies. Una vez en la arena avanzó decidido, con la cabeza muy alta y aire de superioridad; sin embargo, su expresión fue mudando según llegaba a donde estábamos y se daba cuenta de nuestro lamentable estado. Supongo que no le pasaría por alto, en primer lugar, que allí ya no estaban los trescientos hombres que habían partido de La Española.

»—¿Qué… qué ha ocurrido? —preguntó.

»Ojeda se acercó a su oponente. No tenía su presencia, ni su galanura, sino que arrastraba tanta tensión que parecía que portase una llama sobre la cabeza y sus ojos eran los de un animal feroz. Yo estaba convencido de que iba a soltar una maldición, a golpearlo o algo parecido… y, en vez de eso, se derrumbó de rodillas y comenzó a llorar. ¡A llorar! Era la viva imagen de la desolación, de la absoluta derrota, de la rendición más humillante e incondicional. Aquello cogió por sorpresa a don Diego, os lo puedo asegurar. Iba preparado con todas las armas de su elocuencia para responder a las ofensas de Ojeda…, ¡pero no podía imaginar que iba a tener que consolarlo! Hincó la rodilla en tierra y pasó el brazo alrededor del cuello de nuestro capitán, tratando de confortarlo. Entonces se percató de que De la Cosa no estaba allí.

»—¿Qué ha pasado? ¿Dónde está vuestro lugarteniente?

»Entre llantos, Ojeda le relató todo lo acontecido: la toma de la playa, la equivocada decisión de ir a Turbaco, la muerte de nuestro piloto… No ahorró ningún detalle, ni trató por un solo instante de aminorar su culpa, sino todo lo contrario. Cuando terminó, se derrumbó por completo. Todos miramos a Nicuesa y vimos que de sus ojos también brotaban las lágrimas. Se puso en pie y, con toda solemnidad, declaró:

»—Hemos tenido muchos enfrentamientos con anterioridad, capitán Ojeda, pero juro a Dios que aquí acaban nuestras pendencias, pues de necios sería añadir más aflicción a quien tantas angustias ha soportado.

»Y alargando el brazo añadió:

»—Tomad mi mano y, por el recuerdo que Juan de la Cosa dejó en nosotros, comencemos a pensar desde este instante en cómo vengar su muerte.

»Ojeda tomó la mano que le ofrecía y, tras ponerse en pie, se fundió en un abrazo con el que había sido su antagonista. Todos rompimos en aplausos y vivas, incapaces de controlar la emoción que sentíamos. Mientras gritábamos y jaleábamos, vi aparecer entre los marineros de la flota de Nicuesa a uno que conocía muy bien: Hernando, nuestro viejo amigo de Sevilla.

»—¡Estáis vivos, granujas! —gritó mientras se abrazaba con Mateo y conmigo, tan fuerte que no me dejaba respirar—. ¡Nunca lo hubiese dicho!

»—De milagro... —conseguí decir en cuanto recuperé el aliento.

»—Eso es lo importante, ya os lo dije; las riquezas llegan tarde o temprano, pero no valen de nada si ya estás muerto. Hay que sobrevivir como sea.

»Asentí pensando si Hernando se habría visto en alguna situación tan terrible como la mía. No me dio tiempo a encontrar la respuesta, pues los capitanes nos apremiaban ya para preparar la operación de castigo. Como podréis imaginar, señor, lo último que deseaba era tener que volver a Turbaco y rememorar el infierno allí vivido, sobre todo teniendo en cuenta que seguía convaleciente del brazo. Pero como era, junto a Ojeda, el único que estuvo allí y había vuelto con vida, no me dejaron escoger, sino que me obligaron a unirme de nuevo a la tropa. Sin perder un instante empezamos a componer el ejército. Si la vez anterior habían sido unos sesenta hombres, en esta ocasión Ojeda y Nicuesa reunieron a cuatrocientos, todos bien armados y con una orden muy clara que nos hicieron jurar en voz alta, so pena de muerte en caso de incumplirla: no se podían capturar indios con vida.

—Dicho de otro modo —intervino don Carlos—, debíais matarlos a todos.

—Así es, señor; incluidos mujeres y niños.

El emperador se revolvió en su sillón. Creo que sabía que aquellas cosas ocurrían, pero no le gustaba que alguien se las contase.

—Me importa poco que Ojeda y Nicuesa obrasen así por vengar a Juan de la Cosa —dijo—, o que lo hicieran en nombre de Dios o de Castilla. Un capitán debe enviar a sus hombres a luchar, mas una orden como esa no puede darse nunca.

—Bien decís, señor. Y creo que mucho de lo que ocurrió después tuvo que ver con esa decisión tan alejada del camino de Dios.

El emperador asintió y me invitó a seguir.

—Poco después del mediodía, salimos todos de la playa en dirección a Turbaco. Dos días antes nos había resultado muy difícil llegar. Ahora, con el camino abierto por la anterior expedición, fue mucho más sencillo y completamos el trayecto en menos de dos horas, con los dos capitanes a caballo en cabeza. Éramos tantos y hacíamos tanto ruido al avanzar que los pájaros de la selva salían espantados. Cuando llegamos a las inmediaciones de la población, Ojeda y Nicuesa descabalgaron y nos mandaron guardar silencio. Nuestro capitán llamó a uno de los soldados y le ordenó acercarse hasta el poblado e informar de la situación. Fue arrastrándose por el suelo y volvió a los pocos minutos.

»—Están tranquilos y festejando; los cuerpos de los nuestros están todavía por el suelo. Algunos están despellejados y a otros los han colgado bocabajo y los han apaleado hasta quedar irreconocibles.

»Creo que aquello encendió aún más el ánimo de Ojeda.

»—Se les van a acabar los motivos de festejar nada.

»Nicuesa asintió igual de indignado y dieron conjuntamente la orden de atacar.

»Saliendo de entre la vegetación, entramos a la carrera en el poblado, tomando a los indígenas por sorpresa. Creo que después de habernos derrotado tan estrepitosamente debían de pensar que no había más españoles de los que preocuparse, y por eso no entendían lo que ocurría. Quisieron defenderse, pero no tenían los arcos a mano y además trataban de proteger a las mujeres y los niños para que no fuesen atropellados por los caballos al galope. Por todas partes caían atravesados por las lanzas o las espadas, así hombres como mujeres y niños, sin distinción alguna. Era un espectáculo horrible, os lo juro. Luchaba junto a Mateo y Hernando; ambos eran tan malos espadachines como yo, pero nuestra ventaja era tan abrumadora que los indios no tenían escapatoria. Fue entonces cuando hacia nosotros llegó corriendo una familia compuesta por un hombre, su mujer y su hija, que no tendría más de diez años. Tanto el hombre como la mujer llevaban palos y se lanzaron contra nosotros tratando de abrir un hueco en nuestra fila y escapar con su hija, pero se lo impedimos: Hernando atravesó a la mujer con su espada y Mateo hizo lo propio con el hombre. La niña aprovechó ese instante y pasó corriendo sobre los cadáveres de sus padres.

»—¡La niña! —me gritó Hernando.

»Salí a la carrera tras ella sin pensar en nada más que en atraparla. Avanzaba desesperada, apartando la vegetación y saltando sobre los troncos caídos del suelo. Finalmente tropezó con uno y cayó de bruces. Se dio la vuelta de inmediato, pero yo ya estaba encima con la espada sobre su pecho. Respiraba agitadamente y su cuerpo temblaba. Me dijo unas palabras en su lengua que, por supuesto, no comprendí. Me sonaron como una súplica, ¡qué otra cosa podía ser! En ese momento llegó Hernando y se puso junto a mí.

»—Ya sabes lo que dijeron los capitanes…, no puede quedar nadie con vida.

»—Lo sé —respondí.

»La niña repitió sus palabras con desesperación.

»—Maldita sea, Hernando —dije—. No es más que una cría, ¿qué culpa tiene?

»—Eso a ti no te incumbe; te han dado una orden y debes cumplirla. Si no lo haces, serás tú el que acabe con la cabeza en el suelo.

»Si hubiese sido inteligente, habría seguido el consejo de Hernando, pero acabar con aquella criatura a sangre fría era demasiado. La cogí de la mano y la puse en pie, dispuesto a soltarla.

»—¿Estás loco? —me dijo—. ¿Sabes lo que estás haciendo? Tendré que informar de ello; son órdenes del capitán.

»—Hernando —supliqué—, somos amigos...

»Él no se dejó convencer:

»—No he venido aquí a hacer amigos, sino a conseguir riquezas.

»Busqué entre mis ropas y saqué la moneda que él mismo me había dado y que la mesonera me devolvió con la advertencia de que la guardase para cuando realmente me hiciera falta. Alargué el brazo y le puse mi pobre soborno en la mano, cerrándole el puño.

»—Si es dinero lo que quieres, aquí lo tienes. Es todo lo que poseo. Pero no voy a matarla.

»Antes de que dijera nada, le di a la niña un empujón en la espalda para que saliera corriendo. Acto seguido comencé a caminar con paso firme de vuelta al poblado. No sabía lo que haría Hernando, si me delataría o aceptaría mi pago. Pronto obtuve la respuesta y fue algo que me sirvió a partir de entonces: el dinero es la grasa que lubrica todos los roces.

»—Volvamos —dijo mientras se ponía a caminar a mi lado—. Esto no termina aquí, ¿entendido? Hoy me has pillado de improviso, pero quiero la próxima onza de oro que consigas o cantaré como un jilguero.

»Asentí, cargando con mi deuda, aunque contento con mi proceder, y los dos regresamos al poblado. Los gritos de horror se iban transformando en gritos de júbilo a medida que los nuestros encontraban adornos de oro en las cabañas. Era un espectáculo muy triste, mas, a pesar de toda la muerte y destrucción, sentía dentro alivio por que hubiese terminado y siguiera vivo. Todavía hoy, tantos años después, me pregunto si acciones como aquella podrán tener perdón alguna vez.

Don Carlos permanecía en silencio, como ocurría cada vez que algo le perturbaba. Para alguien que no lo conociera podría dar la impresión de que estaba enfadado o contrariado. No era así; simplemente reflexionaba en profundidad y no hablaba hasta que no encontraba el argumento exacto que necesitaba.

—Un pensador, de cuyo nombre no me acuerdo —dijo por fin—, aseguraba que era preferible la paz más injusta que la más justa de las guerras. Ojalá fuera tan fácil escoger entre la paz y la guerra como el que escoge entre una manzana o una pera, pero nunca es así. Las naciones siempre quieren más: si son pequeñas quieren ser grandes; y si son grandes quieren serlo aún más. ¿Hay justicia en conquistar a otro y ponerlo bajo tu cetro? No lo sé… Supongo que tampoco hay justicia para el cervatillo que muere por el mordisco de un lobo.

—Los animales matan para comer; los hombres lo hacemos muchas veces por envidia, por codicia o por pura crueldad. ¿Qué mal nos habían hecho aquellos indios? ¿Cómo podíamos acusarlos de traicioneros o malvados si lo único que hacían era defender sus tierras y a sus familias? ¿No lo hubiésemos hecho igual cualquiera de nosotros?

—Por supuesto que sí, y por descontado que en la guerra se desatan el odio y la codicia; por eso la justicia está en convertir al conquistado en uno de los tuyos, no en un prisionero. Los romanos daban la ciudadanía a los que conquistaban, les construían puentes y calzadas, les proporcionaban agua corriente y los protegían con el derecho. ¿Quién querría negarse a ser conquistado? Aun así lo hacían y la guerra se desencadenaba. Para nosotros no fue distinto: Dios nos dio un continente entero para cristianizar y eso es lo que hicimos. Llevamos la espada en una mano y la cruz en la otra, y pusimos orden y ley donde solo había miseria e ignorancia. Sé que se cometieron errores, pero me niego a pensar que Dios nos hubiese concedido la fortuna de descubrir aquellas tierras si no deseaba que las civilizáramos.

Tenía mis reservas con aquella afirmación, pero era parte implicada en todo ello, de modo que mi juicio estaba condicionado. ¿Podía justificar mis acciones por haber llevado a aquellas gentes la palabra de Dios? ¿Podía ir la palabra de Dios ensartada en la punta de una espada? Cuando fui protagonista de aquellos acontecimientos no me lo planteaba en profundidad y hoy todavía tengo dudas al respecto, aunque coincidía con el emperador en que los enfrentamientos y la guerra eran actos tan ligados al ser humano como el comer o el amar.

—Son cuestiones difíciles —continuó—, y no creas que no las tuve muy en cuenta. De hecho, me han causado muchos pesares en estos años y he necesitado hablarlas con mis consejeros, y también con mis confesores, para hallar algo de paz en mi alma. Date cuenta de que tú fuiste responsable de algunas muertes, pero yo fui el responsable último de casi todas ellas y ese es un yugo pesadísimo de arrastrar...

Nunca lo había visto de aquel modo y, en realidad, creía que los reyes y los emperadores nunca se sentían responsables por las cosas que los soldados hacían en su nombre, pero no era así. Cuando iba a decírselo a don Carlos, él prefirió cambiar de tema.

—Dime, ¿qué hicisteis después de tomar el poblado? ¿Siguieron juntos Nicuesa y Ojeda?

—No, señor. Lo primero que hicimos fue cargar todo lo que podía tener algún valor; sobre todo adornos de oro, aunque también comida y algunos utensilios. No quedó nada que no rapiñásemos. Pero aún nos quedaba una sorpresa por descubrir: atado a un árbol, hallamos el cuerpo sin vida de Juan de la Cosa, atravesado por más de veinte flechas, hinchado por la ponzoña y la putrefacción. Nicuesa dijo que era la viva imagen de un retrato de san Sebastián que había en la catedral de Jaén.

Yo nunca había visto una imagen del santo, pero me costaba imaginar que algún pintor fuese capaz de representar algo tan espantoso.

»Luego tocó un trabajo muy duro: dar cristiana sepultura a los nuestros, que eran más de sesenta, y amontonar los cadáveres de los indígenas para prenderles fuego. Cuando cumplimos con ambas tareas, ya era cerca del anochecer. Los capitanes no deseaban pasar allí la noche, de modo que emprendimos el camino de vuelta a la playa.

»Al día siguiente Ojeda y Nicuesa hablaron y decidieron que, vengada convenientemente la derrota, era momento de separarse de nuevo y tomar cada uno su propio camino. Se abrazaron a la vista de todos, juraron no volver a tener más peleas entre ellos y Nicuesa se hizo a la mar en dirección a su destino en Veragua. Mateo y yo nos despedimos de nuevo de Hernando; él me guiñó el ojo con malicia en el último instante, y yo comprendí.

»Partieron aquella mañana, y nosotros tampoco nos demoramos mucho; Ojeda no deseaba seguir más tiempo allí y decidió por fin tomar el camino al golfo de Urabá, donde Juan de la Cosa había querido ir desde el principio.

»Con la primera luz del siguiente día nos hicimos a la mar en dirección a poniente. Los vientos no nos fueron muy favorables y avanzamos despacio, manteniéndonos siempre cerca de la costa durante varias jornadas hasta que dimos con un islote no muy lejos de tierra. Se trataba de la isla Fuerte y Ojeda ya la conocía por las anteriores veces que había costeado por aquellas latitudes. Teniendo en cuenta nuestro reciente fracaso, lo último que imaginaba era que fuésemos a intentar otro asalto; ¡pero eso fue precisamente lo que ordenó nuestro capitán! Deseaba capturar más esclavos para venderlos a su vuelta a La Española. Ojeda era así, tan pronto lloraba y se flagelaba por haber errado como decidía tomar de nuevo el mismo camino. Así que, siguiendo sus indicaciones, bajamos a tierra, hicimos cerca de cincuenta prisioneros y continuamos luego nuestra jornada.

»A Mateo lo veía taciturno. En la batalla se había mostrado fiero y decidido, pero creo que en su alma pesaba tanto como en la mía el horror que habíamos presenciado. Y a otros muchos les pasaba igual. Había, en todo caso, algunos que no parecían tener remordimiento, entre ellos Pizarro, que se mostraba siempre jovial y animado. Aquellos días hablé con él y me dijo que era natural de Trujillo, no muy lejos de aquí, aunque eso seguramente ya lo sabréis.

—Lo sé, sí; continúa —asintió don Carlos.

—Después de varios días con mejor viento, llegamos al fin al golfo de Urabá. Ojeda había estado allí; a pesar de ello, era un paraje muy intrincado en el que resultaba fácil desorientarse. Siguiendo lo dictaminado por Juan de la Cosa, y aceptado por los dos capitanes, nosotros debíamos asentarnos en la margen derecha del río Atrato. Parecía una instrucción sencilla, pero, visto desde el mar, el paisaje era terriblemente complicado, ya que la costa se veía dibujada por multitud de ensenadas y cabos. Además, el río desembocaba en el mar en forma de un enorme estuario que portaba tanta arena y limo que las aguas se volvían marrones y opacas como un caldo de lentejas. Ojeda, tras haber hecho las paces con Nicuesa, no quería comenzar con mal pie su gobernación estableciéndose donde no le correspondía, de modo que estuvimos cerca de dos días recorriendo el litoral para asegurarnos de no confundir la desembocadura del Atrato con la de alguno de los otros ríos que por allí desaguaban. Tras esos dos días de inspección, el capitán encontró por fin un lugar adecuado para desembarcar: una ensenada con aguas algo más limpias, lejos del estuario, y con un pequeño riachuelo del que podríamos aprovisionarnos.

»—Me gusta este sitio —dijo Mateo, observando desde la borda—. No sé por qué, pero me da buena espina.

»Yo no sentía tanto entusiasmo, aunque coincidía con Mateo en que parecía un buen lugar.

»—Peor que Calamar no puede ser; de eso estoy seguro.

»Nos acercamos a la costa y pudimos anclar los barcos en

un lugar bastante protegido. Bajamos los botes y comenzamos a descender nuestras provisiones. Tras el desastre vivido, éramos muchos menos y eso se notaba a la hora de cargar y descargar. Los indios que habíamos capturado en Calamar y en la isla Fuerte podrían haber ayudado, pero Ojeda no se fiaba y prefería mantenerlos en los barcos.

»El primer día solo nos ocupamos de montar algunas casetas con palos y telas, de prender fuego para cocinar y de proteger el lugar realizando algunas inspecciones para asegurarnos de que no había indios belicosos en los alrededores. Nuestro capitán, tras los reveses sufridos, parecía que volvía a ser el mismo: recuperó su vozarrón y se ponía siempre a la cabeza para cualquier labor. Verlo así nos animaba a todos y trabajábamos con gusto a pesar de que las condiciones eran terribles; hacía un calor insoportable y la humedad nos hacía sudar a chorros. Y cada tarde, sin falta, nos azotaban unas tormentas tales que parecía como si el cielo se hubiera abierto y se estuviese vaciando de sopetón. No era una lluvia como la de Castilla, ni siquiera como la que en ocasiones asola el Mediterráneo en otoño. Esta era un auténtico diluvio que se generaba sin aviso previo y que terminaba de golpe, tan inopinadamente como había comenzado.

»Pasados unos días, y tras haber realizado varias inspecciones por los alrededores, Ojeda encontró el lugar definitivo para establecer el asentamiento que el rey le había obligado en su contrato. Se trataba de una explanada junto al arroyo, un poco retirada del mar y no muy metida en la selva. No parecía un mal sitio y el capitán terminó de convencernos con sus solemnes palabras:

»—Hoy, a veinte de enero del año 1510, por mandato del rey don Fernando, tomo posesión de la gobernación de Nueva Andalucía y ordeno que se establezca en este lugar una nueva población. En recuerdo de nuestro amigo Juan de la Cosa, que murió asaeteado como san Sebastián, este lugar llevará a partir de hoy el nombre de San Sebastián de Urabá. Roguemos a Dios para que nos proteja y nos dé su bendición y que este lugar se convierta en el primero de otros muchos asentamientos en Tierra Firme.

»Todos gritamos salvas y luego el padre Andrés de Vera ofició la primera misa, en la que rezamos con verdadera devoción, yo al menos, pues era mucho lo que teníamos que pedir. Tras la misa, el capitán nos dio doble ración de vino y se asaron unos buenos trozos de tocino, algo muy de agradecer después de varios días comiendo solo galleta de barco y pescado en salazón. Con la lengua más suelta por efecto del jerez, los marineros fuimos haciendo corrillos y hablando más de la cuenta. Yo estaba con Gregorio Crespo, Pizarro y Mateo.

»—A partir de hoy se acaban las privaciones, amigos —afirmó Pizarro, al que le gustaba llevar la iniciativa en todas las conversaciones—. Pronto construiremos aquí una ciudad como Santo Domingo, comeremos jamón, beberemos vino y pasearemos con una dama española cogida del brazo.

»Miré alrededor y me costó imaginarme nada de aquello teniendo en cuenta que solo nos rodeaba la selva, pero no quería llevarle la contraria. Gregorio, sin embargo, siempre tenía algo negativo que añadir:

»—No veo vino, ni jamón, ni mucho menos damas; estamos en medio de una selva apestosa, hace más calor que en Sevilla en pleno verano y el suelo rezuma agua. ¿Qué carajo estás diciendo de ciudades? Aquí no duraremos ni un mes.

»—Llevo más tiempo que tú en las Indias, Gregorio, y sé bien de lo que hablo. Al principio nadie creía que se pudiera levantar una ciudad en La Española, y se hizo. ¿Por qué tendría que ser diferente aquí?

»Gregorio maldijo y fue a sentarse más allá, con otro grupo de marineros ya completamente borrachos. Nosotros bebimos también hasta que nos venció el sopor y luego fuimos a buscar una sombra bajo la que echar la siesta.

»Unas horas después, tras la tormenta vespertina, nos espabiló el capitán: no quería perder tiempo y esperaba que pudiéramos levantar una empalizada cuanto antes para protegernos de un posible ataque. Todos pensábamos que allí los indios eran amistosos, a diferencia de los de Calamar, pero el capitán no quería más sorpresas. Nos organizamos en cuadrillas y comenzamos a cortar troncos de palmeras y otros árboles. Cuerdas teníamos en abundancia, de modo que fuimos clavando los troncos alrededor de un recinto lo suficientemente amplio como para que entrásemos todos en caso de necesidad. Aquí encontramos el primer problema: no había manera de hallar suelo firme para cimentar los palos; todo era barro y suelo encharcado. El capitán ordenó que cortásemos más troncos y que los clavásemos en el suelo para hacer unos cimientos artificiales sobre los que luego levantar la empalizada.

—¿Y funcionó? —me preguntó el emperador—. Creo que esa es la manera en la que levantaron la ciudad de Venecia.

—Puede que en Venecia funcionara, señor, pero les llevaría su tiempo y tendrían a alguien que supiera lo que hacía. Nosotros, en cambio, tuvimos que hacerlo a todo correr y sin conocer la técnica. En algunos sitios los palos encontraban firme; en otros, no; y en otros más, entraban torcidos. Trabajamos sin descanso durante más de cuatro días, sin apenas dormir, y lo que conseguimos fue una triste caricatura de muralla, irregular y torcida por todas partes. Vi la decepción en el rostro del capitán, aunque se cuidó muy mucho de decir nada; nuestro ánimo era tan bajo que solo nos faltaba escuchar que todo nuestro esfuerzo no servía para nada.

»Después de levantar la muralla dividimos el interior en una serie de calles y fuimos construyendo casetas con madera, hojas de palmera y las telas que teníamos en los barcos. Las casetas nos protegían del sol y de la lluvia, pero dentro hacía un calor insoportable, de modo que solo las utilizábamos para dormir. Tuvimos las mismas dificultades para hacerlas que con la empalizada, de modo que estaban maltrechas y por las rendijas se colaban los mosquitos, que nos atormentaban por las noches. Cada día que pasaba se desvanecía un poco más el sueño de que aquello fuese alguna vez algo semejante a Santo

Domingo. Y cuando ya pensábamos que ninguna desgracia más podía ocurrirnos, sucedió lo peor.

—¿Lo peor? —me preguntó el emperador, intrigado.

—Sí, señor; resultó que los indios no eran tan amistosos como nos habían dicho.

10

Un lugar enfermizo y pestífero

Dormí muy bien aquella noche; soñé con una selva frondosa y fresca, llena de flores de colores brillantes y olores perfumados. Era una sensación placentera caminar descalzo por el suelo lleno de hojas y sentir el roce de las plantas en la piel. Y hasta los aullidos de los monos y el silbido de los mosquitos eran como música en mis oídos. Entonces me desperté y recordé que la selva era cualquier cosa menos un lugar acogedor y que es preferible una condena perpetua en un desierto que pasar una semana en la jungla.

Me levanté de la cama y salí a dar un paseo alrededor del monasterio. Había amanecido hacía un buen rato y el sol iluminaba el estanque. De nuevo sentí un estremecimiento al ver aquellas aguas embalsadas que traían a mi mente la imagen de San Sebastián de Urabá. Acorté mi paseo y acudí a la cocina a desayunar. Mientras lo hacía, apareció Luis de Quijada.

—Hoy tampoco tendrás audiencia, Martín. El emperador se ha despertado con una mala noticia llegada de Sevilla y ha montado en cólera. Me extraña que no hayas oído sus gritos, aunque con la forma de dormir que tienes lo entiendo...

—¿Una mala noticia? ¿Qué ha ocurrido? —pregunté.

—Son asuntos que no te incumben, que de hecho no le deberían incumbir tampoco a don Carlos, pero de los que no consigue desvincularse. En todo caso, me ha citado esta tarde para discutir el tema.

No quería parecer un entrometido, de modo que me quedé

con aquella respuesta y asumí que volvería a ver al emperador cuando amainase la cólera. Don Luis abandonó la cocina y me dijo que dedicase mi tiempo a lo que más me apeteciese; sin embargo, eran tantas las ganas que tenía de seguir contando a mi señor nuestras andanzas en Urabá que no encontraba en qué otra cosa empeñar mis horas. Entonces recordé que tenía una tarea pendiente.

Fui al comedor y busqué a Josepe, el sirviente que me había ofrecido su amistad. Lo vi pelando ajos y cebollas junto a uno de los cocineros.

—¡Josepe! —le llamé desde la puerta—. Acércate, tengo algo que pedirte.

Él dejó lo que estaba haciendo y vino al instante, bajo la mirada inquisitiva del cocinero.

—Decidme, señor, ¿en qué puedo ayudaros?

—Es poca cosa: hoy no deseo comer aquí, sino en mi cuarto. ¿Sería posible que me llevase la comida?

—Por supuesto, aunque no hace falta que vengáis a por ella. A la hora de comer yo mismo os la acercaré.

—No…, en realidad querría llevármela ahora. Voy a dedicarme a meditar y preferiría que no me molestasen.

—Ah… —dijo Josepe con sorpresa—. Creo que podré complaceros. ¿Os parece bien si os lo pongo en una olla?

—Perfecto —dije.

Y mientras se dirigía a buscar un recipiente, añadí:

—Y no olvides poner un buen trozo de pan.

Josepe sonrió y al poco regresó con lo requerido.

—Os he puesto también unas olivas partidas.

—Estupendo, muchacho —le dije; y sin que el cocinero me viera le metí una moneda en el bolsillo.

Cogí las viandas y me eché la capa por encima para que no las vieran. Luego me dirigí a la puerta del monasterio y tomé el camino a Cuacos, cuidando de que no se volcase la olla con garbanzos y tocino. Dejé atrás el humilladero y llegué hasta la población. Recordé el día que había atravesado aquel pequeño pueblo de camino al monasterio. Era muy de mañana y apenas había nadie en las calles, pero ahora me crucé con varios vecinos, que me miraban con extrañeza. Como Beatriz me había dicho, bien se veía que estaban pasando hambre aquel año: tenían el rostro macilento y el gesto cansado. Uno de ellos, apoyado en un cayado de olivo, se me acercó...

—¿Qué buscáis aquí, señor? ¿Puedo ayudaros?

—En realidad, sí. Estoy buscando a una persona..., a Beatriz.

—¿La hija del Largo?

Me encogí de hombros ante aquella pregunta.

—¿Tantas Beatrices hay aquí?

—No; en realidad hay solo una.

—¿Y sabéis dónde puedo encontrarla?

—Sí, por supuesto —respondió; y luego permaneció en silencio.

Visto que aquella conversación no tenía perspectivas de llegar a ningún puerto, decidí cortar por lo sano y, agarrando la olla con una sola mano, utilicé la otra para sacar una moneda y dársela.

—La encontraréis en aquella casa del fondo —señaló—, la que tiene la puerta desencajada y el tejado medio hundido.

Asentí con la cabeza y me dirigí a aquella mísera construcción que parecía que se fuese a caer de un momento a otro. Empujé la puerta con el hombro y esta se arrastró con lentitud. En la oscuridad escuché un sonido gutural, como si alguien estuviese tratando de arrancar unas palabras a su garganta.

—¿Qui... qui... quién va? —dijo por fin. No era una voz de mujer.

Me asomé un poco al interior y vi a un hombre de mediana edad, sentado en una silla y con el cuello torcido. Al fijarme mejor, vi que también tenía los brazos agarrotados, peor aún que las manos del emperador.

—Busco a Beatriz..., ¿es...?

Me miró con asombro y abrió la boca como para hablar; las palabras apenas le salían.

—E... e... es... mi madre. ¿Y... y vo... vos?

Iba a responder cuando escuché unos pasos a mi espalda. Me di la vuelta y la vi. Traía unas verduras en un cesto y un cántaro con agua.

—¿Vos? —dijo sorprendida—. ¿Qué... qué estáis haciendo aquí?

—Sí..., yo..., perdonadme. Salí a pasear y pensé en visitaros. Espero que no os haya importunado.

Ella dejó el cántaro en la calle y se sacudió un poco el barro de las ropas. Se notaba que estaba incómoda.

—No esperaba volver a veros, y menos en mi casa —aseguró con seriedad.

Comprendí que había sido demasiado atrevido.

—Tenéis razón, señora, toda la razón; os pido disculpas.

Comencé a caminar de vuelta al monasterio, completamente avergonzado. Entonces escuché su voz.

—Esperad, por favor... He sido muy desconsiderada.

—No, señora, he sido yo quien...

—Pasad.

Volví sobre mis pasos solo para disculparme de nuevo y dejarla en paz, pero ella no me esperó y entró en la casa. La seguí y penetré en la vivienda, apenas iluminada por un ventanuco. No tenía más que una cocina con dos sillas y, al fondo, dos estancias diminutas y sin puerta.

—Podéis sentaros... —dijo, y me señaló la silla que estaba libre.

Su hijo no me quitaba el ojo de encima.

—Lo haré con gusto —respondí—, pero antes os pediría que cogierais esto que traigo, o yo mismo terminaré más cocido que los garbanzos.

Retiré la capa y Beatriz tomó la olla con garbanzos, las aceitunas y la hogaza de pan. Se le iluminó la mirada.

—¿Y esto?

—Teníais razón: no es justo que en el monasterio comamos lo que nos plazca cuando otros pasan tanta hambre.

Ella se sonrojó y bajó la mirada.

—Señor..., no era necesario.

Sentí en mi estómago un cosquilleo que hacía mucho que no experimentaba.

—Puede que no fuera necesario, pero es lo justo.

Ella estaba azorada.

—Habéis sido muy amable. ¿Cómo podré pagaros?

—¿Pagarme? No, por favor. Soy yo el que está agradecido de estar en vuestra casa. En todo caso, sí hay algo que me gustaría pediros.

Ella asintió con la cabeza.

—Si está en mi mano...

—Si me lo permitís, y perdonad mi atrevimiento, me gustaría poder pasear con vos en algún momento, cuando os plazca.

Estaba tan avergonzada que apenas podía mirarme a los ojos.

—¿Pasear decís? Eso es imposible. Estoy muy ocupada, señor..., y ahora he de atender a mi hijo y preparar la comida, y además qué dirían...

Pero yo no pensaba rendirme tan pronto.

—Hoy la comida está hecha, si no me equivoco; y la gente puede hablar cuanto quiera; es más, ya lo estarán haciendo, ¿no creéis?

Beatriz miró a su hijo y este permaneció en silencio. Luego miró la olla de garbanzos y suspiró.

—Está bien —dijo por fin—; solo un rato.

Salimos de nuevo a la calle y, como imaginaba, ya había allí unas quince personas, todas mirándonos. Beatriz agachó los ojos y comenzó a caminar en dirección a un altozano, sin levantar la cabeza y a toda prisa. La seguí atropelladamente, hasta que comenzó a caminar más despacio.

—¿Siempre lográis lo que os proponéis? —preguntó.

—No siempre; hoy, sí.

Ella sonrió levemente y sus hermosos ojos negros brillaron.

—Vuestro hijo —pregunté—, ¿está impedido?

—Sí —dijo, y su mirada se ensombreció—. Rafael recibió la coz de un caballo en la cabeza. Eso fue poco después de que mi esposo, que en paz descanse, muriese.

—Cuánto lo lamento...

—Sé que los caminos de Dios son inescrutables, pero a mí me lo ha puesto especialmente difícil. Necesito trabajar y mendigar para poder cuidar de mi hijo y de mí misma, y no quiero ni pensar qué sería de él si yo faltase. No puede moverse y a mí cada vez me cuesta más cargar con él. De vez en cuando lo saco a la calle, con ayuda de algún vecino, para que pueda tomar el sol y respire un poco fuera de esas paredes. Pero la caridad también termina por agotarse y van siendo menos los que se acercan; a veces solo lo hace el padre Genaro, nuestro párroco.

Traté de encontrar alguna palabra de consuelo, algo que pudiera decir para aliviar su sufrimiento, mas no hallé nada que no fueran palabras hueras.

—Tenéis razón: Dios no os lo ha puesto nada fácil. Y, aun así, sois capaz de sonreír y habláis con dulzura. Eso os honra.

Beatriz negó con la cabeza.

—No necesito honores; solo desearía llevar una vida más sencilla.

Sonrió con algo de tristeza antes de añadir:

—Basta de hablar de mí, por favor. Me dijisteis que estabais al servicio del emperador, ¿no es así? Que le contabais historias... ¿Qué clase de historias son esas? ¿Por qué requirió el emperador vuestra presencia? La verdad es que, desde que os vi el otro día, estoy muy intrigada.

Aunque no tenía mucha gana de hablar de mí mismo, ya que era lo que hacía todos los días con don Carlos, le conté a grandes rasgos lo que Luis de Quijada me había pedido y cómo había ido relatándole al emperador mis primeros pasos en las Indias.

—¡Vaya! No conocía a nadie que haya estado tan lejos. Yo no he salido apenas de mi pueblo. Solo estuve una vez en Plasencia, pero era tan pequeña que ni me acuerdo. ¡Lo que daría por poder viajar y conocer algún lugar diferente! Sois muy afortunado.

—Tenéis razón en que he sido afortunado, aunque todas las cosas tienen su lado negativo. Hoy, después de haber pasado la mayor parte de mis días viajando y guerreando, no deseo más que descansar y asentarme en un lugar al que pueda llamar hogar.

Me miró extrañada.

—¿No tenéis ese lugar?

—Poseo una casa —admití—, pero no un hogar. No tengo familia, ni nadie por quien preocuparme. Por no tener, aquí no tengo ni pasado. La mayor parte de las cosas que hice en esta vida, buenas o malas, las hice muy lejos.

—¿Os arrepentís de ello?

—Arrepentirse es inútil, pues nadie puede cambiar el pasado. Puedo decir que, en cierto modo, envidio a aquellos que tienen una persona a su lado con la que hablar o discutir y unos hijos a los que ver crecer y por los que preocuparse.

Sonrió y sus ojos se iluminaron de nuevo.

—Dicen que nadie está contento con lo que tiene…

La corregí:

—En este momento estoy satisfecho con lo que tengo.

Me miró a los ojos y advertí su turbación. Pensé que había sido indiscreto diciendo aquello y me arrepentí. Entonces, ella puso su mano sobre la mía y me dijo:

—Hay cosas imposibles de arreglar; la soledad tiene fácil remedio.

Fui a decir algo, pero Beatriz se puso a caminar antes de que pudiera hacerlo.

—He de volver: los garbanzos se enfrían y mi hijo me espera. Además, imagino que ya seré la comidilla de todo el pueblo.

Y dándose la vuelta enfiló de nuevo hacia las casas. La vi alejarse, con el corazón alborozado como hacía tiempo que no sentía. Había sido sincero cuando le dije que no tenía a nadie, pero no del todo. Una vez sí tuve a alguien, mas había sido hacía mucho… y muy lejos.

Regresé al monasterio por un camino diferente para que no me vieran los vecinos, y, mientras me dirigía a mi habitación, escuché de fondo unos gritos airados. Me costó creer que aquellas voces pudieran surgir de don Carlos, aunque al final me convencí de que así era. Apenas entendía sus palabras, pero entre el batiburrillo de imprecaciones escuché «bellacos», «malditos» y «mazmorras». Fuera lo que fuese lo que le habían contado, era evidente que le había disgustado.

Al día siguiente, en cambio, en el palacio reinaba el silencio. Terminé el desayuno y me dirigí a la cocina, dispuesto a repetir la misma operación. En el camino me crucé con Quijada.

—Parecía imposible…, pero ha llegado la calma —me dijo.

Me alegré sobremanera con aquella noticia.

—¿Se ha solucionado el asunto?

—No he dicho eso; el problema persiste, pero al menos don Carlos ha conseguido dominar su ira. Ayer parecía a punto a estallar.

—Así es; sus voces se escuchaban a leguas a la redonda.

—Me ha comunicado que desea verte. No tendrá mucho tiempo, pues quiere que esta tarde redactemos algunas cartas. No obstante, me ha dicho que te dedicará al menos una hora, un poco antes de lo habitual.

Normalmente advertía en él un cierto malestar por que el emperador disfrutase tanto de mi presencia; aquel día creo que lo dijo con verdadero alivio.

—Así, además, tendrás tiempo para tus otras ocupaciones, ¿verdad? —añadió con sorna.

Me quedé sin palabras. Que aquel cotilleo hubiese llegado tan arriba me escandalizó. ¿Lo sabría también don Carlos?

Fui a decir algo, pero se escabulló sin darme oportunidad. Como no me daba tiempo a ir a Cuacos, aproveché la mañana para dar un paseo por el claustro del monasterio y luego me dirigí a comer. Mantuve la cara pegada al plato como un burro con su morral de alfalfa. Y las pocas veces que levanté la vista me pareció que todo el mundo hablaba de mí, aunque quizá fuera solo mi imaginación.

Nada más terminar acudí al salón del emperador. Normalmente me recibía con un saludo, al menos un asentimiento, cuando entraba; aquel día miraba por el gran ventanal hacia el exterior y ni siquiera respondió a mi saludo. De modo que avancé en silencio y tomé asiento en mi silla, casi como si fuera un fantasma.

—Señor... —dije casi en un susurro—. ¿Os encontráis bien?

Don Carlos pareció regresar de su ausencia.

—En mi condición no es posible estar bien; pero al menos estoy.

—Si en algo puedo ayudaros...

—Difícilmente podrías ayudarme. Cuando uno ha estado al cargo de tantas cosas, resulta muy complicado olvidarse del mundo y darse cuenta de que, poco a poco, los que antes te obedecían ahora te ignoran o incluso se ríen de ti. Escuchaste mis gritos, ¿verdad?

—Sí, señor.

—No quiero aburrirte con los detalles, de modo que te lo resumiré. El asunto fue que unos funcionarios de la Casa de Contratación de Sevilla desobedecieron mis órdenes de que el oro de la última flota llegada de las Indias fuese enviado íntegramente a los Países Bajos. Hace unos años, cuando todavía estaba fuerte de salud, hubiese solucionado esto de inmediato, y te juro que yo mismo habría ido a Sevilla, habría prendido a esos canallas y los habría enviado directamente a la cárcel, que es lo que merecen. Ahora, en mi situación, solo me queda protestar y tratar de ponerle remedio mediante órdenes que quién sabe si obedecerán.

—¿Cómo no habrían de haceros caso, señor?

—La capacidad de ordenar se esfuma como lo hace una gota de agua en verano. Cuando renuncié a mis honores, durante un tiempo pensé que mis antiguos súbditos seguirían guardándome obediencia, mas no fue así. El pueblo solo rinde culto a quien detenta el poder y, además, tiene cierta tendencia a preferir a los nuevos gobernantes frente a los antiguos, por muy buenos que estos fueran..., si es que lo fueron. Supongo que no es más que otra forma de cansancio, igual que nos cansamos de ver los mismos paisajes, de escuchar las mismas canciones o de leer los mismos libros.

»En el primer viaje, después de abdicar, no me hizo falta más que poner un pie en el puerto de Laredo para comprobar que había perdido la legitimidad. Iluso de mí, esperaba un grandioso recibimiento, pero apenas acudieron algunos pescadores y dos o tres de los oficiales del concejo. Me acompañaba mi buen servidor Martín de Gaztelu y fue él quien tuvo que recordarme que me encaminaba al retiro y que no me dejase abrumar por aquella descortesía.

»Estaba tan decaído que no me veía con fuerzas para seguir e hice llamar a Quijada, que estaba en Villagarcía. El pobre hizo el camino en solitario, sin apenas descanso, y en tres días llegó a Laredo. Para mí fue como recibir una bendición, pues Luis es, entre todos, mi mejor amigo. Con él a mi lado ya me sentí capaz de asumir, de una vez por todas, que mi momento había pasado.

—Quizá vuestro momento hubiera pasado, pero el pueblo os sigue amando. Los hombres no dejan nunca de amar a quien los ha gobernado con justicia.

El emperador inspiró hondo y dijo:

—¿Y quién puede decir si fui verdaderamente justo? Solo Dios lo sabe... Pero basta ya de esos asuntos, pues no hacen sino aumentar mi aflicción. Dime, Martín, ¿dónde nos habíamos quedado?

Refresqué mi mente y recordé que había interrumpido mi relato en la construcción de nuestro torpe asentamiento en San Sebastián de Urabá. Pese a los intentos del capitán, aquel lugar se parecía bien poco a una villa, ni siquiera a un campamento, y nuestro ánimo decaía. Además, fue cuando comenzaron nuestros encuentros con los indígenas del lugar.

—De la Cosa —comencé—, que conocía bien aquellas costas, había afirmado desde un principio que los indios de Urabá no eran tan belicosos como los de Calamar. Y aquello era verdad: no eran tan belicosos, aunque tampoco eran pacíficos. Primero tuvimos algún encuentro fortuito, a la hora de adentrarnos en el interior en busca de madera o fruta y también mientras construíamos un ingenio para trasladar el agua del arroyo a nuestra guarnición. Los indios aparecían como espectros, entre el follaje, y desaparecían del mismo modo, sin darnos tiempo a comunicarnos con ellos. No nos atacaban, pero su actitud tampoco era amistosa, lo cual nos obligaba a mantener continuamente patrullas de vigilancia, tanto de día como de noche.

»Una jornada, por fin, apareció junto a la empalizada un indio que nos pareció de mayor rango por las muchas plumas que le adornaban, acompañado de unos treinta guerreros armados con arcos y lanzas. Ojeda envió a varios soldados con la armadura completa y a uno de nuestros intérpretes. No hablaban exactamente la misma lengua y les costó entenderse; más o menos nos dijeron que aquellos eran sus territorios y que no nos querían por allí. El capitán quiso tener un gesto con el jefe de los indios y ordenó que le entregasen un capazo lleno de campanillas y espejos, pero este lo rechazó. Al final, tras un buen rato, aceptó que mantuviésemos nuestro campamento, aunque con la firme advertencia de que no nos adentrásemos más en su territorio ni estableciéramos nuevas poblaciones. El hombre se mostraba muy firme y, si sentía algún temor, no lo dejó traslucir en ningún momento. Sus guerreros no eran muchos, y podríamos haber acabado con ellos si nos lo hubiésemos propuesto, pero él jugaba con la ventaja de que conocía el total de nuestras tropas y nosotros no sabíamos el de las suyas. ¿Y si eran cientos? ¿Y si eran miles? ¿Cuánto podríamos resistir?

»El jefe se retiró con los suyos sin tomar ni uno de nuestros regalos y menos aún aceptó que nuestro religioso, el padre Andrés, los bautizara. Aquel rechazo a la fe cristiana nos permitía someterlos por la fuerza; sin embargo, por una vez el capitán obró con prudencia y decidió dejarlos ir sin más.

»El caso es que los indios nos habían advertido que no nos adentrásemos en el interior, pero aquello era algo que no podíamos aceptar tan fácilmente. Llevábamos meses ya fuera de Santo Domingo y nuestros suministros empezaban a escasear. El tocino estaba en las últimas; la galleta que quedaba se enmohecía sin remedio y estábamos hartos de comer sopas de verduras podridas. De modo que el capitán se saltó las advertencias y decidió organizar partidas al interior en busca de frutas y, sobre todo, de caza.

»—¡A mí me van a decir estos salvajes a dónde puedo o no puedo ir! —exclamó.

»Aquello, como bien podréis imaginar, resultó un desastre.

»Primero porque la fruta era escasa y no sabíamos bien las que se podían comer y las que no; y segundo porque ninguno de nosotros era demasiado diestro cazando y tampoco había piezas grandes que abatir. Un día conseguíamos un par de monos; otro día, alguna urraca; otro, un puercoespín o alguna rata, e incluso algún animal del que no conocíamos ni el nombre. Y, además, al internarnos en la selva entramos en contacto, como no podía ser de otra manera, con los indios. Al principio huían sin más, pero en varias ocasiones respondieron a nuestras incursiones hostigándonos y lanzándonos flechas. En una de esas batidas murió uno de los nuestros y varios más resultaron heridos. Ojeda ordenó que fuéramos en grupos más grandes, aunque armábamos tal alboroto al internarnos en la selva que la caza huía y no conseguíamos capturar ni un triste loro.

»Las raciones comenzaron a menguar alarmantemente mientras el capitán se afanaba en que mejorásemos nuestro asentamiento. Construimos una pequeña iglesia de madera, para poder celebrar las misas y, allí donde fue posible, reforzamos las empalizadas. Poníamos todo nuestro empeño, pero la naturaleza del terreno era tan mala que lo que levantábamos un día con todo el esfuerzo al día siguiente amanecía torcido o hundido. Y a esto se añadía que todos estábamos flojos: por la mala alimentación, por el insufrible calor y por la humedad que brotaba de la tierra y que contagiaba nuestras casas, nuestras ropas y nuestros cuerpos. En mi grupo, Gregorio era el que más protestaba. Estaba harto de todo, especialmente de la comida y de la escasez de vino.

»—Un bocado de carne de mono y un trozo de pan sin sal... ¿Y el capitán pretende que con esto nos pasemos el día trabajando? Os lo dije nada más poner el pie en este maldito lugar y os lo repito ahora: debemos irnos de aquí de inmediato.

»Mateo asentía sin despegar los labios. Tenía miedo a posicionarse en contra de las órdenes; y, sobre todo, temía que Pizarro, que estaba con nosotros, pudiera acusarnos de sediciosos o derrotistas.

»—Los comienzos son siempre difíciles, Gregorio —dijo al fin—. Las cosas mejorarán cuando Martín de Enciso llegue con los suministros que nos faltan. Hay que tener paciencia.

»—Yo no aguanto más aquí. En cuanto tenga la oportunidad me vuelvo a La Española; solo deseo alejarme de una vez de este sitio enfermizo y pestífero.

»Fue a darle un trago a su cubilete de vino para reforzar sus palabras, pero estaba vacío y lo arrojó con rabia al suelo.

»—Mateo tiene razón —intervino Pizarro—. Es necesario que establezcamos un buen puerto aquí para poder comerciar luego con La Española y servir de asiento a los que vengan tras nuestros pasos.

»—¿Tras nuestros pasos? —dijo Gregorio escupiendo en el suelo—. ¿Estás loco o qué te ocurre? ¿Quién demonios va a querer venir a este pútrido lugar? Os digo que tendremos que salir de aquí tarde o temprano.

»Aquello fue demasiado para Pizarro.

»—Si sigues hablando así, tendré que informar al capitán. No sé si es eso lo que pretendes.

»Gregorio estaba tan harto que no se amedrentó ante aquellas amenazas.

—Habla con quien quieras, Francisco. Ahora mismo me importa tan poco morir ahorcado como hacerlo por la flecha de un indio o abrasado por la calentura.

»Sus palabras fueron premonitorias, pues a los pocos días se extendieron por todo el campamento unas fiebres generalizadas que se llevaron por delante a ocho de los nuestros y dejaron postrados a más de veinte, entre ellos Mateo, del que hube de ocuparme para que no muriese. Y, por si no fuera bastante, los indios comenzaron a hostigarnos no solo cuando nos adentrábamos en la selva, sino también en nuestro asentamiento.

»Al capitán lo veíamos confuso. Trataba de infundirnos ánimo, pero estaba tan débil como nosotros y sus palabras sonaban huecas. Todas las opciones en su mano eran malas: si abandonábamos el lugar y regresábamos a Santo Domingo, podría vender los esclavos que llevaba y quizá saldar algunas de sus deudas, pero poco más. Tendría que admitir su fracaso y nunca más le confiarían una expedición. Si realmente quería reafirmarse, había de regresar a La Española dejando en San Sebastián una verdadera población capaz de servir de puerto de entrada a futuras expediciones; mas ¿cómo conseguirlo en nuestra lamentable situación?

»Y es que, entre duda y duda, nuestra salud estaba en las últimas. Atemorizados por las encerronas de los indios cada vez que salíamos a cazar, ya nadie osaba alejarse más de veinte pasos de la empalizada y ni el capitán, con todas sus amenazas, conseguía que avanzáramos más. Así desaparecieron de nuestra dieta las escasas capturas de aves y monos, y también las frutas. Comenzamos a recolectar hierbas (sin saber si eran comestibles), hervíamos algunas raíces y las chupábamos para extraer lo poco que pudieran tener. Si primero nos moríamos por debilidad, ahora lo hacíamos directamente por hambre.

»Una mañana, por fin, el capitán anunció lo evidente: no quedaba más remedio que abandonar San Sebastián y hacerse de nuevo a la mar si no queríamos perecer. Era un hombre de acción y, por eso, verse postrado y sin apenas fuerzas para moverse lo tenía consumido; a lo que se sumaba la profunda decepción por que Martín Fernández de Enciso no hubiese llegado con el barco de suministros.

»—El muy bellaco se habrá gastado mi dinero en vino y putas —le oíamos murmurar de vez en cuando. Y aquello no dejaba de tener gracia, porque el dinero realmente no era suyo, sino de los muchos acreedores que le esperaban en La Española y a los que tendría que enfrentarse a su regreso.

»Los menos de doscientos que quedábamos estuvimos de

acuerdo en que partir era la mejor idea, a pesar de que sabíamos que, en nuestras condiciones y sin comida, era poco menos que imposible pretender llegar de vuelta a Santo Domingo. Y entonces, como cuando Juan de la Cosa murió y Diego de Nicuesa vino en nuestro auxilio, de nuevo la salvación nos llegó por el mar, aunque de una manera más inexplicable aún, señor.

—¿Llegó el barco de Enciso, por fin? —se aventuró el emperador.

—No; no era él.

—¿Volvió otra vez Nicuesa? —preguntó con incredulidad.

—Tampoco. Quien vino en nuestro auxilio fue un pirata.

11

Tocino y pan

Luis de Quijada golpeó con los nudillos en la puerta y entró sin esperar respuesta. Era al único al que se le permitía tal confianza. Don Carlos advirtió su llegada, pero no desvió la mirada ni un instante de mis ojos.

—¿Un pirata?

—Así es, señor. Por extraordinario que parezca.

Quijada se quedó a nuestro lado, quizá extrañado del tenor de nuestra conversación y seguramente molesto por que el emperador no le hiciera caso.

—Majestad, me pedisteis que os avisase pasada una hora para redactar los documentos, ¿lo recordáis?

Don Carlos sacudió la cabeza, como volviendo de nuevo a su salón.

—Sí, los documentos…, claro que lo recuerdo. El caso es que…

Quijada permaneció de pie, en silencio, esperando. Me sentía mal por estar interrumpiendo su trabajo y retiré la silla para ponerme de pie, mas don Carlos me detuvo.

—No, Martín; aguarda. ¿No podemos dejar eso para mañana, Luis? Ahora me encuentro cansado y ese asunto no puede más que alterarme.

Quijada asintió respetuosamente, aunque un poco ofendido.

—Por supuesto, majestad —dijo. Y haciendo una reverencia salió de la sala.

Iba a decirle al emperador que mi relato podía esperar y que recibiese a Quijada si era lo que correspondía, pero don Carlos se apresuró a preguntarme de nuevo:

—¿Un pirata dices? No lo comprendo. Cuéntame lo que pasó.

—Señor, no me extrañaría que al escucharme me tildéis de fantasioso, o de exagerado, o que me creáis un mentiroso o un cuentista. Lo comprendo. De hecho, las cosas que he visto y vivido son tan increíbles que hasta a mí me cuesta admitirlas y no pocas veces me pregunto, al recordarlas, si mi cabeza no habrá recibido demasiados golpes o si el vino no habrá hecho mella en mi entendimiento a fin de cuentas. Pero, como los años me han traído hasta aquí con esos golpes y los recuerdos me brotan de igual manera con o sin vino, he llegado al convencimiento de que todo aquello sucedió, que estuve allí y que he vivido lo suficiente para contarlo. Aun así, os doy la razón en que la aparición de aquel navío superó todo lo que podíamos imaginar.

»Y es que nuestra primera impresión, al ver acercarse el barco, fue la misma que la vuestra: creíamos de nuevo que se trataba del barco del alcalde mayor Martín Fernández de Enciso; sin embargo, pronto abandonamos la idea, ya que el capitán conocía el barco que Enciso había comprado y no era ese. Por tanto, como vos, pensamos que podría tratarse de Nicuesa, pero también desechamos la idea. Primero, porque era un solo barco (y no parecía lógico que Nicuesa hubiese dividido su armada); y, segundo, porque aquel cascarón desvencijado en poco se parecía a sus lustrosas naos.

»Ojeda se acercó hasta la orilla. Su rostro reflejaba la misma expresión de incredulidad que la de todos nosotros: ¿quién demonios iba a bordo de ese barco? En la proa vimos a un hombre con expresión altanera y entendimos que era quien les comandaba. Se acercó lo más que pudo a la orilla, sin echar el ancla. Con voz potente, y elevándose sobre el ruido del oleaje, preguntó:

»—¿Sois el capitán Ojeda?

»Nuestro capitán se adelantó y alzó el mentón.

»—¡Así es!

»—Venimos a traeros ayuda, si la necesitáis.

»Seguíamos sin saber de quién se trataba. En otras condiciones, probablemente el capitán hubiese tratado de averiguar su identidad y no descubrir nuestra mísera situación tan rápido, pero estábamos tan necesitados que solo pudo decir:

»—Por Dios que sí. Bajad a tierra y que sea lo que Dios disponga.

»Entre los nuestros cundía el desconcierto.

»—Esto me da mala espina —dijo Gregorio, como siempre con optimismo.

»—A mí ya cualquier cosa me vale —le rebatió Mateo—, menos morirme de hambre.

»El barco fondeó y en un bote se acercaron a la orilla el capitán y algunos de sus hombres. Cuando desembarcaron, el capitán acudió presto a saludar a Ojeda. Era algo más alto y mucho más enclenque; lucía un bigotillo y una barba muy poco poblados, y le faltaban la mitad de los dientes. Sonreía con desvergüenza y se mostraba muy seguro de sí mismo.

»—Capitán Ojeda, mi nombre es Bernardino de Talavera. Seguramente tendréis muchas preguntas, pero yo tengo la respuesta que más os interesa…, por lo que veo. Mi barco está lleno de tocino y pan cazabe.

»Ojeda sonrió.

»—Dejemos las preguntas para luego y pasemos a negociar el precio.

»Bernardino también sonrió y le estrechó la mano. Todos gritamos de júbilo, pues estábamos tan hambrientos que habríamos dado vivas al mismo diablo si nos hubiese traído pan. Alzó la mano e indicó a los suyos que comenzaran a bajar los bastimentos que llevaban. Ojeda y Talavera se retiraron un poco y conversaron entre ellos, estableciendo el precio por las mercancías, que nuestro capitán pagó con el poco oro que tenía y, sobre todo, con esclavos. Esto no le agradó mucho a Bernardino (pues si nosotros habíamos comido poco, os podéis imaginar cómo estaban los indios), pero no se hallaba tampoco en situación de poner muchas pegas. Al poco nos enteramos, por alguno de sus marineros, que era un proscrito de la ley, que se había escapado de La Española acuciado por las deudas y perseguido por varios delitos, y que les había robado el barco a unos comerciantes genoveses en el puerto de Tiburón, cerca de Santo Domingo. Los que lo acompañaban eran todos ladrones y criminales que decidieron unirse para cometer el robo del barco y luego asaltar las embarcaciones que pudieran encontrar. Lo intentaron sin mucho éxito y Bernardino decidió cambiar de táctica: se dispuso a ir en busca de nuestra flota y vendernos sus provisiones, encomendándose a que nuestra situación fuera penosa y estuviéramos tan necesitados como para no detenerlo y entregarle a la justicia. Y por Dios que dio en el clavo.

»Tras acordar el precio comenzó a distribuirse el tocino y el pan cazabe. Ojeda tuvo que esforzarse para que no cayéramos sobre las provisiones como animales y termináramos con ellas en aquel mismo momento. Se organizó el racionamiento y se pusieron a hervir unas grandes ollas para hacer sopas con el tocino y el pan y así estirar la ración. ¡No puedo explicaros cómo recibí aquel alimento después de semanas comiendo nada más que galletas podridas, hierbas y raíces! A mí se me saltaron las lágrimas y a otros tan duros como Pizarro, también.

»—Creo que no he probado nada tan bueno en mi vida —dijo Mateo mientras el color le volvía a las mejillas.

»Habíamos estado cerca de la muerte, pero ya nos sentíamos con fuerzas y ánimo para acometer cualquier trabajo.

»Dos días después, repuestos los cuerpos de tantas penurias, Ojeda decidió que era momento de retomar los empeños pasados y afianzar nuestra posición en San Sebastián de Urabá. Para ello decidió aprovechar a los recién llegados, juntarlos a los nuestros y organizar nuevas partidas de expedición hacia el interior. Las primeras resultaron bien, pues los hombres de Bernardino estaban acostumbrados a la rapiña, y conseguimos algo de caza, pero al cabo de una semana aconteció un penoso incidente que determinaría nuestro futuro: tras tanto tiempo en las Indias sin que nadie le hiciese sangre, el capitán Ojeda recibió un flechazo emponzoñado en la pierna cuando se encontró con unos indios en una de sus internadas.

»Cuando lo vimos llegar a San Sebastián era la viva imagen de la desolación: traía el rostro desencajado, como sin comprender lo que le sucedía. Imagino que, alentado por la fortuna que siempre le había acompañado, se debía de creer invulnerable. Llevaba en la mano una imagen de Nuestra Señora, de un pintor flamenco que le había regalado el obispo Fonseca, quien lo tenía en gran aprecio. Rezaba devotamente con la imagen apretada contra el pecho y, entre rezo y rezo, intercalaba sus consabidas maldiciones, de suerte que el discurso resultaba un batiburrillo de devoción y barbaridades sin cuento.

»Lo tumbamos en el suelo e hicimos llamar a uno que sabía algo de heridas para que estudiase lo que se podía hacer. Tocó un poco la flecha para ver cuánto había entrado, pero el dolor fue tan fuerte que Ojeda lo agarró por el cuello de la camisa y allí mismo lo hubiese matado si no se lo hubiésemos impedido.

»—¡Inútiles! —gritó—. ¡Esto no se cura si no es con fuego! Hay que sacar la flecha y quemar la herida.

»Ayudado por otro de los marineros, me puse tras él y lo agarré por el sobaco para que no pudiera moverse. Otro le puso un palo en la boca para que mordiera a gusto, pero Ojeda lo escupió con desdén. El que hacía de médico cogió el cuchillo más afilado que teníamos y, metiéndolo de punta, comenzó a hurgar. Ojeda rabiaba tanto que apenas podíamos con él y parecía que fuese a estallar de rojo que estaba. Cuando por fin salió la flecha, se relajó un poco y tomó varias bocanadas de aire muy profundas, como para calmarse.

»—Soltadme, malditos —dijo.

»Lo dejamos libre y se dejó caer de espaldas. Tras unos instantes se incorporó a medias y le dijo al cirujano:

»—Trae unas tenazas y caliéntalas al fuego. La ponzoña mata por frío y solo el calor la vence.

»El cirujano no estaba seguro de que pudiera hacer aquello.

»—Señor, si os aplico las tenazas ardiendo os mataré. Yo no puedo...

»Ojeda se incorporó del todo y lo agarró de nuevo por la camisa.

»—Haz lo que te digo o te juro que antes de morir ordenaré que te ahorquen, rata de estercolero.

»El hombre no pudo hacer nada ante ese irrefutable argumento y puso las tenazas al fuego hasta que estuvieron candentes. Las sacó de la lumbre y las acercó a la pierna del capitán. Fuimos a sujetarlo de nuevo, pero nos rechazó:

»—Aguantaré... —Y mirando al cirujano, añadió—: Debes apretar con las tenazas todo lo fuerte que puedas y de una vez; si el calor no penetra, no habremos hecho nada.

»El cirujano sudaba a mares mientras sostenía las tenazas y supongo que rezaba para no errar en el procedimiento, sin ser capaz de decidirse.

»—¡Hazlo! ¡Ahora!

»No esperó más y acató lo que el capitán le ordenaba, aplicando la hoja directamente sobre la herida. Lo hizo con toda su fuerza; mientras, el humo comenzaba a salir y todos aspirábamos el olor a carne chamuscada. Ojeda gritaba como un poseído. Cuando el cirujano soltó, el capitán se derrumbó de nuevo y parecía exánime; su cuerpo ardía tanto como las tenazas.

»De inmediato fuimos a buscar vinagre y mojamos con él unas sábanas para envolver su cuerpo y tratar de bajarle la temperatura. Estaba tan ido que no se dio cuenta ni de lo que hacíamos con él. Yo pensaba que no saldría de aquella, todos lo pensábamos..., pero lo hizo, solo Dios sabe cómo. Al cabo de un rato su cuerpo empezó a perder la calentura y de su piel fue desapareciendo la rojez. Balbuceaba cosas que no entendíamos, la mayor parte parecían maldiciones, y de vez en cuando abría los ojos para volver a cerrarlos enseguida.

»—Es increíble: sigue vivo —decía el cirujano, más incrédulo que cualquiera de nosotros.

»La operación, por tanto, había salido bien, aunque la recuperación fue bien distinta. Durante días no pudo levantarse de la cama y, aprovechando su debilidad, algunos de los marineros se las arreglaron para conseguir que les otorgase raciones más grandes de tocino y pan. Si se hubieran callado, probablemente nadie se habría enterado; pero como el mayor afán del que tiene algo es siempre que los que tienen menos se enteren, iban pavoneándose de que el capitán los premiaba por su lealtad y su diligencia en cumplir las órdenes. Entre ellos, el que más cacareaba era Pascual el Rubio, por supuesto, que se reía de Mateo y de mí por no ser tan vivos como él.

»—Corre detrás de Juan de la Cosa —me dijo un día—, a ver si te da otro poco de membrillo.

»A mí me hervía la sangre escuchando a Pascual, sobre todo viéndolo mofarse de Juan de la Cosa, de modo que decidí no morderme más la lengua y denunciarlo ante Pizarro, que era quien había quedado al mando durante la convalecencia de Ojeda. Esperaba que Pizarro acabase con aquellos abusos, pero no lo hizo. Y creo que la razón es que él mismo era uno de los que se estaban aprovechando. Las peleas, como no podía ser de otro modo, se hicieron cada vez más frecuentes. El pirata Bernardino no se metía en tales asuntos con tal de que le siguieran pagando bien por sus mercancías y, sabiendo de nuestra necesidad, cada día que pasaba aumentaba el precio. La situación no tenía buenas perspectivas.

—Comprendo —dijo don Carlos—. Además, el barco de Enciso seguía sin llegar, ¿verdad? Y solo con tocino y pan no se establece una población.

—Así es, señor. Los alimentos nos libraron de morir de hambre, pero, si queríamos consolidar nuestro campamento en San Sebastián, lo que necesitábamos era otro tipo de aprovisionamientos: cuerdas, telas, herramientas, toneles, clavos, forjas... y un sinfín de cosas de las que carecíamos. Al final, el propio Ojeda, acuciado por esas circunstancias, y tras haberle llegado rumores de las múltiples conspiraciones que se estaban urdiendo en su contra, decidió tomar la iniciativa y buscar una solución. Como os dije, abandonar el lugar y regresar todos a

La Española era algo que no deseaba, pues lo dejaría en muy mal lugar y, en la práctica, le obligaría a renunciar a su gobernación; pero tampoco podíamos permanecer allí esperando un milagro. De modo que tomó una decisión salomónica: él mismo iría a La Española en el barco de Bernardino de Talavera para buscar auxilio. Se subió a una improvisada tarima, a la cual le costó un triunfo auparse, y dijo:

»—Si Dios quiere, podremos llegar a Santo Domingo y os juro que me ocuparé de encontrar un barco para traer los abastecimientos que necesitamos; en todo caso, si no es ese el designio de Dios, no quiero condenaros a la muerte. Si en cincuenta días no he regresado, debéis dejar esta población y llegar por vuestra cuenta a La Española o a donde mejor queráis. Aunque en ocasiones os haya tratado como a gusanos, no sin razón, en realidad os he querido como a mis hijos y ya no puedo pediros más. Vuestros esfuerzos no han sido pocos...

»Los murmullos crecieron entre nosotros, algunos a favor y otros en contra, aunque finalmente acordamos entre todos que la decisión tomada por el capitán no era mala. Habían pasado ya varios meses desde que salimos de La Española; un poco más de espera no hacía diferencia.

»El capitán compró con el poco oro que le quedaba un nuevo cargamento de tocino y pan, el cual se bajó a tierra, para que tuviéramos algo más de provisiones. En el barco dejaron lo justo para la travesía. Bernardino dio libertad a sus hombres para que se quedasen con nosotros, si así lo querían. Ninguno aceptó: preferían ser prófugos en alta mar que seguir sobreviviendo en nuestro triste asentamiento. Entonces ocurrió lo que nunca hubiese imaginado; el capitán Ojeda me llamó a su lado y me dijo:

»—Martín, Dios nos mantuvo a los dos con vida en Turbaco cuando todos los demás murieron. ¿No encuentras en ello un hecho prodigioso? Creo que es una señal y que no debemos menospreciarla, pues Dios no acostumbra a revelarse de manera tan clara. Por ello me gustaría que vinieras conmigo y que me ayudases a armar cuanto antes el barco de rescate.

»A continuación, y con gran sigilo, me susurró al oído:

»—He hecho todo lo que he podido, pero me temo que, si no nos damos prisa, aquí no quedará nadie cuando Enciso llegue. Por eso te necesito; apenas puedo valerme con esta pierna inútil. ¿Lo harás? ¿Vendrás conmigo?

»Sus palabras me sorprendieron tanto que no sabía qué responder. Permanecer en San Sebastián me horrorizaba, aunque la perspectiva de compartir travesía con unos piratas no era tampoco ningún regalo. Tenía ganas de preguntarle su opinión a Mateo, pero Ojeda no me permitió más consultas: tenía que decirle sí o no de inmediato. Aún no sé muy bien por qué, pero acepté.

»Sin tiempo para mucho más, nos preparamos para la partida. Mateo, al enterarse, se llevó las manos a la cabeza.

»—¡Cómo se te ha ocurrido hacer algo así, insensato!

»—¿Embarcarme?

»—No, ¡dejarme solo! Siempre lo hemos hecho todo juntos, ¿no te das cuenta? Y ahora decides marcharte y dudo que te vuelva a ver. Sería un milagro que los dos sobrevivamos a esto, más que un milagro...

»—Hay que confiar, Mateo. Lamentarse no vale de nada; lo único que puede salvarnos es encontrar a Enciso y organizar el rescate.

»Mis palabras apenas le convencieron y negó tozudamente.

»—Que Dios te oiga, Martín, y sobre todo que te acompañe...

»No sabía qué más decir y solo pude abrazarme a él y desearle buena fortuna.

»La despedida fue muy triste. Ojeda, apoyado en una muleta, dio la mano uno a uno a los que se quedaban, deseándoles suerte. El escogido para comandarlos fue Francisco Pizarro, como todos imaginábamos.

»Cuando acabó de despedirse, rompió a llorar y entre lágrimas aseguró a nuestros compañeros en tierra que no los abandonaría y que volvería a rescatarlos aunque fuese lo último que hiciera en su vida. Me daba lástima contemplarlo: del caballero osado que conocí en Santo Domingo, cuya voz resonaba como el tañer de una campana, no quedaba más que una triste caricatura, un hombre herido, impedido, confiado ya solo a la gracia de Dios. Y a ese hombre había unido mi destino. Subió al barco en último lugar y, desde la borda, saludó con una mano mientras mantenía la otra sobre el pecho, para dar un valor profundo a sus palabras.

»El viaje, como un negro presagio de lo que luego llegaría, comenzó de la peor de las maneras, pues al segundo día de navegación nos sorprendió una terrible tormenta de lluvias incesantes y vientos aterradores. Con todo nuestro esfuerzo logramos mantener el barco a flote, pero lo que no conseguimos de ningún modo fue seguir el rumbo que pretendíamos. Al cabo de tres días, cuando el temporal cesó, no teníamos ni la menor idea de dónde nos encontrábamos.

»—Si estos inútiles continúan al mando, es imposible que lleguemos a La Española ni aunque estemos un mes en el mar —me dijo—. Tengo que hacer algo de inmediato.

»Yo dudaba mucho de que los piratas fueran a obedecerlo, y se lo hice ver.

»—¡No me andes con remilgos, Martín! Nada se logra con tantos escrúpulos.

»—Pero, señor...

»—¡No hay peros que valgan!

»Y dicho aquello, y creyéndose el capitán de los piratas, se puso a dar órdenes a todos: a unos que cambiasen el rumbo, a otros que izaran o replegaran las velas, a otros que achicasen agua de las bodegas. Y a los que no obedecían los golpeaba con el palo que le servía de bastón. Pero para aquellos forajidos no había más jefe que Bernardino y, evidentemente, se produjo el encontronazo: Ojeda fue detenido y le pusieron grilletes para que no pudiera moverse. También le ataron un pañuelo en la boca para que dejase de soltar improperios. Al final, Bernardino atendió a mis súplicas y accedió a quitárselo, si bien advirtiéndome que, si Ojeda seguía profiriendo insultos y amenazas, recibiría el mismo castigo que él.

»Así transcurrieron varias jornadas de navegación, con Ojeda encadenado y Bernardino incapaz de encontrar los vientos ni el rumbo a La Española, de modo que, finalmente, en vez de llegar a nuestro destino terminamos arribando a la isla de Cuba, que por aquel entonces apenas había sido explorada por ningún marino castellano. Ojeda se dio cuenta de que el cambio de rumbo no se debió a la tormenta sufrida, sino al deseo de Bernardino de no regresar a La Española, ya que allí era un prófugo y sería apresado nada más poner el pie en tierra.

»—El muy cerdo lo tenía planeado todo desde que salimos de San Sebastián —me confesó Ojeda—. Nos ha engañado.

»Sentí un vacío terrible al escuchar esas palabras no solo por mí y por el capitán, sino sobre todo por los compañeros que habíamos dejado en Tierra Firme y que difícilmente recibirían la ayuda de Enciso antes de perecer todos de hambre.

»—Tenemos que encontrar el medio de arribar a nuestro destino —dije—, cueste lo que cueste.

»—Ese es mi deseo también, Martín; pero primero hay que ver el modo de salir de aquí. Y no será fácil.

»Nuestro barco alcanzó una playa de buen calado y echamos el ancla. No sabíamos si permaneceríamos allí mucho tiempo, pero lo que era evidente es que necesitábamos hacer aguada y encontrar algo de fruta y caza para las jornadas que tendríamos que afrontar a continuación. Descendimos todos del barco, salvo dos que se quedaron de guardia y, nada más poner el pie en tierra, fuimos recibidos a flechazos por un grupo muy numeroso de indígenas.

»—¡A cubierto! —ordenó Bernardino.

»Como estábamos en una playa y no había dónde esconderse, hubimos de salir corriendo para refugiarnos entre unas palmeras cercanas, alejándonos así del barco, que hubiese sido el mejor refugio. Además, nuestra huida no apaciguó a los indios, sino que se encolerizaron aún más y redoblaron su ataque lanzándonos sin descanso flechas, dardos y lanzas. A Ojeda lo llevaban encadenado entre dos de los piratas. Tiraba de las cadenas como un perro rabioso; juraría, incluso, que echaba espumarajos por la boca. Bernardino se negaba a soltarlo, quizá por miedo a que lo matase si lo hacía, pero en un momento dado la situación se volvió tan peligrosa, tan comprometida, que ordenó que lo liberasen:

»—¡Quitadle los grilletes, por Dios, o no salimos vivos!

»Y suerte que lo hicieron. El capitán, aun cojo y con el cuerpo entumecido por el prolongado apresamiento, se batió con más valor que todos nosotros juntos, soltando espadazos como un endemoniado, y ante su ímpetu los indios retrocedieron llenos de pavor.

Don Carlos rio a gusto.

—Me hubiese gustado verlo... ¡Menudo dilema el de Ojeda, teniendo que salvar el pellejo a los que lo llevaban preso!

—Sí, como guerrero no había otro igual; ni en un libro de caballerías podría encontrarse un espadachín tan diestro y arrojado. En todo caso, de aquella batalla salimos con vida, pero lo que no pudimos fue regresar al barco, por no tener que vérnoslas de nuevo con los indios que nos cerraban el paso. De modo que decidimos seguir adelante esperando encontrar un buen lugar para abastecernos de agua y alimentos y con la esperanza de que los indios se olvidasen de nosotros. Así anduvimos varias jornadas, con Ojeda preso como una bestia salvaje cuando no había peligro y suelto cuando había que guerrear, hasta que fuimos a dar a una ciénaga cercana a la costa, tratando de evitar a otro grupo de indios que nos habían recibido de muy mala manera. El terreno era poco transitable y el agua nos llegaba por las rodillas, pero pensamos que no duraría mucho y nos adentramos durante medio día para no tener que desandar nuestros pasos. Al anochecer el agua nos llegaba ya por la cintura y los mosquitos nos comían vivos. Nunca había visto nada igual: eran auténticas nubes de insectos que no nos daban tregua ni un segundo y nos dejaban la piel en carne viva. No fui capaz de dormir ni un instante en toda la noche, torturado por la picazón, y Ojeda tampoco.

»—Tenemos que regresar y alcanzar el barco como sea —dijo—. Es la única oportunidad que tenemos para sobrevivir.

»—Así es —respondí—. Aquí no podemos seguir ni un momento más.

»El capitán resopló y guardó silencio unos instantes, meditando el siguiente paso que dar.

»—Yo estoy preso y Bernardino dirá que no a cualquier propuesta que haga, aunque sea convertir el agua en vino. Tienes que ayudarme.

»—¿Qué queréis que haga?

»—Haz correr la voz entre los piratas y convéncelos de que nuestra única esperanza es regresar al barco. Son todos delincuentes y bastante necios, y su vida vale para mí menos que la de estos mosquitos que nos atormentan. En todo caso, hasta las ratas luchan por salvarse y supongo que preferirán volver al barco que pudrirse en esta ciénaga del diablo. Si todos alzan la voz, Bernardino no podrá negarse.

»Hice mi tarea, como un pastor predicando entre herejes, y conseguí que algunos piratas se sumaran a la propuesta; pero Bernardino, quizá por no parecer un pusilánime a los ojos de Ojeda, o simplemente por no darle la razón, decidió seguir adelante y no se dejó intimidar por las voces discordantes.

»El caso es que, por dicho empeño, de la cintura pasamos a las costillas y, al acabar el segundo día, el agua nos llegaba ya por el pecho. Para dormir hubimos de trepar como pudimos a las raíces aéreas de los manglares, maldiciendo nuestra situación y rezando para que aquel calvario cesase.

»Pero no había hecho sino empezar.

»Seguimos varias jornadas más caminando de esa guisa; unas veces con el fango por la cintura y otras hasta los sobacos, arrastrando con trabajo los pies por el lodo y llevando las talegas sobre la cabeza tratando de poner a salvo el agua dulce y el pan cazabe. Pero cuando no era uno el que tropezaba, era otro el que se metía hasta las orejas y tenía que salir nadando, mojándose la bolsa y perdiéndose toda la comida. La situación se volvió tan desesperada que tuvimos que empezar a beber agua salobre llena de barro e infestada de mosquitos, y a comer raicillas, ranas y toda suerte de insectos repugnantes. Estábamos tan agotados que no teníamos tiempo ni para discutir y avanzábamos como espectros con la esperanza de que la ciénaga terminase, pues ninguno de nosotros soportaba ya la idea de regresar por donde habíamos venido. Y aun con todo el esfuerzo que hubiese supuesto, ¡cuánto mejor habríamos hecho! Solo hubo uno que alzó la voz y pidió regresar a toda costa, pero Bernardino no dio su brazo a torcer. Recuerdo bien lo que dijo:

»—Si hemos llegado hasta aquí, no podemos volver atrás. ¿De qué serviría, entonces, todo lo que hemos sufrido hasta ahora?

»Aquel razonamiento parecía tener sentido, aunque visto hoy con más calma, me doy cuenta de que era una insensatez. De hecho, si lo aceptamos fue solo porque preferíamos soportar el sufrimiento que seguro nos esperaba antes que reconocer que nos habíamos equivocado emprendiendo ese camino.

El emperador asentía apesadumbrado.

—¡Ay, si alguna vez hubiese tenido la valentía de razonar como tú lo haces! ¡Cuántas veces en cuántas campañas me empeñé en seguir adelante solo por no desperdiciar lo ya gastado! Pedía dinero a los banqueros alemanes para sufragar las batallas y cuando estas se alargaban desesperadamente, siempre traía a mi cabeza el mismo argumento que Bernardino: «¡Cómo voy a darme la vuelta ahora, con todo lo que ya he empeñado!». Y, sin embargo, es un discurso totalmente absurdo, pues con él lo único que se consigue es agigantar las pérdidas sin ninguna garantía de que en algún momento se alcance la victoria.

—Así es, señor. Ese mismo era el sentimiento que todos teníamos: preferíamos perecer antes que parecer tontos. A partir de la segunda semana, comenzaron las primeras muertes; unos ahogados, otros rendidos de cansancio, otros derrumbados por las fiebres. Hubo un día que murieron cuatro en el intervalo de una hora, dos de puro agotamiento y otros dos devorados por unos cocodrilos que nos atacaron por sorpresa, sin darnos tiempo apenas para subirnos a los árboles. Todavía recuerdo sus gritos de horror apresados entre las fauces de aquellas horribles bestias. Uno de ellos murió rápido, pero al otro se lo repartieron entre varios cocodrilos, peleando por él mientras agonizaba. Cuando terminó la carnicería, dieron todavía unas vueltas alrededor de nosotros, como esperando a ver si alguno caía al agua, y no fue hasta pasadas unas horas que se cansaron y se alejaron. Descendimos con el miedo en el cuerpo y continuamos la marcha arrastrando las piernas con gran esfuerzo y con el alma derrotada. Solo Ojeda seguía inquebrantable, siempre en cabeza, sin decir palabra, como un mulo, arrastrando con las cadenas a sus captores. Cada vez que debíamos parar para tomar resuello o para alimentarnos con nuestros pobres suministros, el capitán sacaba la imagen de Nuestra Señora, la apoyaba en las raíces de los manglares, lo más alto que podía, y exhortaba a los demás a que la adorásemos y le suplicáramos que nos sacase cuanto antes de allí.

»—Reza, Martín, reza con todas tus fuerzas, por Dios —me decía—. Si hay alguien que puede sacarnos de aquí es ella.

»Y yo lo hacía, juro que lo hacía, con más devoción que en toda mi vida; mas las súplicas hicieron poco efecto, porque aquel suplicio estaba lejos de terminar. Orientarse en el manglar era prácticamente imposible: la vegetación era densísima, el sol estaba siempre igual de alto sobre el horizonte y, para colmo, las lluvias que nos azotaban todas las tardes no nos dejaban ver ni a un palmo de nuestras narices, con lo que confundíamos nuestros pasos y caminábamos en círculos.

»Una de aquellas jornadas, creo que cuando llevábamos ya tres semanas de travesía, no pude más y me negué a caminar. Estaba agotado hasta el extremo, hasta el límite de lo soportable. La piel de los pies, de tanto caminar por el agua, estaba tan blanda que se desprendía a tiras y me dejaba la carne al descubierto; tenía sanguijuelas en las ingles y en la espalda; y no había un solo músculo del cuerpo en el que no sintiese un dolor indescriptible. Uno de los piratas que pasó a mi lado hizo amago de ayudarme a seguir, pero estaba tan cansado como yo y al final continuó sin detenerse. Yo solo quería dejarme caer allí mismo, morir por fin y acabar con aquella pesadilla. Y la idea no me resultaba perturbadora, sino que se me aparecía como una liberación. Entonces Ojeda, milagrosamente, se giró para ver cómo íbamos y me vio allí parado, con el agua por el cuello y dispuesto a morir como otros lo habían hecho antes. Sin esperar un momento se dio la vuelta, llegó hasta mí y, agarrándome por el cuello de la camisa, me obligó a continuar:

»—La muerte no es una opción, Martín; no para nosotros. ¡Hay que seguir! ¡Hay que salir de aquí como sea!

»—No puedo dar un paso más, señor —protesté—. Ya no sé de dónde sacar las fuerzas.

»Ojeda separó un trozo de pan cazabe de su ración, mohoso y duro como una piedra, y me lo metió en la boca.

»—Come —me ordenó.

»Apenas podía tragarlo, pero, como no tenía fuerzas para discutir, lo hice sin protestar.

»—Yo te metí en este lío y por Dios juro que te sacaré de él. Vamos a salir de aquí cueste lo que cueste, ¿entendido?

»Levanté la vista y vi sus ojos de acero clavados en los míos.

»—Lo haré, señor. Seguiré.

»Reemprendimos la marcha abrasados primero por el sol y azotados poco después por la tormenta vespertina. Uno de los piratas, un tal Lope, creo, llegó al límite y se hundió en el agua. No tuvo tanta suerte como yo: su vida no le importaba a Ojeda y nadie hizo nada por salvarlo.

»Así pasaron aún cinco días más cuando, contra toda esperanza y a punto de sucumbir definitivamente, descubrimos que el fango del suelo se hacía más consistente. Luego el nivel del agua comenzó a descender y entre los manglares hallamos lo que parecía una senda. La seguimos sin saber si era en realidad un camino o solo una ensoñación y encontramos una salida a aquel infierno. ¡Un mes allí metidos! De los setenta que empezamos la travesía, quedábamos menos de veinte y aun así hoy me parece un milagro que alguno lo consiguiese. Estábamos tan exhaustos y desamparados que, en el momento en que tocamos por fin suelo firme, nos dejamos caer y no tuvimos fuerzas ni para avanzar un paso más ese día.

—Es inconcebible que soportaseis algo así —dijo don Carlos, que me escuchaba estupefacto—. Está por encima de lo que un hombre puede aguantar... Debe de haber algo dentro de nosotros, algo que no es corpóreo sino espiritual, que nos hace superar retos imposibles. Y el vuestro lo era, vive Dios.

—Así es, señor. Cuando el cuerpo dice «basta», todavía el ánima es capaz de empujar un poco más, de dar otro paso. ¡Quién sabe qué es lo que la guía! Al día siguiente, con el estómago vacío, el cuerpo molido y un aspecto lamentable, continuamos nuestra marcha y alcanzamos una aldea indígena. No tuvimos ni la precaución de comprobar si eran pacíficos o belicosos, porque ya poco nos importaba. Los indios se asustaron al vernos llegar y retrocedieron, pero, al advertir nuestra penosa situación, nos acogieron como si fuésemos sus propios hijos. Hicieron fuego para calentarnos, nos lavaron con mimo, curaron nuestras heridas, nos dieron de comer caldo de carne y fruta, e incluso se prestaron a ir a la ciénaga y buscar a algunos que habían quedado atrapados. De ese modo consiguieron rescatar a cuatro o cinco más que sin su ayuda hubiesen muerto sin remedio.

»Ojeda, mediante signos y con la ayuda de uno de los esclavos que llevábamos (cuya lengua vagamente coincidía con la de aquellos indios), les dijo que si habíamos conseguido sobrevivir era gracias a la intercesión de la imagen que él portaba y que había jurado dejar en el primer poblado que encontrase, si es que lográbamos salir con vida. Y, como así fue, cumplió su promesa y se la entregó al que parecía el jefe, quien la recibió como el mayor de los tesoros. Siguiendo las indicaciones del capitán, los indios oraron bajo la imagen y días después incluso construyeron una pequeña ermita para adorarla y la engalanaron con lo poco que tenían, pero mostrando tanto fervor en su tarea que todos rompimos a llorar de emoción.

»En aquel poblado estuvimos el tiempo necesario para reponernos, recibiendo el cariño y la atención de los lugareños. Sus desvelos y cuidados me llegaron al corazón y lo mismo ocurrió con Ojeda, al que se veía auténticamente conmovido. Es curioso lo caprichosa que es la memoria... Ahora recuerdo que para aquellos indios el origen de los sentimientos no se encontraba en el pecho, como entre nosotros, sino en el estómago. Por ello tenían expresiones como "con todo nuestro estómago", igual que nosotros decimos "de todo corazón"; o se llevaban la mano al estómago como nosotros nos llevamos la mano al pecho cuando queremos dar fuerza a nuestras palabras. Y aunque pueda parecer extraño, en el fondo no les faltaba razón, pues cuando uno siente reconfortado su estómago, siente reconfortado todo su cuerpo, pero no puede decirse lo mismo del pecho, que nadie sabe cómo reconfortar.

—Pues eso que dices es cierto, Martín, porque, por muy banal que parezca, los hombres se mueven casi siempre por sus instintos más sencillos, y los más sencillos de todos son aplacar la sed y calmar el hambre. ¡Cuántas veces hube de verlo en mis campañas militares! Un soldado puede llevar un uniforme raído o unas botas agujereadas, pero lo que no admite de ningún modo es tener que soportar, jornada tras jornada, la falta de vino o de comida. Creo que pocas veces he visto hombres tan felices como aquellos soldados míos cuando, tras una jornada agotadora, recibían su comida caliente y su jarra de vino alrededor de un buen fuego. ¡Qué se le va a hacer: así somos!

—En efecto, señor. Esa misma fue la sensación que nosotros tuvimos: la comida caliente que nos dieron fue el mayor regalo que podíamos esperar, tal como si el cielo se hubiese abierto para nosotros. Y el caso es que aquello también conmovió a Ojeda. Fuera con todo su corazón o con todo su estómago, en aquellas circunstancias meditó mucho sobre su proceder anterior, y compartió conmigo sus pensamientos. Se arrepentía de haber obrado tantas veces con perfidia, cegado por el odio y alejándose de la virtud. Y yo, al escucharlo, sentía que lo decía de veras, absolutamente convencido de sus palabras. Sin embargo, ya fuese porque su carácter era muy voluble o por presión de Bernardino, no tuvo a bien liberar a los tres o cuatro esclavos que aún le quedaban, pues todavía soñaba con llegar a La Española y poder saldar sus muchas deudas vendiéndolos. ¡Quién podía entenderlo!

»Un día, creo que pasadas unas dos semanas, decidimos abandonar a aquellas maravillosas gentes y continuar en busca de otro lugar más apropiado en el que pudiéramos hallar el modo de construir un barco. Sacrificaron un animal que comimos entre todos y luego leyeron nuestro futuro en sus intestinos. El hechicero los depositó bajo la imagen de la Virgen e incluso enrolló con ellos la estampita de Nuestra Señora. Ojeda se horrorizó ante aquello, pero no dijo nada, sobre todo porque el hechicero nos vaticinó éxito en nuestra empresa.

»Siguiendo el presagio de las tripas, caminamos durante varios días con la ayuda de algunos porteadores de la aldea hasta llegar a un lugar llamado Macaca, donde fuimos también bien recibidos. No encontramos madera de calidad ni herramientas para armar un barco, pero uno de los caciques nos ofreció sus canoas. Bernardino pensó que lo mejor era tratar de llegar a la isla de Jamaica, en la que ya había asentados algunos españoles, y pedir ayuda, de modo que envió a uno de sus hombres acompañado de un puñado de indios del poblado que conocían la ruta. Ojeda, por su parte, no se fiaba en absoluto de Bernardino y lo que deseaba no era llegar a Jamaica, sino a La Española, para dar aviso cuanto antes a Enciso. Y encontró a la persona que lo hiciera...

—¿Tú?

—Así es. Aprovechando la oscuridad de la noche, y que Bernardino y los suyos estaban completamente borrachos con el vino de coco que nos habían dado los indios, Ojeda y yo conseguimos escabullirnos hasta la playa con unas provisiones robadas y cogimos una canoa. Estaba aterrorizado, de modo que el capitán trató de calmarme:

»—Rema fuerte hasta salir a mar abierto y luego déjate llevar por la corriente. Si Dios quiere, te conducirá a La Española.

»—¿Tengo alguna posibilidad de llegar? —pregunté con horror.

»—Sospecho que no muchas, pero no nos queda otra. Debes llegar como sea a La Española y, una vez allí, has de encontrar a Enciso y contarle todo lo ocurrido. La vida de muchos hombres está ahora en tus manos.

»Ojeda lo decía con convencimiento, pero lo que estaba haciendo era enviarme al matadero: iba a embarcarme en un tronco con remos y fiar mi vida a la Divina Providencia. Aun así, no intentarlo me parecía una canallada y me decidí a hacerlo.

»—Si salgo de esta y llego a La Española, señor, os juro que encontraré a Enciso, aunque sea lo último que haga.

»Me abrazó con lágrimas en los ojos al tiempo que se quitaba un anillo con una imagen de san Judas Tadeo y lo ponía en mi dedo.

»—Solo él puede protegerte en esta difícil misión, mas recuerda que esto no es un regalo, pues es el último oro que me queda, sino un préstamo. Cumple con la misión que te pido y, cuando nos veamos de nuevo, ponlo otra vez en mi mano. ¿Lo harás?

»Sabía que Judas Tadeo no era el patrón de las causas difíciles, sino de las imposibles, pero me conjuré a cumplir con aquella promesa.

»—Lo haré, señor; por mi vida que lo haré.

»Una vez me hube subido a la canoa, Ojeda la empujó hacia el mar con un arreón de su pierna sana. Mientras remaba hacia mar abierto, su figura se me iba desdibujando hasta que terminó por desaparecer. Creo que nunca en mi vida me había sentido tan solo ni tan desamparado.

El emperador asintió con gesto comprensivo.

—Puedo entender tu congoja en aquellos momentos. Sin embargo, si estás conmigo es porque sobreviviste. Por muy infortunadas que fueran tus circunstancias, Dios se mantuvo a tu lado.

—Así fue, señor, aunque mi fe estuvo a punto de quebrantarse más de una vez...

La puerta de la estancia se abrió un poco y los dos nos volvimos para ver quién acudía. Luis de Quijada se asomó y advirtió al emperador:

—Majestad —dijo en un susurro—, es la hora de la misa.

—¿La misa ya? —preguntó don Carlos—. En fin, me temo que tendré que esperar para conocer el final de tus peripecias. ¡Cómo vuela el tiempo!

Me levanté de la silla y abandoné la estancia pensando en las palabras del emperador. En efecto, el tiempo pasa endiabladamente rápido en algunas ocasiones y, cuando uno mira atrás, periodos de años parecen haber discurrido en apenas un suspiro. En otras ocasiones, sin embargo, es tan lento que uno pierde cualquier esperanza y se ve abocado a la angustia y al desconsuelo.

Y más aún cuando tu única compañía es el mar inmenso.

12

Una llama en el pecho

Hasta el momento había tenido una llama en el pecho, que era estar con el emperador y hacerle vivir con mis palabras las aventuras de mi vida. Aquello me llenaba por completo y me hacía sentir una dicha enorme. Pero ahora sentía que había otra llama que amenazaba con superarla, y solo había un medio para sofocarla.

Acudí al comedor y me senté a la mesa para el almuerzo, junto a algunos de los secretarios de don Carlos y también con uno de los bufones. Dependiendo del día, al emperador le gustaba comer acompañado de alguien que le divirtiera un poco o bien escuchando lecturas sagradas, de lo cual solía encargarse el fray Juan de Regla. Aquel día no debía de estar de humor para risas ni para oraciones, porque el bufón estaba a mi lado y a fray Juan lo vi pasar también por el comedor. En todo caso, aquello poco me importaba, pues lo único que ocupaba mi mente en ese momento era volver a ver a Beatriz, aunque eso me pusiera en boca de todos.

Mientras daba cuenta del guiso de cordero, Josepe salió de la cocina. Llevaba una fuente con fruta e iba ofreciéndola a los comensales para que cada cual escogiese.

—¿Qué fruta me recomiendas? —pregunté cuando llegó a nuestra mesa, ante la atenta mirada del bufón, que me observaba divertido.

—Si queréis fruta fresca, señor, lo mejor en esta época son las cerezas; aunque también tengo manzanas asadas si preferís algo más maduro.

—Sírvele las manzanas —dijo el bufón antes de que tuviera tiempo de abrir la boca—, parece que le gustan las frutas bien maduras.

Los secretarios rieron a carcajadas y noté cómo me subía el calor a las mejillas. Hasta el bufón estaba enterado...

—Unas cerezas estarán bien —dije mientras los demás seguían riéndose.

El burlón no perdió la ocasión de lucirse y añadió:

—Nuestro amigo es caprichoso: tan pronto pica de lo maduro como de lo fresco. Quizá mañana persiga a una moza.

Mis acompañantes volvieron a reírse sonoramente al tiempo que Josepe se retiraba. Pensé en recriminarle su actitud al bufón, pero me di cuenta de que, al fin y al cabo, ese era su cometido y que mis palabras harían poco efecto. Mas él, en el último momento, se apiadó de mí.

—Sois demasiado serio, Martín. Tomad el camino a Cuacos, si eso es lo que en verdad os apetece. ¿Qué os importa lo que digan los demás? Y alegrad esa cara: a las mujeres se las conquista con la risa.

—¿Lo dices por experiencia? —preguntó uno de los secretarios—. Porque nunca te vemos con ninguna...

—Eso es porque tanto a vuestra esposa como a mí nos gusta la discreción.

El secretario lanzó un juramento y el bufón salió a la carrera ante las risas de todos los que compartíamos mesa. Tomé las cerezas y las comí mientras pensaba en el momento en que pudiera volver a hablar a solas con Beatriz. No quería incomodarla, pero aún recordaba el calor de su mano sobre la mía y quería sentir de nuevo esa caricia en mi piel.

En esos pensamientos estaba cuando llegó Quijada. Pensé que venía a espabilarme; en cambio, me dijo que don Carlos quería reunirse esa tarde con uno de sus consejeros, Guillermo Molineo, que se estaba encargando de dar forma a una suerte de memorias del emperador, las cuales don Carlos esperaba que sirvieran para las crónicas oficiales de su reinado que se ocupaban de escribir Juan Ginés de Sepúlveda y Florián de

Ocampo. El emperador confiaba mucho en ellos, pero eran ambos de edad tan avanzada que temía que se muriesen antes que él y por eso se apresuraba a poner por escrito todos sus recuerdos.

Aprovechando la circunstancia de que el emperador me excusase aquella tarde, fui a la cocina y busqué a Josepe para que me diese algo de pan y unos melocotones. Como acababa de almorzar, no podía ponerle la excusa de que era para comer en mi cuarto, pero él también debía de estar al tanto de mi visita a Cuacos, ya que al verme entrar vino con un morral cargado de pan, fruta y nueces.

Salí del recinto del monasterio y tomé el camino al pueblo. No me hizo falta llegar a la casa de Beatriz, pues la vi a lo lejos, en las tierras de labor. Me acerqué despacio, hasta que ella se dio cuenta de mi presencia.

—Sois muy tozudo —me dijo.

Aunque su tono era plano, me pareció que no lo decía con ninguna acritud.

—Es cierto; siempre he sido perseverante.

—Perseverancia es una cosa; lo vuestro es tozudez.

Quería mostrarse seria, pero se le escapó una sonrisa.

—Está bien: soy tozudo. Si no lo hubiese sido, hace ya tiempo que habría sucumbido en alguna playa o alguna selva dejada de la mano de Dios. Por eso lo considero una virtud, aunque a veces, no lo niego, pueda resultar impertinente.

—No sois impertinente; es solo que en este pueblo nadie puede dar un paso sin que todos los demás se enteren.

—¿Eso os importa?

—Sería fácil decir que no, pero ¿conocéis vos a alguien a quien no le importe lo que los demás comentan de él?

—Sé lo que decís y durante mucho tiempo me importó. Sin embargo, con los años aprendes a que los comentarios ajenos te afecten poco y también a decir o hacer lo que quieres sin tener en cuenta lo que los demás piensen.

Beatriz sonrió y sentí que se relajaba.

—He pensado mucho en lo que me dijisteis el otro día. De

verdad que me maravilla que hayáis estado en tantos sitios... ¿Pensáis que ha merecido la pena?

—¡Cómo saberlo! Solo tenemos una vida y no podemos decir: «Hubiese sido más feliz si...» o «Hice bien haciendo tal o cual». La vida es como una calle empinada por la que bajas a la carrera: bastante tienes con mantenerte en pie como para tratar de escoger el camino. En un momento eres un niño que solo piensa en jugar y correr..., y cuando te das cuenta estás en la cubierta de un barco compartiendo tu vida con un puñado de marineros rudos y despiadados. He visto mucho y gracias a ello he podido descubrir lo mejor y lo peor de los hombres, pero ¡miradme! Al final regresé tras mis pasos a la tierra que me vio nacer.

—Quizá había algo que os ataba...

Comprendí lo que Beatriz insinuaba.

—No... Aquí no me esperaba nadie; solo mi pasado. Pero los recuerdos son tan poderosos que nos obligan a regresar siempre a nuestros orígenes.

—¿Nacisteis cerca de aquí?

—Nací cerca de Santander y me crie en la propia villa, con mis tíos, pues mi madre no podía cuidar de mí. En aquella casa dejé mi infancia, en todos los sentidos.

—¿Qué queréis decir?

—Pues que tuve que aprender a hacerme cargo de mí mismo y también descubrí el amor... o el enamoramiento, no estoy muy seguro.

Beatriz sonrió y me invitó a seguir.

—Si es una historia de amor, me gustaría conocerla.

Aquello era regresar a los recuerdos que tanto daño me habían hecho cuando se los relaté al emperador, pero en el fondo sentía que solo sacándolos de mi corazón podría liberarme de aquel dolor y aquella pérdida.

—Aún era un crío cuando mi madre murió —comencé—. El día de su entierro fuimos todos al cementerio: mis tíos, mis primos y yo. A la vuelta, mi prima Catalina, para consolarme, me dio la mano y sentí fuego en mi interior. No sabía explicar qué era, aunque intuía que se trataba de algo muy diferente a cualquier sensación que hubiese experimentado. Y, además, me perturbaba de tal modo que no me dejaba ni a sol ni a sombra. Después de aquel día, solo podía pensar en estar con ella.

»No era sencillo. Tras un par de meteduras de pata, mi tío Alonso se dio cuenta de que era una nulidad para el huerto, así que solo dejaba que cuidase de los animales, para lo cual parecía mejor dotado. Y eso, por supuesto, me obligaba a estar casi todo el día fuera de casa. Antes había disfrutado de esos momentos, caminando por el monte con el ganado y pasando las horas contemplando la bahía o descubriendo formas extrañas en las nubes. Pero luego las tardes discurrían interminables mientras el recuerdo de mi prima martilleaba mi cabeza y no deseaba más que el sol cayese de una vez y que fuera la hora de regresar a casa para la cena.

»Cuando por fin atardecía, salía corriendo de vuelta a la villa, tan rápido que a veces ni las ovejas me seguían. Las guardaba en el corral a la carrera y acudía a la mesa después de acicalarme un poco, lavarme la cara, peinarme y sacudir mis ropas. Mientras Catalina ayudaba a mi tía a preparar los platos y poner la mesa, la miraba furtivamente, tratando de que ni mi primo Diego ni mi tío se enterasen. Mi tío no era mayor problema, porque llegaba siempre tan hambriento que, antes de que pusieran el guiso, cogía un trozo de pan y un pedazo de queso y se liaba a comérselos dando unos buenos tragos de vino, de modo que estaba bastante entretenido como para prestarme atención. Pero mi primo era otra cosa. Su mayor diversión era fastidiarme y hacerme quedar en ridículo; el día del entierro de mi madre me dio una tregua, aunque sabía que no iba a durar mucho.

»Una noche, mientras mi tía y mi prima preparaban la cena y mi tío devoraba el queso, me di cuenta de que Diego no me quitaba el ojo de encima. Me volví para mirarlo y vi que mostraba la sonrisa pícara que le acompañaba siempre que planeaba algo contra mí.

»—Parece que este año los moscardones han salido antes, ¿no? —dijo.

»Mi tío dejó de masticar. Hacía tanto ruido al comer que fue como si de pronto hubiese cesado una tormenta.

»—¿De qué hablas, Diego? Todavía no he visto ninguna mosca este año.

»Diego se hizo el distraído.

»—Pues yo alguna he visto ya. Y además están muy pesadas.

»Mi tío negó con la cabeza.

»—María, trae la comida rápido, que tu hijo no dice más que tonterías por el hambre.

»Mi tía puso la cazuela con el guiso y cenamos hablando de temas banales. Digo cenamos por decir algo, porque yo apenas conseguía pasar la comida. Sabía a lo que Diego se refería y sabía también que si no lo había dicho a las claras era porque esperaba una situación más propicia para ridiculizarme. Lo que de momento no sabía era si Catalina se había dado cuenta o, más importante, si ella también se sentía atraída por mí. Me sacaba casi tres años y ya era una mujer, con lo cual era evidente que a su lado era un crío, pero, precisamente por ello, yo era tan infantil que fantaseaba con que ella me amaba por encima de cualquier otra cosa. Si algún día me sonreía, yo veía los cielos abiertos; y si me hablaba, era como flotar en el aire.

»Cuando terminamos de cenar aquella noche, nos fuimos todos a dormir. Subí al desván y, cuando estaba acomodando la paja y las mantas para tumbarme, escuché que alguien trepaba por la escalerilla. El corazón comenzó a latirme con rapidez. Estaba seguro de que era Catalina y de pronto se me borraron de la cabeza todas las cosas que tenía pensado decirle y que me había aprendido de memoria. Contuve la respiración hasta que una cabeza asomó por el hueco de la escalera.

»—No dormías, ¿verdad? —me preguntó Diego.

»Resoplé, fastidiado por que fuera él y, en el fondo, aliviado también por que no fuera Catalina.

»—Ya ves que no —respondí—. ¿Qué quieres?

»—Hablar un poco, nada más. En la cena hay cosas que solo pueden insinuarse, ¿no crees?

»No contesté. Sabía por dónde iba, pero no quería darle ninguna pista de lo que pasaba por mi mente. Él parecía saberlo bien.

»—Eres pésimo disimulando. A una legua se ve que te gusta mi hermana. Si las miradas quemasen, ella estaría más asada que un cordero.

»—No sé de qué me hablas —dije tratando de disimular.

»—Ya... Lo sabes muy bien. No temas, no voy a decir nada; de algún modo me da lástima de ti, no sé por qué.

»Aquel gesto me extrañó en él, aunque la sorpresa duró menos que el agua en un cesto.

»—Pienso que es mejor pedirte algo a cambio de mi silencio. Estaré callado siempre y cuando hagas lo que te pida, cuando lo necesite.

»—¿Lo que me pidas? —dije delatándome ya del todo—. ¿A qué te refieres?

»—No sé..., lo que se me vaya ocurriendo. Mañana, por ejemplo, podías levantarte pronto y preparar tú las redes; no me apetece madrugar.

»¡Qué podía hacer! Acepté a regañadientes, y Diego se fue riéndose por lo bajo. Terminé de componer la paja y me tumbé pensando en Catalina y en los disgustos que aquello me iba a causar.

»Al principio no fue gran cosa: un día tenía que preparar las redes, otro día tenía que ir a por agua antes de que se lo mandasen a mi primo, otro día tenía que ofrecerme a partir la leña... Diego disfrutaba mucho con aquello; pero llegó un momento en que se dio cuenta de que, al hacerlo yo todo, mis tíos empezaban a valorar mi esfuerzo, al tiempo que le afeaban a él que no se comportase de manera tan diligente.

»—Mira cómo trabaja tu primo —le decía mi tío—; a ver si aprendes y dejas de zanganear todo el día.

»Mi primo no había previsto aquel inconveniente, aunque tampoco quería perder mi trabajo servil, de modo que me dijo que siguiera haciendo las cosas, pero que las hiciera un poco peor.

»—Quemaste los ajos y le measte a mi padre en la cabeza; no creo que te cueste mucho meter la pata de vez en cuando.

Beatriz abrió los ojos con sorpresa.

—¿Orinasteis a vuestro tío en la cabeza?

Había olvidado que aquello se lo conté a don Carlos, no a ella, y ahora no sabía cómo salir del embrollo.

—Fue una equivocación…, en fin…, es algo que… fue un accidente, nada más. No sabía que mi tío estuviera allí.

Beatriz se tapó la boca para disimular su risa; su disimulo era tan nefasto como el mío con mi prima Catalina.

—Reíros a gusto, por favor —dije—; ya lo hizo el emperador, así que poco ha de importarme que vos también disfrutéis. Creo que debí ser bufón, a fin de cuentas.

—¿Le contáis esas cosas al emperador? No me extraña que quiera veros todos los días —dijo ya riendo abiertamente.

—Eso y mucho más; me pidió que no le ocultase nada…, y eso es lo que hago.

Beatriz se limpió una lágrima que corría por su mejilla.

—Perdonadme, he sido muy grosera. Seguid, por favor.

—En fin… El caso es que la nueva propuesta de mi primo me colocaba en una situación aún más difícil, pues ofrecerme a hacer las cosas para luego tener que hacerlas mal era algo que, como comprenderéis, no era de mi agrado. Si partía leña tenía que dejar que se me cayese algún tronco por el camino; si desenredaba las redes había de dejar algún nudo…, cosas así. Mi tío ponía cara de estupor cuando lo veía y se asombraba de que pudiera ser tan torpe de nuevo, pero terminó por encogerse de hombros y decir «la cabra siempre tira al monte» y cosas parecidas. Yo aguantaba como podía porque no quería que nadie se enterase de mi amor por Catalina, pero llegó un momento en que todo estalló. Fue el día en que mi tía me mandó a la despensa y me dijo que trajese un tarro de miel. Obedecí al instante, mas, cuando regresaba, mi primo se cruzó conmigo y me dijo al oído:

»—Tíralo en medio de la cocina.

»—¿Estás loco? —protesté—. Si lo hago…

»—Si no lo haces, ya sabes las consecuencias.

»Me mordí el labio por no soltar un juramento y, en vez de mandarlo a donde se merecía, llegué a la cocina, tropecé aposta y dejé caer el tarro. Mi tía gritó del susto y, antes de que pudiera recoger la miel del suelo, ya habían llegado los dos perros dispuestos a lamer las baldosas embadurnadas. Mi tío estaba en la calle, pero con el estruendo del tarro, los gritos de María y los ladridos de los perros (que se peleaban por el dulce premio) entró en la cocina y descubrió el desaguisado. No le hizo falta preguntar para saber quién era el culpable y, agarrándome por los pelos, me sacó de allí dándome golpes y puntapiés por todo el cuerpo, como un loco, hasta que mi tía le agarró para que parase cuando me vio con el labio roto y sangrando. No abrí la boca ni derramé una lágrima. Aguanté la paliza y la vergüenza mientras escuchaba de fondo a mi primo diciéndoles que en su vida había conocido a alguien tan inútil. Me he jactado siempre de ser buena persona, de no albergar malos sentimientos, pero aquel día creo que hubiese matado a Diego si le hubiese podido agarrar a solas.

»Por la noche no bajé a cenar. Fue una orden de mi tío, aunque lo agradecí: no creo que hubiese podido aguantar la vergüenza ni la rabia. Cuando el sol cayó, escuché cómo recogían la mesa y poco después todos se retiraban a dormir. Había luna y su tenue luz se filtraba por entre las tablas del tejado. Estaba tan magullado que cada vez que me movía me dolía algo, y podía sentir todavía el sabor de la sangre en el labio roto. De modo que me quedé quieto, boca arriba, deseando que me atrapase el sueño y que acabase de una vez aquel horrible día. Cuando estaba a punto de conseguirlo, sentí que alguien subía por la escalera. Estaba seguro de que sería Diego para reírse de mí, así que, haciendo un esfuerzo supremo, me incorporé mientras apretaba los puños para pegarle en la cara en cuanto apareciese. Si la otra vez me equivoqué, en esta ocasión también.

»—Ca... Catalina —dije mientras aflojaba los puños.

»Me quedé mirándola embelesado y su rostro me pareció tan bello y angelical como ningún otro sobre la faz de la tierra.

Pensé que si estaba allí era porque le importaba y que si le importaba era porque sentía algo por mí. Sin esperar más, me adelanté y la besé furtivamente en la mejilla.

»Lo siguiente que sentí fue el bofetón que me arreó, que aguanté con toda la entereza que pude, tratando de que no se notase mi desilusión. No podía pensar más que en lo estúpido que había sido y que tenía bien merecidos todos los palos que había recibido aquella noche. Ella, entonces, alargó la mano, acarició con ternura la mejilla enrojecida y me besó en los labios.

»Todavía tenía la herida fresca y me dolió, pero el calor que me invadió en aquel instante me hizo olvidar todo lo demás, tanto lo que yo sentía como lo que estaba sucediendo. El cuerpo me temblaba, no de nervios sino de emoción, y sentía como si los labios hubiesen dejado de pertenecerme y obrasen por sí solos.

»—No le sigas más el juego a mi hermano —dijo al separarse—. Es un cretino y no mereces que te trate así. Yo sé que eres bueno.

»Volvió a besarme y luego tomó mi mano y la llevó a su rostro.

»—Tendrá su merecido; te lo aseguro.

»Catalina desapareció por el hueco de la escalerilla y me quedé allí como un tonto, con la sonrisa dibujada en la cara, incapaz de moverme. Aun con todo el cuerpo dolorido, no recordaba haber sido tan feliz en mi vida.

Miré a Beatriz y vi que me sonreía con cariño. Había vaciado mi corazón, y ahora me sentía un poco azorado.

—Lo siento —me disculpé—, quizá os he incomodado.

Beatriz sonrió.

—No tenemos edad para que estas cosas nos incomoden. ¿Quién no ha sentido el ardor del primer beso? ¿Qué puede haber más inocente que esa muestra infinita de amor?

Asentí a sus palabras y sonreí.

—Me ha gustado mucho lo que me habéis contado, Martín, de veras —añadió—. Pero ahora debo irme. Es tarde y mi hijo me espera.

Recogió la azada y se dispuso a partir. En ese momento recordé que llevaba el morral con la comida y se lo di. Ella lo cogió y asintió en agradecimiento sin siquiera ver lo que contenía.

Mientras se alejaba permanecí mirándola caminar, con el corazón alborozado. Nunca hubiera pensado que, en aquel apartado rincón, pudiese encontrar de nuevo el amor.

13

La larga espera

El emperador estaba ansioso por recibirme. Según me dijo don Luis, había despachado con rapidez algunas cartas que necesitaban respuesta y había ordenado que le sirviesen una comida frugal, pues temía que una pesada digestión le impidiese seguir mi relato. Lo que no faltaba era la sempiterna jarra de cerveza.

—De modo que te dirigiste mar adentro, de noche y tú solo en una canoa... Me has contado cosas increíbles hasta el momento, pero no acierto a ver cómo pudiste llegar a La Española, si es que lo lograste.

—En este mundo hay cosas que, aunque inauditas, llegan a suceder. Uno puede creer que un impedido se levante y se ponga a andar, o incluso que un hombre acaudalado venda sus propiedades, las agrupe en lotes y las reparta entre los pobres. Es difícil, pero puede pasar. Lo que me sucedió a mí fue algo imposible; simplemente, no sucede nunca.

»Cuando el sol salió me encontré en altamar, navegando a la deriva. De vez en cuando daba alguna palada con los remos, sin saber muy bien hacia dónde, y otros ratos me tumbaba a lo largo de la canoa y me protegía de los rayos del sol con una vieja manta raída. Llevaba un tonel con agua dulce y un saco con comida: carne y pescado en salazón y pan cazabe. Mientras el sol me acompañó, estuve de buen ánimo y, por alguna extraña razón, esperanzado de encontrar tierra sin tardar mucho.

»—No puede estar tan lejos —me decía.

»De hecho, no sé muy bien por qué, me puse a recordar la historia que contaban en la villa de Santander respecto a sus santos patrones, san Emeterio y san Celedonio, cuyas cabezas se custodiaban en la colegiata. Según decían, aquellos dos santos hombres eran soldados romanos que, por profesar su fe en Cristo, fueron torturados y decapitados en la ciudad de Calahorra, a orillas del Ebro. Entonces un ángel tomó sus cabezas, las puso en una barca de piedra y desde Calahorra llegaron a Santander, donde fueron recogidas y guardadas. Si ellos pudieron llegar en una barca de piedra, ¿cómo no habría de hacerlo yo en una barca de madera? Y con aquellos pensamientos piadosos conseguí aliviar las primeras horas de mi travesía.

»Al caer la noche, sin embargo, una insufrible opresión se me vino encima. Me sentí solo y desamparado como… como únicamente un hombre en una barca en medio del mar se puede sentir. No había luna y la oscuridad era tal que ni podía verme las manos; de suerte que llegué a pensar que había dejado de existir. El mar estaba en calma y no escuchaba siquiera el golpeteo de las olas sobre la barca. Solo las estrellas y el latir de mi corazón me recordaban que aún seguía en este mundo. Traté de pensar de nuevo en los santos mártires, pero ya no encontré consuelo alguno en su historia. Al final, abrumado por aquel firmamento infinito, me acurruqué bajo la manta, apreté los párpados con fuerza y lloré sin consuelo devorado hasta las entrañas por aquella aterradora soledad.

»Según pasaban las jornadas mi desesperanza fue en aumento, pues estaba seguro de que en aquel mar acabaría mis días sin que nadie tuviese nunca noticia de mi muerte. El tiempo transcurría tan desesperantemente lento que una hora parecía una semana en aquel obligado cautiverio. Hablaba conmigo en voz alta, para no caer en la locura; y en aquel soliloquio me contaba mi propia vida, por no tener otra cosa de la que hablar. Quizá por eso recuerdo ahora todo con tanto detalle, quién sabe… Algunos recuerdos alegres me hacían sonreír, sobre todo aquellos en los que aparecía mi madre. Si cerraba los ojos, podía sentir de nuevo mi cara junto a su pecho y su mano acariciándome los cabellos. Pero al final los recuerdos tristes se imponían y me dejaba vencer por la melancolía.

»¡Cómo haceros partícipe de todo aquel sufrimiento! Algunos días me vi azotado por tales temporales que debía achicar agua sin descanso con las manos, tratando de no irme a pique. Recuerdo que una noche fue tal el aguacero que ni con todo mi esfuerzo conseguía achicar el agua. Al fin, cuando ya creí morir, los cielos se cerraron y caí desfallecido, empapado hasta el alma y agotado como no creo que nadie lo haya estado jamás.

»A aquella noche le siguieron varias jornadas de sol inclemente, sin una sola nube en el cielo y sin lluvia. El agua del tonel se me acabó y padecí una sed tan angustiosa que pensé que moriría de calentura. Tampoco me quedaba apenas nada para comer y estaba desfallecido. Solo disfruté de un momento de fortuna, pues un banco de peces se cruzó con mi barca y uno de ellos, al saltar fuera del agua, cayó entre mis pies. Era tal mi hambre que lo mordí en la cabeza mientras aún coleaba y lo devoré con mordiscos feroces, como un animal salvaje.

»Uno de los días, debió de ser en la segunda semana más o menos, tuve la tentación de acabar con aquello de una vez. Había estado remando un rato, pero tenía los brazos tan doloridos que no podía dar una palada más. Me eché la manta sobre la cabeza para proteger del sol mi piel abrasada y busqué entre mis vituallas algo para llevarme a la boca; solo hallé unas migas de pan y un último pedazo de cecina con textura de esparto que, por no tener fuerzas ni para masticar, me dediqué a chupar con la lengua seca y los labios agrietados. Mientras lo hacía, vi aparecer la silueta de un tiburón. Primero se mantuvo a distancia, pero terminó por acercarse y dar vueltas alrededor de la barca. Sentí unas ganas irrefrenables de arrojarme y dejar que me devorase; así, lograría un doble objetivo: acabar con mi calvario y alimentar su vida. Aún no sé por qué no lo hice. Quizá porque solo Dios es dueño de dar y quitar ese preciado bien y no quería caer en un pecado tan grave y llegar cargando con él al día de mi juicio. O quizá porque todavía recordaba las palabras del capitán Ojeda: "La muerte no es una opción, Martín". De modo que aguanté. El tiburón dio unas cuantas vueltas más, chocando en ocasiones contra el casco de mi barca, y terminó por alejarse, dejándome otra vez en la más absoluta soledad.

»Al poco, como si se tratase de un mensaje enviado desde el cielo, vino a visitarme una nueva amiga. Era una gaviota. Se paseó por el borde de la canoa e incluso dio algunos picotazos a la manta. Entonces recordé lo que una vez me dijo Mateo: que las gaviotas vuelan siempre cerca de la costa. Me incorporé a toda prisa, miré alrededor y vi que en el horizonte, muy lejos, se adivinaba una estrecha línea de tierra. No podía creerlo: ¡estaba salvado! Todavía no podía saber si estaba en La Española, en Jamaica o de vuelta a Cuba, pero ver tierra significaba que la hora de mi muerte aún no había llegado.

»Remé con todas mis fuerzas hasta que la costa se perfiló con algo más de claridad y descubrí que todo el litoral estaba cubierto por una vegetación impenetrable. Me mantuve a una cierta distancia y dejé que la corriente me arrastrase siguiendo el perfil de la costa y tratando de encontrar un lugar adecuado para desembarcar, pero fue imposible. Cuando vi que el sol comenzaba a caer, cogí los remos y remé con fuerza para acercarme más al litoral; pero las sombras me envolvieron antes de que lo lograse y consideré más prudente esperar al nuevo amanecer, por miedo de chocar contra alguna roca. Tenía tanta hambre y tanta sed que, a pesar del terrible cansancio, no podía dormir. Me acodé en la barca dispuesto a dejar pasar las horas mientras miraba el perfil de la costa. No había apenas luna y solo se veía de vez en cuando el débil reflejo de su luz sobre la vegetación. Al final, vencido por el agotamiento, los párpados se me cerraron y me quedé dormido. No sé cuánto duró aquel sueño. El caso es que, todavía en medio de la noche, me desperté sobresaltado por un fuerte zumbido junto a mi cara. Es posible que fuese un murciélago, quién sabe. Me incorporé un poco y, cuando miré a la costa, descubrí algo sorprendente: a lo lejos, y como un débil tintineo, me pareció ver una luz. Estaba claro que no era el reflejo de la luna, sino algún tipo de hoguera o antorcha. Remé un poco en aquella dirección y descubrí que no era solo una luz, sino que parecía ser un conjunto bastante numeroso. Era evidente que aquello era un poblado. ¡Qué maravillosa coincidencia! Si hubiese llegado aquel día a tierra, antes del anochecer, no habría podido verlo y quizá hubiera acabado mis días enfangado en otro manglar como el de Cuba. O también podría haber ocurrido que hubiese dormido toda la noche sin lograr verlo..., pero el murciélago me despertó justo a tiempo. He de deciros, señor, que nunca sentí el aliento de Dios tan cerca de mí. De pronto descendió todo su amor sobre mis hombros como si de una manta de suave lana se tratase.

Don Carlos sonrió.

—No tengo ninguna duda de que Dios estaba contigo en aquel momento; y, a pesar de las terribles calamidades que sufriste, eres afortunado por haber experimentado algo así, pues muchos mueren sin haber sentido nunca su cálido aliento.

—Estáis en lo cierto, señor. Cuando me llegue la hora de morir, solo espero volver a sentir la inmensa sensación de paz que tuve en aquel instante.

—Continúa, por favor.

—Todavía embargado por la emoción me mantuve en mar abierto sin perder de vista las luces, que al llegar el amanecer se difuminaron hasta desaparecer. Pensé que me sería muy difícil dar con el sitio exacto con la luz del día, pero atisbé que en aquel lugar comenzaban a surgir varias columnas de humo. Fuera lo que fuese, aquello era un poblado de gran tamaño. Empecé a hacerme preguntas: ¿me recibirían los indios con amabilidad como los de Cuba o serían agresivos como los de Tierra Firme? Tenía que jugármela a que fuese lo primero. Seguí remando para llegar antes de que me sorprendiese de nuevo la noche y fue entonces, al acercarme un poco más, cuando descubrí lo que solo por intervención divina pudo haber sucedido: ¡no era un poblado indio: estaba ante el puerto de Santo Domingo! No lo podía concebir, creía estar soñando o que el sol en la cabeza había perturbado mi raciocinio. ¿Cómo era posible que, entre todos los lugares bañados por aquel mar, hubiese llegado a Santo Domingo? A día de hoy todavía no lo sé. Cuando llegué al embarcadero, fui recibido por algunos oficiales del gobernador. Les conté mi historia, que escucharon con la misma incredulidad que si les hubiese dicho que había surgido del fondo del mar. Creo que no me creyeron, pero al menos me hicieron caso cuando les pregunté si Enciso estaba en la ciudad. Respondieron de modo afirmativo y me llevaron ante él.

»Cuando referí todo al alcalde mayor, este se mostró escéptico, tanto con lo referido a mis compañeros de Urabá como con la situación de Ojeda, estuviese en Cuba, en Jamaica o donde solo Dios sabía. Creo que, como los oficiales del puerto, tampoco confiaba en mi palabra. Poco importaba, ya que la expedición, formada por una nao y un bergantín y compuesta por casi cuatrocientos marineros, estaba dispuesta para salir. De hecho, si hubiese llegado dos o tres días después, no les hubiese encontrado. Junto a los marineros se embarcarían también muchas yeguas y caballos, cerdas con sus verracos para criar, pan y fruta, cuerdas, lanzas, espadas, pólvora y armas; en definitiva, todo lo que se precisaba en Tierra Firme, si es que todavía quedaba alguien allí con vida.

»Mi mayor interés, como podréis comprender, era convencer a Enciso de que nuestros hombres estaban en la nueva población fundada en Urabá, pero se negó a creerme. De modo que, cuando emprendimos la marcha al día siguiente, pusimos rumbo a Calamar, donde Ojeda le había dicho que iba a comenzar su exploración. De nada sirvieron mis súplicas; de hecho, me dijo que si seguía empeñado en contar mentiras terminaría por encerrarme en la bodega. Por tanto, dejé de insistir y me dediqué a faenar con los demás marineros en las tareas de a bordo. El primer día no ocurrió nada reseñable; sin embargo, al segundo día sucedió algo excepcional.

El emperador mostraba una sonrisa burlona.

—¿Visteis sirenas?

—No, señor; fue casi más raro. Estábamos en la bodega del

barco, colocando sacos de harina y abriendo uno de los toneles de vino, cuando observamos que uno de los perros que llevábamos en el barco, un mastín enorme, no paraba de olfatear alrededor de uno de los toneles. El marinero que estaba conmigo bromeó:

»—Parece que a este perro le gusta el vino.

»Pero no era vino lo que el perro husmeaba, porque de pronto vimos que el tonel se estaba moviendo. Nos pegamos un susto de muerte, claro está, y acto seguido fuimos a avisar a uno de los oficiales. Cuando regresamos, el tonel estaba tumbado y de su interior salía... un hombre.

Don Carlos estaba inclinando la jarra y la cerveza se le atragantó.

—¿Un hombre? ¿De un tonel?

—Así es, señor. Era un polizón y el perro, que respondía al nombre de Leoncico, era suyo, de modo que no es extraño que estuviese buscando a su dueño. El intruso fue llevado de inmediato ante el alcalde Enciso y fue en ese momento cuando descubrimos que se trataba de Vasco Núñez de Balboa, del que seguro que habéis leído por extenso.

—¡Cómo no! Todavía no estaba en el trono cuando Balboa alcanzó sus increíbles logros, pero he leído las crónicas y sé que se comportó con un valor y un arrojo fuera de toda duda. En todo caso, como varias veces te he dicho, no es lo mismo conocer un hecho por los cronistas que por los que lo vivieron en carne propia. Cuéntame lo que ocurrió.

—Lo que ocurrió fue que Enciso montó en cólera, por supuesto, no solo por el hecho de llevar un polizón sino porque a aquel lo conocía muy bien. Balboa arrastraba muchas deudas, por asuntos de mujeres y juegos, y mantenía una enemistad manifiesta con Enciso, que era a quien más dinero debía. El caso es que el capitán le había prohibido el embarque y él se las ingenió para sobornar a alguien y colarse en un barril en el último momento. Enciso, fuera de sí, amenazó con echarlo por la borda allí mismo o dejarlo abandonado en el primer islote que encontrásemos. Si no lo hizo fue porque muchos lo defendieron, aludiendo sobre todo a que él había costeado por aquel litoral y que su conocimiento podría ser de utilidad. Por otra parte, él mismo se las arregló para recordarle a Enciso que la única manera de pagar las deudas que con él tenía contraídas era seguir con vida. De modo que la ira del capitán fue remitiendo y al final se conformó con encadenarlo a él y a su perro, y devolverlo preso a La Española cuando fuera posible. Y así fue como descubrí uno de los rasgos del carácter de Enciso: mucho soltar juramentos y bravatas para luego desdecirse de sus palabras.

»Seguimos nuestra navegación rumbo a Calamar con buen tiempo y un viento fuerte y constante, y al cabo de unas jornadas arribamos a nuestro destino. Recordé el momento en que había llegado allí por primera vez y me estremecí mientras rogaba a Dios que las cosas nos fueran mejor ahora. Inspeccionamos la bahía sin llegar a bajar a tierra, tratando de localizar algún asentamiento. Yo había insistido a Enciso en que los hombres no estaban allí, sino en San Sebastián de Urabá; mas entonces escuchamos el grito del vigía desde el palo mayor:

»—¡Un barco!

»Enciso acudió de inmediato y comprobó que se trataba de un navío castellano. Cuando estuvimos más cerca, yo mismo constaté que era uno de los dos barcos que teníamos en Urabá; solo uno. Aún recuerdo la mirada de desprecio de Enciso cuando me dijo:

»—San Sebastián de Urabá, ¿no? Bien me parecía que no podía fiarme de ti.

»Me encogí, avergonzado, porque no encontraba forma de explicar qué hacían allí. Por de pronto, a los ojos del alcalde mayor había quedado como un perfecto estúpido. Enciso nos ordenó continuar hasta alcanzar el barco. Fue en ese momento cuando comprobé que en la proa iba Francisco Pizarro, quien alzó la voz y preguntó:

»—¿Quiénes sois?

»Enciso, con gesto muy serio y aire altanero, se adelantó y respondió:

»—¡Martín Fernández de Enciso, alcalde mayor de la gobernación de Nueva Andalucía, por mandato del gobernador Alonso de Ojeda!

»Desde el barco de Pizarro se escucharon gritos de alegría y vi cómo los marineros se abrazaban y bailaban. A mí, sin embargo, se me encogió el corazón al comprobar que allí había poco menos de la mitad de los hombres que había dejado cuando partí.

»Los tres barcos nos dirigimos a la costa y anclamos juntos. Fuimos descendiendo a tierra y bajando algunos de los pertrechos; yo solo tenía un objetivo en mente: ver si entre aquellos hombres estaba Mateo. Buscaba entre los rostros agotados de aquellos marineros y no lo localizaba por ninguna parte; mas, cuando ya estaba desesperando de encontrarlo, le vi aparecer cargando a la espalda unas sogas.

»—¡Mateo!

»Los dos corrimos y nos abrazamos, sin poder contener la emoción.

»—¡Martín, eres tú, estás vivo! ¿Te das cuenta? ¡Estás vivo!

»El pobre no podía creer que estuviera vivo, ni yo tampoco que lo estuviera él. La alegría nos desbordaba, pero como en esta vida no hay risa sin desconsuelo, las celebraciones duraron poco. Enciso estaba muy descontento con lo que había hallado en Tierra Firme, y echó un severo rapapolvo a los supervivientes de la expedición de Ojeda, a Pizarro al que más.

—¿Un rapapolvo? —preguntó el emperador—. No comprendo el porqué.

—Yo tampoco. El caso es que cuando Pizarro le contó que habíamos fundado una población, pero que hubo que abandonarla, el alcalde mayor lo reprendió por ello. Pizarro le explicó que Ojeda había regresado con Bernardino rumbo a La Española y que los había conminado a permanecer allí por cincuenta días y luego marchar. Pero Enciso no había visto a Ojeda y creo que sospechaba que aquello se trataba más bien de una rebelión encubierta y que habíamos dado muerte a nuestro capitán, o cualquier otra felonía semejante. Pizarro tuvo que esforzarse mucho, dar todo tipo de detalles y responder una a una a todas las preguntas del alcalde mayor para que terminase por creer su versión. Así con todo, y a pesar de las vivas protestas de Pizarro, resolvió que debíamos volver de inmediato a San Sebastián, consolidar el poblado con los refuerzos y los hombres que él llevaba, y esperar durante un tiempo prudente el regreso de Ojeda.

»Podréis imaginar, señor, el desconsuelo con el que recibimos aquella noticia. Creo que hubiésemos preferido ir al purgatorio que regresar a San Sebastián. Por mucho que Pizarro insistió, el alcalde mayor se mantuvo inflexible: si nos oponíamos, estaríamos en abierta rebeldía a su mando y al del gobernador Ojeda, estuviera donde estuviese. Traté de explicarle una vez más que Ojeda estaba en Cuba esperando que fuesen a rescatarle desde Jamaica, pero no quiso escucharme.

»—Si seguimos dando vueltas de esta manera —me dijo Mateo cuando Enciso se fue—, me temo que terminaremos por regresar a Sevilla.

»A pesar de lo trágico de nuestra suerte, no pude por menos que reír ante sus palabras. En todo caso, lo que deseaba era saber qué les había ocurrido en mi ausencia y sobre todo por qué eran tan pocos los supervivientes.

»—¡Ay, Martín! ¿Por dónde empezar? Desde el mismo día en que Ojeda y tú partisteis en el barco de Bernardino, Francisco Pizarro hizo valer los galones que Ojeda le había entregado y nos organizó en turnos de trabajo que ocupaban todas nuestras horas. Podríamos haber protestado por aquel acto despótico, pero en el fondo todos estábamos contentos de tener algo que hacer y aceptamos sin rechistar las órdenes. Al menos, a diferencia de Ojeda, Pizarro era autoritario pero no impulsivo; quiero decir que daba órdenes, aunque siempre con sentido, y nunca le veíamos que se dejase conducir por arrebatos de ira ni maldecir o cosas semejantes.

»—No es poco: tendrías que haber escuchado los juramentos de Ojeda en el barco de Bernardino; a punto estuvieron de echarlo por la borda.

»—Lo puedo imaginar... El caso es que bajo el mando de Pizarro comenzamos a reparar los muros del poblado, sobre todo aquellas partes en que el suelo se había hundido y amenazaban ruina. Ya sabes que el suelo era cenagoso y raras veces se encontraba firme; pero, a fuerza de clavar puntales y rellenar con las pocas piedras que conseguimos reunir, pudimos mejorar un poco la empalizada. Una vez reparada la cerca, nos organizó para realizar partidas de caza al interior de la selva. Aquello resultó un desastre, porque allá donde fuéramos nos topábamos siempre con los indios. Un día era uno el que moría; dos días después, otro... A pesar del empeño de Pizarro, y te aseguro que fue muy insistente, un día nos negamos a emprender nuevas incursiones y no tuvo otra que aceptarlo. Entonces cambió de estrategia y nos organizó para tratar de obtener algo de pescado en la playa, empleando para ello nuestras redes y también algunas trampas que construimos con las hojas de las palmeras. Algunos días, por ventura, conseguimos capturar algo; sin embargo, la mayor parte de las veces volvíamos con las manos vacías. Era como el milagro de los panes y los peces, pero al revés: cada día que pasaba, las provisiones se dividían. Te juro que no hubo un momento en que no pensase que nos habíamos equivocado al embarcarnos con Ojeda en vez de con Nicuesa.

»Recibí aquel comentario como un bofetón, pues la idea de enrolarnos en la flota de Ojeda había sido mía. Mateo se dio cuenta y rectificó:

»—No he dicho nada..., perdóname. ¡Quién sabe dónde estarán ahora los barcos de Nicuesa! Quizá lo estén pasando incluso peor que nosotros... En fin, cuando se cumplieron veinte días de la partida de Ojeda, Pizarro nos anunció que el tocino se había terminado. Y una semana más tarde ocurrió lo mismo con el pan. Recuerdo que los últimos días fueron infernales: las lluvias nos azotaban de manera inmisericorde y el hambre nos tenía atenazados. En Castilla pasamos mucha miseria, Martín, pero esto fue atroz. Mordisqueábamos cualquier cosa que cayera en nuestras manos: raíces, hojas, ramas...; y si, por fortuna, conseguíamos capturar algún animalillo o pescar algún pez, lo devorábamos como si fuera la primera vez que comíamos en nuestra vida. Algunas veces alguien que encontraba algo trataba de ocultarlo y engullirlo a escondidas, pero en eso Pizarro era inflexible: si lo descubría, el castigo era ejemplar. En una ocasión, Marcos el de Palos capturó un mono y lo enterró para comérselo por la noche. Fue descubierto y Pizarro ordenó que lo atáramos a un poste y le diéramos veinte latigazos; se resistió como una bestia salvaje y tuvimos que sujetarlo entre varios, aunque creo que lo que más le dolió al desdichado no fueron los zurriagazos, sino que con su captura hiciéramos una sopa que todos comimos, menos él. Supliqué que le diesen su parte, pero Pizarro se negó.

»—Pobre desgraciado...

»—El caso es que, mientras nos moríamos de hambre, todavía nos quedaban cuatro yeguas, que pasaban el día comisqueando hierba por los alrededores del poblado. Pizarro ordenó que no se las tocase bajo pena de muerte. Temía, con buen criterio, que nadie vendría en nuestro rescate en los cincuenta días prometidos y reservaba las yeguas para cuando tuviéramos que embarcarnos de nuevo. En todo caso, otro problema nos acuciaba: disponíamos de dos bergantines, pero éramos demasiados para caber en ellos. Hacer un sorteo para ver quién embarcaba hubiese desatado peleas, como te puedes imaginar, de modo que Pizarro optó por no hacer nada y el problema se solucionó solo. Como cada día o cada dos días caía alguno presa de las enfermedades o por la flecha de algún indio, llegó el momento en que los que quedábamos, algo menos de cincuenta, entrábamos ya en los dos barcos. Y así, cumplido el plazo que nos impuso Ojeda, sacrificamos las cuatro yeguas, las troceamos y salamos, y nos hicimos a la mar.

»En los ojos de Mateo se reflejaba la más profunda tristeza. Y es que uno lamenta abandonar hasta el infierno si se ha puesto el alma para construirlo.

»—Pizarro nos dividió entre las naves —continuó— y se

designó como capitán de la más grande y en la otra a Valenzuela, que sabía tanto de la mar como yo de aritmética. La intención de Pizarro era que regresásemos costeando hasta Calamar para luego proseguir a La Española, por ser la ruta más corta. Estábamos todos tan agotados que nadie puso en duda que esa fuera la mejor opción, de modo que partimos con nuestros dos decrépitos barcos que, como entenderás, estaban medio podridos. Peor aún se conservaba el velamen, que a duras penas conseguía atrapar la brisa costera con su tela hecha jirones. Así con todo, nos hicimos a la mar y pudimos navegar sin mayores incidencias los dos primeros días. Creo que fue al tercer o cuarto día de navegación cuando avistamos la isla Fuerte, aquella en la que habíamos capturado a los esclavos con Ojeda, ¿lo recuerdas? Pizarro se puso muy contento y ordenó que nos acercáramos para ver si podíamos conseguir agua y algo de fruta. A mí, sin embargo, me daba muy mala espina, pues el recuerdo dejado entre los indios era nefasto y podrían estar esperándonos para vengarse. Estaba con los cinco sentidos puestos en seguir las instrucciones de Pizarro y tratando de encontrar un lugar despejado en la costa cuando escuché un grito a mi espalda: "¡Se hunde!". Me giré para comprobar que el barco de Valenzuela estaba totalmente escorado. No podía entender qué había pasado, pues las condiciones no eran malas y apenas soplaba viento. "¡Ha sido una ballena! ¡He visto el coletazo!" —gritó uno.

»—Una ballena...

»—Nadie más lo había visto. Lo que sí observamos fue cómo el barco, sin remedio, se escoraba del todo hasta volcar. Seis o siete marineros saltaron antes, pero fueron golpeados por los mástiles o atrapados por las velas y no salieron a flote. A los otros ni les dio tiempo a arrojarse por la borda y se fueron al fondo con el barco. Pizarro ordenó de inmediato que volviéramos a socorrerles, aunque todo fue en vano: cuando llegamos ya no quedaba nadie con vida, nadie...

»En ese instante reparé en que, entre la marinería, no había visto a Gregorio Crespo.

»—¿Gregorio? —pregunté temiendo la respuesta—. ¿Estaba entre ellos?

»Mateo asintió con la cabeza gacha.

»—¡Quién sabe, Martín! Era tan negativo para todo que creo que estaba destinado a morir de alguna forma calamitosa. Y aquella lo fue. No sé ni cómo expresar la intensa opresión que sentí en el pecho. Sentía un vacío enorme, imposible de llenar, como si Dios nos hubiese abandonado por completo. La lacónica voz de Pizarro me sacó de mi ensimismamiento y regresé a la realidad: "No hay nada que podamos hacer; debemos seguir".

»Estaba sobrecogido con el relato de Mateo y terriblemente apenado por la fatídica muerte de Gregorio y los otros marineros. Ahora se comprendía por qué eran tan pocos los supervivientes.

»—Regresamos a las tareas y pusimos proa de nuevo hacia Calamar. No me veía con ánimos para continuar, y casi todos los demás estaban tan afligidos como yo, pero alguno había que se alegraba, como Pascual, que se frotaba las manos pensando en que éramos cada vez menos para repartirnos el botín... ¡El botín! ¿Qué botín? No recuerdo las jornadas que nos llevó aquella navegación, comiendo solo carne de yegua en salazón, que nos producía una sed terrible, hasta que por fin un día vislumbramos la entrada a la bahía. Pizarro nos apremió para que estuviéramos atentos a los bajíos. La idea era recalar allí uno o dos días y luego partir hacia La Española; entonces fue cuando os divisamos.

»Mateo agachó la cabeza; se le veía realmente agotado. Tomé un cubilete y le serví vino. Y le di además un buen trozo de pan con tocino. El rostro se le alegró un tanto y comió con gusto el bocado. Yo también comí y brindamos por el reencuentro.

»—Estamos vivos, Mateo; y juntos. Después de tantas desgracias, me parece un regalo, ¿no crees?

»Mateo levantó su cubilete.

»—Brindemos por eso, amigo; pobres todavía, pero juntos.

»El caso es que aquel primer bocado y aquellos tragos de vino nos abrieron el apetito y engullimos nuestra ración con voracidad. Al vernos comer con tanta ansia, se nos acercó Andrés de Valderrábano, que era el escribano de la flota de Enciso. Le había visto en la travesía, aunque no había hablado con él, pues siempre andaba atareado con su cuaderno y su pluma, llevando las cuentas y cosas semejantes. Se burló de nosotros:

»—Tened cuidado, no vayáis a confundir vuestros dedos con longanizas —dijo—; parece que no hubierais comido en la vida.

»Mateo sonrió.

»—Ya casi había olvidado lo que es comer; si tengo que volver a pasar por lo mismo, creo que me comeré a alguno de mis compañeros. Y no me extrañaría que así fuese, si hemos de regresar a Urabá...

»Andrés se sentó con nosotros y comenzó a preguntarle a Mateo por el estado de la fundación de San Sebastián. Escuchaba con atención y se mostraba muy sorprendido de que hubieran podido sobrevivir en aquellas circunstancias tras la marcha de Ojeda.

»Mateo también tenía preguntas que hacerle.

»—¿Qué clase de capitán es Enciso? Llevamos tiempo dando tumbos y necesitamos a alguien que tome decisiones claras y nos conduzca con un poco más de tino.

»Andrés se acercó un poco más.

»—No sé si Enciso es precisamente lo que necesitamos —dijo en voz baja—. Me ha sorprendido que se haya mostrado tan empeñado en regresar a San Sebastián; supongo que por lealtad a Ojeda, aunque no me extrañaría que cambiase de opinión... Se le va la fuerza por la boca y duda hasta de sus propias palabras.

»Luego me miró y añadió:

»—¿No recuerdas lo que ocurrió con Balboa? Mucho amenazar con echarlo por la borda y al final nada de nada.

»Mateo no sabía de aquello, de modo que le conté lo que había ocurrido tras descubrir al polizón en el tonel de vino.

»—¡Vaya! —exclamó Mateo—. Si eso es verdad, me gustaría conocer al tal Balboa.

»No acababa de decirlo cuando a nuestra espalda escuchamos al protagonista.

»—Aquí me tenéis —dijo sonriendo.

»Se hizo un hueco en nuestro círculo y se sentó. En aquel momento tendría unos treinta y algo años. De tez muy morena, cuerpo bien dispuesto y ojos vivaces, todavía mostraba las marcas de los grilletes en las muñecas.

»—Me ha costado, pero he conseguido convencer al capitán de que soy más útil libre que apresado. En fin…, entiendo su enfado: si yo hubiese estado en su lugar, él ahora descansaría en el fondo del mar.

»Me sorprendió su forma tan resuelta de hablar; al fin y al cabo, no nos conocía. A partir de entonces tuve oportunidad de comprobar en infinidad de ocasiones que su forma natural de actuar era siempre huir hacia delante y doblar la apuesta si era necesario.

»A continuación, Balboa insistió de nuevo sobre lo que ya Andrés había preguntado, incluso demandando más detalles. Quería conocerlo todo: cómo eran los indios en San Sebastián, qué tipo de armas poseían, de qué forma atacaban, cómo era el terreno y los ríos… No sé cómo explicarlo, señor: escuchaba con tal atención y sus preguntas eran tan precisas que pareciera que cada cosa que le contaban la alojara en su cabeza para no olvidarla jamás y recuperarla cuando se requiriese.

»Si hubiera sido por él, creo que aquella colación nunca habría terminado, pero el alcalde ordenó que reanudásemos los trabajos para partir. La orden, en todo caso, no la dio el propio Enciso, sino que fue Pizarro el que vino a espabilarnos. Al ver a Balboa se dirigió directamente a él:

»—Puede que tus huesos todavía estén doloridos, pero, por lo que parece, tu lengua está ya recuperada, ¿no es así?

»—Hay miembros de mi cuerpo que nunca descansan; si no me creéis, se lo podéis preguntar a cualquier mujer de Santo Domingo.

»Todos nos reímos con aquel comentario procaz, incluido Pizarro. Aunque la risa nos duró poco, porque de fondo escuchamos la voz de Enciso que nos apremiaba a regresar al trabajo. De modo que nos levantamos y comenzamos a preparar los barcos para salir a la mar.

»—Es triste tener que empezar de nuevo —dije.

»—Peor sería no encontrar el final, ¿no crees? —respondió Mateo.

»Tras varias horas de faena, ya solo quedaba cargar algunos toneles; entonces el capitán ordenó a diez marineros que fueran a un arroyo no muy lejano y consiguieran agua fresca. Aquello, por supuesto, era algo que tendría que haberse resuelto de manera rápida. Sin embargo, comenzaron a caer las horas y no regresaban. Pizarro se lo comunicó a Enciso y pidió permiso para ir en su busca, pero este se lo denegó, diciendo que no había por qué alarmarse. El caso es que cayó la noche y llegó el nuevo día, y seguían sin regresar. Al final, tras mucha insistencia, Enciso ordenó que fuéramos a ver qué había ocurrido, aunque no envió a Pizarro sino a Balboa; yo creo que lo hacía por ver si así se libraba de él. Me uní al grupo y, tras internarnos en la espesura siguiendo el curso del arroyo, llegamos al manantial y allí descubrimos el problema: nuestros hombres estaban rodeados por un gran grupo de indios que los apuntaban con sus arcos. Los indios se volvieron al vernos y comenzaron a aullar para amedrentarnos. Yo estaba aterrorizado, pero Balboa mantuvo la calma y se adelantó llevando del brazo a un indio que teníamos de intérprete. El círculo se abrió para dejarles paso.

»—¡No queremos guerra! ¡Somos amigos! —gritó Balboa; y, de inmediato, el intérprete tradujo sus palabras.

»El jefe de los indios alzó su lanza y preguntó:

»—¿Quién os manda? ¿Quiénes son vuestros jefes?

»Balboa escuchó la traducción y se adelantó un poco más, caminando muy despacio.

»—No debéis temer nada. Sé que algunos hombres os hicieron daño, pero ya no están aquí. Nosotros solo queremos coger agua y nos marcharemos; nada más. Os dejaremos en paz, pues nada tenemos contra vosotros.

»Cuando los indios oyeron aquellas palabras comenzaron a hablar entre sí y, tras unos instantes, bajaron las armas y se acercaron. Traían el cuerpo casi desnudo y llevaban en el pelo adornos de plumas. Nos tocaron, como para comprobar que éramos hombres como ellos, y se detuvieron especialmente en nuestras barbas, ya que eran todos lampiños. Comenzamos a sonreír y a inclinar la cabeza en señal de respeto; mientras, Balboa y el jefe de los indios continuaban parlamentando. Finalmente, Balboa dijo que teníamos que marcharnos ya y los indios nos dejaron ir a todos sin oponer resistencia.

»Regresamos por fin a los barcos y todos nos recibieron dando vivas y abrazándonos; salvo el capitán, que no se dignó siquiera a saludarnos y que solo apareció mucho más tarde a meternos prisa para cargar los toneles.

»Aquel día aprendimos que la negociación y las buenas palabras son un medio mucho mejor que la guerra para solucionar las disputas, que así se evitan muertes innecesarias y que allí donde se habla se deja un aliado, no un enemigo.

El emperador recapacitó un instante sobre mis palabras.

—Ojalá hubiera seguido más veces ese consejo. Me ha costado una vida comprender que la mejor guerra es la que no se inicia. El problema es que, cuando uno tiene la responsabilidad de gobernar, la guerra es siempre el camino más doloroso pero también el más corto. Un acuerdo aplaza los conflictos, mas no los resuelve. Si yo digo que un territorio es mío y tú dices que es tuyo, podemos hablar durante toda la eternidad, pero el problema solo quedará solventado cuando sea de alguno de los dos. Y por eso la guerra, aunque espantosa en todos sus aspectos, resuelve en una campaña lo que nunca se arreglaría discutiendo.

—Pero el problema sigue existiendo —me atreví a decir—, porque el que perdió su territorio querrá recuperarlo tarde o temprano.

—¡Ah, por supuesto! Solo que a veces ese problema ya no

le compete a uno sino a los que vendrán detrás de él, y uno debe ser suficientemente humilde como para reconocer que nunca podrá solucionar todos los conflictos, pero que, al menos, dejará algunos resueltos por un tiempo.

Agarró con sus torpes manos el crucifijo que colgaba de su pecho y añadió:

—Ante Dios te digo que mi mayor anhelo fue siempre encontrar la paz; ojalá lo hubiera hecho mejor.

Cerró los ojos y, durante unos instantes, permaneció en silencio, meditando acerca de sus propias palabras. Yo, como el emperador, también me había pasado la vida guerreando, aunque en mi caso me tocó siempre obedecer y nunca ordenar. Vi la sangre de mis enemigos corriendo por mis manos y escuché el crujir de sus costillas al atravesarles con la espada. Cuando tocaba luchar, rara vez me cuestioné si esa lucha era justa o necesaria y solo en contadas ocasiones desobedecí una orden. No causé dolor gratuitamente, pero tampoco me opuse a causarlo cuando me lo pidieron. ¿Era eso lo que Dios quería de mí? ¿Había otro camino? Todavía hoy sigo preguntándomelo.

El emperador abrió de nuevo los ojos. Parecía muy cansado.

—Dime, Martín, ¿salisteis por fin de aquella bahía de Calamar tras conseguir el agua?

—Así es. Enciso dio la orden de partir de inmediato. Estaba ansioso por regresar cuanto antes a San Sebastián y revivir el asentamiento, aunque los que habíamos estado allí dudábamos que fuera posible. No queríamos ser derrotistas pero, cuando nos preguntaban, hablábamos y pronto nuestro sentir se hizo general en toda la tripulación; e incluso los hombres de Enciso protestaban de manera velada a las órdenes de regresar a Urabá. Él se mostraba imperturbable: había tomado una decisión y, por una vez, no pensaba cambiarla, supongo que por miedo a parecer un pusilánime. Así, izamos las velas y pusimos de nuevo rumbo a aquel lugar pantanoso e infecto, con pocos ánimos y escasas esperanzas de éxito.

Miré al emperador y vi que seguía apretando el crucifijo en

su mano. Su expresión de cansancio se había transformado en un evidente gesto de dolor.

—¿Os encontráis bien, señor?

—Sí, Martín, estoy bien, estoy...

Se quedó callado y comenzó a balbucear.

—Mart..., Mar...

Me asusté y, acercándome a él, le cogí la mano. La tenía rígida como un hierro y todo su cuerpo parecía estar sacudido por unos latigazos insoportables, como si estuviese a punto de quebrarse.

—¡Señor! ¡Majestad! ¿Qué os ocurre?

La boca le temblaba y puso los ojos en blanco mientras comenzaba a escurrirse de la silla.

—¡Don Luis! —grité—. ¡Ayuda!

Al instante escuché los pasos de Quijada acercándose a la carrera. Abrió la puerta de golpe y al llegar junto a don Carlos le puso una mano en la nuca y con la otra le abrió la boca. Tenía la lengua contraída y apretaba la mandíbula con mucha fuerza, de suerte que a don Luis le resultaba casi imposible mantenerla abierta.

—Ayúdame, Martín. Hay que tumbarlo en el suelo.

Entre los dos lo agarramos por debajo de los sobacos y lo tumbamos sobre el piso de losas. Luego le pusimos uno de los cojines de su silla bajo la cabeza para que no se hiciera daño con los espasmos que contraían su cuerpo.

—Avisa a Mathiso. ¡Corre!

Salí tan rápido como pude y busqué al médico, que se encontraba en sus dependencias preparando unos cocimientos de hierbas. Nada más verme comprendió por mi expresión de horror que algo le sucedía al emperador y sin perder un instante se allegó al salón de don Carlos, que seguía tumbado en el suelo. Quijada le había puesto un palo de madera en la boca para que no se mordiese la lengua, y su cuerpo ahora parecía exánime.

—¿Qué ha ocurrido? —pregunté—. ¿Se pondrá bien?

Mathiso me rechazó de malos modos.

—¡Fuera! ¡Ahora!

Dejé la sala con el corazón encogido, viendo el cuerpo de mi señor tirado en el suelo y a Quijada y a Mathiso sobre él, tratando de devolverlo a la vida. Mientras me alejaba escuché algunas palabras entrecortadas que el médico le decía al mayordomo y, entre ellas, me pareció que le reprochaba que el emperador tuviera tantas visitas y jornadas tan largas. No quise escuchar más y me alejé completamente abatido, con un profundo sentimiento de culpa y sin ser capaz de liberarme de las dudas que me torturaban: ¿había sido yo el causante de su mal? ¿Había ido demasiado lejos?

No tenía respuesta para aquellas preguntas; lo que tenía seguro era que mis días en Yuste tocaban a su fin.

LIBRO SEGUNDO

UN NUEVO MAR

1

Un error tras otro

Me desperté muy temprano, mucho antes de que saliese el sol. Había dormido muy mal y un tremendo dolor de cabeza me atenazaba. No podía alejar de mi mente la imagen de don Carlos en el suelo y sin hálito. Había sido una escena terrible y seguía sin comprender cómo un cuerpo podía verse sometido a esas sacudidas y esos estremecimientos sin sucumbir. ¿Estaría ya bien? ¿Se recuperaría por completo?

Me quedé en la cama con los brazos sobre el pecho y los ojos cerrados, tratando de dormir un poco más. Me fue imposible y el canto del gallo me sorprendió despierto. Sin esperar más me levanté, dejé recogidas mis escasas pertenencias sobre la cama y acudí al comedor. Al instante llegó Josepe con un poco de queso y un dulce de higos que tenía un aspecto espléndido; pero mi estómago estaba cerrado y apenas pude comer.

—Al dulce no os resistís nunca, señor. ¿Os encontráis bien?

—No, Josepe, no muy bien. Ayer el emperador sufrió un ataque y todavía no sé cómo se encuentra. Estoy muy preocupado. ¿Tú sabes algo?

Josepe se encogió de hombros.

—¿Un ataque, decís? ¿Fue de su mal?

—¿Su mal?

Josepe se acercó un poco más y me dijo al oído:

—El emperador sufre ataques con cierta frecuencia. La mayor parte de las veces no son graves y solo se queda como ausente. Si estáis tan preocupado supongo que es porque asististeis a un ataque mayor.

—No tengo ni idea de lo que hablas. Nunca vi a nadie retorcerse de esa manera ni verse sacudido por tales espasmos. No sé si el ataque fue mayor o menor, pero te aseguro que pequeño no fue.

En esas estábamos cuando vi llegar a Luis de Quijada. Traía el gesto serio y sentí nacer de nuevo en mi interior la congoja de la noche pasada. No esperé ni un segundo para preguntarle.

—Decidme, don Luis, ¿cómo se encuentra el emperador?

Quijada se tomó un momento antes de contestar.

—Se encuentra mejor, aunque necesita descansar. Tendría que haberlo visto venir: ha estado sometido a demasiados vaivenes y su cuerpo ya no es capaz de responder.

—Señor, siento si con mi conducta he podido provocar el mal del emperador, nunca querría…

—Lo sé, Martín; no hace falta que digas nada. En realidad la culpa no es tuya, ni suya, ni de nadie, supongo. Solo Dios sabe por qué el emperador ha de sufrir tales ataques.

—¿Se recuperará?

—Eso espero. Aunque los ataques son terribles, en el fondo resultan más perturbadores para el que los contempla que para el que los sufre. Puede que el emperador ayer pareciera muerto, pero es probable que hoy ni se acuerde de lo ocurrido. Es un mal cruel y piadoso, pues se borra de la mente del enfermo con la misma velocidad que llega.

Respiré aliviado por las palabras de Quijada, aunque no comprendía lo que decía; me parecía increíble que el emperador pudiera despertarse sin recordar nada del incidente.

—Señor —dije—, he disfrutado mucho estas tardes con don Carlos; aunque al principio pensé que serían una obligación, se han convertido en un auténtico regalo. Sin embargo, creo que deben llegar a su fin. No me importa que el emperador no guarde memoria de lo ocurrido, porque estoy seguro de que su cuerpo sí lo recordará y un día no podrá soportarlo. Perdonadme, pero no podría vivir con la congoja de haber sido el causante de su muerte.

Don Luis me miró de arriba abajo.

—No sé, Martín. Mi interés por distraer su cabeza era tal que quizá haya ido demasiado lejos. Puede que tengas razón: será mejor que lo dejemos aquí. Te agradezco que hayas cumplido tu parte del trato. Ahora me toca a mí cumplir la mía: buscaré los libros que querías leer y podrás consultarlos.

Pero yo no podía pensar en libros ni en documentos.

—Sois muy amable, pero no es necesario. Recordando mis vivencias en las Indias me he dado cuenta de que fueron tantas y tantas las cosas que nos ocurrieron que no caben en ningún libro, y por eso no es culpa de los cronistas que no hayan sido capaces de reflejar la verdad. He sido vanidoso al pensar lo contrario.

Quijada se encogió de hombros.

—Eso solo tú puedes saberlo. En fin, que tengas buen camino de regreso y gracias de nuevo.

Se dio la vuelta y se alejó por el pasillo mientras sentía un nudo apretándome el estómago. Josepe se acercó, preocupado.

—Entonces ¿os iréis?

—Así es. Y lo haré antes de que don Carlos se despierte.

—Pero, señor...

—Gracias, Josepe. Has hecho que mi estancia aquí fuera un verdadero placer.

Quiso decir algo más, pero no le di tiempo. Regresé a mi cuarto, tomé mis cosas y las metí en el hatillo. Luego agarré el cayado y me dispuse a volver a mi casa.

Al salir al claustro, todo era actividad. Al fondo vi al hermano Gabriel, el que me había recibido a mi llegada, mas no quise acercarme pues temía que me entretuviese. Solo deseaba alejarme cuanto antes. Abandoné el recinto del monasterio y tomé el camino a Cuacos. Cada paso era como un golpe, no solo por haber abandonado al emperador sin siquiera despedirme, sino porque no sabía cómo seguir viendo a Beatriz. Mi casa estaba en Toledo y no veía el modo de aposentarme en

Cuacos sin ir demasiado aprisa o sin incomodarla ante sus vecinos. En esos pensamientos estaba cuando escuché unos pasos a mi espalda; eran de alguien que venía a la carrera.

—¡Señor!, ¡señor!

Al volverme vi que se trataba de Josepe.

—¿Qué ocurre, muchacho? ¿A qué esas voces?

—Me envía el mayordomo. Dice que quiere veros de inmediato. Debéis regresar.

—¿Que quiere verme? Pero ¿ha ocurrido algo?

—No lo sé, señor. Su rostro estaba muy serio y me dijo que me diera prisa.

Salí corriendo hacia el monasterio, de suerte que hasta a Josepe le costaba seguirme. Llegué hasta el palacete y encontré a Quijada sentado en su despacho, con cara de preocupación. Me hallaba tan alterado que hasta olvidé las formas:

—Decidme, ¿qué ha ocurrido? ¿Ha empeorado don Carlos?

Él detuvo mis ansias:

—Respira un poco, Martín, por Dios. Y siéntate. Ayer fue su cuerpo el que sufrió, pero hoy temo que es su cabeza la que está perturbada. Dice que se quedó sin conocer el final de la historia y que hoy no podrá dormir con esa inquietud… Mucho me temo que no es lo que le conviene, pero cuando toma una decisión no hay quien le haga cambiar de idea. Ve a comer y luego acude a verle, y procura no alterarlo. En todo caso, si le da otro ataque, acabaremos con esto de una vez por todas aunque tenga que soportar la ira del emperador.

Aquella noticia me llenó de alborozo y salí como un galgo hacia el comedor, donde Josepe ya me esperaba. Me senté a la mesa emocionado y liberado de una pesada carga.

—Vuestro semblante es otro, señor. ¿Tenéis noticias del emperador?

—Sí, Josepe. Parece que don Carlos se ha recuperado y quiere verme. ¡Qué alegría! Ahora sí me comería un buen plato de lo que sea, con algo de vino, claro, y también el dulce de higos que antes me ofreciste.

Josepe se marchó sonriendo y al poco llegó con la comida,

que devoré como un perro hambriento. Luego fui a asearme, compuse mis ropas y me allegué a la sala del emperador. Al abrir la puerta lo vi sentado en su silla. Me sonrió y parecía tener buen aspecto, aunque su piel estaba incluso más blanca que de costumbre.

—Siéntate, Martín —me dijo—. Ayer te llevaste un buen susto, ¿verdad? Lo siento de veras, pues no era mi intención…

—Señor, yo…

—Sufro de ese mal desde muy pequeño, aunque las manifestaciones no suelen ser tan graves como la de ayer; si es que lo fue, porque no recuerdo apenas nada. Algunos le llaman la enfermedad de los césares y otros dicen que es un estado cercano a la muerte y que quienes lo experimentamos somos afortunados por tener esos momentos de comunión con Dios. Te aseguro que se equivocan. Dios actúa muchas veces por caminos inescrutables, pero los ataques no tienen nada de divino. En fin, una vez en la cama estaba tan agotado que dormí toda la noche de un tirón y esta mañana me encontraba repuesto, incluso mejor que otros días. Para un viejo como yo, dormir una o dos horas ya es todo un lujo, así que hacerlo seis o siete es el mejor de los regalos.

—Me alegro de que os encontréis mejor, señor. De verdad que lo lamento si mi relato os perturba. De hecho, había pensado terminar con él y dejaros descansar…

—Lo sé, lo sé… Luis me lo dijo, pero tu relato no me perturba, Martín; te aseguro que me da la vida. Estas tardes contigo me están haciendo olvidarme de muchas penas y sinsabores, si bien a veces es inevitable que el alma se entristezca y que el cuerpo lo pague. Pero no hablemos más de mí o tendremos buenos motivos para entristecernos… Dime, ¿regresasteis finalmente a San Sebastián de Urabá como ordenaba Enciso? Estoy ansioso por saberlo.

Me costó un poco retroceder de nuevo a Urabá, pero deseaba complacer a mi señor e hice el esfuerzo.

—Sí, señor. La decisión de Enciso fue muy contestada y había algunos que decían cosas como «esto habremos de pagarlo» y otras parecidas. El caso es que lo pagamos, incluso antes de tocar tierra. Cuando estábamos aproximándonos a la costa, el barco en el que iba Pizarro junto con otros cuarenta hombres chocó contra un bajío y al poco se hizo pedazos por el embate de las olas y las corrientes. Apenas tuvieron tiempo de saltar al agua y nadar hacia la orilla. En mi cabeza resonaron las palabras de Mateo cuando me contó el anterior naufragio, del cual nadie se libró de morir. En esta ocasión, al menos, Dios se mostró misericordioso y todos se salvaron milagrosamente. En cuanto las demás naos atracaron, nos pusimos de inmediato a rescatar todo lo posible: harina, bizcocho, quesos...; lo que no pudimos salvar fueron las yeguas y los caballos, ni los puercos.

»Tras recuperarnos del contratiempo, aunque ya con el nubarrón de la fatalidad encima, nos allegamos a San Sebastián y nuestras peores expectativas se cumplieron: los indios habían destrozado el fuerte por completo, derribando las casas y la empalizada, y prendiéndole fuego. Nunca fue gran cosa, como ya os conté, pero ahora su aspecto era lamentable. Todos nos mirábamos preguntándonos cómo íbamos a hacer para convertir aquello en un verdadero asentamiento.

Don Carlos tomó su jarra de cerveza y le dio un trago largo y sonoro. Parecía mentira que aquella mano agarrotada pudiera sostenerla, pero lo hacía.

—De modo que tuvisteis que comenzar de nuevo, ¿no es así?

—Peor aún: antes tuvimos que retirar todos los restos calcinados para poder levantar otras casetas y una nueva empalizada. Éramos más hombres para trabajar, aunque había que contar también con que, justo por eso, necesitábamos construir muchas más casas.

El emperador asintió en silencio, dio otro largo trago y dejó la jarra sobre la mesita.

—Es curioso... Cuando hablamos de las batallas gloriosas de tiempos pasados siempre nos referimos al fragor del combate, a las maniobras decisivas que decantan la victoria en una u otra dirección, o a la actuación particular de un soldado que echa sobre sus hombros el peso de la lucha. Lo que nadie recuerda es todo lo que va detrás: las semanas o meses de marcha para llegar al frente, las caravanas de suministros para abastecer a las tropas de todo lo necesario, el montaje y desmontaje de las tiendas de campaña…, o el enterramiento de los cuerpos de los soldados caídos. Parece como si el estruendo de un cañón o el choque entre dos espadas borrase todo lo demás alrededor.

—Si las crónicas contasen todos esos pormenores, creo que no habría sitio en los estantes para guardar tantos libros…

—Así es. Y, sin embargo, muchas veces las batallas se pierden incluso antes de empezarlas. En fin…, prosigue.

—El caso es que aunque limpiar el lugar fuese una labor ingrata, era necesario cumplirla si queríamos convertirlo en un emplazamiento habitable. Ninguno de nosotros tenía mucho ánimo, pero al que se veía más enojado de continuo era a Pizarro. Había salido de allí siendo el líder y ahora se veía relegado por Enciso, a la cabeza de la expedición, y por Balboa entre la tropa. Y es que Balboa era como un torbellino, estaba siempre donde hacía falta y encontraba las respuestas adecuadas para los problemas que se planteaban. Ocurrió, por ejemplo, con la reconstrucción de nuestro poblado. Todavía recuerdo las palabras de Enciso al ver el asentamiento de San Sebastián totalmente arruinado y cómo algunos hombres se preparaban ya para levantar nuevas casas:

»—No se sirve la comida sobre los restos del banquete anterior. Hay que empezar por retirar todo lo derruido antes de pensar siquiera en construir nada nuevo. Lo que los ojos no ven, la cabeza lo termina por olvidar.

»Aquello parecía tener sentido. Y, aunque abrumados por la tarea que se nos avecinaba, nos dispusimos a cumplir las órdenes. Mas, en ese momento, Balboa se adelantó y, acercándose a Enciso, dijo:

»—Alcalde, el poblado está destruido y es cierto que la sola visión de las ruinas causa verdadera congoja. Sin embargo, un

233

alma fuerte no debe dejarse vencer por las contrariedades, sino aprender de ellas y sacarles ventaja. Los hombres que estuvieron aquí dijeron que el principal problema que se encontraron fue la dificultad para cimentar las construcciones, pues no encontraban suelo ni materiales duros sobre los que asentar los pilotes. ¡Pero ahora tenemos toda esta madera endurecida por el fuego! Los indios, sin pretenderlo, nos han proporcionado el recurso que tanto necesitábamos. Nadie podría dudar de que esto es obra de Dios.

»Enciso, por supuesto, tuvo el arrebato de rechazar su proposición solo porque no se le había ocurrido a él antes, pero pronto comprendió que la idea de Balboa era muy buena y que todos la secundábamos. No había más que escuchar el rumor que se extendió por toda la tropa para darse cuenta de ello. Y, además, al haber dicho que aquello tenía que ser obra de Dios, Balboa colocaba a Enciso en la tesitura de comportarse en contra de los designios del Señor si no era capaz de sacar ventaja de la situación. De modo que se tragó sus palabras antes siquiera de pronunciarlas y, mirando a Balboa, dijo:

»—Por supuesto que eso es lo que hay que hacer. Y ya que eres tan rápido adelantándote a las órdenes, serás también el primero en cumplirlas: coge una azada y comienza a abrir las zanjas.

»Quizá Enciso pensase que aquello era un castigo para Balboa, pero era justo lo contrario. Balboa sacaba partido del trabajo siendo siempre el primero en ponerse a la tarea y esforzándose como el que más, mientras que Enciso quedaba siempre como un inútil y un pusilánime. Según pasaban los días, todos nos convencíamos de la incapacidad de Enciso para el mando y echábamos de menos los tiempos en que nos comandaban Ojeda y Juan de la Cosa.

»Una mañana, mientras reconstruíamos un trozo de empalizada ya asentada sobre los nuevos cimientos, Mateo me dijo:

»—Alegra esa cara, Martín, que no hay mal que cien años dure. Si la vez anterior fracasamos, en esta habremos de triunfar.

»Aquel razonamiento, como otros de Mateo, no tenía mucho sostén, pues las circunstancias no habían variado tanto; asentí solo por no llevarle la contraria.

»—No me preocupa tanto cómo levantaremos el poblado sino qué haremos después —le dije—. Ahora somos más, pero eso implica también más bocas que alimentar. Y no podemos depender eternamente de que vaya a venir un barco a salvarnos en el último momento. Tarde o temprano vamos a tener que internarnos en la selva y nos encontraremos de nuevo con los indios. Seguro que ya nos están esperando.

»Mateo escupió en el suelo.

»—Así es; mala hierba nunca muere.

»Acababa de decir que nuestros males no durarían por siempre, pero como Mateo solía tener para cada cosa un razonamiento y el contrario, no le di mayor importancia.

»—¿Qué te parece Balboa? —le pregunté en voz baja—. Llegó aquí como un proscrito y ya se ha ganado a todos los hombres.

»—¿Crees que no me he dado cuenta? Está claro que ansía el mando, aunque no hay modo de que pueda conseguirlo. Enciso lo tiene enfilado y Pizarro también; creo que este último le tiene incluso algo de envidia.

»Ya me había fijado en eso, por supuesto, pero intuía que Pizarro odiaba más a Enciso que a Balboa y que se apoyaría en este último si era necesario.

»El caso es que incluso con los buenos consejos de Balboa, la reconstrucción del poblado iba por mal camino: el trabajo era agotador, el calor y la humedad insufribles y, tras la pérdida de algunos de los suministros en el naufragio, al poco empezamos a estar de nuevo faltos de comida. Enciso, entonces, ordenó que diéramos caza a los puercos salvajes. Para ello debíamos internarnos en la selva, donde enseguida comenzaron los encontronazos con los indios y varios de los nuestros resultaron heridos.

»Como respuesta, Enciso organizó otra expedición al interior de la selva. Según sus palabras, "para dar un escarmiento a los indios". Ninguno entendíamos muy bien por qué teníamos que escarmentar a nadie ni crearnos más cuitas de las que ya teníamos, pero el capitán utilizó la estratagema de buscar un enemigo común para evitar las críticas internas. Y para que no quedase duda alguna de su inquebrantable voluntad, determinó que él mismo iría en cabeza.

»La expedición, como os podréis imaginar, fue un completo desastre. Al adentrarse en la selva, Enciso y los hombres que le acompañaban se toparon con un grupo de indios que los cosieron a flechazos sin que tuvieran siquiera oportunidad de verlos. Regresaron al poblado con la cabeza gacha... y con varios cadáveres. Allí mismo se acabó el crédito del alcalde mayor; humillado, no tuvo más remedio que convocarnos a todos y preguntarnos en asamblea abierta si preferíamos continuar allí o partir.

»Todos queríamos partir, claro está, y así lo expusimos. El problema era que nadie sabía si algún lugar sería mejor que ese, salvo que regresáramos a Santo Domingo, que era lo que en el fondo deseábamos. Entonces una voz rompió el silencio. Aquel momento de tribulación era el que Balboa había estado esperando.

»—Alcalde, si me lo permitís, recuerdo que en la expedición en la que participé con el capitán Rodrigo de Bastidas, hace ahora ya diez años, costeamos todo este litoral y encontramos un lugar muy apropiado para el asentamiento que ahora precisamos. Era de suelo firme, regado por un río de aguas limpias y, lo más importante, poblado por indios que no conocen la ponzoña y que nunca se mostraron agresivos. Dada nuestra situación, no creo que haya un sitio más favorable.

»Miré a Enciso y vi que se mordía el labio. Debía de estar rabiando por tener que escuchar las recomendaciones de Balboa... una vez más. Pero estaba desesperado: o tomaba una decisión acertada o nos conducía a todos a la muerte.

»—Está bien... —dijo con un hilo de voz—. ¿Dónde está ese paraíso del que hablas, si puede saberse?

»Balboa inspiró hondo.

»—Muy cerca de aquí, señor. En esta misma bahía.

»—¿En esta bahía? —preguntó con desconfianza—. ¿A qué lado del río?

»Balboa se tomó unos instantes para contestar.

»—Este río es endiablado, alcalde. ¿Quién sabe dónde se abre al mar? Aquí no hay más que manglares y aguas muertas, de modo que la desembocadura lo mismo puede estar aquí que a sesenta leguas. No estamos ahora para geografías, ¿no os parece?

»Así era. El río Atrato marcaba el límite de las demarcaciones; si bien Balboa tenía razón en que la fragosidad del terreno impedía saber en qué lugar se encontraba la verdadera desembocadura. Es arduo de explicar, señor, pero aquellas tierras eran cien veces más difíciles de penetrar que las marismas del Guadalquivir y se contaban por decenas las bocas por las que el río desaguaba en el mar... ¿Quién podría decirnos nada si nos equivocábamos por unas pocas leguas?

Don Carlos se acarició el mentón.

—Ese Balboa era un hombre osado, por lo que veo, y también inteligente... Hizo creer a Enciso que le servía, cuando en realidad se servía de él.

—Exacto. Por de pronto, las posibilidades para Enciso se habían reducido dramáticamente: seguir en Urabá era una muerte segura salvo que ocurriese un milagro; y zarpar y desembarcar en el Darién era exponerse a un asentamiento fuera de la gobernación de Nueva Andalucía y además teniendo que seguir los dictados de Balboa, al que no soportaba. Estaba tan confuso que apenas respiraba mientras todos manteníamos la mirada clavada en él. Finalmente inspiró con profundidad y, mostrándose todo lo digno que pudo, proclamó:

»—He decidido que dejemos este lugar y vayamos a poblar en la otra parte del golfo de Urabá. Aunque sea difícil, procuraremos hacerlo al oriente del río, de modo que no se incumplan las disposiciones que a este respecto hizo el rey Fernando.

»Y luego, con toda solemnidad, alzando la barbilla y mirando a Balboa, añadió:

»—Esta decisión que tomo es de mi completa responsabilidad y de ella responderé ante quien sea necesario.

»Todos aplaudimos y lanzamos vivas. Cuando cesaron los aplausos, Enciso tomó de nuevo la palabra:

»—No hay tiempo que perder: ¡a trabajar!

»De inmediato comenzamos a cargar en los barcos todos nuestros pertrechos y al día siguiente nos hicimos a la mar con la salida del sol. La navegación entrañaba sus dificultades. Aunque el golfo era muy estrecho y desde nuestro asentamiento de Urabá se podía ver la costa del Darién, el problema residía en que el río Atrato era tan inmenso y portaba tal cantidad de lodo que resultaba casi imposible saber dónde acababa el agua y empezaba la tierra firme. Enciso, situado en la proa del barco junto a Vasco Núñez de Balboa, seguía las indicaciones que este le daba, aunque al mismo tiempo trataba de distinguir en la costa el lugar en el que desembocaba el río, sin ningún éxito. De vez en cuando daba alguna indicación o trataba de cambiar el rumbo para así asegurarse de que seguíamos dentro del territorio de nuestra gobernación, pero el agua estaba tan turbia y el perfil de la costa era tan bajo que no obtenía resultados fiables. Al final se rindió y dejó que Balboa señalase el lugar al que debíamos ir.

»Llegamos poco después del mediodía al sitio indicado y nos costó casi dos horas encontrar dónde anclar los barcos, pues en aquella costa no había más que bajíos en los que podríamos haber destrozado los bergantines.

»—¿Es esta ciénaga el lugar seco y firme al que nos traías? —preguntó Enciso dirigiéndose a Balboa.

»Era cierto: el suelo era un lodazal y a diez pasos de la orilla comenzaba una selva cerrada e impenetrable.

»—No —dijo Balboa, mostrando seguridad—. A nadie cuerdo se le ocurriría asentarse aquí. Hay que adentrarse una legua poco más o menos hasta el emplazamiento.

»Enciso dudó. Alejarnos de la costa y penetrar en aquella selva era algo de lo que Balboa no había hablado.

»—¿Una legua? ¿Estás seguro?

»—Lo estoy. ¡Mirad!

»Y señaló con el dedo hacia un punto tierra adentro que sobresalía un poco sobre el horizonte.

»—Allí nos asentaremos —añadió. Y sin esperar la respuesta de Enciso, desenvainó la espada y comenzó a cortar la vegetación para abrir camino hacia aquel lugar.

»Los demás le seguimos mientras el alcalde mayor nos miraba con impotencia. Finalmente, se unió al grupo y avanzó todo lo rápido que pudo para ponerse de nuevo en cabeza.

»Balboa nos había dicho que sería apenas una legua, pero el matorral era tan espeso y el suelo estaba tan inundado que cada paso se convertía en una pesadilla; de suerte que una hora más tarde apenas habíamos recorrido una cuarta parte del total. El calor era insoportable, el agua nos llegaba por encima de las rodillas y el sudor nos corría por todo el cuerpo mientras éramos atacados por los mosquitos. Mateo, a mi lado, a punto estuvo de desmayarse y tuve que sostenerlo en más de una ocasión para que no desfalleciese.

»—¿Quién nos mandaría salir de casa? —farfullaba cuando no estaba maldiciendo.

»Al cabo de unas tres horas, más o menos, por fin la vegetación se hizo menos espesa, el lodo desapareció y pusimos el pie en una zona más despejada. Como Balboa nos había dicho, estaba elevado sobre el contorno y el suelo era firme y seco. Hacia el oriente se veía el mar y a nuestra espalda se levantaba una sierra muy alta y a todas luces inaccesible.

»—Aquí es —dijo Balboa—. Este será nuestro lugar.

»Todos respiramos aliviados y nos felicitamos por haberlo logrado. En todo caso, había que asegurarse también de que los indios fueran pacíficos o que, al menos, no conociesen el veneno. Enciso, adelantándose a Balboa y tratando de recuperar su autoridad ante los hombres, ordenó que se hiciera una incursión por los alrededores por ver si topábamos con ellos, pero no bien nos estábamos organizando cuando uno de los nuestros dio la voz de alarma:

»—¡Indios!

»Formamos en círculo mientras a nuestro alrededor escuchábamos una sinfonía de temibles aullidos.

»—Se suponía que los indios aquí eran pacíficos... —me dijo Mateo.

»Acababa de decir aquello cuando una flecha se clavó en su escudo, atravesándolo y quedando a un palmo de su cara.

»—¡Por los clavos de Cristo! —dijo Mateo.

»Yo me fijé en un detalle que a él se le había pasado por alto.

»—¡Mira! —dije—. ¡No tiene ponzoña!

»—Es cierto... ¡Las flechas no están envenenadas! —gritó Mateo para que todos lo oyeran.

»A nuestro lado, Enciso y Balboa se miraron.

»—Ya os lo dije, señor —dijo Balboa—; podemos acabar con ellos.

»Enciso miró al cielo, agarró con fuerza una imagen de la Virgen que llevaba colgada del cuello y, con verdadero fervor, pronunció estas palabras:

»—Si la Virgen quiere que hoy salgamos triunfantes, levantaremos aquí una nueva población y le pondremos por nombre Santa María. ¡Adelante!

»Salimos a la carrera y acometimos a los indios. Nuestra embestida fue tan rápida que nada pudieron hacer contra nuestros aceros. Uno de los indios se lanzó con una jabalina hacia Enciso, pero un arcabucero estuvo presto y lo derribó de un disparo. Los demás, al verlo, comenzaron a aullar desesperados, lo que aprovechamos para reducirlos. Apenas tenían tiempo para tensar sus arcos cuando ya estaban atravesados por una de nuestras lanzas o con el pecho abierto por un espadazo. Tras unos minutos de batalla, los pocos que quedaban vivos huyeron y se internaron de nuevo en la selva.

»Todos coreamos un rugido de excitación y alivio, y nos abrazamos emocionados. No era un mal augurio comenzar con aquella rotunda victoria, sin que ninguno de nosotros hubiese resultado herido. A Enciso se le veía exultante.

»—¡Dios está con nosotros! —gritaba—. ¡La Virgen nos protege!

»Emocionados aún por la victoria, inspeccionamos el lugar y descubrimos que los indios vivían allí en un poblado con casas de madera y palma. No habían tenido tiempo de llevarse nada, de modo que pudimos hacernos con todo lo que dejaron: comida, cacharros de cocina, telas y, sobre todo, muchas alhajas de oro. Aquella noche celebramos nuestro triunfo con gran alegría y, por primera vez, con la esperanza de que allí pudiéramos prosperar.

»Con la salida del sol, al día siguiente realizamos una inspección más amplia y comprobamos que el lugar era sano, al menos aquella pequeña elevación, porque el resto era igual de insalubre que San Sebastián. Enciso ordenó que fuéramos cortando toda la vegetación alrededor del poblado para así estar más prevenidos de posibles ataques y que ampliáramos el camino por el que habíamos venido y que nos comunicaba con los barcos. Era tal la emoción que sentíamos que aquellos trabajos tan pesados se nos hicieron livianos, y bromeábamos y reíamos sin parar. Por la tarde, tras una buena labor realizada, nos reunimos todos para escuchar al alcalde mayor.

»—Hoy, por la gracia de Dios y en nombre del gobernador Alonso de Ojeda, fundamos en este lugar la ciudad que llevará por nombre Santa María de la Antigua del Darién. ¡Que la Virgen nos acompañe y nos guíe para dar cumplimiento a nuestro voto!

»Todos jaleamos sus palabras y nos dimos de nuevo a los abrazos y la bebida.

»A la mañana siguiente, todavía con un colosal dolor de cabeza, me desperté con un sobresalto.

»—¡Despierta, Martín! —me espabiló Mateo—. ¡Vuelven los indios!

»Me puse en pie de un salto y tomé mi espada. A mi alrededor los demás también cogían sus armas y formaban para defender el lugar.

»—¿Es que no tuvieron bastante? —dijo Mateo.

»Entre los arbustos vimos acercarse a un grupo de indios. Creíamos que iban a lanzarse a la lucha, pero en esta ocasión no parecían agresivos sino sumisos. A la cabeza iba un hombre bastante gordo, vestido solo con una faldilla, con el cuerpo lleno de cicatrices formando dibujos y con la cabeza y los brazos cubiertos de plumas. Llevaba las palmas de las manos hacia el suelo y caminaba muy despacio. Tras él iban otros seis individuos portando de dos en dos angarillas cargadas con panes, frutas de todo tipo y objetos de oro.

»Enciso se adelantó e hizo como el jefe: dejó su espada en el suelo y puso también las palmas hacia abajo, como dando a entender que comprendía el mensaje, fuese cual fuese. El hombre sonrió y mostró sus regalos. Señaló con la mano el cargamento de panes; esperó un poco y señaló luego el de frutas; por último, señaló el de oro. Enciso repitió el proceso: señaló el de panes sin hacer gesto alguno; luego el de frutas, del mismo modo; y, por último, señaló el de oro y asintió con la cabeza y sonrió abiertamente. El jefe sonrió a su vez e hizo adelantarse a los hombres que portaban el oro. Enciso tomó algunas de las piezas, collares y pendientes, y los sopesó en la mano. Al instante hizo llamar a uno de los indios que llevábamos en nuestro grupo y que nos servía de intérprete. Trató de hacerse entender, pero si con los indios de Urabá había sido complicado, con estos del Darién la tarea resultaba aún más difícil. Era como poner a hablar a un vasco con un gallego: no importaba que viviesen cerca porque no se entendían en absoluto. Al final, tras muchos esfuerzos, nuestro trujamán consiguió hacerle comprender al indio la pregunta que a Enciso más le interesaba: de dónde salía todo ese oro.

»El jefe sonrió e hizo llamar a otros indios, que llegaron a la carrera con un cesto lleno de adornos de oro. Enciso no quería eso, sino saber de dónde lo obtenían, e insistió. El jefe alzó las manos al cielo y, según las palabras de nuestro intérprete, dijo que el oro les llegaba del cielo. Todos reímos al escuchar la respuesta. Enciso se acercó al intérprete:

»—Pregúntale cómo se llama.

»El intérprete asintió y le hizo la pregunta, a lo cual el jefe respondió con algo así como "Cemaco".

»—Pues hazle saber a Cemaco —dijo Enciso— que agradecemos sus regalos, pero que queremos saber la verdad sobre el oro. Mientras se piensa la respuesta, se quedará con nosotros; él y todos los demás.

»Y, a una orden suya, los rodeamos y los obligamos a sentarse en el suelo, para su desconcierto. Cemaco no hacía más que señalar el cielo, pero Enciso zanjó aquello.

»—No estoy para perder el tiempo; cuando se deje de pamplinas, me avisáis.

»Quizá Cemaco había pensado que con aquellos presentes nos contentaríamos, pero no sabía que la apetencia por el oro es como el placer por el vino: nunca se sacia. Al cabo de unas horas supongo que entendió el mensaje y, poniéndose en pie, señaló con el dedo la alta sierra que cerraba aquel lugar por el occidente. El intérprete volvió y, a través de las palabras y los gestos de Cemaco, comprendimos que por aquellas alturas corría un río con pepitas de oro, aunque para llegar allí era necesario contar con la colaboración de otro cacique, que tal era el nombre que allí recibían los jefes, de un poblado cercano. Enciso decidió confiar en su palabra.

»—Que no tengan ponzoña en sus flechas no significa que sean inofensivos, señor —le dijo Balboa—, ni tampoco que sus intenciones no sean traicioneras. Me da mala espina que se quiera reunir con otros de los suyos.

»Enciso permaneció en silencio; lo que decía Balboa tenía sentido, pero no quería que este cobrase más protagonismo del que ya tenía.

»—No hemos venido aquí para comer pan cazabe ni beber vino de coco, sino para rescatar oro. Tomaremos las precauciones que sean necesarias, pero iremos al lugar que Cemaco indica.

»Balboa fue a decir algo, aunque al final se guardó sus palabras. Enciso ordenó a Cemaco y a sus hombres que se pusieran en pie y, siguiendo las indicaciones del cacique, nos pusimos en marcha hacia el otro poblado. El camino era tortuoso: estaba lleno de piedras y las raíces de los arbustos nos hacían tropezar de continuo. Uno de los nuestros enganchó el pie en una de ellas y cayó al suelo con estrépito. Otro que estaba a su lado se acercó para ayudarle a levantarse, momento que aprovechó Cemaco para salir corriendo con dos de los suyos y esconderse en la selva. Para cuando quisimos reaccionar, ya habían desaparecido. Enciso lanzó un juramento e hizo llamar al intérprete para que hablase con uno de los indios que no había conseguido escapar.

»—Dile a este perro que tiene dos opciones: o nos indica dónde está el poblado al que íbamos o no verá un nuevo día.

»El pobre hombre, por supuesto, accedió de inmediato y lo pusimos en cabeza para que nos guiara. No tardamos mucho en llegar al poblado. Para impedir que salieran todos huyendo lo rodeamos antes de que pudieran vernos. Allí, como era de esperar, estaba Cemaco que, inocentemente, había pensado que renunciaríamos a nuestra empresa. Al vernos se acercó a Enciso e hizo muchos gestos de alegría, como si diera a entender que estaba contento de nuestra llegada. Era evidente que no era así, pero supongo que trataba de evitar que le castigáramos por su huida.

»—Como comediante no tiene precio —dijo Mateo, riendo.

»A pesar de la pantomima, Enciso no se dejó embaucar e hizo que lo apresáramos, atándole los pies. Las manos se las dejamos libres porque hablaba más con ellas que por la boca. A la pregunta de dónde se encontraba el oro respondió, con machacona insistencia, que caía del cielo. Y de nuevo hubimos de atormentarle para que nos dijese la verdad. Con la información que nos procuró pudimos por fin encontrar el dichoso río y comprobamos que, en efecto, en el lecho había pepitas de oro, algunas grandes como lentejas, aunque tampoco en tanta abundancia como habíamos imaginado. Por ello dedujimos que la mayor fuente de oro debía encontrarse en otro lugar.

»En definitiva, aquellos primeros días en nuestro asentamiento de Santa María de la Antigua fueron muy dichosos; el lugar era más habitable que Urabá, dentro de lo insano de aquellos parajes; los indios no eran tan feroces y, sobre todo, no conocían la ponzoña, con lo cual poco podían hacer contra nuestras armas y nuestras defensas. Todos celebramos nuestra suerte recobrada y dispusimos hacer un festín. El vino comenzó a correr y, en un arrebato de alegría y embriaguez, uno de los marineros no dudó en abrazarse al alcalde mayor, al tiempo que daba saltos, hasta que terminó por verterle encima el vaso de vino.

»—¡Lleváoslo! —gritó Enciso, enfurecido—. ¡Y mantenedle maniatado durante dos días para que aprenda cómo hay que comportarse!

»—Pero, señor... —protestó un marinero.

»—¿Queréis recibir acaso el mismo castigo? ¡Que se cumpla mi orden!

»Con aquello, por supuesto, se acabó la fiesta. De haber tenido más seso, Enciso hubiese aprovechado esos momentos para reivindicarse frente a la tropa y mostrarse de nuevo como nuestro líder. Mas su carácter áspero y reservado le impedía sacar provecho de la situación. Tras el incidente del marinero borracho, decidió instalarse en una tienda aparte y no salir más que para dar órdenes concretas, como de qué manera debíamos construir las casas o cuáles debían ser los planes para extraer oro del río. El que sí aprovechó las circunstancias, por supuesto, fue Balboa. Parecía estar en todos los sitios a la vez, ayudando donde era necesario y dando consejos sobre cómo debían hacerse las cosas. Siempre tenía una sonrisa en la boca y, sin vanagloriarse, conseguía que todos pensásemos que el responsable de nuestra dicha no era Enciso, sino él mismo. El que peor lo llevaba era Pizarro y se adivinaba su resentimiento. En todo caso, no lo dejaba traslucir abiertamente y se guardaba mucho de decir nada en alto. Pero el rencor es como un vino picado: solo puede esperarse que empeore.

Don Carlos asintió con los ojos cerrados y suspiró.

—Empeora él y empeora al vino que toca. ¿Sabes?, ni por un instante dejo de pensar en cómo hubiese discurrido mi reinado de no haberse cruzado en mi camino el rey Francisco de

Francia. Era traidor por naturaleza y su palabra valía menos que un grano de arena. Llevaba el rencor en la sangre y lo consumía; pero este era tan grande que no solo le consumió a él, sino a mí también. Llegué a odiarlo con tanta intensidad que ese sentimiento ocupaba por completo mi mente y apartaba mi atención del resto de las cosas. Y un gobernante no puede estar en muchos frentes a la vez: si pones el esfuerzo en un asunto, necesariamente lo quitas de otro. El que diga otra cosa falta a la verdad.

—Pues esa debía de ser también la situación de Enciso, ya que el odio que sentía por Balboa le impedía administrar la villa recién fundada. Su carácter agrio y sus malos modos no ayudaban, pero la siguiente medida que tomó le condenó por completo: decretó, so pena de muerte, que nadie rescatase oro sin su supervisión.

Don Carlos resopló.

—Esa medida quizá pareciese dura, aunque no era equivocada. Si cada cual extraía oro por su cuenta, el resultado podía ser desastroso.

—Eso es cierto, señor. No obstante, el problema no era que los demás no pudiéramos, sino que él sí lo hizo, solo que apoyándose en los pocos que le eran fieles. Sin dejarnos participar de las ganancias, cada día veíamos cómo Enciso y sus acólitos obtenían oro rebuscando en el río y, sobre todo, negociando con los indios, y volvían con bolsas cuyo contenido nunca revelaban. Los rumores comenzaron a correr por toda la villa, y ya sabéis que los bulos son más difíciles de extinguir que el fuego griego: se decía que Enciso nos estaba utilizando para enriquecerse, que pretendía tomar uno de los barcos y dejarnos allí, incluso alguno decía que él mismo había dado muerte a Ojeda y que los demás correríamos la misma suerte en cuanto tuviese ocasión; patrañas, sí, pero en nuestra situación sonaban tan ciertas como la realidad.

»Mientras tanto, Balboa, como un minero, fue escarbando sin descanso bajo los pies del alcalde mayor. Él mismo a veces, o a través de sus más cercanos como Andrés de Valderrábano, iba sonsacando discretamente a los miembros de la expedición su parecer acerca de Enciso y su inclinación a apoyarle o no.

»Una mañana, por fin, me llegó el turno de responder. Estaba con Mateo en nuestra tienda cuando el propio Balboa entró y se sentó con nosotros.

»—Buenos días, Martín; buenos días, Mateo. He de hablar con vosotros.

»Balboa recordaba el nombre de todos y ese era un punto a su favor, a diferencia de Enciso, que te llamaba "muchacho", "marinero" o, simplemente, "tú".

»—La situación se ha vuelto insostenible aquí. Enciso se comporta como un déspota: no nos toma en consideración y nos oculta sus movimientos y sus intenciones.

»Mateo y yo nos miramos y asentimos ligeramente. Éramos de la misma opinión, pero lo difícil no era tener una opinión u otra, sino saber cómo actuar para resolver el problema.

»—Lo que dices es verdad —respondió Mateo—, pero Enciso fue nombrado alcalde mayor por el capitán Ojeda y les debemos lealtad a uno y a otro. Si estás proponiendo que nos levantemos contra él, sería como levantarse contra el capitán y también contra el mismo rey...

»—Le debemos lealtad... —dijo Balboa— y él nos debe respeto.

»Y, dicho eso, respiró hondo. Estaba claro que aquella era la duda que le atormentaba: quería apartar a Enciso valiéndose de la justicia, no de la traición.

»—Una vez —dije entonces—, mi padre, del que apenas recuerdo nada, tuvo una trifulca con un borracho que frecuentaba nuestro pueblo. Era un pendenciero y un timador y se aprovechaba de la buena fe de la gente para robarles. El caso es que, en medio de la pelea, al hombre se le cayeron unas monedas, pero mi padre le estaba dando tal somanta de palos que el borracho no tuvo valor, ni oportunidad, para recogerlas. Cuando salió corriendo, mi padre se agachó, las cogió y se las echó al bolsillo, sin preguntarse si provendrían de un robo o serían suyas realmente. "El que roba a un ladrón lleva en su acto el perdón", dijo. Y a mí, a pesar de lo pequeño que era, aquel razonamiento me pareció oportuno.

»Mateo me miraba con expresión de incredulidad.

»—¿A qué viene ahora esa historia absurda, Martín? ¿Qué dices de borrachos y de monedas? ¿Has perdido la cabeza? Estábamos hablando de Enciso, no de tu padre ni de ningún ladrón.

»Pero en la mirada de Balboa pude ver la intuición cruzando como un destello.

»—Un momento…, en el caso de que…

»Dejó la frase sin acabar, aunque la retomó al instante:

»—Quiero decir que debemos lealtad a Enciso, siempre y cuando él tenga la legitimidad del mando; nada más. Si es justo, hemos de ser justos con él; si es un ladrón, no haríamos mal en robarle.

»—Sigo sin entender —dijo Mateo—. ¿A quién está robando Enciso?

»Balboa se puso en pie.

»—¡Al mismo rey! Eso es: nadie podría acusarnos de traición si demostrásemos que Enciso está actuando en contra del rey…

»Mateo fue a protestar de nuevo, pero entonces lo vio claro y dijo:

»—Si Enciso está en contra del rey… nosotros podríamos ir en contra de Enciso. ¡Claro! Pero… ¿lo está?

»—¡Por supuesto que lo está! —exclamó Balboa—. ¿Es que no habéis visto dónde nos hemos asentado? Nos encontramos en la gobernación de Nicuesa y, por tanto, Enciso ha cometido traición contra el rey, pues ha levantado su población donde no le correspondía. Deponiéndole solo estaríamos haciendo justicia, a la espera de que aparezca Nicuesa y tome posesión de lo que es suyo. No sería peor que robar a un ladrón…

»—De ese modo —dijo Mateo—, estaríamos cambiando de bando y poniéndonos al amparo de Nicuesa, pero seguiríamos siendo fieles a quien más nos debemos, que no es otro que nuestro rey.

»Balboa sonrió.

»—En todo caso —añadió Mateo—, la decisión de venir aquí no fue de Enciso. Si no recuerdo mal…

»—La idea no fue suya, pero le pudo la vanidad. Eso no será un problema. Ahora hemos de actuar sin dilación. ¿Estáis conmigo?

»Tomé mi decisión.

»—Adelante.

»De inmediato Balboa llamó a más de los suyos, que vinieron portando armas. A mí me pusieron una espada en la mano. Aprovechando la sorpresa, nos acercamos a la tienda de Enciso y la rodeamos. Estaba claro que éramos mayoría y, aunque algunos de sus hombres tuvieron la intención de oponerse, en el último momento se acobardaron y depusieron las armas sin luchar. Andrés de Valderrábano entró en la tienda y sacó a Enciso a la fuerza hasta ponerlo frente a Balboa.

»—¿Cómo te atreves? —preguntó Enciso fuera de sí, al ver lo que estaba ocurriendo—. ¡Soy el alcalde mayor de esta gobernación! ¡Pagarás por esta felonía! ¡Lo pagarás con tu vida!

»Balboa, con toda tranquilidad, dio un paso al frente hasta quedarse a un palmo de su cara.

»—Os equivocáis —respondió—. Estamos en el Darién y este es el territorio de Nicuesa. No sois alcalde de nada; sois un usurpador y yo estoy haciendo justicia.

»Enciso abrió la boca, pero las palabras se le atragantaron.

»—¿Yo?… ¿yo?… Fu… fuiste tú… —balbuceó.

»Miró alrededor y nadie le sostuvo la mirada.

»—¿Yo…? ¿Fui…? —dijo Balboa—. Recuerdo muy bien vuestras palabras cuando decidisteis dejar San Sebastián: "Esta decisión que tomo es de mi completa responsabilidad y de ella responderé ante quien sea necesario". Muy bien: el momento de responder ha llegado.

»A un enemigo se le puede herir con cien estocadas, pero basta una en el corazón para matarle.

»—¡Desde este día —dijo Balboa en voz alta—, Enciso deja de ser nuestro superior y responderemos solo ante nuestro rey Fernando!

»Esperaba que Balboa terminase la frase añadiendo "hasta la llegada del gobernador Nicuesa", pero no lo hizo. Y creía saber el porqué, aunque no dije nada. Acababa de sellar mi destino poniéndome de su lado. Lo que no podía saber era si estaba junto a un hombre justo o frente a un nuevo tirano.

2

Un ingenio prodigioso

Estaba desayunando queso de cabra con membrillo cuando Josepe se me acercó, tan solícito como de costumbre.

—Señor, ¿deseáis que os guarde hoy un poco de pan y tocino?

Sonreí ante sus palabras.

—Tienes un gran corazón, Josepe. Mucho me gustaría poder ir hoy a Cuacos, pero parece que Quijada quiere verme y sería una pena que el pan se pusiera duro.

—No os preocupéis. Os lo guardo por si acaso; y si no podéis ir, se lo echo a las gallinas y os doy otro nuevo.

—Dios te bendiga —le dije mientras me ponía en pie.

Acudí al despacho de Quijada, que estaba sentado ante su escritorio redactando unos documentos; escribía tanto que tenía siempre los dedos morados, como si fuese un bodeguero.

—Esta tarde no tendrás audiencia privada con el emperador, pero no quiero que te vayas lejos.

—¿Se encuentra mal de nuevo don Carlos?

—No, en absoluto. Se encuentra muy bien. Hoy tiene una visita muy importante y que ha esperado largo tiempo. Vendrá al monasterio el padre Francisco de Borja, comisario general de la Compañía de Jesús y antiguo duque de Gandía. Fue, y es, un gran servidor de Su Majestad y leal como pocos. Don Carlos, a la muerte de la emperatriz Isabel, le encargó personalmente que custodiase el cuerpo de su esposa hasta depositarlo en la catedral de Granada. Lo hizo con tanto celo y con tal pesar de corazón que al entregar el cadáver en la capilla real juró no volver a servir a señor alguno que se le pudiera morir y decidió ingresar en una orden religiosa en cuanto pudiera desembarazarse de sus asuntos terrenales, como finalmente hizo. En todo caso, parece que al emperador le disgustó que don Francisco entrase de forma tan sorpresiva en una orden recién creada como los jesuitas, y espera poder reconducirlo.

Asentí en silencio. Entendía la importancia de la visita; lo que no alcanzaba a entender era qué tenía eso que ver con que yo debiese permanecer en Yuste. Quijada me lo aclaró:

—El emperador no quiere una ceremonia con muchos fastos y me ha insistido en que solo unos pocos se encuentren junto a él durante la visita del padre Francisco.

No me lo podía creer.

—¿Y yo...?

—Sí, Martín. El emperador quiere que estés presente tú también. Será esta tarde, después de la siesta. No te duermas... como de costumbre.

—No, señor, por supuesto. Allí estaré. Decidle al emperador que...

Quijada me interrumpió:

—Díselo tú, mejor; últimamente hablas con él más que yo.

Enorgullecido con aquella gracia que el emperador me hacía, abandoné el despacho y me dirigí al patio del monasterio, dispuesto a pasar el tiempo disfrutando del sol y la fragancia de las flores. Era una mañana hermosísima, sin una sola nube en el cielo y con el canto de los pájaros de fondo. En esas estaba cuando vi pasar al relojero del emperador, el italiano Juanelo Turriano. Llevaba bajo el brazo unos papeles llenos de dibujos y tenía la mirada un tanto perdida, como si estuviese pensando en algo muy importante. No había hablado nunca con él, pero me había picado la curiosidad cuando el emperador me habló de su ingenio y deseaba conocer su trabajo.

—Perdón, vos sois Juanelo, el relojero, ¿verdad?

Me miró de arriba abajo, como preguntándose quién demonios era. Y en eso acerté: no sabía quién demonios era.

—¿Vos *sei*...?

—Martín del Puerto —respondí mientras le estrechaba la mano—. Antes era marinero; ahora me dedico a entretener las tardes del emperador.

En el monasterio y en las dependencias del palacio todos sabíamos de todos, y los chismorreos corrían como las ratas en un barco, pero aquel curioso hombre parecía vivir en un mundo aparte. Era muy grueso, tenía el rostro sofocado por el calor y lucía una barba castaña bastante desarreglada. Su despiste me resultó simpático, pero fue lo único, ya que su gesto era malencarado y guardaba bien las distancias.

—¿Martín? *Mi scusi*, no había oído hablar de vos. *La verità*... lo cierto es que *oggi*... hoy don Carlos recibirá la visita de Francisco Borgia y *mi* ha pedido que tenga a punto *i loro orologi*... *come* se dice... sus relojes. No tengo *tempo* para distracciones.

Sacaba las palabras a trompicones, arrastrándolas del italiano al español como bien podía y con un abultado acento.

—Sí, sé de esa visita; de hecho, me han concedido la gracia de estar presente; aunque no os he detenido para hablar de eso, sino porque el emperador me ha comentado que sois un magnífico inventor e ingeniero, el mejor que ha tenido nunca.

Don Carlos no había ido tan lejos, pero necesitaba capturar la atención de Juanelo y pocas cosas son tan efectivas como la adulación.

—He visto el espléndido trabajo que habéis realizado en el estanque —seguí—. Es algo maravilloso.

—*Non é ancora finito*... no acabado, *ma espero di finirle presto*. En todo caso, hay otros asuntos que me apremian... *e debo finirli*. Si me disculpáis...

Estaba claro que quería deshacerse de mí, pero yo no pensaba rendirme.

—¿Otros asuntos? ¡Me encantaría saber cuáles! Siempre me han llamado la atención los inventos. Sería un placer acompañaros a vuestro taller.

—¿A mi taller? No, no... *è impossibile*.

253

—Quizá yo podría hacer algo por vos —dije jugando mi mejor carta—; algo que seguramente deseáis.

—¿Algo? ¿Qué?

—Yo... podría interceder por vos para que estuvierais presente esta tarde en la audiencia del emperador con Francisco de Borja. Eso os gustaría, ¿verdad?

Su rostro cambió: por fortuna había tocado la tecla precisa.

—Sí, *certo.*

—En ese caso no hay más que hablar. Le diré a Quijada que os incluya en la audiencia y vos, a cambio, me permitiréis acompañaros a vuestro taller. ¿Trato?

Juanelo fue a responder, pero como le costaba tanto encontrar las palabras en castellano, aproveché y me fui antes de que pudiese contestar en sentido contrario.

A la tarde, como se había anunciado, llegó a Yuste Francisco de Borja. El emperador nos citó a los invitados en su estancia, entre ellos a Juanelo, que estaba especialmente emocionado. Me costó un triunfo que Quijada lo incluyese —pues el emperador no había dicho nada al respecto—, pero lo conseguí diciéndole que el inventor me lo había pedido de rodillas y con lágrimas en los ojos por no atreverse a hacerlo con nadie más. Y aquello, sorprendentemente, le convenció.

Las puertas se abrieron y el jesuita entró mientras todos permanecíamos en completo silencio. Directamente fue a postrarse a los pies de don Carlos. Quiso besar su mano, pero el emperador la retiró:

—Por favor, padre —dijo—, sois vos quien me honráis. Tomad la silla que os ofrezco y sentaos a mi lado.

Francisco de Borja no quiso aceptar el ofrecimiento:

—Permítame vuestra majestad que os hable así, de rodillas, pues estando delante de vuestro acatamiento me parece que estoy delante del acatamiento de Dios.

Levantó la cabeza, buscando el beneplácito del emperador, y la luz del ventanal le iluminó el rostro. Reflejaba una paz tan inmensa que me estremecí. Por aquel entonces no debía de llegar a los cincuenta años, aunque aparentaba más edad. Algo me decía que había sufrido mucho hasta alcanzar su actual armonía.

—Si ese es vuestro deseo —dijo el emperador, también conmovido—, no os lo negaré. Decidme, padre, ¿por qué habéis tardado tanto en darme noticia de vos?

—Le pido disculpas a vuestra majestad. Cuando estabais fuera, en vuestras campañas, no hubo momento de concertar la reunión; y cuando llegasteis a España, quise escribiros una carta, pero el papel no soportaba los sentimientos que mi alma albergaba y no encontraba el medio de explicaros convenientemente mis tribulaciones.

Don Carlos le puso la mano sobre la cabeza y sonrió con benevolencia:

—Os comprendo: hay emociones que se resisten a fluir sobre el papel y que solo podemos revelar cuando hablamos. Hablad, pues, y contadme por qué escogisteis la orden de la Compañía para servir a Dios.

—Hay veces, señor, que es difícil comprender los designios de Dios; pero en otras ocasiones nos habla de manera tan clara que es imposible ignorarlos. He sido un gran pecador desde niño y di muy mal ejemplo al mundo con mi vida. Sin embargo, la bondad del Señor quiso que encontrase el camino correcto y que dirigiese mis pasos al alejamiento del mundo y a la búsqueda de una religión en la que pudiera con más perfección alcanzar mi propósito. Existen órdenes muy antiguas y venerables, como la de san Francisco, en la que me crie con gran devoción, pero cuando trataba de acercarme a ella, sentía en mi pecho un gran desconsuelo, una gran sequedad. Y así me ocurrió con otras muchas hasta que un día, por fin, al entrar en contacto con la Compañía, mi alma se refrescó de nuevo y me sentí como regado por la bendición de Dios. Hay hombres cuya labor es cuidar de jardines ya asentados y que producen fruto; a otros Dios les tiene encomendada la labor de poner nuevas tierras en cultivo. ¿Qué podía hacer sino plegarme a su voluntad?

Don Carlos inspiró hondo.

—Me place mucho oír esas palabras de vuestros labios, pues el hombre que alcanza la paz es más dichoso que ninguno. Aun así, me sigue maravillando que escogieseis una religión tan nueva, cuando hay otras más antiguas y dignas de vos.

—Señor, toda religión es nueva antes de ser antigua, del mismo modo que todo hombre es niño antes de ser adulto. La experiencia de los años da crédito y autoridad a las religiones antiguas, pero las nuevas han de encontrar su propio reconocimiento y ninguno más alto que el de la Sede Apostólica, que da por bueno y santifica nuestro modo de vivir. Y ante Dios le juro a vuestra majestad que, si en algún momento encontrase algo reprochable e indigno en la Compañía, luego me saldría de ella.

Don Carlos levantó la cabeza y nos miró a los presentes.

—He aquí un hombre afortunado que ha encontrado su forma de llegar a Dios.

—Encontré mi camino y vuestra majestad el suyo, Dios sea alabado.

Todos nos inclinamos.

—Encontré mi camino, sí —dijo don Carlos—. Solo pido que no fuera demasiado tarde...

—Vuestra majestad defendió la fe cuando todos la atacaban. Yo lo sé; y Dios lo sabe.

El emperador asintió, aunque me pareció que no estaba muy convencido. Francisco de Borja era un hombre santo, pero ¿quién conoce lo que Dios sabe o no?

La audiencia continuó todavía dos horas más. Cuando terminaron, cerca ya de la hora de la misa vespertina, don Carlos se despidió del padre Francisco pidiéndole que volviese a visitarlo pronto y luego indicó a don Luis que le diese una limosna de doscientos ducados.

—No puedo aceptarla, señor...

—Sí podéis y, además, no admitiré que no lo hagáis.

Y así terminó aquel magnífico encuentro entre dos hombres verdaderamente sabios. Consolaron sus almas; y también las nuestras.

Al día siguiente, bien de mañana, fui a ver a Juanelo. Estaba agradecido por haber asistido a la audiencia y me recibió con algo parecido a una sonrisa, aunque de sobra se veía que mi presencia allí le disgustaba. Su taller era el sitio más extraño que yo hubiera visto antes. Estaba repleto de todo tipo de cachivaches, ruedas dentadas, cuerdas y poleas, pesos y resortes. La mayor parte de aquellos ingenios los dedicaba a la construcción de relojes mecánicos, que era su principal oficio, pero tenía también clepsidras, relojes de arena y relojes de sol. En algunos de estos últimos había grabado lemas latinos sobre el paso del tiempo y cosas parecidas, como LATET ULTIMA O SINE SOLE SILEO. Sobre una mesa, de hecho, tenía un papel con muchas de estas pomposas frases recogidas. En todo caso, lo que más me sorprendió fue un artilugio con forma humana, hecho de madera, con brazos articulados y un pequeño cajón en forma de alcancía. Iba a preguntarle para qué demonios se suponía que servía aquello, pero no me dio tiempo, pues Juanelo me llevó a ver el nuevo proyecto en el que estaba trabajando. Extendió unos papeles llenos de dibujos y me explicó:

—*La mia idea* es crear una *sedia*... una silla para que el emperador pueda *muoversi* y levantarse con facilidad, incluso *senza* la ayuda de *nessuno*.

—¿Moverse y levantarse por sí solo? ¿Y cómo se supone que podrá hacerlo? —pregunté maravillado.

Juanelo entonces me enseñó el dibujo que estaba realizando y con el que pretendía ayudar a don Carlos. La parte más fácil era la movilidad de la silla, que pretendía solucionar acoplando unas pequeñas ruedas en las patas delanteras y unas algo más grandes en las traseras para poder moverla. En todo caso, lo más ingenioso era el resorte para levantarse. No es fácil explicarlo, pero aquello consistía más o menos en un par de arcos compuestos por varias tiras de madera, a modo de ballesta, que se acoplaban bajo el asiento del sillón, se tensaban con una carraca y se accionaban mediante una palanca. Mientras se estaba sentado, el arco se aplanaba y al accionar el resorte se curvaba ayudando a levantarse. Sobre el papel parecía plausible...

—Es magnífico. Esto podría ser algo maravilloso, algo que podría ayudar a mucha gente además de al emperador.

Pensé que aquel comentario le agradaría, pero lo rechazó con desprecio.

—*Io lavoro solo per l'imperatore.*

—Pero...

—*Solo per l'imperatore* —repitió.

No quise insistir más, aunque una idea empezó a rondar por mi mente...

—Está bien —dije—, ¿cuándo empezamos?

Creo que tuvo ganas de despedirme en ese mismo momento, pero no se lo permití. Le aseguré que era muy mañoso y cogí rápidamente un martillo dispuesto a ayudarle en lo que me pidiera. Aceptó a regañadientes y me quitó el martillo para ponerme en la palma de la mano unas arandelas y unos clavos. Al final, sorprendentemente para mi inexperiencia, no me costó demasiado seguir sus indicaciones y entender el mecanismo que estábamos construyendo. De hecho, lo entendí tan bien que, tras varias horas de trabajo y con el artilugio listo para su primera prueba, tuve bien claro cuál debía ser mi siguiente paso.

Mientras Juanelo iba a buscar una silla para acoplarla sobre el ingenio, aproveché y tensé los resortes todo lo que pude, luego giré y apreté la carraca hasta que me dolió la mano. Cuando el italiano volvió, coloqué el ingenio bajo el asiento mientras él ajustaba el tope para que no se accionase.

—Sentaos —me indicó.

Así lo hice, con el cuerpo en tensión.

—*Uno, due... tre!*

Juanelo soltó el tope y el resorte empujó con tal fuerza que salí despedido y me estampé contra la pared. Él se asustó y acudió a levantarme; me había golpeado en la cara y sangraba por el labio.

—¡Maldita sea, Juanelo! ¡Se suponía que queríais ayudar al emperador, no matarlo!

—Lo siento... —dijo Juanelo, completamente avergonzado—. *Non capisco...*

—Yo tampoco *capisco*; me habían dicho que erais un gran inventor, pero esto es un absoluto desastre. Hay que saber cuándo se yerra. Valdrá más que lo dejéis y empleéis vuestro tiempo en otros menesteres que merezcan más la pena. No creo que a Quijada le guste saber que malgastáis vuestro tiempo en ingenios inútiles.

—Ma... *le cose* llevan tiempo...

—Es inútil, Juanelo, no insistáis. Es demasiado peligroso y, pensándolo bien, el emperador no querrá algo así. Siempre hay alguien a su lado para ayudarle a levantarse. ¿Para qué necesita que lo haga la propia silla? Os repito que es una idea equivocada.

Asintió con pesadumbre a mis palabras y dejó los papeles en una mesa, junto a una pila de dibujos repletos de toda suerte de inventos. La silla y el mecanismo de impulsión los empujó de una patada a un rincón. Sonreí sin que él me viera. La idea que tenía en la cabeza había dado su primer fruto; ahora quedaba pensar cómo dar el segundo paso.

De modo que, por el momento, abandoné el taller sin mediar más palabras y me dirigí al comedor, pues ya era mediodía. Tras la comida vino a buscarme Luis de Quijada para indicarme que don Carlos me esperaba.

—Hoy se encuentra de un excelente humor; espero que tu historia no le tuerza el ánimo.

—Así lo espero yo también; será alegre como un entremés —respondí, sin dar más explicaciones. Y es que Quijada siempre buscaba la manera de sonsacarme algo; pero yo también encontraba siempre la manera de escabullirme.

Acudí a la sala del emperador y me senté en mi silla. Tenía una copa de vino esperándome.

—Vienes magullado —me dijo nada más verme—. ¿Ha ocurrido algo?

—No, señor, nada de importancia; me golpeé con la puerta de mi cuarto al salir.

Se mostró extrañado, aunque no insistió en el tema, por fortuna.

—Martín, cuéntame, ¿qué te pareció la visita del padre Francisco?

—Creo, señor, que fue un gran consuelo para mi alma asistir a la audiencia. El padre Francisco es un hombre santo y transmite paz.

—Así es… Junto con otro que no diré, fue el único que sabía de mi intención de retirarme desde hace más de quince años. Sin embargo, hubo de pasar mucho tiempo antes de que pudiera desembarazarme de las ataduras del siglo y venir aquí para descansar. ¿Puedes creerlo? Quince años necesité para dejar todo atado… o eso pensaba.

—Ningún nudo dura por siempre, señor —dije, e inmediatamente me arrepentí de mi insolencia.

Él no lo tomó como tal.

—En efecto. Y, en ocasiones, cuanto más apretamos el nudo, más fácilmente se desata. Pero estoy divagando. Dime, ¿dónde nos habíamos quedado? Si no recuerdo mal, por fin Núñez de Balboa logró imponerse a Enciso, ¿no es así?

—Eso parecía, sí; pero alcanzar el poder es más fácil que mantenerlo.

—Cuánta razón…

—Para no parecer un tirano, Balboa decidió establecer un cabildo abierto en Santa María de la Antigua, en donde los alcaldes eran un tal Martín Zamudio y él mismo. En todo caso, los obstáculos que teníamos eran los mismos con Enciso que con ellos y, por tanto, el descontento era similar. Tras unos primeros días en que conseguimos bastante oro, pronto los indios se cansaron de trabajar para nosotros y aprovechaban cualquier descuido para escapar a la selva. Y, por otra parte, teníamos gran carencia de alimentos, aunque no de agua fresca. De modo que si antes las protestas eran contra Enciso ahora las voces se alzaban contra Balboa y Zamudio, que cada día se mostraban más autoritarios para mantener su posición al tiempo que se peleaban entre ellos por tomar las decisiones.

»Y es que lo mismo que solo hay un emperador o un papa, estaba claro que allí lo que necesitábamos era una sola cabeza que nos dirigiese con mano firme. En lo que no nos poníamos de acuerdo era en quién debía ser. Había entre nosotros algunos que opinaban que debíamos volver a prestar obediencia a Enciso, pues él era el lugarteniente de Ojeda y la máxima autoridad en el lugar. Estaban en minoría: el argumento de Balboa de que el Darién no formaba parte de la gobernación de Ojeda había calado y casi nadie, aparte de sus más fieles, deseaba devolverle el mando, pues pocas cosas son más peligrosas que un gobernante que regresa al trono que le usurparon.

»Otro grupo, algo más numeroso, era el que decía que, ya que se había utilizado el argumento de la falta de legitimidad de Enciso para gobernar en el Darién, lo que habría que hacer es plegarse a Nicuesa y ponerse bajo su mando. Esta posición era probablemente la más sensata, aunque contaba con el inconveniente de que no teníamos manera de ponernos a las órdenes de Nicuesa, pues él no estaba allí. Y, en el fondo, muchos temíamos que de hacerlo lo que recibiríamos sería un castigo, no un aplauso.

»Y, por último, estábamos los que pensábamos que lo mejor, una vez lanzada la piedra, sería no esconder la mano y seguir a Balboa con todas sus consecuencias, pues había sido el único que había mostrado algo de decisión y nos había conducido a un lugar algo mejor que San Sebastián de Urabá; pero, de hacerlo, tendría que ser Balboa solo, no con un mando compartido.

»No era fácil encontrar una solución y cada día se discutía el asunto entre los marineros. Una noche, mientras cenaba con Mateo y Pizarro, el tema volvió a salir.

»—En algún momento alguien nos hará volver a mandamiento —dijo Pizarro—. Haberle quitado el mando a Enciso nos traerá problemas, os lo aseguro.

»La posición de Pizarro era inestable: no tenía simpatía por Balboa, era evidente, pero tampoco se había opuesto a su golpe.

»—Balboa lo dejó claro, ¿no? Si estamos en la gobernación de Nicuesa, Enciso es un usurpador.

»Pizarro no estaba para un concurso de retórica.

»—Mateo…, quizá lo disimulara, pero creo que Balboa llevaba pensando en esa jugada desde que se metió en el tonel en Santo Domingo. Ha sido inteligente, no lo niego; ahora veremos cómo juega sus cartas cuando Nicuesa quiera reclamar su mando.

»Mateo asintió mientras mordisqueaba un poco de carne de uno de los puercos salvajes que habíamos cazado días antes.

»—Estás muy callado, Martín. ¿Qué opinas de todo esto?

»La pregunta me molestó. Sabía que podía hablar en confianza con él, pero no estaba tan seguro de poder hacerlo con Pizarro.

»—¿Qué puedo decir? Supongo que tendremos dificultades si Nicuesa reclama su gobernación sobre este territorio, pero —como se acostumbra a decir— la versión del que gana es siempre más convincente. Aunque tengamos dificultades aquí, estamos algo mejor que en San Sebastián. Y Enciso no se estaba comportando de manera justa. Si un día le piden explicaciones, Balboa tendrá buenos argumentos para defenderse, no solo excusas.

»Pizarro sonrió y levantó su cubilete.

»—Has hablado bien, muchacho. Las palabras de los perdedores se las lleva el viento… Solo queda por ver si Balboa será el vencedor al fin y al cabo.

»Pizarro estaba borracho, yo algo también y Mateo como una cuba, de modo que había peligro de irnos de la lengua más de lo aconsejable y decir algo de lo que nos arrepintiéramos. Por fortuna, Pizarro se cansó de la cháchara y se echó a dormir.

»—¿Te imaginabas algo así cuando salimos de España? —me preguntó Mateo mientras se dejaba caer sobre el suelo.

»No me dio tiempo a responder antes de que empezara a roncar, aunque sí lo tuve para pensar en ello.

»Evidentemente no me imaginaba algo así, pero cualquier otra cosa hubiese sido igual de inesperada. En cierto modo me sentía afortunado de haber visto tantas maravillas y, sobre todo, de no haber muerto en un naufragio, como algunos de mis compañeros, o envenenado por las flechas indias. En mi tierra era pobre como una rata y allí lo seguía siendo. Solo si la suerte me sonreía conseguiría hacerme con el suficiente oro como para dar un vuelco a mi destino. Para ello debía estar en el lugar adecuado, pero ¿cómo saber cuál era?

»Pasaron unas semanas más mientras nos acercábamos al fin de aquel año de 1510. Santa María iba poco a poco convirtiéndose en algo parecido a una villa —con sus calles, sus chozas, una iglesia y una endeble empalizada de madera— y Balboa comenzaba ya a idear sus planes para extender nuestro territorio y realizar incursiones tierra adentro, en busca de fuentes de oro más abundantes y también de alimentos, que buena falta nos hacían.

»Pero de nuevo, y ya no recuerdo cuántas veces ocurrió, el viento del cambio volvió a soplar desde el mar. Una tarde, mientras nos disponíamos a preparar la cena, escuchamos un ruido que venía desde la costa. Era un sonido sordo y lejano, como el golpe de un palo sobre un tambor de cuero.

»—¿Has oído eso? —le pregunté a Mateo.

»Mateo dejó lo que tenía entre manos y prestó atención.

»—Sí, algo he oído...

»Miramos hacia la costa, pero estaba ya demasiado oscuro y además la vegetación era tan alta que apenas se veía el mar. Entonces lo escuchamos otra vez.

»—¿Es un cañón? —pregunté.

»—¿Un cañón? Podría ser..., ¡vamos!

»Corrimos hacia la tienda de Balboa. Uno de sus acompañantes estaba cantando y tocando la vihuela, y el perro Leoncico no dejaba de ladrar, de modo que no se habían percatado del ruido.

»—¡Eh, Vasco! —le llamó Mateo—, tienes que oír esto. Hay algo en la costa.

»Los que rodeaban a Balboa se rieron y pidieron que siguiera la música, pero este levantó una mano para que callasen al tiempo que cogía al perro por la correa.

»—¿Qué habéis oído?

»—Ha sido un ruido sordo, como un... un cañonazo.

»Todos se quedaron en silencio, prestando atención; no se oía nada.

»—¿Un cañonazo dices? ¿Estás seguro?

»—Sí, yo lo oí. No sabría decir exactamente lo que era, aunque parecía el ruido de un cañón.

»Balboa nos ordenó seguir en silencio…, pero no se escuchaba nada.

»—Quizá te tiraste un pedo y te confundiste —gritó uno.

»Mateo se puso rojo mientras todos se reían a carcajadas; yo intervine.

»—Conozco cómo suenan sus pedos… y esto no era uno de ellos.

»Algunos rieron más todavía, pero Balboa los hizo callar. Luego dio la orden de cargar uno de nuestros cañones.

»—No perdemos tanto por intentarlo —dijo.

»Prendimos la mecha y el cañón disparó su carga con estruendo. Cuando el eco de la explosión se atenuó, escuchamos en silencio. Entonces, en la lejanía, se oyó la contestación:

»—¡Es un cañón! —confirmó uno.

»—¡Sí, lo es! —gritó otro.

»El rostro de Balboa reflejaba una mezcla de sentimientos. La llegada de un barco podía suponer más hombres y suministros y la consolidación definitiva de nuestra población; pero ¿quién podía venir en él? ¿Sería Ojeda? ¿Sería algún barco enviado por él? ¿O sería Nicuesa? En cualquier caso, supondría el momento de contestar a muchas preguntas y algunas no tenían fácil respuesta.

»—Disparad otro cañonazo y preparaos; mañana al amanecer iremos a la costa.

»Con la nueva luz del día, cerca de cincuenta hombres dejamos La Antigua y tomamos el camino a la costa. A pesar de nuestros intentos para mantener despejado el camino, el calor era tan sofocante y las lluvias tan persistentes que la vegetación reconquistaba sin parar su terreno y costaba encontrar la senda. Con las espadas nos abríamos paso mientras luchábamos por sacar los pies del lodo y los mosquitos nos torturaban con sus zumbidos y sus picotazos. Además, arrastrábamos la bombarda por si teníamos que dispararla de nuevo para señalar nuestra posición. Por fin, tras cerca de tres horas de caminata extenuante, llegamos al mar. Y allí estaba lo que buscábamos: dos naos ancladas en el centro de la bahía.

»Los gritos y vivas surgieron de todos nosotros como un coro mientras alzábamos los brazos y bailábamos. Balboa llamó a los que llevaban el cañón y ordenó disparar una salva. Al poco se escuchó la respuesta desde el barco. Prendimos una hoguera y pusimos ramas verdes encima, para que hicieran mucho humo. Los barcos nos vieron y observamos cómo maniobraban para dirigirse hacia nuestra posición. Sentía palpitar el pecho y lloraba de la emoción. Cuando las naves estuvieron suficientemente cerca, descendieron una de las barcas y se allegaron hasta la playa. Mientras se acercaban, me fijé en los que venían y no pude distinguir al capitán Ojeda, pero tampoco a Nicuesa. Cuando por fin nos alcanzaron, el que iba al mando se acercó hasta Balboa, que se había adelantado a recibirles. Era un hombre alto y delgado, de piel fina y ojos claros. Bien se veía que no llevaba tanto como nosotros sufriendo bajo el sol del trópico.

»—Mi nombre es Rodrigo Colmenares y acudo aquí en representación de Diego de Nicuesa, gobernador de estas tierras.

»En su semblante no había amabilidad; tampoco acritud. Y su tono era plano, como el de un oficial de un registro. Balboa, en cambio, sonrió y le estrechó la mano con fuerza.

»—Hablemos —dijo.

»Caminamos de vuelta a Santa María y recibimos a los recién llegados lo mejor que pudimos. Lo propio hubiese sido invitarlos a un convite, pero como no teníamos nada que ofrecer, fueron ellos los que descargaron víveres de los barcos: pan, embutidos, verduras frescas y vino sin picar. Todo un lujo. Las amistades florecen cuando hay comida y bebida de por medio y pronto estuvimos todos bromeando y riendo. Los únicos que se contuvieron un poco fueron Colmenares y Balboa. Como había dicho nuestro líder, había mucho de lo que hablar. No estuve en aquel parlamento, pero pronto supe, como el resto de la marinería, de lo que allí se había hablado.

»En primer lugar, nos enteramos de por qué Colmenares se encontraba allí. Igual que había hecho Ojeda con Enciso, Nicuesa había dejado encargado que un tiempo después de la salida de la flota principal de Santo Domingo, una escuadra debía partir de la isla con bastimentos de repuesto. Así lo hizo Colmenares, con dos barcos bien cargados y cerca de setenta hombres. Recorrieron el litoral tratando de encontrar a Nicuesa o, en su defecto, a Ojeda. Cada poco iban soltando cañonazos para tratar de hallar a quien estuviese establecido, pero no fue hasta llegar a Santa María de la Antigua cuando finalmente los oímos.

»Después de contar sus peripecias, Colmenares pasó a lo que realmente importaba: a todos los efectos, nuestro asentamiento en Santa María de la Antigua era ilegal. Eso, por supuesto, ya lo sabíamos; lo que nos confirmó fue que no era algo que se pudiese dejar pasar por alto. Balboa, que no podía hacer otra cosa, aceptó esa premisa y seguramente temió que Colmenares fuese a detenerlo, pero este no era tan estúpido. Nosotros éramos muchos más que ellos y Balboa, aunque no tenía unanimidad, sí contaba con buenos apoyos. De modo que Colmenares optó por la vía intermedia: en lo que a él concernía, que nuestro líder fuese Enciso o Balboa le traía sin cuidado; tan ilegal era el mando del uno como el del otro. En lo que se mostró inflexible fue en la necesidad de encontrar a Nicuesa, informarlo del asentamiento de Santa María y ponerse bajo su mando.

—Colmenares —dijo el emperador— actuó, según me cuentas, de manera impecable: midió sus fuerzas, estableció lo que era justo y pospuso la solución definitiva hasta que tuviera capacidad para imponerla. No hay gobernante que no quisiera un hombre así en sus filas.

—Bien decís, señor. La mañana que llegó Colmenares y supimos que era el subalterno de Nicuesa todos estábamos asustados; al día siguiente no había quien no lo considerase un hombre justo. Confirmó a Balboa a la cabeza de Santa María hasta la llegada del gobernador y determinó que la flota para buscar a Nicuesa debía partir de inmediato. Él la comandaría y llevaría a sus hombres, pero Balboa pidió que también fuese un hombre de su confianza…, y ese fui yo. He de decir que fui el más sorprendido. Antes de partir, Balboa me llamó a su lado para explicarme su decisión.

»—Necesito personas muy leales a mi lado —comenzó—; ahora más que nunca. No sabemos nada sobre Nicuesa y puede que a estas alturas ya esté muerto. Si no es así, debemos adelantarnos para conocer sus intenciones antes que nadie, ¿lo comprendes?

»La cabeza de Balboa cavilaba mucho más rápido que la de cualquiera de nosotros, y por eso me costaba entender qué quería decirme. Aun así, acertaba a comprender que tenía ya en mente los siguientes pasos que debían darse.

»—Estaré atento a todo, sea lo que sea que encontremos.

»—Sé que no me defraudarás —me dijo, y volví a sentir el mismo orgullo que cuando el capitán Juan de la Cosa me felicitó por el modo en que había instruido a su hijo. Esa fue siempre una virtud de Balboa: saber dar una estocada a los que le estorbaban y una palmada en el hombro a los que le servían bien.

»En pocos días se organizó la partida. El objetivo era, supuestamente, sencillo: recorreríamos el litoral desde Santa María hacia el oeste hasta dar con Nicuesa. Las posibilidades que se abrían eran muchas: quizá habían encontrado un buen lugar para asentarse y la llegada de Colmenares no era urgente; quizá habían tenido dificultades y necesitaban las provisiones de forma inmediata; o quizá, como aventuraba Balboa, se habían ido todos a pique al fondo del mar. Costaba imaginar que alguien como Nicuesa, tan seguro de sí mismo y con tanta experiencia en las Indias, hubiese acabado así, pero vistos nuestros propios lances cualquier cosa podía esperarse.

»El día de la partida, mientras nos preparábamos para subir al barco, Mateo se abrazó a mí.

»—Llevamos mucho tiempo juntos, Martín, y espero que volvamos a encontrarnos pronto. Rezaré por ti todos los días y lo haré a quien más fe tengo en este mundo.

»Se llevó las manos al cuello y me mostró la imagen de la Virgen de Guadalupe.

»—La Virgen estará contigo allá donde vayas. ¿Te he contado alguna vez la historia?

»Lo había hecho muchas veces, pero sabía que quería contarla de nuevo, y le dejé proseguir.

»—Dicen que a un pastor llamado Gil Cordero se le apareció la Virgen y le anunció que hallaría una imagen suya junto al río Guadalupe. Un día, mientras caminaba por la vera del río, encontró una vaca muerta y se acercó para desollarla y aprovechar el cuero. Se arrodilló a su lado y le hizo la señal de la cruz en el vientre, como era costumbre. Entonces la vaca cobró vida y se puso en pie. ¡Aquello fue la señal! Como un loco se puso a excavar donde la vaca había estado tumbada y encontró una caja con la imagen de la Virgen. De inmediato acudió a Cáceres y lo contó a todo el mundo, pero no le creyeron. Desencantado, regresó a su casa y halló a su hijo muerto. Con todo el fervor rezó a la Virgen para que se lo devolviese y que así todos le creyeran. El día del entierro, mientras el párroco oficiaba la misa, al hacerle la señal de la cruz en la frente, el joven resucitó.

»Cada vez que Mateo contaba la historia cambiaba algo: unas veces era una vaca, otras un cordero; unas un hijo, otras una sobrina… No importaba; sabía que tenía una fe ciega en aquella imagen y que el regalo que me hacía era el mejor que podía hacer a nadie. Me abracé a él y juntos lloramos temiendo que aquella pudiera ser una despedida definitiva.

»—Regresa, ¿de acuerdo?

»—Lo haré.

»Nos hicimos a la vela y tomamos primero rumbo norte para luego virar con decisión hacia poniente. Aquel litoral era endiablado: no puedo decir cuántas islas encontramos a nuestro paso, algunas chicas, otras bien grandes, todas ellas cubiertas de la más densa vegetación y rodeadas de bajíos que hacían casi imposible acercarse. Y donde no había islas, la costa se recortaba en miles de cabos, playas, bahías, ensenadas y estuarios. Cada cierto tiempo disparábamos un cañonazo con la esperanza de que pudieran oírnos, como había ocurrido en Santa María.

»Durante los días que duró nuestra travesía también tuve tiempo, por supuesto, para hablar con los marineros. La mayoría decía que nuestra misión era inútil y que no encontraríamos jamás a Nicuesa aunque hubiese conseguido fundar una ciudad. Otros preferían dejar un hueco a la esperanza. Y había algunos que no tenían ninguna gana de hablar de nada de eso y se dedicaban solo a beber, cantar, hablar de comida, oro y mujeres, o a llorar sus penas. Yo, sin embargo, enorgullecido por la confianza que Balboa había depositado en mí, trataba de mantenerme sobrio y alejado de las conversaciones procaces.

»Cuando se cumplía la tercera semana de cabotaje, la costa se volvió más plana: desaparecieron las islas y las bahías y en su lugar veíamos solo largas playas de arena dorada y, tras ellas, interminables tierras cubiertas de selva. Era un territorio salvaje, sin signos de vida: no vimos hogueras, ni barcas ni nada que pudiera hacernos pensar que allí viviera alguien. Superamos un cabo bastante pronunciado y llegamos a una bahía donde parecían desembocar dos ríos bien caudalosos, de modo que se formaba una gran ciénaga. Pasamos de largo por aquel lugar poco prometedor y seguimos costeando. Colmenares, teniendo en cuenta la neblina que cubría el lugar, ordenó que nos alejásemos para evitar los bajíos y así lo hicimos, no sin antes soltar un cañonazo. En ese momento, cuando ya poníamos rumbo a alta mar, se escuchó en la lejanía el grito que todos esperábamos:

»—¡Aquí! ¡Aquí! ¡Socorro!

»Nos asomamos a la borda por la que se oían las voces y tratamos de intuir de dónde provenían. La bruma era tan espesa que apenas se veía y Colmenares dudaba acerca de cómo proceder.

»—Capitán, creo que es por ahí —gritó uno de nuestros marineros.

»Entonces, saliendo de entre la blancura, vimos aparecer un bergantín maltrecho, con las velas hechas jirones. En la cubierta, unos quince marineros agitaban los brazos sin parar, se abrazaban y gritaban de alegría. De inmediato nos dirigimos hacia ellos y, cuando estuvimos más cerca, nos informaron de que eran los hombres de Nicuesa.

»Seguimos al bergantín y, tras anclar la nao, descendimos a tierra para descubrir un poblado compuesto por una serie de casetas hechas de madera y palma, cien veces más miserable que el nuestro de Santa María y aun que el de San Sebastián de Urabá. Pero más desolador que las construcciones era el tamaño de la población: la expedición de Nicuesa había partido con setecientos hombres; y allí no había sitio ni para setenta.

»Colmenares iba en cabeza, acompañado por los hombres que nos habían avistado, y todos lo seguíamos por un camino embarrado. Los que allí estaban, tan desarrapados y maltrechos como los del barco, nos miraban como si fuésemos seres de otro mundo y en sus ojos no se veía más que cansancio y desesperación. En mi corazón, me decía, cuando viéramos a Nicuesa sería distinto. Todavía recordaba su aspecto en Santo Domingo, antes de partir, sus ropas de colores que brillaban bajo el sol, su caminar aplomado por las calles del puerto, su sonrisa confiada y sus ojos profundos que miraban con determinación, tan seguro siempre de sí mismo y del glorioso destino que le reservaba Dios; y lo recordaba también en la bahía de Calamar, cuando abrazó con verdadero afecto a Ojeda y juró vengar la muerte de Juan de la Cosa, como realmente hizo…

—Dime, Martín —intervino el emperador—, ¿seguía así Nicuesa?

—No, señor: todo lo contrario. De una de las casuchas de aquel poblado vimos salir a un hombre con el pelo largo y enmarañado, la barba enredada y sin recortar, la piel seca, los labios cuarteados y la mirada perdida, como de loco. Vestía igual de mal que los demás y ni siquiera iba calzado, sino que llevaba los pies desnudos y llenos de barro. Solo cuando vimos que los demás se apartaban mientras él avanzaba hacia nosotros, nos dimos cuenta de que se trataba del gobernador. Se paró a unos pasos de Colmenares. Esperaba que se mostrase agradecido y contento con nuestra llegada; en vez de eso levantó el dedo de forma acusadora:

»—Malnacido —dijo entre dientes—, ¿por qué has tardado tanto? ¿Por qué me has dejado tirado en este inmundo lugar en vez de socorrerme?

»Colmenares dio un paso atrás.

»—Señor, no he hecho más que lo que me ordenasteis: reuní la flota y salí en vuestra búsqueda en la fecha convenida. Hemos recorrido todo el litoral para encontraros, y no ha sido fácil...

»Nicuesa mantenía el dedo en alto y se mordisqueaba el labio inferior de manera nerviosa. Siempre había sido de verbo rápido; ahora parecía que tenía que rebuscar cada una de las palabras.

»—¿Sabes lo que hemos tenido que pasar? ¿Sabes... sabes las penurias que hemos vivido? Hemos tenido que...

»Todos esperamos en tensión a que terminase la frase, pero perdió el hilo de sus propias palabras.

»—¿Dónde están los pertrechos? —dijo.

»—Están en el barco, señor; la mayor parte de ellos. Otra parte la dejamos en una nueva población que ha sido fundada en vuestra gobernación: se trata de Santa María de la Antigua, en el Darién.

»Nicuesa seguía mordisqueándose el labio, a la vez que hacía extrañas muecas y pestañeaba sin cesar. Vi que tenía los puños apretados.

»—¿Una población? —dijo con esfuerzo—. No recuerdo haber fundado ninguna población con ese nombre, ni con ningún otro salvo esta, ni haber dado orden de que se hiciera. ¿Me habéis traicionado? ¿Es eso lo que habéis venido a decirme?

»Miré a Colmenares y vi que estaba sudando, no por el calor, sino por las acusaciones que sobre él se vertían.

»—Nadie os ha traicionado, señor; y el que menos, yo. Hemos venido a buscaros para que vayáis a Santa María y recibáis esa población como vuestra; sus pobladores están ansiosos por aclamaros como su gobernador. Es un lugar próspero, os lo aseguro.

»El gobernador miraba a un lado y al otro y, sobre todo, por detrás del hombro, como si temiese que en cualquier momento alguien fuera a apuñalarlo por la espalda. Todos esperábamos que dijese algo más. Entonces, bajó la mirada y con voz queda dijo:

»—Estoy cansado; más tarde hablaremos.

»Y, dándose la vuelta, se dirigió a su caseta y se dejó caer sobre una esterilla manchada de barro.

»Colmenares inspiró con fuerza y relajó los hombros; estaba lívido. No podíamos saber lo que les había ocurrido a Nicuesa y sus hombres, pero estaba claro que lo habían pasado muy mal.

»Sin esperar más, volvimos al barco y comenzamos a descargar los alimentos. Descendimos también una gran olla y, poniéndola al fuego, cocinamos un guiso con verduras y tocino. Cuando lo comieron aquellos pobres desdichados no hubo uno solo que no rompiese a llorar. Nicuesa no quiso juntarse con nosotros y ordenó que le llevasen la comida a su choza, donde dio cuenta de ella en soledad.

»Ya reconfortados por la comida, algunos de los hombres de Nicuesa se nos acercaron y, entre ellos, descubrí un rostro familiar. No sé ni cómo pude reconocerlo, pues apenas era una sombra del hombre fornido que conocía. La última vez que nos vimos fue al arrasar el poblado de Turbaco y entonces me dijo que tendría que darle la primera onza de oro que consiguiese, en pago por su silencio. No lo había olvidado y pensaba cumplirlo. ¿Lo habría hecho él?

»—Hernando..., ¿eres tú?

»Me miró con asombro, como si hubiera visto un espectro.

»—¿Martín? Vive Dios...

»Cayó de rodillas y se echó a llorar.

El emperador me miraba fijamente y contenía la respiración.

—¿Qué les ocurrió, Martín? ¿Cómo llegaron a esa situación?

—Hasta el momento os he contado muchas cosas asombrosas, señor; esto que ahora he de relataros las supera con creces.

3

Sin techo y sin comida

Aquella mañana, antes de que se lo pidiera, Josepe llegó portando una bolsa con pan y embutidos.

—Algunos dudan de que los ángeles existan —le dije—, pero tú demuestras lo contrario.

Sonrió satisfecho y se dio la vuelta para irse; antes de que lo hiciera, lo detuve.

—Josepe, ¿tú podrías ayudarme a hacer otro acto de caridad?

El rostro se le iluminó.

—Por supuesto; ¿en qué podría serviros?

—Te lo diré pronto, mas habremos de ser muy discretos, ¿de acuerdo?

—De acuerdo.

Cogí la bolsa con los alimentos y tomé enseguida el camino a Cuacos. Por un día había madrugado y contaba con algo más de tiempo de lo habitual para mi escapada matutina. Estaba deseando ver a Beatriz.

Llegué al pueblo y me dirigí a su casa. La puerta estaba abierta y entré. Dentro encontré a Rafael en su silla, con el cuello torcido. Tenía los ojos cerrados y la boca abierta y respiraba sonoramente. En la penumbra descubrí a Beatriz.

—¿Nunca os dais por vencido? —me preguntó.

—He recorrido medio mundo; venir del monasterio a Cuacos es apenas un paseo.

—Sabéis a lo que me refiero.

—Sí, lo sé; y la respuesta es no.

Di un paso más y le acerqué la bolsa con el pan y los embutidos, aunque al instante me arrepentí de haber ido tan rápido. Tenía miedo de que ella pensase que aquello era, en el fondo, una manera de comprar su compañía, cuando esas no eran mis intenciones.

—No quiero que penséis...

—No lo pienso —respondió ella, leyendo mi mente; y dejó la bolsa sobre la mesa—. Me complacen los regalos, pero sobre todo vuestras visitas.

Agradecí sus palabras, aunque todavía me sentía un poco mal por mi falta de delicadeza.

—¿Siempre tenéis la puerta abierta? —pregunté, por cambiar de tema.

—Sí, siempre que puedo. A Rafael le gusta ver lo que pasa en la calle, que no es mucho, aunque sí más que aquí dentro. El aire le sienta bien y por las mañanas entra un poco de sol y le gusta sentir el calor en la piel.

Mientras Beatriz hablaba, yo examinaba la silla en la que Rafael descansaba. Estaba hecha de madera y mimbre, y era igual de recta que la de una persona que pudiera mantenerse erguida, con lo cual Rafael no hacía más que resbalarse hasta acabar con la espalda torcida.

—He estado pensando... —comencé, pero me interrumpí.

—¿Sí?

—Bueno..., de momento, nada. Solo pensaba en Rafael y en cómo aliviar un poco su situación. Decís que le gusta salir a la calle, ¿no es así?

—Sí, es lo que más le gusta, pero solo puedo sacarle cuando algún vecino me ayuda; entonces lo levantamos y lo sentamos fuera, en un poyete, para que pueda ver a la gente pasar. Ocurre muy de tanto en tanto. Una no sabe lo sola que está hasta que tiene un problema: es más fácil compadecerse y rezar que echar una mano. En fin..., ¿en qué habéis pensado?

—En nada concreto... de momento. Lo sabréis si al final consigo darle forma, cuando quiera que eso sea.

Beatriz sonrió.

—Sois más diestro contando historias que haciendo planes, me temo.

—Podría ser.

—Por cierto, me quedé con las ganas de saber lo que ocurrió tras aquel primer beso con vuestra prima Catalina. ¿Conseguisteis que vuestro primo mantuviera la boca cerrada?

—Eso era más difícil que escuchar a un perro maullar, pero a fuerza de chantajes y de respirar muy hondo pude sobrellevar la situación, si bien tener cualquier tipo de intimidad con mi prima era poco menos que imposible. A mí, de todos modos, me valía con tenerla cerca, observar sus labios, su nariz, sus ojos profundos o sus manos delicadas. A veces me parecía que, al respirar, nuestros pechos se llenaban al unísono, como si una misteriosa fuerza entrelazase nuestros cuerpos.

—Hay pocas cosas en este mundo que puedan compararse a esa sensación —dijo Beatriz.

—Así es; y por eso el enamoramiento puede ser tan hermoso cuando nace y tan doloroso cuando muere.

—¿Qué ocurrió? ¿Terminó por delataros vuestro primo?

—No; de hecho fue algo peor. Todo comenzó una noche, al poco de que nos hubiésemos acostado todos en la casa. Había sido un día de mucho ajetreo y me había tocado ayudar a mi tío a calafatear su barca, mezclando la pez con estopa y rellenando bien todas las junturas. Al acabar nos costó un triunfo quitarnos los restos de las manos y, mientras cenábamos, todavía persistía el tufo en toda la casa y los vapores de la pez nos escocían en los ojos. Por ello, una vez en la cama, y mientras me iba quedando dormido, no me extrañó escuchar a mi prima tosiendo sin descanso. Fue al despertar, y seguir escuchando sus toses, cuando comencé a pensar que algo realmente malo estaba sucediendo. En realidad, lo peor que se podía esperar: la peste.

»Al bajar la escalerilla vi a mi tía María y, por su expresión, comprendí la gravedad del asunto.

»—¿Qué le ocurre a Catalina? —pregunté.

»—Quiera Dios que me equivoque —respondió sin levantar la vista del suelo—, pero parece que tiene el mal.

»Y, señalándonos a Diego y a mí, añadió:

»—Bajad a la cocina y nos os acerquéis a ella.

»Obedecimos sus órdenes, aunque antes de tomar la escalera miré al cuarto en el que descansaba Catalina y vi que tenía un bulto muy pronunciado en el cuello.

—¿Era peste? —preguntó Beatriz.

—Sí, por desgracia lo era. Los síntomas aparecieron uno tras otro a lo largo del día: a las toses y los bubones en el cuello se sumaron la fiebre, los vómitos y unos fuertes dolores que la hacían retorcerse en la cama y gritar. Mi tío se estremecía con cada grito y se levantaba de la silla dispuesto a subir, pero mi tía se lo impedía cada vez.

»—No hay nada que se pueda hacer; solo Dios puede salvarla.

»Lo que mi tía decía era verdad. La peste había llegado a Santander unos años antes y de forma periódica diezmaba a la población con su siniestra guadaña. La primera vez coincidió con la llegada a la villa de la flota que traía a la infanta Margarita de Austria para casarse con Juan de Aragón y Castilla, el hijo de los reyes Fernando e Isabel. Al poco de arribar empezaron a enfermar los vecinos y todos con los mismos síntomas que ahora tenía Catalina. Aquel mal comienzo fue un presagio del infortunio que acompañó al matrimonio, porque el príncipe no vivió más que seis meses después del enlace, aquejado por unas terribles fiebres. Algunos lo achacaban al ardor que sentía por su esposa, pero visto el modo en que la peste se propagó por Santander, había pocas dudas de la verdadera razón de su muerte. Fuera aquella flota la culpable o no de la pestilencia, lo cierto es que desde aquel año fatídico cada poco tiempo se reproducía la enfermedad y nadie conocía el remedio para frenarla, más allá de encerrar a los enfermos como si de unos asesinos se tratase.

»Aquel año en que enfermó Catalina la peste fue especialmente dañina. En casi todas las casas había algún vecino afectado y la habitual actividad en las calles y las plazas se vio sustituida por el silencio y las ventanas cerradas. Así, creíamos, el mal podría contenerse; sin embargo, en aquella ocasión ni siquiera eso fue suficiente y cientos de personas encontraron la muerte. Era tal el número que no había ni dónde enterrarlos, de modo que se excavaron apresuradamente grandes zanjas a las que se arrojaban los cadáveres y se cubrían de inmediato con cal y tierra. Cuando se escuchaba un chirrido, ya sabíamos que no era un comerciante trayendo telas o cereales, sino un carro llevando más y más cuerpos a las afueras de la villa. Fue entonces, en medio de aquel caos, cuando el cabildo de la colegiata de los Cuerpos Santos decidió que había llegado el momento de encomendarse a Dios de una vez por todas.

—¿Y qué fue lo que hicieron? —preguntó Beatriz.

—Lo primero fue ordenar que las campanas de todas las iglesias tañesen a la vez. Escuchar aquel sonido llegando desde los cuatro extremos de la villa fue algo estremecedor. Y más lo fue cuando cesaron y el silencio invadió de nuevo las calles. Entonces nos pusimos en camino a la colegiata. Eran tantos los vecinos que avanzaban que lo hacíamos como una procesión; era el mes de noviembre y la tarde había caído, de modo que muchos llevaban un cirio en la mano para alumbrar el paso. Al entrar en el templo nos fuimos amontonando mientras los miembros del cabildo sacaban doce velas iguales, escribían en ellas los nombres de los apóstoles y las prendían al mismo tiempo. La vela que antes se extinguiese, dijo el prior, nos señalaría a quién debíamos dirigir nuestras plegarias para que nos ayudase en aquellas horas tan difíciles.

»Levanté la vista y contemplé las imágenes de los santos que adornaban el interior de la iglesia, cada uno con sus atributos: san Pedro con las llaves del cielo, san Bartolomé siendo desollado, san Mateo con su libro... Todas reflejaban una grandísima piedad, pero, entre todas ellas, a mí me llamó la atención la de san Matías. ¿Qué vi en él? Todavía no lo sé. Quizá fue la sencillez de la imagen, no tan identificable como la de los otros, o la paz de su rostro. O quizá fue simplemente que llevaba el mismo nombre que mi padre y que, de aquel modo, esperaba que existiese algún tipo de conexión especial, no lo sé... El caso es que, mientras los clérigos del cabildo terminaban de prender las velas, yo salí corriendo desde el cerro de la colegiata a la casa de mis tíos. Subí las escaleras como una exhalación y me allegué al cuarto de Catalina. Mi tía estaba con ella, y quiso detenerme antes de entrar, pero no le dio tiempo y fui a arrodillarme junto a la cama. Catalina estaba dormida y era tanta la fiebre que la consumía que incluso allí arrodillado podía sentir su calor. Los bultos del cuello, lejos de remitir, habían crecido desmesuradamente y las puntas de los dedos se le habían vuelto negras. Noté que mi tía me estaba mirando y volví el rostro.

»—No hay nada que hacer, Martín —susurró—. Ya está en manos de Dios.

»—No, tía... Hay que seguir luchando.

»Ella negó con la cabeza.

»—Mírala. Ya lleva un día sin abrir los ojos y su cuerpo se consume con la fiebre. Lo único que podemos hacer es resignarnos y pedir que Dios la acepte a su lado.

»Sabía que mi tía tenía razón, que cientos de vecinos habían muerto en los últimos días y todos con síntomas idénticos. Sin embargo, era tal el amor que sentía por ella, tales las ansias por verla recuperarse, que me decidí a hacer la promesa más difícil para mí: dado que no podía ofrecer mi propia vida —pues eso solo Dios es quién para dar o tomar—, prometí renunciar por siempre a ella si se salvaba de la peste. De hecho, con aquella promesa, me obligaba a mí mismo a renunciar por siempre a ella, pues, si Dios no la salvaba, tampoco volvería a verla.

»Me levanté del suelo tan aprisa como llegué y regresé a la carrera a la colegiata. Más vecinos habían llegado y me costó un buen rato abrirme paso a empujones por la nave de la iglesia, llegar junto a las velas encendidas y arrodillarme junto a la de san Matías. La cera se iba consumiendo despacio mientras se escuchaba el cántico de los clérigos y el incesante murmullo de las plegarias. Entonces se escuchó una voz sobre el monótono rumor:

»—¡San Pedro! ¡La de san Pedro se apaga!

»Volví la vista hacia la vela con el nombre de Pedro y comprobé que, en efecto, la cera se estaba acabando y la llama se consumía sin remedio hasta que se extinguió por completo. Muchos se llevaron las manos a la cara y comenzaron a lamentarse, diciendo que ya que san Pedro es el santo que tiene las llaves del cielo y quien decide el que entra y el que no, aquel desenlace solo podía indicar que Dios no nos acompañaba. Pero otros contestaron rápido que de lo que se trataba no era de lograr la entrada al cielo, sino de no tener que entrar y el rumor de los rezos regresó a la nave de la iglesia.

»A pesar del frío en el exterior, dentro del templo el calor era sofocante y el olor insoportable, por lo que algunos clérigos comenzaron a quemar incienso, lo cual ocultó un poco el tufo, pero nos irritaba al tiempo los ojos, de modo que ya no se sabía qué lágrimas eran de piedad y cuáles de simple escozor. Mientras me frotaba para aliviar el picor, vi que un vecino señalaba la vela de san Mateo; tembló levemente en un último suspiro y se consumió. Aquí no hubo nadie que comentara nada al respecto y todos regresaron al rezo de inmediato ante las diez velas restantes. Cada poco iba cayendo una, ya no recuerdo el orden, aunque sí recuerdo el lamento cuando se extinguió la de Santiago Apóstol o la de san Juan, por ser santos muy queridos, o la indiferencia cuando lo hicieron las velas de Simón el Cananeo o san Bartolomé, por tener menor predicamento.

»Al final, solo tres velas permanecían encendidas: la de san Judas Tadeo, la de santo Tomás y la de san Matías. Fue entonces cuando empecé a sentir un cosquilleo en el estómago, una extraña sensación de que algo más grande que yo, algo que no era corpóreo sino solo espiritual, estaba aquella tarde en el interior de la iglesia. Me había encomendado a san Matías para salvar a Catalina y aquellas tres débiles llamitas eran para mí el mejor ejemplo de que Dios estaba entre nosotros. Todos nos arremolinábamos ante las velas supervivientes y era tal la tensión que los de atrás empujaban a ciegas y los de delante teníamos que hacer fuerza para no caer de bruces sobre el suelo. Entonces uno que estaba a mi lado estornudó y la llama de san Judas estuvo a punto de apagarse. Una exclamación de horror se extendió por la nave mientras la llama se agarraba de nuevo a la vida; sin embargo, fue por muy poco tiempo, pues solo unos instantes después comenzó a achicarse hasta que desapareció.

»Ahora ya no fue una exclamación, sino un verdadero grito lo que se escuchó.

»—¡San Judas se apagó!

»No quedaban más que dos velas y creo que para casi nadie eran los favoritos: santo Tomás había dudado de la resurrección del Señor y san Matías era el único de los doce apóstoles que no estuvo en la última cena, pues fue escogido solo para sustituir al traidor Judas Iscariote, después de que se hubiera ahorcado. Algunos murmuraban que aquellos santos no nos salvarían, que Dios nos había abandonado, pero yo sentía cada vez con más fuerza que estaba hablando conmigo y que respondía a mis plegarias.

»La cera de ambas velas llegaba a su fin y el desenlace se acercaba. Fue entonces cuando una idea cruzó por mi mente: estaba en mi mano forzar el resultado de esta dramática elección. Bastaría una tos o un leve soplido del que nadie se daría cuenta para apagar la vela de santo Tomás y lograr que san Matías fuera el escogido. ¿Debía hacerlo? ¿O debía dejar que las cosas transcurriesen sin intervenir? Entonces pensé que ser yo quien forzase la situación sería un acto de vanidad intolerable, pues me estaría arrogando una decisión que en modo alguno me correspondía. De modo que al final, e incapaz ya de soportar la tensión, cerré los ojos y me llevé las manos al rostro al tiempo que me inclinaba hasta tocar con mi frente las frías losas del suelo. Un grito ensordecedor inundó la sala cuando la penúltima vela se apagó.

»—¡San Matías! ¡San Matías!

»Me estremecí al pensar que la vela de san Matías se había

consumido y que santo Tomás era el escogido. Pero entonces otro grito me devolvió a la realidad.

»—¡San Matías es el elegido!

»Los que estaban de pie comenzaron a saltar y los que estábamos arrodillados nos pusimos en pie y nos sumamos al clima de éxtasis que inundaba la iglesia. Yo estaba totalmente aturdido: había pedido a san Matías que me ayudase e intercediese por Catalina si era el escogido... y aquello era lo que había sucedido.

Beatriz, a mi lado, había escuchado mi relato en completo silencio. Levanté la vista y vi su gesto de compasión.

—¿Cómo os sentisteis? ¿Apenado o aliviado?

—Ambas cosas a la vez. Para mí, en aquel instante, que la vela de san Matías hubiese sido la última en apagarse era un signo inequívoco de que Dios estaba conmigo. Sin embargo, no podemos estar con Dios cuando nos favorece e ignorarlo cuando nos conviene, de modo que yo sabía que habría de cumplir mi parte.

—¿Y lo hicisteis?

—Por de pronto, lo que necesitaba saber era si san Matías sería tan poderoso como para arrancar a Catalina de las fauces de la muerte, pues ya estaba más en el otro mundo que en este. De modo que salí corriendo de la colegiata, atravesé las calles de la villa, incluso más rápido que la noticia que volaba de boca en boca, y me allegué a la casa de mis tíos. Alonso y Diego estaban en la planta baja y se sobresaltaron cuando me vieron abrir la puerta de golpe y subir las escaleras como alma que lleva el diablo. Entré en el cuarto de Catalina y me arrodillé de nuevo junto a su cama, rezando con todo el fervor que podía para que san Matías hiciera su parte. Al poco sentí la mano de mi tía sobre mis cabellos.

»—Hace un rato despertó un poco, Martín. Fue solo un instante.

»—¿Hace cuánto?

»—Poco antes de que vinieras. Abrió los ojos y dijo: "Voy". Nada más que eso.

»—Voy...

»—Esto es el final, Martín; Dios la ha llamado a su lado y ella ha emprendido ya el camino.

»Pero yo sabía lo que aquello significaba y no pude sino sonreír con todo mi ser.

»—Al revés, tía; no era Dios quien la llamaba para que entrase en el cielo, sino san Matías el que la retenía para que se quedase con nosotros. ¡Se va a salvar!

»Mi tía no entendía nada y su rostro mezclaba la estupefacción por lo que le estaba diciendo y la esperanza de que mis extrañas palabras fueran verdaderas.

»—¿San Matías? ¿Qué estás diciendo, Martín?

»En ese momento mi tío ascendió la escalera y le contó lo que había sucedido en la colegiata; un vecino acababa de ponerlo al corriente.

»—Debemos rezarle al santo, María; Dios lo ha escogido para que nos ayude.

»—Rezad si queréis, tío —me atreví a decir—, pero san Matías ya ha recibido el recado.

»Y así, aquella noche, todos en casa nos mantuvimos en vela pidiendo la intercesión del santo y la recuperación de Catalina. Al amanecer la situación era prácticamente la misma: mi prima seguía postrada y los bubones tenían el mismo terrible aspecto. Sin embargo, al día siguiente, como si regresase de un lugar lejanísimo, mi prima abrió los ojos e inspiró con toda su fuerza, llenando el pecho como hacen los recién nacidos al recibir su primer soplo de aire. Mi tía se acercó y le cogió la mano mientras las lágrimas le corrían por el rostro.

»—Tengo sed —dijo Catalina con un hilo de voz.

»—¡Corre, Martín! —me apremió mi tía—. Sube el cántaro y un cuenco de la cocina.

»Me puse en pie, todavía aturdido, y bajé a la cocina para cumplir lo que mi tía me había dicho. Cogí el cántaro y un cuenco de madera y, cuando me disponía a subirlo, mi tío me lo quitó de las manos.

»—Ya lo subo yo, Martín —me dijo—. Tú ya has hecho bastante por ella.

»Y, poniendo su mano en mi hombro, añadió:

»—Gracias.

»Aquella fue la primera vez que mi tío me dio las gracias por algo y también la última. Era tal el dolor que sentía en mi interior que no quería alargarlo ni un instante más. Mientras escuchaba a mi tío subiendo la escalera, abrí la puerta y me despedí por siempre del que había sido mi segundo hogar.

»Bordeé los muros de la villa y tomé el primer sendero que encontré, que resultó ser el camino a Burgos, aunque yo entonces no lo sabía. Caminé sin descanso durante horas, sin apenas levantar la vista del suelo, pues prefería no saber ni dónde me encontraba. Me crucé con varios arrieros, cargados algunos con trigo y otros con vino, y creo que alguno me dijo algo, pero no contesté. Solo quería alejarme; alejarme y huir.

—¿Y qué hicisteis al caer la noche? ¿Dónde os refugiasteis?

—Cuando empezó a oscurecer, me salí del camino principal y me dirigí a una pradería cercana en la que había algunos establos y varias cabañas de pastores. En dos de ellas distinguí el resplandor de las velas y en otra más me pareció ver surgir el humo a través del tejado. Lo más lógico era pedir a alguien que me permitiera pasar la noche, pero me moría de vergüenza por tener que pedir asilo, de modo que evité las cabañas y me acerqué a uno de los establos. La puerta estaba abierta y entré. Apenas podía ver nada, pero inmediatamente sentí el calor de los animales. Una vaca se puso en pie e hizo el amago de mugir, aunque al final no lo hizo. Cerré la puerta despacio y me aovillé en el suelo. "¿Qué va a ser de mí?", pensé; y con aquel pensamiento me quedé dormido.

»A la mañana siguiente me desperté descansado —y, en cierto modo, reconfortado—, aunque también muerto de frío. Abrí la puerta con cuidado, para no alarmar a los animales, y salí. El sol ya asomaba sobre las altas montañas hacia las que se dirigía mi camino y me calenté el cuerpo durante un rato, como una lagartija. Poco a poco los miembros se desentumecieron y recobré el calor. A mi nariz llegaba el aroma de la hierba fresca y de la tierra mojada y, por un instante, me sentí dichoso de poder estar allí, respirando aquel aire puro y contemplando aquel bellísimo amanecer. ¡Qué feliz se puede ser a veces con tan poco! En cierto modo, creo que me gustaba sentirme como si fuera la única persona en el mundo, solos el sol y yo en ese momento. Entonces el estómago me recordó que no era un árbol para poder alimentarme del sol y que llevaba ya muchas horas sin probar bocado. No tenía ni un triste pedazo de pan para llevarme a la boca, pero al menos encontré un regato y pude beber un poco de agua fresca, y aproveché también para lavarme la cara. Empecé a reflexionar sobre lo que me esperaba: ¿qué podría hacer en adelante?

»Volver a casa de mis tíos era impensable: antes prefería morir que faltar a mi promesa y poner en riesgo la vida de Catalina. Pensé en la última vez que la vi, pidiendo agua después de despertar, y aquella imagen fue suficiente para confirmarme en mi determinación. Otra opción era regresar a casa con mis hermanos, aunque eso sería como reconocer un fracaso. Mi madre me había llevado con mi tío Alonso para aliviar la situación de nuestra familia y con mi vuelta solo lograría colgar ese lastre de mis hermanos. De modo que tomé una decisión.

Beatriz levantó las cejas.

—¿Qué hicisteis?

—Dejé que fuera Dios quien guiase mis pasos. Al principio aquella idea fue solo una llamita en mi pecho, como un rescoldo que me proporcionaba un poco de calor. Cuando comencé a caminar, de pronto sentí que aquel fulgor era más que una llama, que era como una hoguera que calentaba todo mi cuerpo y me impulsaba a seguir adelante a toda costa, sin importar nada, sin preocuparme del hambre o el cansancio, de no tener con qué cubrirme o no disponer de un lecho en el que tumbarme al caer la noche. ¿Qué importaba nada si Dios estaba conmigo? Si quería que viviese, lo haría; si quería que muriese, lo haría también, sin lamentos y feliz.

»No quería que nadie me viese y evité los pueblos, lo cual tampoco fue muy difícil, pues atravesé terrenos tan escarpados y recónditos que solo los arrieros los transitaban y apenas había poblaciones. Ascendí los montes en dirección sur, no sé muy bien por qué. Quizá el destino decidió por mí o quizá fuera solo por seguir sintiendo el sol en mi rostro..., ¡quién sabe! Al superar los montes y dar vista a las tierras llanas que se abrían al fondo, descansé un rato, bebí agua en un arroyo y luego me puse de nuevo en camino, con el estómago rugiendo por el hambre. Si hubiese ido un poco más lento o más rápido o si hubiese tomado un camino en vez de otro, las cosas hubiesen sido muy distintas, pero al final mis pies me llevaron hasta una vereda flanqueada por olmos, donde me detuve de nuevo a descansar. Entonces escuché los pasos de alguien que se acercaba. Mi primer impulso fue esconderme; luego pensé que, en realidad, no había cometido ningún delito y que si estaba huyendo era solo porque quería, no porque nadie me buscase. De modo que me quedé esperando. Al poco vi aparecer a un hombre acompañado por un muchacho más o menos de mi edad, o un poco mayor, que cargaba con un fardo. El hombre, también cargado, se aproximaba tarareando. Sus ropas parecían las de un religioso, una especie de hábito marrón, muy sucio y con una peste a cabra que le precedía. Al verme allí plantado, se detuvo. Luego se santiguó. Supongo que mi aspecto era tan lamentable que pensó que era un espíritu o algo así.

»—Hola —dijo, como preguntándose si realmente iba a responder o no.

»Primero me quedé parado, sin saber qué hacer. Al fin, saludé inclinando la cabeza; él se relajó y sonrió con franqueza.

»—¡Vaya! Por un momento pensé que eras una estatua..., una no muy buena, la verdad. ¿De dónde has salido? Pareces maltrecho. ¿Te encuentras bien? ¿Cómo te llamas?

»No sabía por dónde empezar a contestar, así que me quedé callado. Él me miró extrañado.

»—¿Sabes hablar?

»Tragué saliva y respondí:

»—Sí, claro que sé hablar. Me llamo Martín Gar... Martín... del Puerto, de Santander.

»No sé por qué le di tantas explicaciones, quizá por los nervios.

»—¿Del Puerto? ¿De Santander? Dime, ¿de dónde vienes? Y, sobre todo, ¿adónde vas?

»—De dónde vengo tiene ya poca importancia, pues no pienso volver nunca... Y adónde voy..., no tiene respuesta, al menos de momento.

»—Vaya..., creo que te entendía mejor cuando no hablabas. O sea, que quieres olvidar tu pasado y no conoces tu futuro, ¿es así?

»—Así es.

»—Pues ya somos dos, porque a mí tampoco me importa el mío. ¿Quién lo necesita? Dios guía mis pasos cada día y siempre está conmigo. Nunca me falta algo que llevarme a la boca o un trago de vino. No parece que sea lo mismo en tu caso... ¿Tienes hambre?

»Asentí, algo avergonzado por mi situación.

»—Toma, anda —dijo mientras me ofrecía un mendrugo—. Se ve a la legua que estás más hambriento que el perro de un ciego, y no es que quiera compararte con un perro, claro. En fin..., con un trozo de pan en el estómago se ve todo mejor. ¿Cuánto hace que no comes?

»Me puse a echar cuentas.

»—Déjalo... Está claro que hace demasiado. Por cierto, no te hemos dicho nuestros nombres. Este se llama Mateo; tampoco habla mucho, aunque eso es casi mejor porque nunca dice nada inteligente. Y yo me llamo Bernardo. No me pongo apellido porque no conocí a mi padre ni tengo un sitio del que venga, al contrario que tú, ya sea Santander, el puerto ese del que hablas o sabe Dios...

»Quise aclarar un poco el embrollo, pero tenía la boca llena de pan y apenas podía hablar.

»—*Nafí ferca de Fanfander* —dije medio atragantado—,

aunque luego viví en casa de mis tíos y luego… En fin, no me apetece hablar mucho de ello.

»—Mejor, porque a mí tampoco me interesa mucho escucharlo, salvo que sea un delito, claro. ¿Eres un ladrón? ¿Un asesino? ¿Estás huyendo?

»—No, no huyo; solo camino.

»Bernardo rio con ganas.

»—Ese es un oficio que no conocía, pero me gusta. Ahora, además de caminar, me ayudarás a llevar el fardo, que me está destrozando la espalda, ¿de acuerdo?

»No había otra cosa que pudiera hacer, de modo que dije que sí.

»—Pues a partir de ahora caminaremos juntos. Sin pasado y sin futuro. Los tres juntos bajo el amparo de Dios. —Y se santiguó de nuevo.

»Aquellas palabras retumbaron dentro de mi cabeza y allí empezó mi andadura. ¡Quién me iba a mí a decir que no pararía hasta tantos años después!

Beatriz cogió mi mano y la apretó con cariño, de modo que pude sentir el calor de su piel.

—Lo importante de todo camino, Martín, es llegar al sitio que uno desea, ¿no es así?

—Así es —respondí sonriendo. Y me pregunté si aquel sería, en definitiva, el deseado final de mis interminables pasos.

4

El límite de lo humano

Mathiso, el médico preferido del emperador, estaba junto a don Carlos aplicándole un ungüento hecho con miel y hierbas en los brazos. Como apenas se levantaba del asiento y tenía siempre los codos apoyados en los reposabrazos, se le formaban úlceras que le resultaban tremendamente dolorosas. Mathiso lo hacía con suma delicadeza, y no creo que a don Carlos le estuviese haciendo daño, pero este se mostraba impaciente. Y yo sabía el motivo. Cuando el médico terminó, don Carlos me invitó a sentarme a su lado.

—Estaba ansioso por verte, Martín. Tu relato siempre me tiene en vilo, pero de veras que ahora estoy especialmente intrigado. Me contaste que los marineros de Nicuesa os relataron sus penurias y que estas no tenían fin... Dime, ¿qué es lo que les ocurrió? No puedo entender que os impactara tanto teniendo en cuenta lo que vosotros mismos hubisteis de sufrir.

Le di un buen trago a mi copa de vino antes de comenzar.

—Señor, el sufrimiento que es capaz de aguantar un hombre es como la sal que echamos al agua: parece que siempre podemos echar un poco más... hasta que el agua no admite más y la sal cae al fondo. El límite del sufrimiento es caprichoso: cuando se supera, lo que se rompe no es el cuerpo, sino el alma; y esas heridas no tienen cura.

»Como os dije, con el estómago caliente por el guiso, los hombres de Nicuesa parecieron recobrar la vida y empezaron a soltar la lengua y contarnos lo que les había sucedido. Me senté junto a Hernando, esperando que me hablase de sus experiencias. Pascual el Rubio también lo hizo, para mi disgusto. Al principio Hernando desvió la conversación, sin responder a mis preguntas. Me extrañó que fuera tan reservado, pues siempre había sido muy lenguaraz, pero luego comprendí que lo que le atenazaba era un profundo sentimiento de vergüenza; por lo que había vivido y por lo que se había visto obligado a hacer. Al final, tras muchos esfuerzos, conseguí que recobrase su locuacidad.

»—¿Recuerdas cuando os dejamos en Calamar? Vosotros erais los desgraciados y nosotros los victoriosos. ¡Qué vueltas da la vida! Cuando abandonamos aquella bahía, tomamos rumbo de inmediato a nuestra gobernación. Nuestra carabela, comandada por Nicuesa, fue costeando cerca del litoral, seguida siempre por dos bergantines capitaneados por Lope de Olano, el lugarteniente de nuestro capitán. Más alejadas aún, para evitar los bajíos, nos seguían las dos naos de mayor tamaño con la mayor parte de las provisiones. Todo marchaba bien hasta que una noche nos sorprendió una tormenta. En medio del azote del viento y de las olas, Nicuesa ordenó que nos adentrásemos en alta mar para apartarnos de las rocas de la costa, pensando que su lugarteniente tomaría la misma determinación. Cuando salió el sol, lo primero que ordenó el capitán fue que diésemos con los bergantines de Olano, pero resultó imposible. Y, peor aún, tampoco logramos encontrar las dos naos, de modo que, de repente, nos vimos completamente solos y desesperados.

»Hernando se echó un trago de vino a la garganta antes de continuar; parecía que al contar su historia se iba descargando de la pena que llevaba dentro y se le notaba más relajado.

»—De modo que os quedasteis solos… —dije.

»—Así es. Nuestro gobernador es un hombre decidido; sin embargo, en aquel momento solo mostraba desconcierto. Sin saber cómo acertar, ordenó internarse en un ancho río, con buen calado, para tratar de encontrar algún manantial o algo de pesca, pero resultó que el caudaloso río no lo era por su propia agua, sino porque la marea estaba muy alta y lo inundaba, de suerte que, en cuanto empezó a retirarse, el calado descendió de forma dramática. El capitán, asustado, ordenó de inmediato que virásemos para salir de nuevo a mar abierta, pero la orden llegó tarde: el fondo del barco tocó en un banco de arena y se dio de lado sobre sí mismo. Uno de nuestros compañeros, viendo que la nave iba a perderse sin remedio, saltó al agua con un cabo sujeto a la cintura y trató de nadar para llegar a la orilla y atarlo a algún árbol; no pudo, la corriente era tan fuerte que se lo llevó hacia la mar y nunca más volvimos a verlo.

»—¿Y qué ocurrió? —pregunté—. ¿Se perdió por completo la carabela?

»Entonces intervino otro de los marineros.

»—Así hubiese sido si no llega a ser por Hernando; él nos salvó.

»Hernando cerró los ojos y respiró hondo; se podía sentir la tribulación de su alma.

»—Aún no sé por qué lo hice, pero, quizá por la certeza de que íbamos a morir de todos modos, me lancé al agua, agarré la soga y nadé hacia la orilla. La corriente era terrible y por Dios que creí que no lo lograría jamás, pues soy un lamentable nadador. Aun así, conseguí alcanzar tierra, pasé la soga alrededor de un árbol que crecía junto a la orilla y la até. De inmediato se tensó y el árbol crujió como si fuera a arrancarse de raíz. No lo hizo: aguantó el envite y el barco se mantuvo a flote. Todos los marineros comenzaron a salir colgando de la soga, como monos, balanceándose para avanzar y llegar a la orilla. Uno de ellos cayó y fue arrastrado por la corriente, sin que pudiéramos hacer nada por él. Nicuesa quiso ser el último, pero los marineros no lo consintieron y lo obligaron a cruzar, pues lo que menos queríamos era quedarnos sin capitán. No acababa apenas de cruzar el último de los hombres cuando el árbol se desgajó desde las raíces, la soga se soltó y la carabela quedó a la deriva. Al instante se escoró aún más de lo que ya estaba y al poco se hundió entera. Lo que no se hundió fue el bote, que quedó flotando a merced de la corriente. Entre varios marineros hicimos una cadena, dándonos la mano, y así pudimos acercarlo a la orilla. Aquello fue todo lo que pudimos salvar.

»Mientras escuchábamos a Hernando, todos teníamos el corazón sobrecogido; no solo porque la historia fuera terrible, sino porque todos habíamos vivido experiencias parecidas y comprendíamos la sensación de abandono y desolación que se apoderaba de uno cuando todo estaba perdido.

»—Pensábamos que nada podía ir peor —siguió—, pero nos equivocamos. Nicuesa, que el día antes era un capitán al mando de una flota de cinco naves de camino a su gobernación, ahora era un desgraciado sin flota, sin comida, sin calzado y sin esperanza. El hombre jovial y seguro de sí mismo se hundió aquel día con su barco: en un instante y para siempre. Sin embargo, por mucho que la situación fuera desesperada, no podíamos dejarnos morir allí como animales atrapados en el lodo. Comenzamos a explorar el territorio, tratando de encontrar algún lugar alto y seco, pero aquello era todo una ciénaga espantosa, de modo que se hacía casi imposible orientarse o avanzar. Arrastrábamos el bote con dificultad entre las cañas y las lianas, con el agua por la cintura y soportando el ataque de ejércitos de mosquitos. Entonces, uno de nuestros compañeros, desviándose un poco, descubrió un lugar en el que la vegetación se abría ligeramente hasta dar con un río de bastante caudal. Al otro lado se veía una tierra de buena extensión que parecía tener una parte más elevada. A pesar de que era ya muy tarde, Nicuesa ordenó que fuéramos pasando en el bote, yendo y viniendo hasta que todos cruzáramos al otro lado. Cuando acabamos era ya noche cerrada y caímos absolutamente exhaustos.

»—¿Y teníais la seguridad de que aquello era una tierra unida al continente en vez de una isla? —interrumpió Pascual, haciéndose eco de lo que todos nos preguntábamos.

»—Por supuesto que no. A la mañana siguiente, nada más despuntar el primer rayo de sol, Nicuesa ordenó que nos separásemos en cuadrillas para reconocer aquel territorio. Partimos en todas direcciones y recorrimos el lugar durante horas, solo para darnos cuenta de que aquello era, en efecto, una isla. Pero ¡ay, si ese hubiese sido el mayor de nuestros males! Cuando regresamos al punto de partida, nos percatamos de que faltaban cuatro marineros... y la barca. ¡Se habían ido, nos habían dejado allí abandonados! ¿Cómo explicaros lo que sentimos en aquel momento? Todos estábamos desolados, pero Nicuesa enloqueció por completo. Se echó de rodillas y empezó a gritar como un demente: mezclaba insultos y exabruptos con juramentos y blasfemias que me avergüenzan solo de recordarlas. Uno de los marineros tuvo el acierto de arrebatarle la espada en medio de sus maldiciones, porque creo que, si no, hubiese terminado por atravesarse el corazón con ella. Nos pusimos a construir una balsa con troncos y ramas, mas no teníamos herramientas ni cuerdas y todos nuestros intentos resultaron vanos. Algunos lloraban de rabia y desesperación, otros se dejaban caer sin fuerzas para seguir, completamente derrotados. Comenzamos a comer hierbas y raíces, sin saber si eran buenas o malas, y también los insectos, gusanos y otros animalillos que encontrábamos bajo el lodo. Cada día moría alguno: por hambre, por sed, por fiebres... Pedíamos a Dios que acabase con aquel tormento de una vez por todas, pero ni eso nos concedió y así permanecimos en la isla por más de dos meses.

»—Puedo entender lo que sufristeis —dije, recordando mis penurias en Cuba—; lo que no comprendo en absoluto es cómo lograsteis sobrevivir.

»—Dios no se apiadó de nosotros cuando le pedimos morir, pero sí lo hizo cuando le suplicamos, con nuestro último aliento, que nos sacara de allí. Resulta que los cuatro que se marcharon en la barca no nos abandonaron, sino que fueron en busca de ayuda... y la encontraron: ¡dieron con Olano! El día que nos sorprendió la tormenta, este había localizado las dos naos grandes encalladas, con la mayor parte de las provisiones perdidas, y pensó —o quiso pensar— que nuestro barco se había hundido también. De modo que, alentado por algunos de los suyos, decidió proclamarse como capitán y seguir su propio camino sin molestarse en buscarnos. Olano escuchó con atención a los recién llegados, aunque a la vez con recelo, y no le faltaba razón: había desobedecido la orden de Nicuesa y ahora temía que el gobernador quisiera reprocharle su traición. Sin atreverse a acudir en persona o quizá con la esperanza de que para cuando llegasen ya estuviéramos todos muertos, decidió enviar a algunos de sus hombres en un bergantín junto a los cuatro de la barca, con un cargamento de palmitos y agua fresca. Cuando los vimos aparecer, no podíamos creerlo: pensábamos que estábamos soñando o que ya habíamos muerto y eran los ángeles quienes venían a llevarnos. Hicimos una sopa y fue como regresar del infierno; te juro que parecía que el palmito se convertía por arte de magia en sangre y músculos. Estaba todavía masticando cuando Nicuesa no aguantó más y comenzó a preguntar a nuestros salvadores dónde demonios estaba Olano, por qué lo había abandonado, por qué no habían venido a rescatarnos y otra serie de cuestiones salpicadas de imprecaciones y juramentos. Como Olano había temido, la única obsesión de Nicuesa era encontrar a su lugarteniente y restregarle en la cara su traición.

»—¿De modo que vinisteis aquí?

»—No exactamente; Olano se había asentado en un lugar cercano a este, casi igual de hediondo, y allí nos esperó hasta que llegamos todos en el bergantín. Acudió a recibir a Nicuesa con toda humildad y sometimiento, pero este no se dejó engatusar. Ordenó detenerlo de inmediato y le espetó a las bravas todo su resentimiento. Si se libró de morir ajusticiado ese mismo día fue solo porque previamente había aleccionado a sus hombres para que lo defendieran y jurasen que nada había sido hecho por traición, sino solo por tratar de mantener a los hombres con vida. Y le rogaron, además, que ya que más de cuatrocientos de la expedición original habían muerto, que no porfiaran entre ellos, sino que se ayudaran para evitar la muerte de los que restaban. Movido por las súplicas o quizá no sintiéndose capaz de actuar con más fuerza, decidió perdonarle la vida; aunque, como castigo, ordenó ponerle unos grilletes en los pies y tenerlo todo el día moliendo maíz a la vista de todos, como pública penitencia. Todos aplaudimos que no lo ajusticiase, aunque creo que la ira que aquel día se tuvo que tragar terminó por perturbar del todo su cabeza. Desde aquel momento no le importó lo más mínimo el estado en que nos encontrábamos y nos enviaba sin piedad, tanto a los sanos como a los enfermos, a saquear el interior y robar lo que pudiéramos a los indios. Nuestra rapiña fue tal que pronto ya no hubo ni qué robar y volvimos a vernos en la misma situación de hambre y miseria absolutas. Fue entonces cuando sucedió aquel hecho…, aquella…

»Se notaba que Hernando no daba con las palabras y que algo dentro le quemaba. Se lo veía avergonzado y arrepentido.

»—¿Qué fue lo que ocurrió, Hernando? Puedes contárnoslo.

»A Hernando le temblaba el mentón y miraba al suelo sin atreverse a levantar la cabeza. Al final encontró las fuerzas necesarias y dijo:

»—Teníamos muchísima hambre, un hambre atroz que nos roía el estómago, que nos impedía pensar, que solo nos hacía desear la muerte. Nicuesa, en otra muestra de su despotismo, nos envió a treinta hombres tierra adentro y nos dijo que, si volvíamos sin comida, podíamos despedirnos de nuestras vidas. Presos de la desesperación, atacamos un poblado indio del que todos huyeron corriendo menos uno al que matamos. No hallamos casi nada de comer y dimos vueltas alrededor del pueblo durante dos días, pero al tercero estábamos tan hambrientos y débiles, tan desesperanzados que… que…

»Hernando tragó saliva; podía sentir el dolor que albergaba dentro.

»—¿Qué ocurrió, Hernando?

»Levantó el mentón y me miró a los ojos.

»—Nos lo comimos.

»Los que allí estábamos nos quedamos en silencio; yo creí escuchar el latido de mi corazón.

»—¿Os lo... comisteis?

»—Sí, al indio; llevaba muerto tres días y empezaba a estar putrefacto, pero nos lo comimos de todos modos, como una manada de lobos... ¡Que Dios nos perdone! Al principio me negué, mas luego caí sobre el cadáver como el resto. Nos comportamos como bárbaros, como bestias y, además..., para nada. Tan pronto como terminamos, aún con el regusto dulzón de la carne en nuestras bocas, empezamos a sentirnos indispuestos y a arrojar como si llevásemos el demonio dentro. Vomité hasta que no fui capaz de echar más y caí derrumbado. Al día siguiente nos pusimos en pie y emprendimos el camino de vuelta, pero solo dos conseguimos llegar con vida. Los otros murieron entre terribles dolores y espasmos.

»Estaba tan abrumado por el relato de Hernando que apenas era capaz de hablar; entonces fue Pascual quien tomó la palabra.

»—¿Sabes lo que te digo, Hernando? ¡Que tuvisteis vuestro merecido! Lo que hicisteis no tiene perdón. Un auténtico castellano prefiere morir antes que caer en esa bajeza.

»Hernando agachó la cabeza, pero yo no estaba dispuesto a escuchar aquello.

»—¿Qué dices, Pascual? ¿Qué sabes tú lo que tuvieron que pasar?

»—Nosotros también pasamos hambre y no nos dimos a un pecado tan horrible. Uno debe conocer los límites y el canibalismo es propio de estos indios despreciables, no de nosotros. Ya he escuchado demasiado... Dios te castigará por lo que hiciste, estoy seguro.

»Se puso en pie y se marchó. Quise haberle dicho algo más, pero aquello hubiese provocado su regreso y solo quería perderlo de vista; no podía aguantar su presencia. Los otros que nos acompañaban también se levantaron y se fueron, mirando a Hernando con desprecio.

»—No les hagas caso. Lo que hicisteis no fue correcto, eso lo sabes tan bien como yo, pero no somos quiénes para juzgarte. Por Dios te juro que alguna vez, en mi desesperación, también se me pasó por la cabeza y, si no lo hice, fue solo porque no tuve la oportunidad. No debes torturarte más.

»Hernando lloraba con la cara entre las manos. No encontraba consuelo a su dolor.

»—No llores más, Hernando —dije mientras ponía una mano en su hombro—, y cuéntame qué ocurrió después. ¿Qué hizo Nicuesa cuando regresasteis?

»Hernando secó sus lágrimas y, tras un largo respiro, continuó contándome su tragedia.

»—Nicuesa determinó dejar el lugar y nos ordenó partir de inmediato. Recorrimos el litoral pero no hallábamos tierra adecuada: donde no faltaba el agua nos encontrábamos con indios feroces que nos plantaban guerra o nos acechaban por las noches. Un día moría uno, otro día tres o cuatro... Tal era nuestro desconsuelo y desesperación que un día, llegados a este punto, Nicuesa saltó a tierra, clavó su bastón en la arena y dijo: "Paremos aquí, en el nombre de Dios". Y con ese nombre se quedó nuestro poblado, aunque las desgracias no cesaron. Guerreábamos a los indios para robarles, pero después de saquear sus poblados, al no saber cómo cultivar las tierras, al poco volvía el hambre. Nicuesa, falto ya de toda humanidad, se mofaba de los enfermos y a los que sucumbían de cansancio y hambre les decía: "Anda, idos al moridero" y otras frases semejantes. Te juro, Martín, que de no haber llegado vuestro barco, en unos pocos días hubiésemos vuelto al canibalismo; ahora entre nosotros.

»Había escuchado a Hernando con tanta tensión contenida que sentía todos mis músculos doloridos. Yo había sufrido, pero lo que habían pasado ellos no tenía igual.

»—¿Entiendes ahora por qué Nicuesa se comporta como lo hace? Está resentido, enojado, colérico, intratable... Se conduce como un déspota y no hace caso a nadie, solo a su rabia y su rencor. Ya no es el capitán que fue... ni lo será nunca más.

»Aquello me dio que pensar. Habíamos acudido allí para buscar a Nicuesa y que tomase el mando sobre Santa María de la Antigua, mas, vista su actitud, en ese momento me parecía una medida por completo desacertada. Si había detenido a Olano por no haber ido a buscarlo, ¿qué ocurriría con Balboa y con todos nosotros, que habíamos fundado un poblado dentro de su gobernación? No sabía aún cómo, pero aquello había que detenerlo.

»—Hernando, ya solo queda mirar hacia delante —dije—. Lo que está por venir será mejor; estoy convencido.

»Se abrazó de nuevo a mí y vació su alma deshaciéndose en lágrimas. Cuando se calmó, me puse en pie para regresar a mis tareas. Él me detuvo y, echando mano al bolsillo de su camisa, sacó la moneda que tiempo atrás le entregué por su silencio.

»—Martín, no me porté bien contigo cuando estuvimos en Turbaco. He pensado mucho en lo que ocurrió allí y creo que tuviste razón al dejar ir a aquella niña; no tenía ninguna culpa. Tampoco la tenían sus padres, qué demonios... Aquel día tomé tu moneda como prenda; hoy quiero devolvértela, pues he sido yo el que se ha comportado de manera indigna. No me debes nada; de hecho, soy yo el que queda en deuda contigo.

»—Hernando, esa moneda... no importa lo que pasara... y no tiene apenas valor.

»—Para mí sí lo tuvo, te lo aseguro. Durante todo este tiempo me sirvió para tener, al menos, un objetivo que cumplir: devolvértela y hacer las paces. Dije que vine aquí a conseguir riquezas, no a hacer amigos. Ahora estoy contento de haber conseguido lo segundo.

»Nos abrazamos de nuevo y supe que la amistad entre nosotros ya nunca se rompería.

»En ese momento apareció Nicuesa, saliendo de su choza. Esperaba que estuviese un poco más alegre después de haber descansado con el estómago lleno; sin embargo, mostraba el rostro más amargado que la noche anterior. Parecía como si hubiese pasado las horas rumiando su rencor.

»—¡Rodrigo! —bramó, llamando a Colmenares.

»Este se acercó al instante.

»—Gobernador...

»—Ayer apenas me contaste nada. Quiero saber cómo es esa población que voy a recibir. ¿Han encontrado oro en ella?

»Colmenares asintió.

»—Así es, señor; encontraron oro en el poblado indio que allí existía y también un río con buenas pepitas. E incluso parece que tierra adentro hay ríos más ricos aún.

»Pensaba que aquello lo animaría; en vez de eso, se encolerizó aún más.

»—Malditos —masculló—, se asientan donde no les corresponde y me roban el oro que me pertenece. Juro que en cuanto llegue lo primero que haré será detener a los cabecillas y hacerlos colgar. Y por Dios que me darán hasta la última pepita que hayan encontrado, aunque tenga que arrancársela con mis propias manos.

»Colmenares tragó saliva y agachó la cabeza.

»—Por supuesto que el oro os pertenece, señor, pero, sin ánimo de ofenderos, aquellos hombres no actuaron de mala fe, sino todo lo contrario: fueron ellos mismos los que decidieron venir a buscaros y someterse a vuestro mando.

»—¿Me estás diciendo que encima habría de estar agradecido a esos traidores? Cuando llegue sabrán lo que significa el honor y la disciplina... y no se les olvidará nunca.

»Dejó allí la conversación y se encerró de nuevo en su cabaña, mientras alrededor de la olla se hacía el silencio. Yo estaba temblando y no podía ni respirar.

»Por la tarde, mientras terminábamos de cargar los barcos, se me acercó uno de los supervivientes de la expedición de Nicuesa. Era un tal Juan de Caicedo. Lo había visto siempre junto al gobernador y era uno de sus hombres más cercanos; de hecho, era el veedor real de la escuadra. Por eso me sorprendió tanto lo que sucedió con él. Lo primero que hizo fue alejarme de los demás.

»—Necesito que me cuentes algo, muchacho —me dijo—. ¿Quién está al mando en Santa María?

»Le relaté cómo habían quedado allí las cosas, que Balboa era el hombre fuerte, pero que todos habíamos decidido que lo más prudente era poner la villa bajo el mando de Nicuesa y que por eso lo habíamos ido a buscar. Entonces él me dijo:

»—Eso es una insensatez. Ya has visto en qué estado se encuentra, no es capaz ni de gobernar su cabeza. Hemos de hacer algo.

»Aquello podía ser una trampa, lo sabía, mas la forma de hablar del hombre y su mirada me infundieron confianza.

»—Eso mismo pienso yo —convine—; lo que no sé es cómo podríamos detenerlo. ¿Quizá Colmenares nos ayudaría?

»—No lo creo; sé que el gobernador no le gusta, pero no querrá significarse tanto. Hay que ser más astutos. Escucha: ya ves que, de los setecientos que vinimos con Nicuesa, apenas quedamos setenta; en Santa María, en cambio, sobrevivieron muchos más y no tendrían problema en resistirle, siempre y cuando estén precavidos de lo que se les viene encima y no se dividan entre ellos. Por eso es completamente necesario que lleguemos antes que el gobernador y demos aviso.

»Aquello tenía sentido, sí, lo que no veía era el modo en que podría hacerse.

»—Confía en mí —dijo—; encontraré la manera.

»Al día siguiente nos dimos a la vela, salvo unos pocos hombres que se quedaron en Nombre de Dios a la espera de un próximo rescate. El gobernador, haciendo de nuevo gala de su despotismo, nos arrebató el bergantín en el que habíamos venido y nos metió en una de las peores carabelas que tenía, tan desvencijada que no parecía ni que pudiera hacerse a la mar. En el barco venían también Colmenares y Caicedo. Tomamos rumbo al levante, siguiendo la costa, siempre con el bergantín en el que iba el gobernador a la cabeza.

»El tercer día, mientras atravesábamos un archipiélago próximo a la costa, desde el barco de Nicuesa sacaron una gran banderola y nos indicaron que nos acercásemos. El gobernador esperaba en cubierta y, aunque no lucía tan esplendoroso como cuando lo vi por primera vez en Santo Domingo, parecía que había recuperado algo de su pasada apostura; se lo veía confiado.

»—Antes de arribar a Santa María y tomar la villa —dijo a voz en grito— me detendré unos días en estas islas para su reconocimiento. Mi bergantín y las carabelas se quedarán; el otro bergantín puede seguir rumbo al Darién para ir descargando los pertrechos y anunciar mi llegada. Quiero que se me reciba con los honores que merezco y por Dios que cualquiera que se muestre de manera irrespetuosa probará el sabor de mi justicia.

El emperador levantó un poco la mano y me detuvo.

—He tenido tantas veces la responsabilidad última de cambiar los acontecimientos que puedo entender perfectamente lo que sentías. Hay que ser muy valiente para decidirse y hay que comprender lo que está en juego. Y no es fácil... —dijo abrumado.

—No, señor, no lo es; sobre todo cuando la vida de tantas personas depende de ello.

5

Sobre ruedas

Aquella debió de ser la única vez que madrugué de verdad en mi estancia en Yuste; pero era completamente necesario.

—Despierta, Josepe —susurré—. Necesito que me ayudes.

El pobre abrió los ojos totalmente aturdido, quizá pensando que aún soñaba.

—¿Qué ocurre? ¿Quién sois? —preguntó tratando de distinguir algo en la penumbra que nos envolvía.

—Soy Martín. ¿Recuerdas que te dije que necesitaría tu ayuda? Pues el momento es ahora.

Josepe se incorporó y abrió un poco la contraventana para descubrir que apenas había luz todavía.

—¿Ahora? Si aún no ha amanecido…

—Por eso; nadie debe vernos.

Le acerqué los pantalones y la camisa y lo hice vestirse a toda prisa, sin responder a sus preguntas. Solo cuando abandonamos el cuarto y salimos a la calle le revelé mis intenciones.

—Escucha: sabes que Juanelo es un gran inventor, ¿verdad? Pues el caso es que uno de sus inventos es un completo desastre y ha decidido no continuarlo, pero yo lo necesito.

Josepe sacudió la cabeza.

—Si es un desastre, ¿por qué lo necesitáis?

—Porque de los mayores desastres surgen las mejores oportunidades.

—Pues yo creo que de los mayores desastres surgen las mayores calamidades…

—Confía en mí —continué—. Es algo que a Juanelo ya no le sirve, aunque no puedo pedírselo, ya que sospecharía y eso tampoco lo quiero. Debemos ir a su taller sin que él lo sepa y sacar una o dos cosas, nada más.

Ahora la cara de Josepe era de horror.

—¿Estáis hablando de robar?

—Vamos a ver, Josepe, si tú dejas un mendrugo que no te vas a comer y lo cojo y me lo como, eso no es robar, ¿no te parece? Simplemente es usar lo que otro no necesita. Pues eso es lo que haremos nosotros. Tomaremos lo que Juanelo ha despreciado y le daremos una nueva vida.

—Y no sería mejor si...

—Anda, vamos, que nada se consiguió con lamentos.

Josepe obedeció de mala gana e incluso trató de poner más impedimentos, pero no se lo permití. Medio ocultos aún por la penumbra llegamos hasta el taller del inventor y tanteamos hasta encontrar el picaporte.

—Quizá esté trancado —dijo Josepe, esperanzado.

Accioné el resorte y vi que este cedía.

—Ha habido suerte. Vamos allá.

Entramos y, a tientas, llegamos hasta donde se encontraban la silla y el mecanismo desarrollado por el italiano, tropezando en el camino con todos los mecanismos que había por el suelo.

—Ayúdame. Tenemos que sacarlo todo fuera.

En la oscuridad escuché el resoplido de mi acompañante.

—Yo insisto en que...

—Coge también esas ruedas; las necesito.

Josepe cargó con todo lo que le indiqué y salimos de nuevo a la calle. La luz empezaba a bañar las superficies y pronto seríamos visibles para cualquiera que estuviese despierto a esas horas, lo cual, tratándose de un monasterio, no era algo tan extraordinario.

—¡Señor, mirad! —me dijo Josepe.

Me detuve en seco y vi a dos monjes que caminaban en dirección al gallinero. No podíamos escondernos sin hacer demasiado ruido, de modo que contuve la respiración y agarré a

Josepe por el brazo para que no se moviese. Los monjes iban enfundados en sus capas y no nos vieron, a pesar de que pasaron a unos palmos de nosotros. Esperé un poco más y cuando vi que entraban en el gallinero, solté el brazo de Josepe y lo empujé en el hombro.

—¡Ahora!

A la carrera cargamos con la silla, el mecanismo y las ruedas, y los llevamos fuera del recinto del monasterio. Allí lo dejamos y, mientras Josepe miraba en todas direcciones y se santiguaba, cubrí todo con unas ramas, tratando de no armar mucho alboroto. Estaba satisfecho.

—Lo conseguimos, Josepe. Sin ti no lo hubiese logrado.

—Eso es lo que más me apena —dijo él con voz lastimera—, que yo no quería colaborar.

Lo agarré por el brazo y lo conduje de nuevo dentro del monasterio.

—En otro momento terminaremos el trabajo; ahora puedes volver a la cama y dormir un poco.

—¿Dormir? Lo que voy a hacer es rezar...

Lo dejé marchar, sintiéndome en el fondo un poco culpable de su tribulación, y regresé a mi dormitorio, donde me puse a pensar en cómo trasladar la silla a su destino. Al final, entre pensamiento y pensamiento, el sueño me venció y caí dormido de nuevo.

Cuando me desperté, ya cerca del mediodía, fui presto a la cocina para comer antes de mi entrevista con el emperador. Normalmente Josepe se acercaba y me decía algo; aquel día no me dirigió la palabra y me dejó el pan y la jarra de vino mirando hacia otro lado.

Después de comer acudí a mi encuentro con don Carlos. Lo encontré como siempre en su silla, en esta ocasión leyendo a duras penas unos papeles que tenía entre las manos.

—Ni la vista me funciona ya, Martín. Estaba tratando de leer un informe, pero me temo que tendré que desistir. En el fondo quizá sea un regalo de Dios, pues estoy harto de recibir nada más que quejas y malas noticias. En fin..., al menos el oído sí cumple su cometido y podré escucharte. Eso no me hace ningún daño, sino que me reconforta.

—Será un honor complaceros, señor.

—Dime, ¿dónde nos habíamos quedado? En el momento en que Nicuesa iba a hacer su entrada en Santa María, ¿verdad?

—En efecto. Llegamos sin mayores contratiempos al Darién en nuestro cochambroso bergantín. Nuestros compañeros, al vernos, salieron a recibirnos llenos de alborozo. Al primero que me encontré fue a Mateo, que vino a abrazarme con su mejor sonrisa.

»—¡Por Dios que no te daba ya por vivo, pero lo estás! Al menos eso parece.

»Fui a decir algo, pero estaba tan emocionado por el recibimiento y tan preocupado por lo que estaba por llegar que se me atascaron las palabras.

»—¿Te has quedado mudo? —me dijo.

»—No, Mateo. Es solo que la emoción me impide hablar. Me alegro mucho de encontrarte tan bien y de ver que las cosas aquí han seguido un buen curso. Es así, ¿no?

»Mateo se volvió e hizo un círculo con el brazo, como para mostrarme todo el poblado. Me llamó especialmente la atención una iglesia de piedra y techo de palma que habían levantado en nuestra ausencia.

»—Míralo con tus propios ojos. Aunque es un sitio apestoso como todos los de estas latitudes, al menos hemos conseguido hacer algo digno de él. En fin…, ya habrá tiempo de que lo veas. Dime, ¿cómo os fue? ¿Encontrasteis a Nicuesa? ¿Va a venir a tomar el mando?

»Yo me moría de ganas por contarle todo, pero no hubo tiempo, pues de inmediato se convocó el concejo para que informásemos de nuestra misión. La reunión tuvo lugar en la iglesia. Balboa, como hombre fuerte, presidía el encuentro. Para mí, aquel era el momento señalado para actuar, pero no sabía cómo hacerlo, dado que en la reunión había también hombres de confianza de Nicuesa, entre ellos el propio Colmenares. Tenía que esperar la ocasión oportuna.

»—Amigos —dijo Balboa—, es un placer recibiros. Estamos ansiosos por saber cómo se encuentra el gobernador Nicuesa y si vendrá pronto a tomar posesión de la villa. ¿Qué podéis contarnos?

»Colmenares tomó la palabra:

»—En efecto, dimos con el gobernador en una población por él fundada, a la que bautizó como Nombre de Dios.

»—¿Se encontraba bien? ¿Es próspera aquella población?

»Colmenares dudó antes de contestar:

»—A pesar de su santo nombre, debo deciros que la situación allí era difícil. De los más de setecientos que partieron de La Española, apenas quedaban setenta…

»—¿Setenta? —preguntó Balboa, atónito.

»—Así es, aunque algunos tan maltrechos y hambrientos que no valen ni como medio hombre. Muchos perdieron la cabeza, puede que para siempre…

»—¿También Nicuesa? —inquirió Balboa.

»Colmenares respiró hondo; se notaba que una lucha se estaba desatando en su interior.

»—El gobernador fue el primero en soportar todos los padecimientos y sufrió más de lo que se puede relatar; sin embargo, su cabeza es la de siempre y tiene la firme determinación de tomar el mando y restablecer la legalidad en este lugar. Lo que ahora debemos hacer es preparar el recibimiento para cederle el mando con los honores que merece. Esa es la misión que nos encomendó y a esa tarea hemos de dedicarnos.

»Lo dijo todo de carrerilla, como si tuviese el discurso aprendido. Balboa guardó silencio; supongo que se dio cuenta de que allí pasaba algo raro y se quedó mirando fijamente a Colmenares, como tratando de sacarle algo más, pero este se quedó quieto como una estatua. Luego Balboa me miró de soslayo y yo negué con la cabeza, casi de forma imperceptible.

»—Creo… —dijo Balboa, con un destello de intuición— que habéis hablado con cordura. Seguiremos las órdenes del gobernador y comenzaremos de inmediato con los preparativos para el recibimiento. En todo caso, he sido muy poco considerado llamándoos tan pronto a esta entrevista, pues es evidente que el viaje os ha agotado. Comed algo, tomad un trago de vino y la retomaremos después.

»Balboa se puso en pie sin dar opción a más y se retiró a su tienda mientras todos los demás nos levantábamos; yo aproveché para mezclarme con mis compañeros y escapar de la vista de Colmenares.

»—Mateo —le dije a mi amigo—, entretenle un rato.

»Mateo asintió y fue donde él. Al poco le oí decir algo de "un trago de vino" y se lo llevó de camino al almacén. Mientras tanto, me escabullí y acudí a la tienda de Balboa, que ya me esperaba dando vueltas y con expresión ansiosa.

»—Quiero que me lo cuentes todo —me pidió sin casi dejarme entrar—, sin paños calientes. Y necesito saberlo ya.

»Respiré hondo y dije:

»—Nicuesa está ido y si viene aquí será solo para ejercer su venganza. Quiere quedarse con el oro y ajusticiar a los responsables de haber fundado la villa.

»Balboa se paró en seco.

»—Lo sabía. Eso nos pone en una situación muy comprometida. Si le dejamos llegar, acabaremos ahorcados; y si no se lo permitimos, estaremos yendo en contra del gobernador y, por tanto, del propio rey, y podríamos terminar del mismo modo.

»—Eso es cierto, pero os aseguro que Nicuesa está fuera de sus cabales. Con solo mirarlo a los ojos se da uno cuenta de que su cabeza está perturbada. Si viene aquí, destruirá todo lo que hemos construido.

»—Aun así, necesito algo más; aquí hay muchos que quieren mi fin y saltándome las leyes solo conseguiré darles argumentos para hacerlo. Tu testimonio me sirve a mí, pero no puedo utilizarlo por sí solo. Colmenares ha sido muy claro con las indicaciones del gobernador. Es preciso algo más.

El emperador reflexionó sobre lo que le estaba contando.

—Si Balboa dudaba es porque era una persona cuerda. Uno debe saber dónde está el límite de sus acciones o cuánto se puede tensar la cuerda sin que se rompa. Ya había utilizado el argumento de que Enciso estaba fuera de su gobernación para expulsarlo y ahora tenía que utilizar el contrario para rechazar a Nicuesa...; ese era un equilibrio muy precario.

—Sobre todo si los que lo apoyaban eran solo los suyos. Lo que necesitaba era contar con alguien del propio Nicuesa que le diera la razón. Colmenares podría haber sido esa persona, pero estaba claro que no quería involucrarse tanto ni tomar partido tan rápido por Nicuesa o por Balboa.

»Entonces supe lo que tenía que hacer y aposté todo a una carta.

»—Tengo a la persona indicada —dije.

»Fui a buscar a Juan de Caicedo y lo presenté ante Balboa. Nada más entrar en la tienda, se adelantó y estrechó su mano.

»—Mi nombre es Juan de Caicedo y soy veedor real en la escuadra del gobernador Nicuesa.

»Balboa inspiró hondo antes de hablar; se estaba jugando el todo por el todo ante una persona que no conocía siguiendo solo mi consejo.

»—Decidme, ¿qué intenciones tiene Nicuesa cuando llegue?

»—Puedo aseguraros que su única obsesión es hacerse con el oro que habéis rescatado y poner entre rejas a todos los que habéis tomado parte en la fundación de este lugar. Escuchadme bien: sería de locos que una vez hallada la libertad fuerais a recibir por señor a un tirano.

»—Pero esto no puede ser solo cosa mía; he de lograr el acuerdo de todos.

»—En eso puedo ayudaros: lo mismo que os he dicho a vos se lo diré a cualquiera que me pregunte.

»Balboa reflexionó durante unos instantes. Su posición, por supuesto, no era sencilla. Una vez pusiera el pie en tierra, Nicuesa encontraría la manera de hacer valer su autoridad y tomar el mando.

»—Creo —dijo, midiendo muy bien sus palabras— que lleváis razón en lo que decís. Es necesario que todos lo sepan; y rápido.

»Entonces me miró.

»—Ve a llamar a Martín de Zamudio. Lo necesito aquí.

»Salí de la tienda y fui a buscarlo. Zamudio era el segundo alcalde y su carácter difería bastante del de Balboa: era menos reflexivo y más osado, y con un ansia ilimitada por el oro. De modo que Balboa supo qué carta jugar. En cuanto estuvo en su tienda, le habló así:

»—Martín, hemos recibido noticias de que el gobernador Nicuesa viene de camino a nuestra villa y que su voluntad es arrebatarnos no solo el gobierno, sino también todo el oro que hemos rescatado. Argumenta que no debíamos estar aquí y que todo el metal se ha obtenido de manera ilegal. Juan de Caicedo, que es el veedor de su escuadra, suscribe una por una estas palabras.

»Caicedo asintió y el rostro de Zamudio se encendió de indignación.

»—¿Nuestro oro? No tiene derecho. Mucho de él lo trajimos desde Urabá y lo que hemos obtenido aquí lo hicimos por mandato de Enciso y exponiendo nuestras vidas. No podemos consentirlo.

»Balboa utilizó el recurso que mejor sabía emplear:

»—Así es. Por eso necesito que vayas con Juan de Caicedo, se lo contéis a todos y recabéis su parecer antes de actuar. Somos los alcaldes y debemos gobernar, pero no podemos comportarnos como unos déspotas.

»—¡Por Dios que lo haré!

»En menos de una hora ya todo el mundo sabía que el gobernador estaba a punto de llegar y que en cuanto lo hiciera dictaría su justicia. Zamudio, seguido de Caicedo, adornó los hechos conocidos con otros de su invención, adjudicando a Nicuesa todo tipo de abusos y tropelías. ¡Qué débil es el espíritu humano! Si Nicuesa hubiese tomado el camino directo a Santa María, habría cogido por sorpresa a todos y nadie se habría opuesto a su mando; pero, cegado por la vanidad, antepuso sus intereses personales y su jactancia, y nos dejó la puerta abierta para derrocarlo.

—Cuando el enemigo comete un error —dijo el emperador—, es un pecado dejarlo escapar vivo.

—Exacto. El caso es que la estrategia de dar pábulo a los rumores y poner el acento en el tema del oro tuvo su efecto. Es curioso cómo puede mudar la idea que tenemos de alguien: la última vez que lo vimos, el gobernador era la persona más elegante sobre la tierra, un auténtico figurín, e incluso lo habíamos visto mostrarse comprensivo con Ojeda. Ahora, en cambio, sin tenerlo delante, todos lo veían como una bestia movida solo por la codicia y el deseo de venganza. Prácticamente no quedaba nadie en la villa que quisiera tomarlo como gobernador y los pocos que lo, hacían se justificaban diciendo que lo harían solo bajo ciertas garantías. Balboa, sin abrir la boca, había conseguido que la decisión de rechazar a Nicuesa fuera cosa de todos.

»Una vez logrado el consenso, nos pusimos de camino a la costa, hacia el lugar en el que el gobernador tendría que desembarcar. No estábamos muy seguros de cuándo se produciría su llegada, pues dependía de los indios que hubiera podido capturar, pero al final llegamos con el tiempo exacto: mientras nos acercábamos al mar, vislumbramos a lo lejos los barcos de Nicuesa. Miré a Balboa y pude sentir la tensión que corría por su cuerpo. Dio un paso al frente y se colocó el primero en la pobre estructura que servía como embarcadero. En la proa del barco que iba a la cabeza vimos la figura de Nicuesa, tieso como una vara y con el mentón alzado. Pronto su expresión de superioridad fue sustituida por otra de desagrado: allí no apreciaba ningún gesto de amistad ni de bienvenida, sino todo lo contrario. La voz de Balboa vino al romper el opresivo silencio.

»—¡Alto! Diego de Nicuesa, sabed que el concejo de Santa María de la Antigua ha decidido de común acuerdo no recibiros aquí como gobernador. Por tanto, tornad por donde habéis venido y regresad a vuestra gobernación en Nombre de Dios.

»Ahora el rostro de Nicuesa no reflejaba ya desagrado, sino estupefacción.

»—¿Có... cómo osáis? —dijo trastabillado—. Esto es un atropello.

»—No os deseamos ningún mal, pero os repito que no sois bien recibido aquí. Esta villa fue fundada por hombres libres y no deseamos someternos a ningún otro poder que el del rey don Fernando.

»Alguien en el barco fue a decirle algo al oído a Nicuesa, mas este lo apartó de malos modos.

»—¡Bellacos! —gritó—. Rechazándome a mí estáis rechazando al mismo rey. Esta es la gobernación de Veragua y debéis someteros a mi mando si no queréis ser tomados por traidores. Dejad libre el embarcadero y mostradme el debido respeto o yo mismo os atravesaré con mi espada.

»Algunos en nuestras filas comenzaron a temblar, pero Balboa no estaba por la labor de mostrarse débil. Colmenares, en ese momento, dio un paso al frente y se colocó junto a nuestro capitán. Y lo mismo hizo Caicedo.

»Al ver a sus hombres cambiando de bando, Nicuesa quiso alzar la voz, pero Balboa se adelantó y, poniendo la mano en la empuñadura de la espada, dijo:

»—Si estamos aquí es por mandato de Martín Fernández de Enciso, alcalde mayor del gobernador Alonso de Ojeda. Y aquí nos quedaremos.

»—¿Ojeda? Yo no veo aquí a Ojeda, sino solo a un hatajo de felones. Esta es mi gobernación; Juan de la Cosa estableció el límite en el río.

»—¿Juan de la Cosa? —respondió Balboa, devolviendo el argumento—. Yo no veo aquí a Juan de la Cosa.

»Varios de nuestros hombres rieron, lo cual terminó por enfurecer a Nicuesa, que parecía fuera de sí.

»—Esto es inaudito. Nunca en mi vida vi tamaña desvergüenza. ¿Cómo os atrevéis a hablarme así? ¡Soy el gobernador!

»—Lo sois —dijo Martín de Zamudio—, pero de vuestra gobernación. Caicedo nos informó de que allí tenéis un asentamiento muy próspero y bien poblado. De modo que no entendemos vuestro interés por venir a poblar este pobre lugar.

»Nicuesa miró a Caicedo y debió de percatarse del error que había cometido. Fue a decir algo, pero se tragó sus palabras. Apenas tenía a cincuenta hombres con él —de los cuales quizá no todos le fueran fieles— y enfrente tenía a varios centenares que le eran hostiles. Tras darse cuenta de su debilidad, inmediatamente mudó el rostro y cambió su discurso.

»—Veo que tenemos nuestras diferencias —dijo con suma delicadeza, recuperando el tono que le era tan peculiar—, aunque estoy seguro de que podremos resolverlas si hablamos con tranquilidad. Os exij... os... solicito que nos dejéis desembarcar y hablemos.

»Algunos, ante aquellas palabras, pensaron que la exigencia —la solicitud— de Nicuesa era sincera, pero ni Balboa ni Zamudio estaban dispuestos a ceder ni un ápice, pues eso sería interpretado como un gesto de debilidad.

»—Creeríamos en vuestras palabras, señor —dijo Zamudio—, si no nos hubiesen llegado antes las que pronunciasteis en Nombre de Dios, aquellas en las que decíais que acabaríamos todos en el patíbulo después de haberos entregado nuestro oro. Por ello, os lo repetimos: tomad el rumbo de vuelta y regresad a vuestro lugar, ya que aquí no sois bienvenido.

»En el barco del gobernador empezaron a escucharse voces desesperadas. Regresar a Nombre de Dios era regresar al hambre y nadie quería volver a pasar por aquello. Algunos se acercaron a Nicuesa y le dijeron cosas al oído. Lo veíamos maldecir y comerse su rabia. Al final, se aproximó de nuevo a la borda y nos habló así:

»—Señores, estos que me acompañan son marineros como vosotros. Han sufrido como vosotros, han pasado la misma hambre y la misma sed, han luchado con la misma valentía, han entregado su vida como vosotros. ¿Cómo podéis pedirles ahora que regresen a Nombre de Dios sin mostrar un poco de compasión por ellos? No tenemos apenas vituallas a bordo, no tenemos agua. ¿Nos vais a enviar a la muerte? Escuchad, por Dios, os suplico que nos dejéis desembarcar y así podremos hablar y solucionar este desencuentro.

»Nicuesa había pasado del "exijo" al "solicito" y ahora al "suplico". Juro por Dios que sentía lástima por él, por mucho que supiera lo que nos esperaba si lo dejábamos descender a tierra. Tenía razón en que los enviábamos a la muerte...

»—Vuestras palabras son nobles —dijo Balboa—, y no podemos negarnos a daros provisiones y agua. Por tanto, permitiremos que bajen algunos de vuestros hombres y que carguen lo necesario para el regreso a Nombre de Dios. Podrán desembarcar los que vos indiquéis, pero no vos mismo.

»Nicuesa se quedó mudo. Él mismo había puesto a sus hombres por delante y ahora no podía echarse atrás ante aquel ofrecimiento. Si no aceptaba, se exponía a que los mandásemos de nuevo a altamar sin miramientos. Tras unos instantes se decidió por fin.

»—Está bien. Cargaremos nuestros barcos, pero no partiremos hoy. Permaneceremos aquí para reponernos del viaje... y también para ver si por fortuna entráis en razón y accedéis a dialogar.

»Dichas estas palabras, se retiró de la borda antes de que Balboa o cualquier otro pudiera decir nada más. Ese fue un movimiento inteligente, porque entre los nuestros había algunos dispuestos ya a dispararles con los arcabuces o prenderles las naves si fuera necesario. ¡Qué crueles podemos ser los hombres! Aquellos marineros, por mucho que acompañasen a Nicuesa, eran solo unos pobres diablos como nosotros, sin culpa de nada; pero el odio o el miedo, ¡quién sabe!, nos cegaba.

El emperador me miró con comprensión.

—El que odia cree siempre tener la razón y no es capaz de entender al otro. Por eso es tan difícil de reprimir cuando se presenta. Entiendo que sintierais rabia por Nicuesa, por su modo de proceder; mas él, en el fondo, tenía la razón...

—Claro que la tenía. Y nosotros lo sabíamos, pero nos aferramos a nuestras propias razones; hacer otra cosa hubiese supuesto un suicidio.

—Cuéntame cómo terminó el encuentro. ¿Se avino a regresar a Nombre de Dios por las buenas?

—Por supuesto que no. Durante días lo jugó todo a la carta de dejar pasar el tiempo y esperar a que Balboa cambiase de opinión o bien a que alguien le hiciera recapacitar. No fue así. Balboa, de hecho, jugó con él como quiso. Un día, como para hacer creer que no deseaba ir en contra del mandato del rey, envió a Zamudio y otros cuantos para que le dijesen a Nicuesa que podía bajar a tierra sin miedo, que sería bienvenido y tenido por gobernador, con tal de que nos perdonase las afrentas que le habíamos hecho. Nicuesa, incapaz ya de juzgar la realidad, desembarcó y entonces los nuestros lo persiguieron sin descanso por la playa hasta que lo apresaron. El desgraciado no podía dar crédito a sus desdichas y suplicó que no lo matasen, pues temía que allí mismo acabasen con él a palos. Entonces apareció Balboa, magnánimo, y dijo que lo perdonaría con tal de que se metiese en un bergantín y regresase de inmediato a Nombre de Dios. Dijo que sí y quiso regresar al barco que le trajo hasta allí, pero Balboa los metió a él y a los que con él quisieron seguir, apenas quince o dieciséis, en el peor navío que teníamos. Daba lástima ver su expresión de completo abatimiento. La verdad es que no entiendo cómo alguien pudo seguirlo, porque los estábamos enviando al matadero. Zarparon de inmediato y, cuando los perdimos de vista, ya nadie más los volvió a ver. Era marzo de 1511 si no recuerdo mal. Algunos dicen que tomaron rumbo hacia Calamar y allí fueron muertos por los caribes; otros dicen que llegaron a Cuba y murieron también asesinados. Yo creo que trataron de volver a Nombre de Dios y no lo consiguieron. Nadie lo habría hecho en semejante ruina. Pero ¡quién sabe!

El emperador permaneció en silencio. Comprendía sus dudas, pues imaginaba que en su reinado muchas veces debió de luchar con hombres que se creían llenos de razones para ignorar o contravenir sus órdenes, como nosotros habíamos hecho con Nicuesa. ¿Teníamos la razón de nuestra parte?

—Nos saltamos todas las órdenes y retorcimos la ley para adecuarla a nuestros propósitos. Ahora lo veo todo claro, pero en aquellos momentos nuestro único interés era sobrevivir a toda costa.

—Martín, imagina un soldado al que le ordenas avanzar por la derecha, aunque él sabe que por allí morirá seguro y que, en cambio, por la izquierda tiene más posibilidades de triunfar. ¿Debe seguir la indicación a toda costa, aun sabiendo que es la peor, o debe obrar por su cuenta, desobedeciendo la orden de su superior? No creo que exista una única respuesta. El problema es que el soldado puede elegir, pero el comandante no puede permitir la desobediencia pues corre el riesgo de perder el mando. Lo contrario sería como si el suelo se convirtiese en techo y todos hubiéramos de caminar boca abajo. Nicuesa podría haber buscado un compromiso, pero su cargo le obligaba a no dejarse doblegar, y esa fue su perdición.

—Así es. El que salió ganando de todo aquello, por supuesto, fue Balboa. Había escalado lo suficiente para desbancar a Enciso, rechazar a Nicuesa y ocupar el lugar de Ojeda. Hasta Colmenares se avino a ponerse bajo su mando y jurarle lealtad.

—Buena jugada la de Balboa. Nada mal para alguien que salió de La Española escondido en un barril, ¿verdad? —dijo don Carlos sonriendo.

—El destino es caprichoso, señor. Es como una partida de ajedrez que se jugase a lomos de un caballo: ¡quién sabe en qué momento se descolocarán todas las piezas!

6

Levántate y anda

—¡Josepe, Josepe!

El pobre no daba crédito.

—¿Qué ocurre?, ¿qué pasa?

Lo zarandeé un poco más.

—Venga, que aún no ha amanecido.

—Por eso mismo, ¿qué es lo que queréis?

—Debemos completar nuestro trabajo antes de que los demás se levanten. ¿Podrás hacerlo?

—No.

—Anda, anda. No te lamentes tanto y espabila.

Salimos de puntillas al claustro del monasterio, totalmente a oscuras, y luego abandonamos el recinto hasta llegar al lugar en el que habíamos escondido la silla de Juanelo Turriano. Nadie había descubierto el escondrijo y, después de retirar las ramas, pudimos sacarlo todo. Josepe no hacía más que renegar y lamentarse, diciendo que nos iban a descubrir, que aquello era un robo y un engaño y cosas semejantes; todas verdaderas, por supuesto. Pero como yo estaba decidido a hacerlo de todos modos, no le hacía ningún caso, sino que solo le metía prisa.

—Vamos, deja de rezongar y ayúdame.

Entre los dos fuimos empujando la silla por el camino que conducía a Cuacos. El sendero estaba en tan mal estado, con tantas piedras y barro, que la silla se atascaba en todas partes, de modo que al final tuvimos que levantarla y llevarla a cuestas. El sol empezaba a despuntar cuando atisbamos a los lejos las primeras casas del pueblo. Un vecino que sacaba las ovejas nos vio pasar y se rascó la cabeza con incredulidad, seguramente pensando si habíamos caído de la luna o algo parecido. Quise darle una explicación, pero él prefirió alejarse mientras le oíamos recitar una letanía. Al final alcanzamos nuestro objetivo. Pensé que Beatriz debía de estar ya trajinando, porque la puerta estaba abierta. Entonces escuché su voz a mi espalda.

—Virgen santísima, ¿qué es ese trasto?

Tenía preparada una explicación que en mi cabeza sonaba sensata y convincente; sin embargo, al estar frente a Beatriz, se me olvidó todo como por ensalmo.

—¿Cómo explicarlo? Es un... es una... sirve para..., en fin, creo que podría ayudar a vuestro hijo Rafael si consigo ajustar algunas piezas.

Beatriz estaba atónita. No era raro, pues aquel artilugio parecía un invento del mismo diablo.

—¿Y cómo se supone que podrá ayudar «eso» a mi hijo?

—Vos dijisteis que apenas salía de casa porque no podéis moverlo, ¿no? Pues esto os permitirá levantarlo más fácilmente y sacarlo a pasear. Solo necesito un rato, ya veréis. Josepe, ¡ayúdame!

El pobre Josepe, visto que no tenía alternativa, siguió mis indicaciones: tensó las ballestas del resorte y ajustó este al asiento de la silla. Me esforcé en regular la tensión para que el experimento no acabase en desastre como la primera vez, y coloqué la palanca que permitía accionar el mecanismo. Estaba listo.

—Ya lo tengo; es hora de probarlo. Josepe, ¡siéntate!

—¿Yo? ¿Por qué yo? —preguntó aterrorizado.

—Porque solo no puedo hacerlo. Debo ponerme delante por si sales disparado.

Tuve que detenerlo para que no corriese.

—Martín, ¿estáis seguro de que es necesario? —preguntó Beatriz.

Vi que la mirada de Josepe se llenaba de esperanza ante la posibilidad de librarse, pero yo no pensaba darme por vencido una vez allí.

—Claro que es necesario. Vamos, Josepe, siéntate. ¿Qué puede salir mal?

Josepe se sentó, cerró los ojos y se santiguó. Beatriz dio un paso atrás y se protegió con las manos. Accioné la palanca, el resorte se liberó y Josepe se vio impulsado hacia delante con firmeza pero sin violencia, lo justo para incorporarse sin esfuerzo. Beatriz ahogó un grito de asombro.

—¡Funciona! —grité.

—¡Funciona! —repitió Josepe, aún más contento.

—Ahora las ruedas —dije—. Beatriz, ¡mirad!

Empujé la silla y esta rodó sobre el suelo de la casa, de manera algo torpe, aunque al menos sin desmontarse.

—Con esto Rafael podrá salir a la calle y podréis ayudaros para levantarlo o para tumbarlo en la cama cuando sea la hora de acostarlo.

Estaba tan abrumada que apenas tenía palabras.

—Es… es…

No pudo decir más y nos dio un abrazo a mí primero y a Josepe después. El pobre se emocionó tanto que comenzó a llorar de alegría.

—Ahora entiendo vuestros desvelos, señor.

—Bueno —dije—, primero tendremos que probarlo con Rafael, para ver que realmente funciona.

Beatriz asintió y llevamos la silla al cuarto donde dormía su hijo. Lo levantó como de costumbre, pero, en vez de tener que llevarlo hasta la cocina sujeto por debajo del sobaco, cargando todo el peso, lo sentó en la silla. Empujamos y las ruedas se deslizaron con suavidad, así que pudimos sacarlo sin mayor esfuerzo. Mientras Beatriz se ponía delante de él, le indicamos a Rafael que debía apretar la manivela para liberar el resorte. Con cierta dificultad lo hizo y el asiento se levantó lo suficiente para que pudiera ponerse de pie con facilidad. Beatriz dejó que Rafael se sentase de nuevo y el mecanismo se quedó bloqueado, como debía. El pobre no daba crédito: reía y trataba de hablar para dar las gracias, pero no le salían las palabras, de modo que abrazó a su madre y rompió a llorar también.

Habíamos armado tal alboroto que la cocina estaba llena ya de vecinos. Algunos lo habían visto en funcionamiento y los que llegaban después pedían que lo accionásemos otra vez, asistiendo boquiabiertos a aquel «milagro». Tampoco faltó quien lo consideró un invento del diablo, como suele ocurrir siempre que se descubre algo nuevo. Entonces llegó el párroco del pueblo, don Genaro, y todos se pusieron a contarle aquel prodigio al mismo tiempo y sin ningún orden, de suerte que el galimatías era de tal calibre que resultaba imposible que se enterase de nada.

—¡En nombre de Dios, callad un poco, que esto parece un gallinero! Que alguien me diga de una santa vez que es este cachivache.

—Esto, padre —le dije—, es un artilugio que permitirá a Rafael levantarse solo y pasear por el pueblo.

Don Genaro se echó las manos a la cabeza.

—¿Qué estás diciendo, insensato? Rafael lleva años impedido y nunca volverá a moverse solo. Únicamente un milagro de Dios podría devolverle el movimiento y esto, estoy bien seguro, no lo parece.

—A veces hay cosas que parecen imposibles, y aun así suceden.

—Y hay otras que no suceden nunca, como que yo, en vez de dar misa en esta parroquia, la diese ante el mismísimo rey.

—Eso no puedo arreglarlo, padre; esto sí.

Entonces, ante todos los allí congregados, le hice al párroco la demostración completa, con paseo por la cocina y puesta en pie incluidos. El hombre besó el crucifijo que llevaba al cuello y dio gracias a Dios.

—¡Alabado sea el Señor! Este invento demuestra lo grande que es el ingenio humano cuando se ve alimentado por el aliento divino. No me queda más que felicitarte. Este es un trabajo digno del inventor que trabaja para el emperador..., ese tal Juanelo. Nunca pensé que nadie pudiera igualarlo.

Miré a Josepe y vi que tenía la faz pálida como la leche. Fue a abrir la boca, probablemente para confesar, pero no le di tiempo:

—Todo se pega, padre, y de tanto estar en el monasterio no es raro que se nos haya contagiado alguna de las virtudes del gran Turriano. De todos modos, ¿qué importa eso ahora? Lo importante de verdad es que Rafael podrá salir a pasear por Cuacos cuando quiera y disfrutará de la compañía y la ayuda de las buenas gentes de este pueblo, como siempre las ha tenido.

Algunos se miraron entre sí, sin decir palabra, y otros agacharon la cabeza avergonzados.

—De eso me ocuparé personalmente —dijo el cura, mirando con reproche a algunos de los presentes—. Rafael y Beatriz tendrán el apoyo que necesiten. Si no tenemos caridad, ¿qué clase de cristianos somos?

El rostro de Beatriz resplandecía y mi corazón estaba lleno de gozo; por ella y su hijo, y también por haber podido hacerla feliz.

Cuando todos se fueron, acomodó a Rafael en la silla y lo puso junto a la puerta, como de costumbre, para que pudiese ver la calle. Luego cogió tres cuencos y sacó una jarra con vino. Me daba cierto apuro, porque no tenía mucho para ofrecer, pero sabía que para ella era importante y no quise rechazar la invitación. Josepe ni se lo planteó y bebió con gusto el vino, para calmarse sobre todo, acompañado de un buen pedazo de pan.

—Nunca me dijisteis que fuerais inventor. Lo que habéis creado es un verdadero prodigio.

Josepe se puso a toser y hube de darle en la espalda mientras le quitaba el cuenco de las manos.

—Al pobre le sienta mal el vino —dije—. No está acostumbrado... Josepe, ¿por qué no vas a dar un paseo y vienes en un rato? No hace falta que te des prisa.

—¿Un paseo? ¿Por dónde?

—¡Madre de Dios! ¿Es que tengo que decírtelo todo? ¡Por donde quieras, diantres!

Beatriz se rio y el pobre Josepe se levantó apresuradamente y salió a la calle sin saber dónde ir. Al final cogió hacia la derecha, lo mismo que podría haber ido hacia el lado contrario.

—Es un buen muchacho —afirmé—. Algo cándido a veces, pero con un gran corazón.

—Sí, lo es. Recuerdo que alguna vez, cuando los monjes del monasterio nos echaban a palos por pedir, él siempre se las arreglaba para darnos algo. No hay muchos como él; tampoco hay muchos como vos.

Sentí un vuelco en el estómago como hacía años que no experimentaba y tomé su mano entre las mías. Ella sonrió con dulzura y luego se acercó y me besó. ¿Cómo describir aquella emoción, aquel goce extraordinario?

—Me gusta estar contigo —dijo, y esa fue la primera vez que me trató con familiaridad.

¡De qué manera tan fácil podemos lograr la felicidad en ocasiones y qué lejana nos parece, sin embargo, el resto del tiempo! En aquel lugar apartado, al que había llegado para encontrar la verdad en los libros, lo que había hallado era el amor, de nuevo, y a mis más de sesenta años.

—A mí también me gusta estar contigo, Beatriz. Dios nos ha concedido la dicha de conocernos.

Ella asintió, aunque una mueca de tristeza se dibujó en sus labios.

—¿Qué ocurre? —pregunté.

—Habernos conocido es una dicha, pero no sé en qué modo podremos continuar juntos. El emperador requiere tus servicios ahora; ¿qué pasará cuando termines?

—No lo sé. Pero si la vida me ha enseñado algo es que siempre hay un camino para seguir adelante. Lo encontré cuando salí de casa de mis tíos; lo encontré cuando crucé el océano, dejando todo atrás; y lo encontré una y otra vez en mis andanzas en las Indias, cuando todo parecía perdido... Encontraremos la manera de estar juntos, te lo aseguro.

Beatriz sonrió.

—Espero que tengas muchas historias que contar, y que el emperador no se canse nunca de escucharlas.

Yo sonreí también.

—No te preocupes; me encargaré de ello.

7

Al interior

Me crucé con Luis de Quijada en el patio del palacio. Se encontraba ojeando unos papeles mientras caminaba, pero, a pesar de tener la vista fija en ellos, advirtió mi presencia.

—Buenos días, Martín —saludó sin mirarme.

—Buenos días. Os veo tan ocupado como de costumbre.

—Si no se tramitan adecuadamente, los asuntos se acumulan; y esa es una costumbre muy mala. En fin, ¿qué tal van las entrevistas con el emperador?

—Siguen su curso. Al emperador le interesan mis historias y parece entusiasmarse con todo lo que ocurrió en las Indias. Es curioso que conociese tan poco de lo allí acontecido.

Quijada levantó por fin la vista de los legajos.

—En eso te equivocas, Martín. El emperador lo conoció con bastante profundidad, pero debes tener en cuenta la cantidad de frentes a los que tuvo que atender: los conflictos religiosos en Alemania, las revueltas en Flandes, la interminable guerra con Francia, los desencuentros con el papa, los levantamientos internos en España... Cualquier otro hubiese sucumbido a tal presión. Pero él asumió su papel y atendió a todos los problemas como un auténtico líder: tomando decisiones y asumiendo la responsabilidad tanto de sus éxitos como de sus errores.

Comprendí que Quijada tenía razón. Lo que yo le contaba eran historias relevantes, pero solo eran parte de un conjunto casi imposible de abarcar para una sola persona.

—No lo había pensado así, mas estáis en lo cierto.

—En fin, tú sigue como hasta ahora. He de reconocer que el emperador está de mucho mejor humor e incluso parece disfrutar de mejor salud.

—Así lo haré.

Quijada hizo amago de marcharse; en el último momento se dio la vuelta.

—Por cierto, en el monasterio parece que andan muy revueltos. Algunos monjes dicen que hay gente extraña merodeando a horas intempestivas... incluso para ellos. Un novicio afirma haber visto dos sombras de madrugada, y fue corriendo a despertar al prior, dando gritos y diciendo que había visto a unos espectros.

Me encogí de hombros.

—No tengo ni la menor idea de ese incidente, aunque dudo mucho de que se tratase de ningún fantasma.

—Eso mismo pensó el prior, por supuesto. Anduvo investigando, aunque parece que no echó nada en falta en las dependencias del monasterio, con lo cual se descarta que fueran ladrones. ¡Quién sabe! Quizá se tratase de algún pedigüeño que acertó a venir demasiado pronto.

—Sí, eso encaja mejor —dije.

Pero Quijada no pensaba dar el tema por zanjado.

—En todo caso, no me gusta que ocurran cosas raras. El emperador es una persona demasiado importante como para poner en juego su seguridad; está en boca de todos que don Carlos se encuentra aquí retirado, sin apenas guardia que lo custodie, y alguien podría querer sacar provecho de ello. Investigaré un poco, por si acaso.

Tragué saliva con mucho trabajo mientras don Luis se retiraba a sus asuntos. No pensaba decirle nada del tema, pero me escamaba que se tomase tantos desvelos, pues era una persona muy perseverante.

En la comida disfruté de uno de mis platos favoritos: sangre frita con cebolla, que Josepe me sirvió con su mejor sonrisa. No quise comentarle nada de lo que había hablado con el mayordomo, para no alarmarlo. Tras descansar un poco acudí a mi cita con el emperador. Por desgracia, los rumores de los espectros también le habían llegado y me lo comentó nada más sentarme.

—Dicen que hay gente extraña en el monasterio, que merodea de madrugada y se esconde en las sombras. Algunos monjes están muy alterados, hablan incluso de ánimas, aunque creo que exageran. ¿Qué te parece a ti?

No tenía muy claro si me preguntaba por el asunto en sí o por la alteración de los monjes, pero traté de esquivar el tema como pude.

—El desconocimiento nos hace ver fantasmas donde solo hay sombras...

—Esa es una reflexión muy sabia, Martín; no obstante, tan errado está el que ve una sombra y cree ver un fantasma como el que ve un fantasma y piensa que es solo una sombra... Eso si es que las ánimas existen, a fin de cuentas. He vivido en muchos palacios y en aquellos grandes salones muchos decían oír voces y ver sombras que se ocultaban tras las puertas o se escondían en las esquinas más oscuras. Algunos aseguraban que provenían de personas muertas hacía muchos años. Yo nunca vi ni oí nada. De hecho, en ocasiones tuve que reprender a algunos de mis sirvientes por su candidez. Creer que los fantasmas nos visitan y que pueden hacernos algún mal no es más que un síntoma de una pobre fe en Dios. ¿No te parece?

—Tenéis toda la razón. Nunca puse el pie en un palacio hasta ahora, pero os aseguro que en las casas modestas tampoco vi nada que me hiciese creer en espíritus, más allá del espíritu de Dios. Creo que no hay que darle mayor importancia. Estoy seguro de que las aguas regresarán a su cauce en breve.

El emperador levantó su jarra de cerveza y yo hice lo propio con mi copa de vino.

—Que así sea —dijo, y le dio un buen trago a su negra y espesa bebida—. Bueno, nos habíamos quedado en el momento en que Balboa consiguió librarse de Nicuesa, ¿no es así? Supongo que esto le dejó el camino expedito para asentar su poder en La Antigua.

Dejé la copa y retomé mi relato:

—En cierto modo sí, aunque para conseguirlo aún tenía que resolver un último asunto. Nicuesa estaba vencido; mas Enciso seguía siendo un problema. La cuerda en la que se movía Balboa era muy inestable. Como bien sabéis, había echado a Nicuesa alegando que no tenía jurisdicción allí, pero en ese caso estaba dando la razón a los que defendían que Enciso era el hombre que había nombrado Ojeda como su lugarteniente.

—Y Balboa tenía miedo de que estos se levantasen contra él, ¿no?

—Sí, sobre todo temía que el malestar se enquistase y no le permitiese seguir con sus planes de explorar el interior de aquel territorio. Enciso era una piedra en el zapato y tenía que eliminarla para poder avanzar. De modo que discurrió una solución que convenía a ambos. Si Enciso reclamaba justicia, se la daría; pero no en Tierra Firme, sino en España. Por ello resolvió preparar un barco y enviar en él al detenido y a Martín de Zamudio para que defendiera la legalidad de los actos acaecidos en Santa María. El barco habría de ir primero a La Española y de ahí a Castilla, donde se estudiarían los hechos. Y para que al rey Fernando no le faltasen motivos para dictaminar a favor suyo, Balboa enviaba un buen cargamento de oro y la promesa de mayores riquezas si le permitían seguir explorando.

—Un rey no castiga a quien bien le sirve, ¿no es eso?

No sabía si el emperador lo decía con sorna, aunque era exactamente eso.

—Quizá no sea el mejor principio de la justicia, pero Balboa sabía que un buen rescate sería un mérito más efectivo que ningún otro. Y, de hecho, así fue. Los pleiteantes llegaron primero a La Española, donde se presentaron ante Diego Colón, y de ahí fueron a España, donde fueron recibidos en la corte. Allí se dictaminó, en primera instancia, a favor de Balboa y antes de que acabase el año de 1511 fue nombrado gobernador de la provincia del Darién, un cargo bastante pomposo para lo que de momento no era más que un mísero asentamiento en Tierra Firme. A la vez, desde La Española nos llegaron más hombres y pertrechos para poder continuar nuestras exploraciones. Balboa era bastante inteligente para saber que solo encontrando más oro podría mantener el favor real. Y también la lealtad de los hombres, pues aún eran muchos los que dudaban de que fuese la persona justa para comandarlos. El que cada vez tenía menos dudas era Mateo.

»—Todo va a ir bien a partir de ahora, Martín —me aseguró uno de aquellos días—. Balboa tiene la fortuna de cara por haberse enfrentado a los tiranos.

»—Si con "tiranos" te refieres a Enciso y Nicuesa, la verdad es que de tiranos tienen poco...; bien visto, y por mucho que nos pese, la justicia estaba de su parte.

»—¿Justicia? ¿Te pareció justo su proceder, acaso?

»—No digo que fueran buenos gobernantes; eso lo sabes tan bien como yo, pero me temo que un juez no lo tendría tan claro a la hora de a quién dar la razón.

»Mateo negó con la cabeza.

»—Ni tú ni yo somos jueces; esas son disquisiciones en las que es mejor no entrar.

»Y con aquello dio por zanjado el tema; para él eran justos los que pensaban como nosotros e injustos todos los demás.

»En todo caso, tuviéramos o no la justicia de nuestro lado, lo que Balboa nos hizo ver es que, si queríamos triunfar, teníamos que pensar a lo grande y tomar verdadera posesión de aquellos territorios. Lo primero que hizo fue enviar una expedición de rescate para los españoles que permanecían en Nombre de Dios. La noticia fue recibida con alborozo por todos, incluso por aquellos que más lo criticaban.

»A los pocos días se prepararon dos bergantines y se enviaron a Nombre de Dios bajo el mando de Pizarro. Fui en uno de los barcos con el encargo personal de Balboa de acallar las voces que pudieran alzarse en su contra: la verdad oficial que debíamos contar era que Nicuesa se había embarcado voluntariamente en su navío y que no habíamos sabido más de él. La precaución de Balboa era comprensible, pero a la postre fue innecesaria: aquellos hombres habían sufrido al gobernador y allí gozaba de menos predicamento incluso que en Santa María. Fuimos muy bien recibidos y todos se alegraron de poder dejar de una vez por todas aquel lugar pestilente, pues pensaban que ya nunca saldrían de allí.

»Pasamos en Nombre de Dios unos días preparando la vuelta, mas no quiero detenerme mucho en ello, ya que lo realmente importante ocurrió justo en el viaje de regreso. Lo que pasó fue... ¿Cómo decirlo?

El emperador me miró a los ojos y sonrió.

—¿Un milagro?

—Exacto; algo increíble.

—Tu relato está lleno de giros y sorpresas, Martín, como una buena obra de teatro. ¿Qué fue eso tan extraordinario que os ocurrió?

—Pues resulta que, en una de las jornadas de vuelta, por tener poca agua a bordo, decidimos acercarnos a la costa y aprovisionarnos en un riachuelo. Y... ¿sabéis lo que vimos?

Don Carlos alzó las cejas, expectante.

—Cuando estábamos bajando a tierra, vimos a dos hombres casi desnudos, con el cuerpo pintado de rojo y haciendo aspavientos. Al principio pensamos que eran indios. Al aproximarnos, comprobamos que tenían el pelo rizado y barba ¡y nos gritaban en castellano! Era... casi imposible. ¿Quiénes eran aquellos dos hombres? ¿De dónde habían salido?

»—¡Guardad las espadas, amigos! —gritó uno de ellos, al ver que varios de los nuestros estaban desenvainando—. Somos castellanos.

»Hernando, que estaba a mi lado, se adelantó.

»—Que me parta un rayo..., ¿no es ese Juan Alonso?

»Otro de los hombres de Nicuesa corroboró sus palabras.

»—Sí, lo es; y el que lo acompaña es Pedro de Vitoria. Virgen santísima..., ¿de dónde han salido?

»Pizarro se adelantó y ordenó envainar las espadas.

»—¿Los conocéis? ¿Son de vuestra expedición?

»—Sí —respondió Hernando—. Se escaparon de uno de los barcos del gobernador en una de las ocasiones que hicimos aguada. Los dábamos por muertos…

»—Pero están bien vivos —dijo Pizarro mientras se acariciaba el mentón. Luego se dirigió hacia ellos—: Decidme, ¿cómo habéis hecho para sobrevivir aquí? ¿Y por qué tenéis ese aspecto?

»Los dos hombres nos contaron su aventura: tras abandonar la expedición se internaron en la selva y dieron con un poblado bajo el mando de un cacique llamado Careta. Al principio tuvieron mucho miedo de que los matase, pero el cacique no lo hizo, sino que los tomó bajo su protección y los agasajó con todo tipo de atenciones.

»—Es un hombre muy rico —dijo Juan—. Posee más oro del que nunca se haya visto y controla con mano fuerte a sus hombres. Solo hay un rival que le hace sombra: otro cacique llamado Ponca, con el que en ocasiones guerrea, sin que nunca terminen de vencer uno sobre el otro. Nosotros gozábamos de la amistad y la confianza de Careta, pero deseábamos ya encontrarnos con alguno de los nuestros, por lo que le pedimos que nos dejase ir, aunque teníamos pocas esperanzas de dar con nadie. Y hoy, ¡vive Dios!, se ha obrado el milagro.

»En aquel momento Pizarro tuvo sus dudas. Por una parte, su deber era detenerlos, pues eran desertores de la expedición de Nicuesa. Por otra parte, aquellos dos hombres, si era cierto lo que decían, podrían abrirnos la puerta a la conquista de aquellas tierras que tanto se nos estaban resistiendo. Pizarro debió de pensar que una ilegalidad más que añadir a las muchas ya cometidas no cambiaría demasiado el panorama y decidió aprovechar la situación: ordenó a Juan Alonso que regresase a las tierras del cacique Careta para prepararnos el terreno; mientras, Pedro de Vitoria vendría con nosotros a Santa María para contar todo lo que sabía.

»Balboa, por supuesto, recibió aquello como un regalo del cielo. Conversó con Pedro durante días y le preguntó todo lo imaginable para enterarse de cómo eran Careta y sus hombres:

qué cultivaban, cómo vivían, qué armas tenían, cómo se organizaban para ir a la guerra... Nada se le pasó por alto.

»Inmediatamente después comenzó a preparar la expedición, ahora con nuevos bríos.

»Partimos con un buen contingente de hombres, más de un centenar, suministros para varios meses y todas las armas de que disponíamos. Pedro de Vitoria nos servía de guía. Avanzar no era tarea fácil para un grupo tan grande, pues la selva era densísima y perdíamos mucho tiempo cortando ramas y eliminando toda la maleza que obstaculizaba nuestro paso. Abrir camino a espadazos, y bajo el sol del trópico, era una tarea extenuante, por lo que Balboa nos organizaba en turnos para que no acabásemos completamente agotados. Aun así, era un poco descorazonador contemplar que, tras un día entero de trabajo, apenas habíamos avanzado dos o tres leguas. Para todos menos para Vasco, que iba siempre en cabeza, sin protestar por nada, sin quejarse del calor o de los mosquitos, caminando a buen ritmo acompañado por su perro Leoncico; el cual, por cierto, se llevaba la mejor tajada: nosotros recibíamos nuestra escueta ración, pero el perro comía a diario los trozos de carne que los demás teníamos para una semana.

»Al fin, tras varios días de caminata, llegamos al territorio que Pedro de Vitoria nos señaló como el dominio del cacique Careta. Enseguida percibimos ciertas señales de que aquel lugar estaba habitado: trampas en algunos árboles, señales de tierra removida y, aunque pueda parecer raro, la continua sensación de estar siendo observados a cada paso. Pronto comprobamos que no era una sensación, sino la realidad. Desde el poblado llevaban días siguiéndonos con rastreadores y, si no nos habían atacado, era solo porque Juan Alonso estaba con ellos. Balboa, por si acaso, dejó de dar de comer al perro.

»El encuentro se produjo a la mañana siguiente, al poco de comenzar a andar. Balboa iba en cabeza junto al párroco Andrés de Vera, que portaba un crucifijo. Dimos a un pequeño claro en la selva y allí estaba la comitiva de Careta. Era un hombre alto, de buena hechura y color cobrizo. Llevaba solo un taparrabos y se adornaba, eso sí, con multitud de pulseras, plumas de ave y collares de conchas. Junto a él se encontraban sus hombres: un conjunto de guerreros con lanzas de madera y torpes escudos. Más que su armamento nos atemorizaba su actitud, pues no parecía que fuésemos muy bien recibidos. Se adelantó, levantó los brazos al aire y nos dirigió unas palabras en voz alta que Juan nos tradujo:

»—Este es el territorio de Careta, el grande, el guerrero, el hijo del jaguar. Careta es generoso con los que lo necesitan y por eso acogió aquí a los hombres venidos del mar, a pesar de que el mar es el lugar del que proceden todos los males. Pero Careta no ve que los guerreros que ahora vienen estén necesitados, sino que son fuertes y están bien alimentados. Tomad las huellas que habéis dejado atrás y volved a vuestro lugar, pues aquí no sois bienvenidos. Y llevaos también a ese dios vuestro que viene clavado en una cruz. Puede que sea poderoso, pues os ha traído hasta aquí, pero preferimos que lo adoréis en vuestra tierra, no en la nuestra.

»Balboa miró a Pedro de Vitoria con gesto de reproche. Ese recibimiento no era el que nos habían anunciado.

»—¿Qué ocurre aquí, Pedro? ¿Son sinceras las palabras del jefe o esto es solo una demostración de poder delante de sus hombres?

»Pedro inspiró hondo y contestó:

»—No le conocía esta actitud; con nosotros fue siempre amable y amistoso. Si ahora dice que no nos quiere aquí, creo que es cierto.

»Balboa dudó. Retirarnos era reconocer una derrota y regresar a la misma situación de la que tratábamos de salir; pero enfrentarse abiertamente podría terminar en fracaso, como la expedición que comandó Pizarro.

»—Mis hombres tienen hambre y están cansados. ¿Es esta la manera en que recibís a los que os visitan? Había oído palabras sobre vos que ahora me parecen falsas. No venimos a hacer daño, aunque tampoco a que nos desprecien.

»Todos miramos a Juan y vimos que tragaba saliva con difi-

cultad. Tradujo, o eso supusimos, las palabras de Balboa y esperamos la reacción del cacique. Este apretó la mandíbula y dijo:

»—Siempre que aquí han venido extranjeros, como vosotros, los hemos tratado bien y los hemos alimentado. Ahora ya
no nos queda nada que ofrecer, pues nos encontramos en guerra con el poblado del jefe Ponca, quien ha destruido nuestras
cosechas; si no podemos alimentar a nuestros hijos, mucho menos os alimentaremos a vosotros. De modo que os pedimos de
nuevo que os volváis a vuestra tierra.

»Balboa sujetaba al perro por la correa mientras este no
hacía más que gruñir y mostrar los dientes. Pizarro se le acercó
y le dijo:

»—Hay que acabar con ellos ahora mismo. Da la orden y
por Dios que los descuartizaremos.

»Balboa dudaba mientras la tensión se hacía insoportable;
varios de los nuestros ya tenían la mano en la empuñadura de
la espada mientras los indios tensaban sus arcos. Yo hice lo
mismo, pues no tenía duda de que nos lanzaríamos de inmediato al combate, como en tantas otras ocasiones. Entonces Balboa levantó el brazo, dejó su espada en el suelo y se acercó solo
a un palmo de Careta; tomó su mano y llamó a Pedro de Vitoria, que acudió al instante.

»—Dile al jefe que no es nuestra intención venir aquí a hacer ningún mal ni a aprovecharnos de ellos. Llegamos en paz y
queremos seguir en paz. Ofrecemos nuestra amistad y, en prueba de ello, si nos suministra los bienes que necesitamos, nosotros le ayudaremos a derrotar a su enemigo, el jefe Ponca. No
cesaremos hasta acabar con él. A partir de hoy, los enemigos de
Careta son nuestros enemigos.

»Al escuchar aquellas palabras, el rostro de Careta mudó
de la desconfianza a la satisfacción; estaba claro que nada podía hacerle tan feliz como acabar con el cacique rival.

»—Esas palabras que el jefe blanco ha pronunciado agra-
dan a mis oídos —dijo levantando las palmas al cielo—. Toma
la espada que con buen juicio dejaste en el suelo y haya paz y
amistad entre nosotros.

Don Carlos sopesó mis palabras y asintió con la cabeza.

—Duro cuando había que guerrear e inteligente cuando era mejor no hacerlo. Esa es la máxima que a todo líder debería guiar, pero que resulta muy difícil de aplicar llegado el momento. Igual que el perro se ceba sobre las vísceras del jabalí muerto, el que consigue una victoria gusta de regodearse con el enemigo vencido. ¡Con qué facilidad se decapita al general derrotado o se envía a un centenar de soldados a la horca como escarmiento para los demás! ¡Y qué poco se hace para evitar la destrucción, las violaciones y todo tipo de atropellos! Dios nos muestra el camino de la piedad..., pero los hombres preferimos seguir con demasiada frecuencia el de la venganza, que es más sencillo y complace más a nuestras almas pecadoras.

—En efecto, señor. Por eso Balboa se ganó el respeto de todos nosotros aquel día, incluso de los que le habían sido más contrarios. Careta pasó en un instante de ser un posible enemigo a un aliado agradecido.

—¿Cumplió Balboa su promesa de ayudarle contra el cacique enemigo?

—Sí, por supuesto. Balboa era un hombre de palabra, de modo que envainamos las espadas y comenzamos a parlamentar. Una cosa era evidente: Careta no había mentido —al menos no del todo— cuando nos dijo que era poco lo que tenía que ofrecer. Llevaba tiempo en guerra con Ponca y esto había consumido sus recursos. Periódicamente se atacaban los unos a los otros y se quemaban las cosechas y los graneros, de modo que aquella guerra inacabable amenazaba con destruirlos a todos. Balboa supo aprovechar la circunstancia: dos poblados enfrentados no valían nada; uno dominando al otro suponía dos fuentes completas de suministros. Y eso era lo que necesitábamos para seguir penetrando en aquel territorio.

»Tuvimos que esperar un tiempo hasta que Careta consiguió reunir provisiones suficientes, pero al final nos pusimos en marcha. Tomamos lo que precisábamos, mas no saqueamos sus cosechas ni los sometimos a castigos o abusos innecesarios. Ponca dominaba un territorio hacia el interior, aún más difícil e impenetrable que el de Careta. Después de algunas jornadas de caminata, alcanzamos por fin nuestro destino. Esperábamos hallar resistencia, pero nos topamos con una aldea abandonada. Estaba claro que Ponca, a la vista del ejército que se acercaba, actuó con inteligencia y se retiró. A lo que no le dio tiempo fue a llevarse sus cosechas, que encontramos intactas, ni tampoco sus tesoros: hallamos gran cantidad de oro tanto en el interior de las chozas como escondido torpemente y a toda prisa. Nosotros nos alegramos mucho con el hallazgo, pero Careta aún más, pues había derrotado a su peor enemigo sin siquiera perder un hombre. Tras recoger las cosechas y el oro, nos pidió que prendiésemos fuego al poblado para que no quedase nada de él. Era un acto de venganza innecesario, pero Balboa no tenía tampoco motivo para negárselo, de modo que destruimos todo y lo dejamos reducido a cenizas. A ojos del cacique aquello sería suficiente para que Ponca nunca más se atreviese a hacerle la guerra.

»De vuelta al poblado todo fueron fiestas y celebraciones. Por fin alcanzábamos una victoria clara en nuestras andanzas por Tierra Firme, sin bajas en nuestras filas y consiguiendo víveres y oro en abundancia. Estábamos exultantes.

»Al caer la noche, en el centro del poblado se prendieron unas hogueras. Cuando los troncos se hicieron brasa, los indios pusieron a asar grandes trozos de carne de venado mientras esperábamos sentados en corros. Según la carne se cocinaba nos fueron sirviendo otros manjares: frutas, verduras, maíz y, sobre todo, mucho vino de palma. Al verlo, Mateo se puso como loco de contento. Bebió sin parar hasta que la lengua comenzó a trabársele.

»—Retiro todo lo que haya dicho sobre nuestra mala suerte, Martín. Este banquete me resarce de muchos sinsabores.

»Hernando rio con ganas.

»—Te vendes por una pierna de venado y un vaso de vino, Mateo. ¡Poco precio! Aunque en esta ocasión estoy contigo: creo que es la mejor celebración en la que he participado.

»Mateo asintió y se echó otro trago al coleto. Estaba tan

334

borracho que parecía que fuese a caer desmayado en cualquier momento, pero aún quería más. Una muchacha de la aldea pasó junto a nosotros con un cuenco y Mateo la llamó:

»—¡Eh, no pases de largo, que estamos sedientos!

»La muchacha se acercó despacio, con la mirada gacha, los pies descalzos y los pechos sin cubrir, solo tapada por un diminuto faldellín. Era muy joven, quizá no llegase a los quince años. Cuando iba a servirnos, tropezó y cayó de rodillas. Alargué el brazo para sujetarla y que no se lastimase, y entonces ella levantó la vista y sus profundísimos ojos negros se clavaron en los míos como dos flechas. Estaba tan cerca que podía aspirar el aroma de su piel y sentí cómo su vello se erizaba.

»—¿Te encuentras bien? —pregunté, como si ella pudiera entenderme.

»Por supuesto que no lo hizo, pero mientras se ponía en pie y nos servía el poco vino que había quedado en el cuenco, me sonrió con la mayor dulzura que se pueda imaginar. Yo la miraba en silencio, completamente absorto.

»—Que el demonio me lleve si no acabas de enamorarte, Martín —me dijo Hernando al tiempo que me daba un manotazo.

»—¿Qué dices? —protesté—. Cierra esa bocaza.

»Pero era cierto. Sentía todo mi cuerpo recorrido por un estremecimiento de dicha y de inquietud a la vez.

»—Es muy hermosa —intervino Mateo—. ¿Por qué no le dices algo?

»—¿Algo? ¿Cómo crees que podría decirle nada?

»Terminó de rellenarnos los cuencos. Yo no quería que se fuera, pero no sabía cómo hacer para retenerla. Solo deseaba seguir a su lado.

»—Mi nombre es Martín —dije—. ¿Cuál es el tuyo?

»Ella me miró sin comprender y volvió a sonreírme. Los demás estaban expectantes, pero ella solo me miraba a mí. Me puse la mano en el pecho y repetí:

»—Martín, Martín…

»Ella tomó mi mano, la puso sobre su pecho y contestó:

»—Luaía.

»En aquel momento todo desapareció a mi alrededor. Ya no había fiesta, ni vino, ni hogueras, ni olor a carne asada… Solo la veía a ella frente a mí: su piel dorada, su sonrisa, sus ojos negros. Notaba su corazón latiendo en las yemas de mis dedos y descubrí que lo hacía al mismo compás que el mío; era algo mágico, como si un hilo invisible nos hubiese entrelazado. Estaba en otro mundo. Un nuevo empujón de Hernando me sacó de mi ensueño.

»—¡Ya tienes su nombre y te ha dejado tocarla! ¡Menudo sinvergüenza!

»Escuché sus risas como un eco lejano, porque todos mis sentidos estaban presos de ella. En ese momento la llamaron desde otro corrillo y la muchacha, retirando mi mano de su pecho, se alejó a servirles. Mientras lo hacía se volvió y me miró de nuevo. Al instante empezaron a sacar carne asada y el tumulto se multiplicó. Algunos comieron hasta reventar, otros prefirieron seguir con el vino y otros se pusieron a bailar y cantar. No solo los nuestros, sino también los súbditos de Careta, que disfrutaban como nosotros y que eran unos borrachos formidables. Yo comía, bebía y cantaba, pero mi alma no estaba allí, sino que flotaba por encima de la aldea en busca de aquella joven. Tenía que encontrarla.

»Me libré de dos que me ofrecían más vino y caminé entre las hogueras buscándola. El humo de los fuegos iba y venía impidiéndome ver, aunque ocultándome también en la confusión. Entonces sopló una ligera brisa y, al retirarse el humo, la vi de nuevo. Había muchas otras jóvenes sirviendo vino y portando fuentes de carne, pero no tuve dudas de que era ella. Me acerqué y la llamé:

»—Luaía.

»Ella se volvió y su sonrisa me pareció lo más bello del mundo.

»—Martín —dijo.

»Sonreí y contesté:

»—Sí, Martín.

»Ella se acercó y me dio un fugaz beso en los labios para luego desaparecer.

»Pasé las horas buscándola, tratando de lograr otro beso que calmase el fuego que quemaba mi boca. Me ofrecieron vino y lo bebí; a pesar de su dulzor, me pareció amargo. Hernando y Mateo se reían de mi desventura.

»—El pobre se ha enamorado y su amor le ha dado esquinazo —decía Mateo—. ¿Es que no ves que esto está lleno de jóvenes hermosas? ¿Por qué pierdes el tiempo encaprichándote de una en concreto?

»Rechazaba sus palabras como podía mientras a mi lado veía que los demás hacían precisamente eso: estar un rato con una y otro rato con otra, disfrutar del momento, beber y reír.

Levanté un momento la vista y me sorprendió la expresión del emperador. No me miraba con reproche ni con censura, sino con comprensión.

—No te avergüences de hablar con franqueza, Martín, pues nada de lo que dices va en contra de los deseos del hombre ni de Dios. ¿Por qué iba a haber hecho Dios tan placentero el amor y el goce carnal si fuese pecado? Lo único que hacías era dar rienda a tu deseo de dar y recibir amor y eso no es algo sancionable. Soy emperador, pero soy hombre y un día fui joven, y sé bien lo que es el ardor irrefrenable de la juventud, ese que nos lleva a cometer locuras sin ser apenas conscientes de ello. Y no solo en la juventud, pues yo las cometí, sobre todo, de adulto.

—Yo tenía por aquel entonces dieciocho años y todavía no había estado... Ya me entendéis.

Don Carlos asintió y me invitó a seguir.

—Mi capacidad de razonar era nula. Hubiese hecho lo que fuera por tenerla, no podía más que pensar en su pelo, sus ojos, sus labios... Al día siguiente del festejo la busqué por todas partes, pero no fue hasta la tarde que la hallé. La vi junto a otras jóvenes recogiendo agua de un manantial cercano al pueblo. Luaía me miró y sonrió, y las muchachas que la acompañaban también. Pasaron junto a mí y me dijeron algunas palabras en su lengua. Por supuesto que no entendí nada, aunque estaba claro que se trataba de picardías.

»Con aquel ardor dentro del pecho, los días fueron pasando mientras continuaban nuestras labores de aprovisionamiento. Balboa se encargó muy bien de recordarnos que no debíamos cometer ningún abuso frente a nuestros nuevos aliados; ni sobre ellos ni sobre sus pertenencias. De hecho, uno de nuestros hombres fue severamente castigado por haber golpeado a un indio que se negó a darle una cadenilla de oro que llevaba al cuello. No solo obteníamos de ellos alimentos y otros bienes, sino que también nos enseñaban a obtener de la selva lo que necesitábamos: las raíces y los frutos comestibles, el modo de colocar trampas para capturar animales, las plantas que resultaban venenosas...; toda una serie de conocimientos que nos serían muy útiles de allí en adelante.

»Yo, por supuesto, participaba en todas aquellas labores, pero mi única obsesión seguía siendo encontrarme con Luaía. No quería que fuese manifiesto, pues temía molestarla a ella o sufrir de nuevo las burlas de mis compañeros; sin embargo, era tan fuerte mi deseo que la buscaba siempre con la mirada y mi corazón se complacía con verla solo un instante y aunque fuera a lo lejos. Una mañana se me ocurrió una manera de forzar la situación. Estaba claro que, si permanecía en la aldea, cualquier encuentro con ella tendría que ser a la vista de todos; por tanto, tenía que realizar alguna tarea que me permitiese salir y encomendarme a la fortuna para hallarla en alguna de mis escapadas. No era un plan extraordinario, lo reconozco, pero era lo único que tenía.

»Como nadie quería hacer los trabajos más duros, me ofrecí voluntario para ir a buscar leña, comprobar las trampas, recoger frutas y traer agua. Puse como excusa que quería conocer mejor la selva; y los marineros a los que libré de aquellos trabajos, aunque me tildaron de loco, no pusieron, por supuesto, objeción alguna. De modo que empecé a entrar y salir de la aldea realizando mis nuevas tareas y rogando a Dios por cruzarme con ella. Los dos primeros días no logré nada, salvo un tremendo dolor de brazos y de espalda; al tercer día, por fin, mi estrategia dio sus frutos. Había salido para recoger agua en un riachuelo cercano cuando la vi pasar cerca de mí, acompañada de otras jóvenes. Nuestras miradas se cruzaron y de nuevo sentí que las piernas me fallaban y que el corazón se me salía del pecho. Ella me sonrió, pero estaba con las demás muchachas y no quiso manifestarse. Me quedé desconsolado, pensando si mis encuentros con ella habían de quedar reducidos siempre a aquellas efímeras miradas. Mas entonces, cuando regresaba a mis quehaceres, escuché unos pasos a mi espalda. Me volví y la vi junto a mí, tan hermosa como el primer día. Estaba tan nervioso que no sabía qué hacer, pero decidí dar un paso adelante y besarla. Ella me correspondió y ya no fueron solo mis labios, sino mi cuerpo entero lo que ardió en llamas. ¡Qué hermoso momento, qué sensación más plena de felicidad y satisfacción! Ella me dijo unas palabras en su lengua y yo contesté con un "te quiero" que ella no podía entender.

»Nos sentamos junto a un arroyo y, durante un rato, permanecimos los dos juntos mirándonos, sonriéndonos, besándonos, intercambiando palabras que no comprendíamos…, y que no necesitábamos comprender. Teníamos los dedos entrelazados y su calor me quemaba la piel. Entonces ella, poniéndose en pie y tomando mi mano, me condujo hacia otro lugar, un abrigo rocoso casi tapado de vegetación. Luego levantó la vista al cielo, señaló con el dedo al sol y lo tapó con la mano, de modo que hiciese sombra en mi cara.

»—¿Al anochecer? —pregunté—. ¿Nos veremos al anochecer?

»Ella repitió su gesto una vez más, me besó y luego salió corriendo.

»¡Cómo expresar la ansiedad que sentí aquella tarde mientras pasaban las horas! Era como si mi mente quisiera empujar el sol para que corriese más en el cielo, para que se ocultase de una vez y llegara el ocaso. No quise estar con nadie y me dediqué a trabajar en solitario, pensando solo en ella y con los labios ardiéndome. Y al fin, cuando la noche invadió la aldea, aproveché las sombras para ocultarme de los demás y acudir a nuestro lugar de encuentro. Era difícil orientarse entre la maraña de vegetación e iluminado solo por la débil luz de la luna; aun así, logré dar con el lugar convenido guiándome por el cauce del riachuelo. No había nadie. Me senté en el suelo y esperé, acompañado solo por el incesante cántico de la selva.

»Un siseo a mi lado me sacó de mis pensamientos. Me puse en pie de un salto pensando que se trataba de una serpiente. Contuve la respiración hasta que la oí alejarse y me volví a sentar. La ansiedad me consumía. ¿Vendría Luaía? ¿Encontraría el modo de escabullirse? Quería creer que sí, pero pasaba el tiempo y ella no llegaba. Empecé a pensar que todo aquello no era más que una tontería, que quizá ella no había querido decirme nada al tapar el sol sobre mis ojos y que probablemente todo fueran ilusiones mías, sueños de un pobre enamorado. Al cabo de unas dos horas, desesperado y triste, me levanté y me dispuse a regresar. Entonces escuché unas pisadas. Al principio pensé que sería otro de los ruidos de la selva; al poco se hizo evidente que eran de alguien que se acercaba. Me quedé con la vista clavada en el camino, tratando de desentrañar quién llegaba, hasta que la vi aparecer: era una muchacha, pero no era Luaía. Se acercó a mí, me cogió las manos y me besó en la mejilla. Luego me miró a los ojos y dijo:

»—Luaía.

»Y con las mismas desapareció entre las sombras, de vuelta al poblado.

»Me quedé allí plantado tratando de entender qué había ocurrido. Luaía no había venido y eso podía significar que no quería estar conmigo o que no había encontrado la manera de hacerlo; sin embargo, que hubiese enviado a esa muchacha tenía que ser un signo de algo, una manera de decirme que pensaba en mí. Con esa esperanza me consolé y emprendí mi camino de regreso tratando de borrar los pensamientos negativos y concentrándome solo en el momento en que por fin podría estar con ella y mostrarle todo el amor que sentía.

—¿Pudiste dormir aquella noche?

—Por supuesto que no, señor. El amanecer me sorprendió despierto aún, con el corazón alborozado y las manos apretadas contra el pecho. ¡Me sentía a la vez el hombre más dichoso y el más desgraciado del mundo!

8

El hábito no hace al monje

Sabía que mi engaño a Juanelo Turriano terminaría por acarrear consecuencias. En algún momento alguien ataría cabos y vería que había demasiadas coincidencias: un inventor sin su invento, un impedido en una silla mágica y unos monjes que decían ver fantasmas al amanecer paseando por el patio del monasterio. Ya pensaría algo para remediarlo. Mientras tanto había hecho feliz a Beatriz y a su hijo, y esa era suficiente compensación.

Tomé el camino a Cuacos en cuanto terminé de desayunar. Nada más llegar a la casa de Beatriz vi que Rafael estaba en la calle, sentado en su nueva silla y disfrutando del sol de la mañana. Me acerqué y lo saludé. Él sonrió y me cogió la mano. Al poco la vi venir, más hermosa que nunca. Se la veía feliz.

—Martín, cuánto me alegro de verte.

—Yo también. Hoy, además, el emperador tiene una visita y me ha excusado. Ha dicho que le fastidiaba perderse el relato, pero parece ser que es un noble que le sirvió con lealtad años atrás y no quiere menospreciarlo.

—En ese caso, me gustaría mucho poder llevarte a conocer un lugar cercano. Es un paraje muy hermoso y a Rafael le gustaba mucho ir… cuando podía caminar.

La idea me pareció magnífica.

—Iremos, claro que sí. Y lo llevaremos con nosotros.

El rostro de Rafael se iluminó.

—¿Estás seguro? —preguntó Beatriz—. ¿Crees que resistirá la silla…?

—Por supuesto que sí.

Sonrió y se fue aprisa a la cocina. Sacó algo de embutido y un poco de pan. Junté un pedazo de queso y una bota de vino que llevaba, y con ese insuperable manjar partimos en dirección a una colina cercana, por un camino de tierra. Hacía tiempo que no llovía y el suelo estaba completamente seco, por lo que la silla avanzaba sin mayores dificultades. En todo caso, mover a Rafael era un gran esfuerzo y notaba cómo el sudor me corría por la espalda. Lo peor fue al final del recorrido, cuando dejamos el camino y nos metimos por un sendero apenas insinuado, muy estrecho y más accidentado aún. En un punto no pude empujar solo y Beatriz hubo de ayudarme.

—Quizá no ha sido buena idea, Martín…

—No te preocupes; he hecho cosas mucho más difíciles.

Al final, entre los dos desencallamos las ruedas y la silla siguió adelante. Entonces pude comenzar a ver el sitio al que nos dirigíamos, una especie de garganta muy profunda, surcada por un riachuelo y rodeada por completo de vegetación. El frescor me acarició el rostro y sentí que el cansancio de la caminata desaparecía.

—¿Es aquí?

—Solo un poco más —dijo señalando con el dedo—. Allí mismo.

Recorrimos el último trecho, en ligero descenso, y llegamos por fin a la vera del río. El agua corría cristalina entre las grandes piedras que bordeaban el cauce y que bajo los rayos del sol se mostraba de un hermoso color verde.

—¿Te gusta? —preguntó Beatriz—. Supongo que es poco para ti. Has visto tantas cosas…

—Lo importante no son las cosas que uno ve, sino con quién las ve.

Murmuró algo ininteligible al tiempo que bajaba la cabeza. Pero vi que sonreía.

Acomodamos a Rafael sobre la hierba, con la espalda apoyada en una de las piedras y bajo la sombra de un roble.

—Hacía años que no veníamos —dijo Beatriz—. Es curioso: está igual que siempre y aun así lo veo distinto.

—Los lugares no cambian; nosotros sí. Para ti han pasado años; para estas piedras, apenas un suspiro. Eso es lo que nos crea esa extraña sensación en el estómago al regresar a un sitio conocido: nos damos cuenta del implacable paso del tiempo. En todo caso, eso solo ocurre con los lugares que amamos u odiamos mucho. Quizá por eso nunca he vuelto a los sitios en los que me crie...

—¿No has regresado a Santander desde tu infancia?

—No, nunca; creo que no podría soportarlo.

—Y ese hombre con el que te encontraste..., el religioso... y el muchacho que lo acompañaba, ¿seguiste con ellos?

—¿Bernardo y Mateo? Sí, claro. ¿Qué otra cosa podía hacer? No tenía a nadie más y a su lado me sentía, en cierta medida, protegido. No seguíamos un rumbo claro, pero los pasos terminaron por llevarnos a Villadiego, no muy lejos de Burgos. Bernardo no dejaba de hablar ni un momento, lo cual agradecía. Durante su plática me fijaba en sus ropas, que seguían teniéndome escamado. Era evidente que vestía un hábito, aunque no llevaba escapulario, ni tampoco estaba tonsurado. ¿Era realmente un monje? Preferí guardarme la pregunta.

»A punto de entrar en Villadiego, Bernardo se detuvo y nos preguntó:

»—Decidme: ¿queréis comer? ¿Beber? ¿Dormir?

»Mateo se encogió de hombros. Yo, por mi parte, al ver la iglesia del pueblo sentí un anhelo en el pecho. Me daba vergüenza hablar, pero al final me decidí.

»—Aunque tengo el estómago vacío, lo que ahora más deseo sería poder encargar una misa por la recuperación de mi prima Catalina. Estuvo muy enferma y Dios la salvó cuando todos la daban por muerta; ahora me gustaría dar gracias por su salvación.

»Bernardo me miró fijamente mientras asentía.

»—Puede que tengas el estómago vacío, Martín, pero me

doy cuenta de que el corazón lo tienes lleno de amor. Por supuesto que pagaremos una misa por tu prima.

»Negué con la cabeza, apesadumbrado.

»—No tengo dinero para pagarla: mis bolsillos están tan vacíos como mi estómago.

»Él me miró con condescendencia y dijo:

»—¡Ay, Martín, Martín! Te perdono tu blasfemia porque bien se ve que eres un necio y un ignorante. ¿Crees que Dios, en su omnipotencia, no pondrá una moneda en la mano de un necesitado si es menester? ¿No fue Jesús quien dijo que al que pide se le dará y que, si un hijo pide pan, su padre al menos le dará una piedra?

»Yo, efectivamente, era un ignorante, así que la argumentación de Bernardo, aunque confusa, me convenció.

»—No sé —dije mirando al suelo—, supongo que sí.

»—Muy bien, Martín. Veo que aprendes rápido, lo cual en un tonto no deja de ser una virtud. ¡Seguidme!

»Levanté la vista, confiado en que iríamos a la iglesia, cuando Bernardo nos condujo a una taberna que se encontraba justo enfrente.

»—Pero ¿no íbamos…?

»—Calla y escucha. Vamos primero a la taberna. Te lo mereces por tu buen corazón.

»—No bebo vino, padre.

»Me miró como si estuviese hablando con alguien que acabase de caer de los cielos.

»—¿Que no bebes vino? ¿Te has dado un golpe en la cabeza o qué? ¿No sabes que el agua es peligrosa? El vino puede picarse, pero nunca te mandará a la tumba, a no ser que bebas mucho, claro, si bien es verdad que aún no conozco ningún caso.

»—Mis padres no me daban porque era pequeño, y luego mi tío tampoco porque decía que no lo merecía.

»Posó su mano sobre mi hombro y me dijo con absoluta determinación:

»—Hoy brindaremos, Martín. Por todo el vino que no has tomado y por todo el que tomarás a partir de ahora.

»Entramos en la taberna, que se encontraba repleta, y llegamos a empellones hasta el mostrador, atendido por un muchacho más o menos de mi edad, que pensé que sería el hijo del dueño. Se manejaba con soltura y tenía cara de pocos amigos. Al vernos llegar torció aún más el gesto; supongo que estaba harto de tratar con pordioseros.

»—Aquí no se fía —nos dijo como saludo—; así que el dinero por delante.

»—Dios esté contigo, muchacho —respondió Bernardo, sin tener en cuenta sus palabras—. El corazón se llena de gozo cuando el sediento alcanza la fuente.

»Él no se dejó embaucar.

»—Si queréis agua, la fuente está al otro lado de la plaza. Aquí se sirve vino. Y se paga.

»—El agua calma la sed, aunque el vino tampoco lo hace mal. De modo que nos quedaremos y tomaremos ese vino que nos ofreces. ¿Es bueno?

»—No mucho, pero es el único que tengo, así que decidíos.

»Se veía claramente que Bernardo estaba tratando de ganar tiempo como fuera, para engañarlo o despistarlo, no sé, pero la cosa no discurría como él esperaba. El muchacho era duro como una roca. Entonces, mientras Bernardo se aprestaba a dar otro rodeo, un borracho se acercó al mostrador y nos empujó con violencia.

»—¿Vas a pedir de una maldita vez, botarate? Los demás estamos esperando.

»—Tranquilo, hijo, nada se logra por la fuerza —respondió Bernardo, con aplomo.

»—No soy tu hijo, estoy sediento y como no te apartes del mostrador te voy a partir la cabeza, lo juro.

»Comenzó a formarse un tumulto y el muchacho se volvió y pegó un silbido. Inmediatamente apareció su padre. El caso es que era un tipo bastante enclenque, pero llevaba una vara en la mano y parecía decidido a usarla.

»—¿Qué ocurre aquí? —preguntó sin esperar a que su hijo se lo contara.

»Bernardo se adelantó:

»—Este hombre ha intentado robarnos; está borracho y se comporta de manera violenta.

»—¿Yo? —dijo el otro con incredulidad—. ¿Qué dices? Yo solo... Yo no he...

»Trataba de defenderse, pero estaba tan borracho que apenas le salían las palabras. No hacía más que mirar la vara y, por lo que me pareció, ya la había probado antes en sus carnes.

»—Te lo tengo dicho, Antonio —dijo el dueño—, no quiero peleas en mi taberna.

»—No busco pelea..., han sido estos: el monje harapiento y sus dos novicios.

»La tensión iba en aumento y varios de los presentes se levantaron de sus mesas para ver mejor lo que estaba ocurriendo. Creo que los únicos sobrios éramos nosotros.

»—¡Antonio! —gritó uno desde el fondo—, ¿es que siempre tienes que estar buscando pelea? Déjalos que beban en paz y déjanos beber también a los demás.

»Aquello terminó por encender al tal Antonio.

»—¿Qué dirás tú, bellaco? Ven aquí y dímelo a la cara.

»Mateo le tiró a Bernardo del hábito o lo que quiera que fuese aquello.

»—Igual es mejor si...

»No le dio tiempo a acabar: un cubilete de vino voló por encima de las cabezas y acabó dándole a Antonio en la cara. Este se tambaleó y derribó al tabernero, que quedó atrapado bajo el borracho y no podía ponerse en pie. Cuando consiguió liberarse, agarró la vara y comenzó a golpearlo con saña y a darle puntapiés. Un hombre se apiadó del pobre diablo y acudió a socorrerlo.

»—¡Para ya, por Dios, que lo vas a matar!

»El tabernero se volvió, le dio también un varazo y la cosa se salió de madre. En un instante empezaron a volar cubiletes, a repartirse puñetazos y a escucharse gritos de unos a otros. Seguía sin entender cómo se había formado aquel jaleo y solo deseaba marcharme cuanto antes para no recibir algún golpe, pero descubrí que aquel era el momento que Bernardo estaba esperando. Me cogió por el cuello y me obligó a agacharme.

»—En el suelo, fíjate en el suelo: el metal pesa.

»La trifulca era ya de tales dimensiones que me costaba entenderle, pero hice como me ordenaba y me puse a gatas. Mateo ya lo había hecho. Delante de mí vi una moneda.

»—¡Cógela! —me apremió Bernardo—, y todas las que se caigan.

»Vi que él no solo cogía las que estaban por el suelo, sino que le metía la mano en el bolsillo a uno que acababa de tropezar y caer. El movimiento fue tan rápido que este ni se enteró.

»—¡Vamos! Seguidme hasta la puerta.

»A duras penas pasamos entre las piernas de unos y otros hasta que conseguimos alcanzar la salida y ponernos en pie. Bernardo nos esperaba con la mano abierta, para que Mateo y yo le diésemos las monedas que habíamos rapiñado.

»—Vámonos de aquí —dijo mientras las escondía en su hábito—. En esta taberna solo hay borrachos y pendencieros.

»Fui a abrir la boca, pero al final lo pensé mejor y me quedé callado. Bernardo caminaba a buen paso, y Mateo y yo le seguíamos a poca distancia. Pasamos por delante de la iglesia y no hizo el más mínimo ademán de entrar.

»—¿No íbamos a…?

»Bernardo se volvió y me miró con reproche.

»—¿Piensas pagar una misa a tu prima con un dinero obtenido así? ¡Ay!, tengo mucho que enseñarte…

»De modo que seguimos caminando hasta que salimos del pueblo y no dejamos de andar hasta que llegamos a Sasamón, ya de noche. Pensaba que iríamos a encargar la misa de mi prima a la parroquia, pero, en vez de eso, nos dirigimos a una taberna, donde cenamos y bebimos vino, sobre todo él, y luego nos quiso llevar a una casa de mala reputación…

»—El dinero sucio se gasta suciamente —afirmó con sonrisa cínica y rociándome con su aliento de borracho.

»—Yo solo cogí el que se cayó al suelo; el mío no es tan sucio.

»Él se encogió de hombros.

»—No estoy para discusiones sobre el bien y el mal, pues el mismo Jesús dijo que había que recoger todas las monedas, incluso las del César. Mateo, ¿tú vienes?

»Por la expresión de Mateo, intuí que otras veces había aceptado; sin embargo, aquel día prefirió quedarse conmigo.

»—No, Bernardo —dijo—; no estoy para jaranas.

»Lo vimos alejarse mientras los dos nos quedábamos acurrucados y protegidos en el soportal de una ermita. Luego escuché risas.

»—¿Es Bernardo un religioso? —le pregunté a Mateo.

»—Espero que no, porque no es un buen ejemplo, y tampoco entiendo ninguna de sus parábolas; quizá lo fue en el pasado, qué sé yo; o quizá no lo haya sido jamás.

»—¿Nunca se lo has preguntado?

»Mateo negó con la cabeza.

»—¿Para qué? No tengo a nadie más, así que me da igual. Aunque sea un rufián y un caradura, a su lado siempre he tenido un trozo de pan para llevarme a la boca.

»Entonces Mateo me contó su triste historia. No recordaba a sus padres, pues lo abandonaron cuando apenas tenía dos años en la puerta de un convento. Allí lo cuidaron y se sintió querido, pero cuando creció un poco más, tuvo que aguantar los abusos de uno de los frailes hasta que un día dijo basta. Comenzó a mendigar y fue entonces cuando conoció a Bernardo y se unió a él.

»—¿Y tú? —me preguntó—. Al final no nos dijiste si huías de alguien o de algo.

»—No huyo, pues no creo que nadie me esté siguiendo; sin embargo, no puedo volver al sitio del que vengo.

»—No te apetece hablar de ello, ¿verdad?

»—No mucho.

»—Pues no hables y durmamos.

»Asentí y cerré los ojos, apoyando la cabeza en la pared. Entonces Mateo me dijo:

»—Aunque tenga que compartir el pan contigo, y sabe Dios que no es mucho, me gusta que estés aquí.

»Con aquellas hermosas palabras me sentí reconfortado y dormí plácidamente hasta el amanecer.

»Me desperté con un puntapié de Bernardo en las costillas.

»—Vamos, holgazanes. No pensaréis dormir hasta el fin de los días, ¿no?

»Me puse en pie y me quité las legañas. Mateo también se desperezó y preguntó:

»—¿Nos queda…?

»—¿Dinero? —dijo Bernardo—. Muy poco. Esas mujeres saben cómo hacer para sacarte hasta el último cuarto. Te dicen palabras lisonjeras y pierdes la cabeza. En fin, la diversión hay que pagarla y lo doy por bien aprovechado. ¿Quién sabe si no moriré hoy? ¿O mañana? Vale más no tener nada en los bolsillos, pues, como dijo Jesús, antes pasarán los camellos que los ricos por las puertas del cielo y, dado que no somos camellos, nos conformaremos al menos con ser pobres.

»Yo no tenía nada en los bolsillos, pero eso no me hacía sentir especialmente bien.

»—¿Y adónde iremos? —pregunté.

»—La suerte de ayer no ocurre todos los días; hoy será mejor trabajar un poco y tratar de conseguir una comida caliente en alguna casa, ¿os parece?

»—Sí —confirmé—, pero ¿la misa por mi prima?

»Bernardo me puso la mano en el hombro y me miró con condescendencia.

»—¿No dijiste que tu prima se salvó? Entonces no necesita para nada una misa; eso es para los muertos.

»—¿Y no podríamos pedirla por mi madre? Ella sí murió y nunca tuve oportunidad de ofrecerle una misa.

»—Si tu madre está muerta, Martín, ya está en manos de Dios. ¿De verdad crees que una misa por su alma ayudará en algo?

»No tenía ni idea de si le ayudaría o no, pero era lo que me habían enseñado.

»—Y tú… ¿no podrías?

»Él se miró su ¿hábito? y sonrió.

»—Martín, Martín…, hay tanto que tengo que enseñarte.

Beatriz me miraba con ternura.

—¿Te arrepentiste alguna vez de dejar la casa de tus tíos?

Aquella era una pregunta que siempre me había martilleado en la cabeza.

—En realidad creo que no. El tiempo que estuve allí siempre me sentí una carga para mis tíos y esa sensación no me gustaba. A la única que echaba de menos era a Catalina. Aún recordaba el calor de sus labios y me apenaba terriblemente haberme alejado de ella sin que supiese la verdad de mi marcha: ¿qué habría pensado de mí? Si estaba tan enamorada de mí como yo lo estaba de ella, aquello hubo de dolerle.

Beatriz asintió.

—Muchas veces he pensado por qué tendrá que doler tanto el amor si realmente es algo que nos envía Dios y que le complace. En ocasiones, parece más un castigo del diablo.

—El amor es cruel a veces, pero ¿quién puede vivir sin él?, ¿qué sentido tendría levantarse cada día, entonces?

Miré a Rafael y vi que se había quedado adormilado, acunado por el rumor del viento entre las hojas del roble. Me acerqué un poco más a Beatriz y la besé en los labios. Cuando Rafael se despertó de su siesta, nos vio a los dos con las manos entrelazadas.

—¿Tienes hambre? —le preguntó su madre.

Él sonrió y asintió con la cabeza.

—Pues comamos.

Sacamos el pan, el queso, el embutido y el vino, y comimos aquellos alimentos como el mayor manjar. En aquel momento no habría querido estar en ningún otro lugar ni con ninguna otra persona.

Me sentía como un verdadero rey.

9

Un nuevo mar

Estaba tomando un buñuelo mojado en leche cuando Quijada interrumpió mi postre.

—Martín, ¿recuerdas cuando te pregunté por los fantasmas que los monjes decían haber visto?

Tragué el dulce con dificultad, tratando de disimular el nerviosismo.

—Sí, creo que os dije que no era algo que mereciese demasiada atención...

—En efecto. Yo pensaba lo mismo. El caso es que ahora no son los monjes los únicos que han contado cosas extrañas. También el inventor, Juanelo, dice que alguien ha estado hurgando en su taller y que hay estanterías revueltas.

—Es muy distraído; quizá lo haya revuelto todo él mismo. Los genios son de poco fiar...

Don Luis me miró con suspicacia.

—Tú estuviste unos días con él, ¿no es así? Incluso intercediste para que pudiera acudir a la recepción de Francisco de Borja.

—Lo vi tan ilusionado que...

—No digo que tu acto no fuera loable. Lo que no entiendo es por qué tuviste contacto con él.

—Soy un alma curiosa: vi el trabajo que se había hecho en el estanque y me apetecía conocer mejor a su creador. ¿Es eso un pecado?

—Yo no he dicho tal cosa.

No supe qué más decir y me quedé esperando que fuese Quijada quien prosiguiese. Él, en cambio, continuó interrogándome con la mirada.

—Está bien —dijo por fin—. Esperaré a que Juanelo termine sus pesquisas para seguir con las mías. Al final la verdad siempre sale a la luz.

Acudí a la cita con el emperador todavía con el dulzor del buñuelo en la boca y el amargor de las palabras de Quijada en la garganta. ¿Hasta dónde estaría dispuesto a llegar? ¿Qué consecuencias tendría todo aquello? Gracias a Dios, don Carlos me distrajo pronto de mis cuitas.

—Buenos días, Martín. Hoy es un hermoso día, ¿no te parece?

No era un día especialmente hermoso, sino bastante nublado, mas comprendí que el emperador lo veía así por su buen estado de ánimo.

—Así es, señor. Es un día magnífico. Os veo de muy buen humor. ¿Habéis descansado bien?

—Sí. Creo que solo me he despertado dos veces y apenas he tenido dolores, salvo el de las almorranas, que me torturan de continuo. Además, y esto es lo mejor, he tenido un sueño maravilloso y no esas pesadillas que noche tras noche me atormentan. Creo que el motivo fue lo que me contaste en nuestra última charla, lo de vuestra victoria sobre el cacique Ponca y la alianza con Careta. De alguna manera, y nadie sabe cómo, pues los sueños pertenecen al terreno de lo oculto, tus palabras hicieron regresar a mi mente la mayor de mis victorias: el momento en que mis tropas derrotaron al rey Francisco de Francia en Pavía y lo hice mi prisionero. ¡Y lo mejor es que yo no estuve allí y solo lo conocí por los informes que me enviaron y por unos tapices que ordené tejer! En el sueño pasaban muchas más cosas, como es natural, y junto a los soldados, el humo y la sangre aparecían por allí mi tía Margarita con un sombrero turco, algunos bufones y un animal muy grotesco, algo así como un elefante, aunque con las patas muy delgadas, como de jirafa, y una cola de colores... En fin, todo muy extraño, como te digo. A pesar de ello, el sueño fue suficientemente vívido como para que sintiera de nuevo en todo su esplendor aquel momento único de la victoria absoluta, sin paliativos.

—Y con motivo, señor. Aquella fue una victoria incontestable, verdaderamente digna de un emperador.

—Así es. Una victoria incontestable, sin parangón, rotunda y, a la postre…, inútil como todas.

—¿Inútil?

—Inútil, sí… Al poco de someter a Francisco hube de liberarlo y devolverlo a Francia. ¿Qué iba a hacer con él? ¿Quedármelo? Al regresar a París, por supuesto, Francisco empezó a deshacer todo lo que yo había atado en Madrid. Si antes me era hostil, ahora me odiaba profundamente. Y es que el humillado no soporta estar bajo la sombra del que lo humilló. Quiso reivindicarse de inmediato, recuperar el honor perdido, y se lanzó sin descanso a una confrontación permanente conmigo. En definitiva, la victoria de uno supone siempre la derrota de otro. Aun así…, ¡qué gran momento es el de la victoria para un alma pecadora, cómo se siente de reconfortado el espíritu!

Reflexioné sobre las palabras de don Carlos. Estaba ante el que había sido el hombre más poderoso del mundo, el más bendecido por la victoria… y al cabo solo un pobre mortal atado a una silla, enfermo, taciturno y arrepentido.

—Vos habéis sido un gran hombre, señor. Asumisteis la misión de unir a la cristiandad y defenderla contra sus enemigos, y la llevasteis a cabo. Quizá no fuera una victoria completa, pero fue una victoria. Hoy vuestro hijo gobierna el mayor imperio que se haya conocido jamás.

El emperador sonrió. Intuí que mis palabras no le convencían, aunque no quiso replicar más.

—Esas victorias no solo las conseguí yo, Martín. Personas como tú fueron las que las hicieron posibles. Pero dejemos ya de hablar de mí, que mi historia es bien conocida. Nos habíamos quedado en el momento en que Luaía, a través de otra muchacha, te hizo llegar un beso, ¿no es así? Las mujeres son misteriosas, bien lo sabe Dios, pero aquello solo podía significar que te amaba y que quería estar contigo.

—Por supuesto, señor. A mí no me cabía otra cosa en la cabeza.

—¿Y qué pasó a continuación? ¿Pudiste por fin encontrar el modo de estar con ella tras aquella noche?

Rebusqué en mi mente y regresé a aquel día, sintiendo en mi estómago los mismos nervios y la misma inquietud que había experimentado en aquellas horas de desvelo.

—Al poco de salir el sol descubrí que en el poblado ya había actividad, aunque no era como la de otros días; parecía que se estaba preparando algo especial. Los indios habían recogido flores y ramas y habían construido con ellas un gran arco que colocaron en un espacio abierto que hacía las veces de plaza. Luego Careta ordenó que se pusieran dos grandes sillones hechos con ramas entrelazadas y poco a poco fueron acudiendo todos sus súbditos, que se colocaron en círculo. Balboa también nos reunió y acudimos al lugar, pues parecía que se iba a celebrar una ceremonia o algo similar. Algunos todavía estaban borrachos y se tambaleaban. Careta, por fin, se colocó bajo el arco vegetal y alzó la voz para explicarnos en qué consistía todo aquello. Juan Alonso, a su lado, nos hacía de traductor.

»—Amigos, tras nuestros primeros desencuentros, ha llegado el momento de sellar de manera definitiva la amistad entre nuestros dos pueblos. A partir de hoy seremos solo uno y actuaremos siempre en conjunto, como el arco y la flecha.

»Así que era eso: Careta quería ofrecernos su amistad incondicional y sellarla mediante algún tipo de ceremonia. Miré a Balboa y vi su gesto de satisfacción. La maniobra había sido perfecta y ahora tendría para siempre un aliado fiel con el que alcanzar sus ambiciosos objetivos. Careta aguardó un momento y, alzando de nuevo los brazos al cielo, dijo:

»—Y para que la unión sea firme como la madera endurecida al fuego, ofrezco a mi amigo cristiano mi bien más preciado y especial: mi propia hija.

»Los indios rompieron a gritar al tiempo que saltaban y

bailaban. Nosotros, mientras, mirábamos a Balboa, que mostraba expresión de asombro. Aquello no lo había previsto.

»—Toma, amigo, a mi querida hija como tu mujer, la cual te ofrezco con el nombre de Anayansi, la "llave de la felicidad".

»De entre la muchedumbre apareció la novia caminando despacio, con la mirada en el suelo. Todos gritaban su nombre: "¡Anayansi!", pero yo no tuve dudas de quién era.

»—Luaía... —murmuré, con un nudo en la garganta. En ese momento se me hizo evidente por qué había mantenido nuestros encuentros en secreto, mientras otras no mostraban ningún recato en juntarse con los españoles.

»Balboa estaba tan sorprendido como los demás. No era un hombre de caer en vacilaciones, pero aquello le había descolocado.

»—Yo, yo... —balbuceó—. No sé si...

»—¿Qué ocurre? —preguntó Juan Alonso—. ¿No os gusta?

»—¿Cómo no habría de gustarme? —respondió Balboa—. Lo que no sé es si puedo aceptarla como esposa. Soy castellano y ella... ella es una india.

»Juan se rio.

»—Estáis en el extremo del mundo, en medio de la selva, ¿y os preocupan las leyes castellanas?

»—Soy un hidalgo y he de mantener mi posición, lo mismo en Toledo que en el pueblo más remoto de la tierra.

»—Entonces..., ¿la rechazaréis? —preguntó Juan con asombro.

»Balboa levantó la vista y vio que la muchacha esperaba, pero que el más ansioso era su padre, que no entendía tantas conversaciones para aceptar el regalo más valioso que podía ofrecer. En mi fuero interno y aun sabiendo lo que aquello significaría, suplicaba que dijese que no. Entonces Balboa dio un paso al frente y dijo solemnemente:

»—No, no la rechazaré. Dile a Careta que agradezco mucho su regalo y que la tomaré como mi compañera.

»—¿Compañera o esposa? —preguntó Juan.

»—No creo que conozcas tanto su idioma como para andarte con esas sutilezas. Dile que la acepto y acabemos de una vez con esto.

»Juan se dirigió a Careta y, sea lo que sea que le dijera, este sonrió feliz y alzó los brazos al cielo. Todos rieron y gritaron. Miré a Luaía y ella agachó la cabeza. Sentí que todo se derrumbaba a mi alrededor.

»De inmediato se celebraron las "nupcias". Lo primero que hizo Balboa fue convencer a Careta y su familia para que todos ellos recibiesen el bautismo. El cacique, por supuesto, no entendió nada del ritual que ofició nuestro párroco, y se rio con ganas mientras le echaba el agua por la cabeza; en todo caso, ello no fue impedimento para que todo se hiciese con la mayor solemnidad. En honor a nuestro rey, bautizamos a Careta con el nombre de "Fernando" y a su mujer como "Fernanda". Aquello podría haber continuado con una boda cristiana en toda regla, pero Balboa no quiso ir tan lejos y prefirió casarse con Anayansi por el rito indígena. En el fondo, creo que lo hizo tanto para no estar cometiendo ninguna ilegalidad como para demostrar a Careta que respetábamos sus creencias tanto como esperábamos que ellos respetasen las nuestras. ¡Otra vez el genio de Balboa: hallaba siempre el modo de lograr el mayor beneficio con el menor daño posible!

»Tras el bautizo cristiano y la boda indígena, de nuevo se celebró un convite y todos bebieron, bailaron y cantaron hasta que cayeron exhaustos. Yo, sin embargo, solo trataba de encontrarla entre el gentío, librándome de los que me ofrecían vino y comida. Entonces sentí una mano en el hombro y me volví.

»—Déjalo estar, Martín —me aconsejó Mateo—. Sé que la amas, pero esa muchacha ya no es para ti.

»Sabía que tenía razón, era evidente, mas en aquel momento no entendía de razones y hubiese podido cometer cualquier locura.

»—Hazme caso: bebe y olvida. No te hagas más daño.

»Puso en mis manos un cuenco y lo bebí de un trago. Después de ese vinieron otros y después muchos más, hasta que me emborraché por completo. Le había prometido a la mesonera de Sevilla que sabría contenerme con el vino, pero aquel día no tenía ganas más que de perder por completo la consciencia. Al final caí derrumbado, con la cabeza dándome vueltas, y me quedé dormido arrullado por el sonido de la celebración. No fue hasta bien entrada la noche, cuando todos dormían, que me desperté. El silencio solo era perturbado por el incansable jolgorio de la selva y por los gemidos de algunas parejas. Lloré mi desdicha con el alma encogida hasta que escuché unos pasos que se acercaban. Supuse que sería Mateo que venía a consolarme. Al apartar las manos de la cara comprobé que me equivocaba. Luaía estaba frente a mí. Tenía los ojos enrojecidos. Se acercó y me dijo:

»—Te quiero.

»Luego se marchó de nuevo a la tienda de Balboa y cerró la cortina.

—¡Qué caprichoso es el amor, Martín! —me dijo don Carlos—, ¡y qué cruel en ocasiones!

—Sí, señor: dulce y amargo a partes iguales. Yo acababa de descubrir, en menos de un día, el significado del amor y del desengaño. Sentía tal desazón en mi interior, tal vuelco en mis entrañas, que solo quería morir o desaparecer y no volver a sentir nada en absoluto. Hubiese querido gritar, llorar, golpear lo que fuese…, pero solo pude guardar silencio y sentir lástima de mí mismo, pues otra cosa hubiese perjudicado a Luaía y eso era lo último que deseaba.

—Puedo entender tu tribulación, Martín. De entre todas las muchachas de la aldea fuiste a enamorarte de la única que no podía ser para ti. ¿Llegó a sospechar algo Balboa?

—Ese era mi mayor temor, pero creo que no tuvo noticia alguna de mi relación con ella. Su cabeza estaba ocupada por completo en cómo continuar con nuestra expedición y no creo que tuviera tiempo para aquellas pequeñeces. Pequeñeces para él, claro, porque para mí eran el centro de todo mi universo… Pero no quiero aburriros más con mis lamentaciones, señor; lo verdaderamente importante, de hecho, no era lo que pasaba por mi cabeza, sino lo que se estaba fraguando en la de Balboa.

—Dime, entonces, ¿qué ocurrió después de vuestra victoria sobre Ponca?

—Lo que hicimos fue seguir las indicaciones que nos dio Careta y emprender una nueva misión por la costa hacia un territorio llamado Comagre, gobernado por un cacique del mismo nombre y que era aliado de Careta. No nos costó encontrarlo y, como Careta nos había dicho, se mostró afable con nosotros no solo cuando le dijimos que veníamos por indicación de su amigo, sino sobre todo cuando escuchó el retumbar de nuestras armas de fuego.

»Comagre era un hombre curioso. Era la persona más gorda que hubiera visto en mi vida. Las carnes le colgaban por todos lados y el cuello no se le diferenciaba del pecho. Llevaba muchos aros en los brazos —que le apretaban tanto que parecían embutidos— y lucía también collares, pendientes, tatuajes y cicatrices de todo tipo, donde más en los hombros y en la espalda.

»Al llegar, entramos en su casa. Y digo "entramos" porque la casa era tan grande y espaciosa que cabíamos todos sin problema. No dábamos crédito: tenía casi doscientos postes en los lados largos y no menos de ochenta en los cortos, bien fundados en la tierra. De los postes nacían vigas que se entrecruzaban en lo alto, formando una especie de bóveda, cual catedral. Además, todo el conjunto estaba forrado en buena piedra, lo que le daba un aspecto muy similar a las construcciones españolas. Aquel espléndido salón no lo ocupaba todo, sino que la casa contaba también con otras habitaciones que hacían las veces de despensas. Había una para carne de cerdo y venado, otra para aves, otra para maíz y otra más para vino de palma. Sin embargo, lo más increíble lo tenía Comagre a su espalda: del techo colgaban esqueletos momificados de los antepasados de la tribu, secos y consumidos, y cubiertos de ricas ropas y abalorios. Uno completamente quemado, ataviado con ropas rojas y sandalias, y tocado con un sombrero de paja, era, de toda la colección, el ejemplar más mostrenco. No obstante, tras el espanto inicial, el espectáculo nos resultó jocoso.

»—Aquel espantajo se parece a mi tía Marina —dijo Hernando—, aunque creo que ella tenía menos carnes; era más seca que la mojama.

»Todos rieron la ocurrencia mientras mirábamos atónitos los cuerpos colgantes. A mí me recordó algo que viví en Santander, cuando al excavar junto a una iglesia para construir un nuevo pórtico aparecieron unos enterramientos muy antiguos. Aquella fue la primera vez que observé un cadáver. A diferencia de los de Comagre, los de allí eran puros huesos envueltos en estameña de la peor calidad, roídos por el tiempo y los gusanos. Aquel primer contacto con la muerte me pareció atroz y salí corriendo en cuanto pude.

»Balboa, aunque sorprendido como nosotros, no estaba para distraerse con aquellas extravagancias. Se presentó con todo respeto ante Comagre y este correspondió con una gran sonrisa. Entre Anayansi, que no se separaba ni un momento de nuestro jefe, y Juan Alonso hicieron de intérpretes.

»Comagre, sin levantarse de su sillón, pues no creo que pudiera hacerlo sin ayuda, nos dedicó una curiosa bienvenida:

»—Amigos, os recibo aquí con alegría y os acojo como a mis propios hijos, dado que sois muchos y lleváis el rayo en vuestras manos y sería de locos que me opusiera a vuestra fuerza. Por ello, aunque vuestra piel blanca y vuestros rostros peludos nos causan natural rechazo, no os despreciaremos, sino que beberemos y celebraremos con vosotros este encuentro.

»Hizo llamar a uno de sus sirvientes y le dijo unas palabras al oído. Al poco regresó con una caja de madera llena de figurillas y joyas de oro. Su brillo nos cegó, pero Balboa, con acierto, detuvo nuestras ansias. Tomó el oro, pero trató de reprimir el entusiasmo.

»El cacique, por su parte, hizo como si aquello no tuviese ninguna importancia y, de hecho, incluso le regaló a Balboa setenta de sus esclavos, para que nos sirviesen en lo que necesitáramos, aunque estaban tan famélicos que no servían ni para tenerse en pie. Luego llamó a su familia y fue cuando descubrimos que tenía varias mujeres legítimas y muchas concubinas, así como siete hijos en total, todos ellos de buena hechura. El más imponente era el mayor, cuyo nombre era Panquiaco. Era alto y apuesto y, a diferencia de su padre, que siempre estaba riendo, él tenía el gesto serio y nos miraba con desconfianza.

»Tras las presentaciones y los regalos, Balboa y Comagre establecieron un pacto: nosotros nos comportaríamos con respeto y los protegeríamos frente a otras tribus, como ya habíamos hecho con Careta, y ellos nos darían suministro de carne, vino y cereal para cubrir nuestras necesidades. Ambos pusieron ciertas reticencias y fingieron salir perdiendo en el trato; sobre todo Comagre, que era muy dado a la tragedia y lloró amargamente mientras decía que lo insultábamos. Pero en el fondo era un buen acuerdo, mejor incluso para él que para nosotros, y al final fue celebrado por las partes con alegría. Comagre, repuesto del disgusto, ordenó que se trajesen tinajas de vino que fueron abiertas en nuestro honor. La mayor parte era vino claro, aunque tenían también otro más añejo y colorado, similar a un vino tinto castellano. De todos modos, al poco nadie estaba para distinguir colores y bebimos hasta la embriaguez.

»La fiesta duró un día entero. Cuando uno estaba demasiado cansado para seguir, se dejaba caer en el suelo y dormía. Y, al despertar, volvía a beber y a divertirse. Todavía hoy recuerdo el incesante retumbar de los tambores y los cuernos con los que hacían música y cómo algunos de los nuestros, completamente ebrios, les quitaban a los indios los instrumentos y jugaban con ellos. Y recuerdo también el penetrante olor del vino derramado y la carne asada en las brasas. Bebía y comía, cómo no, pero mi cabeza no estaba en la fiesta, sino en Luaía. Al principio trataba de encontrarla entre el gentío, por ver si ella también me miraba a mí; al final renuncié a hacerlo por no despertar sospechas, y me dediqué solo a beber.

»Tras los festejos continuaron las negociaciones. Balboa, además de conseguir alimentos, intercambió con Comagre algunas de nuestras lanzas de hierro por sus objetos de oro. Podría parecer que abusábamos de ellos, pero no era así. Para los indios el oro tenía solo valor ornamental, pues no podían producir con él objetos funcionales; en cambio, el hierro les parecía algo mágico y enseguida entendieron sus posibilidades. Uno de nuestros hombres, que era vizcaíno, le dijo a Comagre que en Vizcaya había montañas enteras de hierro y que en todas las villas había hornos donde el hierro se fundía para hacer calderos, herraduras, clavos, lanzas o espadas. Comagre se enfadó muchísimo con él, le llamó mentiroso y lo amenazó con la muerte, y no fue hasta que otros lo corroboraron que se calmó lo suficiente. Entonces tocó con el dedo la punta de una de las lanzas hasta que se hizo sangre; sonrió y llamó a aquello "el oro que mata".

»A medida que Balboa le suministraba hierro —siempre el de peor calidad, por supuesto—, Comagre nos colmaba con más y más oro, hasta llegar a un asombroso total de cuatro mil onzas. Primero fueron brazaletes y gargantillas, luego algunos vasos y finalmente nos entregó también platos y bandejas de oro con piedras incrustadas. Balboa, para hacer más fácil el reparto, decidió instalar un horno y comenzar a fundir todo aquello para hacer barras. Después de reservar el quinto del rey, nos dio a cada uno de los expedicionarios un número de pequeñas barritas como pago por nuestros servicios. Su valor en la selva, por supuesto, era nulo, pero todos imaginábamos lo que valdría aquello en Castilla, si es que alguna vez regresábamos. Sin embargo... ¡siempre la codicia! Algunos hombres, al recibir sus barras, no pudieron resistirse a compararlas con las de sus compañeros y empezaron a quejarse de que pesaban menos y de que aquello no era justo. Uno de ellos fue Hernando, que recibió de manos de Pedro de Vitoria las dos medidas que le correspondían.

»—Curioso modo el tuyo de utilizar la balanza, Pedro. Hasta un tonto se daría cuenta de que estas barras pesan mucho menos que las que le acabas de dar a Pascual.

»Este, en vez de dejarlo pasar, que hubiese sido lo prudente, se volvió y se encaró.

»—¿Qué te pasa, Hernando? Si no recuerdo mal, estuviste sesteando en Nombre de Dios durante meses cuando los demás nos partíamos el lomo en Santa María para al final tener que ir a rescataros. ¿Que tus barras son más pequeñas? A mí me parece que deberías estar contento aunque fueran del grosor de la paja.

»—¿Sesteando dices? Nosotros estuvimos a las órdenes de nuestro gobernador haciendo lo que nos mandaba, no actuando en contra de los dictados del rey.

»Pascual dio un paso al frente y lo empujó. Hernando, tras la sorpresa inicial, se revolvió y lo empujó a su vez; mientras, otros marineros se iban acercando atraídos por el tumulto.

»—Eres un bastardo, Hernando. Ahora vas a saber lo que te espera.

»Y dicho esto le dio un puñetazo en la cara, que Hernando contrarrestó con otro en la barriga. Tonto de mí, me metí en la pelea y defendí a Hernando poniéndole la zancadilla a Pascual, que cayó al suelo. Todos empezaron a gritar y jalear, apostando por uno u otro, mas la pelea duró poco porque Balboa vino enseguida a ponerle fin. Estaba reprendiéndonos por nuestra actitud cuando tras él vimos aparecer al hijo mayor de Comagre, Panquiaco, que llegaba con gesto encolerizado. Pegó un manotazo a la balanza con la que pesábamos el oro y lo desbarató todo.

»—Si hubiese sabido, cristianos, que ibais a reñir por mi oro, no os lo hubiese dado, porque no soy amigo más que de la paz y la concordia. Vuestra conducta me maravilla: tomáis nuestras joyas, las convertís en palillos que nada valen y luego peleáis por ellos. Si ese es vuestro proceder, más valdría que volvieseis a vuestra tierra en vez de venir a esta a pelear de manera tan grosera. Debería daros vergüenza. Si tan ansiosos estáis de oro como para dejar vuestros hogares y venir aquí a molestar a nuestras gentes pacíficas, no tengáis miedo: yo os mostraré dónde podéis encontrar tanto oro como para ahogaros con él.

»Pedro de Vitoria iba traduciendo las palabras del primogénito mientras todos lo escuchábamos en silencio.

»—Sí —continuó—, yo mismo os llevaré si con eso logro que la paz y la tranquilidad vuelvan a mi poblado. Para ello necesitaremos no unos pocos, sino un millar de hombres. Escuchad: vosotros peleáis por oro, que nada vale, pero nosotros lo hacemos por ser más que nuestros vecinos y no caer prisioneros de ellos. Para llegar a la tierra donde todo el oro nace, hay que superar esta sierra y pasar al otro lado, hasta un lugar llamado Tumanamá, y eso llevará no menos de seis soles. Luego habrá que luchar con muchos y muy aguerridos señores, fieros como jaguares y que nos impedirán el paso. Y, al final, después de varios días más de marcha, llegaremos al gran mar, el infinito. Allí obtendréis noticias de un reino sin igual, tan rico y poderoso que envía sin descanso cientos de barcos de un sitio para otro para comerciar.

»Balboa se acercó a Panquiaco y le preguntó:

»—¿Hacia dónde se encuentra ese mar? ¡Dímelo!

»Panquiaco se volvió y señaló claramente hacia el sur.

»—Al mediodía; siempre al mediodía. Es allí donde descansa el gran mar. Traed esos mil hombres y junto con los nuestros emprenderemos el camino hacia esas tierras. Vuestro será el oro y nuestra la tranquilidad de saber que nuestros enemigos no podrán hacernos más daño. Y si algo de lo que he dicho es mentira, que me cuelguen de un árbol hasta morir.

El emperador sonreía mientras mis palabras aún resonaban en su estancia.

—El mar del Sur... Acababan de daros la llave para hallar el mar del Sur. Qué gran momento debió ser ese, ¿verdad?

—¡Cómo describirlo, señor! Hasta entonces solo conocíamos la costa del mar Océano y nadie podía saber si la Tierra Firme se extendía solo unas jornadas o si no tenía fin. Y Panquiaco, para quitarnos de en medio y lograr el poder sobre el resto de las tribus, se ofrecía a llevarnos hasta las costas de aquel nuevo mar donde un gran reino comerciaba con su flota de barcos. Era todo tan extraordinario, tan increíble, que no dábamos crédito a lo que escuchábamos.

—Y Balboa, ¿cómo reaccionó?

—Debió de costarle, mas reaccionó como siempre: con calma. Preguntó todo lo que se le ocurrió: cuál era la senda que había que seguir, qué tipo de reyes poblaban aquellas tierras, si conocían o no el metal, si en el mar del Sur encontraríamos bastimentos para abastecernos... Y sobre todo preguntó por ese reino bañado en oro del que por primera vez oíamos hablar.

»Resultaba evidente que aquella era la gran expedición que debíamos emprender, pero también era obvio que no podíamos llevarla a cabo con nuestro escaso equipamiento. Panquiaco había dicho que necesitaríamos un millar de hombres y nosotros éramos apenas unos pocos centenares. ¿Cómo lograrlo? Parecía claro que debíamos regresar a Santa María y reclutar como fuese a esos mil hombres.

»Comagre llamó al hechicero del poblado y le pidió que sacrificara a uno de los esclavos para vaticinar el éxito o el fracaso de nuestra expedición en sus entrañas, pero Balboa se negó. Entonces el hechicero vertió un poco de vino en el suelo y dejó que corriese, aunque la lectura no fue concluyente.

»Al día siguiente, cuando ya nos disponíamos a partir, cerca del poblado pasó un jaguar que llevaba entre las fauces un brazo humano y el hechicero se echó tierra sobre la cabeza y empezó a lamentarse, dando grandes alaridos y haciendo aspavientos.

»Mateo, al verlo, torció el rostro.

»—Me temo que esto es un augurio espantoso.

»Comagre, en cambio, nos dijo que se trataba de un auspicio excelente.

»De vuelta a Santa María el empeño principal de Balboa fue reclutar la tropa necesaria. Primero lo intentó enviando cartas a La Española, pero no recibió ningún apoyo por parte del gobernador, fundamentalmente porque Martín Fernández de Enciso había logrado convencer a Diego Colón de que Balboa era un usurpador y que todas sus campañas, por tanto, eran ilegítimas. Tratando de inclinar la balanza, envió a España a Juan de Caicedo y a Rodrigo Colmenares, junto con un cargamento de más de trescientos pesos de oro, con el encargo de que hablasen a nuestro favor. Se suponía que lo harían, pero, al poco de partir, Balboa comenzó a barruntar que había sido demasiado prudente, que el envío podría haber sido más grande y que en una situación como la nuestra había que jugarse el todo por el todo. De modo que resolvió que escribiría directamente al rey y le expondría los logros alcanzados y el espléndido panorama que se abría ante nosotros. Sin embargo, de eso es poco lo que puedo contaros, pues Balboa no comentó con ninguno de nosotros el contenido de aquella carta.

—Pues en eso soy yo quien puede ser de ayuda —intervino el emperador—, dado que años después pude leer la carta que Balboa envió a mi abuelo y que aún se conserva en los registros. Recuerdo muy bien su cariz y puedo decirte que una cosa es saber escribir y otra encontrar el tono adecuado a lo que se quiere decir. Has dicho muy bien que Balboa estaba necesitado del favor real y quizá por ello se dejó cegar por la ambición y expuso a la Corona un panorama mucho más esplendoroso que el verdadero. Habló de oro, de mucho oro, de más de treinta ríos que nacían en la sierra y que desaguaban en un lago dorado... Habló también de perlas y de todo tipo de riquezas que los caciques amigos estaban dispuestos a ofrecer si se sometía a los caribes beligerantes que las poseían y que se dedicaban a comerse a sus enemigos. Habló de pepitas enormes y de que era tanto el metal que se encontraba de continuo que había más necesidad de alimento que de oro. Dijo que la sierra que debía atravesarse para llegar a las riquezas era altísima, la más alta del mundo, y que solo gracias a la amistad con los caciques que él se había encargado de cultivar podría sortearse para llegar a un nuevo mar que todavía ningún castellano había visto y que estaba regado por ríos dorados y por costas donde las perlas podían obtenerse sin ningún esfuerzo. Terminó su carta pidiendo algunas naves y los mil hombres que Panquiaco había sugerido; y, sobre todo, pidió a mi abuelo que tuviese la merced de no enviar a ningún bachiller de leyes entre ellos, sino solo a alguno versado en medicina, pues los leguleyos que llegaban a aquellas partes se convertían en diablos y no provocaban más que pleitos y maldades. Y en eso sí he de darle la razón, tanto en las Indias como aquí, pues si una cosa sobra en este mundo son los juristas, que se encargan de encontrar problemas donde deberían hallar soluciones. Ahora entiendo que Balboa se estaba refiriendo a Enciso, pero en el fondo lo que pedía a mi abuelo era que no enviase a nadie al Darién que tratase de imponer allí las leyes y los usos de Castilla. Junto a la carta, Balboa envió quinientos pesos de oro más, que se sumaban a los trescientos enviados anteriormente, como muestra de que lo que decía era cierto.

—¿Y la carta tuvo efecto? —pregunté.

—Tuvo efecto, claro está, aunque no el que Balboa esperaba; al menos, no exactamente. Mi abuelo leyó la misiva, pero lo hizo tarde. Poco antes habían arribado los procuradores Caicedo y Colmenares y sus informes no fueron especialmente entusiastas. Imagino que, al llegar a la corte, se convencieron de que la posición de Balboa estaba en entredicho y que era mejor no significarse tanto. Pero lo más negativo para Balboa fue que su carta no le granjeó simpatías, sino que despertó una desmesurada ambición por hacerse con las riquezas que prometía. Si él había hablado de pepitas de oro como ciruelas, pronto se habló en Castilla de que eran tan grandes como naranjas, luego como granadas y más tarde como melones, y que su abundancia era tal que en vez de cogerlas a mano se podían pescar con redes. Aquel fue el motivo de que mi abuelo y el obispo Fonseca rebautizaran al Darién como «Castilla del Oro». Es triste decirlo, pero lo que Balboa consiguió fue encender la llama de la codicia.

Al escuchar las palabras del emperador se me hizo evidente lo que había ocurrido en Tierra Firme en aquellos meses.

—Ahora lo entiendo. Nosotros no sabíamos nada de todo eso en aquel momento. Balboa solo esperaba recibir noticias de España o de La Española en las que le confirmaran que los refuerzos solicitados iban a llegar; sin embargo, pasaban los meses y nada. Como bien sabréis, señor, el peor enemigo de la soldadesca es el aburrimiento, que termina por conducir a la desidia.

Tras el éxtasis de nuestras victorias anteriores, debíamos permanecer inactivos y a la espera, y aquello no hacía más que despertar roces y pendencias, aunque también insubordinaciones contra el propio Balboa. Eran como una marea que subía y bajaba. Si las cosas iban bien, nadie osaba levantar la voz; mas si las cosas empeoraban, siempre había alguien dispuesto a decir que Balboa no era un buen líder, que le faltaba valor o que era un usurpador. Él sabía de estos comentarios y tenía que lograr un complicado equilibrio entre no dejarlos crecer y esperar a que las circunstancias fuesen las adecuadas para emprender nuestro viaje al otro mar.

»En aquellos días, además, hubo otro momento crítico para Balboa, esta vez instigado por los indígenas. Al parecer, aunque nosotros pensábamos que los indios estaban apaciguados y contentos con los pactos que habíamos establecido, no todos pensaban lo mismo. Quizá no los jefes, pero muchos guerreros rabiaban por dentro por tener que estar sometidos a nuestro dominio y entre varios de ellos tramaron un plan para atacarnos y acabar con nuestra presencia en su tierra. El caso es que, entre los conjurados, estaba uno de los hijos de Careta, llamado Tiuro.

»El plan, por lo que después supimos, era tan sencillo que tenía posibilidades de prosperar: juntar a la mayor cantidad posible de guerreros indígenas y caer sobre nosotros por la noche, mientras dormíamos.

—No muy elaborado, pero efectivo, sí —afirmó el emperador.

—Exacto. Solo requería que todo se mantuviese en secreto. Mas ¡ay, qué difícil es separar los lazos de honor de los de la sangre! Tiuro, apenado por la suerte que pudiera correr Anayansi y creyendo firmemente que ella deseaba librarse de su matrimonio con Balboa, se introdujo en Santa María horas antes del ataque y consiguió hablar a solas con su hermana. Le reveló el plan y le tendió la mano para sacarla de allí, pero ella se negó. Él, furioso, la golpeó y se la quiso llevar a la fuerza. Anayansi gritó y Tiuro fue descubierto. Balboa comprendió al instante lo que estaba sucediendo y le sacó al desgraciado todos los detalles de la encerrona. Tomamos las armas y, cuando los atacantes llegaron, los desbaratamos sin mayor problema. Aquel día, Anayansi dejó definitivamente de ser Luaía y se unió más a su esposo.

»Sofocada la revuelta indígena, pensábamos que las cosas irían a mejor, pero las circunstancias no hicieron sino empeorar. En la mente de Balboa, y en la de muchos de nosotros también, residía la idea de que la Corona, vistos nuestros esfuerzos y padecimientos, y también los grandes logros conseguidos, respondería de manera positiva a nuestras peticiones y nos enviaría los refuerzos solicitados. Lo que llegó se parecía bien poco. En la corte los enemigos de Balboa habían escarbado de tal modo bajo nuestros pies que todo el edificio amenazaba ruina. Era el mes de junio de 1513 cuando arribó a Santa María un barco procedente de Castilla con instrucciones de la Corona. El mensajero le comunicó a Balboa las novedades:

»—Por orden del rey don Fernando os informamos de la próxima llegada del nuevo gobernador de "Castilla del Oro", el señor Pedro Arias de Ávila. Debéis preparar todo para su recibimiento y para la entrega del mando.

»De modo que el rey, en vez de premiar a Balboa y confirmarle en su cargo, decidió nombrar un nuevo gobernador de Tierra Firme.

—Entiendo —dijo don Carlos—. Pedrarias era uno de los nobles más poderosos de Castilla y además estaba casado con doña Isabel, sobrina de la marquesa de Moya, que tan buenos servicios había prestado a la reina Isabel, mi abuela. Un hombre principal, sin duda.

—Exacto. Balboa había suplicado que no se enviase a ningún bachiller en leyes, y el rey respondió con algo mucho peor: nombrando a un nuevo gobernador que debía ir allí a deponerlo y tomar el control de la Tierra Firme. Y, además, atendiendo a las promesas de infinitas riquezas que Balboa había sembrado en la cabeza de todos en España —y eso fue culpa suya, lo reconozco—, la expedición que se estaba armando iba a contar con un contingente de barcos y de hombres nunca visto antes.

—Puedo comprender vuestra frustración, te lo aseguro —dijo don Carlos—. Aun así, debes entender que un rey, en contra de lo que algunos pueden pensar, no siempre es libre de tomar sus decisiones. Para alcanzar el poder, y sobre todo para conservarlo, hay que apoyarse en muchos valedores. Y esos valedores, tarde o temprano, exigen el pago por sus servicios. No sé si eso es justo, probablemente no, aunque tampoco lo es que el que te ayuda se quede sin recompensa.

—Claro que lo entiendo, señor, pero para nosotros fue un golpe terrible. Cuando por fin estábamos comandados por alguien capaz, que buscaba la amistad con los indios y no su sometimiento, que repartía el oro de manera justa y que no dudaba en ponerse a la cabeza ante todos los peligros y padecimientos, el rey nos anunciaba que pensaba sustituirlo por un hombre que no había puesto aún un pie en las Indias, a quien no conocíamos... y a quien hubiese preferido no tener que conocer nunca, os lo aseguro. Entiendo que el rey tuviera que pagar sus deudas, pero al final los paganos fuimos nosotros.

—¿Cómo se lo tomó Balboa cuando se enteró?

—Tras el disimulo inicial, reaccionó con rabia, por supuesto, como todos nosotros. Se sintió traicionado, herido, despreciado, ninguneado... No podía comprender que sus servicios y sus sacrificios pudieran ser recompensados con su destitución. Después la rabia dio paso a la tristeza: se ofuscó, cayó en la melancolía, en la desidia. Pasaba las horas encerrado en su casa, sin querer ver a nadie y sin ganas de organizar ni emprender ninguna acción. Transcurrido un tiempo, sin embargo, la tristeza dio paso a la aceptación; y la aceptación a la conformidad.

»Una mañana nos reunió a todos y, alzando la voz, dijo:

»—Castellanos, si el rey ha dictaminado que debe nombrarse a un nuevo gobernador, ello no es muestra de su mal criterio, sino de nuestras faltas: hemos de conseguir que el rey comprenda que nuestras acciones merecen un premio. Escuchadme: con ayuda o sin ella, emprenderemos el camino al nuevo mar. Y una vez que alcancemos nuestro objetivo, al rey no le quedará más remedio que reconocer de una vez por todas nuestros méritos.

»Los hombres jalearon sus palabras, pero yo traté de mantenerme en segundo plano.

El emperador me preguntó:

—¿No te alegraste con las nuevas?

—Sí, y además sabía que gozaba del aprecio de Balboa, pero prefería mantenerme a cierta distancia. No lo hacía por indolencia, sino porque así permanecía alejado de Anayansi. Como os relaté, si en algún momento se pudo dudar de a quién era más fiel, ella demostró con claridad que quería estar con Balboa. Para cualquiera que tuviese ojos era evidente que entre los dos había atracción. Anayansi era bellísima y muy inteligente, y Balboa no hacía nada por resistirse a sus encantos. Solo en los momentos en que rumiaba su frustración tras conocer las nuevas de la corte rechazó la compañía de su mujer. Anayansi, por su parte, también se sentía atraída por Balboa, por su arrojo y su decisión, y lo acompañaba a todas partes, cogida de su mano y con la cabeza tan alta como la del capitán. Yo lo aceptaba todo con resignación y trataba de olvidar, sin mucho éxito...

»Sin embargo, uno de esos días, mientras trabajaba en las tierras de maíz que habíamos puesto en cultivo alrededor de nuestra villa, Anayansi se me acercó. Las plantas estaban muy crecidas y pudo ocultarse de las miradas indiscretas. Habían pasado varios meses desde la boda y ya había aprendido un buen número de palabras en castellano.

»—Martín... —me dijo—. Me alegro verte.

»Estaba tan nervioso que no sabía ni qué decir.

»—Hola, Lua... Anayansi.

»Me miró con ternura.

»—Para ti no Anayansi; para ti siempre Luaía.

»No veía la diferencia: fuera Luaía o Anayansi ya nunca sería mía. Pero ella tomó mi mano y la estrechó entre las suyas.

»—Luaía y Martín, un día juntos. Tú lo verás; dioses lo quieren.

»No podía creer lo que me decía.

»—Tú estás con Vasco y lo quieres.

»—Quiero a él; pero quiero a ti también.

»Y con las mismas se fue antes de que alguien pudiera sorprenderla.

Don Carlos sonrió y puso su mano sobre mi cabeza.

—¿Cómo te sentiste, Martín? ¿Qué decía tu corazón?

—¿Cómo podría explicarlo, señor? ¿Cómo podría describir aquel dolor tan intenso por no tenerla y al mismo tiempo aquel placer tan inmenso de ver nacer una esperanza en mi pecho?

10

Atando cabos

El sol apenas empezaba a despuntar cuando Josepe me despertó completamente alterado.

—Señor, ha llegado el momento que tanto temía. Quijada nos ha descubierto.

Me abofeteé en el rostro para espabilarme un poco.

—¿Qué dices, Josepe? ¿Cómo nos va a haber descubierto? Vamos a ver, ¿te ha dicho algo?

—Todavía no, pero lo vi ayer hablando con Juanelo. Sin que se dieran cuenta de mi presencia me acerqué para ver de qué trataban y escuché al mayordomo diciendo que un vecino de Cuacos le había hablado de una silla mágica que caminaba sola… Juanelo enseguida ató cabos. Apenas le entendí, pero dijo algo así como que él había estado trabajando en algo parecido para el emperador. Estamos perdidos.

Que nos habían descubierto era evidente, pero no quería que Josepe se dejase arrastrar por el pánico, ni mucho menos que tuviese que pagar por una culpa que en ningún caso era suya. De modo que pensé en la mejor manera de solucionar aquel entuerto.

—Tú no has hecho nada malo, Josepe. Nadie te ha visto y no pienso relacionarte con nada de esto, así me muera.

—Pero no puedo mentir, señor; si me preguntan, tendré que decir la verdad.

—Entonces habrá que conseguir que no te pregunten. Estoy pensando que…

Josepe se mostraba cada vez más ansioso.

—En qué pensáis, señor; decidme.

—Hay una máxima que todo buen estratega conoce: quien antes golpea, golpea dos veces. Debemos adelantarnos a don Luis y a Juanelo y sobre todo conseguir que no te interroguen. En el estado en el que estás, creo que confesarías hasta lo que no has hecho.

—Señor..., yo...

—No te preocupes, Josepe. Tienes razón en estar nervioso. Te he metido en este lío y te voy a sacar de él. ¿Confías en mí?

Él asintió con todo fervor.

—Pues escucha con atención, porque tengo una misión para ti.

En cuanto le conté el plan, Josepe se marchó. Luego me vestí a todo correr y dejé mi habitación. Lo último que necesitaba era que Quijada viniese a mi cuarto y me interrogase; en ese caso tendría que decir toda la verdad, sin tener oportunidad de poner mi estratagema en marcha. Debía esconderme durante unas cuantas horas, aunque sabía que no había lugar alguno en el palacete que escapase al control del mayordomo real. Entonces recordé un sitio en el que quizá lograse mi propósito. Sin perder un instante, me dirigí a la iglesia del monasterio.

Empujé la puerta y penetré en el templo. Apenas había luz y me costó un poco situarme. Había tanto silencio que podía sentir los latidos en el pecho. Escuché unos pasos y me volví para comprobar que un monje se aproximaba.

—¿No es un poco temprano para rezar? —preguntó.

Al principio pensé que lo decía con aspereza; cuando estuvo más cerca y pude verlo con claridad, descubrí que sonreía. Lo reconocí y, por fortuna, me acordé de su nombre.

—Dios os bendiga, hermano Gabriel. ¿Os acordáis de mí? Soy Martín...

—Por supuesto que me acuerdo. No son tantas las personas que vienen a este monasterio; ni mucho menos las que madrugan de este modo.

—Sí, os pido disculpas por ello. El caso es que necesitaba pediros un favor. Me gustaría hablaros en confesión.

Fray Gabriel se mostró sorprendido.

—¿Yo? El emperador tiene un sacerdote en el palacio. ¿No crees que es mejor dirigirte a él?

—En el fondo no es con él ni con vos con quien pretendo hablar, sino con Dios, aunque a veces el medio es tan importante como el fin y en este momento confío más en vos que en ningún otro religioso. ¿Lo haréis, hermano? ¿Escucharéis a este pobre pecador?

A fray Gabriel no le quedó más remedio que atender mi petición.

—Lo haré, Martín, pues no puedo negarme.

De modo que me invitó a seguirle. Estaba satisfecho: nadie me había visto y nadie sabría de mí en un buen rato; de eso me encargaría yo.

Después de haberle contado de forma pormenorizada mis recientes pecados, incluidos por supuesto los relativos al engaño a Juanelo Turriano, el pobre fray Gabriel respiró profundamente. Nunca he envidiado la labor del confesor: aunque se supone que son meros transmisores entre el pecador y Dios, en el fondo nadie es capaz de olvidar voluntariamente lo que escucha y sé que cargan en su alma con buena parte de los pecados que los demás les cuentan. También es verdad que algunos se aprovechan de eso mismo, pero estaba seguro de que ese no sería su caso.

—*Ego te absolvo* —dijo con toda solemnidad y con evidente alivio, tras casi dos horas.

—Gracias por escucharme, padre —dije, y me dispuse a levantarme; antes de que lo hiciera, me detuvo un momento.

—Recuerda, hijo, que de nada vale la confesión si no hay arrepentimiento y, sobre todo, propósito de enmienda.

Tomé sus manos y asentí.

—Por supuesto. De hecho, ya estoy tratando de arreglar el entuerto.

Me puse por fin en pie y abrí ligeramente la puerta que

daba al claustro. Miré hacia fuera y vi a un monje dirigiéndose a las cocinas y a otros dos conversando bajo una de las arcadas. Salí y me eché la capucha sobre la cabeza para tratar de pasar desapercibido. Y es que ahora me tocaba la parte más difícil del plan: encontrarme con el emperador antes de que Quijada pudiese verme. Siempre había estado con él por las tardes y por eso no conocía sus rutinas de la mañana. Entonces recordé que el mayordomo me había dicho, el mismo día en que llegué, que el emperador dedicaba las horas previas al almuerzo a sus rezos y a los cuidados y las curaciones que le proporcionaban los médicos. Si se hallaba rezando, no me atrevería a interrumpirlo, pero si estaba en el momento en que lo atendían, quizá tuviese una oportunidad.

Caminé despacio, pegado a las paredes para asegurarme de tener libre el camino, hasta que llegué al palacete. Allí reinaba el habitual tránsito de sirvientes de un lado para otro y traté de atisbar alguna pista que me ayudase a concluir si el emperador estaba en sus rezos o en sus cuidados. Con disimulo me dirigí hacia la cocina y, para no llamar la atención, le pedí al cocinero que me diese algo de comer poniendo como excusa que me había perdido el desayuno. Él refunfuñó un poco, pero al final me dio una rebanada de pan y un pedazo de tocino, y me invitó a salir de la cocina. Comenzaba a dudar de que pudiese obtener la información que necesitaba cuando vi a un mozo que cargaba con varias toallas y una palangana de agua caliente. Era mi oportunidad. Dejé el pan y el tocino en la mesa, ante la atónita mirada del cocinero y, abandonando la cocina, lo asalté por el pasillo que conducía a la cámara del emperador.

—Espera un momento, muchacho.

Él se detuvo y me reconoció.

—No puedo esperar, señor Martín; el agua se enfriará si no voy de inmediato.

—Eso no es problema; yo mismo se la llevaré.

—Pero me han dicho...

—Sé lo que te han dicho; el mayordomo me lo comunicó, pero parece que hoy el emperador quiere que esté con él por la mañana. A mí también me ha extrañado, pues siempre nos vemos por la tarde; mas ¡quién puede negarse a sus solicitudes!

El pobre me miraba sin saber qué decisión tomar.

—¿No decías que se enfriaba el agua? —lo apremié—. ¡Anda, dame eso!

Se quedó tan sorprendido que no pudo reaccionar cuando le arrebaté de las manos las toallas y la palangana. A paso ligero recorrí el corredor hasta llegar a la sala del emperador. La puerta estaba entreabierta y empujé con el hombro pidiendo a Dios que Quijada no estuviese dentro. Miré con el rabillo del ojo y vi a don Carlos sentado como siempre en su sillón, con dos médicos a su lado, pero ni rastro del mayordomo. Cuando me vio acercarme con la jofaina en las manos y cargado con los lienzos, levantó las cejas con extrañeza y a continuación se rio.

—Luis me aseguró que te había dado las mañanas libres para que hicieras lo que más te placiese. ¿De verdad no tienes nada mejor que hacer que asear a un pobre viejo?

En aquel momento me falló la lengua.

—Señor…, lo cierto es que…

El emperador me alentó:

—Habla tranquilo, Martín. Di qué es lo que quieres.

Respiré hondo y, más calmado, le comuniqué mi propósito.

—Nunca os he pedido nada, señor, mas hoy os pido que me dejéis hablaros sobre un asunto importante para mí.

Mathiso, el médico por el que sentía mayor confianza don Carlos, me interrumpió:

—El emperador necesita ahora sus cuidados y su aseo; no creo que haya nada tan importante que no pueda esperar hasta la tarde.

Don Carlos me miró a los ojos y leyó en ellos mi zozobra.

—Creo que hoy no estoy de morirme, Mathiso, y además odio el baño. Quédate, Martín, y háblame de lo que gustes.

El médico hizo amago de protestar, pero don Carlos no se lo permitió.

—Marchad y cerrad la puerta al salir.

Los dos obedecieron a regañadientes y salieron de la sala.

—Acerca tu silla y cuéntame. ¿Cuál es esa inquietud que tanto te atormenta?

Acerqué la silla, como el emperador me dijo, y le confesé abiertamente:

—Es la peor inquietud de todas, señor: el amor.

Tras algo más de una hora, terminé el relato de mis alegrías y mis penas. Don Carlos permaneció en silencio, más aún que cuando me escuchaba relatándole mis peripecias en las Indias. Me había vaciado por completo, encomendándome a su sabiduría y clemencia.

—¿Cuándo llegarán? —me preguntó después de unos instantes que se me hicieron eternos.

—Si todo ha ido bien, señor, ya deberían estar aquí.

—Vayamos entonces.

El emperador cogió su báculo y me alargó el brazo para que le ayudase a levantarse. Me puse en pie y le asistí. Luego nos dirigimos hacia la puerta. Al abrirla nos dimos de bruces con Luis de Quijada, acompañado de Juanelo Turriano.

—Majestad... —comenzó el mayordomo.

—Sé lo que tienes que decirme, Luis; lo sé todo... y está todo perdonado.

—Pero...

—Espera un momento y comprenderás.

Caminamos juntos. El emperador muy despacio, midiendo cada paso y arrastrando los pies sobre las losas de barro que conducían a la terraza y, desde allí, al jardín del estanque; yo, a su lado, apretado a su brazo y sin volver la vista atrás para no encontrarme con la mirada de reproche de Quijada. En el fondo sentía lástima y arrepentimiento. Quijada me había tratado con respeto desde mi llegada y me sentía culpable por haber abusado de su confianza. Cuando llegamos al estanque, nos detuvimos y el emperador me preguntó al oído:

—¿Está todo listo?

Me puse un poco de puntillas para ver mejor, y confirmé que todo estaba preparado.

—Así es, señor.

—Adelante, pues.

Levanté la mano y de detrás de un seto aparecieron primero Josepe y luego Rafael, sentado en su silla y empujado por su madre. Se veía que Josepe y Beatriz estaban muertos de miedo. El rostro de Rafael, en cambio, resplandecía tanto como el de los santos en los cuadros: era el vivo reflejo de la alegría. Avanzaron hasta donde nos hallábamos y, al llegar, Josepe y Beatriz se arrodillaron e inclinaron la cabeza.

—En pie... —ordenó el emperador.

Ambos lo hicieron, pero Beatriz no se atrevía a levantar la mirada del suelo. Cuando por fin lo hizo, se encontró con los ojos del emperador.

—Perdonadme, majestad...

—No, no —la interrumpió don Carlos—. No hay nada que perdonar. Si alguien se ha comportado de manera contraria a los deseos de Dios he sido yo. No he sido justo, pero debéis entender que no es fácil mantener la paz en este santo lugar. Los novicios...

—Lo entiendo —dijo ella, e inclinó la cabeza.

El emperador, entonces, dirigió la vista a Rafael y a su extraordinaria silla.

—Bendito sea Dios —exclamó—. ¿Cómo te llamas?

Él estaba tan alborozado que apenas le salían las palabras.

—Raf... Raf... Rafael —respondió con gran esfuerzo.

—Rafael —repitió el emperador—. Te doy la bienvenida a mi casa. Dios nos ha unido en el sufrimiento, pero veo que la intervención de un buen amigo te ha permitido lo que nos parecía vedado: recuperar el movimiento.

En ese momento me acerqué, accioné el resorte y Rafael se puso en pie, sosteniéndose del brazo de su madre.

Quijada no pudo aguantar más e intervino:

—Majestad, es eso precisamente lo que quería deciros...

—No hace falta que me digas nada, Luis; lo sé todo. Acércate, Juanelo.

Quijada se quedó con gesto de estupefacción al tiempo que el inventor daba un paso al frente y se colocaba a su lado.

—Juanelo, lo que has hecho por este joven es algo prodigioso, un verdadero milagro. Martín me lo ha explicado todo: cómo tuviste la idea cuando él te contó la situación de Rafael y cómo te esforzaste sin descanso hasta lograr tu objetivo, a escondidas de todos y sin querer que se te reconocieran tus méritos. Es incuestionable que es el Espíritu Santo quien actúa a través de tus manos. Dios te bendiga.

—Yo, yo... —comenzó a decir Juanelo, pero no encontró las palabras para seguir.

Entonces el emperador se dirigió a su mayordomo.

—Y tú, Luis, ¡qué puedo decir! Has sido mi servidor, mi amigo, casi como un hijo o incluso más. Sé que diste a Juanelo todas las facilidades y que te volcaste con este joven y con su madre en cuanto Martín te pidió ayuda. Tu corazón es piadoso y yo no podría desear tener a ninguna otra persona a mi lado.

Quijada estaba tan atónito que apenas podía reaccionar. Me miró y asentí levemente con la cabeza.

—No hay mayor placer ni privilegio en este mundo que serviros, majestad —afirmó.

El emperador asintió en silencio mientras Rafael se sentaba de nuevo en su silla y Josepe, ahora mucho más aliviado, lo paseaba para admiración de todos alrededor del estanque. Los monjes se habían ido acercando, alarmados por el alboroto, maravillados de la silla de Rafael y asombrados de la presencia de una mujer en el monasterio, a pesar de la prohibición expresa del emperador. Fray Gabriel vino hasta mí y me dijo al oído:

—Habíamos quedado en hacer propósito de enmienda...

—Antes era culpable de robar y confesé mi pecado; ahora tendré que confesarme por mentir.

Fray Gabriel sonrió con condescendencia mientras los monjes se aproximaban y tocaban la silla, como si fuese el resultado de un encantamiento. Aproveché para culminar el acto.

—Señor, Juanelo pensó que, visto el éxito de su invento, quizá también pudiera construirse otra silla para vos, si os place.

Don Carlos miró a su relojero y sonrió.

—Sois muy amable, mi fiel Juanelo, mas creo que no es

oportuno. Esta pobre mujer ha de cuidar de su hijo, que aún es joven, y necesita del sol y los paseos. Yo ya soy muy viejo y me basta con recibir el sol en mi cuarto o con salir muy de vez en cuando a la terraza. Tengo quien me cuide bien y no me faltan atenciones… Amigo Turriano, dedica tu ingenio a ayudar a quien más lo precisa y déjame a mí seguir mi camino hacia Dios sin mayores sobresaltos.

Juanelo asintió, todavía enmudecido, mientras el prior del monasterio se acercaba al emperador. Traía el rostro serio y dirigió una mirada de desaprobación a los novicios y a los monjes que reían y jugueteaban con la silla.

—Majestad —dijo nada más llegar—, siento importunaros, pero la presencia de esta mujer aquí está causando gran escándalo… Creo que se había convenido evitar la presencia de mujeres en torno al monasterio.

Don Carlos inspiró. Supongo que comprendía las precauciones del prior. Pensé que iba a darle la razón y pedirnos que terminásemos con aquel bullicio, pero lo que hizo nos sorprendió a todos, a mí el que más.

—Comprendo vuestras reservas, prior; sin embargo, el espíritu de la norma no consistía en castigar a las mujeres por el hecho de serlo, sino en preservar la paz de los monjes, sobre todo de los novicios, evitando la presencia de jóvenes doncellas. Pero os aseguro que ese no es el caso, ni va a haber ningún escándalo, pues mi querido Martín y mi querida Beatriz han decidido unir sus vidas y contraer santo matrimonio.

La miré y ella me miró, boquiabiertos los dos.

—¿No es así? —preguntó el emperador.

¿Qué podía decirle? No era solo decisión mía, y Beatriz y yo no habíamos hablado nunca del tema. Volví a mirarla y vi la misma luz en sus ojos que el día que disfrutamos de aquella comida campestre a la vera del arroyo.

—Ese sería mi mayor deseo, si Beatriz me concediese tal honor.

Ella se acercó y, tomando mi mano entre las suyas, me dijo:

—Es también mi deseo, Martín.

Don Carlos sonrió y bendijo con su mano nuestra unión. Sentía tanto respeto y tanta admiración por su persona, y era tanta la autoridad que transmitía, que me pareció que allí mismo quedábamos unidos en matrimonio, sin necesidad de recibir el sacramento. El emperador, por supuesto, pensaba de manera bien distinta.

—Me haría muy feliz ser testigo de vuestro casamiento antes de que me lleve la muerte. Por tanto, que el hombre no demore lo que Dios bendice. Pensad en una fecha, pues el lugar será este.

Y de ese modo totalmente inesperado, junto al estanque del emperador y a la vista de todos, mi vida y la de Beatriz quedaron enlazadas para siempre.

11

Te Deum laudamus

Quise utilizar de nuevo la treta de levantarme muy pronto para esquivar a Quijada, pero en esta ocasión no me funcionó. Cuando abrí la puerta de mi cuarto, lo tenía esperando en el pasillo como un perro guardián.

—El efecto sorpresa desaparece cuando repetimos nuestras acciones —me dijo.

—Tenéis razón; de hecho, no sé ni por qué trataba de ocultarme. Al fin y al cabo, ya no me quedan mentiras que contar...

Me miró con gesto de reproche.

—¿Puedo? —preguntó.

—Sí, por supuesto —le dije, invitándole a pasar.

El cuarto era tan pequeño que apenas cabíamos, lo cual aumentaba mi incomodidad. No solo estaba con la persona a la que había engañado, sino que la tenía a un palmo de mis narices. Para ganar un poco de distancia, le indiqué que se sentase en la silla mientras yo lo hacía a los pies de la cama, apartando un poco las mantas revueltas y mi camisola de dormir.

—Vos diréis, señor.

Quijada se tomó su tiempo, hasta que al fin dijo:

—Lo que iba a ser una audiencia de dos o tres tardes se ha convertido en una costumbre, ¿verdad? Llevas ya más de un mes en Yuste y, si no me equivoco, ni siquiera has llegado a interesarte por lo que te trajo aquí. ¿Has leído alguno de los libros que buscabas?

—No, señor. Me han faltado horas...

—El emperador solo te ocupa las tardes; el resto de las horas te has ocupado tú solo de llenarlas.

—¿Qué puedo deciros que no sepáis? Me disteis libertad y la utilicé, aunque nunca imaginé que las cosas fueran a discurrir de ese modo, si os soy sincero. En este tiempo he vivido experiencias maravillosas. Os he conocido a vos, por quien siento un profundo respeto y una sincera admiración. He conocido al emperador, no como un retrato, que era la única imagen de él que tenía, sino como un hombre. Y para mí, que luché y sufrí toda mi vida en su nombre, la mayor recompensa ha sido saber que merecía todos mis esfuerzos, mis desvelos y mis lágrimas. He conocido a Juanelo, una mente despierta como pocas, una de esas extrañas personas capaces de tomar materias muertas, como el hierro, la madera o la piedra, y convertirlas en objetos vivos. Y, por encima de todo, he hallado a Beatriz, que me ha devuelto una ilusión que consideraba perdida para siempre. Sé que traicioné vuestra confianza y la del emperador, pero también os digo que todo lo hice por una buena causa y a nadie perjudiqué en mi camino.

En la penumbra que nos envolvía me pareció que Quijada esbozaba una leve sonrisa.

—No me extraña que el emperador se entretenga contigo: dominas el arte de embaucar con las palabras. Comprenderás, en todo caso, que un comportamiento como el tuyo no puede quedar impune: robaste, mentiste y fuiste en contra de las disposiciones del propio emperador, que prohibió expresamente que las mujeres pudieran acceder a este recinto. ¿En qué lugar ha quedado tu palabra? ¿Cómo podré volver a confiar en nada que me digas?

—Es bien cierto todo lo que decís; sin embargo, siempre he pensado que vale más un pequeño descarrío en alguien de buen corazón que una conducta irreprochable de alguien con malos sentimientos. Del primero puedes esperar arrepentimiento; del segundo, solo que termine por descubrirse su juego.

—¿Estás arrepentido?

—Lo estaba, mas hablé con Dios y quedé en paz con él.

Ahora tendré que asumir el castigo que vos consideréis que me corresponde.

El silencio se hizo en la estancia por unos instantes, hasta que Quijada lo rompió de nuevo.

—No soy un sacerdote para meterme en los asuntos de Dios, ni tampoco un juez para imponer castigos... Lo que hiciste no estuvo bien y he de confesarte que esta mañana venía dispuesto a tomar algunas determinaciones al respecto; sin embargo, creo que tus palabras me han convencido. Si castigáramos las buenas acciones, no estaríamos siguiendo el camino de Dios, sino alejándonos. El emperador habló y tú estás a su servicio; lo mejor será que yo no añada nada más.

Y dicho esto se puso en pie y se allegó a la puerta. Me levanté también apresuradamente y me eché a un lado para dejarlo pasar.

—Don Carlos te espera esta tarde; anoche su humor era excelente. No puedo decir lo mismo de Juanelo. Sería mejor que lo evitases en la medida de lo posible, pues se pone muy irascible cuando algo le enfada.

Fui a decir algo, pero don Luis se alejó por el pasillo. Respiré aliviado: podría seguir viendo al emperador y nadie saldría malparado de todo aquel embrollo. No veía el momento de que llegase la tarde.

Comí pronto y di un breve paseo por el patio del monasterio, lo suficiente para bajar la comida antes de la entrevista. Acudí a tiempo y vi la puerta abierta. Don Carlos me invitó a entrar y descubrí, con horror, que a su lado estaba Juanelo Turriano. Tenía en las manos un resorte parecido al de la silla.

—De verdad que es algo realmente maravilloso —me dijo el emperador—; le he dicho a Juanelo que le dedique algunos días para mejorarlo. ¿Qué te parece?

Miré a Juanelo y vi su expresión de contrariedad; seguramente no por tener que hacerlo, sino porque yo lo hubiese engañado en todo aquel asunto.

—Me parece muy adecuado, señor. No me cabe duda de que Juanelo puede conseguir todo lo que se proponga.

El emperador asintió y despidió al inventor, que se fue con su cachivache bajo el brazo y murmurando.

—Siéntate, Martín. Quiero que hablemos.

Tomé mi silla y me acerqué.

—Dictar órdenes no es sencillo —comenzó—. Uno impone la norma y espera que los demás la cumplan, pero toda ley tiene resquicios. Por ese motivo siempre he pensado que debemos aceptar con gusto las excepciones: nos permiten abrir un poco la mano sin necesidad de derogar la pauta. Que las mujeres no puedan venir al monasterio va en beneficio de la paz de los monjes, pero me alegro de que Beatriz lo hiciese porque sé que os amáis y porque se ve que es una buena persona. En todo caso, las normas, aun siendo flexibles, no pueden estirarse demasiado, a riesgo de que se rompan. Por ello es mejor que, de momento, vuestros encuentros se sigan produciendo en Cuacos y no en este santo lugar.

—Será como decís, señor; entiendo vuestras razones y las comparto.

Don Carlos asintió.

—¿Cómo van los preparativos? ¿Cuándo contraeréis sagrado matrimonio?

—Apenas hemos tenido tiempo para hablar del asunto, señor, aunque espero que no se dilate mucho.

—Bien, bien… No conviene retrasar lo que está de Dios que se produzca. No obstante, ahora es otro asunto el que nos ocupa, pues quiero que continúes con tu relato.

—Por supuesto, señor.

—Estoy ansioso por saber lo que ocurrió. Si no recuerdo mal, Balboa había decidido por fin lanzarse a descubrir el nuevo mar sin mirar atrás y sin esperar a tener la aprobación de mi abuelo, ¿no es así?

—Exacto —dije mientras sentía cómo mi corazón se iba calmando—. Balboa sabía que no contaba con la aprobación del rey, mas dando un paso al frente esperaba alcanzar una posición en la que a don Fernando le resultase imposible no perdonarlo por sus faltas o no reconocer sus méritos. Alguno dirá que aquello era un gesto de suprema valentía, pero la verdad es que no le quedaba otra.

»Sin pararse a más cuentos, Balboa organizó la expedición con lo que tenía a mano. Españoles éramos menos de doscientos, y con los indios que habíamos capturado y con los que habíamos establecido alianzas sumábamos un total de ochocientos. No eran los mil que nos había recomendado Panquiaco, ni de todos ellos podíamos tener la certeza de que nos fueran a ser leales, pero era lo que había. Balboa, con su armadura al completo y la espada en alto, nos habló a todos antes de partir.

»—Hoy comienza una gesta que quedará escrita para siempre en las páginas de la Historia. Han sido muchos los padecimientos que hemos sufrido, pero ahora solo nos queda recoger el fruto de nuestros esfuerzos. Nada debéis temer. Al que me siga le esperan la gloria y la riqueza y nadie podrá arrebatarnos lo que por justicia nos pertenece. Dios está con nosotros; ¡adelante!

»Balboa había compartido previamente su discurso con algunos de nosotros y nos había invitado a jalear sus palabras en el momento oportuno, de modo que los demás se uniesen al vocerío y todos gritásemos juntos, como efectivamente sucedió. Y es que los soldados son felices cuando gritan, aunque no sepan por qué, quizá solo porque gritando ahogan su miedo o porque les hace sentir que la justicia está de su parte, sin pararse a pensar si realmente la merecen. Por lo demás, aquella arenga estaba pensada para resumir, en pocas frases, lo que todos queríamos: resarcirnos de nuestros sinsabores, alcanzar riquezas y confiar en que Dios nos protegiera.

»Nos embarcamos en el puerto de Santa María de la Antigua el primero de septiembre de 1513 y con buen viento llegamos en cuatro días a una ensenada que tiempo después alojó una población llamada Acla, que hoy creo que ya ha desaparecido. Da lástima admitirlo, pero las fundaciones que llevamos a cabo en aquellos años tenían nombres tan bellos o rimbombantes que parecían llamadas a durar para siempre, mas a los pocos años ya estaban abandonadas o por completo destruidas. Aquella tierra no tiene piedad: se come hasta las piedras.

»El caso es que el puerto nos pareció acogedor y pudimos desembarcar sin mayores contratiempos. Lo primero que hicimos fue establecer contacto con Careta, lo cual no resultó difícil, dado que Anayansi nos guio hasta dar con el poblado. El reencuentro con su gente fue muy emotivo: hicieron sonar los tambores y bailaron a su son mientras corría el vino y la comida para propios y extraños. Careta, eso sí, se mostró algo contrariado de que su hija aún no estuviese encinta, pues en ese hijo veía el sello definitivo de su alianza con nosotros y de su posición de poder sobre el resto de los caciques del entorno. Balboa le dijo que el hijo llegaría y que no había nada que temer en cuanto a la alianza con los españoles, pues era firme y duradera. Careta aceptó con agrado aquellas palabras de su aliado para, a continuación, emborracharse como era su costumbre.

»Los demás participamos también de la celebración; todos menos nuestro capitán, que enseguida se dispuso a discurrir el modo en que nuestras naves habían de quedar guarecidas mientras nosotros proseguíamos tierra adentro. Dado que Careta estaba completamente borracho, Balboa acordó con sus hombres que algunos de los nuestros permanecerían en Acla y que debían proveerse bien de suministros en nuestra ausencia y protegerse de los ataques que otros caciques pudiesen lanzar.

»Al día siguiente de nuestra llegada, Careta nos anunció que, como muestra de su amistad, quería realizar para nosotros unas celebraciones aún mayores y que estas durarían al menos dos semanas. Balboa, tratando de ser respetuoso, le indicó que no teníamos tiempo para más festejos y que ya habría momento para celebraciones cuando estuviésemos de vuelta.

»Partimos a la mañana siguiente con Balboa en cabeza junto con los exploradores indios, Anayansi, el escribano Andrés de Valderrábano —que no dejaba de tomar notas de todo lo que acontecía— y el perro Leoncico, que era el más dispuesto para todo tipo de aventuras. He de decir que verlo en acción causaba verdadero asombro. Si un indio se escapaba, Balboa lo mandaba en su busca y siempre le daba alcance. Si se quedaba quieto ante su presencia, Leoncico lo agarraba con sus fauces por la mano, pero no le hincaba los dientes ni le hacía daño alguno, sino que lo traía de vuelta mansamente; en cambio, si se resistía o si le hacía fuerza, valía más que se encomendase a algún santo. Había otros perros en nuestra comitiva, hasta un total de veinte, pero ninguno como Leoncico. Tal era su valor y tanto servicio le hacía a nuestro líder que Balboa le daba su parte en el reparto de oro y esclavos, como si fuese un hombre más; parte que, por supuesto, se quedaba él...

—¡Vaya! —exclamó el emperador—. Nunca oí cosa semejante. Yo tuve también buenos perros de caza, y caballos tan fieles e inteligentes que a su grupa no me sentía como un jinete, sino como un centauro; sin embargo, nunca se me ocurrió tratarlos ni considerarlos como humanos. Los animales nos sirven, pero no tienen el hálito de Dios... y no está bien mezclar las cosas.

—Eso pensaban muchos, señor. No niego que Leoncico fuera eficaz en su cometido y que valiese incluso más que algunos hombres, pero al contarlo en el reparto de las riquezas creo que Balboa cometía un desvarío; no ya porque fuese en demérito de los demás —una parte más o menos no hacía diferencia—, sino porque se buscaba enemigos y críticos de manera completamente gratuita.

—¿Los había aún?

—Sí, por supuesto. Un capitán no vive de ganar una batalla, sino de ganar una tras otra. Los críticos de Balboa estaban siempre al acecho para descubrir una equivocación o un momento de debilidad y menoscabar su mando. Y, por encima de todo, iban registrando en su cabeza todo aquello que podría servirles en caso de que Balboa, con éxitos o sin ellos, no alcanzase el reconocimiento que esperaba del rey. Por eso, cometer torpezas como la de considerar a su perro uno más entre nosotros era tan grande error.

»En mi grupo, en todo caso, no había quejas abiertas hacia

Balboa, pero sí críticas por las penalidades que sufríamos. Mateo no dejaba de maldecir por lo dificultoso del camino y no le faltaba razón. No era solo que la vegetación nos cerrase el paso como de costumbre, sino que además estábamos ascendiendo una altísima sierra surcada por centenares de riachuelos y torrentes. Muchos de ellos resultaban imposibles de atravesar y teníamos que cortar troncos para improvisar un puente y luego ir cruzando uno a uno, siempre con riesgo de caer al fondo. Recuerdo que, en una ocasión, hubimos de cruzar un torrente especialmente profundo y de grandísimo caudal. Nos llevó cerca de cuatro horas cortar la madera necesaria para tender un puente, pero Balboa consideró que era muy peligroso cruzarlo, con lo cual ordenó que tendiésemos también cuerdas para poder ir agarrados; aquello, por supuesto, nos retrasaría aún más, de modo que Johan, uno de nuestros hombres, harto de la espera, y supongo que cansado ya un poco de todo, se decidió a pasar el primero para demostrar que era posible llegar al otro lado sin sujeción.

»—¡No hacen falta cuerdas! —exclamó mientras se dirigía hacia el puente—, ¡lo que se necesita es valor!

»—¡Alto, necio! —gritó Balboa—, ¡se hará como yo ordeno!

»Mas Johan no hizo caso: dejó el morral en el suelo y comenzó a andar por el tronco antes de que pudiéramos detenerlo. No había recorrido siquiera la mitad cuando resbaló y cayó a las aguas; al hacerlo se golpeó en la cabeza y vimos cómo su cuerpo inerte era arrastrado torrente abajo.

»Balboa maldijo en voz alta:

»—Por Dios que al siguiente que haga una estupidez así no hará falta que lo maten las aguas, pues yo mismo lo atravesaré con mi espada.

»Nos ordenó que tendiésemos las cuerdas y que las tensásemos para utilizarlas como pasamanos. Los indios atravesaron los primeros, con la carga atada a la espalda para llevar las manos libres. A Mateo y a mí nos tocó colocarnos en la entrada del endeble puente para agarrar a los que iban pasando antes de que pudieran asirse a las cuerdas. Uno a uno iban cruzando, hasta que reparé en que la siguiente en hacerlo sería Luaía. Avanzó despacio con sus pies descalzos sobre la maleza y fue a agarrar la mano de Mateo para ayudarse, pero yo me adelanté. Al tomarla, sentí un escalofrío que me recorrió entero. Ella, una vez asida a las cuerdas, levantó la vista y me miró a los ojos. Quise decirle algo, mas no hallé las palabras. Solo pude sonreírle, pero ella al menos me correspondió.

»Cuando terminó de cruzar, vi en Mateo una expresión de reproche.

»—Estás jugando con fuego, Martín; y te vas a quemar.

»—Ya lo sé, ¿qué crees? Lo que no sé es cómo apagarlo.

»Cuando todos hubieron cruzado, lo hicimos también nosotros dos y proseguimos el camino, solo para tener que detenernos de nuevo poco después al dar con un terreno completamente enfangado. Balboa dio la orden de avanzar a toda costa y entramos en aquel lodazal con el barro por los sobacos. No había firme apenas en el que pisar y varios hombres se hundieron hasta desaparecer en el fango, sin que pudiéramos hacer nada por ellos. Me acuerdo de su rostro de desesperación antes de morir y también de un perro que luchaba por mantenerse a flote peleando todavía con sus patas delanteras después de que el barro se tragase su hocico.

»Cuando por fin superamos el lodazal, estábamos extenuados. Balboa, que siempre ordenaba al caer el día que montásemos las tiendas con todo cuidado, simplemente se dejó caer de espaldas en el suelo, rendido y agotado; lo mismo hicimos los demás. Dios, no obstante, impone un castigo con una mano y consuela con la otra, de modo que la noche fue plácida y templada y dormimos como niños hasta el amanecer.

»A la luz del día hicimos recuento de lo que nos quedaba: en el barro se había perdido buena parte de la carne y el pescado en salazón, algunas armas y también varias de las lonas que utilizábamos para montar las tiendas. La situación, por tanto, era delicada. Francisco Pizarro, como de costumbre, era de los más críticos:

»—Así es imposible seguir; por mucho que queramos, no conseguiremos alcanzar nuestro objetivo ni mucho menos regresar.

»Solo había dicho lo que todos pensábamos; sin embargo, Balboa estaba tan convencido de nuestro éxito que le respondió de inmediato.

»—Las tierras del cacique Torecha están cercanas ya. Seguiremos y conseguiremos suministros para continuar.

»—¿Quién es ese Torecha? —preguntó Pizarro—. ¿Cómo sabemos que nos ayudará?

»—Según nos han dicho nuestros guías, es el último gran jefe que se interpone entre nosotros y la cumbre de esta maldita sierra. Hemos pactado con otros pueblos y lo haremos también con ellos.

»—¿Y si deciden guerrear? —dijo Hernando, incapaz de callarse.

»—Si son inteligentes, querrán paz; pero si quieren guerra, se la daremos.

»Se escuchó alguna exclamación de ánimo y también muchos murmullos de desaprobación. Estábamos tan agotados que no podíamos pensar en más batallas.

»—El final está cerca; no podemos rendirnos ahora…

»Balboa quiso conferir a sus palabras un tono solemne, pero estaba tan exhausto como los demás, por lo que resultaron teñidas por un velo de desesperación. Entonces, uno de los perros, al que por su color oscuro llamábamos Moruno, surgió de entre la maleza arrastrando por el cuello un cervatillo muerto. Dispusimos enseguida una de las ollas y cocinamos al animal para disfrute de toda la expedición. Aunque apenas tocó a un poco de carne y unos sorbos de caldo para cada uno, nos devolvió la vida. Al igual que Leoncico con el oro, Moruno recibió su parte en el convite.

»Con el ánimo algo más alto, Balboa envió por delante a los guías indios para que averiguasen a cuántas jornadas estábamos de las tierras de Torecha. Volvieron al día siguiente: habían visto humo y calculaban que nuestro destino estaba solo a dos jornadas de marcha. Balboa recibió la noticia con alborozo y, si en algún momento había tenido dudas sobre nuestro éxito, creo que se le disiparon de golpe. Con el ímpetu de costumbre empezó a dar órdenes y a organizarnos para que fuésemos completando las tareas necesarias: cargar agua, hacer recuento de las provisiones, revisar el estado de las armas... Estábamos todos tan imbuidos de su espíritu que las horas pasaron prestas antes de ponernos de nuevo en marcha. Descendimos por un terreno escabroso y malsano hasta un lugar cubierto por una laguna, que hubimos de cruzar después de construir unas balsas de troncos. Aquel descenso fue solo un breve respiro, por llamarlo de algún modo, antes de afrontar una nueva ascensión. Remontamos una gran sierra que no era sino parte de la gran cordillera que nos cerraba el paso al otro mar. Hacerlo nos llevó un día completo bajo unas lluvias torrenciales que se alternaban con calores insoportables, de modo que no sabíamos ya si estábamos mojados por la lluvia o por nuestro propio sudor. Fue cerca del anochecer, al fin, cuando llegamos al poblado del cacique. Pensábamos que los cogeríamos por sorpresa, pero al parecer nuestra fama nos precedía y ya se habían informado de nuestra presencia por aquellas tierras y del peligro que suponíamos.

»De modo que el cacique determinó que salieran sus hombres con las mejores armas de que disponían: flechas, lanzas y unos dardos hechos de palma, pequeños aunque fortísimos por haberlos endurecido al fuego. Nosotros nos preparamos también para la batalla, si bien antes de lanzarnos preferimos explorar la posibilidad de un acuerdo. Balboa, poniéndose al frente de las tropas, alzó la voz y dijo:

»—No venimos a guerrear, sino a entendernos pacíficamente. Necesitamos suministros para continuar nuestro camino hasta lo alto de la sierra y comprobar si desde allí se puede ver y llegar al mar.

»Torecha se adelantó también y nos dirigió unas palabras que Anayansi tradujo:

»—No hace falta que vayáis allí para comprobar que el

mar se ve, pues es cosa cierta; por tanto, si eso es lo que habéis venido a buscar, ya podéis regresar por vuestros pasos.

»Balboa respiró hondo y volvió a intentarlo:

»—Si nos ayudáis en nuestro cometido, obtendréis la palabra del único Dios verdadero, así como la amistad eterna de los españoles; hablad con nosotros y negociemos.

»Pensábamos que los indios se amedrentarían, como de costumbre; mas no lo hicieron, sino que se pusieron en guardia. No era lo que Balboa deseaba, pero llegado allí no pensaba echarse atrás y nos puso a todos en alerta. Cargamos las armas y desenvainamos, con la tensión contenida. En ese momento Torecha alzó el brazo y dio un alarido, que se vio secundado al instante por el de todos sus hombres al unísono. Era un sonido más espeluznante que el de la peor de las tormentas: hacía temblar el suelo bajo nuestros pies.

»Torecha dio la señal y sus hombres dispararon los dardos, pero como llevábamos armaduras y teníamos escudos, apenas nos hicieron nada. Fue entonces cuando respondimos: los arcabuceros se adelantaron y dispararon contra los indios que venían de frente. Siete u ocho cayeron muertos y otros tantos se retorcieron en el suelo, gritando y gimiendo. Su cara de desconcierto lo decía todo: era como si pensaran que teníamos el poder del rayo en nuestras manos. Algunos continuaron la acometida; otros se retiraban espantados, a pesar de los gritos del cacique para que siguieran adelante. Volvimos a cargar y soltamos otra ráfaga de disparos. Ya nadie más se atrevió a dar un paso y huyeron en desbandada. Balboa ordenó entonces soltar los perros y estos salieron a la carrera hasta dar alcance a los pobres desgraciados. Os aseguro, señor, que fue un espectáculo espantoso. Los perros, después de varios días sin comer, eran como demonios y despedazaban a los indios como si de auténticos leones se trataran. El propio jefe fue alcanzado por dos de ellos y allí mismo murió. Pero la carnicería estaba lejos de su fin.

»Cuando los indios empezaron a deponer las armas y a rendirse, los fuimos amarrando no fuera que quisieran luego revolverse y atacarnos. El caso es que, con el cacique muerto, necesitábamos a alguien con quien negociar y uno de los indios nos indicó que cerca del poblado vivía el hermano de este. Algunos hombres se adelantaron y, al llegar a su cabaña, descubrieron que el hermano de Torecha estaba rodeado por un harén de... de...

—¿De qué, Martín? —preguntó el emperador—. Dilo.

—De hombres afeminados, señor. Al parecer iban vestidos con ropas muy raras, como de mujer, y uno de los nuestros afirmó que había descubierto a varios de ellos practicando el vicio nefando, ya me entendéis...

El emperador asintió con la cabeza.

—¿Lo hacían?

—¡Cómo saberlo! Los indios vestían ropas tan extrañas que uno no sabía si llevaban taparrabos o faldas, y además yo no estaba allí para verlo. Al recibir aquellas noticias, el padre Andrés se enfureció sobremanera y sentenció que aquel era un vicio intolerable, que se penaba con la muerte, y que de ningún modo se podía dejar pasar por alto un comportamiento tan alejado de los deseos de Dios. Algunos de los nuestros querían más sangre y Balboa se la dio. Ordenó volver a soltar los perros y en un instante acabaron con todos. Así era nuestro capitán: dialogante y conciliador con los que se avenían a colaborar y despiadado con los que se interponían en su camino.

»Muerto también el hermano de Torecha y perdida la oportunidad de negociar con alguien que tuviese mando entre los indios, Balboa buscó al menos entre los supervivientes a alguno que nos pudiera indicar el camino a lo alto de la sierra pues, aunque cercana, parecía más impenetrable aún que todo lo ya superado. Uno de ellos, al que Leoncico mantenía sujeto por la muñeca, accedió a guiarnos.

»Luego tocó el turno de curar a los enfermos, pues la travesía había sido tan agotadora que muchos habían llegado al límite de sus fuerzas. Los indios dormían todos en una casa común, muy alargada y asentada en fuertes postes de madera, y la ocupamos a modo de improvisado hospital. Balboa, entonces, decidió que el último tramo lo haríamos solo con lo imprescindible: pocos hombres y pocos suministros. Algunos indios que nos habían servido como porteadores recibieron permiso para regresar a su tierra y muchos de los españoles decidieron no seguir más y permanecer en el poblado. Los había que tenían los pies en carne viva por la insufrible caminata, y otros adolecían de un cansancio insoportable. La que también se quedó, por deseo de Balboa, fue Anayansi, junto con otras mujeres de su tribu que nos acompañaban. Ella insistió en seguir a su esposo, pero él fue inflexible.

»De modo que para el tramo final de nuestra aventura quedamos solo sesenta y siete hombres. Nuestro capitán no quiso esperar más y no bien habíamos dejado a los heridos y enfermos acomodados, nos pusimos de nuevo en marcha. Los guías nos habían dicho que era ya poco lo que nos quedaba, pero para alcanzar la sierra desde la que se veía el mar había que salvar todavía un desnivel muy considerable y por terreno harto áspero; sin embargo, estábamos todos tan decididos a completar la tarea, tan entusiasmados, que ni siquiera notábamos el agotamiento, ni lo fragoso del camino. Avanzábamos con ímpetu imparable, apartando lianas, cortando ramas, atravesando riachuelos sin apenas mirar dónde poníamos los pies. Caminamos hasta que la noche nos cayó encima y dormimos acurrucados bajo los árboles, soportando ahora un intenso frío y deseando que el sol volviera a salir para permitirnos continuar.

»Y así fue: en cuanto los primeros rayos bañaron la selva nos pusimos en pie y continuamos ascendiendo, sin beber, sin probar bocado. Al final fueron casi cuatro horas seguidas de subida, pero tras remontar una valleja especialmente profunda divisamos la cumbre de la sierra. Uno de los guías señaló el lugar con el dedo y todos entendimos que aquel era el punto desde donde veríamos las deseadas aguas. Pizarro, que había demostrado durante todo el camino una fuerza de voluntad inquebrantable, se puso en marcha el primero, pero Balboa lo detuvo. Supongo que en su fuero interno pensaba que aquel era su momento; de él y de nadie más. Se colocó en cabeza y nos ordenó que lo siguiéramos a unos pasos de distancia. Mientras avanzábamos, lo oíamos murmurar; creo que era una oración o algo similar. Sentía los latidos en el pecho, pero no era el cansancio lo que me agitaba, sino la intensa emoción de vivir aquel acontecimiento único. A todos nos ocurría igual. Mateo, a mi lado, lloraba.

»—Vamos a lograrlo —le dije; y él agarró fuerte mi mano.

»Poco antes de que el sol alcanzase su cénit, Balboa llegó a la cumbre, hincó las rodillas en el suelo y, levantando los brazos, dio un grito enardecido, lleno de exaltación y de rabia contenida. Todos lo secundamos y corrimos hacia la cumbre sin acordarnos del agotamiento, el hambre ni la sed. Al llegar a lo alto vi el mar: ¡inmenso, inconmensurable! Lo habíamos logrado: ¡el sueño de Castilla se alcanzaba, el nuevo mar era nuestro!

»Balboa alabó a Jesucristo, a la Virgen y especialmente a Dios creador, que nos había dado la dicha de culminar nuestra empresa. Nos abrazamos, nos felicitamos, gritamos, lloramos... ¿Cómo explicar tan grande emoción? Creo que, en ocasiones, las palabras se quedan cortas para expresar lo que uno siente.

»El clérigo Andrés de Vera, elevando los brazos al aire, comenzó a cantar el "Te Deum" y todos lo respaldamos:

»—*Te Deum laudamus, te Dominum confitemur...*

»Éramos pésimos cantantes, como podréis imaginar, y apenas conocíamos la letra de aquel himno, pero el cantar juntos nos unió en aquel momento imborrable, recordándonos las penurias y los trabajos vividos. Acabado el canto, nuestro capitán nos ordenó que cortásemos un gran árbol que crecía cerca de la cumbre y que con él construyésemos una gran cruz, como así hicimos. Mientras unos le daban forma, otros cavaron un agujero y luego la pusimos en pie, de modo que quedase imperecedera memoria de aquel extraordinario acontecimiento. Al mismo tiempo, el escribano Andrés de Valderrábano recogió el nombre de todos y cada uno de los que allí estábamos y firmó la relación a 25 de septiembre de 1513. Tenía yo veinte años, un triste pasado detrás y una larga vida todavía por delante.

»Repuestos un tanto de la emoción, comenzamos a cavilar en la manera de llegar hasta el mar recién descubierto. La costa que se veía desde lo alto de aquel monte era bastante irregular y se podía distinguir con claridad un profundo entrante, a modo de golfo, donde las aguas se intuían más remansadas. Como de allí a pocos días era la festividad de San Miguel, Balboa bautizó el golfo con el nombre de aquel santo y decidió que ese sería el lugar al que nos dirigiríamos para tomar posesión del nuevo mar. Solo quedaba ponerle nombre al mar y como en aquel momento, cerca del mediodía, las aguas se nos abrían en la dirección que marcaba el sol, Balboa decidió llamarlo, sin más historias, "mar del Sur".

»Hoy son más de cuarenta los años que han transcurrido desde aquel día, señor. Supongo que la cruz se caería por alguna tormenta o sería abatida por un rayo, quién sabe... Lo que nosotros llamamos mar del Sur, otros lo llaman ahora Pacífico y solo Dios sabe cómo se referirán a él las generaciones futuras. Muchos de los que lograron la gesta han muerto; otros aún seguimos vivos. Fue un momento de gloria tan excepcional que no creo que se me pudiese olvidar así pasasen mil años más, si Dios me los concediese.

—Tú no los vivirás, Martín, por supuesto —dijo el emperador sonriéndome—, pero la memoria de lo que hicisteis no se perderá jamás, pues no es solo vuestra, sino que forma parte ya de la historia de los hombres. Eres muy afortunado de haber logrado aquella gesta y te agradezco que me hayas hecho partícipe de ella, pues, a través de tus palabras, he podido compartir vuestros sufrimientos y esfuerzos casi como si yo mismo los hubiese padecido. ¡Qué maravilla! Ninguna crónica me hizo sentirme así.

Agradecí las palabras del emperador y agaché la cabeza en señal de respeto.

—Levanta la vista, Martín, y dime qué ocurrió a continuación. ¿Comenzasteis en aquel mismo momento el descenso hacia el mar?

—Aquella era la idea, por supuesto. Balboa no quería ser solo el primero en verlo, sino el primero en mojar sus pies con aquellas aguas y tomar posesión de estas para la Corona de Castilla. En aquel instante era difícil calcular las inmensas posibilidades que aquel mar podía ofrecernos; lo que sí teníamos claro es que Panquiaco nos había asegurado que era una tierra rica en oro y perlas y que los comerciantes acudían a ella desde lugares muy lejanos portando sus mercancías y sus riquezas. Teníamos que verlo con nuestros propios ojos...; pero no todos lo haríamos.

—¿Qué quieres decir? Explícate.

—Quiero decir, señor, que mis pies cansados no alcanzaron el consuelo de refrescarse en las aguas del nuevo mar, pues el destino me tenía reservada otra misión; una que Balboa me puso en la mano y que no pude, no supe o no quise dejar pasar. Era evidente que la culminación de nuestra aventura era llegar a las aguas, mas alguien tenía que dar noticia de lo ocurrido a los que habían quedado en el poblado de Torecha y llevar luego las nuevas hasta Santa María de la Antigua. Balboa pidió un voluntario y a mí me faltó tiempo.

El emperador asintió al comprenderlo.

—Tenías un buen motivo para volver, ¿no es así?

—Sí, señor; el mejor de todos.

12

El fin del principio

—Aún no puedo creerlo, Martín; me parece mentira que vayamos a casarnos en presencia del emperador.

Beatriz estaba tan emocionada que apenas podía hablar.

—No solo en su presencia, sino en su propio palacete. Eso es lo que ha dicho y no es fácil hacerle cambiar de parecer una vez toma una decisión. Te lo puedo asegurar, pues empiezo a conocerlo bien.

—Para mí es como vivir en un sueño. Si aquella mañana hubiese permanecido en casa, atendiendo a Rafael o trabajando en los huertos, en vez de haber tomado el camino al monasterio para pedir limosna, nunca nos hubiésemos encontrado. El destino es caprichoso, ¿verdad?

—Si existe tal cosa, sí lo es; porque quizá todo se reduzca a un cúmulo de casualidades a las que llamamos «destino» cuando tienen algún significado o que simplemente ignoramos cuando no lo tienen... ¡Cuántas veces al día tomamos un camino en vez de otro sin que eso tenga mayor importancia!

—Puede ser; pero me alegro de que tu camino te trajese aquí y no a cualquier otro sitio —dijo Beatriz, sonriendo.

—En eso te doy la razón, porque ya no me acordaba de lo feliz que se puede ser cuando se está junto a la persona amada y cuando uno se libera de sus demonios y se queda en paz con su pasado. Hablando con el emperador y contigo, he conseguido la paz en mi alma, una paz que perseguía desde hace demasiados años...

—Eso me recuerda que no terminaste de contarme lo que te ocurrió con aquel religioso y con tu nuevo amigo. ¿Seguiste con ellos?

Cerré los ojos tratando de regresar a aquel momento.

—Sí, lo hice. Ya me había convencido de que Bernardo no era tal «padre», sino simplemente un pícaro, pero no tenía mucho más donde escoger. Además, con Mateo sí me unía una sincera amistad. Era un pobre desgraciado, como yo, y juntos nos sentíamos a gusto y protegidos. Y así estaríamos por muchos muchos años... y alrededor de todo el mundo. Pero, por entonces, nuestros pasos no nos llevaban al otro extremo de la tierra, sino solo de pueblo en pueblo, trabajando algunos días, trapicheando otros y robando de vez en cuando. Y así fue como llegamos a Burgos. Nunca había estado en una ciudad tan grande y me sorprendí muchísimo con todo lo que vi: el mercado abarrotado de puestos, de vendedores, clientes, bestias y mercancías; los hermosos palacios de piedra con sus fachadas blasonadas; y, sobre todo, la majestuosa catedral en el centro de la villa, con sus altísimas torres y sus interminables bóvedas. Debía de llevar la boca abierta, porque Bernardo se burló de mí.

»—No habías visto algo así en tu vida, ¿verdad?

»—Por supuesto que no, ¿tú sí?

»—No, yo tampoco; pero me gusta. ¡Tomemos un trago! Pedid un poco de limosna mientras doy una vuelta.

»Bernardo se fue a recorrer el mercado mientras Mateo y yo nos sentábamos junto a la puerta de la catedral a ver si alguien nos ofrecía unas monedas. Otro mendigo vino a echarnos, pues nos dijo que estábamos demasiado cerca de él, y nos retiramos un poco más allá, a un rincón claramente peor. No conseguimos ninguna moneda, aunque una mujer, al pasar, nos dio un trozo de pan y un poco de carne seca, que comenzamos a comer de inmediato, pues estábamos muertos de hambre. Entonces vi que se acercaba Bernardo. Venía canturreando; al vernos allí sentados y comiendo, se enfadó un tanto.

»—¡Vaya!, unos trabajando y otros moviendo el bigote.

»—No sabía que estuvieras trabajando —dije como disculpa.

»—Pero que estuvierais comiendo no lo niegas, ¿verdad?

»Iba a responder que no había dicho tal cosa, pero no me dio tiempo.

»—En definitiva —zanjó—, que no habéis conseguido ni una triste moneda, ¿no es así?

»—Eso es cierto —intervino Mateo—, pero no ha sido por nuestra culpa. Hay aquí tantos pobres como enfermos en una leprosería.

»—Ya veo, ya; siempre poniendo excusas…

»En ese instante se escucharon las puertas de la catedral abriéndose y los feligreses comenzaron a salir a la calle. Al instante acudieron decenas de pedigüeños como las moscas sobre una boñiga fresca. A empellones buscaban el mejor sitio, tirando de las capas a los hombres principales o arrastrándose entre las piernas de las damas. Había lisiados, tullidos, ciegos, retrasados…; toda una maraña de desdichados en busca de una moneda con la que arreglar el día. Tratamos también de obtener algo, pero entre codazos y empujones, los ánimos se fueron encendiendo y escuché a algunos que comenzaban a pelear y a insultarse. Fue en ese momento cuando alcancé a ver cómo una mujer encorvada sacaba de debajo de las ropas un cuchillo roñoso y amenazaba con clavárselo a Bernardo en el costado. Sin pensarlo un segundo me lancé sobre ella.

»—¡Cuidado! —grité mientras la agarraba.

»Ella se revolvió y se soltó, de suerte que pasé a ser yo el amenazado. Alargó el brazo y me hirió en la mano cuando trataba de defenderme. Entonces Mateo le arreó un manotazo y ella se fue maldiciendo y pegando gritos.

»A continuación salieron de la catedral unos religiosos y arrojaron al suelo unos trozos de pan y algunos dulces de almendra, de modo que los menesterosos dejaron tranquilos a los ricos y se lanzaron en tromba a por la comida. Al poco todo había regresado a la calma. Fue entonces cuando Bernardo reparó en mi mano ensangrentada.

»—¡Martín!, ¿qué te ha pasado?

»—¿No te has dado cuenta? —exclamó Mateo—. Martín te ha salvado la vida.

»—¿Lo hiciste? —preguntó Bernardo—. ¿Cómo se te ocurre?

»No sabía muy bien qué responder, así que dije:

»—Esa mujer iba a clavarte el cuchillo y no lo pensé más. Se supone que tenemos que cuidar de nosotros, ¿no?

»—Eso es cierto, Martín. Y no creas que no te estoy agradecido. En cierto modo, tú me has salvado la vida a mí y yo te la salvé a ti cuando te encontré. De modo que estamos en paz. ¡Qué demonios, algo así se merece una celebración! Vamos a beber un vino.

»Yo sentía un fuerte dolor en la mano y todavía sangraba, pero Bernardo se puso a caminar sin darnos opción. Mateo, en cambio, sacó un pañuelo y lo anudó en mi mano, haciendo un poco de presión.

»—No te preocupes; enseguida dejará de sangrar.

»Seguimos a Bernardo y nos allegamos a una oscura taberna en la que ya se habían reunido gran parte de los menesterosos que antes ocupaban la entrada a la catedral. Por fortuna no estaba la vieja del cuchillo roñoso. Bernardo consiguió, no sé de qué manera, que alguien nos invitara y nos bebimos los tres un vino bien despacio; no por saborearlo, pues era espantoso, sino porque así podíamos estar más rato dentro de la taberna y no en la fría calle. Yo me sentía mareado, y lo achacaba a mi poca costumbre de beber, pero Mateo me debió de ver mala cara, pues se acercó y me preguntó:

»—¿Te encuentras bien?

»—No mucho —respondí.

»—Déjame ver otra vez la herida.

»Alargué la mano y él quitó el torpe vendaje que había improvisado. La tela se había pegado a la sangre y costó un poco separarla. Sentí unos latidos en la herida y observé que la palma estaba bastante enrojecida. Iba a decir que no era nada, pero Bernardo se adelantó, cogió mi cuenco y vertió un poco de vino sobre la herida.

»—El vino lo cura todo; por dentro y por fuera.

»El corte me escoció; aun así no dije nada.

»—No me gusta el aspecto que tiene —dijo Mateo—; ese cuchillo tenía incluso más roña que su dueña.

»—¡Bah!, tonterías —dijo Bernardo—. ¿No ha querido Dios que Martín me salvara? Pues entonces también querrá que se salve él, ¿no?, igual que Jesús curó a los moribundos.

»Aquellas palabras me inquietaron.

»—¿Necesito que Dios me salve por esto?

»—¡Es un modo de hablar, Martín! Eso se curará solo, como todas las heridas. Y de la roña no te preocupes, pues solo mancha, pero no mata. Ahora bebamos y disfrutemos. Mañana Dios dirá.

»Me encogí de hombros y seguimos trasegando. Cada vez me sentía más mareado. A Mateo, aun estando más habituado, se le encendieron las mejillas y la lengua se le puso pastosa, por lo que apenas se le entendía nada. Al final, tras varias horas allí, salimos a la calle de nuevo cuando ya estaba anocheciendo y fuimos a dormir bajo el soportal de la iglesia de San Nicolás, envueltos en nuestras capas y pegados para darnos calor entre nosotros. Apenas pegué ojo, con la cabeza dándome vueltas, el estómago del revés y desvelado a menudo por el coro de ronquidos de los muchos vagabundos que por allí dormitábamos. Al final, vencido por el cansancio, caí en un sueño muy profundo, aunque especialmente extraño. Aparecían mis padres, pero, en vez de ser adultos, tenían cuerpo de niños. Luego aparecía mi primo Diego, montado en un asno o un cerdo, y más allá mi prima Catalina. De lejos era tan hermosa como siempre; mas, al acercarse, tenía el rostro deforme, lleno de pústulas y totalmente enrojecido. Traté de gritar, pero no pude. De hecho no podía moverme, me sentía completamente paralizado y ya no era capaz de distinguir si se trataba de un sueño o si estaba despierto. Cuando por fin conseguí situarme, me miré la mano para descubrir, con horror, que estaba hinchada y me palpitaba. Meneé un poco a Bernardo y este se despertó rezongando:

»—¿Qué demonios quieres? Aún es muy pronto.

»—Mi mano...

»Bernardo se desperezó y observó la herida.

»—Vaya por Dios, no tiene muy buen aspecto.

»Mateo también se había espabilado y al ver mi mano se alarmó.

»—Está horrible. ¿Te duele?

»—Sí, mucho; y me encuentro mal. Tengo ganas de vomitar.

»—Quizá sea por el vino —dijo Bernardo—, no era muy bueno y bebiste mucho.

»—No creo que el vino tenga nada que ver —disintió Mateo—; me parece que la culpa es del cuchillo roñoso.

»—¿El cuchillo? Pero ¿qué dices, mentecato? Si la herida fue en la mano, ¿qué tendrá eso que ver con que tenga ganas de arrojar?

»A Mateo no le dio tiempo a contestar, pues en ese mismo instante sentí una arcada y vomité. Algunos otros pordioseros se despertaron con el escándalo y empezaron a increparme y decirme que no bebiese si no sabía beber y cosas semejantes.

»—Anda, vámonos de aquí o acabaremos metidos en un jaleo —nos apremió Bernardo.

»Me puse en pie con mucho trabajo, pues me encontraba terriblemente mareado. Una mujer de las que allí dormía, al ver mi lamentable estado, se acercó a nuestro lado.

»—Si cruzáis el río y tomáis el camino que va a Santiago, llegaréis al hospital del Rey. Normalmente atienden solo a los peregrinos, aunque a veces hacen excepciones.

»Miré a Bernardo, que negaba con la cabeza.

»—No veo la necesidad, Martín. Eso no es más que una herida; en unos días estarás bien.

»La mujer se acercó un poco más y me examinó la mano. Luego se volvió hacia Bernardo.

»—En unos días estará bajo tierra.

»Sentí un escalofrío por la espalda y supliqué:

»—Vamos donde dice la mujer, por favor…

»—Sí —dijo también Mateo—, vayamos. No hay nada que perder.

»Bernardo dudaba y ahí fue cuando empecé a darme cuenta de que había algo que nos estaba ocultando; resultaba evidente que no quería aparecer por el monasterio ni en pintura; pero, ante nuestra insistencia, no le quedó más remedio que claudicar.

»—Está bien, vamos hacia allá a ver si en el camino se nos aclaran las ideas.

»Apoyado en ellos y caminando bien despacio, conseguimos atravesar la ciudad y cruzar el río. Bernardo no dejaba de rezongar y sus quejas iban en aumento según nos acercábamos al hospital. Cuando por fin lo divisamos, se detuvo en seco y tuve la impresión de que se ponía detrás de nosotros para ocultarse.

»—Quizá la mujer tuviera razón y tu herida sea más grave de lo que yo digo; sin embargo, lo que no tiene sentido es que tengamos que ir todos a la casa de los peregrinos. Mi bolsa está vacía y tenemos que comer. A ti, Dios así lo quiera, te atenderán los monjes y te darán cama y comida, pero nosotros tendremos que esperar muertos de hambre mientras tú te recuperas. Siento tener que decir esto, Martín, mas ha llegado el momento de que nos separemos. Solo tienes que dar unos pasos más y estarás en el hospital; nosotros seguiremos nuestro camino.

»—¿Separarnos? —pregunté yo, acongojado.

»—Sí, separarnos. Tampoco es que se acabe el mundo; al fin y al cabo, solo nos conocemos desde hace unas semanas. Los caminos de Dios, unos anchos y otros estrechos, son todos inescrutables y lo mismo que un día nos juntó hoy nos dice que debemos separarnos. A fin de cuentas, no somos familia ni nada parecido. Rezaremos mucho por ti, Martín. ¡Hasta siempre!

»Y dándome un empujoncito, agarró a Mateo por el brazo y se dispuso a partir. Sin embargo, Mateo estaba quieto como una columna.

»—¿Qué ocurre? —quiso saber Bernardo.

»Dudó un instante, aunque al final dijo con aplomo:

»—Yo me quedo con Martín.

»—¿Que te quedas? —preguntó contrariado—. ¿Por qué? Es Martín el que necesita asistencia, no nosotros.

»—Sigue tu camino y no te preocupes más por nosotros, Bernardo —dijo Mateo—. Y no sientas pena, que no somos familia ni nada parecido.

»Bernardo fue a responder, pero no halló las palabras. Farfulló algo ininteligible y, dándose la vuelta, se alejó de nosotros tomando un camino diferente al que seguían los peregrinos. Nunca volví a verlo. Todavía hoy me pregunto qué fue de él. Solo espero que Dios lo acogiese en su gloria, si es que ya murió. Era un buscavidas y un rufián, pero a mí me ayudó cuando lo necesitaba y por eso siempre le estaré agradecido.

»—Vamos —me dijo Mateo—; ya encontraremos el modo de seguir adelante.

»Recorrimos el último tramo hasta llegar al hospital, un bellísimo edificio de piedra blanca que refulgía al sol y rodeado de unos magníficos jardines. Un monje salió a recibirnos. Su nombre era Pablo y tenía un rostro afable. Mateo le explicó lo de mi herida y él escuchó atentamente.

»—Creo que podemos ayudarte, hijo. Tendrás que quedarte aquí unos días; esa herida es muy fea y necesita cuidados.

»Yo estaba desfallecido y apenas me tenía en pie, pero me preocupaba lo que sería de Mateo mientras duraba mi convalecencia.

»—¿Y él puede quedarse?

»—En eso no puedo ayudaros —respondió con lástima—; esto es un hospital de peregrinos, no una fonda. Tendrá que aguardar a que sanes.

»Mateo me tomó la mano y pensé que iba a decirme que él

407

también partiría y que allí se separaban nuestros caminos; sin embargo, lo que dijo fue todo lo contrario.

»—No te preocupes por mí, Martín; estaré bien y te esperaré. Y rezaré por ti, seguro que más que Bernardo.

»Sonreí ante sus palabras y acompañé al monje, que me introdujo en el edificio hasta llegar a una sala muy grande, llena de peregrinos enfermos. Me llamó poderosamente la atención que, a pesar de la gran cantidad de gente que allí había, se respiraba un profundo silencio y una enorme paz. Entonces pensé si no serían ensoñaciones mías y si no estaría ya atravesando las puertas de la muerte.

»—¿Me recuperaré, hermano? —pregunté con un hilo de voz.

»—Eso solo Dios lo sabe —respondió él, poniendo su mano en mi frente.

»Y aquello fue lo último de lo que me acuerdo con claridad hasta que desperté de mi inconsciencia varios días después. Entre medias tuve horribles pesadillas y fiebres terribles que me hacían tiritar por muchas mantas que me pusiesen. Solo recuerdo vagamente que me ponían paños en la frente y que curaban mi herida con algo que olía a ajo y a hierbas. Por fin, una mañana, abrí los ojos y me encontré algo mejor, aunque todavía muy débil. Entonces fray Pablo se acercó y me dijo:

»—Has regresado a la vida; bien se ve que nuestras plegarias han surtido efecto.

»—¿Cuántos días llevo aquí?

»Contó en voz baja, ayudándose con los dedos.

»—Cinco días; apenas te has despertado. ¿Recuerdas algo?

»—No, casi nada.

»Entonces me acordé de lo más importante.

»—¿Y Mateo? ¿Dónde está?

»Él me puso la mano en la frente para calmarme.

»—Tu amigo está bien, no te preocupes; también hemos cuidado de él.

»Respiré aliviado y volví a caer en una especie de somnolencia. Al día siguiente, ya más recuperado, pude ponerme en pie y caminar sin marearme, de suerte que me sentí con fuerzas para seguir mi camino. Busqué a fray Pablo entre los monjes del hospital y, arrodillándome ante él, le di las gracias por sus desvelos.

»—Os debo la vida, hermano.

»—A mí no me debes nada, solo a Dios. No hay nada que debas temer, siempre que lo tengas a tu lado.

»—¿Y cómo puedo saber si está a mi lado o si me abandona?

»—Si eres puro de corazón, Dios no te abandonará nunca.

»Y con aquellas reconfortantes palabras abandoné el hospital del Rey para encontrarme de nuevo con Mateo, que me esperaba a la puerta. Como fray Pablo me había dicho, los monjes también se habían ocupado de él y le habían dado comida y vino durante aquellos días.

»—Estoy sanado.

»—Lo sé —dijo, y se abrazó a mí. Era la primera vez que recibía el abrazo de alguien desde que mi madre murió y no pude evitar que las lágrimas brotaran de mis ojos.

»—¿Qué haremos ahora? —pregunté.

»—No te creas que no lo he pensado; de hecho, he tenido tanto tiempo que, además de pensar, he podido hablar con las personas que pasaban por aquí y me han dado buenas informaciones.

»—Ah, ¿sí? ¿Qué informaciones?

»—Pues, en resumen, y por no aburrirte mucho, podemos hacer dos cosas. Una es ir a Santiago, siguiendo el camino de los peregrinos. Ahí no nos faltará comida ni atención en los hospitales; el problema es que, una vez en Santiago, no sé muy bien a qué nos podríamos dedicar, salvo a volver por nuestros pasos.

»—¿Y la otra opción?

»—La otra opción sería tomar camino hacia Sevilla. Lo bueno es que desde allí parten las flotas hacia las Indias, según me han dicho, y puede que haya sitio para nosotros en algún barco. ¿Tú tienes alguna experiencia?

»—Mi tío tenía una barca de pesca en Santander, pero no me dejaba ni acercarme por miedo a que la echase a pique.

»—Bueno, eso igual es mejor no mencionarlo si finalmente vamos allí. En todo caso, lo malo es que no sé si embarcar a las Indias será mejor que quedarnos en Castilla, a fin de cuentas... No sé, ¿tú qué opinas? ¿Hacia Santiago o hacia Sevilla?

»La verdad es que ninguna de las dos opciones me convencía, seguramente por mi ignorancia. Sin embargo, recordé que al salir de casa de mis tíos escogí seguir hacia el sur porque me gustaba sentir el sol en mi rostro. Era algo sin sentido, lo reconozco, pero, esto es algo que comprobé después, muchas veces nos movemos por razones absolutamente disparatadas. Yo, por ejemplo, estaba poniendo en juego mi futuro solo por llevar el sol de frente.

»—A Sevilla —determiné tratando de mostrar la mayor seguridad.

»Mateo sonrió, creo que feliz por no ser él quien tuviera que tomar la decisión.

»—¡A Sevilla! —exclamó.

»Y, así, aquel mismo día nos pusimos en camino. No teníamos nada y, de vez en cuando, trabajábamos en los campos de algún señor por un poco de comida y techo o por un mísero salario. Eso hizo que nuestro trayecto se alargase, pues pasamos largas temporadas en Aranda, en Segovia, en Madrid o en Toledo. ¡Qué tiempos tan míseros!; y, sin embargo, ¡con qué cariño los recuerdo! Allí se forjó una amistad que, en el fondo, era más que amistad, pues éramos como hermanos. Cuidábamos el uno del otro y no nos separábamos nunca, pues pronto entendimos que juntos éramos mucho más fuertes que cada uno por su lado. No puedes imaginar cómo lo extraño...

Beatriz tomó mis manos y las acarició.

—¡Qué caprichoso es el destino! Un día recibiste una puñalada y eso marcó tu futuro. Y otro día nuestros pasos se cruzaron por casualidad junto al humilladero y ahora vamos a caminar juntos.

—Nunca he sido muy bueno haciendo vaticinios, pero estoy seguro de que este camino no será tan tortuoso...

Los dos reímos y sentí que aquel día, tras tantos años vagando, había llegado por fin a un puerto seguro.

13

El fuego inextinguible

De camino a la sala del emperador me crucé con Josepe. Después de los días que le había hecho pasar, por fin se lo veía sereno y alegre.

—Buenas tardes, señor.

—Hola, Josepe. ¿Cómo te encuentras?

—Ahora bien, señor.

—Todo se arregló, ¿no es así? Las buenas obras siempre tienen su recompensa.

—Eso mismo decía mi abuela. En todo caso, si fuera posible, me gustaría poder hacer buenas obras que no conlleven tantos quebraderos de cabeza.

Sonreí ante su sinceridad.

—No te preocupes, Josepe. Como dices, las próximas buenas obras serán más sencillas, si me es posible.

Josepe se quedó valorando mis palabras mientras yo seguía mi camino.

Entré en la sala y hallé al emperador sentado en su sillón; me pareció que estaba meditabundo.

—¿Os encontráis bien, señor?

Él se encogió de hombros.

—Al menos estoy, gracias a Dios. En todo caso, esta noche no ha sido fácil: me quedé sin respiración al poco de echarme en la cama y los médicos hubieron de venir a atenderme. Hirvieron laurel y tomillo en unas ollas y me dieron a beber un cocimiento de hierbas que sabía a demonios, pero ni por esas...

Fue ya cerca del alba cuando conseguí por fin encontrar de nuevo el aire en mi pecho y caí derrotado en la cama. Dormí apenas una o dos horas, pero las doy por buenas. Y tú, Martín, ¿pudiste descansar?

—Sí, señor. En ese sentido, Dios no ha hecho más que bendecirme, pues duermo siempre profundamente.

—En eso tiene tanto que ver lo que Dios disponga como la limpieza de nuestra conciencia. El que duerme bien es porque está en paz consigo mismo.

Yo era la excusa de aquella reflexión; pero comprendí perfectamente que no hablaba de mí, sino de él.

—En fin —prosiguió—. Si has descansado, estarás en buena disposición para continuar con tu historia, ¿verdad? Habíais alcanzado la gloria descubriendo el mar del Sur, aunque tú tenías otros planes, y comprendo perfectamente cuáles eran.

Inspiré hondo y regresé a aquel 25 de septiembre de 1513, en lo alto de la sierra desde la que se veía el océano recién descubierto.

—Así es, señor. Todos estaban como locos por comenzar el descenso y tomar posesión de aquellas aguas para la Corona de Castilla; sin embargo, en mi cabeza solo había sitio para una idea: regresar al poblado de Torecha y encontrarme de nuevo con Luaía. Quizá me acogiese o quizá me rechazase, pero no quería perder aquella oportunidad y me presenté voluntario para regresar a llevar las noticias de nuestro descubrimiento. A Balboa aquello le desconcertó. Supongo que pensaba que tendría que obligar a alguien a ir, de modo que aprobó de inmediato mi iniciativa. El que sospechaba de todo aquello, por supuesto, era Mateo.

»—Ándate con mucho cuidado, Martín. Balboa no tiene piedad con los indios, pero tampoco la tendrá con un castellano llegado el momento.

»Aunque entendía perfectamente sus palabras, me hice el sorprendido.

»—¿Qué dices, Mateo? Sé perfectamente por dónde ando. No hace falta que me des consejos.

»—Yo también sé lo que me digo y puede que te conozca mejor que tú mismo.

»Así que mientras los demás comenzaban el camino para tomar el mar del Sur en nombre de Castilla, yo tomaba el mío hacia mi amada. Ascender la sierra fue un trabajo ímprobo, pero descender tampoco fue fácil y tuve que tener mucho cuidado para no perder la senda y extraviarme. Cuando llegué y anuncié nuestro descubrimiento, todo fueron gritos de alegría, incluso de los más enfermos. Fui recibido como un auténtico héroe, aunque a mí todos aquellos reconocimientos me importaban muy poco. Busqué con la mirada a Luaía y la encontré entre el tumulto de brazos y cabezas que me rodeaban. Solo quería estar con ella, pero había de ser en el momento adecuado y aquel no lo era.

»Por la noche se realizó una celebración y todos bebimos y comimos felices. Al terminar el festejo nos fuimos a descansar y el único ruido que quedó fue el del crepitar de los troncos en la hoguera. Me tumbé un poco retirado de la lumbre, acurrucado junto a un árbol gigantesco. Tenía la vista clavada en el fuego, aunque puedo asegurar que no lo estaba mirando. En ese momento vi a alguien acercándose. Al principio era solo una figura a contraluz de las llamas; cuando se aproximó, comprobé que era ella. Venía completamente desnuda, sin siquiera el faldellín que solía cubrir sus partes naturales. Era de una belleza tan salvaje, tan arrebatadora, que pensé que estaba soñando y que de un instante a otro iba a despertar.

»Mas no era un sueño.

»Sin mediar palabra me arrastró hacia las sombras de la selva, nos abrazamos y yacimos juntos. Mi vida ha sido larga, señor, pero no creo que en toda ella haya disfrutado de un momento tan intenso, tan extraordinario y único como aquel. Sé que mis palabras son blasfemas, pero aquella noche sentí que Dios estaba conmigo, que Dios estaba entre nosotros y que Dios mismo era ella. Perdonadme…

Don Carlos posó su mano sobre mi cabeza.

—¿Qué habría de perdonarte, Martín? ¿Que eras joven?

¿Que amabas? ¿No dicen los religiosos que Dios está en todas partes, que todo son manifestaciones suyas? ¿No está Dios en el pan, en la fruta o en el vino y la cerveza que ahora disfrutamos? ¿Cómo no habría de estarlo, entonces, en el acto más hermoso que Dios nos regala, en la mayor demostración de amor posible? Mientras tuve a mi querida Isabel a mi lado, no hubo un solo día en que no me sintiera bendecido por la gracia divina, te lo aseguro. Por eso te digo que aquella noche, en aquella selva, Dios no era solo ella; Dios erais vosotros dos.

—Es cierto: estábamos bendecidos por su gracia... Al salir el sol no la hallé a mi lado y tuve miedo de que aquello no hubiese sido más que un espejismo. Me lavé la cara en un arroyo cercano y la busqué. Al fin la encontré trabajando junto a otras mujeres, preparando unas tortas de maíz. Me quedé a cierta distancia y esperé, para no despertar sospechas.

»Después de un rato, se acercó y me dijo:

»—Martín y Luaía juntos; yo te dije.

»Sonreí ante sus palabras y me recorrió un escalofrío.

»—Pero Vasco... Él regresará. Y tú eres su mujer.

»—Vasco no está aquí ahora; Martín y Luaía juntos. Nadie sabe.

»Y de aquel modo tan sencillo Luaía describió cómo habría de ser nuestra relación en adelante: furtiva y a la espera de que Balboa regresase. No era lo que deseaba, pero era mucho más que lo que antes tenía y me di por satisfecho.

»Aquellos meses en su compañía resultaron extraordinarios. Por el día me ocupaba de mejorar las edificaciones, levantando casetas para los enfermos y construyendo corrales para mantener a los animales separados de las casas. Por las noches, sin embargo, era nuestro momento. Ocultos entre las sombras, dábamos rienda suelta a nuestra pasión y nos amábamos sin pensar en nada ni en nadie más que en nosotros mismos. Supongo que algunas de las mujeres que la acompañaban sospechaban del asunto, pero le eran leales y no dirían nada; y los castellanos que podrían delatarme a mí estaban todos tan enfermos que bastante tenían con lo suyo como para ocuparse de nuestros amoríos.

»Uno de aquellos días mi amada me hizo un regalo. Se trataba de una figurilla tallada en madera, supongo que una representación de alguno de sus dioses. No se distinguía si era un hombre o una mujer y llevaba sobre la cabeza un disco con unos rayos, como un sol. En el centro del círculo había un agujero por el que Luaía introdujo un cordel. Luego me lo pasó por el cuello, me besó en los labios y dijo:

»—Esto Martín. Luaía siempre contigo.

Don Carlos me miraba mientras yo permanecía en silencio, incapaz de continuar. El recuerdo era tan intenso, tan doloroso y bello a la vez que no encontraba las palabras. Rebusqué entre mis ropas, saqué la figurilla y se la puse al emperador en las manos. Él la sostuvo entre sus torpes dedos, la acarició y me la devolvió.

—La conservaste...

—Sí, la he tenido siempre conmigo, todos estos años. Hubo momentos en que estuve a punto de perderla y otros en que me la quisieron quitar, alegando que era un ídolo pagano y que debía ser arrojado a las llamas. Quizá lo sea, no digo que no, pero es lo único que me queda de ella; ¿cómo podría abandonarlo?

El emperador me miró con comprensión y continué:

—Tras recibir aquel regalo quise corresponder a mi amada y decidí darle algo que hasta entonces me había traído buena suerte: la moneda de la mesonera de Sevilla.

»La puse en sus manos y le dije:

»—Esto Luaía. Martín siempre contigo.

»Ella la miró con admiración y pasó el dedo por la figura del castillo, en el haz; y del león, en el envés.

Don Carlos me preguntó:

—¿Y la conservó como tú conservaste su figurilla?

—No, señor; de hecho, aquella moneda terminó siendo nuestra ruina.

Puso gesto de extrañeza.

—Cuéntame qué ocurrió.

—Ocurrió que, avanzado el mes de noviembre, Balboa decidió que ya era hora de regresar. Habían rescatado bastante oro y también muchas y muy grandes perlas. Y, más importante aún, recibieron noticia de aquel gran reino que llegaba hasta allí con sus mercadurías y sus tesoros y que recibía el nombre de «Birú» o algo semejante. En aquel momento no podíamos saberlo, pero aquella fue la clave de la futura conquista del Perú. Imagino que a Pizarro aquel nombre se le quedó grabado a fuego en la mente, aunque todavía quedaban muchos años para que llegase su oportunidad.

»Después de aquellas exploraciones, Balboa entendió que debía regresar al Darién y enviar una nueva carta a España exponiendo al rey don Fernando los increíbles logros alcanzados, y acompañar la misiva con el cargamento de oro más grande que ningún otro conquistador español hubiese reunido con anterioridad para Castilla. ¿Quién podría arrebatarle el mando, entonces? Balboa, además, podía presumir de que lo había conseguido sin apenas perder hombres en batalla, logrando la sumisión o la amistad de las tribus y empleando la violencia solo en casos muy puntuales, como contra el cacique Torecha. Por tanto, no solo había obtenido oro, sino que había dejado sentadas las bases para lograr mucho más en el futuro.

»Un día, mientras me encontraba cortando unas palmas para reparar el tejado de una de nuestras casas, escuché ruidos que provenían del interior de la selva. Nos pusimos en alerta y observamos con atención. Mi sorpresa fue mayúscula cuando apareció Mateo.

»—¡No puede ser! —exclamé mientras acudía corriendo a su encuentro.

»Los dos nos fundimos en un abrazo y él empezó a hablar atropelladamente, mezclando las cosas y utilizando tantos adjetivos que no conseguí enterarme de nada. Lo único que me quedó claro es que toda la expedición regresaba, que solo habían caído dos hombres, por enfermedad, y que Balboa llegaba cargado de oro y de esperanzas. Luaía, que se había acercado al escuchar los gritos, vio a Mateo y su rostro, a diferencia del mío, se entristeció. Sin mediar palabra dio media vuelta y fue a mezclarse con el resto de las muchachas. Mateo, por supuesto, se dio cuenta de lo que ocurría.

»—Me parece que no somos los únicos que hemos encontrado tesoros, ¿no es así?

»Hubiese sido una estupidez mentir, así que traté de conseguir, al menos, su silencio.

»—Encontré mi tesoro; y ahora debo ocultarlo.

»Apenas unos minutos después fueron llegando los demás que hacían de avanzadilla, entre ellos Hernando y también Pascual. Este segundo grupo venía acompañado de unos indios porteadores y cargaban con una caja de madera llena de barritas de oro.

»—¿Te das cuenta, Martín? —me dijo Hernando—. Es el tesoro más fabuloso que se haya encontrado nunca. En Castilla éramos pobres como ratas, pero a partir de ahora se acabaron nuestras privaciones.

»Asentía a sus palabras y las comprendía, aunque en mi fuero interno mi único deseo era que aquel momento no hubiese llegado y que Luaía y yo hubiésemos podido seguir por más tiempo pobres…, pero solos.

»Al cabo de una hora, más o menos, hizo su aparición Balboa. Su rostro era el del triunfo. Le brillaban los ojos y sus pasos resonaban tan firmes y decididos como siempre. Tenía la fortuna de su lado y parecía rodeado por un halo. Cuando llegó a mi lado, paseó la mirada por las casas del poblado y asintió con satisfacción.

»—Veo que no has perdido el tiempo, Martín.

»Incliné la cabeza, sintiendo dentro un profundo arrepentimiento por lo que había hecho. Me había otorgado su confianza y lo había traicionado. Tragué saliva y dije:

»—Mis méritos son pocos, señor, en comparación con los vuestros. Mateo me contó la toma del nuevo mar y a la vista están los magníficos tesoros que traéis.

»Él asintió, pero matizó mis palabras:

»—En una pared todas las piedras son importantes y basta con que una caiga para que todo el muro se desmorone. Tú has cumplido siempre tu misión y me has sido fiel. Te aseguro que serás recompensado.

»Era tal la vergüenza que sentía que hube de retirar la mirada. Luego él continuó saludando a unos y otros e interesándose por la salud de los enfermos. Por último, acudió junto a su mujer y la abrazó lleno de alegría. Abandonaron la plaza y se fueron juntos a su caseta.

»Al día siguiente comenzaron los preparativos para la vuelta a Santa María del Darién. Entre indios y castellanos formábamos un grupo numeroso y la intendencia no era sencilla. Aquello al menos me mantuvo la cabeza ocupada, porque, si no, creo que hubiese muerto de locura. Y es que, a pesar de que habitualmente Balboa en persona organizaba todas las tareas, aquel día solo salió de su caseta para dar unas mínimas instrucciones y luego se encerró de nuevo en ella.

»—Estos días atrás parecía cansado —dijo Pascual riendo—; por lo visto su mujercita le ha dado nuevos bríos.

»Algunos corearon la broma y añadieron comentarios procaces que a mí, por supuesto, más que hacerme reír me mortificaban. Ni siquiera tenía el consuelo de poder mostrar mi pena en público, de modo que aprovechaba cualquier ocasión que se me presentara para esconderme o alejarme del poblado.

»—Pareces un alma en pena, Martín —me dijo Mateo—. Hemos salido de muchas. ¿Vas a decirme que esto podrá contigo?

»—Te juro que preferiría volver a guerrear o pasar hambre antes que soportar este dolor. No es un capricho, Mateo; yo la amo...

»—¡Chisss! No se te ocurra volver a decir eso. Vas a buscarte la ruina. Escúchame bien: regresaremos a Santa María, repartiremos el oro que hemos conseguido y luego seremos libres para decidir qué hacer. Si quieres quedarte en estas tierras podrás hacerlo; y si quieres regresar a Castilla volverás más rico de lo que nunca imaginaste. ¿Y me dices que vas a echarlo todo a perder por un enamoramiento absurdo?

»—No es solo un enamoramiento... ni mucho menos absurdo. Para mí, ahora, es lo único que tiene sentido.

»—Tú lo has dicho: ahora. Dentro de una semana el dolor

habrá remitido y dentro de un mes te habrás olvidado de ella. Mira que te gusta complicar las cosas. ¿Es que no había otra muchacha?

»Al cabo de una semana nos pusimos en marcha. A pesar de las predicciones de Mateo, el dolor no remitió, sino que se hizo más intenso. Añoraba cada uno de los momentos pasados junto a Luaía, sus besos, sus caricias. Y cada vez que llegaba la noche y la veía encerrarse de nuevo con Balboa, me sentía invadido por un dolor insoportable.

»Poco a poco fuimos desandando nuestros pasos hasta llegar de nuevo a las inmediaciones de Acla. Allí recibimos noticias de que dos carabelas habían arribado a Santa María de la Antigua, con más hombres y numerosas provisiones. Recibimos aquellas nuevas con gran alegría, sobre todo Balboa, que lo tomó como un presagio favorable de que su situación frente a la Corona terminaría por arreglarse. En un momento dado lo escuché decir que nunca una violación de la ley había sido tan beneficiosa para un rey. Confiaba a ciegas en que el oro que pensaba enviar a España le libraría de las represalias por sus enfrentamientos con Nicuesa y Enciso. He de reconocer, y no me enorgullezco de ello, que mis sentimientos oscilaban entre el deseo de perdón para Balboa y las ganas de que fuese castigado. Ingenuamente pensaba que, si recibía un castigo o si era apartado del mando, Luaía volvería junto a mí. Por supuesto que era una idea estúpida y sin ningún fundamento, pero mi cerrazón era tal que no podía evitarlo.

»Al llegar a Acla embarcamos en las naves que habíamos dejado meses atrás y regresamos a Santa María, donde nuestros compañeros nos recibieron con todo tipo de parabienes. Y más aún cuando nos vieron desembarcar los cofres llenos de oro y perlas. Una vez repartido el botín, envió a la corte la parte del monarca, esperanzado de que pudiese llegar antes de que la expedición anunciada por el rey partiese de España. Entonces, claro está, no lo podíamos saber, pero la misiva llegó tarde. Don Fernando ya había decidido enviar a Pedrarias Dávila con el objetivo de arrebatar el mando a Balboa y ponerlo bajo su obediencia. Balboa, como bien os he dicho, fue muy duro en ocasiones, incluso cruel y despiadado; sin embargo, también supo ganarse la amistad de los que se avinieron a negociar y siempre prefirió un amigo a un adversario. Pedrarias, por el contrario, llegó con la firme intención de imponer su intransigencia a toda costa, aunque eso es algo que tardaría todavía en llegar y que estuve a punto de no ver…

El emperador se extrañó con mi comentario.

—¿Qué quieres decir?

—Pues que antes de que Pedrarias llegase a Tierra Firme, mi sino cambió por completo. Y fue por mi culpa. Aunque dicen que el tiempo todo lo cura, creo que no es cierto; las heridas del cuerpo se curan, pero las del alma no se cierran nunca. Cada día que pasaba aumentaba mi desazón, sobre todo porque veía que la unión entre Anayansi y Balboa era firme. Ella misma me lo había dicho: lo amaba. Y estaba bien seguro de que por nada querría traicionarlo, porque en ello iba, además, la amistad entre su pueblo y el nuestro. Pero, necio de mí, no conseguía quitarme de la cabeza el estar una vez más con ella, aunque fuese la última y luego hubiera de olvidarla.

»Un día, por fin, me atreví a dar el paso. El capitán, junto a una partida de hombres, decidió realizar una nueva exploración por el litoral, para ver si lograba la amistad de algunos otros pueblos cercanos; aquella era mi oportunidad. Había muchos ojos en Santa María y no era fácil actuar sin ser visto, de modo que hube de valerme de una de las mujeres que habían estado siempre junto a Anayansi y que gozaba de toda su confianza. Me pasé todo el día zascandileando por la villa, yendo y viniendo de las casas a las tierras de labor, tratando de encontrar el momento para hablar con Nanua, hasta que la vi dirigirse en solitario hacia los campos de maíz.

»—Nanua —susurré mientras me metía entre las plantas—, necesito que me ayudes.

»Ella no sabía tanto castellano como Luaía y me costaba hacerme entender.

»—¿Ayuda? ¿Tú ayuda mí?

»—No; necesito tu ayuda: quiero hablar con Anayansi. Quiero verla.

»Fue nombrarla y Nanua agachó la cabeza.

»—¿Por qué verla? Ella no puede. Ella capitán.

»—Ya sé que está con el capitán, pero necesito verla. Necesito hablar con ella un momento; es muy importante.

»Nanua negó con la cabeza e hizo amago de marcharse; la retuve por el brazo.

»—Por favor —supliqué—, tienes que ayudarme.

»Quizá se apiadó de mí o quizá lo hiciera para que la dejase en paz, pero el caso es que asintió en silencio y se alejó hacia la villa. Ojalá me hubiese dicho que no.

»Al día siguiente, mientras estaba reparando una canalización de agua junto con Mateo, vi que Nanua me buscaba con la mirada. Puse como excusa que tenía que ir a por una herramienta y me dirigí a su encuentro.

»—Esta noche ves Anayansi; ella habla.

»Estaba tan contento que tuve que reprimirme para no darle un abrazo en ese mismo instante. Regresé a mis tareas como si tal cosa. Sin embargo, Mateo me había visto y no esperó para interrogarme:

»—¿En qué andas? Mira que no te pregunté qué hiciste mientras nosotros no estábamos, pero te advierto que, fuera lo que fuese, debes dejarlo atrás.

»—No sé de qué me hablas...

»—Te conozco muy bien, Martín; y te temo.

»—Pues no temas tanto, porque no hay nada de lo que preocuparse. Nanua quería pedirme un favor.

»Mis excusas eran penosas, lo sé; pero no sabía inventar otras mejores.

»—¿Un favor? ¿Qué favor?

»—Es mejor que no lo sepas... Anda, pásame el martillo.

»Mateo aceptó a regañadientes, aunque era evidente que no me creía.

»A la noche, cuando todos se hubieron acostado, salí a escondidas de mi casa y, para disimular, me dirigí al lugar al que solíamos ir para hacer nuestras necesidades. Una vez oculto por las sombras, cambié de dirección y fui hacia el maizal. Me quedé esperando, igual que la esperé la primera vez en medio de la selva, y al poco escuché sus pisadas. Vestía una falda algo más larga que el habitual faldellín y cubría sus pechos con una camisa de lino que Balboa le había regalado. El pelo, que solía llevar suelto, lo traía recogido en una larga trenza. Supongo que trataba de adaptarse a nuestros usos, y vestir y arreglarse como nosotros era el más evidente. Se acercó hasta estar a un paso de mí y me saludó.

»—No debes estar aquí; yo tampoco. Esto peligroso.

»—Antes también era peligroso y no te importaba.

»—Antes no está mi esposo; ahora vuelto.

»Podía sentir la desazón que consumía su alma. Normalmente me miraba a los ojos y su mirada era de fuego; aquella noche no miraba más que al suelo y no sabía qué hacer con las manos. Quise acercarme un poco más, abrazarla y volver a sentir el calor de su cuerpo, pero ella dio un paso atrás. Aun así podía respirar el olor de su piel y me sentía embriagado.

»—¿Qué ocurre, Luaía? Sé que lo que hacemos no está bien, pero tú misma me dijiste que estaríamos juntos, que me amabas. ¿Es que ya no me amas?

»—Yo te amo, Martín. Y un día tú y yo juntos de nuevo, pero no ahora. Ahora separados. Tienes que entender.

»Y al decir estas palabras, rebuscó en su camisa y sacó la moneda que le había entregado.

»—Esposo no debe ver moneda; muy peligroso. Solo vengo para dártela.

»Así que era eso: solo había aceptado verme para devolverme la moneda y evitar así que Balboa pudiera sospechar de su origen.

»—¿Por qué tanto esfuerzo? —pregunté con disgusto—. ¿Por qué no la tiraste y ya está? No tiene ningún valor. Es solo una estúpida moneda, no la quiero.

»Ella bajó la cabeza, apenada.

»—Tú guardas moneda y un día tú y yo juntos de nuevo.

»—¡No es verdad! —grité—. Solo lo haces para que me vaya. Tú y yo juntos nunca, ¡nunca! Mira tus ropas: te vistes como él quiere y hasta te peinas como él te dice. Parecía que no querías ser su esposa, ¡y ahora te has convertido en su esclava!

»Aquello era terriblemente injusto, lo sé, y no tenía ningún derecho a hablarle así, pero estaba tan ofuscado y tenía el corazón tan roto que no podía ni pensar.

»—Martín, por favor…

»—No te preocupes más por mí; si lo que quieres es no verme, ya sabré cómo mantenerme a buena distancia.

»Dolido y obcecado me di la vuelta y regresé aprisa a la aldea, sin querer escuchar su voz llamándome y sin fijarme siquiera por dónde caminaba. Solo sentía rabia y desazón. Busqué en mis ropas hasta dar con el colgante que me había regalado. Lo apreté en la mano hasta que me hice daño y me decidí a tirarlo. Entonces, mientras levantaba el brazo para lanzarlo con rabia al suelo, me topé de frente con alguien. En las sombras apenas se le distinguía, pero finalmente lo reconocí por el brillo del pelo bajo la luz de la luna.

»—¿Pascual?

»Él dio un paso más, hasta que su rostro salió de las sombras, y sonrió.

»—Has ido muy lejos a orinar, ¿no? Al maíz creo que le va mejor el agua.

»—No…, yo, yo… quería pasear.

»—¿Pasear? No me pareció que estuvieras paseando. Te escuché hablar.

»Necesitaba aferrarme a algo y dije:

»—Me gusta hablar solo de vez en cuando.

»—¿A gritos?

»No sabía cómo escapar de aquello.

»—Pascual…, ¿qué es lo que quieres?

»—Nada importante…, solo me divierto un poco contigo antes de contarle a Balboa que, mientras él se dedicaba a conquistar el mar del Sur, tú te dedicabas a conquistar a su mujercita y a revolcarte con ella.

»Abrí la boca para protestar, pero me quedé sin palabras.

»—No pongas esa cara, hombre. Esto es muy pequeño como para que estas cosas pasen desapercibidas. Y, además, esa amiguita tuya, Nanua, ¿verdad?, se vendió por bien poco. Mira que fiarte de una india... Vendió a su amiga y vendería a su madre si hiciese falta. En fin, mañana Balboa se enterará de todo; no veo el momento.

»Y, sin más, dio media vuelta y se marchó.

»Me quedé allí plantado, maldiciendo mi suerte. Estaba a punto de perder todo lo que había logrado hasta el momento. Y, sobre todo, estaba a punto de perder a Luaía. Con la cabeza gacha caminé en dirección a las casas. Sentía dentro una enorme pesadumbre y una rabia incontrolable. Por mi mente cruzó la idea de matarlo, de acabar con él y evitar que hablase. Imaginé su cuerpo en el suelo, con el cráneo hundido y la sangre brotando de sus sienes. Era una imagen horrible, pero a la vez liberadora, y cuanto más pensaba en ella, más real se me hacía. Miré al suelo y vi una piedra redonda, de un tamaño perfecto para sujetarla con la mano y golpearlo en la cabeza.

»—No puedo hacerlo —murmuré.

»Cerré los ojos y la imagen se me volvió a presentar con más claridad aún.

»—¡No!

»Seguí camino a mi casa, tratando de borrar aquellos pensamientos. La idea me atormentaba como un martillo pilón, por mucho que quisiera acallarla.

»—Nadie nos ha visto y nadie lo sabrá...

»Me quedé parado a un palmo de la puerta y escuché. No se oía nada y la oscuridad era casi total.

»—Al diablo —dije; y, dándome la vuelta, caminé aprisa hacia casa de Pascual.

»De camino me agaché y cogí la piedra, sopesándola en la mano. Mi cálculo había sido certero: podía reventarle la cabeza de un golpe. Sabía que lo que hacía era terrible, que era contrario a la voluntad de Dios, pero no podía, o no quería, evitarlo. Llegué ante su puerta, apoyé una mano en la madera y cuando estaba a punto de empujarla del todo y entrar, escuché unos pasos a mi espalda. Solo me dio tiempo a arrojar la piedra antes de que apareciese Mateo entre las sombras. Me giré y, a pesar de la oscuridad, creo que vio el fulgor en mis ojos.

»—¿Qué ocurre, Martín? ¿Va todo bien?

»Tuve ganas de desahogarme, de contarle todo lo ocurrido, pero él me había advertido tantas veces de mi inconsciencia que me avergonzaba hacerlo.

»—Sí, todo bien —dije—. Solo salí a orinar.

»Mateo me miró con extrañeza y vi que mi explicación no le servía, pero no le di ocasión a preguntarme más. Me di media vuelta y caminé hasta nuestra casa, seguido por mi amigo. Nada más entrar me tumbé en mi jergón y me eché la manta por encima. Mateo me llamó. Me hice el dormido y no quise contestarle. Podía sentir su mirada y temía que insistiese, aunque gracias a Dios no lo hizo. Cuando se acostó, traté de dormirme y borrar de mi cabeza todo lo vivido aquella noche, pero era tal la opresión que sentía en el pecho que no pude pegar ojo ni un solo instante. ¿Cómo explicar el torbellino en el que me veía atrapado? Por un lado, sentía rabia por no haber hecho lo que el corazón me pedía, por no haber tenido el valor suficiente. Por otro, daba gracias a Dios por que Mateo hubiese llegado a tiempo y me hubiera impedido cometer aquella locura. Y sé que la hubiera hecho.

»El primer rayo de sol me encontró todavía despierto. Me levanté y salí a la calle. La humedad escapaba de las plantas mientras el sol las calentaba y me quedé mirando el espectáculo para que otros pensamientos no cruzasen mi mente. Al poco, escuché los pasos de Mateo a mi espalda.

»—¿Qué haces levantado tan pronto? —me preguntó.

»—No podía dormir.

»—Eso es que tienes mala conciencia —dijo riendo.

»No estaba para bromas y respondí airado:

»—Buena o mala, no tengo otra.

»—¡Bueno, hombre! ¡Vaya despertar que tienes! ¡Quién diría que acabas de recibir tu parte del botín! Yo, la verdad, he dormido a pierna suelta pensando en lo que haré cuando regrese a España con el oro del reparto. Lo primero será comprar una buena casa y unas tierras aún mejores. Me gustaría sembrar trigo y tener una piara de cerdos hozando en la dehesa. ¿Te lo imaginas? Con toda el hambre que hemos pasado, podría estar todo el día comiendo jamón y untando pan en el tocino. Y vino solo del bueno, por supuesto.

»Estaba de buen humor, pero a mí sus palabras no hacían sino agriarme el mío.

»—No hagas tantos planes; quién sabe cuándo regresaremos a España, si es que alguna vez lo hacemos...

»—Por supuesto que volveremos, yo al menos. Este clima es insufrible y tengo ganas de sentir de nuevo lo que es el frío y lo que es estar seco. ¿Tú no?

»—Yo ya no sé lo que quiero...

»—¡Alegra esa cara, hombre! ¿Se puede saber qué demonios te ocurre? Hace días que estás intratable...

»—¡Y tú hace días que estás insoportable! ¿Es que no puedes dejarme tranquilo?

»Subí tanto la voz que algunos me oyeron y se quedaron mirándonos. Mateo no entendía nada de lo que pasaba.

»—A ti te ocurre algo, estoy seguro. No será todavía por la mujer de Balboa, ¿verdad? —preguntó susurrando—. Ya sabes que eso es una insensatez, ¿no?

»—Lo que es una insensatez es pensar todo el día en lo que vas o no vas a hacer con tu maldito oro, ¿entiendes? ¡Me importa un bledo lo que hagas con él, como si se lo quieres echar todo a los cerdos!

»Me alejé maldiciendo mi suerte y fui a esconderme entre la maleza. Él, en vez de mandarme a paseo, me siguió. Harto ya de la situación, e incapaz de controlar por más tiempo la ira, le grité:

»—¡Es que no me vas a dejar en paz ni para hacer aguas mayores!

»Lejos de retroceder, se acercó a la carrera y me agarró por los hombros.

»—Martín, vas a decirme ahora mismo qué es lo que te ocurre o te juro que no nos movemos de aquí en todo el día, aunque te las hagas encima. Y quiero que me cuentes lo de anoche, sin mentiras.

»—¡Lo que me ocurre es que ya no aguanto más! Tenías razón: he sido un estúpido encaprichándome de Anayansi y traicionando a Balboa, pero te aseguro que lo he pensado bien y le voy a poner remedio...

»—¡Gloria a Dios: por fin entras en razón! ¿Y qué se supone que piensas hacer, si puede saberse?

»—Lo que voy a hacer lo tengo muy claro, pero necesito que me ayudes en una cosa y que no me preguntes nada. ¿Lo harás?

»—Sí, claro, con tal de que abandones esa estúpida idea que solo te llevaba al desastre. ¿Qué es lo que quieres?

»—Solo has de hacer una cosa. He de ausentarme por un tiempo y necesito que le des un mensaje a una persona en mi ausencia.

»—Supongo que será a Anayansi...

»—No, es a Pascual.

»Mateo se extrañó.

»—¿A Pascual? ¿Por qué demonios te preocupas ahora por él?

»—Eso es cosa mía, pero en cuanto lo veas salir de su casa, necesito que le des un mensaje de mi parte. Solo tienes que decirle que me he ido y que no imponga el castigo a quien no tiene culpa; solo eso. ¿Lo harás?

»—Sí, aunque no entiendo nada... ¿Quién no tiene culpa? ¿Y por cuánto tiempo te irás?

»—Aún no lo sé...

»—¿Lo sabe Balboa? Porque a irse sin más se le llama deserción.

»—Por eso no te preocupes, Mateo, que ya está todo hablado. Tú solo haz lo que te he dicho, ¿de acuerdo?

»Se dio por vencido, probablemente ante mi cara de desesperación.

»—Está bien, Martín; lo haré.

»Le di un abrazo y, sin mirar atrás, me dirigí aprisa hacia el puerto. Allí vi dos barcos que habían traído suministros desde La Española y que estaban prestos a zarpar. Entre los marineros que se dedicaban a las labores de carga vi a Hernando. Me dirigí de inmediato a él:

»—Cuando te saqué de Nombre de Dios, me dijiste que quedabas en deuda conmigo, ¿lo recuerdas?

»El asintió, extrañado.

»—Sí, lo recuerdo.

»—Pues sácame tú ahora de aquí y estaremos en paz.

»—¿Que te saque? ¿Quieres embarcar hacia La Española?

»—Eso es, hoy mismo.

»Se quedó mirándome mientras se rascaba la cabeza.

»—¿Es por algún delito de sangre?

»—Todavía no; pero si no me voy, creo que no tardaré en matar a alguien. Ayúdame, por favor.

»Hernando me miró fijamente y no sé si leyó mi angustia, aunque sí debió de leer mi desesperación.

»—No puedo hacerlo solo por mi voluntad. Dame un rato y veré qué puedo lograr, ¿de acuerdo?

»Asentí mientras él se alejaba y vi que se dirigía hacia Francisco Pizarro, que había quedado como encargado de las labores de carga por orden de Balboa. No sé lo que le dijo o dejó de decirle Hernando, tampoco me importaba. El caso es que esa misma tarde me llamó mientras esperaba en el embarcadero y me dijo simplemente:

»—Es el momento, Martín. No te pregunto si huyes, porque ya me lo has dejado ver. Solo espero que marchándote te alejes del problema que te acecha y que no lo estés empeorando. ¿Estarás bien?

»No conocía la respuesta; aun así, le dije:

»—Mejor que aquí, sí.

»Y de aquella manera me despedí de mi amigo y subí por la escala para embarcar. Una vez en cubierta miré hacia atrás y vi, a lo lejos, el humo que salía de las casetas de Santa María de la Antigua. Allí quedaba todo lo que había sido capaz de construir: la amistad de Mateo, al que quería como si fuera mi propio hermano; el respeto de Balboa, que me había dado su confianza y al que había traicionado; una villa surgida de entre la selva y levantada piedra a piedra con todo nuestro sudor y sufrimiento; y, sobre todo, dejaba a Luaía, sin siquiera haberme despedido de ella, sin decirle que la quería sobre el resto de las cosas y que, por protegerla, debía marcharme sin remedio. Me había dicho que me quería y que un día estaríamos juntos, pero en aquel momento volver a encontrarme con ella se me antojaba la más ilusoria de las tareas. Solo conservaba su colgante y podía sentir el calor de la madera entre mis manos, en contraste al frío que sentía en mi alma. Las velas se hincharon y yo, con la congoja en mi pecho, cerré los ojos y dije adiós con todo mi corazón, sintiendo que era un adiós sincero, ese que solo se dice cuando estamos seguros de no volver a ver a alguien en nuestra vida. ¿Sería así? No podía saberlo…

Don Carlos me miraba con expresión misericordiosa mientras yo me sentía incapaz, por una vez, de seguir hablando. El mentón me temblaba y las lágrimas corrían por mis mejillas.

—Basta, Martín, basta… Has vaciado tu alma esta tarde y no quiero que aumente más tu dolor; no lo mereces. Mañana es un día muy hermoso para ti, el más hermoso que puede existir en la vida de una persona, y quiero que acudas a él lleno de gozo y sin un solo nubarrón que empañe tu alegría.

Asentí agradecido.

—La vida de cada uno está llena de nubarrones, señor. Pero hoy, hablando con vos, creo que mi corazón se ha liberado de unos recuerdos que me atormentaban ya demasiado tiempo. Mañana será un día claro y os lo agradezco.

Cuando me disponía a levantarme, el emperador me cogió de la mano y me detuvo.

—Espera, Martín; todas las tardes, cuando me dejas y regresas a tu cuarto, escucho misa. Ese momento me permite consolar mi alma y dormir, si no bien, al menos con la conciencia un poco más tranquila. Hoy quiero pedirte algo.

—Por supuesto, señor, lo que necesitéis.

—Acompáñame, Martín, y escucha esta misa conmigo. ¿Lo harás?

Estaba tan conmovido que apenas me salían las palabras.

—Será un grandísimo honor.

Y así, cogido don Carlos de mi brazo, paso a paso, arrastrando por el suelo de baldosas de barro los muchos años que los dos teníamos, cruzamos el pasillo y entramos en la cámara en la que dormía el emperador. Al fondo tenía una puerta que comunicaba directamente con el presbiterio de la iglesia y desde la cual se podía asistir a la misa. Él solía escucharla tumbado en la cama, pero aquel día me indicó que nos arrodillásemos los dos ante la puerta.

Recé con todas mis fuerzas, sintiendo que entraba en una profunda comunión con Dios. Y cuando el sacerdote dijo «Id en paz», pensé que aquellas tres palabras que otras veces sonaban vanas, aquella tarde cobraban más sentido que nunca y que, vaciado de mis penas pasadas, me iba verdaderamente en paz con mi alma.

14

Transit hora, manent opera

Estaba tan intranquilo que apenas dormí y me desperté antes de que cantara el gallo. Tumbado en mi camastro, recapacité sobre todo lo acontecido en los últimos meses y me pareció teñido por un velo de irrealidad. Había pasado de aprender a leer con el escribano de Toledo a sentarme cada tarde con el emperador y confesar confidencias que alojaba escondidas en mi corazón desde hacía décadas. Y ahora, además, había asistido con él a la celebración de la misa y juntos habíamos expiado nuestras culpas. Mas, por encima de todo, había descubierto de nuevo el amor, a mis más de sesenta años, tan puro e inocente como el que experimentara por mi prima Catalina o por mi amada Luaía.

Pasado un buen rato, cuando ya la luz del sol comenzaba a bañar mi estancia, me senté en la cama y comencé a vestirme sin prisa. Eran pocas las prendas que tenía para tan destacada ocasión, de modo que, al menos, me dediqué a cepillarlas con esmero, tratando de que luciesen un poco más lustrosas. Mientras les daba brillo a las hebillas de los zapatos, escuché un repiqueteo en la puerta.

—Adelante —dije.

Esperaba que fuese Josepe, pero se trataba de Luis de Quijada.

—¿Nervioso? —me preguntó.

—¡Cómo no habría de estarlo! Con deciros que me ha costado una eternidad abrocharme los cuatro botones de la chaqueta...

Quijada sonrió.

—Pues vas a tener que desabrocharlos, me temo.

Y, alargando los brazos, me ofreció un bulto que traía envuelto en una tela de lino. Lo puse sobre mis piernas y lo abrí.

—¡Un traje de ceremonia! —exclamé.

—¿Es que pensabas contraer matrimonio con esa ropa de diario? Vamos, la ocasión lo merece.

Acaricié aquellas prendas sintiendo en la yema de los dedos la suavidad de los tejidos. No faltaba nada: medias claras de lana fina, calzas acuchilladas, camisa de seda con bordados, jubón con hombreras, coleto de cuero sin mangas, ferreruelo con cuello vuelto y sombrero estrecho con piel de armiño.

—Pero... ¿todo esto?

—Hoy es un día importante y debes vestir para la ocasión. Además, recuerda que hicimos un trato: tú contarías al emperador tus vivencias a cambio de acceder a los libros de su biblioteca, libros que no has consultado, por los que ni siquiera has preguntado... Por tanto, dada tu generosidad, pensé que merecías al menos un regalo.

Otras veces me había sentido incómodo al compartir mi diminuta estancia con el mayordomo real; sin embargo, aquella mañana me revolví con rapidez para arrodillarme y besar su mano, agradecido hasta el alma por aquel detalle. Él me pidió que me levantase:

—Martín, por favor, ponte en pie.

Lo hice, pero tropecé con la silla y a punto estuve de caer.

—A fin de cuentas —dijo don Luis—, reconozco que debí ofrecerte una estancia más espaciosa...

—He dormido entre sacos en la bodega de un barco, bajo la lluvia en la cubierta, en el suelo de la selva y en medio de una ciénaga. Este cuarto es suficiente para mí, os lo aseguro.

Quijada sonrió y me dejó solo para que me vistiese de nuevo. Algunas prendas, por no haberlas usado nunca, no sabía ni cómo se ponían, de modo que me hice un lío y terminé vistiéndolas como Dios me dio a entender. El jubón me resultaba muy incómodo, aunque era tan bello y los detalles tan delicados que me hacían sentir como un verdadero príncipe. Por fin, aderezado de aquella guisa y más tieso que el palo mayor de una carabela, dejé mi cuarto y me dirigí a la cocina para el desayuno.

En el camino me crucé con el bufón del emperador. Yo iba muy ufano, pero él, nada más verme, se llevó las manos a la cabeza.

—¡Virgen santísima! Espero que seáis la novia...

Miré mi atuendo sin entender sus palabras.

—¿Qué quieres decir?

—¡Lleváis el jubón del revés, insensato! ¡Y el ferreruelo se viste con el cuello hacia fuera, no remetido y arrugado como si fuese un saco de harina! Menos mal que nos hemos cruzado...

Sin mediar más palabras, comenzó a componerme las prendas adecuadamente: me dio la vuelta al jubón, me colocó bien el ferreruelo, me tiró de las medias para que los bordados siguiesen la línea de las piernas y me subió las calzas para que se abombasen como, al parecer, era el estilo. Por último, me ladeó un poco el sombrero.

—Esto ya es otra cosa. Hasta Tiziano os pintaría...

No sabía si seguía o no de broma y mi inquietud iba en aumento.

—¿Estás seguro de que...?

—Por una vez no bromeo, Martín: ahora estáis listo para casaros. Solo necesitáis encontrar alguna mujer lo suficientemente loca...

Se alejó riendo mientras yo seguía mi camino al comedor. Al instante llegó Josepe, que se quedó asombrado con mi compostura.

—Señor, estáis..., parecéis..., se os ve...

—¿Ridículo?

—¡No! Al contrario, parecéis todo un caballero.

Me quedé pensando en el aspecto que solía ofrecer el resto de los días.

—Gracias, Josepe. Todo esto es demasiado para mí, pero

Quijada ha tenido el detalle y no quiero despreciarlo. Hubiese preferido algo más sencillo, mas se ve que hoy no es mi voluntad la que ha de cumplirse.

Me senté trabajosamente a la mesa, sin poder apenas respirar con tantas prendas encima, y Josepe me sirvió un vaso de leche y unas torrijas fritas en manteca y bañadas en miel. Estaban deliciosas, pero eran tales mis nervios que apenas pegué bocado.

—¿No os gustan? —me preguntó.

—Sí, están deliciosas; pero hoy no puedo comer.

—¿Porque os aprieta el jubón?

—No, Josepe, por la boda, por la boda...

—¡Ah, claro! Pero eso no debe inquietaros. Está de Dios que todo salga bien.

—¿Tú crees?

—Por supuesto. Si se arreglaron todos los líos en los que nos metimos, ¿cómo no iba a salir bien esto, que es lo más sencillo?

—Dios te oiga, Josepe.

Salí al patio. Por la mañana había llovido un poco, pero ahora las nubes se habían retirado y lucía un sol espléndido, aunque el ambiente permanecía cargado. Algunos monjes paseaban de aquí para allá y me quedé mirándolos para no tener que pensar en otra cosa. Uno de ellos se acercó y, al retirarse la capucha, comprobé que se trataba de fray Gabriel.

—¿Algún pecado más que confesar? —preguntó sonriendo.

—En realidad, sí. Ya os dije que era culpable de mentir. ¿Me escucharéis en confesión?

—No puedo negarme...

Y, allí mismo, me confesé por haber urdido la mentira sobre la silla y haber engañado a Quijada, a Juanelo y al propio emperador. Fray Gabriel me dio la absolución y me bendijo:

—Ve tranquilo y puro de conciencia, pues tus pecados ya han sido perdonados.

—Gracias, padre. En todo caso, hay una cosa más que me

gustaría pediros, si no es abuso. ¿Oficiaríais vos la boda? Tengo más confianza con vos que con ningún otro de los monjes o con el confesor de don Carlos.

Fray Gabriel sonrió y pensé que aceptaría, pero entonces dijo:

—No lo haré, Martín. Y creo que sabes el motivo, aunque quizá lo hayas olvidado.

No podía imaginar la razón de su negativa.

—Don Genaro, el párroco de Cuacos, dijo que tenía contraída una promesa y que por nada del mundo caería en el pecado de haber pronunciado el nombre de Dios en vano.

Entonces recordé cuando afirmó que ni Rafael se movería solo ni él oficiaría una misa para el rey. Ahora iba a hacer algo más grande aún: oficiar una misa ante un emperador.

—Ya deben estar al llegar, ¡vamos!

Lo seguí hasta el estanque. Se había dispuesto una mesa, con un pequeño tapete y unas pocas sillas alrededor. El jardinero se había ocupado de segar la hierba y colocar unos cuantos maceteros con rosas y jacintos. Al poco llegaron Josepe y Juanelo. El inventor, para alivio mío, había abandonado el semblante contrariado que le acompañaba últimamente cada vez que me veía. Se acercó a mí, afectuosamente, y me felicitó:

—Felicidades, *amico* —me dijo al tiempo que me estrechaba la mano.

—Juanelo, yo...

—Todo es pasado, hoy es un día *di grande felicità*.

Unos pasos a mi espalda me anunciaron que don Carlos se acercaba, cogido del brazo de Quijada y apoyado en su bastón. Caminaba torpemente, como siempre, pero su rostro resplandecía. Me sentía tan dichoso que apenas pude contener las lágrimas.

—Señor, no soy digno de tantos honores. Estoy abrumado.

Él se llevó el dedo a los labios, mandándome callar.

—He concedido tantas distinciones inmerecidas que hoy me complace sobremanera hacerlo con quien bien las merece. Has vuelto dichosas mis horas y eso es suficiente.

Me arrodillé y besé su mano.

—Quedamos en no arrodillarnos... —dijo, invitándome a levantarme.

Mientras me ponía en pie, vi entrar por la puerta del recinto del monasterio a Beatriz, seguida del padre Genaro, quien empujaba la silla de Rafael. Beatriz estaba bellísima: llevaba un vestido negro de seda y cubría su cabeza con un pañuelo bordado con hilo de plata, que reproducía motivos de flores y pájaros. A pesar del nerviosismo que a mí me invadía, ella parecía completamente serena. Rafael venía riendo y el padre Genaro también, aunque sofocado y rojo como una amapola de tanto empujar la silla.

—Ha llegado el día —me dijo Beatriz.

—Así es. Vine aquí en busca de la sabiduría y lo que encontré fue el amor. Estoy muy contento con el cambio.

Beatriz me sonrió.

—Yo también.

El padre Genaro tomó nuestras manos y, uniéndolas, dijo:

—Recordad las palabras de san Pablo a los corintios: «Aunque conociera todos los misterios y toda la ciencia, si no tengo amor, no soy nada».

Y así, junto al estanque, rodeado por las personas a las que más amaba, don Genaro ofició la ceremonia que nos unió en sagrado matrimonio. Reconozco que estaba tan abrumado por la emoción que apenas recuerdo sus palabras; de hecho, me cuesta incluso recordar el momento en que tomamos la sagrada forma y bebimos juntos el vino del cáliz. Lo que no olvidaré nunca es cuando Juanelo Turriano nos ofreció los anillos de oro que él mismo había forjado y que constituían su regalo de boda. En cada uno de ellos había tallado un lema diferente que solo cobraba significado al unirlos. En el mío se leía TRANSIT HORA; en el de Beatriz, MANENT OPERA. Era un viejo motivo de los relojes de sol que él, por supuesto, conocía a la perfección: «La hora pasa, las obras perduran».

No podía haber escogido otro mejor.

Tras el intercambio de anillos, rezamos todos juntos un padrenuestro y el padre Genaro nos dio la bendición. Llegó entonces el momento de los abrazos y las felicitaciones. Era tal la emoción que nos embargaba a todos que no nos dimos cuenta de que el cielo se encapotaba. Tuvo que ser Josepe quien nos avisara:

—¡Hay que ponerse a cubierto!

No bien lo había dicho cuando empezó a llover a jarros, como solo recordaba haber visto en el Darién muchos años atrás. Beatriz y Josepe empujaron la silla de Rafael para ponerlo a cubierto bajo los arcos de piedra que sostenían la rampa de acceso al palacete. Quijada asistió al padre Genaro y, antes de que se lo ofreciese, don Carlos se agarró a mi brazo para que le ayudase a llegar a cubierto. Caminábamos despacio mientras la lluvia nos calaba, aunque al emperador parecía no importarle.

—Esto es también un regalo, ¿no crees? —me preguntó.

—Hoy todo es un regalo, hasta la lluvia.

—Todavía te falta el mío…

—Señor, por favor, no es necesario que me hagáis ningún presente. Haber celebrado aquí mi boda es mucho más de lo que nunca hubiese imaginado.

—Aun así, hay algo que quiero regalarte.

Llegamos bajo los arcos, donde todos los demás nos esperaban. Quijada se preocupó por la mojadura del emperador y ordenó a Josepe que fuese a por unos paños para secarlo. Don Carlos lo retuvo.

—No necesito paños, es solo un poco de agua. Y, además, quiero que Josepe me sirva en otra cosa.

—Como ordenéis, majestad —dijo él.

—Ve a mi salón y trae el libro que se encuentra sobre el escritorio, uno encuadernado en cuero rojo.

Josepe salió corriendo a cumplir el encargo mientras los demás esperábamos viendo la lluvia salpicar sobre el estanque. Al poco regresó con lo que el emperador le había pedido y lo depositó en sus manos.

—Majestad…

Don Carlos me lo ofreció.

—Aquí tienes, Martín. Ahora tendrás la oportunidad de conocer lo que los cronistas narraron sobre vuestras vivencias en las Indias. Tú me has regalado un relato en primera persona del descubrimiento del mar del Sur; y yo, que nunca estuve allí, te ofrezco este libro como premio a tus desvelos.

Tomé el libro en mis manos y vi que se trataba de la *Historia General y Natural de las Indias, Islas y Tierra-Firme del Mar Océano* escrita por el cronista Gonzalo Fernández de Oviedo y Valdés y editada en 1535. Acaricié la cubierta de cuero, deteniéndome en las letras grabadas en oro. Era un regalo maravilloso.

—Señor, yo...

—Mira —me interrumpió él—; hay una página señalada.

Observé el canto y descubrí que, efectivamente, había un marcapáginas con el sello del emperador en el que se le representaba sentado en su trono, bajo dosel, con la espada en la mano derecha y la bola del mundo en la izquierda. Abrí el libro por esa página: era el pasaje en que el cronista describía el momento en que Balboa descubrió el mar del Sur, arrodillado y solo en un primer momento y acompañado por todos los demás poco después. Ante la mirada del emperador seguí leyendo hasta donde decía: «Los cavalleros é hidalgos y hombres de bien que se hallaron en el descubrimiento de la mar del Sur, con el magnífico y muy noble señor el capitan Vasco Nuñez de Balboa, gobernador por Sus Alteças en la Tierra-Firme, son los siguientes...». Y a continuación, en efecto, aparecía el nombre de los que allí estuvimos: Andrés de Valderrábano, Francisco Pizarro, Mateo, Hernando, Pascual y así hasta sesenta y siete, incluido yo mismo.

—«Martín» —leyó el emperador, poniendo su dedo sobre mi nombre.

Pasé también mi dedo sobre el nombre y me estremecí. De pronto me pareció que todo lo que había estado contando al emperador no eran solo recuerdos pasados que pudiesen ser borrados por el viento, sino que al estar fijados en el papel eran tan reales como el propio libro, como aquel palacio o como las personas que me acompañaban.

—Este, señor, es el mejor presente que nadie me podría haber hecho. Siempre estaré en deuda con vos.

Él negó con la cabeza.

—Quien regala sus secretos, regala su vida; y tú has sido muy generoso y caritativo. Mi pasado es una cárcel, pero estas tardes que hemos compartido me han hecho libre. Por eso soy yo el que está en deuda contigo. Aun así, y abusando de tu generosidad, he de pedirte algo más.

—Por supuesto, señor, si está en mi mano...

—Hoy empiezas una nueva vida, Martín, y por nada del mundo querría privarte de disfrutar de tu nueva familia, como bien mereces. Lo que te ruego es que no me abandones para siempre, que me visites y que sigas contándome tus historias. Si no podemos reunirnos cada tarde, lo haremos cada semana o cuando sea posible, pero quiero que sigas cerca de mí.

Lo que me pedía no era una carga, sino un regalo. Miré a Beatriz y vi que ella asentía; también lo hacían Josepe y Quijada e incluso Juanelo Turriano. Así que me volví hacia el emperador y le dije:

—No estaré lejos, señor. Y os doy mi palabra de que os visitaré tanto como me sea posible.

Don Carlos sonrió y abrió los brazos.

—Y yo, Martín, aunque siga sin comprender tus reservas, te prometo que nunca más te daré a probar la cerveza de Flandes.

Reímos juntos y, de aquella manera, lo que podría haber constituido una triste despedida se convirtió en realidad en un esperanzador «hasta pronto». Por voluntad del emperador, y por mi deseo también, nuestras vidas seguirían ligadas un poco más. Lo curioso es que pensaba que en aquella relación mi papel seguiría siendo el de revelar episodios de mi vida y compartirlos con el emperador, como hasta el momento; pero lo que no me esperaba era que en los siguientes meses fuese a convertirme en el guardián de las confidencias más ocultas de don Carlos, aquellas que solo sus más cercanos conocían y que él se empeñaba en mantener silenciadas… quizá con buen criterio.

Yo me estaba liberando de mis secretos; ahora le tocaría a él hacer lo mismo con los suyos.

LIBRO TERCERO

LA IRA DE DIOS

1

Un esperanzador despertar

Llevaba tanto tiempo sin compartir mi lecho con una mujer que ya apenas recordaba la dulzura de dormir piel con piel, percibiendo el calor de un cuerpo junto al tuyo y esa infinita sensación de paz y tranquilidad que experimenta el que se sabe acompañado. Cuando abrí los ojos y vi el rostro de Beatriz, me sentí dichoso como únicamente un enamorado lo puede estar. Saqué la mano de debajo de las mantas y acaricié su mejilla con delicadeza. Ella inspiró profundamente, pero no se despertó. Retiré la mano, pues hubiese sido un delito perturbar una placidez tan profunda.

Yo, sin embargo, me levanté. Se estaba a gusto entre las sábanas, pero había mucho que hacer y a mí me gustaba aprovechar las mañanas. Hacía más de un mes que me había mudado a vivir a Cuacos y todavía estaba reparando la casa de mi mujer. No había sido fácil. Las vigas estaban tan viejas y estropeadas que tuve que sustituir varias de ellas y retejar por completo. Por otra parte, era una casa muy pequeña y terriblemente oscura, de suerte que ni al mediodía se podía decir que tuviese luz. Por ello, aprovechando la venta de mi casa de Toledo, empleé el dinero obtenido en comprar la casa aledaña, tirar la medianera que las separaba y unirlas en una sola construcción.

Una vez agrupadas, mi objetivo era reparar los muros, levantar el suelo de piedra y cubrirlo de losas, y hacer una estancia para guardar la leña y los cacharros de la cocina. Sabía que la tarea sería larga y eso me gustaba —pues siempre me he sentido bien teniendo cosas que hacer—, pero al mismo tiempo no dejaba de pensar que había prometido al emperador que reanudaría mis visitas una vez asentado en Cuacos. En todo caso, no sabía bien cómo actuar. Dudaba entre dar yo el primer paso o esperar a que fuese el emperador quien me llamase. Y si dudaba era porque no quería parecer ni precipitado ni holgazán.

Beatriz se levantó por fin y se acercó a mí. Debió de intuir mi zozobra, pues inmediatamente me preguntó:

—¿Qué te ocurre? Te veo inquieto.

Dejé el martillo con el que estaba claveteando unas tablas y tomé su mano.

—Hace ya más de un mes que estoy aquí y cada día que transcurre me pesa más no acudir a ver al emperador. Él me dijo que no me apurase y que lo primero era comenzar mi nueva vida en familia, pero me entristece pensar que estoy faltando a mi palabra. Aunque, por otra parte, quizá mis pensamientos estén movidos solo por la vanidad y apresurándome estaría dándome más importancia de la que realmente me corresponde...

Beatriz sonrió.

—¿Quieres que te cuente una historia? Mi madre me la contó a mí cuando yo era pequeña, y a ella sabe Dios quién se la contó.

Asentí y me dispuse a escuchar.

—Dicen que una vez, en una catedral, se produjo una discusión entre los canónigos y los frailes. Los primeros sostenían que, ya que ellos eran la cabeza de la Iglesia, debían ser los que tocasen la campana antes que nadie. Por su parte, los frailes afirmaban que aquel privilegio les correspondía a ellos, pues siendo monjes tenían que estudiar de continuo y no podían perder ni una hora del día esperando a que otros tocasen las horas. Visto que no conseguían ponerse de acuerdo, empezaron un pleito interminable asistidos por juristas de prestigio que, ante la dificultad del tema en cuestión, elevaron el asunto a

Roma. El papa, al recibir los pliegos del pleito, le encargó el caso a un cardenal, el cual quedó espantado al ver el volumen de las pruebas presentadas. Entonces, sin más historias, llamó a ambas partes y, cuando se personaron, ordenó quemar todos los papeles en su presencia. Uno de los pleiteantes, asombrado con aquella reacción, le preguntó cuál era la sentencia. El cardenal respondió: «Este pleito ha durado demasiado, ha consumido mucho dinero y os habéis hecho mucho daño por su culpa; no quiero que dure ni un instante más: a partir de ahora, el que primero se despierte que taña la campana».

Sonreí con aquella parábola y agradecí a mi mujer que me la hubiese relatado.

—De modo que...

—De modo que no esperes más. Si tu deseo es ver al emperador, no lo demores innecesariamente; si él considera que no es el momento adecuado te lo hará saber.

Reconocí que tenía razón y terminé el trabajo en el que estaba ocupado para ponerme en marcha hacia Yuste. El verano estaba dando ya sus últimos coletazos y algunos de los árboles que bordeaban el camino empezaban a mostrar los cálidos colores del otoño. Era un espectáculo magnífico y reconfortaba mi alma; sin embargo, según avanzaba no podía dejar de pensar en don Carlos. ¿Cómo se encontraría? Sabía que su salud era muy débil y temía que en el tiempo que llevábamos sin vernos hubiese empeorado. Si era así, quizá Luis de Quijada prefiriese suspender las audiencias; o quizá lo hiciera alguno de sus médicos.

Traté de borrar aquellos nubarrones de mi mente y continué mi paso hasta llegar a las inmediaciones del monasterio. Penetré en el recinto y lo primero que vi fue a unos monjes paseando alrededor del estanque de Juanelo Turriano. El calor del verano había hecho que, a pesar del sistema de canalillos y fuentes, las aguas se tornasen verdes y la vegetación creciese por doquier. También aprecié que había muchos mosquitos y que el estanque hedía a agua estancada. En esas estaba cuando escuché a alguien que me llamaba a voz en grito desde el palacete.

—¡Señor Martín!

Me giré para descubrir a Josepe y el corazón se me llenó de gozo.

—¡Josepe!, ¡eres tú!

Vino corriendo y se abrazó a mí mientras reía a gusto.

—Os echaba de menos, señor.

—¿En serio? ¿Con todo lo que te hice sufrir?

Pero él le quitó importancia.

—Aquello es ya agua pasada; como vos dijisteis: «De los peores infortunios nacen los mayores estragos».

No era precisamente así, pero lo dejé pasar.

—Eso es verdad. Dime: ¿cómo estás?

—Muy bien, señor. Aquí todo sigue igual.

—¿Todo?

Agachó la cabeza y advertí su tribulación. El corazón me dio un vuelco.

—Dime, Josepe, y no me mientas: ¿cómo está el emperador?

—Los calores del verano no han sido fáciles de sobrellevar. Bien sabéis que a don Carlos le gusta abrigarse, pero los días de la canícula le hicieron mella. Hubo jornadas que sufrió grandes sofocos y ni los médicos consiguieron aliviarlo. Y la inflamación de su pie no ha hecho sino empeorar… Tiene las articulaciones cada vez más rígidas y le cuesta mucho caminar, por lo que apenas lo hace ya. Está muy quejoso y a ratos también irritado.

Aquellas nuevas me entristecieron. Sabía que su enfermedad no iba a remitir, pero esperaba que, al menos, no hubiese empeorado.

—Cuánto lo siento —dije—. Quiera Dios que pueda mejorar un tanto ahora que los calores se van mitigando.

—Creo que no será el fresco lo que lo anime, sino otra cosa. O mucho me equivoco o está deseando veros.

—¿Hablas en serio?

—Sí, señor.

Me giré y contemplé el palacete. Se veía el gran ventanal de la sala del emperador. Por mucho que me fijé no pude verlo junto al cristal como era su costumbre.

—Debéis hablar de inmediato con el mayordomo.

Seguí el consejo de Josepe y me allegué a la cámara de Luis de Quijada. Piqué a la puerta y me invitó a entrar. Al verme aparecer se puso en pie. Su rostro era serio, pero como aquel semblante era habitual en él, no le di mayor importancia.

—¡Qué cosas tiene el destino! No te lo vas a creer, pero esta misma mañana estaba pensando en ti —me dijo, y el rictus de su rostro se suavizó.

—¡Vaya! Pues habrá sido entonces la intervención divina la que me ha hecho venir, pues ni yo mismo lo tenía previsto hasta hace unas horas. De hecho, no sabía muy bien si era preferible venir ya, esperar un tanto o haber venido antes... Josepe me ha dicho que el emperador ha sufrido mucho en estas semanas que he estado fuera.

Quijada se sentó de nuevo y me invitó también a ocupar una silla.

—Uno puede plantar un retoño y que este se convierta en un árbol fuerte y frondoso... o que se marchite antes de arraigar, pero lo que no podemos esperar es que un árbol viejo y caduco recobre la vitalidad. Nos hacemos mayores: tú, yo, el emperador... Quizá tengamos todavía algunos años por delante, pero es evidente que dentro de veinte años no nos encontraremos aquí y que nunca estaremos mejor de lo que estamos ahora. Y cuando no queda mejorar, hay que conformarse al menos con no empeorar demasiado. Ese es nuestro empeño con don Carlos, aunque no es fácil conseguirlo.

—¿Y creéis que él querrá verme de nuevo? Quizá mis historias le fatiguen si se siente tan débil.

—No lo creo. Te seré sincero: no te ha mencionado en estas semanas, mas me supongo que no ha sido porque te echara en olvido, sino por no importunarte. Lo conozco bien y creo que le haría mucho bien que acudieras a verlo. ¿Estás dispuesto a reanudar las audiencias?

—Sí, por supuesto. Serviré a mi señor con la mejor disposición.

—En ese caso, déjame que lo hable con él y concertaremos la reunión cuanto antes. Puedes esperar en el patio si te place. El día es muy agradable.

Dejé la estancia y salí al patio del monasterio. Era ya cerca del mediodía e intuí que los monjes en breve se reunirían para el almuerzo. Mientras los miraba caminar de un lado a otro, uno de ellos se me acercó y reconocí a fray Gabriel.

—Martín, ¡qué grata sorpresa verte aquí de nuevo!

—Igualmente, padre —dije inclinando la cabeza—. Prometí regresar a Yuste para servir al emperador y no quería faltar a mi palabra.

—Eso está bien. ¿Verás hoy mismo a don Carlos?

—El caso es que no lo sé aún. El mayordomo me lo dirá en cuanto lo sepa.

—En ese caso debes acompañarnos al comedor. Ya es mediodía y nos espera el almuerzo.

Yo recordé la triste comida que me ofrecieron el día que llegué a Yuste y la comparé con el hígado encebollado que Josepe solía servirme, pero no quise ser descortés y acepté el ofrecimiento.

—Os acompañaré con mucho gusto.

Caminamos hasta el refectorio y dimos cuenta, otra vez, de una sopa sin sabor y un pan moreno acompañado de queso fresco de cabra. El silencio de los comensales solo se vio interrumpido por el recitar de unos salmos en latín por parte de uno de los monjes. Su voz era tan monótona que a punto estuve de caer dormido allí mismo. Por suerte trajeron el dulce de yema tan famoso del monasterio y reviví a tiempo.

Tras la frugal comida volví a salir al patio y paseé alrededor del estanque. Soplaba algo de viento y el agua se encrespaba formando pequeñas olas sobre la superficie. De pronto vino a mi mente el viaje a La Española después de haber salido atropelladamente de Santa María de la Antigua, dejando todo atrás y escapando de un secreto que hubiese podido conducirme a la horca o que hubiese causado la desgracia de mi amada Luaía. Revivir aquellos días me hizo sentir un vacío inmenso, pues mientras navegaba de vuelta a Santo Domingo, solo podía pensar en que lo único que me esperaba era empezar de nuevo completamente solo y con el corazón roto. Luego resultó que no fue del todo así, pero en aquel momento yo no podía saberlo.

Una hoja amarillenta, desprendida de uno de los robles del jardín, pasó ante mis ojos y me devolvió a la realidad. En ese instante escuché unos pasos y vi acercarse al mayordomo.

—¡Qué cabeza! No me acordé de haberte invitado a comer —dijo disculpándose.

—No hizo falta. El padre Gabriel me invitó al refectorio y he disfrutado de una reconfortante comida.

Quijada sonrió con sorna.

—Ya sé lo que quieres decir con «reconfortante», pero es mejor que haya sido así, pues el emperador te espera y no quiero que tus sentidos estén embotados por una comilona.

Sentí mi alma alborozada y me puse inmediatamente de camino al palacete, a buen ritmo, de suerte que al mayordomo le costaba seguirme. Ascendimos por la rampa lateral y me allegué a la sala del emperador. La puerta estaba entreabierta y Quijada la empujó ligeramente para luego darme paso. Junto a la ventana descubrí a don Carlos, en su silla, con los ojos cerrados y el rostro bañado por el sol vespertino. Al oírme entrar abrió los párpados y me sonrió, mientras hacía un gesto con su torpe mano.

—Como ves, tu silla sigue en el mismo lugar, igual que yo sigo en el mío. Muchas veces me he preguntado por qué algunas cosas permanecen inmutables mientras otras se dirigen sin remedio a su fin. ¿Qué sentido oculto hay detrás de que las piedras de las obras romanas duren por siglos y que una flor se aje en apenas unos días?

Avancé despacio y me senté en mi asiento, mientras Quijada cerraba la puerta y nos dejaba a solas.

—Supongo que Dios, en su suprema inteligencia, decide lo que han de durar las cosas y que todo tenga un sentido. Quizá envejecer y saber que hay un punto final en nuestro camino nos hace más conscientes de la suerte que tenemos de estar vivos y de lo mucho que hemos de agradecer por poder ver otra puesta de sol u otro amanecer.

—¡Cuánta razón! Yo me quejo de arrastrar un cuerpo decrépito y dolorido, pero supongo que haría lo mismo si fuese una piedra en la base de un acueducto y hubiera de soportar el peso de mis compañeras por toda la eternidad...

Sonreí ante aquella analogía. El emperador también lo hizo y me relajé un poco. Me dolía verlo así, pero no sabía cómo hacer para aliviar su sufrimiento.

—En todo caso —continuó—, estoy volviendo a hacer lo que no debo: hablar solo de mí y únicamente para lamentarme. No hay nada tan insufrible como un enfermo que habla sin parar de sus dolencias y se las explica a los demás con minuciosidad de detalles, poniendo a prueba su paciencia... Háblame de ti, Martín. Hace ya más de un mes que contrajiste santo matrimonio. Dime: ¿cómo han transcurrido tus días?

Inspiré profundamente, tratando de sacar de mi pecho las palabras que expresaban mi sentir, pues sabía que él apreciaba la sinceridad.

—Señor, cada día que me acuesto es un disfrute: la imagen de Beatriz es la última que tengo antes de dormir; y cuando me despierto, es la primera que se me presenta. Estar con ella es un regalo, un don de Dios. Es como encontrar un arroyo fresco después de una caminata o recibir una suave brisa en un día abrasador. En mi vida he tenido momentos de compañía y momentos de soledad; estos últimos han sido muchos más de los que hubiera deseado. Ahora, por fin, cuando entro en mi vivienda de Cuacos, me siento de nuevo no en una casa, sino en un hogar.

—¡Qué hermosas palabras! Eso es, o debería ser, el matrimonio: el fuego de una hoguera, no el grillete de una cadena. El que logra algo así, aunque no logre mucho más en su vida, ya puede sentirse satisfecho. Hay quienes piensan que el amor no existe, que es solo una ilusión. Y, siguiendo dicha filosofía, afirman que el único goce posible es el carnal, pero se equivocan: el que solo busca el placer, se levanta de la cama más triste que como se acostó. Al amor hay que entregarse por completo, despojándose de toda atadura y desnudando el alma hasta sentirnos por completo desvalidos. Solo entonces el amor nos recompensa como el mayor de los dones posibles.

Hizo una pausa y se quedó mirando al infinito, como trayendo a su mente momentos vividos mucho tiempo atrás.

—Permíteme que te cuente algo, Martín. Como bien sabrás, en la realeza es poco acostumbrado que los contrayentes en el matrimonio lo hagan por propia voluntad. Siempre fue así y siempre será; y, de hecho, es natural que así sea, pues los que se casan no se representan solo a ellos, sino a sus familias y a sus reinos. Esa fue una lección que me enseñaron pronto y que, muy a mi pesar, hube de emplear en más ocasiones de las que hubiera querido, con graves consecuencias a veces y causando un gran dolor a personas a las que quería. Sin embargo, paradojas del destino, cuando me tocó aplicarme esa misma medicina, el resultado fue dichoso y encontré en el matrimonio no una cárcel, sino un fresco jardín. Para un rey son siempre muchas las opciones de enlace: con la hija de un monarca al que estimas y quieres complacer; con la hija de un rey al que odias y esperas aplacar; o con la hija de un rico banquero que solucionará tus problemas financieros por un tiempo... o quizá para siempre. En mi caso, además, yo no era solo un rey, sino que tenía la responsabilidad de alcanzar el trono imperial. La primera intención de mi consejero Chièvres fue que me casase con María Tudor, la hija de Enrique de Inglaterra; pero María era muy pequeña entonces, como bien muestra que sea ahora la esposa de mi hijo. Y en el rey Enrique no veía yo un aliado, sino un hombre voluble y tornadizo que podría traerme más pesares que recompensas. Por eso, finalmente, decidí contraer matrimonio con mi prima Isabel.

Al decir esto, el emperador se giró con dificultad y me señaló con la mano un magnífico retrato de Isabel de Portugal. Lucía un hermosísimo vestido granate y dorado con adornos de brocados y pedrería, que hacían juego con un collar de perlas y un broche de oro y gemas. El gesto era serio y la mirada, lánguida. A pesar de la belleza del retrato, yo no podía dejar de pensar que, tras veinte años muerta, el rostro de la emperatriz aún parecía teñido por un velo de tristeza.

—Hay quien afirma —continuó don Carlos— que los matrimonios pueden nacer sin amor y que luego este germina como una flor, gracias a la convivencia. A nosotros no nos hizo falta. Nos amamos con pasión desde el mismo día de las nupcias, que celebramos en los alcázares de Sevilla, una mañana de marzo radiante como no recuerdo otra en mi vida. Nos sentíamos tan unidos, tan atraídos el uno por el otro, que cada hora juntos era un regalo maravilloso. Yo ya conocía bien los placeres del cuerpo, como comprenderás, pero con Isabel me sentía de nuevo limpio y virginal. Su risa no era risa, sino canto; y sus ojos no eran ojos, sino dos antorchas. He experimentado muchas cosas magníficas en mi vida, la mayor parte de ellas por mi dignidad de emperador; pero, si me dieran a elegir, entre todas ellas me quedaría con aquellos primeros días en Sevilla, cuando éramos solos ella y yo, y el mundo era nuestro palacio particular.

Don Carlos hablaba con tal autoridad, con tal dominio de las palabras, que me avergonzaba abrir la boca y estropear su discurso. Por fortuna fue él quien continuó.

—Tras la pasión vino el cariño, la confianza, el afecto sincero… también la amistad. No había nada que le ocultase y me fiaba más de su criterio que del mío propio. Era tal nuestro apego que, incluso cuando nos tocó estar separados, nos sentíamos firmemente unidos, igual que las cuerdas de la guitarra están distantes pero son capaces de sonar al unísono. En los trece años que duró nuestro matrimonio, ni un solo día le fui infiel, ni uno. Mi medida estaba tan llena que haber cortejado a otra mujer no hubiese aumentado ni un ápice mi felicidad, sino que la habría malgastado imprudentemente. Isabel me dio amor, me colmó de alegría, me regaló hijos… y al final de su vida me dijo adiós desde su lecho, con nuestro último hijo en su vientre. Se apagó como una vela: poco a poco, resistiéndose a desaparecer, hasta que un postrero soplido la consumió. Cuando dejó de respirar, teníamos los dedos entrelazados y te juro que pude sentir cómo el alma se le escapaba entre los poros de la piel y se elevaba hacia el cielo. Aun sabiendo que se encaminaba a Dios, el dolor fue insoportable; sentí que me quebraba. Solo el apoyo de Francisco de Borja, al que tuviste ocasión de conocer, me hizo mantenerme en pie en aquellas tristes circunstancias.

Yo, efectivamente, había conocido al padre Francisco y había sido testigo de su autoridad y su templanza. Además, el propio Luis de Quijada me había hablado del fallecimiento de la reina y del dolor sufrido por el emperador. Pero escucharlo de boca del mayordomo, por mucho respeto que le tuviera, no tenía nada que ver con oírlo de los labios de don Carlos.

—Puedo entender vuestro pesar, señor, pues yo mismo sufrí pérdidas en mi vida y conozco la sensación de vacío que se siente al arrancarse del corazón a un ser querido. Aunque sirva de poco, sabed que os acompaño en ese dolor, pues vuestras palabras demuestran que aún sigue vivo.

—Seguirá así hasta que muera y me reencuentre con ella. Y, si Dios así lo quiere, no tardará mucho en llegar ese dichoso momento.

—En eso es en lo único que no os doy la razón, pues espero que todavía estéis muchos años con nosotros.

Don Carlos sonrió y el nubarrón desapareció de su mirada.

—En todo caso, no estábamos hablando de mí, sino de ti; y deberíamos reír, no llorar, pues estamos celebrando tu reciente enlace. Cuéntame: ¿estuviste casado con anterioridad?

—No, señor; al menos, no como corresponde a un cristiano, como seguramente tendré ocasión de contaros. Sin embargo, por extraño que parezca, mi primera experiencia con el matrimonio fue, precisamente, huir de él.

El emperador rio a gusto.

—Tus historias no dejan de sorprenderme. ¿Cómo pudo ser tu primera experiencia matrimonial huir del matrimonio?

¿Tuvo que ver con tu salida de Santa María de la Antigua? No creas que me he olvidado, más bien estoy impaciente por saber lo que te ocurrió. Cuéntamelo.

Me acomodé en la silla y respiré hondo.

—Por de pronto, en mi huida de Santa María solo quería alejarme del peligro que me acechaba, sin expectativa alguna de lo que sería de mí. Arribamos a Santo Domingo sin mayores contratiempos y la primera noche dormí en el mismo puerto, acurrucado junto a una pared. Lloré hasta que vacié mi pena y me sacié, pues, al contrario de lo que algunos piensan, el llanto no es un castigo, sino un regalo de Dios para limpiar el alma y comenzar de nuevo cuando todo parece perdido. A la mañana siguiente, nada más salir el sol, me puse en pie y caminé por las calles de la villa. Habían pasado cuatro años desde mi anterior estancia y el cambio era evidente. Había muchas más casas y, sobre todo, muchas más construidas en piedra. El puerto también había crecido y se notaba la actividad comercial y el continuo trasiego de personas y mercancías. Y lo que me llamó también la atención fue la cantidad de negros que pululaban por la población; la primera vez que estuve allí eran solo unos pocos, pero de pronto se los veía por todas partes.

»Por no tener qué hacer, recorrí las calles durante un rato hasta que terminé por salir de la villa y adentrarme en los campos circundantes. Frente a la vegetación salvaje que rodeaba Santa María de la Antigua, en Santo Domingo los españoles estábamos empezando a domesticar el territorio, si bien a costa de un esfuerzo ímprobo. Había muchos terrenos rozados y por todas partes se veían plantaciones de maíz y otros cereales, árboles frutales y cañas. Los caminos entre las parcelas eran de barro muy rojo, casi carmín, y en conjunto con la vegetación y el cielo azul formaban un arcoíris esplendoroso.

»En esas contemplaciones estaba cuando escuché un sonido sordo y repetitivo, como el de un tablón de madera golpeando sobre el suelo. Me dirigí hacia el lugar del que provenía y vi que un caballo se acercaba en estampida. Llevaba unas anteojeras que le impedían ver de lado y parecía encabritado. Era alto y de patas muy fuertes, aunque su aspecto era lamentable: estaba muy sucio y tenía heridas por el costado y la grupa. Si hubiese actuado con cordura, tendría que haberme apartado y dejarlo pasar sin más; pero como todo en mi vida ha sido un cúmulo de irreflexiones, me interpuse en su camino y traté de calmarlo. En mi infancia había sido hábil conduciendo a las ovejas, los cerdos y las cabras, y pensé que sosegar un caballo no sería muy diferente. Por supuesto, me equivoqué. El animal estaba desbocado y no hacía caso a nada. Levantaba las patas delanteras y relinchaba sin parar al tiempo que sacudía la cabeza, como si quisiera quitarse la cabezada de cuero.

»En un momento su cólera fue tal que, presa del pánico, tuve intención de apartarme, pero me mantuve en el sitio y el caballo finalmente reculó. Comenzó a dar vueltas sobre sí mismo y seguía relinchando, aunque algo más calmado. Me acerqué muy despacio, con una mano delante y susurrando. Agachaba la cabeza para no mirarme, pero yo no lo dejaba y buscaba sus ojos entre los continuos cabezazos. Me decidí a tocarlo y puse la mano en su testuz. Se sacudió con rabia, pero no retrocedió, lo cual aproveché para repetir mi movimiento, ya con más autoridad. El animal escarbó un poco con las patas, pero terminó por agachar la cabeza y dejarse acariciar. Me arrimé a su oreja y lo calmé con palabras suaves, sin dejar de atusarle el pelaje. Entonces, cuando ya lo tenía completamente dominado, escuché un silbido rompiendo el aire y un lazo lo agarró por el cuello, de suerte que a punto estuvo también de atrapar mi mano.

»—¡Aparta! —Escuché decir a un hombre que acudía a caballo y sostenía la cuerda—. Ese animal está poseído por el demonio.

»El caballo, al verse preso, se encabritó de nuevo y luchó denodadamente, pero entre aquel hombre y otros dos que le ayudaban a pie le echaron otro lazo por el cuello y terminó por rendirse. El caballero le cedió la cuerda a uno de sus compañeros y se acercó a mí.

»—¿Estabas tratando de robarlo?

»La pregunta me sorprendió tanto que apenas pude reaccionar.

»—¿Robarlo?, ¿yo? Po... por supuesto que no... ¿Para qué iba a querer yo un caballo?

»Me miró anonadado.

»—¿Qué clase de pregunta es esa? ¿Quién no quiere un caballo?

»—Alguien que no tiene casa, ni propiedad, ni lugar al que dirigirse. Tener un caballo sería para mí tan absurdo como tener un elefante.

»Al hombre le hizo gracia el comentario, menos mal, porque se relajó y dejó de mirarme con ojos acusadores.

»—Si no querías robarlo, ¿para qué demonios te pusiste delante? Podría haberte matado.

»—No sé por qué lo hice; supongo que sentí lástima por él o por el amo que lo había perdido.

»Mientras decía aquellas palabras, el animal trató de zafarse de los lazos y los dos que lo sostenían sacaron sendos látigos y comenzaron a fustigarlo con saña hasta que se detuvo. Entonces comprendí de dónde provenían todas esas heridas.

»—Es un pobre animal... —dije, con compasión.

»—Es una bestia —me corrigió el mayoral— y como tal debe ser tratado. Sentir lástima por los animales es de necios o de iluminados. ¿Qué eres tú?

»—Es difícil decirlo, pero entre las dos opciones me quedo más con la primera.

»Volvió a reír y se acercó con su cabalgadura.

»—Mi nombre es Guzmán y soy el mayoral del señor Pedro.

»Yo me encogí de hombros.

»—¿No lo conoces?

»—No conozco a nadie aquí. Acabo de llegar de Tierra Firme, de Castilla del Oro.

»Él me miró con interés.

»—¿Fuiste en la expedición de Ojeda?

»—Así es.

»—En ese caso es probable que el señor Pedro no te sea tan desconocido: es el hijo de Juan de la Cosa.

»Me sentí completamente alborozado.

»—¿El señor Pedro es Pedro? Quiero decir... ¿es él de verdad? ¡No puedo creerlo!

»—De modo que lo conoces.

»—¡Cómo no habría de conocerlo! Gracias a mí, su padre lo castigó a fregar la cubierta del barco hasta que se le levantó la piel de las manos.

»Él se llevó la mano a la cara.

»—Cada vez estoy más convencido de que, en efecto, eres un necio...

»Yo traté de arreglar el embrollo.

»—No quería decirlo así..., en aquel entonces don Pedro era un malcriado... y su padre lo recondujo empleándome a mí..., es... es... difícil de contar. Pero no importa. ¿Puedes conducirme ante él? Nada me gustaría más que volver a verlo.

»El mayoral dudó, no era de extrañar ante mis divagaciones, mas finalmente se avino a complacerme.

»—Está bien. Acompáñame y te llevaré ante él. Al fin y al cabo has evitado que el señor perdiera un caballo y eso supongo que lo valorará, por mucho que tu cabeza esté perdida.

»No quise añadir nada más, por miedo a empeorarlo, y le seguí con la sonrisa en la boca; mientras, los dos obreros conducían al caballo de vuelta a la propiedad. Estaba tan herido que ya ni se resistía. El sendero serpenteaba entre inmensos campos de caña y, según avanzábamos, iba viendo a trabajadores negros encorvados y con la espalda abrasada por el sol mientras cortaban los troncos con machetes y los agrupaban en haces para su transporte. Uno de ellos, al verme pasar, me miró fijamente y pude leer en sus ojos el dolor y la desesperación. El mayoral debió de darse cuenta y trató de borrar de mi mente cualquier atisbo de conmiseración.

»—Son peor aún que los caballos; te aseguro que a uno de esos no podrías haberlo detenido ni con palabras ni a latigazos.

»En ese momento reparé en que por todos los campos había operarios vigilando que ninguno de los trabajadores negros pudiera escaparse. Pensaba preguntarle al mayoral por qué los consideraba tan peligrosos, pero finalmente llegamos ante una cerca de piedra y me dijo:

»—Esta es la entrada a la casa del señor Pedro de la Cosa y de su mujer, la señora Elvira de Córdova y Alcázar. Sígueme y te llevaré a su encuentro.

»Guzmán descabalgó y caminamos hacia una gran vivienda de piedra con las paredes enjalbegadas. Estaba construida al estilo andaluz, salvo porque en algunos lugares en vez de tejas tenía techos de palma. Había ajetreo de sirvientes de un lugar para otro y todo el mundo parecía muy atareado.

»—¿Están todos al servicio del señor Pedro? —pregunté.

»—Así es. A su servicio y disposición.

»No se detuvo a dar más explicaciones y me llevó a la parte trasera de la vivienda, un patio con frutales que daba al poniente y que en aquel momento estaba todavía en sombra. Sentí el frescor y respiré con alivio, pues hacía un calor y una humedad insoportables. Estaba ansioso por ver de nuevo a Pedro de la Cosa. La última vez nos despedimos en aquella misma ciudad, donde él había de quedar con su madre y sus dos hermanas. A pesar de nuestro accidentado comienzo, al final habíamos logrado ser amigos y yo sentía que él me tenía aprecio. ¿Se acordaría de mí? ¿Habría cambiado en aquel tiempo?

»Mientras me secaba el sudor de la frente, el mayoral se hizo a un lado y vi a un hombre sentado en una silla de palma. Era muy grueso y su piel brillaba por el sudor. Mi primera idea, quién sabe por qué, fue que sería el suegro de don Pedro o algún otro familiar, pero cuando levantó la vista, vi que era él mismo. Me acerqué despacio e incliné la cabeza con respeto.

»—Don Pedro, yo...

»Levantó la mano para detenerme y me observó despacio.

»—Virgen santísima... —exclamó—, que me lleve el diablo si no eres Martín...

»Sonreí y levanté la vista. Aquello no era sino un burdo retrato del Pedro al que yo había conocido. Tenía aproximadamente mi edad, unos veinte años, pero parecía que pasase de los cincuenta. Los ojos apenas se le veían entre los párpados hinchados; la piel le colgaba lacia, enrojecida y llena de pústulas en los brazos y las piernas; y el pelo se le había caído en la mayor parte de la cabeza y le quedaban solo cuatro cabellos grasientos y alborotados. Llevaba la camisa abierta hasta el ombligo y estaba descalzo; me fijé con horror en sus pies terriblemente hinchados.

»—¿Te cuesta reconocerme? —dijo con dificultad—. A mí también me resulta difícil. Reconocerte a ti, en cambio, ha sido muy sencillo. Por ti han pasado cuatro años; por mí, varios siglos.

»Fui a acercarme, pero él me mantuvo a distancia.

»—No me toques; no debes hacerlo ni aunque me veas tirado en el suelo, lo cual es improbable porque apenas me levanto de esta silla.

»—¿Qué es lo que tenéis?

»Cerró los ojos y se encogió de hombros.

»—¡Qué sé yo! Los indios mueren de las enfermedades españolas y los españoles morimos de las enfermedades indias. No puedes imaginar lo que hemos visto aquí. Cuando llegué, los indios proliferaban y poblaban los campos y las aldeas. Hoy apenas quedan unos cuantos y ni por asomo quieren que nos acerquemos a ellos. Dicen, y en eso llevan razón, que cuando vamos a transmitirles la palabra de Dios, al cabo de una semana están todos enfermos y mueren sin remisión. Y que si ese es el Dios que les llevamos, prefieren seguir con los suyos, que quizá sean menos poderosos, pero son al menos más benévolos.

»Aquellas palabras me apenaron profundamente.

»—Qué gran desgracia…

»—Así es. Su endeblez nos ha obligado a traer negros de Guinea, lo cual sale mucho más caro; además, su carácter no es sumiso como el de los taínos, sino irascible y libertino. Hay que emplearse a fondo para someterlos y yo ya estoy cansado de sostener el látigo…

»Aquella frívola reflexión me indignó, pues no podía reconocer en nada de lo que veía al Pedro de la travesía de cuatro años atrás.

»—Quizá tenga algo que ver el penoso modo de trabajar que soportan... —me atreví a decir.

»—¿Tú también? No, por favor... Estoy harto ya de sermones y pamplinas. Dios creó al lobo y a las ovejas y se contenta de ver que el primero se come a las segundas, y no al revés. Si nos trajo a estas tierras inmundas no fue para que nos pusiéramos al servicio de los indios o los negros, sino para que los pusiéramos a ellos bajo nuestro látigo. ¿O es que vas a decirme que tú hiciste algo distinto en Tierra Firme? ¿Sometisteis a los indios con súplicas y con lisonjas?

»No había sido así, sobre todo mientras estuvimos bajo el mando de Ojeda, pero con el ascenso de Balboa comprendimos que tratar a los indios con respeto y ofrecerles nuestra amistad era mucho mejor medio para lograr nuestros objetivos y expandir la palabra de Cristo.

»—Hice el menor daño que pude, os lo aseguro; y nunca traté a nadie como inferior a mí.

»Vi que tenía ganas de responderme, pero al final se las guardó.

»—Como quieras..., no tengo fuerzas ni ánimos para discutir y, aunque tus palabras sean necias, mi corazón está contento de verte de nuevo, por mucho que tu excelente figura me recuerde lo penoso de mi estado. Estoy ansioso por escuchar de tus labios lo que le sucedió a mi padre. Y también si tuviste en cuenta el consejo que te di y te mantuviste siempre a su lado y sin presentarte voluntario para nada. ¿Me harás ese favor?

»Asentí mientras un sirviente negro llegaba con una silla y la ponía a una distancia prudente de su señor. Otro llegó con una bandeja en la que traía dos cuencos colmados con una infusión caliente. Otro cuenco contenía algo que no había visto antes: una especie de granos de arena, de color marrón. Don Pedro se echó un poco de aquello en su cuenco y lo removió.

Yo lo imité y, al probarlo, me pareció la cosa más deliciosa del mundo: acababa de descubrir el azúcar.

»—Echa cuanto quieras —me dijo—. De eso nos sobra.

»Puse un poco más y me deleité con aquel maravilloso dulzor. A continuación tomé la palabra:

»—Como os prometí, me mantuve siempre al lado de vuestro padre, hasta su última bocanada de aire, y eso que hubo otros que me recomendaron que hiciera lo contrario y siguiera siempre al capitán Ojeda. Vuestro padre fue muy valiente y me ofreció su protección hasta que las flechas indias se lo llevaron. Murió con la palabra de Dios en la boca... y no lo digo por complaceros, sino porque fue verdad.

»Pedro de la Cosa apretó los labios con fuerza y advertí que estaba conteniendo las lágrimas.

»—En cuanto a lo de no ofrecerme voluntario para nada —añadí—, ahí he de reconocer que no os hice el menor caso y me vi envuelto en muchos más desaguisados de los que hubiese querido...

»Con calma le conté con bastante detalle lo que nos había acontecido en el descubrimiento del nuevo mar y luego, sin entrar en pormenores, le expliqué que me había visto obligado a salir de La Antigua y que pensaba empezar una nueva vida en La Española, trabajando en lo que fuera necesario.

»—Si es así —me dijo—, no tengas miedo, pues nos sobran látigos.

»Se rio con gran esfuerzo y puede ver que tenía los dientes negros y la lengua hinchada. Entendía que había contraído alguna enfermedad propia de la isla, pero lo que no sabía es cómo había llegado a hacerse con una propiedad tan fastuosa.

»—¿Te preguntas cómo logré todo esto? —me inquirió, leyéndome la mente.

»Asentí en silencio.

»—No fue fácil. Cuando partisteis, mi madre se quedó a cargo de mí y de mis hermanas, con dineros para sostenernos durante un tiempo y con la esperanza de que mi padre regresase pronto y se pusiera al frente de la familia. Aquello, evidentemente, nunca llegó y pasados dos años nos hicimos a la idea de que habría muerto. Para aquel entonces, la mayor de mis hermanas ya había enfermado de un mal desconocido. Mi madre primero montó en cólera, pues lo achacaba a su conducta disoluta y su falta de compostura cristiana, mas luego se resignó a los designios del Señor y se volcó en su cuidado. Todo fue en vano, pues la peste la consumió y no duró ni dos meses. Asustada con aquel mal, decidió enviar a mi hermana pequeña a España, al cuidado de una prima que vivía en Moguer..., si la memoria no me falla. A pesar de que nunca nos habíamos llevado especialmente bien, verla partir fue muy triste.

»Lo dijo todo de corrido, sin inflexión ni sentimiento algunos, como si estuviese leyendo el acuerdo de un concejo o la resolución de un juez. Yo, sin embargo, me alegré de que su hermana pequeña hubiese escapado de la peste, pues en el viaje desde España me dedicó una sonrisa y, cuando uno tiene necesidad de cariño, una sonrisa puede ser el mejor de los regalos.

»—¿Y qué ocurrió con su madre y con vos? —pregunté.

»—Mi madre, con buen criterio, lo fio todo a que yo consiguiese aquí un buen matrimonio, pues mi padre había empeñado casi todos sus dineros en los barcos en los que fuisteis a Tierra Firme. Con decisión firme acudió a la casa del gobernador Diego Colón y le explicó con todo detalle nuestras penurias. Otra hubiese disimulado, por no parecer tan necesitada, pero mi madre, después de perder a una hija y despedirse, probablemente para siempre, de la otra, no estaba para cantinelas. El gobernador la escuchó con respeto, aunque terminó por decirle que él no era un casamentero y que las alianzas matrimoniales escapaban de sus competencias. Mi madre salió de allí con la cabeza alta, adquirió unas cadenas con el poco dinero que nos quedaba y regresó al instante para encadenarse a la puerta del gobernador. Colón, al verla, se escandalizó de que una dama castellana actuase de aquel modo y ordenó de inmediato que la liberasen, lo cual llevó unas cuantas horas mientras toda la villa pasaba ante su puerta. Pidió disculpas a mi madre y reconsideró su decisión. A los dos o tres días nos informó de que de Castilla acababa de llegar una dama de cierta alcurnia, cuyo marido no había soportado el periplo oceánico y había muerto a bordo. Ella necesitaba un hombre para dirigir la hacienda recién comprada y yo necesitaba una hacienda en la que vivir. Me doblaba la edad; pero eso, por supuesto, no iba a ser un impedimento.

»—Recuerdo que el gobernador no fue especialmente amable con nosotros cuando arribamos a Santo Domingo —dije—. Nos puso todo tipo de trabas y se enfadó mucho con la decisión del rey Fernando de otorgar las gobernaciones de Tierra Firme a Ojeda y Nicuesa en vez de a él. ¡Qué poco sabía lo bien que hacía quedándose en La Española!

»—Sí, aunque reconozco que la ayuda que no dio a mi padre, al menos me la dio a mí, pues aquel matrimonio nos salvó de la miseria. Mi madre, en todo caso, no tuvo la dicha de llegar a verme casado, pues falleció poco después de que se anunciara el enlace, quizá de agotamiento o quizá de pena al verse tan sola. Pero el objetivo se había logrado: doña Elvira tenía un capital considerable y la firme determinación de dar vida a una hacienda próspera. Me empeñé en ser digno de aquel enlace y traté por todos los medios de estar a la altura de su brío y su voluntad, mas lo que no pude en modo alguno fue responder a su apetito carnal. Era insaciable y, tras agotarme a mí, acudía a entretenerse con algunos de los pocos indios que quedaban e incluso con los negros, tal era su impudicia. Con los únicos que no se acostaba era con los trabajadores españoles, pues consideraba que no era propio de una dama castellana andar pervirtiendo a los cristianos. Después de revolcarse regresaba a mí, a veces todavía insatisfecha tras días de jarana, y supongo que en aquel trasiego terminó por transmitirme el mal que ahora me aqueja. Ella, por algún motivo que no me explico, no lo contrajo y está más sana que los peces del río. Al principio de mi enfermedad me perseguía igualmente, a pesar de que algunos de los síntomas eran ya manifiestos, pero luego terminó por dejarme en paz, seguramente porque la asqueaba, sobre todo por los muchos granos y pústulas que me salieron en las partes naturales. La comezón era insufrible, mas te aseguro que agradecí de corazón que doña Elvira dejara de visitarme.

»Me sentía un tanto incómodo de tener que hablar de aquellas cosas con don Pedro, pero él lo hacía con tal desenfado que terminé por tranquilizarme.

»—¿Y no hay nada que pueda aliviaros? Algunos males tienen su solución...

»—Los indios me dan un cocimiento de palo santo que dicen que es milagroso para esta dolencia. Supongo que su voluntad es buena, aunque los resultados son decepcionantes. Cada día que pasa estoy peor y, a mi alrededor, sé ya de muchos hombres y mujeres que acabaron bajo tierra por el mismo mal. No me queda mucho en este mundo, Martín; esa es una de las pocas cosas de las que estoy seguro.

»Las palabras de don Pedro me causaron una gran tristeza. Por poco que lo conociera, era una persona por la que sentía respeto y cariño, y además constituía el único vínculo que tenía en toda la isla.

»—Debéis tener fe, bien sea en el palo santo o en la intervención divina; si Dios quiere, sanaréis.

»—Tú lo has dicho: si Dios quiere.

»En aquel momento escuché un tumulto y vi venir un grupo de personas. Delante iban dos esclavas negras portando unos grandes parasoles de palma. Cerrando el grupo, un par de negros casi desnudos, con huellas de cicatrices en el pecho y con el cuerpo cubierto de aceite. Y, en medio, una señora castellana con vestido blanco, collar de perlas y pelo recogido sobre la nuca. Debía rondar los cuarenta años. Era evidente que se trataba de la señora Elvira. Tenía el gesto duro, la nariz gruesa y los labios finos. Era alta y corpulenta y sus ojos me parecieron como de animal salvaje. Se allegaron al patio y don Pedro observó la extraña comitiva con evidente desprecio.

»—¿Hay un invitado en la hacienda y no me avisas? —preguntó ella, mirándome primero a mí y luego a su marido.

»Pedro de la Cosa escupió en el suelo.

»—Pensé, seguramente por mi inocencia, que ya tenías suficiente compañía.

»Y al decirlo miró a los dos negros de su pequeña comitiva. Su piel brillaba de tal modo, su musculatura era tan espléndida y se mantenían tan firmes que parecían estatuas. Doña Elvira desoyó las palabras de su esposo y volvió sus ojos hacia mí.

»—¿Con quién tengo el placer de hablar? —preguntó.

»—Mi nombre es Martín... del Puerto.

»Me examinó de arriba abajo con su inquisitiva mirada y de pronto me sentí desnudo.

»—¿Estarás mucho tiempo entre nosotros?

»—Pues... la verdad es que esta mañana no sabía adónde ir, ni que esta hacienda existía, ni que don Pedro era su dueño...

»—Don Pedro... y doña Elvira —rectificó ella.

»—Sí, por supuesto —aclaré avergonzado.

»Pero ella no lo dijo con resquemor, ni mucho menos, sino como para aclararme la situación.

Don Carlos sonrió:

—A rey muerto, rey puesto, ¿verdad?

—Eso es lo que ella quería decirme; y de lo que yo tendría que huir.

2

Trapicheos

Beatriz no dejaba de interrogarme mientras yo me afanaba en arreglar una de las ruedas de la silla de Rafael. Las había reforzado con unos aros de hierro, pero se trababan en ocasiones y entorpecían la marcha.

—Entonces ¿cómo se encuentra el emperador? ¿Se alegró de verte?

Dejé los hierros por un momento y le respondí:

—No se encuentra muy bien, la verdad sea dicha, pero sí se alegró de verme de nuevo. Le conté alguna de mis historias en las Indias y escuchó con mucha atención y en silencio, como siempre hace. Quien no lo conozca podría pensar que está ausente, pero yo, que empiezo a conocerlo bien, sé que no es así.

Beatriz asintió.

—Yo rezo todos los días por que Dios lo mantenga un poco más entre nosotros. Aquí en el pueblo lo dan por muerto día sí, día también. Se inventan historias y le adjudican más enfermedades de las que ya tiene. Yo no les creo y doy gracias por tenerte a ti y saber qué es lo que ocurre realmente.

Se levantó y volvió al poco con una manta de lana en las manos.

—Ya sé que el emperador tendrá todo lo que necesita, pero me gustaría que le entregases esto de mi parte. La tejí para nuestra cama, pero sus noches son más frías que las nuestras y la necesita más.

Tomé la manta en mis manos y me regocijé por estar compartiendo mis días con una persona de tan buen corazón.

—Se la entregaré de tu parte y estoy seguro de que sabrá apreciarla.

Comimos aprisa y tomé el camino a Yuste portando conmigo el regalo. Habían pasado unos días desde mi anterior entrevista con el emperador, y estaba deseando verlo. Al llegar me dirigí directamente a su sala, donde ya me esperaba. Me recibió con una sonrisa al entrar y no le pasó inadvertido el presente que portaba.

—¿Qué es eso que llevas en las manos, Martín?

—Esto, señor, es una manta que os ha tejido mi esposa. Quizá no sea de una lana tan fina como a la que estáis acostumbrado, pero os aseguro que está hecha con mucho más amor del que le puedan poner en ningún telar.

Don Carlos pasó la mano por la manta, la abrió y la colocó sobre sus rodillas.

—Dile a Beatriz que esta es la manta más cálida y suave que nunca he tenido.

Agradecí sus palabras y me senté en mi silla, junto a la que ya me esperaba una copa de vino.

—Si no me equivoco —comenzó—, me estabas contando que te habías reencontrado con Pedro de la Cosa en La Española, ¿no es así?

—En efecto, con él y con su poderosa mujer, de la que don Pedro echaba pestes. El primer día que estuve allí, al caer la tarde, Pedro de la Cosa me invitó a quedarme a dormir. Estaba tan necesitado que no me quedó más remedio que aceptar, a pesar de que hubiese preferido pasar la noche en otro lugar. La casa era tan grande que no fue problema disponer de una estancia para mí solo, incluso con un colchón y una manta. Eran lujos a los que no estaba acostumbrado y casi rompí a llorar cuando me tumbé en mi suave lecho. Sin embargo, estaba tan impresionado por las palabras de don Pedro sobre su mujer, por su insaciable apetito carnal y su conducta licenciosa, que pasé la noche en duermevela, despertando a cada poco con el temor de que doña Elvira se hubiese colado en mi alcoba entre las sombras y me exigiese compartir mi cama.

»Al final no lo hizo y cerca del amanecer pude por fin conciliar un sueño más largo, aunque mi cabeza se vio poblada de pesadillas en las que la señora fornicaba con todos los de la casa, con blancos, indios y negros, a veces con varios a la vez... Disculpadme, señor.

—Los sueños son libres. Disculparse por lo que uno sueña es como si tuviéramos que disculparnos porque cae la lluvia o sopla el viento. Lo cierto es que hubo un tiempo en que me interesé mucho por la interpretación de los sueños y he de reconocer que di pábulo, probablemente excesivo, a muchos charlatanes que decían poder adivinar el futuro a través de las visiones nocturnas. Si soñaba con un perro que destrozaba a un carnero a mordiscos, uno me decía que el perro era yo y el carnero el rey Francisco de Francia y que, por tanto, tenía que emprender la guerra y derrotarlo. Otro, en cambio, me decía que el perro era el rey francés y que por ello era mejor actuar con prudencia y abstenerme de batallas durante un tiempo. Al final, como comprenderás, me aburrí de tantas pamplinas y me limité a contemplar los sueños como lo que creo que son: la forma que tiene la mente de limpiar nuestros pecados y nuestras debilidades; nada más.

—Sí; y también nuestros miedos, pues cuando uno sueña con un peligro y al despertar comprueba que era todo una ilusión, se siente tan reconfortado como el sediento que encuentra una fuente.

—O más aún.

—El caso es que yo me desperté y vi que la puerta de mi alcoba seguía cerrada. Me levanté y salí al patio, donde ya lucía un sol espléndido. La hacienda bullía de actividad y por todos lados se veía a los trabajadores afanados en sus quehaceres. Refresqué mi rostro en una fuente y paseé despreocupadamente por la propiedad hasta dar con un lugar donde encontré al mismo caballo que me había llevado allí. Estaba amarrado a un palo colocado horizontalmente y, al caminar, movía una gran piedra circular que giraba sobre otra estática. Entre las dos, los negros iban echando brazados de cañas recién cortadas que, al estrujarse, expulsaban un jugo viscoso. Las dos piedras del trapiche, que es como llamaban allí a aquel molino, tenían un tamaño considerable y al animal le costaba un gran esfuerzo avanzar y dar vida al mecanismo, pero un obrero aguardaba con el látigo presto para fustigarlo si se detenía o para azotar a los negros si traían poca carga o si la echaban incorrectamente. Estaba tan absorto en el proceso que no me di cuenta de que una persona se había acercado.

»—Como ves, el caballo tenía un importante cometido.

»Me volví para comprobar que era Guzmán, el mayoral.

»—Más que tener un cometido, lo que parece es haber cometido un crimen y estar pagando una condena.

»—¿Te apiadas de él también por trabajar? No me dirás que prefieres ir caminando si dispones de una cabalgadura.

»—Si puedo ir montado, no voy a pie; y si puedo echar los fardos a la grupa de un burro lo prefiero antes que cargarlos en mi espalda. Lo que no me gusta es ver sufrir a nadie de manera innecesaria, ni a personas ni a bestias. El animal hace su trabajo y no entiendo por qué hay que fustigarlo.

»Guzmán sacudió la cabeza.

»—Ningún animal se somete con buenas palabras, sino por efecto del látigo. Es importante que nos teman para que acepten obedecernos.

»No estaba de acuerdo con sus palabras, pero tampoco tenía interés en seguir discutiendo con él sobre aquel tema y lo dejé pasar.

»—¿Para qué se obtiene ese jugo? —pregunté.

»—¿Es que no recuerdas lo que probaste ayer? De ese jugo se obtiene el azúcar.

»Me parecía increíble que de aquella masa viscosa pudieran sacarse aquellos delicados cristales y me interesé por todo el proceso. Él me condujo a una construcción cercana, donde llevaban el líquido y lo cocían lentamente en grandes ollas abiertas hasta obtener una pasta parecida a la miel. Luego la traspasaban a otras ollas y la seguían cociendo hasta que el agua desaparecía del todo y quedaban solo en el fondo los granos de azúcar. El calor en aquel lugar era insoportable y los olores que salían de las ollas me tenían la cabeza embotada. Hube de apoyarme para no caer desmayado.

»—Salgamos —dijo él, riendo—; te vendrá bien el aire.

»Salimos justo al tiempo que se acercaba Pedro de la Cosa. Lo hacía con dificultad, muy despacio y arrastrando los pies. Debió de darse cuenta de mi malestar, porque le dijo a su mayoral:

»—Un poco pronto para ponerlo a trabajar, ¿no? Aún no ha desayunado…

»—Mejor —respondió Guzmán con superioridad—. Así sabrá lo que le espera aquí.

»Y se alejó canturreando.

»—¿Cómo dormiste? —me preguntó don Pedro—. ¿Te asaltaron los sueños o las pesadillas?

»—Un poco de todo —respondí, sin entrar en detalles—. Y vos, ¿cómo os encontráis?

»—Hoy un poco mejor. Tu llegada me ha devuelto algo de ánimo, sobre todo tras saber que mi padre murió con el nombre de Dios en los labios y como un auténtico castellano. De verdad que te agradezco que permanecieras con él hasta el último instante.

»Recordé aquel momento y me estremecí.

»—Él estaría orgulloso de lo que habéis construido aquí.

»Negó con la cabeza.

»—No, no lo estaría. Nunca le interesó lo material. Su cabeza estaba siempre en sus viajes, sus mapas, su esperanza de descubrir tierras nuevas… Creo que se avergonzaría de mí si me viera en este estado. ¿Es que no recuerdas cuando me castigó delante de la tripulación? Quería obtener de mí una réplica exacta, pero solo pudo obtener una copia penosa, sin ninguna de sus virtudes.

»No supe qué responder ante aquello y guardé silencio.

»—Creo poco en las casualidades —continuó—. Si Dios te

ha traído aquí, pudiendo haberte llevado a cualquier otro sitio, ha debido de ser por algo. Me gustaría que siguieras aquí conmigo, que aprendieras el trabajo y que te hicieras cargo de algunas tareas. Son muy pocas las personas de las que puedo fiarme; y de ti me fío.

»No entendía por qué tenía tanta confianza en mí, pero agradecí sus palabras.

»—Me quedaré, sí. Yo también me fío de vos.

»De modo que decidí permanecer en la hacienda de Pedro de la Cosa para aprender el negocio azucarero y porque tampoco tenía otro sitio al que ir, como ya iba ocurriendo varias veces en mi vida. Al principio pensé que con aquella primera visita había aprendido todo lo necesario, pero me equivocaba por completo. Lo que Guzmán me había mostrado era solo una visión superficial, como si uno quisiera conocer el contenido de un libro mirando solo las tapas. Primero aprendí lo relativo al trapiche: las piedras del molino se desgastaban con el uso y había que renovarlas; si no estaban bien ajustadas, no machacaban bien las cañas y se dejaba gran parte del jugo sin extraer; si, por el contrario, apretaban demasiado, podían rozar entre ellas y malograrse. También había que regular la velocidad con la que caminaba el caballo y el ángulo exacto en que había que colocar la vara que lo unía al molino para conseguir el mejor rendimiento.

»Guzmán me enseñaba aquellas cosas, pero lo hacía siempre con desgana y malos modos. No creo que fuera específicamente por mí, sino porque su carácter era, de natural, soberbio y malhumorado. Por ese motivo, poco a poco y según pasaban los días en la hacienda, fui perdiendo interés en sus explicaciones y traté de aprender por mí mismo y, sobre todo, por las enseñanzas de los trabajadores, tanto en el trapiche como en el almacén en el que se cocía el jugo de la caña para obtener la melaza y luego el azúcar. Y es que si el molino tenía su ciencia, el proceso para obtener el azúcar era mucho más complejo y delicado. Si se cocía con poco fuego, el azúcar no terminaba nunca de aparecer y la mezcla podía pudrirse; por el contrario, si se aplicaba demasiado calor, se podía quemar la melaza y perderse todo el contenido de la olla. Aprendí a mantener el fuego a la temperatura idónea, a buscar las maderas más adecuadas, a limpiar los utensilios, a filtrar las mezclas...

»En aquel aprendizaje hubo una persona que resultó fundamental. Su nombre africano sabe Dios cuál era —y aunque lo supiera probablemente no podría pronunciarlo—, pero había recibido el nombre cristiano de Manuel varios años atrás. A medida que Guzmán se cansaba de mí, y yo de él, comencé a pasar las horas junto a Manuel. Con suma paciencia me explicó todas y cada una de las tareas y fue gracias a él que conseguí un buen conocimiento. En la hacienda, como podréis suponer, fraternizar con los trabajadores, sobre todo con los negros, no estaba muy bien visto. Los indios eran considerados obreros, como lo podía ser un español, aunque casi siempre forzados; pero los negros eran bestias, algo así como animales con la facultad de hablar; que fueran capaces de cumplir con otras obligaciones —como acompañar de día y satisfacer de noche a la señora Elvira— era algo de lo que, por supuesto, no se hablaba en alto.

»Al comienzo, Manuel se mostró reservado. Y no era porque no supiera hablar castellano, que lo hacía muy bien, sino porque supongo que desconfiaba de mí. Tampoco hay que extrañarse de ello: desde que tenía uso de razón, los hombres blancos no le habíamos causado más que padecimientos. Pero según pasaban los días y viendo que yo me afanaba en el trabajo tanto como él y que no rehuía ninguna tarea por penosa que fuera, me fui ganando su confianza. Una mañana, además, tropezó mientras cargaba una olla y gran parte de la melaza se perdió; Guzmán, que no estaba lejos, escuchó el golpe y se acercó con el látigo en la mano. Manuel levantó la vista y me miró con pavor.

»—Lo repondré, señor..., por favor...

»—¿Qué ha ocurrido aquí? —dijo Guzmán al llegar y ver todo el líquido por el suelo—. Maldito negro estúpido...

»—Detente, Guzmán —dije mientras le agarraba el látigo—. Manuel no ha tenido ninguna culpa; he sido yo el que ha tropezado.

»—¿Bromeas? Esa olla pesa más que tú.

»—Y ese ha sido el problema: le pedí a Manuel que me dejase llevarla y la vertí por no poder cargar con ella.

»Guzmán dudó; pero como sabía que me apiadaba de los trabajadores y sus padecimientos, terminó por creerse el embuste.

»—Ya te dije que no te mezclaras en las labores de los negros. Ellos están para trabajar y nosotros para ordenar. ¿Es tan difícil de entender?

»—En absoluto; a partir de ahora lo tendré bien en cuenta.

»Dejé a Manuel recogiendo la olla del suelo, por dar más credibilidad a mis palabras, y me alejé. En el último instante lo miré y vi sus ojos de agradecimiento. Podría haberme sentido orgulloso de mi acto, pero en el fondo solo sentía tristeza por su mísera situación.

»Aquel día supongo que acabó de convencerse de que no tenía nada que temer de mí. Poco a poco, según pasábamos más horas juntos y aumentaba nuestra confianza, le fui relatando algunos pasajes de mi vida, que le parecieron extraordinarios, aunque él se mostraba muy reservado con la suya. Una tarde, después de haber introducido la melaza en las cazuelas, nos sentamos juntos un momento, mientras el líquido cocía. Fue entonces, por fin, cuando abrió su corazón.

»—¿De dónde vienes, Manuel? —le pregunté—. ¿Cómo llegaste aquí?

»Se mantuvo unos instantes en silencio, sin levantar la vista del suelo y respirando profundamente.

»—Apenas recuerdo mi infancia —comenzó—, pero lo que nunca olvidaré fue el día que me capturaron, junto a toda mi familia.

»Se detuvo y sentí que le consumía la pena y la vergüenza. Lo miré a los ojos y le invité a continuar.

»—Sigue, Manuel; nada de lo que me cuentes saldrá de mí; te lo juro.

»Asintió levemente y volvió a tomar la palabra.

»—Los que lo hicieron fueron comerciantes del desierto, aliados con los miembros de una tribu vecina a la nuestra; con razón decía mi padre que del desierto venían todos los males. Entraron de noche, mataron a los guerreros más fuertes y amarraron a los que se rindieron; a las mujeres y a los niños nos ataron las manos y nos unieron de tres en tres con colleras de madera, como nosotros hacíamos con las cabras. Tan apretada la llevaba que ni siquiera podía volverme para hablar con mi madre y solo escuchaba su interminable llanto. Delante iba mi hermana mayor, a la que también escuchaba lamentarse. El que faltaba era mi padre, que había muerto tratando de defender el poblado. Por no poder mover el cuello, solo pude ver, con el rabillo del ojo, su cuerpo tirado en el suelo y lleno de sangre. Comenzamos la marcha y estuvimos tres días caminando por la selva, sin que en ningún momento nos soltasen. Para dormir teníamos que dejarnos caer de lado los tres al tiempo; y para hacer nuestras necesidades debíamos de hacerlo de pie y a la vista de todos, como animales. Yo estaba tan avergonzado que aguanté todo el trayecto sin hacer aguas mayores, a pesar de las ganas terribles que tenía. Tras aquel aterrador viaje llegamos a un puerto de la costa de Guinea, donde los árabes nos vendieron a los portugueses. Allí estuvimos una semana, junto a otros muchos capturados. Nos quitaron las colleras, pero nos mantuvieron atados por las manos. Tal era mi abatimiento que no pronuncié palabra, ni siquiera con mi madre y mi hermana. Para beber nos daban agua sucia y para comer una plasta hecha de harina y llena de gusanos. Aquella espera, ahora lo entiendo, obedecía a un doble motivo: aguardar a que el barco que nos iba a trasladar estuviese preparado y predisponernos para lo que sería nuestra vida a partir de entonces.

»—¿Conocíais vuestro destino?

»—No, nadie nos lo dijo. Cuando el barco estuvo listo, nos subieron a bordo y nos llevaron a la bodega inferior, junto a otras mercancías. Nos fueron colocando agrupados, para aprovechar al máximo el espacio, y luego cerraron la escotilla para que no pudiéramos salir, dejándonos a oscuras. El agua rezumaba entre las tablas y podía sentir la humedad atravesándome el cuerpo, agudizada por el insufrible calor que apenas me dejaba respirar. Cada dos días bajaban a darnos agua y algo de comida, y desataban a dos o tres para que limpiasen los excrementos...

Levanté la vista y vi la expresión de horror en el rostro de don Carlos.

—Muchas veces, señor —le dije—, al entrar en una iglesia he visto representaciones del infierno. En ellas es habitual ver a unos seres demoniacos, con ojos malignos, cuernos y cola, echando a los pecadores a ollas hirvientes. Otras veces se ve a cuervos o buitres picando a las víctimas y extrayéndoles las vísceras. Son imágenes horribles, por supuesto, pero son solo imágenes. Lo que Manuel vivió en aquel barco fue lo más parecido al infierno que alguien pueda experimentar en este mundo.

Don Carlos cerró los ojos y asintió.

—No me cabe duda; y saber de aquello fue algo que me atormentó y me atormenta profundamente. Decir que todos lo hacían es una pobre excusa; y decir que legislé para evitarlo es también vano, si dicha legislación no sirvió para acabar con aquellas prácticas, sino para disimularlas o para dejar que fueran otros las que las practicaran y luego comprarles a ellos los esclavos. ¿Qué puedo decir? La labor era titánica: teníamos un mundo nuevo por civilizar, por cristianizar... Un mundo en el que los habitantes naturales se morían por miles, y que necesitábamos repoblar como fuese. Ojalá hubiese sido más diligente en mi tarea, ahora lo veo. Y, sin embargo, si volviera atrás, no sé si tendría la capacidad, o la valentía, para hacer algo distinto a lo que hice.

Comprendía las palabras del emperador, sus dudas y sus remordimientos. En efecto, la tarea era colosal y se desarrollaba, además, al otro lado del mundo. No era fácil poner orden sobre la codicia de los hombres, y cada uno tuvo aciertos y cometió errores en función de su responsabilidad. En aquel tablero yo era un peón y don Carlos, por supuesto, era el rey.

—Toda conquista se acompaña de sufrimiento —continué—, mas en aquel escenario los negros los soportaban todos. Recuerdo que, mientras contaba sus desgracias, Manuel tenía la mirada ida, como la tiene un animal que no ha recibido más que palos en toda su vida. Sin que le temblara la voz, siguió contándome:

»—Cuando llegamos a Santo Domingo, nos bajaron del barco y, después de tantos días de navegación completamente a oscuras, al recibir la luz del sol nos quedamos ciegos. Ello unido a que habíamos estado postrados y hacinados hombro con hombro hizo que bajásemos todos tambaleándonos, tropezando y vomitando. Eso los que tuvimos suerte de desembarcar, porque en el viaje murieron casi un tercio de los que íbamos. Sin que entendiésemos lo que nos estaba ocurriendo, nos dividieron en lotes: los hombres a un lado, las mujeres y las niñas a otro, y los niños en otro. A mí me separaron de mi madre y mi hermana y ni siquiera tuve el consuelo de verlas por última vez, porque seguía sin poder abrir los ojos. Solo escuché a mi madre llamándome y desde aquel día nadie ha vuelto a pronunciar mi nombre verdadero. Me metieron junto a los demás niños en un establo y allí estuve como una res hasta que me compraron para trabajar en las tierras de un encomendero. Aprendí a cultivar los campos, a pastorear los animales y a limpiar las cuadras a cambio de un plato de comida y un suelo en el que dormir. El dueño me puso de nombre "Manuel" y con ese me quedé para siempre. Luego fui vendido a otro encomendero y más tarde pasé a la propiedad de Pedro de la Cosa.

»Cuando Manuel terminó de relatar su historia, yo tenía el corazón encogido. Sabía que las condiciones de los esclavos eran terribles, pero uno no puede imaginar la realidad hasta que se la cuentan de viva voz. Manuel estaba avergonzado de su pasado, pero aquel día se ganó mi respeto y mi consideración. Y me conjuré a ayudarle si alguna vez encontraba el modo y el momento.

»Mientras yo aprendía el trabajo de su mano, Pedro de la Cosa aprovechaba los ratos libres para que le contase historias de Tierra Firme. Le gustaba escuchar nuestras peripecias y se deleitó cuando le relaté el espectáculo de ver aparecer ante nosotros el mar del Sur, la llave que nos abrió la puerta a todo un nuevo universo de posibilidades. En una de aquellas pláticas, inopinadamente, dejé caer un comentario:

»—Recuerdo mucho todo lo que nos ocurrió y todas las personas a las que dejé atrás. Me acuerdo especialmente de vuestro padre, por supuesto, y también del capitán Ojeda, que Dios lo tenga en su gloria.

»Pedro de la Cosa dio un respingo.

»—¡Que Dios lo tenga en su gloria, sí, pero cuando muera!

»—¿Cómo? —exclamé—. ¿Es que sigue vivo?

»—Al menos el mes pasado sí, porque me contaron que un acreedor fue a reclamarle una deuda y hubo de salir corriendo para no pasar a mejor vida.

»Aquello me produjo una alegría indecible.

»—Si es como decís, me gustaría mucho poder verlo. ¿Sabéis dónde vive?

»—En una casa muy modesta, cerca de la catedral de la Encarnación; tiene la puerta pintada de azul.

»Dejé a don Pedro con la palabra en la boca y salí a la carrera, recorriendo los campos de cultivo, hasta que pisé la ciudad. Me allegué hasta la catedral, que estaba apenas en los cimientos, y a todas luces seguiría así durante un tiempo, y busqué la casa de Alonso de Ojeda. Tras dar alguna vuelta vi una vivienda de una sola planta, con el tejado medio hundido y la puerta pintada de azul. Delante de la misma había tres niños mestizos, de piel cobriza y de diferentes edades. Iban desharrapados y descalzos, y jugaban a las tabas. Cuando me vieron llegar, se hicieron a un lado y uno de ellos se santiguó. Al principio pensé que sería para protegerse de mí, pero enseguida comprendí que era para darme su bendición. Como sabía que el carácter de Ojeda era un tanto irascible, tuve la precaución de picar a la puerta entreabierta, asomarme un poco y llamarle:

»—Capitán Ojeda...

»Escuché el silbido de un acero rasgando el aire justo a tiempo para echarme hacia atrás.

»—¡No te debo nada, sabandija! ¡Márchate de mi casa o mis hijos acabarán jugando con tus huesos, rata de estercolero!

»Con el susto no pude evitar tropezar y caer al suelo. Ojeda salió a la calle y se acercó amenazándome con la punta de la espada.

»—¿Qué quieres de mí, alimaña? ¿Quieres a uno de mis hijos, acaso? ¿Una teja rota, un mendrugo?

»Desde el suelo solo se me ocurrió decirle:

»—Un día empujasteis mi barca al mar con el pie, capitán Ojeda; ahora me bastaría con que me dieseis la mano para levantarme.

»Ojeda se frotó los ojos, sin dejar de apuntarme con la espada, hasta que se dio cuenta de su error.

»—Por los clavos de Cristo si no eres Martín... Martín del puñetero Puerto. ¡Ja!

»Echó la espada a un lado y, dándome la mano, me levantó tan fuerte que a punto estuve de caer hacia delante. Luego me abrazó sin parar de reírse y con sus habituales juramentos.

»—¡Virgen santísima! Sobreviviste al viaje..., nunca lo hubiese pensado. Te creía más muerto que Judas Iscariote, maldita sea su alma.

»No era muy reconfortante pensar que me había enviado a sabiendas a la muerte; pero como conocía su carácter, no pude sino reírme.

»—No fue fácil, pero logré llegar justo a tiempo para embarcar de nuevo con Enciso.

»Su rostro se oscureció al escuchar aquel nombre.

»—Maldito —masculló—; fue todo por su culpa. Si hubiese llegado a tiempo, habríamos podido dar vida a nuestro asentamiento y yo no estaría aquí pudriéndome en esta maldita casa y rodeado de mocosos que no hacen sino molestarme. Encima son míos, con lo cual tampoco puedo echarlos... ¡Negra suerte!

»Escupió en el suelo y su rostro se iluminó de nuevo.

»—¡Pero verte me ha traído de nuevo la alegría! —continuó—. ¡Adelante, pasa a mi mugriento hogar! Por cierto, ¿cómo se te ocurrió entrar a las bravas, sin avisar o picar antes a la puerta? Tienes suerte de seguir con vida.

»—Yo…

»No me dejó seguir y me pegó un empujón en la espalda. La vivienda era muy oscura, salvo por el agujero que tenía en el techo. Dentro estaba su mujer, una india taína que me miraba con recelo.

»—No hagas caso de su mirada. Desconfía hasta de su sombra y no sonríe ahí le pongan un bufón delante. Estos indios son tan comedidos que rehúyen todos los excesos en el comer, en el beber y hasta en el reír. Pero yo la amo y ella me ama a mí. Es lo mejor que me llevaré de esta tierra; lo único, probablemente…

»Incliné la cabeza con respeto, pero ella agachó el mentón y siguió a sus quehaceres mientras Alonso llenaba dos cuencos con vino. Observé que seguía cojeando y me di cuenta de que había engordado notablemente, aunque luego recordé que la última vez que nos vimos estábamos cerca de morir de hambre.

»—Te preguntarás cómo demonios estoy vivo, ¿verdad?

»Iba a decir que sí, pero no me dio tiempo.

»—No fue fácil. Lo primero que tuve que hacer es convencer al canalla de Bernardino de que teníamos que salir como fuera de Cuba y llegar a Jamaica. Le aseguré que la justicia olvidaría lo del robo del barco y todos los demás delitos que había cometido y le prometí que hablaría a su favor.

»—¿Lo hicisteis?

»—¡Por supuesto que no! En cuanto pusimos el pie en Jamaica, fui a hablar con el teniente Juan de Esquivel y le relaté con detalle todos los desagravios que había sufrido a sus manos y cómo me habían llevado encadenado como a un perro. A Esquivel no le hizo falta más que ver las marcas de los grilletes en mis muñecas y mis tobillos para convencerse de que lo que contaba era verdad y tuvo a bien apresarlo de inmediato y condenarlo a muerte, junto a varios de los suyos. El infeliz de Bernardino suplicó y me pidió clemencia… y yo se la concedí.

»—Ah, ¿sí?

»—Sí, claro; para acortar su sufrimiento, yo mismo le puse la soga al cuello.

»Me atraganté con el vino y tuve que toser repetidamente para reponerme.

»—¿Qué te ocurre, Martín? ¿Te compadeces de él? Te aseguro que yo no; hay otras muchas cosas de las que me arrepiento, pero haber acabado con aquel canalla no es una de ellas. Todavía sonrío a veces cuando recuerdo su rostro congestionado mientras sus pies colgaban a un palmo del suelo. Y mira que hay pocas cosas que me hagan reír ya… Tras aquello estuve un tiempo más en Jamaica y luego me las arreglé para regresar a La Española. Algunos me dijeron que volviese a embarcar y que fuera a tomar el mando que me correspondía, pero yo no estaba ya para nada. Estaba agotado hasta el extremo, y deseoso nada más que de olvidarme de empresas, negocios, gobernaciones y reencontrarme en paz con Dios… De todos modos ya basta de hablar de mi suerte. Cuéntame de una maldita vez qué ocurrió cuando regresasteis a Tierra Firme.

»Ya con el habla recuperada le conté a Ojeda lo que nos había sucedido, resaltando todo lo que podía hacerle feliz y ocultando aquello que temía que le enfureciese. Se interesó especialmente por Balboa, por supuesto, y se maravilló de la capacidad que había tenido para hacerse con el mando partiendo como un polizón.

»—Me hubiese gustado conocerlo… A pesar de lo que les hizo a Enciso y a Nicuesa, creo que lo felicitaría. Dio forma verdadera a lo que yo solo pude esbozar. Y tuvo habilidad para lograr la lealtad de sus hombres, pese a las dificultades. Lo que no entiendo es por qué lo abandonaste.

»—Eso es algo, capitán, de lo que preferiría no hablar.

»Ojeda me miró a los ojos y debió de leer mi tribulación.

»—Está bien. Me has hecho muy dichoso hoy y no quiero pedirte nada que te incomode. Ahora me gustaría que me acompañases a un sitio, ¿lo harás?

»—Por supuesto, señor; donde me digáis.

»Salimos de la casa y recorrimos las calles hasta llegar a un gran edificio de piedra, sobre un promontorio, y todavía en construcción en algunas partes.

»—Este monasterio —me dijo— me verá morir. Ya he pedido mi ingreso y espero que en breve me acojan. Mi mujer se opone, por supuesto, pero yo no estoy para monsergas. Mi alma acumula tantos pecados que solo aquí podré expiarlos, si es que eso es posible. Me encerraré a rezar y cuando muera, quiero que me entierren a la entrada, para que todos pisen mi lápida. Humillándome así, espero lograr el perdón definitivo.

»Me conmoví con sus palabras y, aunque no me parecía que aquello fuera suficiente para obtener la salvación, asentí con respeto.

»—Por si acaso —añadió—, cuando muera trataré de llevar conmigo también alguna moneda, si es que me queda alguna, pues he oído que para atravesar el purgatorio es necesario pagar a un barquero que atraviesa la laguna que separa este mundo del otro. Algunos dicen que hablar así es blasfemia, pero yo siempre he creído que debía hacer todo lo que estuviese en mis manos para salvarme y ahora no voy a ser tan estúpido como para andarme con remilgos. De modo que rezaré a Dios y pagaré al barquero, ¿no te parece?

»Me encogí de hombros, sin saber qué decir, pues en mi vida había oído hablar de tal barca, tal barquero ni tal laguna.

»Desde allí nos dispusimos a regresar a su casa, pero de camino paramos en varias tabernas donde bebimos vino no gracias al dinero que teníamos, que era inexistente, sino por el aprecio que muchos sentían por Alonso. A cada trago la lengua se me volvía más pastosa y los recuerdos más borrosos, hasta que terminé por pensar que todo en mi vida había sido fantástico y que las cosas por venir serían mejores aún.

»Cuando nos echaron de la última taberna, con la noche ya cerrada, por la calle solo quedaban perros y borrachos, a partes iguales, y únicamente con mucho esfuerzo conseguimos llegar de nuevo a su casa mientras los canes nos aullaban y nos mordían las piernas. Dando tumbos, dejé a Ojeda junto a la puerta y traté de meterlo dentro, pero estaba tan borracho que se resistió y me amenazó señalándome con el dedo.

»—¡Detente, Bernardino, o probarás mi espada!

»—No soy Bernardino, señor, sino Martín… —susurré, tratando de que bajase la voz.

»—¡Ya sé que eres Martín! ¿Me tomas por estúpido? ¡Estaba hablando con él, no contigo!

»Algunos vecinos se despertaron y comenzaron a insultarnos. Antes de que Ojeda pudiera responder y empeorar las cosas, lo empujé al interior de la vivienda. Su mujer se levantó al oírnos y comenzó a golpearnos con un palo. Me protegí como pude hasta que Alonso la ordenó detenerse.

»—¡Debería darte vergüenza! —exclamó ella, antes de retirarse a la alcoba y dejarnos solos.

»Ojeda estaba muy excitado y respiraba con dificultad. Le ayudé a sentarse en una silla y pareció recobrar la calma.

»—¿Ves lo que te decía? Aquí no tengo paz alguna, ni nadie que me entienda. Mi mujer me reprende por beber, como si lo hiciese por gusto… No puedo esperar más. Dejaré este mundo y me encerraré en el monasterio; está decidido.

»No tenía ninguna intención de discutir con él, puesto que siempre es mala idea hacerlo con un borracho, pero en su caso hubiese sido arriesgado.

»—Es hora de que me vaya, capitán.

»—¿Irte? ¿Adónde piensas irte a estas horas? Te devorarán los perros salvajes o te matarán los negros cuando camines por los cañaverales. Túmbate aquí y hablaremos por la mañana.

»Consideré las palabras de Ojeda y me di cuenta de que tenía razón. Tomé una manta, la eché al suelo y me dispuse a acostarme.

»—¿Y vos? Quizá vuestra esposa ya se haya calmado y podáis volver al cuarto.

»—¿Has perdido el juicio? No entraría ahí ni por todo el oro del mundo. Antes me iría yo mismo a recorrer los caminos. Dormiremos aquí. No será la primera vez que lo hagamos juntos.

»Y de aquella guisa nos tumbamos sobre el piso de tierra. Ojeda se durmió al instante y se puso a roncar como un mastín. A mí la cabeza me daba vueltas cuando cerraba los ojos y preferí mantenerme despierto, recordando las peripecias con Alonso por Tierra Firme, las batallas contra los indios y, sobre todo, la travesía por la ciénaga en Cuba, donde teníamos que dormir aupados en las raíces de los manglares. Trayendo aquello a la memoria, la manta en el suelo me parecía el más holgado jergón.

»Fueron tantos los recuerdos que me inundaron que el primer resplandor de la mañana me sorprendió aún despierto. Los perros habían dejado de ladrar y se oían ya algunos gallos dando la bienvenida al sol. Me puse en pie y contemplé por última vez a aquel hombre extraordinario al que había tenido la oportunidad de conocer como pocos lo habían hecho: piadoso y cruel a partes iguales, temeroso de Dios y blasfemador, convencido de sus razones y arrepentido hasta las entrañas de sus actos. Me acerqué y, sin despertarlo, dejé junto a su mano el anillo con la imagen de san Judas Tadeo que me había dado al partir de Cuba, a modo de amuleto y con la promesa de devolvérselo si alguna vez volvía a verlo; él no parecía haberse acordado de aquello, pero a mí no se me había olvidado.

»—Adiós, capitán Ojeda —susurré—. Cumplí mi promesa. Si vuestros pecados hacen que os resulte imposible entrar en el Cielo, espero que san Judas os ayude. Y si ni el santo os puede ayudar, que al menos tengáis para pagar al barquero.

»Y, saliendo a la calle, lo dejé roncando sobre el suelo y ya nunca lo volví a ver.

El emperador asintió en silencio y luego dijo:

—¡Qué feliz se siente uno cuando cumple una promesa! Tú lo hiciste. ¿Llegaste a saber si él lo hizo también?

—Sí; mucho tiempo después me lo contaron. Cumplió la promesa de encerrarse en el monasterio, aunque fue escaso el tiempo que tuvo para rezar, pues murió a los pocos meses. Lo enterraron siguiendo su voluntad, bajo el altar y con una moneda bajo la lengua, pero ni siquiera en este último capítulo fue dichoso, pues quien pisó su tumba no fue el pie de ningún feligrés, sino el cuerpo de su amada esposa Isabel, que apareció sobre la lápida pocos días después, muerta de hambre y consumida por la pena.

—Ni en eso triunfó... —dijo el emperador mientras su mirada se entristecía. Un escalofrío le recorrió, recogió la manta que cubría sus hombros y la cerró a la altura del cuello—. Entiendo que no fue una persona recta y que sus faltas fueron muchas; sin embargo, me cuesta entender que Dios en su misericordia no pudiera concederle siquiera su última voluntad en vida.

Lo dijo con voz plana, sin inflexión alguna. Intuí el sentimiento que aquellas palabras arrastraban, pues en la suerte de Ojeda creo que se veía él mismo reflejado, probablemente temiendo que sus propios pecados y sus decisiones tuvieran difícil perdón. Me di cuenta de que una lágrima corría por su mejilla.

—¿Quién puede entender los designios de Dios? —dije—. Muchas veces vemos que los malvados son premiados con todos los dones, mientras los buenos de corazón no reciben más que reveses y sinsabores. ¿Es eso justo? Probablemente no, mas somos simples mortales y no podemos aspirar a conocer la voluntad del Señor. Confío en la palabra de Cristo cuando dijo: «Bienaventurados los que lloran, porque ellos serán consolados». Si el corazón es puro, Dios nos perdona.

—¿Y quién puede jactarse de tener un corazón puro? Quizá tú puedas, pero yo...

No supe qué contestar y permanecí en silencio mientras él divagaba con la mirada perdida.

—En fin, no sirve de mucho el lamentarse —dijo por fin—. Cuéntame. ¿Qué pasó cuando abandonaste su casa?

—Al salir a la calle caminé despacio de vuelta a la hacienda, disfrutando del frescor del alba y contemplando el resurgir de la actividad a mi alrededor. Cuando llegué a la propiedad de don Pedro, me dirigí de inmediato al trapiche, donde encontré a Manuel. Guzmán todavía no se había despertado, ni tampoco ninguno de los otros trabajadores españoles. Supongo que Manuel adivinó mi noche de insomnio y sonriéndome me dijo:

»—Ven, tengo algo que necesitas de veras.

»Me dejé conducir y fuimos detrás del almacén en el que se cocía la melaza. Nos metimos entre unos árboles de denso follaje y descubrí que allí estaban otros de los esclavos negros. Al verme se sobresaltaron, pero Manuel los calmó:

»—No dirá nada.

»Se echaron a un lado y Manuel apartó unas ramas para mostrarme un agujero en el suelo, dentro del cual descansaba una olla rodeada de carbones. Desprendía un notable calor y se la sentía bullir. En el extremo superior de la olla habían colocado una tapa que refrescaban con agua de un arroyo. El vapor que salía de la olla se convertía en gotas en la tapa y los negros lo recuperaban. Manuel tomó un cuenco, lo rellenó con aquel líquido y me lo dio a beber. Lo hice de un trago, sin miramientos, y el brebaje se apoderó de todo mi ser; primero de la boca, luego de la garganta, más tarde del estómago y finalmente de todos mis miembros. No había probado algo tan embriagador en mi vida.

»—Bebe, amigo, bebe —me dijo Manuel mientras me rellenaba el cacillo.

»—Es… es… —solo pude decir.

»Y por fin caí desplomado y dormí todo lo que no había dormido aquella noche.

3

El vino que arde

Estaba desayunando con mi mujer y Rafael cuando escuchamos un golpeteo en la puerta. Me levanté a abrir y descubrí que era Josepe. Mi primera impresión ante la inesperada visita fue que algo malo le había ocurrido al emperador; sin embargo, la expresión de Josepe no era de angustia o preocupación y aquello me tranquilizó.

—¡Qué grata sorpresa! ¡Adelante! —le dije.

Josepe entró y Beatriz se levantó de inmediato para cederle su sitio.

—No, señora, por favor...

Pero Beatriz insistió.

—Siéntate, por favor, no todos los días viene alguien a visitarnos.

Fue a la despensa y trajo pastelillos de huevo y almendra como para un batallón. Josepe no pudo resistirse y se echó uno a la boca. Debió de gustarle mucho, porque inmediatamente se metió otro, para alegría de Beatriz.

—¿Te gustan?

—*Eftán felifiofof* —respondió Josepe con la boca llena.

Intuí que no iba a ser capaz de pasarlos y le traje un poco de vino.

—Dime, Josepe, ¿qué te trae por aquí? ¿Ha ocurrido algo en el monasterio?

Josepe se dio unos golpes en el pecho para tragar y luego contestó:

—Nada malo, señor. Es solo que el emperador no podrá recibiros hoy, ni probablemente en unos días, pues espera una importante visita.

—¿Una importante visita? —se interesó Beatriz—. ¿De quién se trata?

Era la primera vez que veía aquella faceta curiosa de Beatriz y me resultó muy simpática. De forma inadvertida empujó el plato de los dulces hacia Josepe.

—De las hermanas del emperador, doña Leonor y doña María. Hace unos días llegó un jinete para informarnos de su próxima visita. Están ansiosas por ver a su hermano y él por verlas a ellas, claro está.

—¿Y cuándo se supone que llegarán? —pregunté.

—Parece que mañana mismo. En el monasterio se está preparando todo para su acogida. Por lo que he oído permanecerán una buena temporada entre nosotros y traen un séquito considerable.

A Beatriz le brillaban los ojos.

—¡Qué emoción! ¡Las hermanas del emperador! ¡Es maravilloso!

—Sí —corroboró Josepe—, será algo digno de admiración. Quizá no lo sepáis, pero doña Leonor y doña María acompañaron al emperador en su viaje desde Flandes a España. Sin embargo, una vez en Castilla, don Carlos vino hacia Yuste mientras sus hermanas se quedaban en Guadalajara. Ahora parece que han decidido venir a visitarlo.

—Es increíble que vayan a venir aquí —continuó Beatriz—. ¡Doña Leonor fue reina de Portugal!

—Y de Francia —apuntó Josepe—. Y su hermana, de Hungría… De veras que es una visita muy importante.

Me preguntaba si aquella visita sería simplemente un reencuentro familiar o si habría algo más detrás, pero todavía era pronto para saberlo. Vi con el rabillo del ojo que Beatriz seguía empujando el platillo, dispuesta a no dejarlo ir.

—Gracias, señora, pero ahora tengo que marcharme —dijo Josepe—; me esperan en el monasterio.

Beatriz le puso tres pastelillos en un paño mientras Josepe se levantaba.

—Vuelve cuando quieras y tráenos siempre noticias tan maravillosas como esta.

Josepe asintió y se retiró todavía con la boca llena. Beatriz se quedó pensando en lo que nos había contado. Al poco dejó los pensamientos, se puso un mandil, agarró la escoba y salió a la calle.

—¿A qué viene ese remango? —le pregunté.

—Las hermanas del rey están al llegar; voy a preparar nuestra casa para que sea la más hermosa del pueblo.

Sabía lo importante que era aquello para Beatriz, por tanto, me dispuse a ayudarla. Cogí una jofaina, vertí agua en ella y me puse a limpiar las puertas y los marcos de las ventanas; mientras, Beatriz barría con esmero, sacando el polvo y la tierra acumulada entre las piedras de la calle. Luego fue hasta el río y volvió con un brazado de flores. Era ya el final del verano, pero encontró algunas rosas aún con pétalos y también unas hermosas ramas de enredadera. Con todo ello llenó unas macetas y las pusimos también alrededor de la puerta. Entre los últimos arreglos que habíamos hecho y aquella decoración, la humilde vivienda que conocí lucía ahora resplandeciente.

Beatriz no dejó en toda la tarde de ultimar detalles y ya cerca de caer el sol sacamos a Rafael para que pudiera contemplarlo. La voz se corrió por todo el pueblo y algunos se apresuraron también a limpiar las fachadas y a barrer el polvo delante de sus puertas. Otros, en cambio, cerraron a cal y canto, quizá temiendo que la esperada comitiva no pudiera traerles más que desgracias.

Al día siguiente, rondando el mediodía, escuchamos de lejos el tumulto del séquito y Beatriz se apresuró a sacar a Rafael. Los vecinos comenzaron también a salir a la puerta de sus casas y esperaron con expectación. Al poco vimos llegar a los primeros componentes: doncellas y pajes a pie, con paso lento y aspecto cansado. Uno de los pajes portaba el estandarte real, bordado en oro sobre terciopelo. Detrás iban cerca de veinte mulas, cargadas hasta arriba con pesados fardos y guiadas por los arrieros. Todos en el pueblo estaban emocionados y comentaban entre sí el atuendo de los caminantes o elucubraban sobre el contenido de los bultos. La comitiva discurría tan lenta que daba tiempo a todo tipo de discusiones y tonterías al respecto.

Cuando las mulas terminaron de pasar, llegó el turno de lo que todos esperábamos: el carro tirado por caballos. Llevaba las cortinas abiertas y pudimos observar que en su interior viajaban dos mujeres. La mayor era Leonor de Austria. Lo primero que me llamó la atención fue su prominente barbilla, particularidad de la familia, aunque no en grado tan exagerado como su hermano. Iba muy erguida en su asiento y transmitía elegancia y majestad; mantenía la vista fija al frente, sin mirar a los vecinos que se agolpaban a su paso, y su expresión era seria. A su lado viajaba su hermana María, unos años más joven y también con el parecido familiar. Había sido reina de Hungría, como nos dijo Josepe, y también gobernadora de los Países Bajos, y desprendía el mismo aire solemne y regio que su hermana, aunque, a diferencia de Leonor, María sí miraba afuera con curiosidad.

Al llegar frente a nuestra casa y ver la humilde pero hermosa decoración, sonrió levemente y saludó. Beatriz me tenía cogido de la mano y pude sentir cómo me apretaba. Entonces la miré y vi que estaba llorando.

Detrás del carro iba todavía un nutrido grupo de personas a pie, quizá veinte o treinta, y cerrando la comitiva otro paje con el pendón imperial.

—¡Qué maravilla! —dijo Beatriz con la voz entrecortada—. ¿Has visto lo hermosas que eran?

Realmente no eran hermosas, pero reconozco que desprendían tal aire de dignidad y grandeza que las hacía parecer más atractivas de lo que eran.

Pasado el desfile, en la calle habían quedado algunos excrementos de caballo y el padre Genaro pidió a los vecinos que ayudaran a limpiarlos, pero todos se encerraron corriendo en sus casas. Tuve la tentación de hacer lo mismo, aunque al final me contuve y tomé la pala. El padre aprovechó para preguntarme:

—¿Cómo se encuentra don Carlos? ¿Ha mejorado de sus dolencias?

—Me temo que no. Cada día que pasa, la rigidez de sus manos aumenta y también los dolores que sufre por todo el cuerpo. Ahora quizá la llegada de sus hermanas ayude a levantarle el ánimo y con ello también la presteza del cuerpo.

—Dices verdad, Martín: no hay mejor medicina que la felicidad del alma. En todo caso... me he quedado preocupado con la actitud de Leonor. ¿No la viste? A todas luces se adivinaba la zozobra en su rostro. No sé por qué, pero me pareció que arrastraba una gran pena dentro.

—Sí, yo también me fijé, aunque no le di importancia. ¿Creéis que realmente la tiene?

—¡Quién sabe! Su vida no ha sido fácil, a pesar de haber sido reina... Pero ¿qué hago yo contándote nada? Seguro que el emperador te hablará sobre ellas, ¿no es así?

Efectivamente, al emperador le gustaba contarme momentos de su vida, como para liberarse de sus culpas, mas yo no podía saber si este sería el caso.

—El tiempo dirá, padre. Cada cual sabe qué secretos contar y cuáles guardar con llave en el pecho.

Estuve casi una semana sin acudir a Yuste, pues no quería resultar importuno. En todo caso, las noticias viajaron en sentido contrario. La comitiva de doña Leonor y doña María había desembarcado con tal tropel de sirvientes que no encontraron hueco ni acomodo en las dependencias del monasterio, de modo que muchos hubieron de ir a alojarse a algunas casas de Cuacos y otros lugares. Probablemente se esperaba de ellos discreción, pero los vecinos del pueblo supieron sonsacarles y al poco se conoció el motivo fundamental de la visita de doña Leonor y doña María: la primera quería reencontrarse con su hija, María de Portugal, de la cual llevaba muchos años separada. Como ocurre habitualmente, al pasar de boca en boca la noticia se fue tergiversando y mientras unos afirmaban que la hija se encontraba ya en Yuste, otros decían que la que había partido hacia Portugal era doña Leonor. Como no quería dejarme confundir con las habladurías, hice oídos sordos a los comentarios y decidí que esperaría a conocer las noticias de labios del emperador, si él tenía a bien contármelas.

A la semana de la llegada de las hermanas, Josepe vino a avisarme de que el emperador quería verme. Tuve que agarrarlo por el brazo y salir corriendo hacia Yuste antes de que Beatriz lo asaetase a preguntas y lo atiborrase de nuevo de pasteles, lo cual no evitó que le metiese dos en el bolsillo mientras nos alejábamos.

Cuando llegué a Yuste, me dirigí a la sala del emperador, pero en el camino vi un nutrido grupo de gente en torno al estanque y descubrí que eran las hermanas de don Carlos, seguidas de sus doncellas y algunos otros sirvientes. No me detuve, por no resultar indiscreto, y seguí hasta el palacete. El emperador me estaba esperando junto al gran ventanal de su sala, contemplando el estanque y la animada escena que se desarrollaba alrededor. La estancia estaba muy caliente, como de costumbre, pero aun así llevaba sobre las piernas la manta que le tejió Beatriz. Lo veía algo pesaroso y aquello me sorprendió, pues pensaba que la llegada de sus hermanas le habría alegrado.

—Buenas tardes, señor —dije mientras me sentaba; pero él pareció no escucharme.

—El verano se nos va... —respondió después de un rato—. Es posible que no vuelva a ver otro, aunque no sé si eso me apena o me consuela. ¿Te ha pasado alguna vez que prefieras no hacer algo, no visitar a alguien o no acudir a un sitio por miedo a que sea la última vez? Es algo absurdo, lo sé, mas en ocasiones preferimos abstenernos de probar ese pequeño dulce que ponen en nuestros labios por temor a que nos resulte amargo. Cuando partí de Flandes, dije adiós a mi infancia: a Malinas, a Bruselas, a Gante. Sentí tal melancolía por saber que nunca más contemplaría la casa que me vio nacer o el escritorio en el que aprendí a escribir que a punto estuve de derrumbarme y suspender mi viaje. Sin embargo, no está bien mirar hacia atrás, sino que hay que hacerlo siempre hacia delante; y con esa determinación decidí finalmente marchar. Lo hice acompañado de mis hermanas, como sabes, y ahora su llegada me ha traído la felicidad del reencuentro y la pesadumbre de rememorar todo lo que dejé atrás. Viéndolas desde esta ventana, mi corazón se llena a partes iguales de alegría y de tristeza.

—Lo que decís es muy cierto, señor, mas debéis tratar de pensar solo en lo primero. A pesar de lo largo y penoso del viaje, vuestras hermanas han querido venir a veros. Eso no puede significar más que os quieren y os aprecian.

—Lo sé; y me consta que siempre me han sido leales. No obstante, mis decisiones también les causaron dolor en ocasiones y eso es algo que no puedo borrar de mi mente ni perdonarme. María es fuerte y ha demostrado que puede con todo, pero Leonor es diferente. Su vida, como la mía, no fue fácil y arrastra mucho dolor en su corazón. Y sé que yo fui el causante de sus mayores aflicciones.

—Señor...

—Es así, Martín, por mucho que quiera engañarme. Esto quizá no lo sepas, pero yo la obligué a renunciar a su primer amor, probablemente el único verdadero que tuvo en toda su vida. Todavía estábamos en Flandes cuando aquello.

Tomé mi copa de vino y me dispuse a escuchar.

—Leonor era un portento en la música y a sus dieciocho años todos alababan su gracia y su elegancia. También los pretendientes, claro está. Si Leonor hubiese sido solo una muchacha más, podría haber escogido su destino; pero era mi hermana, una Habsburgo, y se debía, antes que nada, a su linaje. Uno de los que la rondaron fue Federico, el hijo de conde palatino Felipe de Baviera. Era muy apuesto y le gustaba la poesía, tanto leerla como escribirla. De modo que comenzó a escribirle cartas a mi hermana, muy cautas las primeras y más atrevidas las siguientes, hasta que consiguió atrapar su voluntad. Aquello duró hasta que me enteré del asunto. Leonor, por no dejar

494

las cartas en algún cajón, donde alguien pudiera hallarlas, las guardaba en el escote. Pero Federico era tan insistente con sus misivas que el pecho de mi hermana terminó por crecer exageradamente, así que una mañana la sorprendí en su alcoba y le pregunté por aquel repentino aumento. Ella se encendió de vergüenza y puso vanas excusas que no me convencieron; entonces aproveché su desconcierto para sacar las cartas y descubrir el amorío. Era mi hermana mayor, pero yo era el cabeza de familia y debía decidir por todos. Y lo hice. Federico no nos convenía y los obligué a renunciar públicamente a cualquier compromiso. Luego me encargué de que fuese enviado de regreso a Baviera. Leonor me pidió verlo por última vez antes de que partiera, pero yo me negué. Aunque podría haberme odiado por aquello, no lo hizo, sino que fue el primer gesto de lealtad de los muchos que tendría conmigo a partir de entonces. Luego concerté su matrimonio con el rey Manuel de Portugal, treinta años mayor que ella, con el que tuvo dos hijos: Manuel, que murió de niño, y María. Tener los hijos fue todo lo que al rey le dio tiempo a hacer, pues murió pronto. Leonor vino a Castilla a reunirse conmigo y quiso traer a su hija con ella, pero en la corte portuguesa se lo impidieron... y allí empezó el calvario que todavía perdura.

—¿No se han vuelto a ver desde entonces?

—No. Leonor era una pieza fundamental en toda nuestra estrategia. Tras la muerte del rey Manuel, pensamos en casarla con el duque de Borbón, por haberse opuesto a Francisco I de Francia, pero luego pensé que era más oportuno hacer justo lo contrario y casarla con el rey francés. Como recordarás, después de la derrota en Pavía, me traje a Francisco a Madrid y lo tuve preso. Más tarde decidí que era mejor mandarlo de vuelta a París, mas para ello era necesario sujetarlo de algún modo y casarlo con Leonor era lo más conveniente. Leonor volvió a aceptar... siempre fiel, siempre sumisa. Se casó con aquel necio al que odié más que a nadie en mi vida y vivió a su lado, aunque no en su cama, pues él siempre la rechazó y prefirió los amores de las concubinas.

»Cuando Francisco murió, Leonor hubo de sufrir también la humillación de su heredero, el rey Enrique, que la echó a patadas de la corte. Volvió a Bruselas y siguió sirviéndome como siempre lo hizo, sin rechistar. Entonces no me daba cuenta de nada y todas mis acciones quedaban justificadas por el bien de la familia y del Imperio; ahora que miro atrás y reflexiono, me siento culpable por haberla hecho tan desgraciada. Sin embargo, me he empeñado en arreglarlo y darle, al menos, una última alegría. Tras muchos meses de negociaciones, por fin he conseguido que en la corte de Portugal permitan el viaje de María a Badajoz, donde habrá de verse con su madre. Espero mucho de ese encuentro y confío en que María decidirá venir a vivir con Leonor a España. Estamos ultimando los detalles para que esa reunión se produzca cuanto antes.

—Es una gran noticia, señor; no hay duda de que ese encuentro causará a vuestra hermana una dicha incalculable. Puede que su vida no haya sido fácil, pero ahora solo queda borrar el pasado y centrarse en lo por venir.

Don Carlos asintió.

—Eso es muy cierto, Martín: el pasado solo puede hacernos daño. Y, sin embargo, yo te obligo cada tarde a que regreses a él y rescates los recuerdos, tanto los buenos como los dolorosos; y eso ha de causarte aflicción.

—No, señor. Cuando hablo de mi vida procuro, siempre que me es posible, mantenerme a un lado y contemplarla como si fuera una comedia: identificándose con los actores si es necesario, pero sabiendo que en cualquier momento puedes levantarte del asiento y escaparte.

El emperador sonrió.

—Si es así como lo sientes, seguiré abusando de tu generosidad. Ha pasado una semana, pero sigo preguntándome qué ocurrió en la hacienda de Pedro de la Cosa. Me habías dicho que después de despedirte de Alonso de Ojeda caíste derrumbado con el brebaje que te dio Manuel, ¿no es así?

—Así es, señor. Aquel líquido era terrible pero fascinante. Los negros lo hacían a escondidas, como os dije, probablemente como forma de evadirse de su triste existencia. Sin que los capataces se dieran cuenta, sisaban algo de la melaza para obtener aquel vino de fuego. Yo prometí no desvelar sus triquiñuelas, aunque más tarde hube de aprovecharme de aquel licor, si bien de acuerdo con Manuel.

—Cuéntame. ¿Qué es lo que ocurrió?

—Cuando desperté de la embriaguez, me dirigí a la casa de don Pedro. Lo encontré, como de costumbre, en el patio, sentado en su silla de mimbre y protegido por el parasol de palma. Se giró levemente al verme llegar y ordenó a uno de los esclavos que trajese una silla para mí.

»—Podría haberlo hecho yo mismo... —dije.

»Pero él sonrió con hipocresía.

»—¿Por qué te empeñas en poner del revés lo que está del derecho? El esclavo requiere que un señor le mande, igual que las ovejas precisan de un pastor que las conduzca al redil. ¿Dónde crees que podrían ir los negros si los liberase? Fuera de estos muros no reside la libertad, sino el caos. En el fondo deberían agradecer mi misericordia.

»Después de haber escuchado a Manuel relatar el modo en que fue capturado, sacado de su pueblo, encerrado en un barco y vendido en un mercado, me parecía poco probable que tuviera que sentirse agradecido, pero sabía que aquellas disquisiciones a don Pedro le parecerían absurdas, por eso me abstuve de comentarlas y me senté.

»—Dime, Martín, ¿ya has aprendido todo lo necesario?

»—Supongo que siempre quedan cosas por aprender; sin embargo, me parece que ya entiendo cómo funciona todo aquí y también se me han ocurrido algunas ideas para mejorarlo.

»—¿Ideas? ¿Qué ideas?

»—Quizá penséis que lo hago por compasión, pero veo que el trapiche podría ser movido por el agua, no por una bestia. De ese modo el mecanismo trabajaría todo el día, sin esfuerzo, y el caballo podría destinarse a otros usos. En mi pueblo existía una aceña que se movía gracias a la fuerza del río y se utilizaba para moler el trigo.

»Pedro de la Cosa reflexionó sobre aquello.

»—¿Y tú sabrías construirlo?

»—Nunca he hecho tal cosa, pero si disponéis aquí de algún carpintero, creo que podría decirle cómo hacerlo. Y se instalaría en el arroyo que corre junto al trapiche.

»Observé que dudaba.

»—No sé; desconfío de los cambios, aunque tu propuesta es tentadora.

»Tamborileó con los dedos sobre la silla y finalmente dijo:

»—Está bien, te doy permiso para que lo intentes.

»Agradecí su confianza y me puse manos a la obra con Antonio, un carpintero andaluz, y con algunos trabajadores indios. Como estaban construyendo un cobertizo para almacenar la caña, fue sencillo disponer de madera seca y lista para labrar. Con unos torpes dibujos sobre el suelo de barro le indiqué al carpintero cómo podía aprovecharse el agua del río para mover unas palas y luego conducir la fuerza hacia las piedras del molino. Seguramente que mis dibujos eran insuficientes, o incluso erróneos, pero Antonio poseía una mente despierta y enseguida entendió el funcionamiento. Ahora que lo pienso, señor, Juanelo Turriano me recuerda a él; diría que refleja el mismo brillo en los ojos cuando descubre el modo en que un mecanismo trabaja.

»Antonio estaba tan excitado que apenas durmió aquellos días y venía a despertarme cuando el sol todavía no había salido para que fuéramos a trabajar. Tras seis o siete días de faena, y con el concurso también de un herrero, pudimos construir una pequeña noria así como los engranajes para mover la piedra corredera, que hubimos de sacar del trapiche por no disponer de otra. Ya solo quedaba montarlo en el arroyo, para lo cual primero hubimos de desviar momentáneamente su cauce. Cuando lo recondujimos, la aceña comenzó a moverse y la piedra a girar.

»—¡Bravo! —exclamó Antonio, loco de contento al tiempo que se abrazaba a mí.

»Yo grité de alegría y lo mismo hicieron los indios. Alarmados por los gritos, acudieron don Pedro y Guzmán. El señor, al ver funcionando el ingenio, se llevó las manos a la cabeza.

»—En la vida hubiese creído que fuera a funcionar —dijo—. Es algo maravilloso.

»Guzmán miraba aquello con desconfianza y también con resquemor. Quizá pensara que lo había hecho para dejarlo mal o algo parecido, aunque esa no había sido mi intención. Dio unas cuantas vueltas alrededor y golpeó las palas y la rueda con la gruesa vara que llevaba en la mano.

»—Invento del demonio... —Le oí murmurar.

»Sin embargo, don Pedro estaba encantado. Es verdad que se trataba de un primer intento, y que tenía muchas cosas que mejorar, pero demostraba que era un mecanismo viable.

»—Creo que mereces una recompensa, Martín —me dijo—, tanto por tu logro como por el empeño empleado. Dime qué es lo que quieres.

»Lo tenía muy claro y se lo dije sin pestañear.

»—Me gustaría disponer del caballo que empuja el trapiche. Él me trajo aquí y por ello le estoy muy agradecido.

»Pedro de la Cosa sonrió.

»—Sabía que pedirías eso; y te lo concedo. A partir de ahora es tuyo.

»Con un gesto de la cabeza indicó a uno de los indios que fuera a soltar al caballo, cosa que aquel hizo de inmediato. Sin embargo, mientras lo acercaba para entregarme las riendas, se encolerizó y empezó a cabecear con rabia y a pegar coces. Llevaba tantos días amarrado que al sentirse libre desató toda su fuerza. El indio trató de dominarlo, sin éxito, y el caballo amenazó con golpear a don Pedro, que se echó hacia atrás, asustado. En ese momento Guzmán se abalanzó sobre el animal y comenzó a golpearlo con la vara. Primero lo hizo en la cabeza y solo consiguió encabritarlo más. Entonces lo golpeó en una de las patas delanteras con tal fuerza que el animal se derrumbó. Trató de levantarse de nuevo, pero Guzmán lo golpeaba sin parar, ahora solo en la cabeza y en el cuello, loco de rabia. Yo traté de detenerlo, pero me fue imposible. Con un golpe certero en la cerviz, el caballo se contrajo en un espasmo y murió.

»—¿Es esto lo que querías? —me espetó Guzmán, apuntándome con el palo y con el rostro salpicado de sangre—. ¡Pues aquí lo tienes!

»Arrojó el palo al suelo y se alejó dando grandes zancadas. Todos estábamos tan aturdidos que no sabíamos qué decir. Me acerqué al animal y le acaricié la testuz. Escuché a mi espalda los torpes pasos de don Pedro.

»—Pagará por esto, te lo aseguro.

»Efectivamente, Guzmán fue castigado. Don Pedro ordenó que le dieran veinte latigazos, que se quedaron en diez por la intervención de doña Elvira. Supongo que Guzmán conocía alguno de sus secretos, u ocultaba alguno de sus vicios, y quiso mantenerlo de su lado. Además, los latigazos se los dio el herrero, que se cuidó muy mucho de aplicar el látigo con demasiada saña. Aun así, desde aquel día Guzmán me cogió tal ojeriza que preferí mantenerme lo más alejado que pude y me acerqué más aún a los indios y los esclavos negros. De modo que, al final, por hacer una buena obra, yo me quedé sin mi premio, Guzmán salió casi indemne y lleno de rencor y el pobre caballo, que era el que no tenía culpa alguna, acabó muerto; la verdad es que me cuesta entender la moraleja, si es que hay alguna.

Don Carlos levantó la mano y me detuvo.

—La enseñanza que se desprende de tu historia es difícil de interpretar, es cierto. Por una parte, podría pensarse que hay que hacer siempre el bien, sin excusas, y que de una buena acción solo puede esperarse un buen resultado; sin embargo, muchas veces las buenas intenciones desembocan en resultados desastrosos… Te voy a contar una cosa. En 1519, cuando acababan de jurarme en las Cortes de Castilla y también en Zaragoza y Barcelona, recibí a unos comisionados de Valencia, donde aún no había tenido oportunidad de ir. En la ciudad se había extendido la peste aquel año y muchos nobles habían huido al campo, dejando la población desguarnecida. Por ello, los artesanos me pidieron que les permitiera armarse y agruparse para poder defenderse de los berberiscos, como lo tenían por fuero desde tiempos de mi abuelo Fernando. A mí, por supuesto, me pareció una buena idea y creí estar obrando con justicia cuando les di el permiso, pero aquello solo sirvió para que, una vez armados, se revolvieran contra mi poder y tuviera que aplicarme con verdadero ahínco para devolver el orden. Muchos fueron los que murieron en aquellos enfrentamientos absurdos; de un hecho bueno, una consecuencia nefasta... como con tu caballo.

—Así es, señor. Yo solo quería liberar al animal para mitigar su sufrimiento, pero lo que conseguí fue que terminase muerto a palos. Aunque no fuera mi culpa, yo me sentía profundamente arrepentido. Don Pedro, para recompensarme del mal trago, me regaló un burro, pues no podía prescindir de más caballos. Era de capa parda y con las orejas muy peludas. Se llamaba Galán y era muy dócil. Agradecí de corazón aquel gesto y, aprovechando que necesitaba algunas piezas para mejorar el molino, me encaminé a la ciudad a lomos del jumento.

»Llegué con rapidez, aunque no con demasiada comodidad, y fui hasta una herrería para adquirir unos clavos fuertes que pudieran resistir el continuo traqueteo de la aceña. Me cobraron algo más de lo convenido, pero conseguí a cambio unas herraduras para Galán, con lo cual me marché contento. Cuando me encaminaba de nuevo a la hacienda, vi un barco en el puerto. Estaba tan ufano con mi cabalgadura que me dirigí feliz hacia allí para comprobar que era el mismo en que había llegado a Santo Domingo. Un escalofrío me recorrió de arriba abajo y los recuerdos que había tratado de esconder en el fondo de mi alma de pronto asomaron todos al tiempo: Mateo, Luaía, Balboa... ¿Qué habría sido de ellos? ¿Cómo estarían en Santa María? ¿Habría llegado ya el nuevo gobernador? El recuerdo que más me torturaba, por supuesto, era el de mi amada, pues mi corazón seguía profundamente herido desde nuestra separación. Entonces una idea cruzó por mi mente: ¿y si regresara con ellos? Había salido de allí ofuscado por la amenaza de Pascual y por la negativa de Luaía a que continuáramos viéndonos, pero ¿seguirían siendo iguales las circunstancias? Observé con detenimiento y vi que los marineros se afanaban en cargar la nao. Me acerqué y le pregunté a uno:

»—¿Adónde se dirigirá el barco?

»Dudó por un momento y luego contestó:

»—A Tierra Firme, en cuanto soplen vientos favorables. Llevaremos un cargamento de víveres a La Antigua, que seguramente agradecerán.

»Sentí unos latidos en la sien y hube de agarrarme a las riendas de Galán para no caer al suelo. ¿Estaba tratando Dios de marcarme el camino?

»No quise indagar más y me retiré, tomando camino a la hacienda. Allí me encerré durante días para mejorar la noria, a las órdenes de Antonio y con la ayuda de Manuel. Golpeaba con rabia el martillo, pensando que con aquel estruendo acallaría el soniquete de mi mente, pero no podía dejar de pensar en el barco y en la posibilidad de regresar a Santa María.

»Una de aquellas noches, en vez de dormir en la casa, lo hice en el cobertizo de los negros. Manuel me había invitado a beber aquel brebaje de fuego y lo necesitaba más que nunca. Cuando el silencio se hizo en la hacienda y solo se escuchaba el vuelo de los murciélagos y el canto de algunos pájaros, Manuel sacó el licor y nos embriagamos con él, alrededor de la lumbre.

»—Esta bebida de nuestros dioses es mejor que el vino del tuyo —me dijo con tono burlón.

»No pude contradecirle y bebí con gusto al tiempo que mi lengua se desataba y le conté mis penas, como hacen todos los borrachos. Le hablé de Santa María de la Antigua, de Mateo, de mi desdichado amor por Luaía. Vacié mi corazón de amargura y llené mi estómago de licor hasta que empecé a ver doble y la cabeza me dio vueltas. A la fiesta se unieron entonces los indios, que trajeron unas hojas enrolladas a las que daban fuego por un extremo y aspiraban el humo por el otro. La primera bocanada estuvo a punto de matarme. Sentí cómo me ardía la boca y cómo el humo se colaba hasta llegarme a la cabeza.

»—¿Qué te parece? —me dijo uno de los indios, al que habían cristianizado como "Raúl".

»—¡Ohhh! —Fue lo único que pude responder antes de empezar a toser.

»Los indios rieron a gusto y me quitaron las hojas para aspirarlas; los negros también lo hicieron y entre aquella humareda terminé por perder la consciencia y caer redondo, con una inmensa sensación de placer en el pecho. Dormí plácidamente hasta que, cerca del amanecer, una pesadilla me despertó. En mi sueño ocurrían cosas muy extrañas, como es habitual, y se entremezclaban personas que había conocido en mis viajes con otras de mi infancia en Santander. Vi una casa que se parecía mucho a la de mis tíos, pero estaba rodeada de selva y cubierta por techo de palma. No me atrevía a abrir la puerta, mas entonces esta se abrió sola. Caminé hacia ella y entré para descubrir a alguien tirado en el suelo. Estaba cubierto por unas gruesas mantas, como si estuviera enfermo; no sabía si era un hombre o una mujer. Me arrodillé a su lado y entonces se levantó de golpe y vi que era Mateo, con el rostro desfigurado.

»—¡Ayúdame, Martín; ayúdame!

»De fondo escuchaba el sonido de una campana, con una insistencia machacona. Era tal su estridencia que la sentía por completo real. Mateo no hacía más que gritar y pedirme que le ayudara, pero yo no sabía cómo. Incapaz de hacerlo callar, me abalancé sobre él y entonces me desperté. Tenía el cuerpo ardiendo y lleno de sudor. Los negros y los indios dormían tranquilos, alrededor de las brasas. Escuché con atención, por ver si las campanadas habían sido auténticas o solo parte del sueño, pero no oí nada salvo los latidos en el pecho. El sueño había sido tan real que me pregunté si Mateo estaría realmente en peligro y si precisaría de mi ayuda. Mas, de inmediato, recordé lo que me había llevado a salir de Santa María y borré aquellos pensamientos de mi cabeza: volver no era posible; no de momento.

»Me levanté con el alba y acudí a la aceña. Giraba libremente a la espera de que los trabajadores empezasen a echar las cañas y se pusiera en marcha la piedra. Me acerqué un poco, porque escuché algo raro, y descubrí una pieza de hierro metida en el sitio en que el giro de la aceña se conectaba al molino. Alguien la había puesto allí para arruinar el mecanismo. Al instante se me hizo evidente quién había sido el responsable de aquello:

»—Guzmán...

»La rabia comenzó a subirme desde el estómago y me dirigí hacia la casa, dispuesto a poner aquello en conocimiento de don Pedro. Entonces escuché un latigazo a mi espalda.

»—Es mejor que te mantengas callado. Yo en tu lugar lo haría.

»Lo último que quería era quedarme callado.

»—¿No tuviste bastante con los latigazos?—pregunté volviéndome hacia Guzmán—. Ya viste que don Pedro no tuvo ningún miramiento en castigarte.

»—Lo hizo porque mostré mi ira en público contra algo que el señor apreciaba; no seré tan estúpido la próxima vez. Tengo otros medios para hacerte daño a ti... o a los que te importan.

»Comprendí a la primera lo que Guzmán decía: no me volvería a atacar de frente, sino que tomaría represalias contra los indios o los negros. Me quedé parado, tratando de encontrar una salida.

»—Si te ensañas con los trabajadores —dije por fin—, te acusaré ante don Pedro; puede que seas fuerte aquí, pero el señor me aprecia y tendrá en cuenta mi palabra.

»—Eres increíble —dijo, y escupió en el suelo—. Has combatido a esas bestias en la selva y ahora buscas su amistad e incluso duermes con ellos y respiras su repugnante hedor. ¿No te avergüenzas?

»—No hay olor más insoportable que el del odio, Guzmán; eso hace tiempo que lo aprendí.

»Regresé sobre mis pasos y retiré la pieza que el mayoral había puesto en el molino para estropearlo. Por aquella vez no diría nada.

»Llegada la hora de la cena, me dispuse a compartir una nueva borrachera con los indios y los negros, pero una de las sirvientes de la casa vino a llamarme a la carrera y me dijo que don Pedro me esperaba. Acudí presto y comprobé que no se encontraba en su silla, como de costumbre, sino en la cama. Su aspecto me alarmó: tenía aire macilento y respiraba con dificultad. En el cuello se le veían unos bultos muy gruesos y enrojecidos.

»—¿Cómo os encontráis? —le pregunté mientras me sentaba a su lado.

»—Supongo que estoy vivo porque estoy hablando contigo, pero me siento ya en el otro mundo, si es que existe.

»—Solo Dios conoce la hora de la muerte.

»—No te equivoques, Martín; uno sabe bien cuándo va a morirse; otra cosa es que quiera engañarse a sí mismo. Te aseguro que esa no es mi intención. Puede ser hoy mismo, mañana o dentro de unos días, pero el próximo mes no estaré aquí. Y antes de irme quiero dejarlo todo atado.

»—¿Todo? ¿A qué os referís?

»—A esto: la casa, la hacienda, el trapiche, los trabajadores... Todo va a quedar en manos de mi mujer. Y lo mismo que la vez anterior buscó un sustituto para su esposo muerto, ahora tendrá que poner a otro en mi lugar. Lleva tiempo esperándolo. De hecho, a veces la he sorprendido mirándome fijamente por las mañanas, cuando aún estaba en la cama, para comprobar si seguía respirando. Ahora le daré el gusto de morirme de verdad.

»Aquella conversación me tenía muy avergonzado y no entendía qué era lo que quería don Pedro de mí.

»—Si vos morís, Dios no lo quiera, yo me marcharé a otro lugar. Por mí no debéis preocuparos: sabré buscarme la vida.

»—No has entendido nada, Martín. ¿Es que no recuerdas la mirada que te echó cuando os conocisteis? Ella está esperando a que me muera para casarse contigo. Llegaste aquí como un pordiosero, pero serás el nuevo amo de la hacienda. Y no te creas que lo digo con enfado, sino con regocijo: has hecho más aquí en el tiempo que llevas que yo en cuatro años.

»—¿Yo? ¿Pretendéis que me case con doña Elvira? Esto es un sinsentido…

»—¿Por qué? Si saliste de Castilla del Oro no fue por gusto y, además, creo que no te conviene volver; me han llegado informaciones de que la flota del nuevo gobernador está próxima a llegar a Santa María, pues tenía prevista su partida de España por carnestolendas. Diego Colón está molesto porque la expedición no piensa detenerse en La Española, sino que se dirigirá directamente a Tierra Firme para tomar de inmediato la gobernación. Dicen que va a ser la mayor flota que haya cruzado nunca el océano, con más de diez navíos; cuando el nuevo gobernador se encuentre con Balboa, solo puede esperarse una pelea de gallos. Piénsalo bien: aquí no tendrás más que poner coto a Guzmán, a latigazos o como más te plazca, y soportar a mi esposa.

»El panorama, evidentemente, era tentador y solucionaría de un plumazo todos mis problemas. Guzmán no podría decirme nada siendo yo el señor y me empeñaría en mejorar las condiciones de los indios y los esclavos. Sortear a doña Elvira sería una tarea mucho más ardua.

»—No hay más que hablar —concluyó don Pedro—. Cuando me enterréis, te puedes casar con mi viuda; como si es ese mismo día.

»Quise decir algo más, pero él me despidió con la mano y se echó la manta por la cabeza, a pesar del insoportable calor.

»Pasé el día absorto en mis pensamientos, tratando de averiguar qué lado de la balanza pesaba más. Fuera de la hacienda no tenía nada material, aunque sí la esperanza de recuperar a las personas a las que amaba. Y en la propiedad lo tenía todo a mi alcance, salvo el amor. Además, pendía sobre mí la amenaza de acabar mis días como Pedro de la Cosa: enfermo, asqueado de la vida y ansioso de la muerte.

»Por la noche me acosté y traté de hallar la respuesta en la oscuridad de mi alcoba, mas los pensamientos, en vez de ordenarse, se amontonaban como las ovejas entrando a un corral y no era capaz de decidirme. Así que, vencido por el cansancio, me quedé dormido y un nuevo sueño vino a visitarme; uno aún más vívido que el anterior. Primero aparecía Bernardo. Su hábito estaba más raído que en la realidad y el vino al que me convidaba estaba todavía más picado; trataba de hablar con él, pero por algún extraño motivo se expresaba en una lengua india y no conseguía entenderle. Atado a una correa llevaba a un perro, que resultó ser Leoncico, el perro de Balboa. Olfateaba el suelo sin descanso, tirando muy fuerte del cuero y conducido por una gran ansiedad. Entonces al fondo aparecía una población que de lejos parecía Santander, con el puerto y la colegiata, aunque al acercarnos se iba transformando en La Antigua. Apenas había nadie en las calles y, a los pocos que nos cruzábamos, Leoncico los espantaba con sus terribles ladridos. Llegamos a la plaza central y vi a una persona sentada en el suelo y de espaldas. Estaba junto a una lumbre y esta ardía de manera tan intensa que me cegaba y solo podía adivinar la silueta de aquel misterioso ser. Al acercarme más vi que era una mujer. Bernardo y Leoncico habían desaparecido y sentí miedo. En ese momento la persona se puso en pie y, al volverse, descubrí que era Luaía. Movía los labios como si estuviese hablando, pero ningún sonido salía de su boca. Entonces, poco a poco, comencé a escuchar el tañer de unas campanas; primero era muy lento y lejano; luego más rápido y cada vez más fuerte y estridente. Observé alrededor, tratando de encontrar el origen del sonido, pero vi que las campanas de la iglesia estaban quietas. El estruendo era cada vez mayor. Fui a preguntar a Luaía de dónde venía aquello, mas de pronto descubría horrorizado que su rostro ya no era el suyo, sino que estaba transformándose en el de un hombre hasta que se convirtió en Mateo. No dejaba de mover los labios, pero ahora entendí perfectamente lo que me estaba diciendo:

»—¡Ayúdame, Martín; ayúdame!

»El repiqueteo de las campanas era ya como el tronar de una tormenta. Di un paso atrás, asustado, y Mateo se me echó encima sin dejar de repetir:

»—¡Ayúdame, Martín; te necesito!

»Lo agarré por el cuello, tratando de quitármelo de encima, y comencé a gritar con todas mis fuerzas. Me desperté completamente alterado y jadeando. No sabía si había gritado de verdad o solo en mi sueño y permanecí en silencio por ver si había despertado a alguien; no era así, ni tampoco se escuchaba ninguna campana, aunque hubiese jurado que eran tan reales como si las tuviese a un palmo de mis oídos. A pesar de lo veraz de la escena, me resistía con todas mis fuerzas a pensar que aquello fuese un mensaje o una premonición. Entonces busqué entre mis ropas la medallita que Mateo me había regalado cuando partí con el capitán Ojeda y que mi amigo había augurado que me ayudaría, lo cual fue verdad. La encontré, pero en la oscuridad apenas podía verla, así que me acerqué hasta la ventana y busqué el fulgor de la luna. Giré la medalla para verla mejor y el rostro de la Virgen me pareció el de Luaía. La solté, asustado, y cayó al suelo. No me atrevía a recogerla; finalmente lo hice, la miré de nuevo y vi que había recuperado el aspecto original. Fue entonces, con el metal en la mano, cuando creí, o quise creer, que mi destino no estaba en permanecer en La Española, sino que debía regresar a La Antigua, enfrentarme a los miedos y las amenazas, ayudar a Mateo y recuperar a Luaía. No habría vuelta atrás; en cuanto amaneciese se lo comunicaría a don Pedro.

»Con la salida del sol me levanté, refresqué mi rostro y mi espalda en la fuente y comencé a preparar mi discurso, poniendo en orden las palabras para que resultasen lo más convincentes posible. Al fin y al cabo no era un esclavo, pero Pedro de la Cosa me había acogido tan bien que no quería decepcionarlo ni faltarle al respeto. En mi cabeza sonaba todo muy bien, aunque estaba seguro de que cuando tuviese que soltarlo de golpe, me trafulcaría y resultaría todo un batiburrillo. En esas estaba cuando escuché un grito muy agudo de una de las sirvientas indias de la casa. Procedía del interior de la vivienda y entré atropelladamente hasta el cuarto de don Pedro para descubrirlo bocarriba en la cama, con los ojos abiertos, el cuello ladeado y un reguero de saliva cayendo por su mejilla. La sirvienta estaba al lado, con la cara entre las manos. Al poco llegaron otros y en la habitación ninguno nos atrevíamos a hacer nada, salvo contemplar el cuerpo sin vida del señor de la hacienda. Entonces apareció la señora. Tenía aspecto de haber dormido poco, aunque su piel resplandecía, de modo que supuse que la falta de sueño no había sido por una mala noche. Todos esperábamos que se acercase a su esposo, que se arrodillase a su lado y cogiese su mano o que rezase por él una oración; en vez de eso, con absoluta frialdad, dijo:

»—Avisad al padre Toribio y decidle que tiene trabajo; que se prepare para un entierro y para una boda.

»Y luego, mirándome, añadió:

»—Mejor una boda que dos entierros, ¿no?

4

Boda de fuego

—¿Así que el emperador está triste? Parece mentira... Lo tiene todo a su alcance y, sin embargo, se siente desdichado.

Beatriz no hacía más que dar vueltas en su cabeza a lo que le había contado de don Carlos y, sobre todo, de sus hermanas. La historia de doña Leonor la había conmovido profundamente.

—Los que nunca hemos tenido nada —continuó— solo nos lamentamos de nuestra pobreza. Pero ella, que pudo tener una vida regalada, al final fue como una marioneta en manos de los demás. Hasta tuvo que abandonar a su hija... No puedo imaginar la pena que alberga su corazón.

Había escuchado más veces aquel razonamiento que dice que la caída es peor cuanto de más alto se cae, y hasta cierto punto estaba de acuerdo con mi mujer. Sin embargo, me resistía a pensar que un miembro de la realeza pudiera ser digno de lástima por haber llevado una vida desgraciada. Mientras que el pueblo no tiene elección, ellos sí la tienen y pueden cambiar su destino, siempre y cuando renunciasen a sus privilegios o sus riquezas; pero eso es algo que casi nadie está dispuesto a hacer y los ricos y poderosos prefieren disfrutar de su poder aun renunciando a una plena felicidad.

—Si hubiese querido —le dije—, podría haberse negado a seguir los dictados de su hermano. La habrían relegado a un segundo plano, casándola con algún príncipe de medio pelo, o hubiese vivido en palacio con una renta de por vida. Pero, por lo que parece, hubo otras cosas que pesaron más.

—Si es cierto lo que me contaste, fue educada para servir al que habría de ser cabeza de su casa y cumplió de manera escrupulosa con ese papel. Te digo que siento lástima por ella. Soy madre y sé el amor infinito que se puede sentir por un hijo, así como el dolor de verse separada de él. Espero de corazón que pueda reencontrarse con María, porque eso la curaría de su desconsuelo.

—Así lo espero yo también.

—Bueno, pero no me cuentes solo las penas… Dime, ¿cómo iban vestidas y qué peinado llevaban?

Aquella pregunta no me la esperaba.

—¿Vestidas? Pues no sé…, con… con… ¿Cómo quieres que lo sepa?

No es que no quisiera decírselo, es que no me había fijado; ni aun habiéndolo hecho lo recordaría.

—¿Pues cómo no habrías de saberlo? No creo que llevasen cualquier cosa, ni siquiera sus damas de compañía.

—Supongo…

—Pues a partir de ahora debes fijarte más y contarme todo lo que veas. Las vecinas no dejan de preguntarme.

—Está bien; haré lo que esté en mi mano.

Después de comer tomé camino a Yuste. Por todas partes se respiraba bullicio, frente al habitual sosiego del monasterio. Antes de ir a ver al emperador quise encontrarme con Luis de Quijada y lo hallé en su despacho, rodeado de papeles como de costumbre.

—Se acabó la tranquilidad, ¿no es así?

—Así es, y parece que será por un tiempo.

Se quedó mirándome, sin saber si continuar, hasta que le hice ver que ya conocía el asunto que don Carlos se traía entre manos.

—El emperador me contó que lleva tiempo trabajando para conseguir el encuentro entre Leonor y su hija, y que por fin su insistencia ha dado fruto.

—Eso creíamos. Mientras vivía el rey Juan, se trató de un tema irresoluble. Se negaba en redondo a permitir la salida de

María hacia España. Ahora parece que su hijo ha accedido por fin, seguro que porque le importan poco las disputas que su padre tuviera en el pasado. Don Carlos está entusiasmado con esa noticia, aunque yo no soy tan optimista. De hecho, me temo que los principales impedimentos no vayan a venir del rey Sebastián, sino de la propia doña María.

—¿De doña María? ¿No habría de estar ansiosa de ver de nuevo a su madre, después de más de treinta años?

—El hecho de que no la haya visto no ha sido fruto de la casualidad. Sabrás que doña Leonor la dejó en Portugal siendo una niña, ¿no?

—Sí, el emperador me lo contó. Doña Leonor se vio obligada a salir tras la muerte de su esposo.

—Así fue, pero eso para doña María es una pobre excusa. Sea como fuere, ella creció sin una madre en una corte ajena y que, no obstante, terminó por convertirse en la suya. Para ella, doña Leonor le resulta tan extraña como podrías serle tú mismo. Y luego estuvo todo lo demás…

No sabía a qué se estaba refiriendo.

—¿Lo demás?

Quijada bajó la cabeza y siguió a sus papeles.

—No tengo tiempo para contarte historias que llevarían horas. Si todo va bien, y madre e hija se encuentran, tampoco necesitarás conocerlo. Y ahora pasa a la sala del emperador; no le gusta que lo hagan esperar.

Cuando Quijada decía algo de forma tan tajante, era absurdo contradecirle; de modo que le hice caso y me dirigí a la estancia del emperador, sintiendo haberme entretenido. Sin embargo, don Carlos no estaba ansioso, sino que se distraía desarmando un reloj que Juanelo le había llevado. El inventor estaba a su lado y me sonrió al verme entrar.

—*Amico* Martín. ¿Cómo estás?

Cada vez hablaba mejor en castellano, pero el acento no se le borraba.

—Estoy bien, Juanelo. Me alegro de verte. Uno de estos días te pediré ayuda para un invento que estoy preparando.

Sus ojos brillaron.

—¿Un invento? ¿Es otra silla mágica?

—No. En realidad, es algo más complejo; aunque la finalidad es también permitirle a Rafael moverse.

—Si es así, *puoi contare con me.*

Juanelo se retiró mientras don Carlos seguía afanado en desmontar las ruedecillas del reloj, utilizando para ello unas pinzas minúsculas. Estaba tan concentrado que supuse que no se había dado cuenta de mi presencia. Me senté en mi silla y me quedé esperando.

—Demonios de pieza… —lo escuché farfullar.

Sus manos estaban tan torpes y agarrotadas que resultaba imposible que consiguiese extraer la rueda con las pinzas. Al final se enfadó y las arrojó al suelo con rabia. El silencio se hizo en la sala hasta que me levanté de la silla y las recogí.

—Si queréis, majestad…

Don Carlos levantó la vista y, como sospechaba, me miró como si acabase de apercibirse de que lo acompañaba. Observó mis manos y luego las suyas, y dijo:

—Es esta, mira. —Y me señaló la dichosa rueda dentada que se resistía a salir.

Tomé las pinzas y, tras algún intento fallido, logré extraerla.

—No era fácil —dije.

Don Carlos la cogió en la mano y la depositó en una mesilla que tenía al lado, junto con otras piezas desmontadas.

—No lo era —corroboró mientras sonreía—, pero tú de ruedas sabes algo, ¿no es así?

—Aquella era de otro tamaño; y no hacían falta pinzas pensadas para tanta precisión.

—Te agradezco tus palabras, Martín, aunque el problema no son las pinzas diminutas, sino mis enormes garras. En todo caso, no quiero lamentarme de mi estado, pues hoy me encuentro feliz y quiero escucharte.

Y, al decirlo, se subió un poco sobre las piernas la manta de lana que le había hecho Beatriz.

—Me estabas contando tus andanzas en la propiedad de

Pedro de la Cosa, ¿no es así? El señor había muerto y la señora estaba preparando todo para el nuevo enlace, sin guardar siquiera el duelo, por lo que parece.

Carraspeé y me dispuse a seguir con mi relato.

—Así es, señor. Según echaron la última palada en el sepulcro de don Pedro, doña Elvira comenzó a preparar todo para la boda, con la amenaza de que si no aceptaba el enlace, lo que se celebraría sería mi entierro. No creía que fuese a llegar tan lejos, la verdad. No obstante, estaba claro que tenía que tomar una decisión y la de ligar mis días a esa mujer voraz y despiadada no era lo que quería. De modo que empecé a pensar en un plan que pudiera sacarme de allí y que, en lo posible, ayudase a los esclavos y los trabajadores de la hacienda. En mi estancia en la propiedad había visto cómo los trataba la señora: nunca se manchaba las manos cogiendo un látigo, por supuesto, pero siempre disponía de alguien para actuar en su nombre, normalmente Guzmán. Un día ordenó que le diesen cuarenta latigazos a una camarera negra que tropezó y tiró la comida; y otro día castigó sin probar bocado durante tres días a un indio que se escondió a comer algo antes de la hora del almuerzo. Pero si no se manchaba las manos, lo que siempre hacía era acudir a ver los castigos y juraría que se estremecía de placer cuando el látigo les levantaba la piel a los esclavos o cuando los veía derrumbarse exhaustos tras la paliza.

»Por tanto, tenía que hacer algo y se me ocurrió que, si quería favorecer a los esclavos y los sirvientes, tenía que contar con ellos. De modo que fui a hablar con Manuel, al que encontré en el molino. En aquel momento se hallaba solo, lo que me venía espléndidamente.

»—Manuel, me hace falta tu ayuda.

»—¿La ayuda de un esclavo? ¿Tan necesitado estás?

»Me avergoncé de estar abusando de su amistad, teniendo en cuenta que yo era un hombre libre y él un pobre esclavo. Pero, como mi plan le incluía a él, me atreví a hacerlo y le conté mi idea.

»—Podría ser… —dijo él cuando terminé de explicarle el plan—, pero necesitaremos a Cástor y Pólux.

»—¿A quiénes? —pregunté.

»—Cástor y Pólux, los dos esclavos que acompañan a la señora tanto de día como de noche. Son los únicos que se pueden acercar a ella sin levantar sospechas.

»En aquel momento no tenía ni la menor idea de quiénes eran Cástor y Pólux; no los esclavos, a los que sí había visto el día que conocí a doña Elvira, sino los héroes mitológicos con cuyos nombres ella los había bautizado. Al parecer, cuando los compró en el mercado, a doña Elvira le contaron que uno era muy diestro con los caballos y que el otro era fuerte como un roble y también irascible, lo que le llevaba a pelearse de continuo con otros esclavos. A la señora le gustaron, los compró y los llamó como los famosos gemelos de la mitología; uno de ellos era un gran jinete y el otro, un gran luchador. Además eran de la misma altura y complexión, lo cual se avenía bastante bien con la idea de que fueran hermanos. Más tarde los utilizaría para sus juegos nocturnos, interpretando ella el papel de Febe, la hija de Leucipo, que era raptada y violada por los gemelos. Según me contó Manuel, luego ellos recibían un castigo por el secuestro de manos de Guzmán, de ahí sus cicatrices; pero, si os contase todo el relato, este alcanzaría tal grado de corrupción que me avergonzaría de mis propias palabras.

—Creo que me hago a la idea —dijo el emperador, visiblemente molesto—. Puedes seguir.

—Gracias, señor. El caso es que no podía ayudar a todos, pero el plan que ideamos podía ayudar a algunos y eso, en determinadas circunstancias, es ya bastante.

»Lo primero que había que tener en cuenta era que debíamos actuar con rapidez. Era sábado y la boda se había programado para el día siguiente. Doña Elvira había contratado un coche de caballos para ir a Santo Domingo a buscar al padre Toribio de Ayllón y Cáceres, un párroco de cerca de setenta años que era quien solía confesarla. A la ceremonia acudirían también algunos personajes notables de la villa, aunque no el gobernador Colón, al que doña Elvira no podía ni ver. Para que el plan funcionase debíamos contar, además, con la lujuria de la señora. De una buena cristiana se hubiese esperado que, una vez comprometida, se abstuviese de compartir su cama con otros, al menos hasta después de consumar el matrimonio; mas, en el caso de doña Elvira, eso era algo sin importancia, por lo que esperábamos poder meter en su cama a los dos esclavos.

»Acompañé a Manuel hasta el cobertizo donde se cocía la melaza y luego, apartando la vegetación, llegamos al lugar en el que escondían su fortísimo licor.

»—A ti te tumbamos con un cuenco —me dijo—; con la señora hará falta algo más.

»Y, metiendo la mano en el escondrijo, sacó un cántaro lleno.

»—Hoy Cástor y Pólux saldrán victoriosos por una vez.

»Me dispuse a irme y comenzar con la trama, pero Manuel me detuvo y puso una botellita en mi mano, cerrada con un corcho.

»—Nunca se sabe —añadió.

»La tarde fue cayendo mientras me afanaba en mantenerme oculto. La señora estaba tan segura de que sus deseos de boda se cumplirían que no se molestó en saber dónde me hallaba. Aun así, puso a algunos de los indios y de los obreros a vigilar el contorno de la hacienda, no se me fuera a ocurrir alguna tontería. Manuel y yo, acompañados de Cástor y Pólux, descansábamos en el cobertizo aguardando el momento en que los dos esclavos fuesen llamados a los aposentos de la señora. El plan era sencillo: le darían el licor a doña Elvira y a Guzmán hasta embriagarlos y luego los atarían y los amordazarían para poder escapar de la propiedad; si alguien tratase de detenernos, lo amenazaríamos con matar a la señora. Mientras repasábamos los pormenores, escuchamos unos pasos que se acercaban. Cástor y Pólux se pusieron en pie de inmediato, dispuestos a acudir a su cita, pero el sirviente que llegó me señaló a mí.

»—Doña Elvira os reclama.

»—¿A mí? —pregunté, como si fuese lo más extraño del mundo.

»—Vais a casaros con ella, ¿no? —dijo él, encogiéndose de hombros.

»Me levanté y seguí al mensajero. Aquello trastocaba por completo nuestros planes, pues yo solo no podría con Guzmán, ni sabía cómo meter a los esclavos en su alcoba. Debía pensar en algo, pero estaba tan ofuscado que tenía la mente en blanco.

»Llegué a la alcoba de la señora y entré. La noche había caído del todo y solo se veía gracias a la luz de dos lámparas de aceite. Doña Elvira estaba sentada junto a un tocador, peinándose y dándome la espalda. Sin darse la vuelta me dijo:

»—Ven y cepíllame el pelo; sola no puedo.

»Avancé con miedo y cogí el cepillo que me ofreció. Tomé un mechón de su pelo y comencé a cepillarlo lo mejor que pude, tratando de vencer el temblor de mis manos.

»—Hay quien dice que es costumbre, en algunos sitios, que el novio se desfogue la noche antes del matrimonio con una ramera o con cualquier otra mujer, como queriendo prevenir que eso pueda ocurrir una vez celebrado el matrimonio. ¿Ha sido ese tu caso? No te he visto en todo el día.

»—No, señora...

»—No te andes con remilgos y háblame con confianza. Mañana estaremos casados.

»Tragué saliva y seguí haciendo lo que pude con el cepillo.

»—He estado ocupado en la hacienda. Todavía son muchas las cosas que pueden mejorarse para que el molino funcione a la perfección. Y también debemos sanear las zonas más encharcadas y regar las más secas mediante una red de canales. Todo eso lleva tiempo, señora...

»—¿Ves? No me equivocaba contigo. Eres la persona idónea para ordenar el trabajo aquí. Y además eres discreto, con lo cual compensarás mis imprudencias. Este matrimonio funcionará, te lo aseguro. Solo espero que me dures algo más que Pedro. Y trátame con naturalidad, por favor, que no estamos ya para miramientos.

»Dicho aquello, se levantó del tocador, se dio la vuelta y me quitó el cepillo de las manos. Tenía mi altura y pesaba bastante más que yo. Pese a las arrugas que comenzaban a dibujarse en su rostro, mantenía la apostura y la sensualidad. Cogió mi mano y la llevó a su pecho al tiempo que me besaba. Sentí sus labios en los míos, pero no experimenté nada de lo que me ocurría cuando besaba a Luaía: era un beso frío, sin vida. Ella debió de notar mi desapego, porque me preguntó:

»—¿No te gusta?

»No sabía cómo escabullirme, así que tiré de lo único que tenía.

»—Sí me gusta, pero antes quiero que probéis algo que solo los muy afortunados tienen y que deseo compartir con vos, ya que habéis de ser mi esposa.

»Eché mano a la botellita, quité el corcho y se la ofrecí. Ella desconfió y me pidió que bebiese yo primero. Así lo hice y sentí el fuego bajando por mi garganta hasta el estómago. Se la volví a ofrecer y entonces bebió. Al primer trago tosió y los ojos le lloraron, pero de inmediato volvió a inclinar la botellita.

»—Maldita sea, ¿de dónde has sacado esto?

»—Es un conjuro de los negros. Toman melaza y, mediante unos rituales que solo ellos conocen, la convierten en fuego líquido. No hay elixir como este.

»Ella fue a beber más, pero la botella estaba vacía.

»—Si queréis —dije sonriendo—, puedo avisar a Cástor y a Pólux. Ellos tienen más y podríamos divertirnos los cuatro. Eso sí sería digno de una escena mitológica...

»A doña Elvira se le encendió la mirada, con lujuria.

»—¿A qué esperas, necio? Los quiero aquí ahora mismo.

»Salí un momento y ordené a un sirviente que fuese a llamar a los negros. Estos vinieron con rapidez, cargando con el cántaro de licor.

»—Bebed —les dijo Elvira—, pero un buen trago.

»Estaba claro que no se fiaba de ellos, lo mismo que no se fiaba de mí.

»Cástor dio un larguísimo trago y el licor le escurrió por el cuello. Elvira se acercó y bebió de su pecho las gotas que le caían. Pólux tomó un cuenco, lo llenó hasta arriba y se lo ofreció a la señora, que lo bebió de una vez. En ese momento entró en la alcoba Guzmán. Observó con suspicacia la escena, mas le pudo la curiosidad y se bebió también un cuenco. Los negros y yo sabíamos de sus potentes efectos embriagadores, pero no así doña Elvira ni el mayoral, de modo que tras el primer trago vinieron unos cuantos más, hasta que el contenido del cántaro bajó peligrosamente.

»—¡Por Dios que es lo mejor que he probado! —exclamó doña Elvira, con los ojos vidriosos.

»Llené otro cuenco y se lo ofrecí a Guzmán. Este lo cogió con las dos manos, ansioso, pero cuando lo inclinaba para beber, Cástor se adelantó y le reventó el cántaro en la cabeza. Doña Elvira fue a gritar, pero Pólux le arreó un guantazo que la tumbó sobre la cama. El plan, como os dije, era maniatarlos y amordazarlos. Sin embargo, Pólux estaba tan alterado y resentido que decidió improvisar. Desnudó a la señora rompiendo su camisón y la sentó en el suelo, espalda con espalda con Guzmán. Luego los ató a los dos y cogió el látigo del mayoral.

»—Pólux, no —suplicó doña Elvira.

»—¡Ahora vas a llamarme por mi nombre, puerca! —masculló Pólux—. Me llamo Aka, ¡Aka!

»—Aka… —susurró la señora, con súplica en los ojos.

»—¡Más alto! —Y los fustigó a los dos al tiempo.

»—¡Aka! —gritó ella, pero el esclavo no dejaba de azotarlos, cada vez con más saña.

»—¡Mi nombre es Aka y no soy un animal! —gritaba él.

»La señora gritaba muy alto mientras recibía los latigazos, y yo temía que alguien en la casa viniera a socorrerla, alertado. Pero como todos estaban acostumbrados a los gritos desbocados de doña Elvira y a sus orgías sin freno hasta el amanecer, debieron de considerarlo solo una más.

»Cuando Aka se disponía a descargar un nuevo zurriagazo, me interpuse para detenerlo. Me llevé parte del latigazo, por supuesto, pero lo di por bueno, pues si le hubiese dejado los habría matado allí mismo. Me arrodillé junto a doña Elvira y Guzmán y les tapé la boca con un paño. Guzmán seguía sin conocimiento, pero ella me miró absolutamente desconcertada. Recordé el viejo refrán de que "quien a hierro mata, a hierro muere" y no pude evitar soltarle:

»—Habéis sido despiadada; ahora podréis comenzar de nuevo si sabéis hallar el camino correcto.

»Los empujamos debajo de la gran cama y colocamos la cobertura para que no se los viese. Guzmán no se despertaría en un buen rato, si es que se despertaba, y doña Elvira no podría arrastrarle ni pedir auxilio; teníamos bastante tiempo por delante para desaparecer. Cuando nos disponíamos a salir, Cástor volvió sobre sus pasos, se agachó debajo de la cama, le cortó un dedo a Guzmán con el cuchillo roñoso que llevaba escondido en el calzón y se llevó su sangriento trofeo.

»Fuimos a buscar a Manuel, le contamos cómo se había complicado el plan y nos aprestamos a escapar. Llegamos a la puerta principal de la propiedad y allí nos encontramos con dos indios y un obrero castellano. Se pusieron en guardia de inmediato. Por supuesto que podríamos haberlos derribado sin más y salir corriendo, mas aquello hubiese alertado a todos y no era lo que queríamos. De modo que Manuel le pidió a Cástor el dedo ensangrentado y se lo mostró:

»—Esto le ha pasado a Guzmán por intentar detenernos. Si dais la voz de alarma o hacéis algo antes del amanecer, lo que perderá será el cuello; y lo mismo le ocurrirá a la señora.

»El castellano fue a protestar, pero Manuel le arrojó el dedo, que el otro cogió en el aire, sin saber qué hacer con él. Para entonces los dos indios se habían echado a un lado. No les dimos tiempo a más y salimos a buen paso, dirigiéndonos hacia Santo Domingo sin mirar atrás. Tenía claro mi objetivo: embarcar en la nao que partiría hacia Santa María de la Antigua. Lo que no conocía eran las intenciones de Manuel, de Cástor y de Pólux. Por de pronto, lo que necesitábamos era un lugar en el que escondernos. Ir al puerto era demasiado evidente, pues sería el primer sitio al que acudirían en cuanto la señora fuese liberada. Además, mis tres acompañantes lo tenían muy mal para huir, pues su color los delataba: dado que todos los negros eran esclavos, si se los veía sin señor significaba que habían huido. De modo que se me ocurrió una idea descabellada, que pasaba por ser la única viable: iríamos a casa del capitán Ojeda y le pediríamos que nos escondiese.

»Ocultos por las sombras llegamos a la villa y recorrimos las calles pegados a los muros de las casas, tratando de pasar desapercibidos. Las nubes tapaban la luna y la oscuridad era casi total. Finalmente alcanzamos la casa de Ojeda, con su puerta de color azul que apenas se distinguía en la penumbra. Llamé y esperé. Tuve la precaución de aguardar un poco retirado, no fuera que a don Alonso le diese por salir espada en mano y rebanarme el cuello confundiéndome con un prestamista. Como nadie abría, lo intenté de nuevo. Al fin la puerta se abrió, pero no apareció el capitán sino su mujer, Isabel. A pesar de la oscuridad pude ver que me dirigía la misma mirada de desconfianza que el día que la conocí.

»—Necesito ver a don Alonso; es una situación de vida o muerte.

»Ella se mantuvo imperturbable y respondió:

»—Entonces será de muerte, porque mi esposo no está. Hace dos días que se marchó al monasterio de San Francisco; y no va a volver así se caiga el cielo. Eso me dijo.

»Aquello era un revés que no había contemplado. Tendríamos que buscar otro escondite, pero las posibilidades de no ser descubiertos eran remotas. Nos dispusimos a seguir camino cuando Isabel me llamó:

»—No sé muy bien por qué, pero amo a Alonso, a pesar de sus pecados y a pesar de los males que me ha causado. Por eso no puedo dejarte marchar. Pasad y escondeos. Nadie os buscará aquí.

»Entramos en la casa e Isabel prendió un candil. Lo primero que vi fueron los tres pares de ojos de los hijos de Ojeda, que nos miraban como si hubiésemos salido del mismísimo infierno. Uno de ellos vino y nos tocó a uno tras otro para confirmar que éramos reales. Cuando se convenció, retrocedió un paso.

»—¡Marchaos! —les gritó su madre, y los mandó a su alcoba. Luego sacó la manta de la cama y nos ofreció su aposento.

»—No es necesario... —dije.

»—Estaréis aquí dentro el tiempo que sea preciso. Mañana os traeré algo de comer.

»Estaba tan emocionado, tan agradecido, que apenas me salían las palabras.

»—Que Dios te lo pague, Isabel...

»—Moriré como Isabel, pero mi nombre es Guaricha.

»Pasamos al cuarto y nos acomodamos como pudimos, dado que era muy pequeño. Los tres se empeñaron en dejarme la cama, pero creo que lo hacían porque tenían grabada a fuego su condición de esclavos y no concebían la idea de dormir en la cama si yo tenía que hacerlo en el suelo. Sin embargo, yo me negué en redondo y le dejé mi sitio a Pólux, al que se veía absolutamente agotado. Se había vaciado con los latigazos y apenas tenía aliento. Estaba empapado en sudor y sus axilas impregnaban la estancia de un olor acre, penetrante y perturbador; era como estar en la habitación con un minotauro. Cada cual buscó su hueco y por fin nos dormimos vencidos por el cansancio de aquel intenso día.

»Cuando llegó la mañana, me desperté mareado. El ambiente estaba tan cargado que hasta me escocían los ojos. Me levanté del suelo, con la espalda dolorida, y reparé en que Cástor y Pólux no se hallaban allí. Meneé a Manuel.

»—¿Qué ocurre?

»—Cástor y Pólux se han ido.

»—¿Se han ido? ¿Adónde?

»—No lo sé; solo sé que aquí no están.

»Nos asomamos a la sala principal y descubrimos a Isabel sola. La puerta de la calle estaba abierta.

»—Se marcharon al alba, si es lo que os preguntáis. Me dijeron que volverían a su tierra como fuera, aunque tuvieran que hacerlo a nado. Podría haberles dicho que era imposible, pero luego pensé que quién era yo para robarles esa ilusión. En sus ojos se veía que aquí solo habían sufrido; estarán mejor en el fondo del mar.

»Me apenó profundamente que hubiesen tomado esa decisión, pero coincidí con Guaricha en que en ocasiones vale más actuar movido por un impulso que por la razón.

»—¿Harás como ellos? —me preguntó.

»Negué con la cabeza.

»—No, Guaricha. Ya estuve a punto de acabar en el fondo del mar y no es algo que tenga ganas de repetir. Si me es posible, viajaré en un barco. En concreto en el que espera en el puerto para partir a Castilla del Oro. Ahora es demasiado arriesgado ir, pero si pasan unos días y nadie nos ve, es probable que piensen que nos hemos internado en la selva o cualquier otra cosa.

»—¿Y cómo haréis para embarcar?

»Al decirlo me miró a mí, pero también a Manuel.

»—Cada cosa a su tiempo. Lo primero que necesito es saber cuándo partirá para colarnos en el último momento. Pero no puedo ir al puerto; y menos Manuel…

»Guaricha sonrió.

»—En eso creo que también puedo ayudaros.

»Llamó a uno de sus hijos y lo mandó al embarcadero con el recado de conseguir la mayor información posible, pero sin levantar sospechas. El crío asintió y salió corriendo. Tenía mis dudas de que lo lograse, pero al cabo de unas horas regresó y nos contó que el barco partiría en cuatro días, si el viento era favorable. No sé cómo lo hizo, pero se enteró también de que otras personas habían estado husmeando por allí y preguntando lo mismo, con seguridad los hombres de doña Elvira.

»Pasamos aquellos días ocultos en el cuarto de Guaricha, casi en completo silencio y viendo pasar las horas tan despacio que nos faltó poco para desesperar. De vez en cuando entraba alguno de los niños y entonces yo les contaba las hazañas de su padre, borrando todo lo negativo y relatándoles solo los actos heroicos, su valor en el combate y su arrojo sin igual. Supongo que les costaba identificar a aquel intrépido paladín con el borracho y pendenciero que les había abandonado y dejado en la miseria, pero aun así sus ojos brillaban con mis palabras y sé que su alma se reconfortaba.

»Transcurridos cuatro días, por fin nos decidimos a salir. Yo seguía sin saber muy bien cómo hacer para embarcar y mucho menos con Manuel; sin embargo, él había pensado a conciencia en el tema y me dio la respuesta.

»—Un blanco puede hacerse pasar por lo que quiera, pero un negro solo puede hacerse pasar por esclavo. Por tanto, debes convertirte en mi amo.

»Aquello tenía sentido, pero Manuel había planeado algo más:

»—Para que resulte creíble, no debes tratarme como a un igual, sino como me han tratado siempre. Lo entiendes, ¿verdad?

»Por mucho que me repugnase, lo entendía y lo pondría en práctica. Antes de partir, agradecí a Guaricha su ayuda y le pedí un último favor, que ella aceptó llevar a cabo.

»Fuimos al puerto con la primera luz de la mañana. Para levantar menos sospechas nos hicimos acompañar por dos de los hijos de Ojeda, con la esperanza de que nadie tomase por fugitivos a un par de personas que deambulaban por la calle con unos críos. Llegamos hasta el puerto y nos dirigimos de inmediato a uno de los oficiales que ultimaban las labores de carga. Me di un nombre falso y también a Manuel, al que llevaba amarrado con una cadena, y le pregunté al oficial si era posible embarcar hacia Tierra Firme.

»—¿Tienes el permiso del gobernador? —me preguntó.

»Dudar en aquel momento era una condena a muerte, así que afirmé con rotundidad:

»—Por supuesto; de hecho, me ha dado instrucciones para los regidores de Santa María de la Antigua, que debo transmitirles de inmediato.

»Eché mano al bolsillo y saqué un papel escrito por Ojeda,

que Guaricha me había dado, y se lo entregué al oficial. Mi única esperanza era que no supiera leer. Lo miró con suspicacia, pero vio varias firmas y un sello, y lo dio por bueno.

»—Puedes subir, pero esa escoria que llevas tendrá que ir a la bodega.

»Manuel se revolvió y entonces terminé de interpretar el papel que me correspondía. Solté la cadena y le golpeé con ella en la espalda, haciéndole sangrar.

»—Por supuesto —confirmé—. ¿O es que pensabas que me dejaría acompañar hasta Tierra Firme por su pestilencia?

»El hombre sonrió y nos franqueó el paso. Miré hacia atrás y vi que los hijos de Ojeda habían desaparecido entre el gentío del puerto. Volvería a Santa María sin saber aún si lo que me esperaba era mejor que lo que dejaba atrás. En mis sueños, Mateo me necesitaba; y en mi corazón, yo necesitaba a Luaía.

»Cerré los ojos y escuché de nuevo en mi mente el repique atronador de las campanas.

5

Regreso a casa

Llevaba ya unos cuantos días sin aparecer por Yuste. Después de la audiencia en la que relaté a don Carlos mi huida de la hacienda, él estuvo muy atareado con el tema del encuentro entre doña Leonor y su hija. De modo que, libre por unos días de acudir al monasterio, me dediqué a poner en práctica la idea que había tenido para facilitar los movimientos de Rafael dentro de la casa. Esperaba la llegada de Juanelo Turriano y de Josepe para que me ayudasen. Mientras cargaba con un tablón de roble, los vi aparecer por el camino del monasterio.

—Llegáis justo a tiempo; tengo ya el material listo.

Expliqué a Juanelo lo que quería hacer y lo captó al instante. Josepe, en cambio, miraba todo aquello y se rascaba la cabeza.

—Lo entenderás cuando empecemos —le dije.

Trajimos unas sierras, martillos y clavos, y comenzamos a montar el artilugio que tenía pensado. Era, fundamentalmente, un sistema de vigas en el techo de la vivienda que sostenían dos cadenas de hierro y un asiento de madera. Las cadenas podían subirse y bajarse utilizando un brazo giratorio unido a una rueda dentada. Todo aquel material, por supuesto, lo había preparado Juanelo. La idea era que Rafael pudiera instalarse en el asiento, elevarlo un poco gracias a la polea y luego desplazarlo desde la habitación a la cocina, de modo que la silla pudiera estar siempre cerca de la puerta y no tener que moverla por el interior de la casa. Beatriz al principio lo consideró una locura; pero como había dicho lo mismo de la silla, me dio un margen de confianza. Montamos las vigas, las cadenas y las poleas y, cuando estuvo todo listo, le pedí a Josepe que se sentase. El pobre era siempre el que tenía que probar mis inventos; mas, por una vez, lo hizo sin protestar. Se sentó en el tablero, le desplazamos sin apenas esfuerzo colgando del techo y le llevamos hasta la silla, ya dispuesta junto a la calle.

—*Favoloso!* —exclamó Juanelo.

Lo era, sí, y Josepe y Beatriz aplaudieron y se abrazaron. Yo estaba también muy contento, pero mi mujer me puso en mi sitio:

—Mira que eres ingenioso ahora, con lo desastroso que eras de niño. ¡Quién lo hubiese dicho!

—A todo se aprende en esta vida; y las dificultades que tuve que superar me hicieron mejorar mucho. Aún recuerdo el ingenio de Santo Domingo...

—¿Qué ingenio? —preguntó Beatriz.

Entonces me percaté de que aquello se lo había contado solo a don Carlos.

—Es una historia muy lejana y que realmente no viene a cuento. Ahora debemos felicitarnos de que este invento haya funcionado. ¿Lo intentamos con Rafael?

Beatriz asintió y probamos el mecanismo con su hijo. El resultado fue el mismo, y Rafael reía feliz al verse volando por el interior de la casa. Hicimos algunas mejoras y terminamos el trabajo. Beatriz sacó unos dulces hechos con almendra y miel para celebrar el éxito de la empresa. Juanelo comió solo uno, pues tenía prisa por volver a Yuste, pero Josepe no pudo resistirse y se quedó un rato más, dando cuenta de los pastelillos. Mi mujer, en ese momento, aprovechó la ocasión:

—Entonces ¿cuándo está previsto que se vean doña Leonor y su hija? ¿Será aquí, en el monasterio? ¡Eso sería maravilloso!

—No se sabe aún —dijo después de tragar—, porque parece que desde Lisboa no ponen más que problemas. Primero dijeron que el encuentro era inminente y que se produciría en Yuste, pero luego volvieron a escribir para decir que se retrasaría y que sería en Badajoz que, como sabéis, tiene un pie en España y el otro en Portugal, y por ello tendría un carácter más simbólico...

—Abreviando, Josepe —le dije—. ¿Cuándo tendrá lugar la reunión?

—Pues es difícil que sea antes de un mes, quizá ya cerca de la Navidad.

Aquello me olió mal, pues no parecía sensato que debiera retrasarse tanto algo tan sencillo y que ahora no tenía mayores implicaciones diplomáticas que el encuentro entre una madre y su hija. Recordé las palabras de Quijada y empecé a intuir que en todo este asunto podría haber más que simples problemas logísticos.

Me puse en pie y levanté a Josepe antes de que siguiera atiborrándose de pastelillos y de que Beatriz le machacase a preguntas. Luego lo acompañé a la puerta y le encargué que se enterase de cuándo podría volver a ver al emperador. Obedeció y tomó camino al monasterio. Yo regresé al interior y observé que Beatriz estaba muy pensativa.

—No puedo entender que una hija no haga lo posible por ver a su madre. ¿A qué viene esto de retrasar tanto la partida de Portugal?

Le conté a Beatriz las difíciles circunstancias en que se había producido la salida de doña Leonor de la corte de Lisboa y cómo la obligaron a dejar a su hija en el palacio mientras ella se veía forzada a regresar a España.

—Pues con más razón, entonces —replicó mi mujer—. Doña Leonor no lo hizo queriendo, sino de manera impuesta.

Aquella reflexión me estremeció.

—No sé, Beatriz. Mi madre también se vio obligada a dejarme en casa de mis tíos y nunca más la volví a ver.

—Pero tú querías verla...

—Por supuesto; era lo que más deseaba en el mundo. Al separarnos sentí como si me arrancasen un miembro del cuerpo. En todo caso, tal vez cada uno sienta el dolor de manera diferente. Lo que a una persona le puede causar tristeza o congoja a otra le puede provocar rencor u odio. Quizá me equivoque, pero creo que la infanta María lleva años acumulando resentimiento contra su familia española, a la cual, de algún modo, ya no considera la verdadera.

Beatriz se entristeció.

—¡Qué lástima! No es fácil vivir con amargura y menos hacia tu propia familia.

—Dices bien; no es fácil, y la infanta ha debido de sufrir mucho en la corte portuguesa para que se muestre tan resentida... ¡En fin! Quizá nos estemos adelantando y todo se resuelva de manera feliz. Habrá que esperar un poco.

Seguí con mis quehaceres mientras Beatriz salía a la calle. Al poco la vi conversando con una mujer del pueblo llamada Felisa. Beatriz no había tenido muchas amigas ni mucho apoyo en Cuacos para cuidar de su hijo hasta entonces; pero, tras nuestro enlace, los vecinos habían cambiado de parecer y solían conversar con ella en cuanto tenían oportunidad, puede que para satisfacer su curiosidad o quizá pensando que podrían obtener algún provecho a cambio. No me importaba mucho, porque lo que me hacía feliz era ver que Beatriz estaba más contenta cada día y que no guardaba rencor a los que durante tanto tiempo la habían ignorado.

Aquel día no fui a Yuste, ni tampoco al siguiente, pero finalmente vinieron a avisarme de que el emperador había resuelto la mayor parte de los asuntos que le tenían atareado y quería verme. Acudí presto al monasterio y, al llegar, traté de fijarme un poco más en los vestidos de las damas que acompañaban a doña Leonor y a doña María y en cuantos detalles me resultasen llamativos, para luego poder contárselo a Beatriz. Lo que más me llamó la atención, en cambio, fue la ausencia de monjes. Supongo que el prior estaba escandalizado con aquel desembarco de mujeres en el recinto del monasterio y, visto que no podía evitarlo, decidió cortar por lo sano y ordenó que se encerraran en sus propias dependencias para no alimentar indeseadas tentaciones.

Seguí mi camino y llegué al palacete del emperador, quien

ya me esperaba en su sala. Uno de los médicos le había estado haciendo unas curas en las manos y se le veía dolorido.

—Buenas tardes, señor —le dije mientras me acercaba y tomaba asiento—. ¿Cómo os encontráis?

—Han pasado unos cuantos días desde que viniste por última vez, Martín. Por tanto, si cada día me siento un poco peor, una semana es como portar un año más a la espalda. El médico me examina y yo me siento como un pedazo moribundo de carne y vísceras, más paralizado e inútil. Aun así, obedezco cumplidamente; inspiro y espiro a sus órdenes y toso cuando me pide toser. A veces me pregunto si no valdría más acabar de una vez por todas... Sin embargo, aún me quedan cosas por hacer y asuntos por arreglar.

Sabía a qué se estaba refiriendo y le pregunté abiertamente:

—¿Es el asunto de vuestra hermana, doña Leonor?

Asintió con algo de cansancio.

—Sí. Las cosas no están discurriendo como yo esperaba. Las cartas que llegan no lo dicen con claridad, pero, por el tono que emplean, estoy convencido de que María está tratando de dilatar cuanto puede el encuentro; eso si no desea suspenderlo por completo...

—Puedo entender su resentimiento por haber sido abandonada de niña, pero doña María debería conocer que también el perdón es necesario y que su madre ha hecho un gran esfuerzo por volver a verla.

—Si solo fuera eso...

No comprendí a qué se refería.

—¿Hubo más?

—Por supuesto que hubo más. De hecho, lo peor. Quizá no lo sepas, pero mi sobrina María estaba llamada a casarse con mi hijo Felipe. Aquel enlace tenía muchas ventajas: uniría de manera definitiva los dos reinos hispánicos y, además, recompensaría a mi hermana Leonor y a su hija por todos sus sacrificios. Los preparativos se iniciaron y mi sobrina no solo lo aceptaba, sino que se mostraba muy ilusionada con aquel enlace. Sin embargo, mientras aquello sucedía en Portugal, en Inglaterra subía al trono la reina María, viuda, y eso nos abría la posibilidad de buscar un acuerdo entre España e Inglaterra que pudiera contrarrestar el de Escocia con Francia. ¿Qué podía hacer? Lo debatí mucho con mis consejeros y también con mi hijo Felipe, buscando la mejor respuesta a aquel espinoso asunto: ¿era mejor establecer esa alianza que tanto nos convenía? ¿O era preferible seguir con el primer enlace proyectado y evitar el desaire a mi sobrina y a la corte portuguesa? Ninguna respuesta me convencía y, además, mi hijo también tenía cosas que decir. Su prima María era joven y bellísima, de piel clara como la leche y con los ojos azules de la familia. María de Inglaterra, en cambio, era bastante mayor que Felipe y muy poco agraciada, según pudimos comprobar por el cuadro que nos enviaron, que, aun así, la favorecía. En cambio, parece que ella quedó encantada con el retrato de mi hijo, que ordené pintar al gran Tiziano. Al final, Felipe aceptó beber aquel amargo cáliz y, siguiendo mis dictados, se casó con la reina de Inglaterra.

Miré fijamente al emperador y vi cómo sus manos temblaban considerablemente. Podía sentir la lucha que se desataba en su interior.

—Y aquello, señor, ¿cómo sentó en la corte portuguesa?

—¡Les pareció tan ofensivo como si hubiésemos incendiado el mismísimo palacio! María, al enterarse de la noticia, montó en cólera, comenzó a romper todo lo que tenía alrededor y contaban que ni sus damas más cercanas se atrevieron a entrar en sus aposentos durante días. Y es que, además, no era el primer desengaño que sufría, sino que había estado a punto de casarse con el delfín de Francia, con el duque de Orleans y con el archiduque Maximiliano de Austria…, y todos los planes se truncaron. A pesar de su belleza, su inteligencia y su amor por las artes y las letras, María se quedó soltera. Sé que en Lisboa me culpan de ello, mas ¿qué podía hacer? Estaba gobernando un imperio y, lo mismo que yo me debía a mi cargo, los demás debían entender su papel.

Comprendía lo que el emperador quería decir, pero no por ello dejaba de entender también el resentimiento que la infanta

María podía albergar: abandonada de pequeña por su madre y desairada continuamente por su familia española que, después de idas y venidas, vacilaciones y vaivenes, la habían condenado al destierro de su patria y a la soltería forzosa.

—Si doña María tiene un corazón compasivo, cosa que no dudo, sabrá olvidar los agravios y accederá a ver a su madre —dije, aunque sin mucho convencimiento.

—Eso espero yo también, por el bien de todos... En todo caso, no te hice llamar para relatarte mis penas, que las conoces bien, sino para que me contases cómo discurrió tu aventura de vuelta a Santa María. Si no recuerdo mal estabas embarcando acompañado de tu esclavo Manuel, al que hubiste de humillar para que la treta resultase creíble, ¿no es así?

—En efecto, señor. Embarcamos en el navío, cada cual cumpliendo su papel: yo colaborando en las labores de a bordo y Manuel en la bodega, a oscuras, brazo con brazo con otros esclavos y sufriendo las picaduras de las chinches y las mordeduras de las ratas. A pesar de lo inevitable del asunto, me dolía que tuviese que soportar aquel tormento después de haberme liberado de las garras de doña Elvira.

»El viaje discurrió sin contratiempos y llegamos con bien al puerto de Santa María. Era el mes de junio de 1514 y se celebraba la festividad de San Juan Bautista. En España aquello habría coincidido con el día más largo del año, como bien sabréis, pero en aquellas latitudes no había jornadas cortas ni largas, sino que todas eran igual de sofocantes.

»Descendimos a tierra y comenzamos las labores de descarga. Esperé hasta que Manuel desembarcó. Como le sucedió cuando le trajeron de África, llevaba tantos días a oscuras en la bodega del barco que quedó ciego al salir al inclemente sol del trópico. Me acerqué con intención de darle la mano y ayudarle, pero aquello no era lo que procedía, de modo que saqué una cuerda, le amarré las manos y lo llevé como a un animal. Cuando me reconoció, asintió con la cabeza, aunque yo experimenté una profunda vergüenza.

»Nos pusimos en camino por la senda que iba del puerto a

la villa y, según avanzaba, mi corazón se iba encogiendo. ¿Seguiría allí Mateo? ¿Seguirían Vasco y Luaía? ¿Estaría esperándome Pascual el Rubio para acusarme ante Balboa? Aquellas preguntas para las que aún no tenía respuesta me atormentaban en lo más profundo y no podía evitar que mi corazón se sintiera acongojado. Entonces me dije que la decisión de volver había sido solo mía y que debía comportarme con entereza y valor, y apencar con lo que viniese. Por ello decidí que lo primero que tenía que hacer era ir a ver a Pascual y decirle a la cara que no pensaba seguir soportando sus chantajes.

»Cuando las primeras casas aparecían ante mí, vi venir a alguien que reconocí de inmediato.

»—Hernando... —musité.

»—¡Virgen santísima! ¡Martín! Por Dios que no esperaba volver a verte en este mundo, ni tampoco en el siguiente, si es que existe. ¿Qué demonios haces aquí? ¡Con lo que me costó ocultarte para que salieras!

»Sonreí y me abracé a mi amigo.

»—Me he dado cuenta de que las cosas no se arreglan huyendo, aunque a veces parece la solución más sencilla.

»—Lo es; y por lo general resulta ser la más acertada. En todo caso, no soy quién para juzgarte. Si has vuelto, tendrás tus motivos.

»—Sí los tengo, te lo aseguro.

»Él sonrió con comprensión y me abrazó de nuevo. Me moría de ganas por saber cómo habían discurrido por allí las cosas, así que le pregunté:

»—¿Dónde está Mateo? Algo me dice que me necesita; incluso lo he soñado.

»Hernando bajó la mirada y escarbó con el pie en el suelo.

»—Las cosas no han ido todo lo bien que se esperaba...

»—¿Qué quieres decir? ¿Qué ha sucedido?

»Yo necesitaba una respuesta, pero Hernando no hacía más que rehuir mi mirada. Mientras buscaba las fuerzas para preguntarle a las claras si Mateo seguía vivo, un sonido me heló la sangre: era un tañer de campanas igual al que había escuchado en mis sueños. Me quedé paralizado mientras sentía el retumbar en mi interior.

»Hernando, al verme allí parado, me preguntó:

»—¿Qué ocurre, Martín? ¿Te encuentras bien?

»No me salían las palabras; lo único que conseguí fue seguir caminando hasta la ermita en cuya espadaña oscilaba la campana, seguido de Manuel. Era mediodía y estaban llamando a misa. Reconocí a varios de mis compañeros, que acudían al rezo, pero entre ellos no estaba Mateo. Entonces, ante mis ojos, varios de los hombres se apartaron a la vez, como si estuviesen realizando un baile, y tras ellos vi una caseta con la puerta abierta. Entendí aquello como una señal y me dirigí allí con paso firme, queriendo descubrir de una vez por todas lo que sucedía. Empujé la puerta y, en la penumbra, descubrí a una persona tendida de lado en el suelo, junto a una lumbre casi extinguida. Al escucharme entrar se volvió con dificultad y me reconoció:

»—¡Ayúdame, Martín!

»Me arrodillé junto a mi amigo con el corazón pugnando por salirse del pecho. Todo era tal cual lo había soñado y me costaba entender que me encontraba despierto.

»—Dame agua, te lo suplico.

»Busqué alrededor y vi un cántaro casi vacío. Se lo acerqué y bebió con dificultad. Una vez saciado, me cogió la mano y sonrió mientras las lágrimas le escurrían por las mejillas:

»—Alabado sea Dios, Martín. He rezado mucho para que este momento se produjera.

»Apreté su mano y respondí:

»—Lo sé, Mateo. A pesar de la distancia, te oí. Y por eso he venido.

»Mis palabras le extrañaron.

»—¿Me oíste? ¿Cómo...?

»—Eso ahora no importa, amigo. Dime, ¿qué te ha ocurrido?

»Se incorporó y apoyó la espalda en la pared. Estaba muy delgado y su piel blanquecina brillaba en la penumbra de la casa. Tomé el morral y le di un trozo de pan y un buen pedazo de cecina. Lo recibió como el mejor de los regalos y, a pesar de su debilidad, lo comió con avidez. Como por arte de magia, me pareció que el color regresaba a sus mejillas.

»—Dios te bendiga, Martín. Creo que llevo varios días durmiendo o, al menos, en duermevela, mezclando sueños y pesadillas a partes iguales. Soñaba contigo y, en mis sueños, te llamaba. Pero tú no podías venir porque había personas que te lo impedían. Había una mujer que te agarraba con sus manos, aunque no eran manos sino garras. Y había también unos hombres muy fornidos, unos negros, que reían de forma histérica y tenían el rostro manchado de sangre.

»Sentí un escalofrío, pues con quien Mateo había soñado no era sino con doña Elvira y con los esclavos negros que me ayudaron a escapar de Santo Domingo. En ese momento recordé que Manuel esperaba junto a la puerta y lo hice pasar. Mateo dio un respingo y a punto estuvo de ponerse de pie.

»—¡Es él, Martín! ¡Viene a matarte!

»Sonreí y, tomando de nuevo su mano, lo tranquilicé:

»—No viene a matarme. Es mi amigo y me salvó. Ahora también te puede ayudar a ti.

»Manuel se arrodilló, sacó unas hojas liadas y, acercándolas a la lumbre, las prendió por la punta. Luego sopló un poco para apagar la llama y aspiró profundamente por el otro extremo. Mateo lo miraba todo con incredulidad, pero lo calmé:

»—Mira.

»Tomé el rulo, aspiré hasta llenar mi pecho y expulsé el humo por la nariz. Después se lo acerqué a Mateo. Primero dudó, pero luego repitió mi gesto. Dio una larga bocanada y tosió con ganas.

»—¿Qué... demonios?

»Fui a cogérselo de las manos para explicarle en qué consistía, pero no me dio tiempo. Lo acercó de nuevo a los labios y aspiró con más calma. Cerró los ojos y expulsó el humo despacio.

»—¡Ohhh! —exclamó, y se reclinó contra la pared.

»—Como ves —dije—, mi amigo no trae sangre en el rostro, sino un fuego que sana.

»Mateo asintió, aunque su desconfianza no había desaparecido del todo.

»—No me gustan los negros, pero con este haré una excepción. ¿Os queda más de esto?

»Manuel abrió un poco su bolsa y le mostró las hojas que llevaba.

»—Está bien —dijo Mateo.

»—Bueno, cuéntame de una vez qué te ha ocurrido.

»—De acuerdo, te lo contaré. Aunque luego tú habrás de contarme por qué saliste de Santa María sin avisarme, dónde has estado todo este tiempo y por qué regresas acompañado de un negro que trae hojas que arden sin echar llamas... En fin..., ¿por dónde empezar? Los problemas comenzaron hace poco más de un mes. Balboa estableció un acuerdo con otro cacique de los alrededores, que parecen abundar más que las setas en primavera. Y, como parte del acuerdo, el cacique y Balboa decidieron que la alianza se sellase entregando algunas de las mujeres indias a cambio de lanzas, dagas y otros objetos de hierro. Se suponía que el objetivo era establecer un vínculo duradero entre los dos pueblos, pero aquello terminó en puro fornicio. Balboa sabía lo necesitados que estábamos de compañía femenina y consintió dicha conducta, al menos durante algunos días. Pero con eso fue suficiente para echar todo al traste, pues algunos hombres enloquecieron por completo. Después de tanto tiempo sin yacer con mujeres, algunos no se saciaban ni con las que les habían asignado y se dedicaron a rondar a las de los demás, provocando riñas entre nosotros, el rechazo de ellas y el enfado del cacique, que no podía entender cómo éramos tan avariciosos y pérfidos. Un día, Álvaro, uno de los marineros, golpeó a una muchacha que no quería acostarse con él y se desató la trifulca con los indios. Yo tendría que haberme puesto de parte de los míos, lo sé, pero el comportamiento de Álvaro me pareció tan mezquino que fui a reprochárselo y terminamos a puñetazos entre nosotros. Otros vinieron a separar-

536

nos y yo lo hubiese dejado allí, pero Álvaro se me echó encima con un cuchillo en la mano y me hirió en el costado. Me trajeron aquí y me curaron lo mejor que pudieron, aunque desde aquel día me encuentro cada vez peor. Me temo que esto me va a llevar a la tumba.

»Levanté su camisa y comprobé que tenía una profunda herida en el costado, que estaba enrojecida y hedía. Además, tenía el cuerpo lleno de moretones.

»—La herida es mala, pero aquí nadie va a acabar en una tumba, al menos no tan pronto. Somos amigos y siempre nos hemos ayudado, ¿no es así?

»—Que hayas venido ya es un gran consuelo... y aspirar esas hojas no ha estado mal tampoco.

»Y después de decir esto volvió a inhalar el humo, despacio y cerrando los ojos.

»—No es solo eso, Mateo; mi amigo Manuel conoce otros remedios para las penas del cuerpo y del alma. ¡Mira!

»Hice un gesto a Manuel y este sacó el frasquito con el licor. Le quitó el tapón y se lo acercó a Mateo. De nuevo tuvo un amago de desconfianza, pero fue tan breve que no me dio tiempo ni a tener que convencerlo. Cuando el brebaje bajó por su garganta, pareció revivir del todo.

»—Virgen santísima... ¿De dónde has sacado todo esto? —preguntó mirando a Manuel—. ¿Eres mago o algo así?

»—No soy mago —contestó Manuel—, pero conozco remedios que te pueden ayudar, si tú quieres.

»Y según lo decía, vertió un poco de licor sobre la herida.

»—Por supuesto que quiero que me ayudes —exclamó Mateo retorciéndose con el escozor—, ¡cómo no lo habría de querer! Pero, por Dios, no malgastes el licor de ese modo.

»Tras arrebatarle la botellita a Manuel de las manos, le dio otro largo trago.

»—En fin —dijo más calmado—, ya te he contado lo que me ocurrió. Ahora quiero que me digas por qué te fuiste y por qué has vuelto.

»Aquello no era sencillo de explicar. Aun así, estaba tan

decidido a afrontar mis problemas que opté por contarle todo. Cuando terminé el relato, mi amigo ardía; pero no de calentura, sino de rabia.

»—Pascual... Le dije lo que me pediste y, aunque al principio se mostró enfadado, luego se lo veía tan contento; mientras, los demás nos preguntábamos por qué habías salido de manera atropellada. El caso es que tú también se lo pusiste en bandeja... ¿Cuántas veces te pedí que te olvidases de Anayansi? ¿Diez? ¿Cien? Te dije que aquello no podía traerte más que problemas.

»—Lo sé, lo sé..., pero ahora todo eso ha de quedar atrás. Tengo que encontrar el modo de aplacar el odio de Pascual, olvidar a Anayansi y lograr el perdón de Balboa.

»—¡Vaya tres tareas! Y lo peor es que ninguna depende de ti: Pascual es malo por naturaleza; a Anayansi la llevas grabada a fuego en el corazón y Balboa tiene buenos motivos para estar enfadado contigo por tu huida... ¿Por dónde piensas empezar?

»Entonces tuve una intuición y contesté:

»—Por el principio, Mateo.

»Salí a la calle y me dirigí a paso ligero hacia la casa de Pascual, como era mi primera intención. Todavía se estaba celebrando la misa y la mayor parte de los hombres permanecían dentro del templo, aunque intuía que Pascual no sería uno de ellos, ya que siempre fue un descreído y un maldecidor. Al llegar a su casa, empujé la puerta y lo encontré tumbado en el suelo dormitando; a su lado descansaba otro marinero, cuyo nombre ahora no recuerdo. Al verme aparecer, Pascual se incorporó y me observó con sorpresa.

»—Por los clavos de Cristo... Has vuelto.

»Lo interrumpí señalándole con la cabeza al hombre que le acompañaba. Pascual le dio un puntapié en las costillas y salió de la casa refunfuñando.

»—No pensé que fuera a verte más —siguió—. ¿Olvidaste algo y has vuelto a por ello?

»—Sí; olvidé mi orgullo.

»—Del orgullo no se come, Martín, ya deberías saberlo.

»—No todo es comer…

»—Eso es cierto y tú lo sabes mejor que nadie; de hecho, por eso te metiste en un lío tú solo. ¿Qué tal Anayansi? ¿Ya has ido a visitarla? Creo que te sorprenderás al verla.

»—No tengo intención de repetir los errores del pasado. He vuelto para comenzar de nuevo.

»—¡Pero los errores no se borran solo porque lo deseemos!

»Apenas llevábamos unos instantes de conversación, pero Pascual ya estaba consiguiendo hartarme.

»—¿Qué es lo que quieres de mí? —le dije.

»—Me gusta cómo hablas. Lo que quiero es que compres mi silencio, nada más: tú me pagas y yo mantengo el pico cerrado.

»—¿Pagarte? No tengo nada, ¿cómo crees que habría de hacerlo?

»—No tengo prisa. Tú primero trabaja y encuentra oro. Y cuando lo hagas, me lo entregas. No es tan difícil, ¿verdad? De hecho, pensándolo bien, me resultas más útil aquí que en Santo Domingo.

»Sentía unas ganas irrefrenables de caer sobre él y golpearlo, pero me abstuve. Aquello solo serviría para empeorar mi situación. Y como de momento no podía hacer otra cosa más que plegarme a sus deseos, le dije:

»—Está bien; haré como dices.

»Salí de su casa y caminé por entre las calles de la villa. Sabía lo que me tocaba a continuación, aunque me causaba tanta ansiedad que trataba de engañarme a mí mismo. Al final reuní el valor necesario y acudí a la casa de Balboa. Estaba donde siempre, pero no era la misma. En aquellos meses habían levantado paredes de piedra y cubierto el techo con tejas, de modo que sobresalía entre todas las demás construcciones. A la puerta tenía a dos hombres armados que me reconocieron al verme, mas no me dejaron pasar.

»—Quiero ver al gobernador.

»Uno de ellos me indicó que esperase y entró en la vivienda.

Tardó un poco en salir y, cuando lo hizo, me dijo que tendría que seguir esperando.

»—¿Está con alguien? —pregunté, por ver si el momento era inoportuno.

»—Con su mujer.

»Comprendí al instante que Balboa quería hacerme esperar a propósito y sus motivos tenía. Yo había salido de Santa María sin dar explicaciones y aquello solo tenía un nombre: deserción. Estaba en sus manos y solo podía encomendarme a su clemencia. Esperé con paciencia hasta que desde dentro de la vivienda se escuchó una voz que dijo:

»—Hacedlo pasar.

»Los dos hombres se apartaron y entré. En cuanto me acostumbré a la oscuridad del interior distinguí una rica estancia, con un escritorio de buena madera y varias sillas de fibra trenzada. En el asiento más historiado y alto estaba Balboa, cual rey en su trono. Me miraba fijamente y no fui capaz de dilucidar si lo hacía con desprecio o con alegría. Desvié un poco la mirada y vi a Luaía, sentada a su lado. Sus ojos negros eran inconfundibles, pero era prácticamente lo único que no había cambiado. Si no hubiera sido por su piel cobriza, cualquiera hubiera podido decir que me encontraba ante una gran dama castellana: llevaba un vestido blanco que la cubría del cuello a los tobillos, calzaba unos zapatos de cuero del mismo color y se había recogido el cabello con una diadema adornada con flores. Me miró con un mohín de desprecio y enseguida retiró la mirada.

»—Martín del Puerto —dijo Balboa, rompiendo aquel opresivo silencio—. Nunca pensé que volvería a verte.

»No estaba muy seguro de si aquello era una invitación a que me explicase; pero, como no tenía muchas opciones, decidí hacerlo de todos modos.

»—Yo tampoco creía que volvería a veros, señor. Sin embargo, el destino no siempre obedece a nuestros deseos ni a nuestras expectativas.

»—Eso es evidente... Saliste de aquí sin mi permiso y regresas de nuevo de igual modo. Alguna resolución tendré que tomar, pero antes me gustaría que me explicases por qué lo hiciste.

»No podía contar la verdad, por supuesto, pero en el último momento se me ocurrió una posible manera de enfocar la situación.

»—Tenía una deuda pendiente, señor. Y estaba obligado a cumplirla.

»—¿Una deuda? —preguntó él, extrañado.

»—Sí, con el capitán Alonso de Ojeda. Cuando estuvimos juntos en Cuba y me envió a pedir auxilio a La Española me entregó un anillo con la imagen de san Judas Tadeo, con la promesa de devolvérselo si alguna vez nos volvíamos a ver. Algo me decía que Ojeda seguía vivo, como de hecho era, y por eso me conjuré a buscarlo y cumplir con mi promesa.

»—¿Un anillo? —dijo algo desconcertado—. ¿Es ese el único motivo que vas a darme para tu huida?

»—Os he servido siempre con la mayor humildad y lo seguiré haciendo si así os place; pero uno no puede faltar a su palabra y yo tenía una misión que cumplir. Aunque el anillo era solo un trozo de metal, para mí suponía no faltar a la palabra empeñada.

»—Si es así —apuntó Balboa con razón—, solo tendrías que habérmelo pedido. ¿Por qué te fuiste como un fugitivo?

»—Porque tenía miedo de que no me permitierais partir.

»—Sí lo habría permitido y me decepciona que pienses lo contrario.

»Agaché la cabeza, porque sabía que no podía hacer otra cosa más que mostrarme sumiso.

»—Fue una estupidez por mi parte, lo reconozco. Sin embargo, mi huida no fue en vano; estando allí conseguí importantes informaciones sobre la llegada del nuevo gobernador.

»Balboa se irguió en su sillón y vi que su rostro cambiaba.

»—¿Informaciones? ¿Qué informaciones?

»—Don Pedro, el hijo del malogrado capitán De la Cosa, tenía noticias de que la flota del gobernador Pedro Arias de

Ávila zarpó de España a comienzos de abril y que no iba a recalar en La Española; por tanto, no puede estar muy lejos. Me contó también que es la mayor flota jamás armada para cruzar el océano.

»—¿Qué significa eso? ¿Seis o siete barcos?

»—Pedro de la Cosa hablaba de más de diez.

»Balboa apretó los puños.

»—Más de diez barcos... ¿Cómo esperan que podamos acoger aquí semejante flota? ¿Qué vienen buscando?

»Era evidente que lo que venían buscando era lo que Balboa, imprudentemente, había prometido: oro suficiente como para recogerlo a brazadas. Pero eso era algo que yo no podía traer a colación, de modo que dije:

»—Quizá don Pedro exagerase; al fin y al cabo, sus informaciones llegaron de boca de otros y podrían ser erróneas.

»Balboa resopló.

»—Espero que lo sean...

»Luego, mirándome fijamente, añadió:

»—¿Qué hago contigo, Martín? Si aplicase la ley, no tendría más remedio que castigarte.

»—Así es.

»Siguió con sus ojos clavados en los míos, como esperando que mostrase alguna debilidad o dubitación.

»—Y sin embargo... —dijo por fin—, parece que estás protegido por un halo mágico o sagrado. Saliste con vida de tu odisea con Ojeda justo para embarcarte de nuevo con Enciso y ayudarme a deshacerme de él. Luego volviste a prestarme tu ayuda informándome de la llegada de Nicuesa y de sus planes para apartarme del mando. Y, por último, me acompañaste en el descubrimiento del mar del Sur y renunciaste a la gloria de mojar tus pies a cambio de servirme una vez más llevando la información a los que habían quedado atrás...

»Cuando Balboa dijo esto, miré de reojo a Luaía, que se mordía los labios.

»—Dime, Martín ¿irías en contra de la voluntad divina si estuvieras en mi piel?

»Me encogí de hombros.

»—Mi papel en este juicio no es el de juez, sino de acusado.

»Balboa sonrió.

»—Me desconciertas…, renuncias incluso a defenderte.

»Tamborileó con los dedos sobre el brazo del sillón y dijo:

»—Está bien. Si Dios no te ha castigado, y ha tenido buenas oportunidades para haberte mandado a la tumba, yo tampoco lo haré. En todo caso, no admitiré más desaires. Si estás conmigo, te quiero siempre a mi lado.

»Contuve el soplido de alivio y asentí con respeto:

»—Por supuesto que estaré a vuestro lado. Y os serviré como el más fiel de los hombres.

»—Muy bien. En ese caso puedes retirarte.

»Había un asunto más que quería hablar con él, aunque no sabía cómo plantearlo. Él, al verme allí parado, me preguntó con impaciencia:

»—¿Qué ocurre, Martín? ¿Has cambiado de idea respecto al castigo?

»—No, señor, no es eso. Es solo que quería pediros un favor.

»—Habla entonces; y quizá termines saliendo de aquí con un premio.

»—Es respecto al negro que me acompaña; su nombre es Manuel y me fue entregado como esclavo por Pedro de la Cosa antes de morir. Es un hombre muy valioso.

»Balboa se encogió de hombros.

»—¿Quieres permiso para venderlo?

»—No; lo que quiero es permiso para liberarlo. Os aseguro que no es idólatra, ni caníbal, ni es dado al vicio nefando. Por el contrario, es un buen trabajador, habla castellano y cree en Dios. Además, conoce muchos remedios y puede ser de gran utilidad para curar a los heridos y los enfermos.

»Balboa alzó las cejas.

»—Pedí al rey que no enviase bachilleres en leyes y me envía un nuevo gobernador que viene a apartarme y a llenar Santa María con sus adeptos. Y también le pedí que enviase a alguien versado en medicina y me envía a un esclavo negro que viene de la mano de un amotinado. En fin, pocas cosas suceden como uno espera… Si es tu deseo, no hay impedimento para que le des la libertad.

»Agradecí sus palabras y me dispuse a retirarme. Antes de hacerlo miré de nuevo a Luaía y no pude saber si la expresión que tenía era de enojo o de alivio. Fuera como fuese, no era el momento para averiguarlo.

»Regresé junto a Mateo y Manuel. El primero estaba enganchado a las hierbas y aspiraba el humo con evidente placer. Manuel, al verme, se encogió de hombros, como indicándome que no había podido quitárselo.

»—¿Le hará mal si aspira demasiado? —pregunté.

»—Nunca vi a nadie hacerlo de este modo, pero no creo que pueda hacerle ningún mal.

»—Está bien. Dejémoslo entonces.

»Más o menos a los dos días de nuestra llegada, Mateo comenzó a mejorar. No fue solo por aquellas hierbas y por el licor, sino por toda una serie de remedios que Manuel buscaba en la selva: cortezas, raíces, frutos… Algunos los raspaba, con otros hacía infusiones y otros los quemaba hasta casi calcinarlos. No sé si eran unos conocimientos que traía de África o si los había aprendido en su cautiverio en La Española, pero el caso es que funcionaban. Al poco, la voz se corrió por toda la villa y muchos acudían a mí para que Manuel los ayudase con sus dolencias en las piernas, sus heridas, las picaduras de los mosquitos o el ardor en el estómago. Yo les decía a todos que no era a mí a quien debían preguntar, puesto que Manuel era ya un hombre libre. Creo que no hubo uno siquiera que no me llamase chiflado por haberlo manumitido, pero yo estaba muy contento con mi decisión y encantado de que Manuel gozase de su libertad.

—Y él ¿lo disfrutaba también? —preguntó don Carlos.

—Sí, por supuesto; supongo que después de todo lo que había sufrido encontraba placer en ayudar y curar a los demás, incluso a los que, como nosotros, le habíamos inferido todas aquellas desgracias. Era un hombre de grandísimo corazón y os aseguro que ninguno de los que llegaban a pedirle ayuda se iba de vacío, pues Manuel siempre encontraba algo para darles, aunque me temo que a veces no eran más que semillas sin ninguna propiedad mezcladas con agua de río. En todo caso, cuando uno está enfermo, pone tanta fe en el remedio que en muchas ocasiones la ilusión por curarse obra el milagro.

Don Carlos asintió a mis palabras.

—Eso que dices es muy cierto, Martín. El enfermo que se recrea en su enfermedad, que no deja de pensar en ella y se convence de que va a morir, termina por empeorar de su dolencia. En cambio, aquel que afronta las dificultades y les planta cara y que acepta con fe y confianza los remedios que le proporcionan es mucho más propenso a curarse. Además, quizá la ciencia de Manuel fuera más certera que la que aquí conocemos, pues es sabido que los salvajes no utilizan como nosotros el raciocinio, sino que se mueven por instintos similares a los de los animales, que pueden distinguir de manera natural la hierba que sana de la que mata.

Después de todos los años pasados en las Indias, me costaba mucho coincidir con aquella visión del emperador, pues tuve innumerables ocasiones de comprobar que lo «salvaje» y lo «atrasado» es normalmente solo lo «desconocido». Sin embargo, estaba seguro de que aquella visión sería difícil de aceptar por don Carlos y decidí no ahondar en el asunto.

—El caso es que la herida de Mateo sanó por completo, y él y Manuel se hicieron buenos amigos. Todavía algunas noches dormía con un ojo abierto, pues tenía un temor atávico por los negros, pero incluso aquello terminó por desaparecer. Yo, mientras tanto, trataba de reincorporarme a la vida en Santa María eludiendo a Luaía y a Pascual. En todo caso, no me dio mucho tiempo, pues la flota del nuevo gobernador hizo su entrada en la villa incluso antes de lo que yo esperaba.

»Fue una mañana de junio. Recuerdo que Balboa estaba arreglando su casa, sustituyendo unas maderas que se habían podrido con las incesantes lluvias. Fue entonces cuando escuchamos un cañonazo a lo lejos y entendimos que la flota había llegado. Algunos pensamos que Balboa dejaría su tarea, se cambiaría de ropa y acudiría al puerto, mas no lo hizo. Siguió como si nada ocurriese, con su camisa abierta, sus calzones y sus alpargatas de esparto. Al poco vimos aparecer a un emisario que el nuevo gobernador había enviado para anunciar su llegada. El pobre venía todo acalorado, vestido con camisa y jubón, pantalones, medias y zapatos cerrados. Al entrar en la plaza se paró jadeando y, tras recuperar el aliento, miró alrededor tratando de localizar a nuestro jefe, pero como todos íbamos igualmente ataviados y nadie daba un paso al frente, el mensajero estaba desconcertado.

»—Traigo nuevas para Vasco Núñez de Balboa —anunció—. ¿Alguien puede darle aviso?

»En ese momento Balboa se bajó de la escalera en la que se encontraba subido, se limpió un poco el polvo y la hierba de las ropas y acudió despacio a su encuentro.

»—Aquí me tienes. ¿Cuáles son esas nuevas?

»El mensajero se giró y miró en torno a él, como preguntándose si era una broma que le estábamos gastando entre todos. Al ver que nadie se reía, comprendió que aquello era verdad.

»—Habéis de saber que el nuevo gobernador ha hecho su llegada y que la flota está anclada en el puerto. El señor Pedrarias Dávila os espera para que acudáis a prestarle respeto y obediencia.

»Balboa se acercó y, con voz firme, dijo:

»—Así lo haré, pues sirvo a mi rey con respeto y sumisión.

»El hombre se dio la vuelta y regresó al embarcadero. Cuando se hubo alejado, algunos de los hombres empezaron a protestar y a decir que Pedrarias no tenía derecho a ir allí, que defenderían lo suyo con las armas si era necesario y otra serie de bravatas. Uno de los que más protestó fue Hernando, pues lo conocía bien tras haber luchado bajo su mando en las guerras de Granada. Balboa, sin embargo, nos calmó y nos dijo que guardásemos las energías para afanes realmente necesarios, pues oponerse al nuevo gobernador no era valentía sino simple necedad. Se puso en camino hacia el puerto, tras los pasos del mensajero, y muchos le seguimos. Hasta ese momento se había mostrado muy sereno, pero según descendíamos y la flota comenzaba a hacerse visible, su rostro iba mudando. Allí no había cinco barcos, ni diez, ni quince... La flota estaba compuesta por un total de veintidós embarcaciones. Entonces oí que Balboa murmuraba:

»—Esto no es una expedición; es una conquista.

»No nos dio tiempo a llegar al puerto, pues ya por el camino venían los primeros hombres de Pedrarias y detrás él mismo. Vestía ropas de lujo, como si acabase de salir de una recepción en la corte, y andaba con la cabeza muy alta, de la mano de su esposa. Lo primero que me llamó la atención del nuevo gobernador fue su edad, pues le calculé más de setenta años y caminaba con dificultad arrastrando los pies entre las piedras y el barro del camino. Su mujer, en cambio, era mucho más joven y se ocupaba de ayudarle, si bien iba vestida también con ropas tan pesadas y floridas que parecía ahogarse a cada paso bajo el tórrido sol del trópico. Cuando los dos hombres se encontraron cara a cara, Pedrarias repitió el mismo gesto de desagrado que había mostrado el mensajero al ver a Balboa. Y no fue solo él, sino que muchos de los que formaban su nutrida comitiva, entre ellos Juan de Ayora, su hombre de más confianza, se extrañaban de que el gobernador Balboa, aquel que había anunciado a la corte que en su gobernación se pescaba el oro con redes, fuese vestido con alpargatas y zaragüelles, y lo comentaban mientras lo señalaban. Supongo que ese fue el momento en que se dieron cuenta de que quizá hubiesen hecho mejor quedándose en Castilla..., pero de eso os hablaré más adelante.

»Balboa se adelantó, hincó la rodilla en tierra y, agachando la cabeza, realizó su juramento:

»—En mi nombre propio y el de mis hombres os juro lealtad y obediencia como nuevo gobernador. Tendréis en mí a vuestro más fiel servidor.

»Observé el rostro de Pedrarias. Tenía una mirada penetrante, de ojos verdes brillantes. Sus labios eran muy finos y su piel estaba surcada por multitud de arrugas, aunque era blanca como la leche; sus manos eran finas, prueba de que no se las había manchado trabajando. Balboa acababa de someterse a él y todavía estaba arrodillado, pero, así y todo, la expresión de Pedrarias no era de satisfacción y se apreciaba de lejos que algo hervía en su interior.

»—Poneos en pie —dijo por fin—. Hoy hablaremos por extenso, mas de momento hay otras necesidades más acuciantes. Ya han pasado más de dos meses desde que partimos de Castilla y debemos descansar.

»Balboa se levantó.

»—Santa María de la Antigua es vuestra, señor. Tomad de ella lo que más necesitéis.

»Y mientras Balboa decía estas palabras, miré hacia el puerto y vi la comitiva sin fin que se iba aproximando. ¿Eran mil? ¿Dos mil? No daba crédito. Mateo se acercó y me dijo al oído:

»—Despídete de dormir a solas, amigo; y de comer dos veces al día.

»Tenía razón. ¿Dónde demonios iba a meterse toda esa gente?

6

Escritorios, doseles y espinetas

—¿De modo que la expedición de Pedrarias llegó a Santa María como las aguas de un torrente desbordado?

El emperador no podría haber utilizado un símil más adecuado.

—En efecto, señor. La expedición de Pedrarias nos cayó como una inundación. Mientras el nuevo gobernador y su esposa seguían camino hacia la villa acompañados por Balboa, los demás contemplábamos atónitos la caravana de personas y enseres que se iba formando a medida que se vaciaban los barcos. En aquel momento en Santa María podía haber algo más de cuatrocientos hombres; y de pronto vimos que la población se iba a multiplicar por cinco en apenas unas horas. Y si el volumen era llamativo, ¡qué decir de su variedad! Pedrarias se hizo acompañar, entre otras muchas personas, de un obispo con todo su séquito: un deán, un arcediano, un chantre, un maestrescuela, seis canónigos, un arcipreste y tres sacristanes. También trajo un contador, un veedor, un tesorero, un factor, un escribano y un alcalde. Y no faltó tampoco un alguacil mayor, que a la sazón era, probablemente, la persona que menos queríamos ver por allí: Martín Fernández de Enciso.

—¿El mismo al que Balboa depuso y envió a España?

—Sí, señor; en persona. Cuando pasó ante nuestros ojos, contuvimos la respiración. Su rostro mostraba satisfacción y deseo de venganza.

Don Carlos reflexionó unos instantes.

—No es de extrañar, en todo caso. Supongo que Enciso pasó todo el tiempo que estuvo en España rumiando su odio y su deseo de revancha frente al que le había depuesto de forma tan astuta.

—Sí, pero no creo que «astuta» fuera la palabra que Enciso tuviera en mente. Para él, el golpe de Balboa había sido traicionero y desleal, y es fácil de comprender que estuviera resentido... En todo caso, aquel no era el mayor de nuestros problemas, pues detrás de Enciso siguió discurriendo la procesión, sobre todo hombres, claro está, pero también algunas damas. Todos ellos iban con sus ropas castellanas y caminaban con dificultad tratando de pisar en las piedras, para no acabar de bruces en el barro o que la vegetación se enganchase en sus ropas. Algunos traían el rostro desencajado por la travesía y se les veía descompuestos. Otros sudaban a chorros y debían pararse cada poco a coger resuello. Más de uno decidió cortar por lo sano desde el primer momento y se quitó el jubón y hasta la camisa. Pero si algo nos llamó la atención, más incluso que aquella variopinta comitiva, fueron las mercancías que portaban los sirvientes: sillas, mesas, baúles repletos de ropa y calzado, escritorios de madera tan grandes que habían de ser llevados entre seis, camas con dosel e instrumentos musicales..., ¡entre ellos una espineta! En otras circunstancias nos hubiese dado por reír, pero aquello tenía poco de cómico: ¿cómo iban a acomodarse dos mil personas donde hasta el momento solo éramos cuatrocientos? ¿Dónde iban a dormir? ¿Qué iban a comer? Por fortuna vimos que, junto a cosas tan inútiles en aquellas latitudes como violines, mantas de lana o bañeras de madera, algunos portaban también panes, cántaras de vino y embutidos. Observando aquel peculiar desfile, Mateo me relató un chisme descabellado:

»—Una vez me contaron de un salchichón mágico que, cuando lo cortabas por un lado, crecía por el contrario. Espero que sean esos los que traen, porque si no nos estaremos comiendo los unos a los otros en menos de una semana.

»—Estos embutidos muy mágicos no parecen, Mateo. Y, en

todo caso, será mejor acabarlos cuanto antes, porque con este calor no tardarán en pudrirse.

»En esas disquisiciones estábamos cuando uno de los recién llegados se nos acercó. Traía el rostro cetrino, unas profundísimas ojeras y jadeaba mientras trataba de desabrocharse la camisa para dejar escapar el horno que llevaba bajo las ropas. Su aspecto era lamentable y sentí lástima por él, pero lo que nos dejó perplejos fue que nos preguntara:

»—¿Dónde tenéis las redes para pescar el oro?

»Mateo y yo nos miramos atónitos; estaba claro que no lo había dicho como una metáfora, sino que lo preguntó con plena convicción.

»—¡Pescar oro! —exclamó Mateo—. ¿De dónde has sacado semejante majadería?

»El rostro del hombre se ensombreció aún más ante aquel golpe de realidad. Sin embargo, al poco su expresión mudó y creí ver un atisbo de desconfianza, como si estuviésemos queriendo ocultarle la verdad.

»—Está bien —dijo—. Ya veo que queréis proteger vuestras riquezas. A ver si os mostráis igual cuando el que os pregunte sea el gobernador.

»Y con las mismas se unió de nuevo a la interminable romería y siguió avanzando hacia la villa.

»—¿Has oído lo que ha dicho? —preguntó Mateo cuando se hubo alejado—. Si en verdad piensan que aquí el oro se pesca con redes, ¿imaginas lo que ocurrirá cuando se den cuenta de la realidad?

»Por supuesto que lo imaginaba, claro está, aunque no conseguía entender por qué traían un concepto tan erróneo de nuestra gobernación. Ahora, gracias a lo que me contasteis, sé que las cartas que Balboa había enviado al rey para ponerle de su lado tuvieron gran parte de la culpa. Lo que nunca hubiese imaginado es que aquellas palabras pudiesen haber desembocado en un desatino tan mayúsculo.

—Jugar con la mentira es peligroso —dijo don Carlos—. Balboa creó un embuste para protegerse y después aquel engaño le golpeaba en la cara. Mejor dicho: os golpeaba, pues todos habríais de sufrirlo.

—Sí, pues apenas teníamos para nosotros y de pronto debíamos alimentar a un ejército de ilusos que pensaban que los ríos eran de oro y que de las nubes caía maná.

—Difícil tarea... Durante mis años de reinado hube de organizar campañas sin fin, poniéndolas en marcha y montando campamentos gigantescos en los sitios y bajo las condiciones más inhóspitas. Pero al menos teníamos siempre cerca un punto del que nutrirnos y líneas de aprovisionamiento suficientes. Vosotros, en cambio, estabais en el otro extremo del mundo y sin nadie que acudiera a socorreros.

—Exacto. Acoger a aquel tropel fue como si al que le duele un brazo le golpeas con un martillo en las piernas.

Don Carlos aspiró hondo mientras asentía con la cabeza.

—Dime, ¿qué clase de persona era Pedrarias?

—Casi ninguno de nosotros había oído hablar de él, pero Hernando lo conocía, pues, como os dije, había combatido con él en las guerras por la toma de Granada. Hernando siempre fue un lenguaraz, pero aquella primera noche estaba especialmente desatado.

»—¿Sabéis lo que decía mi abuela? Que al que da demasiadas explicaciones, lo que le faltan son razones.

»Hernando era muy dado a decir frases como aquella, de difícil discernimiento, pero enseguida nos la aclaró:

»—Mientras estuve a su mando en Granada, no perdía la ocasión de pavonearse de la gloria de su familia y de su relación con la Corona. Sin embargo, os aseguro que era bien poco de lo que tenía que enorgullecerse, pues su familia no era de tan rancio abolengo como él gustaba de presumir.

»—Y eso ¿cómo lo sabes? —preguntó Mateo.

»—En un campamento todo se cuenta, y más los chismes y las maledicencias. Dicen que el fundador del linaje fue su abuelo Diego, un judío converso que se dedicaba a la venta de especias por los pueblos de Castilla y que hizo todo lo que pudo por medrar, aunque no consiguió más que casarse con una tabernera de Valdemoro, a la que dejó preñada antes de las nupcias. Nadie sabe cómo, pero el muy cabrón logró hacerse amigo del poderosísimo Juan Pacheco y, a través de él, se convirtió en recaudador de alcabalas para el príncipe Enrique.

»—¡Menuda carrera! —exclamó Mateo.

»—Sí, aunque estuvo a punto de durarle un suspiro porque, al parecer, cometió un crimen y fue condenado a muerte. Parecía que su vida acabaría en la horca, pero sus buenas relaciones le permitieron librarse de la condena e incluso logró el ascenso a secretario, primero, y a contador mayor de Castilla, después. Además, Enrique le hizo abandonar su antiguo apellido y le dio el "Arias", de donde le vino el nombre de "Diegarias". Con la tabernera tuvo tres hijos, uno de los cuales fue Pedro, señor de Puñonrostro y padre de Pedro Arias Dávila, el gobernador que ahora nos ha caído en gracia.

»—No puedo entender que un hombre de tan humilde origen llegase tan arriba —dije yo.

»—Sobre eso también corrían muchos rumores —siguió Hernando—. Pedrarias entró de joven como paje al servicio del rey Enrique y hay quien dice que, para ello, hubo de plegarse a los deseos carnales del rey y a ocultar sus desviaciones, ya me entendéis...

Don Carlos sonrió y aquello me resultó extraño, pues los temas de índole sexual por lo general prefería evitarlos.

—Conozco esos rumores, no creas que no. Y me reí mucho leyendo lo que unos y otros decían sobre el hermano de mi abuela Isabel. Que fuera incapaz de consumar el matrimonio con Blanca de Navarra durante los primeros tres años de enlace, a pesar de intentarlo con denuedo, fue un tema de burla en la corte y algunos lo consideraron un maleficio por haberse casado precisamente con Blanca, que era su prima. En apoyo de dicho maleficio estaba el hecho de que las prostitutas de Segovia afirmaban que era bien capaz de ello... El caso es que consiguió anular el matrimonio y se casó con Juana de Portugal, que a la sazón también era prima suya. Con ella dijo haber tenido una hija, pero todos consideraban que era hija de su allegado Beltrán de la Cueva, lo que dio lugar a un conflicto espantoso que desangró Castilla durante demasiados años, como bien sabrás.

—Por supuesto. Mis tíos hablaban a menudo de aquellos días oscuros.

—Los enemigos de Enrique lo acusaron también del crimen nefando y otras prácticas abominables, e incluso afirmaban que había querido embarazar a Juana y que para ello hizo pasar su simiente mediante una cánula de oro, para vencer así su impotencia... ¡Quién sabe qué pudo haber de cierto en todo aquello!

—Así es, señor —dije con cierto sonrojo—. Las palabras se transforman cuando pasan de la boca de uno a la oreja de otro y más aún cuando hay un interés para que así sea.

—Muy cierto. En todo caso, volvamos a Pedrarias, que la historia de mi familia la conozco bien.

—De acuerdo, señor. Hernando siguió relatándonos los chismes que sobre Pedrarias y su familia se contaban en Granada, todos ellos malintencionados. Nos dijo que no soportaba que le contradijeran y que era despiadado con todos los que le mostrasen la más mínima oposición; y, por supuesto, el primero en ser blanco de su ira fue el propio Balboa.

»Al día siguiente de su llegada le llamó a capítulo. Solo ellos estuvieron en la reunión, pero acabada esta Pedrarias le abrió un juicio de residencia. Aquellos juicios, como bien sabéis, solían dilatarse durante meses y era necesario recabar todo tipo de informaciones y escuchar a las partes interesadas. Pedrarias quería que Balboa fuese enviado de inmediato a Castilla mientras se realizaba el proceso; pero el obispo Juan de Quevedo Villegas le previno contra aquella decisión, argumentando que Balboa en Castilla sería más peligroso que en las Indias, ya que tendría oportunidad de defenderse en persona y contar los trabajos que había tenido que acometer para fundar Santa María y descubrir la ruta al mar del Sur.

—O sea, que el obispo estaba del lado del nuevo gobernador, ¿no?

—Es lo que parecía..., pero en el fondo no era así: urdió aquella estratagema porque temía que la salida de Balboa dejase vía libre a Pedrarias para hacer lo que le viniese en gana, especialmente seguir con los abusos a los indios que había llevado a cabo antes de llegar al Darién.

—¿Qué abusos? —preguntó don Carlos.

—Nosotros no sabíamos de aquello, claro, pero resulta que Hernando conocía de sus tiempos en Sevilla a varios de los hombres que habían llegado con el gobernador. Y estos dijeron que se comportó de manera indigna con los indios que capturaron en Dominica, sin hacer el más mínimo amago por tratar de convertirlos al cristianismo, sino que los incitó al combate para luego poder esclavizarlos. A continuación se dedicó a rescatar oro y gestionarlo a su manera, al parecer...

—¿Qué quieres decir? —preguntó el emperador.

—Pues que el rescate obtenido no debía de ser inferior a seis mil pesos, pero Pedrarias lo redujo a menos de mil en sus libros.

El emperador se revolvió en su sillón; era evidente que todo aquello le resultaba tristemente conocido.

—Hasta el más leal de los hombres comete una felonía contra su señor... ¿Cómo hacer para acertar? ¿Cómo hacer para lograr que el que tiene a su alcance las riquezas las gestione de forma conveniente y resista la tentación de lucrarse a costa de la Corona? Hemos de suponer que se comportarán de forma honesta hasta que se demuestre lo contrario. En realidad nadie se comporta de manera honesta, pero me gustaría que me presentasen a un gobernante que haya encontrado la fórmula para corregir tales abusos. Te aseguro que es algo que siempre me atormentó y me preocupé mucho de buscar en todo momento a los más capaces y leales, confiando en que me devolviesen la mayor parte de lo que recaudaran. Sin embargo, como todo gobernante, también me equivoqué. El caso de Pedrarias es más hiriente, pues no solo era un alto funcionario, sino que estaba casado con Isabel de Bobadilla, una de las mujeres más cercanas y queridas de mi familia, como te dije.

—Sí; y ella estaba dispuesta a llevar su buen nombre donde fuese, acompañando siempre a su marido y sirviéndole con total lealtad. Baste con decir que al embarcar hacia las Indias dejó en Castilla a sus siete hijos para seguirle y ayudarle en todo lo que fuese necesario. De hecho, creo que el obispo Quevedo e Isabel de Bobadilla fueron los únicos capaces de moderar su carácter.

—Explícate.

—Pues ocurrió que en el perdón a Balboa no solo intervino el obispo, sino que ella también le pidió a su marido que se mostrase clemente. Pedrarias lo aceptó a regañadientes y permitió que Balboa siguiese en Santa María, si bien le prohibió tomar iniciativa alguna mientras no se dictase el veredicto del juicio de residencia. Aquella decisión dio comienzo a la extraña relación que se estableció entre los dos gallos de aquel corral: Pedrarias quería demostrar que estaba por encima de Balboa; aunque sabía que el rey Fernando le tenía aprecio y por eso no quería humillarlo. De modo que con una mano lo castigaba y con la otra lo perdonaba. Al escuchar la apertura del juicio a Balboa, varios de sus hombres más cercanos, como Andrés de Valderrábano y Fernando Botello, protestaron airadamente. Sin embargo, Balboa los calmó y aceptó sumiso el nuevo equilibrio de poder. No podía hacer mucho más y, por otra parte, teníamos un problema urgente y peliagudo: cómo alimentar a los habitantes de la villa.

»Los embutidos, a pesar de las ensoñaciones de Mateo, no eran mágicos sino normales y corrientes y se acabaron al tercer día, y eso que los cortaron en rodajas tan finas que podía verse a través de ellas. Lo mismo ocurrió con el pan y con el vino, que apenas dio para unos sorbos. La expedición traía también ganado y muchos cereales, pero se produjo un terrible incendio en el almacén que se construyó para custodiarlo y todo se perdió. Pedrarias, entonces, se vio de pronto ante un problema monumental y de imposible solución. Para no asumir la culpa se la echó a Balboa y exigió que le entregásemos todos los alimentos que teníamos, cosa que hicimos, pero que no sirvió de arreglo; pues el alimento de cuatrocientos difícilmente podía alimentar a dos mil. Así que antes de dos semanas nos vimos abocados a una hambruna pavorosa. Nosotros estábamos hechos a sufrir penurias y estrecheces, mas los nuevos no podían concebir que, en vez de estar pescando oro con redes, estuvieran arrastrándose por el suelo para recoger migajas, arrancar raíces o sorber el agua de los riachuelos. Qué triste espectáculo el ver a aquellos caballeros castellanos sentados en el suelo con la mirada perdida o suplicando: "¡Dadme pan!". Por un mendrugo algunos vendían todas sus pertenencias e incluso empeñaban sus mayorazgos en Castilla, tal era su desesperación. Al hambre se unió además la enfermedad, pues ninguno de ellos estaba acostumbrado a soportar el calor y la humedad del trópico ni las picaduras incesantes de los mosquitos. De modo que, pasados unos días, cerca de la mitad de los recién llegados cayeron enfermos de gravedad, con el rostro gris, los miembros lánguidos, problemas para respirar y dificultad o imposibilidad de orinar. La primera semana fallecieron unos cien y en las siguientes la mortandad no hizo sino acrecentarse hasta alcanzar los setecientos en menos de un mes.

—Setecientos… —dijo don Carlos con asombro—. En ocasiones dirigí batallas pavorosas en las que mis ejércitos tuvieron menos bajas.

—Pues entonces comprenderéis nuestra desolación ante aquella terrible mortandad. Ni siquiera dábamos abasto para enterrarlos de manera apropiada y muchos eran arrojados con solo un responso en una fosa común cavada a toda prisa en las afueras de la población. Como podréis entender, ni el obispo ni los religiosos, ni por supuesto Pedrarias y su mujer, pasaron hambre. De hecho, el gobernador tuvo tiempo incluso para sorprendernos a todos con una ceremonia disparatada.

—¿A qué te refieres?

—Resulta que el gobernador tenía por costumbre conmemorar, anualmente, el momento en que a punto estuvo de perder la vida. La cosa arrancaba de su tiempo en la guerra de África, donde destacó en la batalla por la toma del puerto de Bujía. Decían que tal fue su arrojo en el combate que resultó herido de fatalidad y, creyéndole muerto, su familia lo trasladó al monasterio de Nuestra Señora de la Cruz, cerca de Madrid, donde deseaban darle cristiano entierro. Con todo preparado para sepultar el ataúd, uno de sus criados, al ir a abrazarlo, se dio cuenta de que estaba caliente y respiraba. De inmediato trajeron un jarro con agua y se lo echaron encima, lo que hizo que volviera en sí. El más sorprendido, por supuesto, fue él mismo, que no podía entender cómo había pasado de estar luchando en África a verse empapado y dentro de un féretro. Aquello le valió el apodo de «el Resucitado»; y tal fue el impacto que aquella experiencia le causó que ordenó que cada año se celebrase un réquiem, con él dentro del féretro, para dar gracias a Dios por haberlo librado de la muerte en aquel momento postrero; y de esto os doy fe porque fui testigo en varias ocasiones.

Don Carlos se mostró tan sorprendido que se quedó sin habla.

—Os aseguro, señor, que igual que vos nos quedamos todos al verle meterse en el ataúd y plegar los brazos sobre el pecho; no solo por lo inaudito del asunto, sino también porque el gobernador tuviera tiempo para aquellas grotescas ceremonias mientras por la villa se extendía la más terrorífica calamidad. En todo caso, ni siquiera esas misas le libraron de la enfermedad, pues cayó enfermo de gravedad y ello, unido a su avanzada edad, hizo que su médico recomendara trasladarlo a un lugar más apartado, tratando de aislarle del concierto de toses y quejidos que asolaba Santa María. Allí estuvo por espacio de dos semanas, pero regresó peor aún de como se fue, con una parálisis en el rostro, el brazo izquierdo inmovilizado y consumido de carnes. Nada más regresar se decidió a solucionar la penosa situación de la villa, para lo cual tomó dos determinaciones: permitir a los que así lo quisieran marchar a Cuba o a La Española; y comenzar con cinco exploraciones simultáneas en Tierra Firme en busca de oro y alimentos. Dividió en grupos a los que estábamos en mejores condiciones para emprender la aventura y nos asignó a los cinco capitanes escogidos. A mí me tocó en el destacamento de Juan de Ayora, el hombre de más confianza de Pedrarias, como os dije. Junto a mí fue reclutado también Mateo. La necesidad era tan grande que no nos demoramos en muchos preparativos: a los dos días de ordenarse la expedición estábamos saliendo.

»En total sumábamos algo más de cuatrocientos; era, por tanto, el contingente más abultado. Había de todo: veteranos de Tierra Firme, recién llegados, religiosos y también mujeres; entre ellas María de Aguilar, casada con un comerciante que fue a La Antigua a hacer riquezas, aunque lo único que había conseguido hasta el momento era que su mujer le engañase con el capitán Ayora; el pobre sufridor trató de volverla al redil, pero Ayora tenía el apoyo del gobernador Pedrarias y no se molestaba en disimular su relación con la adúltera. De todos modos, incluso eso dejaría de tener importancia en poco tiempo…

Don Carlos me dedicó una mirada intuitiva.

—Supongo por tus palabras que la expedición no fue precisamente un paseo.

—Estáis en lo cierto, señor; aquello fue como descender al infierno.

7

Absurdos requerimientos

Beatriz estaba tan emocionada que apenas cabía en sí. Para tratar de calmarse comenzó a hacer dulces de membrillo como si esperásemos a un ejército a la hora de comer.

—Creo que eso no sería capaz de comérselo ni Josepe aunque pusiese todo su empeño —dije.

Mi mujer debió de darse cuenta de lo nerviosa que estaba y se detuvo un momento.

—¿De modo que la infanta María está ya cerca de venir a España? ¡Es maravilloso! No puedo ni imaginar lo contenta que se sentirá su madre.

Así era. Luis de Quijada me lo había dicho el día antes, cuando llegó una carta desde Lisboa para informar del próximo encuentro, que se iba a concretar en Badajoz. La noticia había llenado de gozo a doña Leonor, a su hermana María y también a don Carlos, por supuesto. Que la infanta estuviese dispuesta a reunirse con su madre era la demostración de que perdonaba las afrentas pasadas. Y para don Carlos era también la manera de liberarse de la mala conciencia por las decisiones que hubo de tomar años atrás.

—Ayer era todo actividad en el palacete —le conté a Beatriz—. Los mozos y las doncellas se afanaban en preparar el equipaje y disponer los carros. Solo tuve ocasión de ver a doña Leonor un breve instante, mas su rostro resplandecía como si llevase una llama en el interior. Me alegro mucho por ella.

Beatriz sonrió y se puso a narrarle a Rafael toda la historia de doña Leonor y su hija, tomando a grandes rasgos lo que yo le había contado y añadiendo un montón de detalles de su propia cosecha que en poco se parecían a la realidad. Al ver que me quedaba escuchando, me apremió:

—¿Qué haces ahí parado? ¡Ve al monasterio a ver si te enteras de algo más!

Dejé la casa y me encaminé a Yuste a buen paso; el frío del otoño había llegado y el aire gélido de la sierra barría los caminos. En el monasterio, la actividad no había cesado y me costó abrirme paso entre el ejército de sirvientes que preparaban todo para la marcha de doña Leonor a Badajoz. A pesar del tumulto, las prisas y algún que otro grito airado, se respiraba un ambiente de felicidad. Eso mismo me transmitió el emperador cuando entré en la sala.

—¿Has podido pasar? —me preguntó al verme—. Rezo por su pronta partida pues temo que echen abajo el edificio entero. Yo traté de ser sobrio siempre en mis desplazamientos, pero mis hermanas parecen llevar consigo el palacio entero cada vez que dan un paso.

Tomé asiento y di un sorbo a mi copa de vino.

—Ha costado, pero lo he conseguido —dije sonriendo—. ¿Partirán hoy mismo?

—Probablemente lo hagan mañana, si es que logran empaquetar todo. Leonor no cabe en sí de gozo y yo me alegro mucho. No me cabe duda de que mi sobrina María accederá a venir a vivir a España con su madre, como es el deseo de Leonor. Más tarde hablaré con ella para ultimar los detalles de su viaje, por lo cual nuestra entrevista de hoy habrá de ser más corta de lo habitual. En todo caso, me gustaría escucharte aunque sea un rato.

—Por supuesto, señor.

—Estabas a punto de partir en una nueva expedición, ahora bajo el mando de Juan de Ayora, ¿verdad?

—Así es. Una vez que reunimos todo lo necesario nos pusimos en marcha hacia el interior, siguiendo los pasos de las anteriores expediciones con Balboa. Como conocíamos el camino, no nos resultó tan complicado como la primera vez y en pocos días llegamos al territorio de Comagre, el cacique con el que habíamos hecho amistad y en cuya tribu tenían la costumbre de colgar del techo los cadáveres de sus antepasados.

—Sí, lo recuerdo. Y si la mente no me falla, fue el que más oro os proporcionó, ¿no es así?

—Sí, exacto. A Comagre le gustaba mucho el hierro y estaba dispuesto a darnos cantidades enormes de oro a cambio; de modo que el comercio resultaba asombrosamente lucrativo. Por ese motivo, según nos íbamos acercando a su poblado le dijimos a Ayora que había que ser prudentes con él, soportar sus excentricidades —que las tenía— y seguir cultivando su amistad.

»El capitán escuchaba todo con atención y nos preguntaba sobre el cacique y el modo que tenía para hacerse con el oro, a lo cual le fuimos contestando puntualmente.

»—Es un buen aliado, por lo que veo —dijo—. Mantendremos su amistad y nos ayudará a seguir penetrando en el territorio. De hecho estoy pensando en construir un poblado junto al suyo y tenerlo como base permanente para nuestras operaciones.

»Todos estábamos de acuerdo con sus palabras y nos alegrábamos de que se mantuviera la política de hablar antes que la de guerrear.

»El encuentro con Comagre se produjo como en la ocasión anterior, dentro de la gran casa que se alzaba en el centro del poblado. El cacique estaba tan gordo como siempre y nos recibió desparramado en su silla.

»—¡Os doy de nuevo la bienvenida, amigos del mar, y os invito a entrar en mi casa!

»Ayora sonrió y se acercó a él. Comagre alzó las palmas de las manos y nuestro capitán le imitó.

»Aquel primer gesto de acercamiento dio paso a un gran banquete, en el que bebimos y comimos con verdadera fruición, pues no en vano estábamos más hambrientos que perros. No sé si Comagre se dio cuenta de la necesidad que arrastrábamos, pero, si lo hizo, no lo demostró y nos agasajó con toda la comida y el vino que pudimos trasegar.

»—Agradecemos tu hospitalidad —dijo nuestro capitán al finalizar el banquete— y nos sentimos dichosos de poder comerciar de forma justa contigo.

»Ayora hizo un gesto con la mano y le acercamos unas piezas de hierro: clavos, cadenas y puntas de lanza. Comagre sopesó el cargamento y, como era su costumbre, se hizo el ofendido.

»—¿Qué os he hecho para que me tratéis con tanto desprecio? ¿He cometido alguna falta? ¿Os habéis sentido maltratados? Por estas minucias que me ofrecéis no puedo daros más que algunas cadenillas de ese oro que tanto ansiáis.

»Llamó a uno de sus sirvientes y al poco este regresó con dos cadenas y una figurita. Yo sabía muy bien que aquello era solo una parte de la comedia y que lo único que había que hacer era seguirle un poco el juego; Ayora, en cambio, se mostró desconcertado.

»—Me habían dicho que eras un hombre justo y razonable, y no es eso lo que estoy viendo. ¿Crees que me voy a contentar con esto? Déjate de juegos y muéstranos el oro que todos dicen que tienes.

»Nuestro traductor, Pedro de Vitoria, se quedó pensando en cómo decir aquello.

»—Esas palabras no le van a gustar; puede que nos traigan problemas…

»—¿Problemas? ¿Estás bromeando? Nosotros tenemos espadas y arcabuces, y ellos no tienen más que palos. ¿De qué problemas me hablas? Los que tendrían que estar preocupados son ellos, no nosotros.

»—Sería mejor si fuéramos más despacio —me atreví a decir.

»—Así es, señor —afirmó Pedro—; todo esto no es más que un teatro…

»Ayora estaba cada vez más irritado.

»—¿Me has visto cara de dramaturgo, Pedro? No he venido aquí a interpretar ningún papel, sino a comerciar. Traduce lo que te he dicho y adviértele que, si no accede, tengo otros medios para obtener lo que quiero. ¡Hazlo de una vez!

»Comagre esperaba expectante, acaso pensando que íbamos a seguir con el juego habitual. Cuando Pedro le tradujo las palabras de Juan de Ayora, su rostro mudó. Con mucho esfuerzo se puso en pie y se golpeó con las manos en la cabeza de manera repetida.

»—¿Vienes a mi casa y alzas la voz de forma imprudente, hombre peludo? ¿Quién crees que eres?

»—Soy un capitán castellano y tengo la fuerza del fuego —dijo Ayora, poniéndose también en pie.

»—Y yo soy Comagre —respondió el cacique, apuntándolo con el dedo—. ¡Y tengo la fuerza de mil soldados!

»Pedro quiso intervenir y evitar que Comagre llamase a sus hombres, pero no le dio tiempo. El cacique alzó el brazo y a su lado acudió su guardia personal, con los arcos tensados y las lanzas apuntándonos. Aunque lo prudente hubiese sido retractarse y calmar la situación, Ayora no estaba para más negociaciones y ordenó el ataque. Dos de los nuestros desenvainaron y atacaron a los hombres de Comagre, que allí mismo cayeron muertos. Otros trataron de repeler el ataque, pero los arcabuceros abrieron fuego y los derribaron. Comagre estaba tan sorprendido de nuestra rápida reacción que se vio sobrepasado. Entonces Ayora ordenó apresarlo y echarlo al suelo.

»—¡Seguid hasta que no quede ni uno con el arco en la mano! —nos ordenó—. ¡Rápido!

»Obedecimos las órdenes y fuimos por todo el poblado apresando a los indios, que se mostraban tan estupefactos como Comagre. Mateo y yo nos acercamos de nuevo al capitán para tratar de convencerle de que aquello era un desatino:

»—Señor —le dije—, Comagre es un amigo; no hay por qué comportarse así.

»—Los indios no son nuestros amigos, ni este ni ninguno. Y el que piense así es solo porque es un estúpido o un traidor. Haced lo que os he dicho y buscad el oro. Estos puercos lo deben de tener bien escondido.

»Muy a disgusto seguimos la orden y comenzamos a buscar el oro por el poblado. Al contrario de lo que Ayora había supuesto, el oro no estaba escondido, sino almacenado en unos cestos que Comagre había preparado para ofrecernos cuando terminasen las negociaciones. Allí había bastante para colmar nuestras necesidades, aunque no nuestra codicia. Los hombres se metían en las tiendas y, si algún indio les hacía frente, allí mismo lo mataban, aunque fuese delante de su mujer y sus hijos. A los que se avenían a colaborar los ataban por el cuello y los obligaban a darles todas sus pertenencias. Los que hacían estos desmanes eran sobre todo los hombres que habían llegado nuevos con Pedrarias; los que conocíamos a Comagre sabíamos que esa no era la forma correcta de proceder y tratábamos de detener el caos, con poco éxito. Después de los saqueos llegaron las palizas... y después las violaciones. Cuando cayó la noche, algunos soldados, ebrios de vino y de sangre, prendieron fuego a la casa del cacique y todo acabó calcinado. Pensaba que Ayora, al ver el resultado de su proceder, se arrepentiría de haber actuado así. Me equivocaba.

»—El tiempo de las contemplaciones ha terminado. Me da igual que Balboa gustase de parlamentar hasta con las palmeras. Ahora se hará como yo digo: los indios han de darnos su oro y, si no lo hacen, recibirán su merecido.

»Con la llegada del nuevo día pudimos contemplar en toda su magnitud el desastre: la aldea de Comagre había quedado reducida a cenizas y por todas partes se veían cuerpos mutilados, y mujeres y niños que lloraban sin encontrar consuelo.

»—¿Cómo ha podido pasar esto? —me preguntó Mateo—. Antes teníamos un aliado; ahora, solo un montón de cadáveres.

»—El capitán ha hecho lo contrario de lo que le pedimos... Es un insensato.

»—No alces mucho la voz ni sigas insistiendo, no vayas a meterte en problemas.

»Asentí y me quedé contemplando la escena con una gran opresión en el pecho por la masacre que habíamos cometido.

En ese momento escuché unas pisadas y vi que el capitán se acercaba.

»—Traed a Comagre —ordenó.

»Varios hombres fueron a por el cacique y lo trajeron maniatado. El pobre seguía sin dar crédito a lo que había ocurrido.

»—Esto es lo que has conseguido con tu negativa a comerciar —le dijo el capitán—. Ahora es el momento para que arregles lo que tú solo estropeaste. Dime: ¿dónde guardas el oro que aún no nos has entregado?

»A Comagre apenas le salían las palabras.

»—No nos queda nada —dijo al fin—. Os hemos entregado todo.

»Ayora alzó la mano y varios de sus hombres se aproximaron con un indio al que habían pegado una paliza. Apenas se tenía en pie y le costaba abrir los ojos porque tenía los párpados hinchados. Un soldado se acercó y le puso un palo en las manos.

»—Última oportunidad —avisó Ayora—. ¿Dónde está el oro?

»Comagre agachó la cabeza y se echó a llorar.

»—Muy bien —dijo el capitán—; tú lo has querido.

»A una orden suya, tres mastines fueron soltados y arremetieron contra el indio, que apenas sabía lo que estaba ocurriendo. Agarró el palo con las manos y comenzó a dar garrotazos al aire, ora por delante, ora por la espalda. Consiguió acertarle a un perro en el hocico y el animal se retiró aullando; los otros dos continuaron lanzándole mordiscos a los tobillos y enseñándole los dientes. El pobre indio se defendía con valor a medida que sus fuerzas se iban agotando. Entonces, cuando ya apenas podía sostener el palo, Ayora ordenó soltar a otro mastín que doblaba en tamaño a sus compañeros. El enorme perro se lanzó a la carrera y lo derribó clavándole las fauces en el cuello. Entre los cuatro lo despedazaron allí mismo.

»Ayora miró a Comagre, que seguía con la cabeza gacha y sin hablar.

»—Está bien —dijo—. Debe ser verdad que no queda más oro.

»Y tras aquellas palabras ordenó que nos pusiéramos en camino. Ya ninguno dudaba de que las intenciones del capitán eran actuar del mismo modo cada vez que encontrásemos un nuevo poblado. Su único objetivo era hallar oro y no tendría escrúpulos para conseguirlo cuanto antes y en las mayores cantidades. Aquello fue un desastre, claro está. El siguiente cacique todavía nos recibió con una fiesta, pero visto que su poblado quedó reducido a cenizas y todo su oro robado, las siguientes tribus se cuidaron muy bien de huir de nosotros o de hacernos frente nada más saber de nuestra llegada, pues la voz se corrió más rápido que nuestras fechorías. Ayora era un auténtico demonio y se encargó de poner en estado de guerra un territorio que unos meses antes estaba pacificado.

—¿Y no hubo nadie que pudiera traerle a mandamiento? —preguntó el emperador.

—Nadie: ni ninguno de los que conocíamos aquellas tierras, ni ninguno de los nuevos ni, por supuesto, su amante, que estaba encantada con todo el oro que el capitán ponía en sus manos. Ya ni disimulaban: dormían todas las noches juntos mientras el marido se dedicaba a ahogar sus penas en vino.

—¡Qué desgracia que el poder sea ejercido en ocasiones por personas tan poco capaces!

—Si solo hubiese sido un inútil, aquello podría haber tenido arreglo. Incluso Ojeda, con todas sus contradicciones, no guerreaba si podía negociar. Ayora, en cambio, disfrutaba con la crueldad. En una ocasión, cuando nos dirigíamos de un poblado a otro, unos indios iban delante cortando ramas y apartándolas del camino para que pudiéramos pasar más holgadamente; era un trabajo muy arduo, pero los indios lo hacían de forma diligente. Ayora iba a caballo detrás, con María de Aguilar acompañándolo; los dos hablaban al escucho y reían, hasta que el capitán pidió que le acercasen una lanza y, sin más cuento, la arrojó contra uno de los indios y lo atravesó. Cuando pasó junto a él, se rio de su hazaña.

El emperador bajó la mirada y negó con la cabeza.

—¿Qué puede llevar a una persona a comportarse así? Me cuesta mucho entenderlo...

—No lo sé. En el fondo, creo que Ayora no tenía ningún motivo para actuar de aquel modo; simplemente tuvo la oportunidad. En otras circunstancias quizá hubiese sido un buen hombre, quién sabe, pero el destino lo puso en la tesitura de emplear la fuerza de manera arbitraria y decidió comportarse de manera depravada. El conseguir oro le proporcionó buenos apoyos, aunque muchos empezaron a renegar de aquella forma de proceder según se acumulaban las tropelías.

—¿No hubo ningún pueblo con el que pudierais pactar de manera pacífica?

—Pactar no; pero hubo un pueblo que se libró de nuestra rapiña por su peculiar naturaleza. Creo que fue el tercero que encontramos tras dejar las tierras de Comagre. No llevábamos mucho tiempo caminando cuando llegamos al poblado. Íbamos preparados para entrar en combate, como siempre, pero varios individuos nos salieron al paso sin armas y sonriendo. Al verlos desarmados, Ayora no dio la orden de atacar, por una vez, y los indios nos condujeron pacíficamente hacia el centro del poblado. A diferencia de otros que habíamos visto antes, este apenas tenía construcciones como tales y los indios vivían en chozas que consistían en un palo vertical sobre el que se apoyaban algunas hojas de palma. Acudimos a una tienda igual de pobre que las demás y los que nos hacían de guías nos señalaron a un hombre que supusimos que era el cacique, si bien por su aspecto parecía el más pordiosero de todos. Ayora se adelantó y llamó a uno de los nuestros que portaba el requerimiento que había que leerle, según las órdenes dadas de manera explícita por el rey Fernando.

—Cuéntame eso; oí hablar de aquel requerimiento y leí algo al respecto, aunque nunca supe muy bien si resultó efectivo.

—Siento deciros esto, señor, pero era una pura pantomima. Al parecer lo habían leído antes, cuando la expedición de Pedrarias llegó a Tierra Firme; esta era la primera vez que yo asistiría a aquel absurdo expediente. El hombre sacó el rollo de papel, lo extendió con parsimonia y con voz engolada comenzó a explicar a los indios, en perfecto castellano y traducido a fragmentos por un trujamán que hablaba un dialecto parecido al de aquellos indígenas, que Dios había creado el universo entero y dentro de él a un hombre y a una mujer, de la que todos éramos descendientes. Mas como habían pasado cerca de cinco mil años desde el momento de la creación del mundo, los hombres habían tenido oportunidad de procrear en abundancia, de modo que no cabían todos en el mismo lugar y hubieron de expandirse y ocupar nuevos territorios. De entre todos los hombres de la tierra, escogió Dios a uno como el más importante, que era llamado san Pedro, al cual dio potestad para reinar sobre todos los demás y poner su silla donde mejor le conviniese; para ello escogió la ciudad de Roma, por estar en un lugar bien aparejado para gobernar el mundo. Se les explicó también a los indios que a este san Pedro obedecieron todos los que en su tiempo vivían y así habrían de hacerlo los que vivieran después de él por los siglos de los siglos.

»Uno de los sucesores de san Pedro en la silla de Roma decidió entregar a los reyes Fernando e Isabel los territorios descubiertos al otro lado del océano, tanto las Islas como la Tierra Firme, según unas escrituras que se conservaban en Castilla y que los indios podrían ver si ese era su deseo. Por tanto, se les conminaba a que aceptasen con buena voluntad a sus señores y a que se convirtiesen libremente y sin coacción alguna a la fe de Cristo, tomando a la Iglesia de Roma como señora del universo. Si así lo hacían, serían considerados súbditos de Castilla y recibirían todo tipo de parabienes, privilegios, exenciones y franquezas por parte de la Corona; para ello se les daría un tiempo, de modo que pudieran reflexionar sobre el asunto sin coacción. Si pasado ese tiempo, por el contrario, los indios decidían no aceptar a la Iglesia como madre del universo ni a los reyes de Castilla como señores naturales, entonces no recibirían más que castigos y penalidades: se les haría la guerra con toda la fuerza necesaria, se les tomarían sus mujeres y sus hijos, y se les privaría de sus tierras y todas sus posesiones, se les convertiría en esclavos y se les haría todos los males y daños que se pudiera.

»El cacique se mostró impertérrito ante aquel discurso y se retiró a parlamentar con sus vecinos. Después de unos instantes regresó y, tras dar un larguísimo bostezo, nos dijo:

»—Extranjeros, me habéis aburrido sumamente con ese extraño discurso que gritáis mientras miráis un trozo de corteza. Si esos reyes de los que habláis son tan fuertes, ¿por qué han tenido que venir a nuestra tierra? ¿Qué quieren de nosotros si no tenemos más que una palma sobre la cabeza? Y si ese Dios que decís es tan poderoso, ¿por qué no toma sin más lo que quiere en vez de tener que enviar a un papagayo que recita unas palabras tan insensatas?

»Ayora estuvo a punto de ordenar en aquel mismo momento el ataque, dado que el rechazo del cacique al requerimiento nos autorizaba a reducirlos por la fuerza, pero por una vez decidió darle una oportunidad y le dijo que solo queríamos su amistad y que deseábamos comerciar con ellos justamente.

»El cacique bostezó de nuevo.

»—No tenemos nada con qué comerciar, pues lo que poseemos es solo lo que necesitamos, nada más.

»Nuestro capitán dudó de la sinceridad de sus palabras y envió a algunos de sus hombres a revisar las chozas y ver si escondían oro, aunque al final hubimos de convencernos de que hablaban en serio. Y es que aquel pueblo era el de costumbres más extrañas que conocimos. El motivo de su aburrimiento ante la descripción de las riquezas de Castilla era que ellos no atesoraban nada. Su medida de la riqueza no se medía en quién tenía más, sino en quién regalaba más, de modo que la generosidad era el bien más preciado. La riqueza estaba tan mal vista, que para todos era una alegría poder hacer un regalo, como algo de maíz, un cerdo o entregar una hija en matrimonio. Y, por el mismo motivo, el que recibía un regalo se sentía desgraciado por completo, pues los demás lo juzgaban como un avaricioso. A tal extremo llegaba el caso que, como jefe del poblado, escogían precisamente al que más espléndido había sido con sus vecinos. Ocurría, sin embargo, que una vez al mando del poblado algunos se dejaban llevar por la vanidad y aceptaban regalos de aquellos que querían algún beneficio u ocultar alguna falta. Cuando esto sucedía y se hacía evidente que el cacique acumulaba bienes, de inmediato era depuesto del cargo y escogían a otro. El caso es que el hombre con el que nosotros estábamos hablando debía de ser totalmente desprendido, pues llevaba más de un lustro en el cargo. De hecho, su única posesión era el taparrabos que cubría sus partes naturales y que, como muestra absoluta de desapego, estuvo dispuesto a ofrecernos, cosa que Juan de Ayora rechazó con gesto de escándalo.

»Durante días procuramos que nos dijeran dónde podíamos obtener oro, pero todo fue en vano. Lo intentamos regalándoles espejitos, cascabeles y otras fruslerías. Ellos lo rechazaron todo sin siquiera llegar a tocarlo, dado que aceptar nuestros regalos hubiese supuesto para ellos un engorro y les hubiese granjeado el desprecio de sus vecinos. De hecho, uno de los días le ofrecimos al cacique una daga de buen acero vizcaíno y él la rechazó horrorizado y la puso en las manos de uno de sus hombres. Este se la dio a otro y aquel a otro más, hasta que el último no supo a quién podría dársela y se puso a llorar, pues no estaba bien visto tampoco arrojar aquello que te habían regalado.

»El párroco, visto lo difícil que era convencerles a través de dádivas, intentó transmitirles la palabra divina y les explicó que todos éramos hijos de Dios, y que Jesucristo era Dios hecho hombre que había venido a expiar nuestros pecados. Sin embargo, para estas gentes incluso la palabra de Dios les era ajena, pues no consideraban que existiese dios alguno, al menos uno al que se pudiese hablar; y solo se sentían parte de algo más grande que ellos mismos y que estaba formado por los animales, las plantas y los fenómenos naturales como la lluvia y el viento; nada más.

»Pasadas unas jornadas infructuosas, continuamos camino. Y de ese modo aquel pueblo, gracias a su desapego, fue de los pocos que se libró de nuestra rapiña, pues es evidente que nadie puede aprovecharse de quien nada ambiciona.

—Es curioso eso que has contado, Martín, porque no sabía de ningún pueblo en la tierra que no creyese en algún tipo de dios, aunque fuese uno equivocado.

—Pues así era este pueblo; despreciaban por completo la idea de Dios, y eso, en cierto modo, los salvó. No ocurrió lo mismo con los demás que conocimos después. Desde allí pasamos a los territorios de los caciques Pocorosa, Tubanamá y Secativa, y a todos ellos les recitamos el requerimiento como paso previo a robarles todas sus pertenencias y destruir sus poblados. El cronista Gonzalo Fernández de Oviedo, que iba con nosotros, dijo que aquella forma de leer el documento iba en contra de las disposiciones del rey Fernando. Según Gonzalo, el rey había querido que los indios tuvieran la oportunidad de conocer aquel texto en profundidad, no como un mero trámite previo a su esclavización, y sugirió que debíamos desistir de repetirlo hasta que se pudiese capturar a algún indio, meterlo en una jaula o un lugar similar y explicarle despacio todos los términos para que los pudiera entender y luego comunicárselo a los demás. Con algunos lo hicimos, pero ni leído con tiempo y explicado convenientemente fue tal requerimiento de ninguna utilidad.

»Los de Tubanamá, por ejemplo, cuando escucharon que el papa desde Roma había entregado sus tierras al rey de Castilla, comentaron que el papa debía de estar borracho cuando hizo tal desatino, pues entregaba lo que no era suyo; y que nuestro rey era un loco por aceptarlo. Y además nos dijeron que, si al rey se le ocurría aparecer por su territorio, le cortarían la cabeza y la pondrían en una lanza, como solían hacer con sus enemigos. Tras aquello, las cabezas que acabaron en las lanzas fueron las suyas.

»Aquel requerimiento se repitió en adelante con menos cuidado aún, leyéndolo a veces mientras los indios salían corriendo, otras veces ante poblados vacíos o directamente a los árboles... Y casi siempre sin contar siquiera con un traductor, de modo que era como si un vizcaíno tratase de explicarle algo a un alemán o a un árabe... Luego supe que el propio autor, un jurista de Salamanca llamado Juan Palacios Rubios y que nunca puso un pie en las Indias, se echó a reír cuando le contaron que el requerimiento se había leído de verdad.

—Y no es de extrañar, si sucedió como dices. A veces creemos que el dictar leyes trae necesariamente la justicia, pero no es así. Teníamos la obligación moral de llevarles la palabra de Dios y de enseñarles un modo de vida que sabemos que es mejor, aunque quizá no supimos hacerlo de la manera más cristiana. Al final de mi vida, me doy cuenta de que no hay forma de dominar a otro que no entrañe un cúmulo de sufrimientos, aunque el fin sea piadoso. Imagino que Dios, en su Juicio Final, sabrá decir quién merece el perdón y quién ha de ser castigado.

—No dudo de que Dios imparte su justicia, aunque la manera en que lo hace no siempre resulta inteligible. Lo que ocurrió con el capitán Ayora es un buen ejemplo.

—¿Qué ocurrió?

—Recordaréis que os dije que el capitán y María de Aguilar no ocultaban ya su adulterio, ¿verdad? Tal era su descaro que no se separaban ni de día ni de noche y dormían en la misma tienda. El marido, que llevaba toda la expedición aguantando la infidelidad y las bromas de los compañeros, hubo un momento en que no lo soportó más. Aprovechando que Ayora se había adelantado con unos hombres a reconocer un poblado cercano, fue a la tienda en la que estaba María y comenzó a increparla. Los gritos eran de tal calibre que se escucharon en todo el campamento y no creo que sea necesario que os relate cuál era su cariz. Ella, lejos de arrepentirse por su conducta, le hizo frente y le dijo que la culpa era suya porque no era bastante hombre. Entonces él la golpeó y ella empezó a chillar y a golpearlo también. El tumulto llegó a tal extremo que terminamos por ir a la tienda para separarles, momento que ella aprovechó para escupirle en la cara y amenazarlo:

573

»—Ahora mismo voy a ir a buscar a Juan para contarle lo que me has hecho, malnacido. Tendrá menos piedad contigo que con los indios, te lo aseguro.

»Algunos tratamos de calmarla y pedirle que no actuase así, pues no teníamos dudas de que Ayora se comportaría como ella había dicho. Pero María estaba fuera de sí y, zafándose de nosotros, abandonó el campamento a la carrera para seguir los pasos de su amante.

»Fue una idea pésima.

»Al cabo de unas horas regresó el capitán y todos pensábamos que María vendría con él tras haberle contado el incidente. No fue así: el capitán venía solo y montó en cólera cuando supo que la habíamos dejado salir sola del campamento. Se dirigió al marido y le dijo:

»—Como no aparezca, vas a probar en tus carnes mi acero, bastardo.

»Levantamos las tiendas y nos pusimos en camino de inmediato. Al día siguiente llegamos a un territorio muy áspero por el que resultaba harto difícil transitar, hasta que dimos con un poblado. Ayora, en aquella ocasión, no tuvo a bien leer el requerimiento ni a las piedras y caímos a saco sobre las chozas, tomando cautivos a los indios y prendiendo fuego a todo lo que encontramos. Creíamos que los habíamos capturado, pero, cuando preguntamos por el cacique, nos dijeron que había huido junto con sus mujeres. Nos organizamos para buscarle y, tras unas horas, por fin lo hayamos escondido entre la maleza, rodeado de sus cuatro mujeres… y con María de Aguilar presa. En el grupo que nos encontrábamos íbamos Mateo y yo. Ninguno sabíamos cómo actuar porque temíamos que pudieran hacerle daño. Al final, Mateo se acercó despacio y dijo:

»—Haya paz; no es necesario que nadie salga herido.

»Las mujeres del cacique recelaron y le pusieron a María la punta de la lanza en la garganta. El cacique, sin embargo, las calmó.

»—Eso está bien —siguió Mateo, sonriendo—. Somos amigos y no os deseamos ningún mal.

»El cacique se volvió a sus mujeres y les indicó con la mano que bajasen la lanza, lo cual hicieron de inmediato.

»—Bravo, Mateo —dije—; lo has logrado.

»Pero no más había dicho estas palabras cuando llegó en tropel Juan de Ayora acompañado de un gran grupo de soldados. Juan tenía el rostro encendido de ira y llevaba la espada desenfundada.

»—¡Suéltala, maldito! Suéltala o no verás un nuevo día.

»El cacique se echó hacia atrás y las mujeres volvieron a alzar la lanza.

»—No, Juan —dijo Mateo—. No quieren hacerle daño.

»—Sé muy bien lo que tengo que hacer.

»Y, sin esperar a más, se lanzó contra el cacique. Al hombre no le dio tiempo a cubrirse y Ayora le hundió la espada en el pecho, matándolo al instante. Fue a sacar el arma para atacar a las mujeres, pero en ese momento una de ellas le clavó la lanza en el cuello a María. Comenzó a sangrar a borbotones y cayó al suelo al tiempo que Ayora repartía espadazos hasta matar a las cuatro mujeres. El espectáculo era espantoso: el cacique, sus mujeres y María de Aguilar yacían muertos por una reyerta absurda. Ayora tenía el rostro salpicado de sangre y jadeaba; todos lo mirábamos esperando sus palabras. Entonces limpió la espada sobre sus ropas y la envainó.

»—Volvamos al poblado y terminemos de una vez de cargar el oro.

»Eso fue todo. Ni una palabra de remordimiento, ni una lágrima. Lo único que le importaba era el oro, por encima de cualquiera de nosotros y por encima incluso de la mujer a la que amaba. Y, como os decía, el juicio de Dios fue difícil de entender, pues, nada más enviar a su amante a la muerte, al regresar al poblado le esperaba el mayor rescate de oro que habíamos encontrado hasta el momento.

El emperador escuchó en silencio, quizá tratando de encontrar algún sentido a aquel desatino. Si aquella era en verdad su intención, no le dio tiempo, pues Luis de Quijada abrió la puerta para anunciarle que las infantas le estaban esperando.

—En otro momento seguiremos, Martín. No creas que no pensaré en lo que me has contado, pues me cuesta mucho creer que Dios pueda comportarse de un modo tan arbitrario. Por lo general, el problema está en nuestro entendimiento, no en su proceder.

Asentí al tiempo que me ponía en pie. Don Luis se acercó y retiró mi silla; en breve llegarían las infantas para entrevistarse con su hermano y ultimar el viaje a Badajoz. Abandoné la sala y, mientras me dirigía a la puerta del recinto, vi a doña Leonor y a doña María acudiendo al palacete. Sin que me vieran, me fijé en sus vestidos y sus peinados. Esta vez Beatriz no podría reprenderme por mi despiste.

8

La esperanza del reencuentro

Llegó la celebración de la Natividad del Señor y mis visitas a Yuste cesaron por un tiempo. Aquel era un periodo que nunca me había gustado por el simple motivo de que no tenía con quién celebrarlo. Iba a misa puntualmente y me abstenía de comer carne durante todo el Adviento, pero allí terminaba mi participación. Ahora, con un verdadero sitio al que llamar hogar, todo era diferente.

Con mis ahorros pudimos comprar un buen vino y también un cordero bien hermoso que mandamos asar en el horno del panadero. Rafael se relamía con el festín y Beatriz se dio el gusto de invitar a varias vecinas, algunas de las cuales no tenían ni para freír un triste conejo. Podría haber aprovechado para regodearse y resarcirse de los malos ratos que la habían hecho pasar, pero Beatriz tenía un corazón tan noble que no lo hizo, sino todo lo contrario: las convidó con generosidad y les deseó de corazón lo mejor para el próximo año que ya se acercaba. Me pregunté si yo hubiese sido capaz de algo así y no supe responderme.

Uno de aquellos días, ya con el año comenzado, se acercó a nuestra casa el párroco del pueblo. Beatriz se arrodilló a sus pies según pasó el umbral, pero don Genaro le pidió que se levantase de inmediato.

—¿Qué puedo ofreceros, padre? —preguntó mi mujer.

—En tu casa se respira un aroma delicioso y el vino ese que veo en el alféizar seguro que es magnífico. Sin embargo, no he venido a comer cordero ni a beber vino, sino solo a hablar y para eso el agua es suficiente.

Beatriz sacó la cántara de agua y le llenó un cuenco a don Genaro, que la bebió con gusto. Le acerqué una silla y se sentó.

—¿De qué queréis hablar, padre? —pregunté—. ¿Hay algo en lo que podamos ayudaros?

—En el pueblo todo el mundo habla sobre el emperador y sus hermanas, y cada cual cuenta lo que sabe e inventa lo que ignora. Por eso quería preguntarte a ti, que tantos ratos pasas con don Carlos, sobre esta entrevista que tanto se demoró.

—No sé si podré seros de mucha utilidad. El último día que estuve en Yuste las señoras estaban a punto de partir hacia Badajoz y el emperador se afanaba en que tuvieran lo necesario para su viaje. Si todo ha ido bien, y así lo deseo, ahora mismo habrían de estar juntas de nuevo madre e hija.

—¡Qué gran noticia! Espero que la infanta María haga las paces con su madre e incluso que acepte venir a Castilla junto a su verdadera familia.

—Eso no lo veo tan claro, padre —dije con desconfianza—. Yo tuve una familia en mi pueblo natal, luego otra en casa de mis tíos en Santander y después vagué sin rumbo durante demasiados años hasta que la fortuna me trajo aquí, junto a Beatriz. Ahora mismo no podría pensar en otra familia que no fuera esta, y regresar a Adarzo o a Santander, si es que allí hubiese alguien aún, sería como entrar en la casa de un extraño. Me temo que eso mismo pueda estar pensando la infanta…

Al decir aquello me vinieron a la cabeza un torrente de recuerdos tan intensos que sentí un profundo escalofrío en la espalda. Pensé en mis padres y mis hermanos, y sobre todo pensé en Catalina. ¿Qué habría sido de ella? ¿Qué habría pensado de mi huida sin explicaciones? ¿Me recordaría aún? Inspiré hondo y traté de borrar aquellos pensamientos, pues solo me causaban dolor. Pero entonces pensé que ese mismo dolor era el que podía estar experimentando la infanta María, solo que a ella le tocaba ahora revivirlo.

—Por el bien de ellas y del emperador —dijo el párroco—,

espero que el encuentro sea fructífero y que doña María muestre su mejor cara. El rencor es una mano que aprieta hasta ahogar y solo librándose de ella se puede alcanzar la felicidad y la serenidad de espíritu. Rezaré por que así sea.

—Y yo también, padre —prometió Beatriz—. Lo haré todos los días.

Don Genaro sonrió y, poniéndose en pie, se acercó a ver a Rafael, que dormía en su cuarto.

—Muchas veces me pregunto si tu hijo no será el más afortunado de todos nosotros. En este tiempo desde su accidente, y con todo lo que ha sufrido, nunca le he visto lamentarse ni llorar, sino que siempre tiene la sonrisa en la boca. Creo que Dios está con él en cada momento.

Beatriz se arrodilló de nuevo y le besó las manos mientras una lágrima corría por su mejilla.

—Ahora he de irme —dijo don Genaro—, pues ya os he importunado bastante. Gracias por el agua; estaba muy fresca. Otro día probaré el vino y quizá también el cordero, si es que las vecinas me dejan algo… No creas que no sé de tu generosidad, Beatriz.

Mi mujer se sonrojó al instante y quiso decir algo, pero no encontró las palabras.

—¿Por qué te sonrojas? ¿No dijo Jesús: «A cualquiera que te pida algo, dáselo, y al que te quite lo que es tuyo, no se lo reclames»? Te aseguro que Dios ama a los que dan con alegría.

Don Genaro salió a la calle y regresó a la iglesia. El rostro de Beatriz resplandecía y apenas era capaz de contener su emoción. Fue al cuarto de Rafael y lo besó en la mejilla al tiempo que le acariciaba el cabello. Ninguna imagen de la Virgen con el Niño que hubiese visto en mi vida me pareció más enternecedora que la escena que en aquel momento contemplaba.

Pasaron unos días más y en torno al día de Santa Inés decidí que podía ser ya tiempo de volver al monasterio. Me puse en camino nada más comer, caminando con cuidado por el sendero cubierto de escarcha. Hacía un frío terrible y los árboles sin hoja eran como dedos agarrotados que se dibujaban sobre el cielo gris y uniforme. Aceleré el paso para entrar en calor y llegué por fin a Yuste con la cara helada y la respiración agitada. Josepe, al verme llegar de esa guisa, se alarmó.

—Por Dios, señor, venid de inmediato a que os ponga un caldo caliente.

—No es necesario, Josepe, pues sospecho que el emperador tenga a estas horas su salón como las ascuas, ¿me equivoco?

Josepe sonrió.

—Creo que no os equivocáis: la estufa lleva prendida desde primera hora de la mañana y el calor se puede sentir incluso en el pasillo.

—¿Sabes si podré verlo hoy? ¿Cómo se encuentra?

—Estaba algo huraño, me temo. Este tiempo tan frío le agria el carácter y se quejaba de dolores en las articulaciones. Le preguntaré a Luis de Quijada.

Josepe salió a hablar con el mayordomo y, al poco, Quijada vino a saludarme.

—Puedes pasar, sí; al emperador le vendrá bien verte y espero que puedas templarle porque hoy lo veía todo negro.

—Eso espero yo también —aseguré.

Recorrí el pasillo que, como decía Josepe, parecía vibrar con el calor que salía del cuarto y piqué a la puerta. Abrí ligeramente y vi al emperador en su sillón, sepultado en mantas.

—Martín —susurró con un hilo de voz—. Me alegra volver a verte. La Navidad se ha dilatado en exceso, me temo. ¿Cómo estás? ¿Has disfrutado junto a tu familia?

—Así es, señor. Han sido las primeras fiestas en las que he podido celebrar la Natividad del Señor junto a una auténtica familia.

—Me alegro. Yo no he tenido tanta dicha, pues mis hermanas partieron como ya sabrás y aún no han regresado.

—Entonces, ¿se produjo el encuentro?

—Sí, así fue. Me informaron puntualmente de todos los pormenores. Mis hermanas iban con una comitiva descomunal, pero mi sobrina no se quedó atrás y se presentó en Badajoz acompañada por cerca de dos mil personas. El encuentro fue cordial, por lo que me dijeron, aunque no sé mucho más, dado que el mensajero regresó de inmediato tras darme esas nuevas. Ahora solo espero que lleguen más cartas y me informen de la venida de María a Castilla. Eso le daría vida a mi hermana y, por tanto, a mí también.

—Así lo espero, señor, de corazón.

Don Carlos asintió en silencio.

—De todos modos, esas son cosas que están ahora en manos de Dios y no hemos de entrometernos. Lo que nos toca a nosotros es otro tema, pues no creas que me he olvidado de tu historia. O mucho me equivoco, o estabais en medio de la selva, con todos los caciques revueltos y el país levantado en guerra, ¿no es así?

—Levantado en guerra y con el más profundo odio hacia nosotros, he de decir. Los que habíamos estado allí, como Mateo y yo, no nos lo podíamos creer. Ayora había conseguido lo imposible: enfadar tanto a los indios como a sus propios hombres. Su crédito menguaba con cada poblado que arrasábamos y cada amistad que rompíamos, de modo que se dispuso a acabar con aquello antes de que se le fuera de las manos y decidió regresar a La Antigua con el oro rescatado y los alimentos robados, tras casi diez meses de correrías. Sin embargo, cuando estábamos preparando la vuelta, llegó a nuestro campamento un grupo de hombres comandados por un tal Bartolomé Hurtado, que había sido enviado por Pedrarias para que le informase de nuestro paradero y nuestra situación. Hurtado le entregó a Ayora las cartas del gobernador y este redactó también una carta en la que le decía que estábamos todos bien y que en pocos días regresaríamos al Darién. Para que volviese cuanto antes con la información, le dijo que debía atravesar el territorio de Careta —el padre de Anayansi y uno de los pocos con los que todavía no nos habíamos enemistado, únicamente porque no habíamos tenido la oportunidad— y desde allí alcanzar Santa María. Hurtado estuvo de acuerdo, pero pidió que se uniese a su grupo alguien que conociese al cacique y Ayora decidió enviarme a mí.

»La travesía fue penosa, pues a la fragosidad del terreno se unía el peligro constante de que los indios cayeran sobre nosotros. Por ello debíamos ir siempre con una avanzadilla y cubriendo a la vez la retaguardia. Hurtado era un tipo hosco, malencarado y maldecidor. No paraba de mascullar, quejándose de esto o de lo otro; y cuando llegaba la hora de acampar se separaba del resto y no compartía el vino ni el pan, sino que comía en solitario y sin mediar palabra.

»Tras varios días llegamos por fin al territorio de Careta. El recibimiento, como podéis imaginar, fue excelente; Careta era un amigo fiel y su hija era el puntal de su alianza con nosotros. Vino a recibirnos con los brazos abiertos y, por una vez, Hurtado se mostró afable y sonrió abiertamente. Dejamos las armas al entrar en el poblado y nos agasajaron con una magnífica cena y un vino no menos bueno.

»Al día siguiente comenzaron las negociaciones; aunque éramos un grupo pequeño llevábamos muchos pertrechos y caminar de esa guisa por la selva era harto difícil. Por ello, Hurtado pidió a Careta que nos facilitase unos porteadores que nos pudieran ayudar a llegar hasta La Antigua, a los cuales pagaríamos de manera adecuada una vez hecho el trabajo. Careta, por supuesto, confió en nuestra palabra y nos dio a los hombres. A la mañana siguiente nos pusimos en marcha y con la ayuda de los indios y su conocimiento del territorio nos fue muy sencillo alcanzar Santa María tras unas jornadas más de caminata.

»Enseguida fuimos al encuentro con el gobernador Pedrarias y el obispo Quevedo. Pedrarias a duras penas se había recuperado de su parálisis y tenía una mueca siniestra. Hurtado le dio la carta de Ayora y el gobernador se mostró muy satisfecho de que sus hombres estuvieran bien y listos ya para regresar. El caso es que Hurtado estaba en medio de un proceso de residencia por unas faltas que había cometido y, como modo de ganarse la voluntad del gobernador, no tuvo mejor idea que decir a Pedrarias que los indios que Careta nos había dado para que nos ayudasen se habían comportado de muy mala manera y que correspondía someterlos a esclavitud por no haber querido aceptar el requerimiento. Y allí mismo ofreció seis indios para el gobernador y otros seis para el obispo. Aquella desfachatez me pareció intolerable, y estaba ya a punto de saltar y decir que todo era una pura mentira cuando vi que el gobernador asentía y lo mismo hacía el obispo. No solo eso: además de repartirse a los indios, el gobernador le perdonó a Hurtado su proceso y delante de todos lo declaró inocente. Sentía dentro de mí una rabia descomunal: ¡aquel malnacido había roto la última amistad que nos quedaba con un pueblo indio, mintiendo de manera impúdica, y el gobernador, lejos de castigarle, le premiaba y se lucraba compartiendo el fruto de sus fechorías! Los indios no daban crédito; pensaban que iban a regresar rápido a su poblado y llevarían consigo una recompensa y, en vez de eso, lo único que recibieron fueron palos y grilletes en los tobillos. Seguramente tendría que haberme callado, mas era tanta la cólera que sentía que me puse en pie y grité:

»—Lo que ha dicho Bartolomé es todo mentira, ¡mentira! Careta nos acogió como a sus hijos y envió a sus hombres para que nos ayudaran.

»—¿Cómo te atreves, descarado? —respondió Bartolomé, poniéndose también en pie—. ¡Estos indios son idólatras y merecen ser esclavizados!

»Miré al obispo y vi que desviaba la mirada. Pensé que Pedrarias haría lo mismo, pero él sí la mantuvo. No había un atisbo de remordimiento ni de vergüenza, solo desafío.

»—Bartolomé ha cumplido bien con su misión y todos nos congratulamos de ello, después de tantas desgracias como hemos tenido que soportar. No tengo ningún motivo para dudar de su palabra. Este es un asunto zanjado que no merece la pena revolver.

»Comprendí que no había nada que hacer y guardé silencio mientras veía cómo los indios eran arrastrados fuera de allí. Al día siguiente el obispo hizo la pantomima de leerles de nuevo el requerimiento y preguntarles si entendían de verdad quién era el papa y quién era Jesucristo. Pero como se lo dijo en castellano al tiempo que los indios eran apaleados para que no se lanzasen sobre él, aquello duró bien poco.

»Ya solo me quedaba una opción para ayudar a esos desgraciados y era hablar con Balboa, por ver si aún tenía autoridad para imponerse sobre aquella tremenda injusticia. Lo encontré en su tienda preparando palos para utilizar en los huertos. Todavía seguía bajo el juicio de residencia y no se le permitía portar espada. Al verme entrar dejó los palos y me sonrió:

»—Martín..., me alegro de que sigas vivo. Empieza a convertirse en una costumbre que salgas con bien de las misiones más arriesgadas.

»Me encogí de hombros.

»—Eso no está en mi mano, señor. Yo solo cumplo con lo que me dicen e intento no exponer mi vida de manera estúpida.

»—Ya solo eso es bastante, ¿no te parece?

»—Hasta hoy lo ha sido, al menos; ahora pienso que también tendré que aprender a mantener la boca cerrada.

»Balboa se extrañó.

»—¿Qué quieres decir? —me preguntó mientras me invitaba a sentarme—. Explícate.

»Tomé asiento y comencé a relatarle todo lo que había ocurrido en aquella desdichada expedición: la ruptura de los acuerdos que teníamos establecidos con los indios, el saqueo de sus bienes, la violación a las mujeres y la tortura y muerte de los hombres... Balboa escuchaba en silencio, supongo que espantado por los horrores que le relataba e incrédulo ante tal cantidad de atropellos y torpezas.

»—No es posible... Ese inepto de Ayora ha destruido todo lo que construimos.

»—Os aseguro, señor, que la selva ahora es un campo de batalla. No creo que quede un solo indio que no nos odie con todo su corazón.

»En ese momento escuché que se descorría la cortina y me volví. Luaía acababa de entrar y, al verme, se quedó parada.

Me pareció que iba a decir mi nombre, aunque al final guardó silencio y fue junto a su marido.

»—¿Recuerdas a Martín? —preguntó Balboa—. Me estaba contando cómo en unos pocos meses se han echado por tierra todos los esfuerzos que empleamos para lograr la paz.

»No sabía si seguir hablando, pero al ver a Luaía no pude quedarme callado.

»—Se han arruinado todos los esfuerzos, señor; y uno es más doloroso que ningún otro. También estuvimos en el territorio de Careta.

»Al escuchar aquel nombre, los ojos de Luaía se iluminaron y me habló:

»—Mi padre..., ¿estuviste con él? ¿Se encuentra bien?

»Aquella era la primera vez en mucho tiempo que Luaía me hablaba directamente y sentí un escalofrío.

»—Careta está bien..., pero sus hombres no.

»Entonces le conté lo que había ocurrido con Hurtado y Careta: cómo lo había engañado para capturar a los indios y cómo el gobernador y el obispo se habían avenido para participar en aquella canallada. Cuando terminé tenía la mirada de los dos clavada sobre mí. Anayansi estaba desolada.

»—No es posible... ¿Cómo han podido hacer algo así? Mi padre aceptó bautizarse, todos lo aceptamos. Hay que hacer algo.

»Balboa estaba meditabundo; casi se podía sentir el fuego que albergaba en su interior.

»—No hay nada que se pueda hacer. El único interés del gobernador es hacerse con oro y esclavos antes de regresar a España. Odia esta tierra, odia a sus habitantes y, sobre todo, me odia a mí. Aún no ha terminado mi residencia; cualquier cosa que haga o diga antes de que concluya puede ser el motivo que está esperando para encerrarme o algo peor...

»—¿Encerrarte? —exclamó Luaía con el rostro encendido—. ¿Y qué es esto sino una prisión? Llevas meses aquí metido, tallando palos y cultivando maíz.

»—¿Y qué quieres que haga? —rugió Balboa—. Esperaba el favor del rey y lo que me llegó fue el diablo en persona. ¡Sus propios hombres lo llaman "la ira de Dios"! ¿Qué puedo hacer? No tengo los medios para luchar..., al menos no ahora.

»—Yo alcé la voz para protestar —dije—, mas no sirvió de nada. Pedrarias concluyó que era un tema zanjado y que no merecía la pena revolver.

»—Y me temo que así es —dijo Balboa.

»La sala se quedó en silencio y este era tan opresivo que podía escuchar el latido de mi corazón. Entonces Luaía intervino de nuevo.

»—Quiero verlos; quiero ver a mis hermanos. Si van a ser vendidos como perros, quiero despedirme de ellos y que lo último que vean sea un rostro amigo, no el palo del carcelero.

»—Anayansi... —dijo Balboa—, eso solo empeorará las cosas. No puedo desafiar al gobernador de esa manera.

»—No te estoy pidiendo que lo hagas. Lo haré yo..., y quizá Martín pueda ayudarme.

»Aquello me sorprendió; no esperaba ni por lo más remoto que Luaía pudiera reclamar mi ayuda.

»—Yo... yo... Sí, por supuesto... —dije de forma atropellada y, mirando a Balboa, añadí—: Si es lo que vos queréis.

»Él se encogió de hombros.

»—No es lo que quiero, pero hay cosas contra las que vale más no luchar; y una de ellas es oponerse a una mujer empeñada en lograr algo. Actuad con prudencia y que Dios os acompañe.

»Mientras la tarde iba cayendo, empezamos a pensar en cómo podríamos acercarnos sin ser vistos al cercado donde los indios estaban retenidos. Las sombras nos ocultarían, pero cualquier tumulto podría llamar la atención de los guardianes, y eso sería fatal. Entonces tuve una idea.

»—Creo que hay alguien que podría ayudarnos...

»Salí a la carrera y busqué a Manuel. Lo encontré cuidando de uno que se había hecho una herida trabajando en las tierras. Al verme se acercó y nos abrazamos.

»—Manuel —le dije—, veo que sigues siendo el mismo de siempre.

»—No hay mayor alegría que ayudar al que lo necesita.

»—Pues ahora soy yo el que necesito tu ayuda, aunque es una tarea arriesgada.

»—Tú me sacaste de la hacienda de don Pedro; haré lo que haga falta.

»—Es algo sencillo: solo quiero que distraigas a unos guardias durante un rato. ¿Podrás hacerlo?

»Manuel sonrió y su blanca dentadura brilló como el sol.

»—Claro, Martín; para eso siempre tengo recursos.

»De modo que Manuel y yo regresamos a la casa de Balboa a buscar a Anayansi. Llevaba un vestido blanco, pero, para pasar más desapercibida, se había echado un manto negro por encima.

»—Vamos —dijo—, no hay tiempo que perder.

»Iba a salir cuando Balboa me agarró por la muñeca.

»—Cuida de mi mujer. ¿Lo harás?

»Sentí un nudo en la garganta y me costó trabajo responder.

»—Sí, por supuesto —afirmé al fin—. Aunque me vaya la vida en ello.

»Caminamos entre las casas cuando ya el sol había caído. Todavía quedaba alguno deambulando, aunque la mayor parte estaban preparándose para dormir. Cuando llegamos al cercado, vimos desde lejos que había dos hombres apostados en la puerta. Era el momento de Manuel.

»—Hola, amigos —saludó acercándose—. Tengo algo que puede haceros más entretenida la guardia.

»Los hombres desconfiaron al principio, pero al ver que era Manuel se relajaron.

»—No será el humo ese que nos diste el otro día, ¿verdad? —preguntó uno de ellos.

»—Exacto —respondió Manuel.

»Los dos guardias se miraron y sonrieron mientras Manuel sacaba las hojas, las enrollaba y las encendía. Tan absortos estaban en el procedimiento que no se apercibieron de que Luaía y yo bordeábamos la cerca y nos dirigíamos a la parte de atrás del recinto. Entonces ella se arrimó a la empalizada y llamó a sus hermanos en su lengua, por un resquicio entre dos palos. Uno de ellos se acercó y la incredulidad se reflejó de inmediato en su rostro:

»—¡Luaía!

»Ella le tomó la mano y comenzó a hablar con él; al poco fueron muchos más los que se acercaron, tan asombrados como el primero. Aunque no entendía nada de lo que hablaban, por el tono de voz sabía que Luaía les estaba diciendo palabras de consuelo. La escena era tan descorazonadora que no pudo evitar que las lágrimas se le escapasen.

»—¿Qué será de ellos, Martín? ¿Dónde los llevarán?

»No tenía respuesta para aquello, aunque era evidente que nada bueno les esperaba.

»—No lo sé, Luaía. Supongo que los repartirán para trabajar en las tierras...

»Ella negó con la cabeza.

»—Hay que hacer algo.

»—¿Algo? ¿El qué?

»Luaía me indicó que me callase y, en el silencio de la noche, escuchamos las risas de Manuel y los dos guardias. Luego ella agarró uno de los palos de la cerca y comenzó a menearlo con fuerza. Apenas se movió. Entonces yo la ayudé y conseguimos que se moviera un poco más. Los indios, desde dentro, se pusieron a empujar también y entre todos logramos que se moviera lo suficiente, aunque a costa de hacer algo de ruido. El palo cedió, pudimos meter las manos y empezamos a mover los que estaban a su lado. La excitación era tal que ya ni pensábamos en lo que pasaría si nos descubrían.

»—Sigue, Martín, sigue —me apremiaba Luaía.

»Cuando desplazamos el tercer palo, el hueco ya era lo bastante grande para que cupiese un hombre y el primero de los indios salió poniéndose de lado. Besó las manos de Luaía y se escabulló entre las sombras. Luego lo hizo otro y luego otro más. Yo estaba contento por su suerte, aunque al mismo tiempo presa de los nervios. Otro indio fue a salir, pero este era más grueso que los otros y no cabía. Hizo fuerza para abrirse paso y uno de los palos se derribó con estruendo. Nos quedamos en silencio y descubrí que las risas de los guardias habían cesado.

»—¡Huyamos, Luaía, nos van a descubrir!

»Echamos a correr al tiempo que los guardias se acercaban y frenaban a los que trataban de salir por el hueco; dos más lo consiguieron, pero los otros no tuvieron tanta suerte y fueron detenidos. Luaía y yo nos escabullimos en las sombras y regresamos a la casa de Balboa. Ella le explicó lo ocurrido y Balboa montó en cólera.

»—¡Esto no puede traerme más que problemas con Pedrarias!

»Luaía no se amedrentó:

»—Tus problemas son ridículos comparados con los de mis hermanos. Es por ellos por los que deberías preocuparte, no por ti.

»Yo comprendía las razones de cada uno y no quise meterme en la discusión. Además, mi mayor preocupación era qué suerte correría Manuel. Había distraído a los guardias en el momento de la huida y me temía que eso pudiera traerle consecuencias.

El emperador reflexionó sobre aquello.

—Si los guardias tenían dos dedos de frente, no tendrían dificultad en atar cabos.

—Así fue; aquella noche no sucedió nada, pero al día siguiente, bien de mañana, Manuel fue detenido. Trataron de sonsacarle información, pues era evidente que no había hecho aquello solo. Sin embargo, Manuel se mantuvo firme y no habló. Hurtado quiso utilizar métodos más expeditivos, pero el obispo Quevedo intervino, ahora sí de forma caritativa, para pedir que no lo torturasen. Pensé que podría librarse con bien de aquel embrollo, pero entonces ocurrió lo que nunca hubiese pensado: Hurtado lo acusó de idolatría y magia negra; y para dar fuerza a sus acusaciones se apoyó en alguien dispuesto a testificar: Pascual el Rubio. Sin un atisbo de vergüenza, Pascual dijo que había visto a Manuel ofreciendo sacrificios a falsos dioses y demonios, y que las hojas que quemaba eran una forma de invocar al diablo.

»—Con ellas aturde a quien las aspira y le roba el alma —dijo.

»El obispo examinó las hojas y escuchó el testimonio de algunos a los que Manuel se las había ofrecido. Incluso los que habían sanado de sus dolencias ahora lo acusaban de brujería. Era tal la indignación que sentía que me adelanté para hablar, pero Manuel me detuvo.

»—Por supuesto que hago todas esas cosas de las que me acusáis —dijo en voz alta para que todos pudieran oírle bien—. Cada día, cuando rezo a vuestro Dios, en realidad rezo a los míos. Ellos me dan consuelo mientras que el vuestro solo me ha traído desgracias: acabó con mi pueblo, acabó con mi familia... y ahora acabará conmigo. ¿Queréis que encima le esté agradecido?

»El obispo se santiguó mientras Hurtado abría los brazos como dando a entender que tenía razón en todas sus acusaciones. Yo no podía creerlo: Manuel acababa de firmar su sentencia de muerte.

»De inmediato fue retirado y llevado a un cercado mientras se preparaba el cadalso. Me acerqué a él y me arrodillé. Apenas era capaz de contener el torrente de sentimientos que me recorrían: la pena por su suerte y el arrepentimiento por haberlo conducido a aquel fin.

»—¿Por qué has dicho esas cosas, Manuel? Podría haber hablado en tu favor, Balboa también lo hubiese hecho...

»Él, lejos de estar compungido, mostraba una entereza que me tenía asombrado.

»—¿Qué importa ya nada, Martín? He podido devolver la libertad a unos pocos y esa es suficiente recompensa para mí. Aquí no tengo nada ni soy nadie. Cuando me sacaron de mi pueblo, dejé de ser quien soy. He vagado estos años y he tenido la suerte de dar con personas compasivas, como tú. Pero todo tiene su fin y ya estoy cansado de luchar. No moveré un dedo por salvarme ni les daré el gusto de arrodillarme ante ese Dios que nada significa para mí.

»Sabía que no podía convencerlo y, en el fondo, admiraba su presencia de ánimo. No sé si alguna vez en toda mi vida he tenido algo tan claro como la forma en la que Manuel afrontaba la muerte. Le sonreí con tristeza y él me miró con compasión.

»—Aún te quedan cosas horribles por ver, amigo. Sé fuerte y sigue siempre el camino de tu corazón. ¿Lo harás?

»Asentí en silencio y él me pidió su última voluntad.

»—Ve a mi tienda y trae unas hojas que guardo en una bolsa de cuero. Quiero darme el gusto de acompañarme por última vez de esos demonios que dicen que invoco.

»Cumplí su deseo y le llevé las hojas. Las enrollé y, acercándome a una hoguera, les prendí fuego. Se las puse en la boca a Manuel, que aspiró profundamente.

»—¿Puedo yo también? —pregunté—. Ahora mismo no sé si prefiero estar en compañía de Dios o del demonio.

»Él negó con la cabeza.

»—Eso no te lo permito —dijo tajante—; este momento lo quiero solo para mí.

»Y señalando las hojas me pidió que se las pusiera de nuevo en la boca, como así hice. Levanté la vista y vi que la horca estaba preparada y la hora de mi amigo se acercaba sin remedio. Algunos habían llegado para contemplar la ejecución. Me aproximé a ellos y pensé que quizá todavía existía una opción para salvar a Manuel, si muchos de nosotros testificábamos a su favor y decíamos que sus heréticas palabras habían sido fruto de un momento de sinrazón. Algunos de los que había curado se apiadaron de él y me dijeron que lo defenderían si pedía perdón y se arrepentía delante del obispo. Era una posibilidad mínima, pero había que intentarlo. Fui a la carrera y me senté de nuevo a su lado.

»—Manuel, quiero decirte… —comencé a hablar mientras acercaba otra vez las hojas a sus labios, aunque no me dio tiempo a terminar. Su cuello se había derrumbado y no respiraba. Me di cuenta de lo que había ocurrido y comprendí al instante por qué Manuel había querido aquel momento para él solo. Apagué las hojas y las enterré en el suelo antes de que llegase el verdugo.

»—¿Qué ha ocurrido? —preguntó.

»—No lo sé —contesté—. Creo que Dios se lo ha llevado antes de tiempo.

»Lo sacaron a rastras mientras los espectadores se quejaban por haberse perdido el espectáculo. Uno de ellos era Pascual. Por su expresión cruel se veía que hubiese querido contemplar una muerte lenta y agónica, solo Dios sabe por qué. De todos modos, se quedó con las ganas y esa fue la única victoria de Manuel aquel día.

»Perder a Manuel fue para mí un golpe terrible, pues no podía evitar pensar que su muerte había sido por mi culpa. Aquel pobre hombre padeció como pocos más lo hicieron y, aun así, tuvo la entereza de mantenerse firme en sus convicciones y proclamar bien alto su dignidad. Os puedo asegurar, señor, que si pudiese afrontar la muerte con la mitad de valor que él lo hizo, ya me daría por satisfecho.

—Y no te faltaría razón, Martín, pues Manuel se comportó como un verdadero hombre, mucho más que los desgraciados que le acusaron. ¿Qué ocurrió después? ¿Alguno de ellos pagó por sus pecados?

—De allí a unos días llegó a La Antigua el capitán Ayora. No venía con todos los que había llevado tierra adentro, sino solo acompañado por un pequeño destacamento y un gran contingente de indios atados con sogas. Traía también un cofre lleno de oro que rápidamente fue a enseñar al gobernador. No estuve en aquel recibimiento, pero al poco supe que mintió con descaro y afirmó que los indios nos habían atacado en todos los lugares y que nos habíamos visto obligados a combatirlos, por lo cual estaba extremadamente cansado y enfermo, y no deseaba otra cosa en este mundo más que regresar a su casa en Adamuz, cerca de Córdoba. Y tras haber repartido convenientemente oro y riquezas entre el gobernador y el obispo, aprovechó que había una carabela presta para salir hacia Santo Domingo y pidió a Pedrarias permiso para partir, permiso que, por supuesto, le fue concedido. Cuando a los pocos días llegó el resto del destacamento y contaron todas las barbaridades que Ayora había cometido, este ya se había ido. Mucho tiempo después supe que consiguió llegar a España con sus riquezas, aunque no tuvo ocasión de disfrutarlas ya que murió al poco de poner el pie en su casa.

—Lo cual demuestra que Dios, de un modo u otro, siempre imparte su justicia —dijo don Carlos.

—Dios siempre imparte justicia, aunque me pregunto de qué sirvió que Ayora muriese sin disfrutar de su oro a los muchos indios a los que robó, quemó, cortó el cuello o aperreó; cuando ellos necesitaron justicia, solo obtuvieron aflicción.

No quise parecer irreverente, aunque imagino que aquello sonó exactamente así.

—Esa forma de razonar es peligrosa, Martín —contestó el emperador con un cierto tono de reproche—. Quien la emplea termina pensando que su entendimiento está por encima del de Dios, pero eso es imposible. Cuando metemos las ovejas en el corral, ellas no pueden entender por qué han de pasar la noche encerradas en vez de descansar libremente en el campo. Sin embargo, nosotros sabemos que fuera del cercado están los lobos y que acabarían con ellas. Recuerda que Dios, en el fondo, es un pastor y nosotros su rebaño. Hemos de acatar su voluntad, no discutirla.

Agaché la cabeza y me disculpé.

—Lo siento, señor, tenéis razón. He sido un insolente con mis palabras.

Él asintió en silencio y se quedó pensando.

—Qué difícil es alcanzar la justicia, ¿verdad?

—Alcanzarla es muy difícil; sin embargo, una vez que eres injusto la desvergüenza se abre camino sin ningún problema. Tras el regreso de Ayora se produjo, semana tras semana, el del resto de los capitanes que Pedrarias había enviado a conocer el territorio. Me cuesta ahora recordar sus nombres: uno era Escudero, creo; otro, Gonzalo de Badajoz; uno más, Antonio Téllez, y otro, Fernando, o Francisco, Becerra... Da igual que no recuerde bien a cada uno, porque todos se comportaron de la misma manera: asaltando, robando y matando. Y todos recibieron el mismo premio: dado que Ayora y Hurtado habían sido perdonados por sus enormes fechorías, no parecía razonable castigar a los que los imitaron, de modo que todos fueron perdonados siempre y cuando llegasen bien cargados de oro o esclavos. Los relatos eran terroríficos. El tal Becerra, que llegó con más de seis mil pesos de oro y cerca de trescientos indios en cuerda, recorrió el territorio de dos caciques. El primero, según contaron, se llamaba Suegro y el segundo, Quemado. Cuando les preguntaron por aquellos extraños nombres, dijeron que el primero les ofreció a sus hijas y por eso lo apodaron como tal, aunque me temo que, más que ofrecerlas él, se las arrebataron ellos, pues venían atadas en la misma cuerda que los demás indios. Y al segundo, el tal Quemado, le pusieron así por el simple hecho de que le prendieron fuego cuando no les dio el oro que le pedían. Dicen que Pedrarias, a pesar de la parálisis de su rostro, se rio con ganas cuando le contaron esta historia. Es por eso por lo que cuando oigo la palabra «justicia» me pregunto por qué habíamos de recibirla nosotros, que nos comportábamos de manera tan indigna, mientras los indios no hacían más que recibir calamidades e infortunios.

»Y no penséis que hablo mal solo de personas a las que apenas conocí o de las que me acuerdo a duras penas, sino que otras a las que yo había tenido en gran estima y a las que había visto actuar con recto proceder en el pasado se comportaron de manera igualmente despiadada. Uno de ellos fue Andrés de Valderrábano, el escribano que llegó en el barco de Enciso, junto a Balboa, y con el que compartí muchas noches de charlas y risas al lado de la hoguera. A él le tocó explorar junto a un tal Gaspar de Morales, que era primo de Pedrarias, y ambos consiguieron llegar hasta el mar del Sur y obtener tanto oro que apenas podían con él y tantos esclavos que se quedaron sin cuerdas para atarlos. Mientras emprendían el regreso, fueron sorprendidos por un grupo de indios en pie de guerra que pretendían liberar a los suyos. Gaspar y Andrés, entonces, decidieron de mutuo acuerdo degollar a todos los prisioneros que llevaban, sin perdonar ni a las mujeres ni a los niños, para que los indios se amedrentasen. Y por cierto que lo lograron, pues los indios retrocedieron horrorizados ante aquella carnicería propia del mismo Herodes. Al llegar al Darién y contar su hazaña, su primo el gobernador quedó vivamente impresionado; no por la masacre cometida, sino por la cantidad de riquezas obtenidas.

El emperador asintió en silencio y se quedó meditando. Pensé que era solo por la crudeza de lo que le estaba contando, pero había algo más.

—Esa historia no acaba ahí, Martín, y tú lo sabes bien, supongo. Aquel Gaspar de Morales no consiguió solo oro, ¿verdad?

—No, señor, no fue solo oro. Morales trajo también una perla, una enorme perla tan grande como nadie hubiese visto antes. Tal era su tamaño que, al regresar al Darién, un mercader dio por ella mil doscientos pesos de oro, aunque le duró bien poco en las manos. El infeliz, atosigado por otros de su gremio, empezó a pensar que había pagado demasiado y que aquello sería su ruina. Aquellas voces, sin embargo, no eran inocentes, sino que todo había sido orquestado por el gobernador para que el mercader se aviniese a venderla, cosa que hizo por el mismo dinero que había pagado, o quizá incluso un poco menos. De ese modo la perla fue a parar a manos de doña Isabel de Bobadilla, la mujer de Pedrarias.

Don Carlos levantó la vista y miró el retrato de la emperatriz Isabel con el collar de perlas en el que destacaba una en forma de lágrima. Lo había pensado desde la primera vez que entré en la sala del emperador, pero ahora la verdad se me hacía evidente.

—Sí, Martín; es la misma. Isabel de Bobadilla me la ofreció al regresar a España y yo la compré para mi esposa. Si la memoria no me falla, casi por el doble de su precio original, ahora que me lo has dado a conocer. De modo que Bobadilla, aunque amiga de mi familia, estaba tan curtida como Pedrarias en eso de hacer negocios… Lo cierto es que su origen no me fue revelado salvo a grandes rasgos. Bobadilla me contó que su marido la había obtenido gracias a la pericia de su sobrino y que no había parado hasta poder adquirirla para mí. No me lo creí, por supuesto, pero tampoco hice mucho más por indagar sobre su procedencia. En el fondo sabía, o intuía, que algo así no podía haber llegado hasta mis manos de forma limpia, por el simple motivo de que nada de ese valor lo hace. Y ante ello solo queda la opción de renunciar con valentía… o cerrar los ojos y no preguntar, que es lo que hice.

—Y lo que cualquiera de nosotros hubiera hecho, señor. Tras cada onza de oro hay un minero encorvado, un ingenuo engañado o un miserable explotado. Aun así, nadie renuncia a él, sino que está dispuesto a hacer, u ocultar, lo que sea por conseguirlo.

El emperador volvió a girarse y contempló por un buen rato el retrato de su esposa.

—No sé qué hubiese hecho ella de haberlo sabido —dijo—. Su alma era más compasiva que la mía y muchas veces se preguntaba por aquellos asuntos que los demás preferíamos ignorar. De todos modos, estos pensamientos son vanos, pues nada puede cambiarse del pasado. En cambio, me pregunto qué será de esta joya en los siglos venideros. Ahora la tiene mi hijo; y supongo que en algún momento lucirá en el escote de su mujer. Luego pasará a sus hijos o, quién sabe, quizá deje de pertenecer a mi familia y sea otra la que la ostente… Porfiamos toda la vida por poseer bienes y riquezas sin darnos cuenta de la inutilidad de nuestro empeño. Recuerdo las palabras que Cristo nos transmitió: «Mirad las aves del cielo, que no siembran, ni siegan, ni recogen en graneros…».

—«Y aun así vuestro Padre Celestial las alimenta».

Don Carlos sonrió.

—Basta por hoy. Han sido muchas historias y muy turbadoras las que me has contado. Conviene reflexionar sobre ellas antes de seguir adelante.

—Por supuesto, señor.

Me puse de pie y caminé hacia la puerta. Mientras lo hacía no pude evitar mirar con el rabillo del ojo y observé al emperador contemplando con verdadera devoción el cuadro de la emperatriz. ¿Miraba la perla y meditaba sobre su oscuro origen ahora que lo conocía en detalle? ¿O miraba a su esposa y recordaba su felicidad cuando recibió aquel regalo?

Cerré la puerta tras de mí y me quedé con aquella intriga.

9

Dos gallos en el mismo corral

Me desperté sobresaltado por el sonido de una trompeta. Beatriz también lo hizo.

—¿Has oído eso?

Presté más atención y escuché el relincho de los caballos y el paso sordo y acompasado de un gran número de hombres.

—Es una comitiva —dije—. ¿Será la de la infanta María?

Beatriz saltó de la cama, emocionada.

—¡Seguro que sí! ¡Vamos a ver!

Nos vestimos a la carrera, colocamos a Rafael en su silla y salimos a la calle. Otros vecinos también se habían alertado por el sonido de la trompeta y asistían al paso del cortejo real. Esperaba ver pendones y banderolas de colores como la vez anterior; en vez de eso, solo se veía un crespón y un escalofrío me recorrió.

—¿Qué ha ocurrido? —pregunté a uno de los pajes—. ¿Por quién es este luto?

El muchacho aflojó un poco el paso y me reveló la desgraciada noticia:

—Doña Leonor, la hermana de don Carlos, ha muerto. Dios la tenga en su gloria.

Beatriz ahogó un grito de espanto, al igual que los otros que iban conociendo la trágica nueva. ¿Cómo era posible? Apenas un mes antes había partido hacia Badajoz, llena de esperanza y alegría por el encuentro con su hija. No podía entenderlo.

—¿Muerta? ¿Cómo ha sido? —insistí, pero el muchacho continuó su camino sin contestarme.

Me fijé un poco más en la comitiva y no descubrí ningún féretro ni ninguna carroza. Por tanto, ni la difunta doña Leonor ni su hermana ni su hija venían de regreso a Yuste.

—Qué desgracia, qué terrible desgracia... —se lamentó Beatriz—, después de todo el tiempo y todos los afanes por ver a su hija. ¿Cómo ha podido ocurrir algo así? A doña Leonor no se la veía enferma...

Aquello era cierto. Así como don Carlos presentaba siempre un aspecto enfermizo, como al borde de su vitalidad, su hermana Leonor parecía más fuerte y entera, si bien con un carácter melancólico. En esos pensamientos estaba cuando escuché unos pasos y descubrí al padre Genaro que se acercaba con dificultad. Por su expresión entendí al instante que ya conocía la noticia.

—Qué amanecer tan triste, Martín. Deseábamos conocer las noticias del encuentro entre madre e hija y, en vez de eso, nos hemos despertado con un fallecimiento. ¿Crees que podrás enterarte de lo que ha pasado?

Tenía mis dudas de que aquel fuese el mejor momento para acudir a Yuste, pero al mirar al padre Genaro y a Beatriz no pude negarme.

—Haré lo que pueda; lo prometo.

Entré en casa, me eché la capa por los hombros y salí de nuevo para unirme a los que cerraban la comitiva.

—Que Dios te acompañe —dijo don Genaro, bendiciéndome.

El camino hasta Yuste fue tristísimo. El aire frío de la sierra me helaba el rostro y la llovizna hacía aún más penoso el caminar. Cuando llegamos al monasterio, los monjes salieron a recibir al cortejo y conocieron la noticia. Vi a fray Gabriel que salía de inmediato hacia el palacete del emperador, supongo que para hablar con Luis de Quijada. Aquel no era momento para entrometerme, de modo que me fui a la cocina y busqué a Josepe. El pobre acababa de enterarse también y traía el rostro bañado en lágrimas. Le ofrecí un pañuelo para que se secase.

—No recuerdo otro día tan triste como este, señor. ¿Cómo ha podido dejarnos doña Leonor? Es una desgracia, una desgracia...

—Sí lo es, Josepe; es una noticia terrible. Y, además, temo las consecuencias que pueda acarrear... Va a ser un golpe durísimo para el emperador.

Josepe asintió en silencio, incapaz de añadir nada más. Luego fue a la despensa y me ofreció un poco de vino. El calor que me produjo me infundió algo de ánimo, aunque no pude quitarme de la cabeza el terrible pensamiento de cómo se tomaría don Carlos aquella trágica noticia.

Durante todo el día no hice otra cosa más que esperar, hablando a ratos con Josepe, otros con fray Gabriel e incluso con el bufón, que aquel día, por supuesto, se abstuvo de hacer ninguna broma. No fue hasta el anochecer cuando por fin pude ver a Quijada acercándose a la cocina. Traía el rostro desencajado y se le veía agotado. Josepe corrió a darle una copa de vino. La apuró de un trago y pidió más.

—Esto es lo último que me esperaba hoy, Martín, te lo aseguro.

—Vos y todos, señor. Es la peor noticia que podía haber llegado.

—Así es. Durante años he tenido que anunciarle al emperador muchos reveses y nuevas desagradables; mas como esta ninguna.

No quería ser impertinente, pero deseaba saber qué había pasado y Quijada se dio cuenta de mi tribulación.

—¿Te has preguntado alguna vez si se puede morir de tristeza? —me dijo—. Yo pensaba que no, pero creo que eso es justamente lo que ha ocurrido. El encuentro entre madre e hija se produjo, como bien nos informaron. Lo que sucede es que no fue tan cordial como el mensajero nos contó. Tras la fachada de las buenas maneras no había nada más. María saludó a su madre según el protocolo, como si de una embajadora se tratase. Se intercambiaron algunos presentes entre las dos delegaciones y concertaron una cena en la que solo estarían unos pocos elegidos: la propia María, su madre, su tía y dos o tres personas de confianza. La cena se celebró, pero la infanta María no fue. Se excusó en el último momento aludiendo a una fuerte opresión en el pecho. No hay que ser muy listo para entender que el encuentro con su madre le desagradaba profundamente.

—Pero ella misma había accedido a que se vieran.

—En efecto; supongo que al materializarse el encuentro le vino de golpe todo el resentimiento acumulado. El caso es que no acudió a esa cena ni a las citas de los dos días siguientes. Unas veces era la opresión, otras veces el estómago y otras la cabeza. Incluso puso como excusa que tenía sueño y quería descansar. Doña Leonor estaba cada día más ansiosa y no veía la forma de hablar con su hija y pedirle que la perdonase por todas las cosas ocurridas en el pasado. Al final, tras mucha insistencia, logró un encuentro a solas, le habló con franqueza y le pidió que aceptase regresar a España con ella y con su tía. A la infanta no le hizo falta ni pensarlo: se levantó de la silla, le lanzó una serie de palabras envenenadas y se encerró de nuevo en su cuarto. Parece ser que le dijo que nunca había tenido una familia y que la corte de Portugal era lo más parecido a un hogar que había conocido. Doña Leonor salió de aquel encuentro descompuesta. Hubieron de asistirla para llevarla a sus aposentos y ni su hermana le pudo devolver el ánimo. A los dos días, sin haber podido ver a su hija siquiera para despedirse, emprendieron el camino de regreso a Yuste. Sin embargo, el trayecto fue corto, pues, al hacer la primera noche en Talavera la Real, sus fuerzas se agotaron. Los que estaban con ella dicen que se apagó como una vela, que sus miembros aún con vida estaban inertes como si fuese una estatua y el fulgor de su mirada se consumió hasta desaparecer de sus bellos ojos azules. No me cabe duda de que murió de tristeza, de la más profunda tristeza. Ahora mi mayor temor es que don Carlos se contagie del mismo mal, pues tampoco lo soportaría.

—¿Cómo se encuentra?

—Ha estado encerrado con su confesor durante casi seis horas. Después me ha llamado y me ha dicho que durante la próxima semana solo desea que lo visite él: no quiere más que rezar y entrar en comunión con Dios. Se abstendrá de comer carne y beber cerveza para que su alma no se vea abotargada por un cuerpo pesado. Es difícil saber cómo saldrá de todo esto...

—Dadas las circunstancias, y con el terrible golpe que ha recibido, no creo que este encierro le haga daño, sino todo lo contrario. Debemos confiar en su sabiduría.

—Sí, quizá tengas razón. En todo caso, no es mucho más lo que podemos hacer, pues no va a admitir réplica a sus deseos.

Asentí y me retiré, todavía con la congoja dentro, aunque alimentado en cierto modo por la voluntad del emperador de hablar a solas con Dios y buscar la paz para su alma.

Regresé a Cuacos ya de noche. Otro día cualquiera no habría visto a nadie por las calles. Aquella noche, sin embargo, todos estaban tan alterados que se habían formado corrillos para comentar los acontecimientos. Al verme llegar, me abordaron y me preguntaron todos a la vez por lo sucedido. Respondí dando explicaciones generales, sin entrar en muchos detalles, y me los quité de encima en cuanto pude. Abrí la puerta de mi casa y me encontré a Beatriz a la luz de una vela. Se la veía cansada.

—¿Cómo estás? —pregunté.

—Agotada. Llevo todo el día recibiendo a los vecinos que me han preguntado si sabía algo nuevo... Daba igual que les dijese que tú estabas en Yuste y que no habías vuelto aún, porque al poco regresaban y me preguntaban lo mismo.

—Hay que comprenderlo; todo el mundo está muy alterado. Ha sido una noticia terrible.

Tomé una silla y me senté junto a mi esposa para relatarle lo que Quijada me había dicho. Ella escuchó en silencio hasta que le conté el modo en que María de Portugal había rechazado a su madre.

—Al final pudo más el resentimiento que las ganas de perdonar, ¿no?

—Así es. Y con ello condujo a su propia madre a la muerte, aunque supongo que eso es algo que no podía saber.

—Quizá hubiese actuado de otra forma de haberlo sabido.

—Eso solo Dios lo conoce, Beatriz.

Nos abrazamos y nos fuimos a la cama para tratar de borrar de la cabeza los sinsabores de aquel día tan triste. Me costó mucho conciliar el sueño, pues no hacía más que pensar en la suerte de don Carlos a partir de entonces.

Durante los días siguientes fue poco lo que se pudo hacer. Los campos se vieron cubiertos por una copiosa nevada y hubimos de permanecer encerrados esperando la marcha del temporal. Tras dos semanas infernales, y cuando ya pensábamos que nunca más volveríamos a ver el sol, las nubes se abrieron y nos despedimos de aquel espantoso tiempo.

—¿Has pensado ya en lo que harás? —me preguntó Beatriz mientras desayunábamos.

—Tiempo no me ha faltado —dije—, aunque todavía estoy confuso. Iré a ver a don Luis y le preguntaré por el estado del emperador. Si quiere que hablemos, estaré presto para servirle, como siempre.

Me puse mi mejor ropa de abrigo y me dirigí al monasterio abriéndome paso en la nieve. Cada zancada era un triunfo, de modo que la caminata que habitualmente me llevaba menos de una hora, aquel día se convirtió en un calvario. Cuando avisté el monasterio estaba exhausto, calado hasta los huesos y muerto de frío. Al verme llegar de esa guisa, Josepe se llevó las manos a la cabeza.

—¡Virgen santísima! Pasad de inmediato para que os dé un caldo.

—No es para tanto, Josepe —respondí mientras me dejaba caer en una silla.

—Eso es porque vos no podéis ver lo que yo estoy viendo. Tenéis el rostro más pálido que la luna llena. No protestéis y tomad.

Me puso en las manos un cuenco con caldo caliente y nada más tomarlo sentí que revivía. Recordé las muchas veces que aquello me había ocurrido en las Indias, cuando estuve a punto de morir de hambre, y mi cabeza se fue muy lejos.

—¿Mejor? —me preguntó.

—¿Cómo no iba a estar mejor con este caldo, Josepe?

Él sonrió al tiempo que echaba otro tronco para avivar la lumbre.

—Ojalá hubiera un caldo para cada pena —dijo.

No pude por menos que sonreír ante aquella ocurrencia tan inteligente.

—Seguro que lo hay, Josepe; lo que habría que saber son los ingredientes que hacen falta.

No acababa de decir aquello cuando vi llegar a Luis de Quijada. A diferencia del aspecto pesaroso de la última vez que nos vimos, ahora se le veía más sereno y aquello me alegró, pues sabía que su estado de ánimo solía ir de la mano del humor del emperador.

—Buenos días, don Luis. O muy equivocado estoy, o veo un rayo de esperanza en vuestra mirada.

Él asintió, aunque sin querer dar muchas pistas delante de Josepe.

—Podría ser —admitió—; en todo caso es algo que debemos hablar con detenimiento.

—Cuando deseéis.

Dudó unos instantes, pero al final se decidió.

—Está bien; ahora mismo. A fin de cuentas, es un momento tan bueno como cualquier otro.

Dejé la taza y seguí a Quijada hacia su despacho. Me invitó a pasar y luego cerró, cosa que casi nunca hacía.

—Escucha, Martín. Los grandes males requieren grandes soluciones y ahora estamos ante uno de los peores momentos de don Carlos desde que llegó a Yuste. Debemos actuar y debemos hacerlo ya.

—Por supuesto, señor. Lo que no sé es qué se supone que debemos hacer.

—¿Recuerdas que cuando llegaste aquí te dije que mi casa estaba en Cuacos pero que sería raro que me encontraras allí?

—Sí, lo recuerdo perfectamente. De hecho, no sé si os he visto allí una sola vez en todo este tiempo.

—Eso ha sido porque los asuntos del emperador me han tenido tan absorto que no hubiera podido alejarme de estas paredes aunque me lo hubiera propuesto. Además, tampoco tenía mayor interés en ir, dado que mi esposa seguía en Palencia y yo prefiero la compañía del monasterio antes que la soledad de una casa vacía. Ahora, sin embargo, eso va a cambiar. Hacía tiempo que el emperador me había pedido que mi esposa viniese aquí y yo lo había ido postergando con diversos pretextos, aunque el más poderoso era que ella no deseaba venir y, como ya sabrás, es harto difícil llevar la contraria a una mujer. El caso es que la llegada se ha hecho inexcusable, no solo porque no pueda ir por más tiempo en contra de los deseos de don Carlos, sino porque ahora lo necesita más que nunca.

—Disculpadme si parezco impertinente, pero ¿por qué desea con tanto anhelo el emperador que vuestra esposa esté aquí con vos?

—Eso es lo que quería contarte y para lo que he de pedirte la máxima discreción. Mi mujer, Magdalena, no vendrá sola, sino que lo hará acompañada de... nuestro hijo.

Aquello me sorprendió.

—Perdonadme, señor; no sabía que tuvierais hijos.

—De hecho... no los tengo. El hijo no es mío, ni tampoco de mi mujer. Es de alguien muy importante que nos pidió que lo cuidáramos y lo criáramos como si fuera nuestro, y a ello nos hemos dedicado con todo nuestro empeño; sobre todo ella, desde que el emperador me llamó a su lado. Ahora don Carlos me ha pedido que Magdalena y Jeromín vengan sin más dilación a Cuacos y que podamos vivir como una verdadera familia. Él se siente culpable de nuestra separación y creo que vernos juntos le alegrará el alma.

—Eso es maravilloso, no solo porque es verdaderamente importante que la familia se reúna, sino porque demuestra que el emperador tiene un gran corazón. Lo que no comprendo es por qué hay que mantener algún secretismo al respecto.

—Es fácil de entender. El hombre que me pidió que cuidase de Jeromín lo hizo con la promesa por mi parte de que jamás revelaría su paternidad. Ello, como podrás suponer, me ha causado más de un pesar. Magdalena y yo tratamos durante muchos años de tener hijos, aunque no fuimos bendecidos con la dicha de Dios. De modo que cuando Jeromín llegó a nuestra casa, las habladurías comenzaron de inmediato. Como se sabía que Magdalena no podía ser la madre, se rumoreaba que era un hijo mío ilegítimo y que me había inventado la historia del hombre misterioso para ocultarlo. Hasta mi propia esposa tuvo dudas de mí ante mi negativa a revelar el nombre del padre y en algún momento creo que llegó a pensar que la había engañado. Si te estás preguntando si es así, te juro ante la santísima Virgen que no lo hice y que no soy el padre.

—No me hace falta que juréis ante nadie, señor; vuestra sola palabra es para mí más que suficiente.

Don Luis asintió con agradecimiento.

—Cuando Jeromín esté aquí, los rumores empezarán a correr de nuevo; y no quiero que ni él ni Magdalena se vean perturbados por los chismes de los vecinos. Te pido que defiendas la verdad que te acabo de contar y que no des pábulo a ningún comentario que se aleje ni un ápice de ella. Sé que el reencuentro de mi familia será para don Carlos un motivo de gran alegría; y su vida está ahora tan empañada por la muerte de su hermana que no podemos desperdiciar ni una sola oportunidad.

—Lo comprendo perfectamente, señor, y actuaré en consecuencia.

—Te lo agradezco.

Desvió la mirada y suspiró al ver el montón de papeles que tenía sobre el escritorio. Sentí lástima por él: debía llevar el peso de sus quehaceres, como cualquiera de nosotros, y cargar al tiempo con los del emperador. No era una tarea sencilla.

—Si en algo puedo ayudaros... —le dije.

—Puedes ayudarme como siempre, Martín: cumpliendo con tu cometido. A pesar de todo el dolor que ahora soporta don Carlos, creo que estaría complacido de verte y hablar. Eso sí: lleva tu mejor ánimo porque el emperador lo necesita.

Sentí un vuelco en el corazón ante la posibilidad de volver a verlo.

—Por supuesto, señor. Pondré toda mi alma en la tarea.

Dejé el despacho y me dirigí a la sala del emperador. Piqué a la puerta y esperé, pero no escuché nada, de modo que me decidí a entrar. La habitación estaba en penumbra y vi a don Carlos sentado en su sillón, envuelto en mantas y con el pie en alto. Tenía los ojos cerrados y respiraba con dificultad. Al cerrar la puerta tras de mí abrió los ojos.

—Martín... —susurró con un hilo de voz—, no esperaba tu visita hoy.

—Puedo volver en otro momento, señor, quizá os he importunado.

—No, no..., al contrario. Siéntate.

Cogí una silla y me puse a su lado. Mientras lo hacía me fijé con más detalle en su estado: apenas habían pasado unas semanas desde la última vez que lo vi, pero parecía que hubiesen sido cinco años. Estaba consumido, agotado, como sin hálito. Se reflejaba en él una inmensa tristeza.

—Señor, siento muchísimo la muerte de vuestra hermana. Ha sido una pérdida terrible y todos estamos consternados. Mi mujer y su hijo me han pedido que os transmita su pesar.

Don Carlos fue a decir algo, pero las palabras se le atragantaron antes de brotar. Vi cómo le temblaba el mentón y el esfuerzo que hacía por contener las lágrimas. Finalmente consiguió calmarse lo suficiente como para hablar.

—Sé que tus palabras son sinceras, Martín, y las aprecio. La muerte de Leonor ha sido la peor noticia que podía recibir, sobre todo porque sé que el causante de esta soy yo, solo yo... La alejé de su hija hasta que María terminó por odiarla; y ese odio es el que la ha conducido a la muerte. Nunca me lo perdonaré y habré de cargar con esa culpa hasta que me encuentre con Dios y haya de responder de mis faltas. En este mundo cada cual tiene un castigo por su comportamiento y yo he de aceptar el mío, pues lo merezco.

—Uno merece un castigo cuando ha actuado de mala fe, pero no si lo ha hecho movido por la necesidad. ¿Quién podría culpar a un padre que roba por dar un pedazo de pan a un hijo hambriento si no tiene otro modo de conseguirlo?

—Sin embargo, yo sí tuve elección. Y elegí anteponer mis ambiciones personales al bienestar de mi familia. Mi padre murió cuando yo era solo un niño; mi madre cayó en la locura; mis hermanas tenían motivos para odiarme, y mi hijo me es casi tan ajeno como la primera persona que me encontrase si ahora saliera a la calle... Parece como si hubiese un halo de desdicha a mi alrededor. ¿Puedes entenderlo?

—Lo entiendo, señor. Hubo momentos en que yo también me sentí así. Y aunque me dolía, hice todo lo posible por seguir adelante, aun hallándome terriblemente culpable.

El emperador asintió.

—Si no me equivoco, te refieres a la muerte de Manuel, ¿no es así?

—Exacto, señor. Manuel dio su vida por mí. Guardó silencio cuando podía haber hablado y prefirió sacrificarse antes que delatarme. Yo no lo merecía y él tampoco merecía lo que le ocurrió.

—Cuéntame, Martín, pues deseo saber qué sucedió. Así, además, quizá consiga alejar un poco el nubarrón que se cierne sobre mí. ¿Nadie sospechó nada de ti?

—Quién sabe... Creo que no quisieron ir más allá. Se saciaron con la sangre de Manuel porque, en el fondo, resultaba más conveniente seguir repartiendo las riquezas existentes que preocuparse por las que se habían perdido. Cada expedición que llegaba venía cargada con oro, perlas y esclavos, y el gobernador y todos sus secuaces participaban en aquel simulacro de legalidad; la única vara de justicia era el peso de las riquezas rescatadas.

—¿Incluso el obispo?

—Sí, incluso él se beneficiaba, aunque al tiempo renegaba de Pedrarias y trataba de hacerle de contrapunto. De hecho, hubo un momento en que le tocó jugar un papel clave en el inacabable enfrentamiento entre el gobernador y Balboa.

—¿Qué ocurrió?

—Lo que ocurrió fue que el rey Fernando envió a Balboa una carta en la que, contra todo pronóstico, lo nombraba adelantado de la mar del Sur, que no era sino un reconocimiento por todo lo que había logrado y un espaldarazo para que pudiera actuar sin tener que rendir cuentas a Pedrarias. Perdonadme por lo que voy a decir, señor, pero es como si el rey estuviese confuso y, antes de darle la razón a uno de ellos, prefiriese dársela a los dos a la vez.

—No hay nada que deba perdonarte, pues creo que eso es exactamente lo que pasó. Cuando uno es rey, no está confuso en algunas ocasiones; prácticamente lo está de continuo. Piensa en las veces que has de tomar decisiones a lo largo del día y lo mucho que esos dilemas te consumen a pesar de que, en su mayor parte, carecen de importancia. Ahora imagina que cada una de esas decisiones fuese relevante para algo o para alguien... Mi abuelo optó por reconocer a cada cual lo suyo y tratar de igualar a los contendientes.

—El problema es que quien tenía el mando era Pedrarias y no iba a resultar tan fácil que se desprendiese de él. Por de pronto, lo primero que hizo al recibir la carta —y leer su contenido, por supuesto— fue ocultarla. Sin embargo, la fortuna quiso que el portador de la misiva fuese un tal Pedro de Arbolancha, que era amigo de Balboa, y rápidamente corrió la voz de la incautación de la carta. Arbolancha no conocía su contenido, aunque sí imaginaba que se trataba de algo importante. Al enterarse, Balboa protestó y habló con el obispo, que era su mayor valedor. Este, de inmediato, dijo que aquello iba contra el servicio de Dios y del rey, pues todos los que estábamos en el Darién éramos libres y debíamos poder recibir las cartas sin ningún tipo de cautiverio. Pedrarias, no obstante, se negaba a transigir tan fácilmente y convocó a los hombres principales para que diesen su opinión sobre el asunto. Obviamente todos dijeron que era mejor retener la carta hasta que terminase el juicio de residencia que Balboa tenía abierto y que amenazaba con no acabar nunca. El obispo, al escuchar aquel parecer, montó en cólera y dijo que actuar de aquella manera era ponerse en contra de la Corona y obrar con deslealtad y desobediencia, y que él mismo se encargaría de escribir al rey para informarlo de aquella felonía. El gobernador, por una vez, se asustó con la reacción del obispo y rápidamente cambió de opinión, diciendo que le parecía bien entregar la carta a Balboa y que, si no lo había hecho antes, era por el consejo de sus oficiales, no por su propia voluntad. De modo que, como podréis ver, Pedrarias siempre encontraba la manera de culpar a los demás de sus propias faltas.

»El caso es que, tras aquellas deliberaciones, Balboa fue llamado para que se presentara ante el gobernador y todos escuchamos las palabras de Pedrarias:

»—Vasco Núñez de Balboa —dijo con voz plana y evidente gesto de disgusto—, por orden del rey Fernando os hago saber que desde hoy sois nombrado adelantado de la mar del Sur y capitán general de las provincias de Coiba y Panamá.

»Después leyó con detenimiento los límites en los que Balboa podría ejercer su título, que le concedían la mejor parte del territorio; para Pedrarias quedaban los territorios más ásperos y conflictivos, si bien es cierto que de esto él era el único responsable.

»Al oír aquello, muchos aplaudimos. Puedo decir que la mayoría estábamos ya en contra del gobernador Pedrarias, pues solo los que él nombraba capitanes eran los que recibían todos los premios mientras a los demás nos tocaba soportar trabajos y miserias. Ingenuamente pensamos que ese nombramiento pondría fin al poder del gobernador.

—¿Por qué ingenuamente? —preguntó don Carlos.

—Porque Pedrarias no pensaba renunciar a su poder tan fácilmente y menos dárselo a Balboa, al cual odiaba con todo su ser. De modo que lo que hizo fue aceptar la voluntad del rey y vaciarla de contenido: le dio a Balboa su título y, al tiempo, le prohibió que tomase un solo hombre ni armase ninguna expedición si no era con su permiso.

—Se obedece, pero no se cumple...

—Así es. Pedrarias decidió obedecer la instrucción del rey asegurándose de que no tuviese efecto alguno. Es como si te dan el título de carpintero y, a la vez, te prohíben coger una sierra o un martillo. Balboa se podría haber rebelado contra aquella disposición, pues era injusta a todas luces, pero el obispo le convenció de que no era momento de buscar más querellas y que era preferible arriar las velas y esperar una mejor ocasión para actuar. Todavía recuerdo aquel día, por la noche, cuando Vasco nos juntó a los más fieles en su casa; estaba tan alterado que parecía que fuese a estallar.

»—No va a detenerse hasta que me hunda por completo. Ya hace un año que empezó mi juicio de residencia y no me cabe duda de que el veredicto me será contrario. De modo que no solo me prohíbe explorar el territorio, sino que además me quitará todo lo que he conseguido.

»—Eso es cierto —dije—, pero no hay nada que pueda hacerse. Si vais en contra de su voluntad, solo encontraréis más obstáculos.

»—Sin embargo... —dijo Balboa—, ahora no podrá actuar con impunidad, pues el rey me ha nombrado adelantado y sería muy estúpido por su parte atacarme directamente o intentar acabar con mi vida.

»—Así será mientras siga en sus cabales, porque hay veces que parece estar fuera de sí.

»—Lo sé. Habrá que esperar el momento adecuado, si es que llega.

El emperador me detuvo.

—¿Llegó ese momento?

—Sí, lo hizo. Y de la manera más inaudita: mediante una boda.

Don Carlos puso gesto de extrañeza.

—¿Una boda? ¿De quién?

—De alguien que se casó contra su voluntad, que luego se sintió afortunado de haberse casado y que, ni por lo más remoto, deseaba volver a casarse.

El emperador sonrió por primera vez en aquella tarde.

—O mucho me equivoco o estás hablando del mismo Balboa.

—Exacto; y con la novia más inesperada.

10

A un océano de distancia

Tardé un par de días en regresar a Yuste. El emperador se mostraba cada vez más débil, no solo por el duro golpe de la muerte de su hermana sino también por el progreso de las muchas enfermedades que le aquejaban. El dolor en el pie, según me decía Quijada, era insufrible, por lo que cada vez le elevaban más el soporte sobre el que apoyaba la pierna. Pero estar así le producía un gran dolor en la espalda, de modo que costaba mucho sacarlo de la cama, donde pasaba las horas escuchando misa o rumiando quién sabe qué pensamientos. Por eso mismo me alegró sobremanera cuando el mayordomo me comunicó que don Carlos quería verme de nuevo.

Acudí presto a su llamada y me presenté en la sala. Estaba, como siempre, en su sillón. Lo que me sorprendió fue que en esa ocasión no tuviera la jarra de cerveza a su lado, aunque yo sí tenía mi copa de vino.

—Ya ni eso me está permitido, Martín —dijo mientras me señalaba un vaso que le habían puesto en la mesita—. Creo que no había probado el agua desde que tenía siete u ocho años y ahora mis médicos me dicen que la cerveza me hace mal y que debo prescindir de ella por completo. Uno a uno me van quitando los placeres que hacen que la vida merezca ser vivida... ¿Qué crees que debo hacer?

No recordaba que el emperador me hubiese pedido nunca opinión sobre nada y que ahora lo hiciera me gustó, pues entendí que para él estar conmigo no era un simple entretenimiento, sino que tenía en estima mis palabras.

—Creo, señor —dije con respeto—, que vuestros médicos no están atinados. Tanto vos como yo nos acercamos al final de nuestras vidas. Es inútil negarlo y sería de necios o de hipócritas tratar de decir lo contrario. Por tanto, sin causar daño a nadie, debemos hacer todo aquello que nos alegre el alma. La insistencia de los médicos por negaros lo que más os gusta para ofreceros, a lo sumo, unos días o unas semanas más de vida es un empeño absurdo. Yo no renunciaré al vino y os recomiendo que vos no renunciéis a vuestra cerveza.

Pensé que había ido demasiado lejos, pero el emperador se mostró enormemente complacido.

—¡Cuánta razón, Martín! Los médicos me hacen sentir tan indefenso que hasta me despojan de mi voluntad; y no ha de ser así.

Hizo sonar una campanilla y un paje vino al instante.

—Llévate eso —ordenó mirando el agua con desprecio—. Y tráeme una cerveza. Si por casualidad te cruzas con Mathiso, dile que le atenderé gustoso cuando la termine.

El paje obedeció y al poco volvió con la jarra de cerveza rebosante de espuma, como al emperador le gustaba.

—Esto ya es otra cosa… —dijo con deleite—. Creo que tenías algo importante que relatarme, ¿no es así? Una boda que nadie esperaba…

—Así es. Y es que los novios eran Vasco Núñez de Balboa… y la hija del gobernador. Y para que todo fuese más extraño, el enlace lo ideó el mismísimo obispo Quevedo.

—¿El obispo? ¿Y qué obtenía él de aquel casamiento?

—Él había llevado sus tensas relaciones con Pedrarias hasta el límite de lo posible, sabiendo como sabía que el gobernador tenía un alma ruin. Pero las cosas no pueden estirarse sin que se corra el riesgo de romperlas; y el obispo sabía que sus posibilidades de seguir ejerciendo de balanza entre Pedrarias y Balboa se reducían cada día que pasaba y aumentaba la rivalidad entre los dos. Además, el obispo estaba muy mayor y su único deseo era regresar a España y descansar después de haber dejado resuelto aquel entuerto. De modo que, si no podía mantener a Pedrarias y a Balboa separados, se le ocurrió que sería mejor tenerlos juntos. El gobernador era padre de cinco hijas. Dos de ellas eran religiosas y otras dos estaban casadas, pero aún tenía a una sin casar: María de Peñalosa. El obispo, como luego supe, convenció a Pedrarias de que casar a su hija con Vasco era lo mejor que podía hacer: Balboa era joven, decidido, tenía el título de adelantado y, sobre todo, estando en su familia, las riquezas que pudiera obtener de ahí en adelante serían tanto de él como de su esposa, de modo que le aseguraba su futuro y su fortuna. Además lo convenció de que, una vez como suegro y yerno, no habría motivo ya para más riñas ni parcialidades, sino que todo se resolvería dentro de la familia.

»El gobernador, cuando escuchó aquello, estuvo a punto de echar al obispo de su casa, pero su mujer le detuvo. Ella, en el fondo, era más inteligente y pragmática, y entendió que el obispo llevaba razón. Aunque era fiel y leal con su marido, creo que sentía un profundo respeto por el obispo y una cierta atracción por Balboa, que le resultaba difícil disimular. De modo que, tras hablar con su marido, le convenció de que era la mejor solución para él y también para su hija.

»Todo esto, por supuesto, lo ajustaron entre los tres, pero necesitaban asimismo el beneplácito de Balboa. Y él, además de las reservas que pudiera albergar, tenía un problema incluso mayor...

—Anayansi —dijo don Carlos.

—Exacto. Porque aunque su enlace se hubiese realizado por el rito indígena, para Balboa, Anayansi era su verdadera mujer y la amaba de corazón. Y era, además, un amor correspondido. Todavía recuerdo el momento en que Balboa le contó a su mujer el plan de Pedrarias. Yo estaba sentado junto a Mateo a no mucha distancia de la casa del adelantado y escuchamos los gritos de la pareja. Eran tan pocas las ocasiones en que eso se producía que entendimos que algo grave estaba sucediendo. Al final vimos salir a Anayansi hecha una furia y pegando un portazo. Balboa salió justo después y trató de detenerla, pero fue inútil. Al vernos allí con cara de estupefacción se acercó y se sentó con nosotros.

»—Será un milagro si consigo que vuelva a casa alguna vez.

»Mateo se adelantó a contestarle.

»—Pues para hablar de mujeres no somos los más indicados...

»—Ella no es el problema. El verdadero problema lo tengo con el gobernador: como no ha conseguido derrotarme por las malas, ahora quiere hacerlo por las buenas y acaba de comunicarme que debo casarme con una de sus hijas. Supongo que como suegro me tratará con condescendencia y me dejará hacer alguna expedición, pero, al estar dentro de su familia, tendré que rendirle cuentas y repartir con él lo que obtenga. Eso no es lo que el rey Fernando dispuso y, aun así, no me queda otra que aceptarlo o resignarme a mirar las nubes mientras otros hacen lo que a mí me corresponde.

»—Casaros con su hija... —dije yo—. Pero ¿no vino acompañado solo por su mujer?

»—Así es. Como ella no está aquí, habré de casarme por poderes a la espera de que sea informada del enlace y acepte venir al Darién. ¡Quién sabe: podrían pasar dos años antes de que la conozca!

»—Vaya —dijo Mateo—, pues entonces no entiendo el enfado de vuestra esposa. Casaros con la hija de Pedrarias será como poner un retrato en la pared.

»—Bien decías que no eras el más indicado para hablar de mujeres... Para Anayansi esto es una humillación: si me caso con la hija de Pedrarias, como habré de hacer, eso significará que, a ojos de todo el mundo, mi boda con ella fue una farsa y que no estamos verdaderamente unidos.

»—¿Y qué haréis ahora? —preguntó Mateo—. ¿Repudiar a Anayansi?

»Al escuchar aquellas palabras he de reconocer que sentí un escalofrío que era una mezcla de inquietud por la suerte de Anayansi y, al tiempo, la débil esperanza de que un día mi amada dijese adiós a Balboa y volviese conmigo. Me sentí culpable por pensar así, aunque, por más que lo intenté, fui incapaz de alejar ese pensamiento de mi cabeza.

»—Eso nunca —zanjó Balboa—. Si Pedrarias quiere representar una comedia, yo haré de actor; pero que no espere más de mí. Me casaré con su hija, con su hermana o con su madre si es necesario, pero nunca olvidaré quién es mi verdadera esposa.

»Se puso en pie y regresó a su casa mientras Mateo y yo seguíamos dándole vueltas a todo aquello.

»—Conociéndote —me dijo—, no me extrañaría que estuvieses albergando vanas esperanzas con este asunto.

»Me dio rabia que Mateo me leyese el pensamiento.

»—¿De qué esperanzas estás hablando? Nada va a cambiar. Ya has oído a Balboa: se casará con quien le digan, pero seguirá con Anayansi.

»—¿Eso crees? Habrá que ver qué opina el gobernador de que su yerno comparta cama con una mujer que no es su hija... En fin, es de necios plantearse ahora problemas que han de venir más adelante. A cada día su afán. Ahora vamos a comer, que ya es la hora.

»—Ve tú primero; enseguida te sigo.

»Resopló, pero se puso en pie y se marchó a comer. Yo no dejaba de darle vueltas a lo que Balboa nos había contado. Necesitaba hablar con Luaía.

»Me levanté y seguí la dirección que había tomado ella. Era un sendero que conducía a un riachuelo y una pequeña cascada donde habitualmente tomábamos agua. Caminé sin estar muy seguro de querer encontrarla o no, hasta que la vi. Estaba sentada junto al arroyo y tenía la cara escondida entre las manos. Podía sentir su dolor.

»—¿Cómo estás? —le pregunté.

»Ella suspiró al verme y esbozó una leve sonrisa.

»—Humillada. Pensé que mi unión con Vasco había significado algo, pero veo que no fue más que una mentira. Ahora se casará con una española, como le corresponde.

»—No es tan sencillo. Él te ama, de eso estoy seguro, pero no puede seguir enfrentándose a Pedrarias por siempre. Si lo hace, nunca le permitirá volver a comandar una expedición y eso lo mataría.

»—La vida está llena de renuncias. Yo renuncié a mi familia y fui entregada como prenda de paz, y ahora veo que mi pueblo ha sido masacrado y que mi esposo me deja de lado por otra mujer. —Y, tras mirar sus ropas, añadió—: Me he convertido en una castellana, y soy tratada como la peor de las indias.

»Bajé la cabeza, apenado. Sentía que tenía que callar lo que mi corazón albergaba, pero no pude:

»—Todos hemos renunciado a algo. Yo renuncié a Luaía, a la que amo, y me tuve que conformar con Anayansi, a la que solo puedo contemplar en los brazos de otro hombre.

»Sonrió con tristeza.

»—Yo también te amo, Martín.

»—Y aun así no podemos estar juntos…

»—No, no podemos todavía, pero lo estaremos. Yo hablo con mis dioses cada día y nunca me han dicho nada diferente. Sus manifestaciones me repiten que estaremos juntos, que nos amaremos libremente… y que ese día se dará porque un hecho terrible habrá sucedido.

»—¿Qué hecho?

»—Que mi esposo habrá muerto.

»Un escalofrío me recorrió.

»—Eso no está bien. No te quiero conmigo si es a costa de la desgracia de otro.

»—Yo tampoco, pero son los dioses quienes disponen de nuestro destino y nada se puede hacer para evitarlo. ¿Sabes? Antes de que vosotros llegarais, los ancianos de mi pueblo hablaban de un día en que llegarían unos seres mitad hombres y mitad bestias y que traerían el rayo en sus manos. Aquellos seres erais vosotros y tuvimos que aceptarlo, pues era inútil resistirse. Y ahora, supongo, no me quedará más remedio que seguir aceptando y asumiendo mi papel. Estaré con él y le seré fiel hasta que el destino decida de nuevo. Lo que más siento es el dolor que te estoy causando por ello.

»—Has hablado bien, Luaía. Vasco te necesita y has de estar a su lado. No te preocupes por mí: te quiero tanto que esperaré por ti lo que haga falta. Y, por mucho que me duela, deseo que ese momento tarde en llegar.

»Luaía se acercó y me cogió la mano. Sentí un calor tan intenso que apenas pude contener las lágrimas. La amaba con todo mi ser y por eso debía renunciar a ella.

Don Carlos asintió con gesto comprensivo.

—Hiciste bien, Martín. Fuiste leal a tu amor y fuiste leal a Balboa; y bien dijo nuestro Señor Jesucristo que no se puede ser fiel a dos señores, porque aborrecerás a uno y amarás al otro, o bien te entregarás a uno y despreciarás al otro. Tú fuiste lo bastante fuerte para amar a los dos.

—No me quedaba otra, pues realmente los amaba a los dos y no quería fallar a ninguno de ellos. Al final, Anayansi se resignó y regresó junto a Balboa. Este aceptó la propuesta del obispo y se avino a casarse con María de Peñalosa, ausente en la ceremonia. A pesar de ello, el obispo celebró el acto con toda solemnidad y se hicieron los capítulos matrimoniales. De modo que el gobernador tomó a Vasco por yerno y comenzó a llamarlo «hijo» y este lo llamaba «padre», lo cual no podía resultar más chocante, pues todos sabíamos el profundo desprecio que se profesaban. Casi todos los marineros estuvimos allí delante para dar fe de aquel inaudito acontecimiento que, al menos, prometía poner fin a un enfrentamiento que ningún bien podía traer. La que no estuvo presente, por supuesto, fue Anayansi, que se encerró en casa para llorar su rabia y su amargura.

»El obispo Quevedo, una vez acabada la ceremonia, y con su misión cumplida, decidió que era momento de volver a España, como era su deseo, y se embarcó en el primer navío que se aparejó rumbo a Castilla. Nos dio la bendición a todos y nos dijo que su más inmediato empeño sería enviar un nuevo obispo al Darién para que Dios estuviera siempre con nosotros y no volvieran a surgir nuevas disputas. Debo decir que por el obispo tenía una mezcla de sentimientos. Por una parte, me parecía admirable su deseo de lograr la paz en Santa María y su valentía al enfrentarse a Pedrarias y ponerse del lado de Balboa cuando fue necesario. Fue capaz incluso de convencer a la mujer del gobernador para que contradijera a su esposo. Sin embargo, su comportamiento no fue tan ejemplar en muchos otros aspectos, sobre todo en la forma en la que se condujo respecto a los capitanes que cometieron todo tipo de tropelías en sus incursiones por Tierra Firme. Siempre estuvo dispuesto a perdonar, fueran cuales fuesen las barbaridades cometidas, si le tocaba una parte de las riquezas; y he de decir que, al verle marchar, fueron muchos los baúles que cargó en el barco y no pocos de ellos estaban llenos de oro, perlas y otras riquezas entregadas por los expedicionarios u obtenidos con la venta de los esclavos. Si la persona encargada de mostrarnos el camino de la fe y la compasión cristianas se comportaba así, ¿qué podía esperarse de los que solo buscaban la fortuna sin pararse en más contemplaciones?

»En todo caso, en aquel momento había otros asuntos que resultaban más apremiantes y el principal era el deseo de Balboa de regresar a sus exploraciones. Por de pronto, siguió con el teatro de la boda y pidió de manera amable a su suegro licencia para armar una expedición e ir a recorrer el mar del Sur, al cual no había podido volver desde que pusiera un pie en él por primera vez. Pedrarias se la concedió e incluso intervino para que pudiera financiar la empresa con dineros de la hacienda del rey. Además de eso, por fin concluyó su juicio de residencia, en el cual fue declarado culpable de los daños causados a Enciso, a quien tuvo que indemnizar; aunque fue encontrado inocente de la muerte de Nicuesa, lo cual le hubiese costado su propia vida.

»Yo, por supuesto, estaba deseoso de volver a explorar con Balboa y me apunté de inmediato, al igual que Mateo. La idea de Balboa era regresar al mar del Sur y seguir inspeccionando la costa de las Perlas y, sobre todo, tratar de encontrar aquel reino lejano del que los indígenas habían hablado y que no era otro que el Perú, aunque en aquel momento todavía no lo sabíamos. En total fuimos unos trescientos los que nos unimos al adelantado en una empresa que no sabíamos lo que nos iba a deparar. Lo primero que hicimos fue desplazarnos a Acla, en parte porque allí había muy buena madera y, sobre todo, para no estar tan cerca de la poderosa sombra de Pedrarias. Al llegar al puerto de Acla, comenzamos a inspeccionar los árboles para buscar los troncos más largos y rectos. A mí aquello me resultó extraño y lo comenté con Hernando.

»—¿Para qué demonios se supone que necesitamos los troncos?

»—Menuda pregunta, Martín… Troncos así solo se cortan si es para construir barcos.

»—¿Y para qué queremos barcos si para llegar al mar del Sur tenemos que ir a pie?

»Hernando fue a contestar, pero se quedó con la palabra en la boca y rascándose la cabeza.

»—Buena pregunta…, para la que no tengo ni la más remota respuesta. Aunque, después de todo lo que hemos vivido estos años, no me extrañaría que se nos ocurriera construir los barcos aquí y llevarlos a hombros al otro lado.

»Sonreí ante la broma de Hernando, aunque la risa duró poco: al día siguiente Balboa nos anunció que eso era precisamente lo que íbamos a hacer.

—¿Llevar los barcos a hombros? —preguntó don Carlos.

—Casi… Cortar la madera en Acla y transportarla hasta el mar del Sur para construir allí los barcos. Se trataba, claro, de una tarea titánica, aunque el culpable de que tuviéramos que acometerla era el enemigo más pequeño que se pueda imaginar: la «broma», un minúsculo gusano que se comía la madera de los barcos y que los arruinaba por completo. Balboa, en su primera expedición por el mar del Sur, lo había padecido hasta el punto de que algunas de las embarcaciones que construyó allí para explorar la isla de las Perlas se fueron a pique tras haber sido devoradas por el gusano. Y además estaba convencido de que la madera de Acla era inmune a ese gusano. De modo que la respuesta, en su cabeza, parecía clara: si queríamos explorar en barco el mar del Sur, debíamos llevarnos la madera con nosotros.

»Para ello, por supuesto, no bastaba solo con los españoles, de modo que Balboa volvió a hacer lo que mejor sabía: negociar con las tribus y conseguir su apoyo. Ahora la labor fue mucho más costosa, pues Pedrarias y sus capitanes habían dejado el territorio en llamas y no había un solo indígena que no huyese o guerrease en cuanto nos veía llegar. Con todo, Balboa se las ingenió para enviar mensajes de paz y entrevistarse con los caciques, a los que prometió paz y protección frente a los abusos. Costó que volvieran a confiar en nosotros, pero al final, con mucho esfuerzo, lo consiguió. Además, cada vez era mayor el número de intérpretes que teníamos, ya no solo Anayansi, y eso facilitaba la labor.

—¿Ella fue con su esposo o se quedó en Santa María? —preguntó don Carlos.

—En esta ocasión se quedó, pues la misión que teníamos por delante era tan ardua que Vasco no quiso exponerla a tantos peligros. Además, aunque nunca renunció a su enlace con ella, sabía que llevarla hubiese supuesto un desafío al gobernador, teniendo en cuenta que estaba casado con su hija, aunque ella estuviera al otro lado del océano…

»Cortar toda la madera y disponerla para el viaje fue realmente extenuante, sobre todo al principio; luego, con la ayuda de los indios, el trabajo se alivió un poco y aceleramos la marcha. En todo caso, no fueron menos de cuatro meses los que empleamos para tener toda la madera cortada y preparada para el transporte. Aquello fue una labor ímproba. Lo primero que hizo Balboa fue designar a un grupo de hombres que se dedicaron a abrir caminos hacia el interior. La vegetación era tan densa y las lluvias tan intensas que muchas veces los senderos recién abiertos se veían cubiertos de lodo y se volvían intransitables. Balboa entonces decidió emplear toda la madera sobrante, como las ramas que no podían utilizarse para los barcos, para hacer escolleras y asegurar los taludes. Detrás de este grupo de cabeza iban los porteadores, que eran en su mayor parte indios, aunque los españoles también cargábamos en ocasiones. Los troncos de mayor tamaño se arrastraban tirando de ellos con cuerdas, mientras que los más pequeños, por decir algo, se llevaban a hombros entre varios. Por último, el grueso de los españoles íbamos cerrando la comitiva y vigilando para que nadie pudiera atacarnos. De verdad que no sé si en toda la historia de la humanidad se habrá llevado a cabo una tarea tan descabellada. Y lo maravilloso del asunto es que funcionó.

»Tras varios meses de viaje atravesando valles y montañas con la carga a cuestas llegamos por fin al mar del Sur, concretamente a la desembocadura de un riachuelo al que Balboa bautizó como "río de las Balsas". Allí limpiamos una amplia extensión de selva para dar acogida a todos los que éramos, más de quinientos, y poder depositar la madera en buenas condiciones. La fuimos colocando de manera ordenada, poniendo los troncos en pisos y dejando espacio entre ellos para que pudiera correr el aire y se secasen convenientemente. Mientras cargábamos uno de los troncos, Hernando se me acercó:

»—Parecía imposible y lo hemos logrado. Si le contásemos a alguien que nos llevamos un bosque entero de un océano a otro nos tomaría por locos.

»—Y no iría desencaminado…

»Hernando sonrió, se arrimó a uno de los troncos y lo golpeó con la palma de la mano. En ese momento su rostro cambió.

»—¿Qué ocurre? —le pregunté.

»—No puede ser…

»Se agachó y observó con cuidado la madera.

»—¡Que el diablo me lleve! ¡La madera está podrida!

»Me acerqué y observé con detenimiento lo que Hernando había visto. En efecto, la madera estaba afectada por la broma. Saqué el cuchillo del cinto y corté la madera: allí anidaban los diminutos gusanos que estaban horadando los troncos. De inmediato fuimos a hablar con Balboa. Su rostro de estupefacción lo decía todo.

»—Es imposible, imposible…

»Aquello era un absoluto desastre. Cuando la noticia corrió entre los marineros, cundieron la desesperación y también las quejas hacia Balboa. Él, como forma de reivindicarse y para evitar el colapso de la expedición, decidió seguir adelante y ordenó que construyésemos los barcos de todos modos. Por supuesto que aquello multiplicó las protestas, pero Balboa se mostró imperturbable. De hecho, su frustración era tan grande que comenzó a comportarse como nunca lo había hecho. Si por algo agradecí que Luaía no estuviese allí fue para ahorrarle tener que ver aquello.

»Los indios con los que habíamos pactado y que habían llevado la peor parte de la expedición comenzaron a quejarse de la dureza extrema del trabajo y de las muchas muertes que se producían entre los suyos, derrotados por el cansancio o víctimas de accidentes. Balboa hizo oídos sordos; y no solo eso: dio permiso a sus capitanes para que capturasen por la fuerza a nuevos indios que sustituyeran a los que iban muriendo. A causa de aquella decisión se repitieron escenas tan terribles como las que yo había contemplado en la expedición de Juan de Ayora y de otros capitanes tan infames como él. Y no solo se capturaban indios para que colaborasen con nosotros, sino que algunos eran enviados directamente a La Antigua para ser vendidos como esclavos. Y aquello, si no me equivoco, fue parte del pacto matrimonial firmado entre Balboa y Pedrarias.

El emperador me pidió que me detuviese.

—¿Así que Balboa y Pedrarias habían pactado esclavizar y vender a los indios?

—Eso es, señor. Yo no podía imaginar algo así, pero Balboa me lo dejó claro en una ocasión en que un indio cayó derrumbado tras una jornada extenuante de trabajo y fue encima golpeado con saña por uno de los nuestros.

»Yo no quise callarme y fui a hablar de inmediato con el adelantado.

»—Hubo un tiempo en que los que nos ayudaban recibían un premio, no un castigo.

»Balboa dejó lo que estaba haciendo y me sostuvo la mirada.

»—Di lo que tengas que decir, Martín, pero no te andes con rodeos.

»—Un indio ha caído agotado de cansancio y uno de nuestros hombres lo ha golpeado mientras estaba en el suelo. ¿Vais a hacer algo contra él?

»Balboa inspiró hondo, creo que sin saber muy bien qué decir.

»—Las cosas no son tan fáciles, Martín. Hay hombres que se propasan y también hay indios que nos engañan para librarse del trabajo.

»—El indio que os digo permaneció en el suelo mientras le daban una somanta de palos que hubiese reventado hasta a un caballo. Perdonadme, pero no parecía que estuviese fingiendo.

»Balboa resopló.

»—No me gusta ese tono, Martín. Recuerda con quién estás hablando.

»Estaba a punto de decir alguna insolencia y sabía que la paciencia de Balboa tenía un límite, incluso con los más cercanos. Aun así, me atreví a continuar.

»—Estoy hablando, o eso creo, con un capitán que buscaba el acuerdo antes que la batalla, que sabía ser justo con los que le servían y que no despreciaba a los que le ayudaban. No me gustaría pensar que no queda ya nada de él, si es que puedo decirlo así.

»Balboa estuvo a punto de estallar, lo vi en su mirada, pero al final se calmó y agachó la cabeza.

»—Uno debe reconocer cuándo ha sido derrotado y yo, por desgracia, lo he sido. Tengo una gobernación y me permiten explorar, pero quien tiene el mando es Pedrarias, y nada puedo hacer por cambiarlo. Si ahora estoy aquí es solo para seguir engordando su bolsillo a cambio de no ver mi vida pudrirse en el interior de una caseta, esperando la muerte. Si no rescato oro y esclavos para calmar su apetito, puedo despedirme de mis expediciones.

»—Su apetito no se calmará, señor; ni con todo el oro o todos los esclavos del mundo. Siempre querrá más.

»—Ya lo sé; ya lo sé… Y aun así, ¿qué puedo hacer? ¿Qué harías tú?

»—No puedo decir qué haría en vuestro lugar, pero sí lo que no me gusta ver. Y sé que a vos tampoco.

»Balboa asintió.

»—No me gusta, lo reconozco; pero no puedo hacer nada para evitarlo. Explorar es lo único que sé hacer y lo seguiré haciendo a pesar de todo.

»Aquel día me quedó claro que Balboa se había convertido en el brazo ejecutor de Pedrarias y en un cómplice de sus fechorías. Y en el fondo yo, al no renunciar a aquello y no volver por mis pasos a Santa María, también era partícipe de aquella maldad.

»En definitiva, con el concurso de los indios, y a fuerza de un trabajo extenuante y un trato cruel, conseguimos construir los barcos, retirar la madera más dañada y trabajar únicamente con la que considerábamos sana al tiempo que se cortaban nuevos troncos para sustituir las piezas desechadas. Cualquiera que sepa un mínimo de carpintería conoce que no se deben mezclar maderas secas con verdes, pero nuestra situación era tan penosa que no nos detuvimos a pensar en lo que hacíamos. Al cabo de varios meses de enorme esfuerzo, por fin, pudimos dar dos barcos por terminados, de los cuatro que teníamos planeado hacer, y llegó el día de botarlos. Milagrosamente no se hundieron, aunque su hechura era tan mala que apenas sirvieron para hacer unas expediciones menores, sin alejarnos mucho del litoral por miedo a que se fueran a pique en cualquier momento. En aquel periplo recorrimos un archipiélago en el que rescatamos algunas perlas y allí nos hablaron, de nuevo, de un gran imperio que se encontraba al mediodía y que, según los indios, era el más poderoso del que se tuviera noticia.

»Al final, entre el traslado de la madera por la selva, el talado de nuevos árboles, la construcción de los barcos, su reparación y el cabotaje por el litoral, el tiempo se dilató tanto que se consumió la licencia que Pedrarias había dado a Balboa para la expedición. Este, entonces, temeroso de las consecuencias que pudiera tener aquello, le escribió una carta al gobernador para explicarle las circunstancias vividas y pedir una prórroga.

»La carta fue enviada con uno de los marineros y esperábamos, dada la buena relación entre Balboa y Pedrarias —al menos en apariencia—, obtener una rápida respuesta. Sin embargo, las semanas pasaron y no se tuvo respuesta alguna. Algunos de los nuestros animaban a Balboa a seguir incluso sin permiso, mientras que otros pedían justo lo contrario, de modo que el adelantado estaba confuso y paralizado. Finalmente, después de varias semanas llegó una carta, aunque no era la de Pedrarias, sino otra escrita por un hombre de confianza de Balboa que se había quedado en Santa María. Y el contenido que traía era mucho más jugoso de lo que el adelantado podría haber esperado.

El emperador asintió.

—El nombramiento de un nuevo gobernador, ¿no es así?

—Exacto. Se hablaba de un nuevo gobernador que venía a sustituir a Pedrarias, aunque se desconocía el tiempo que tardaría en llegar a Tierra Firme. Balboa estaba confuso. Por un lado, la destitución de Pedrarias era una gran noticia, teniendo en cuenta la enemistad que habían mantenido, solo disimulada por el teatro de la boda con María de Peñalosa. Sin embargo, Balboa no conocía las intenciones del nuevo gobernador y podría ser que le revocara la licencia para explorar y lo obligase a regresar a Santa María, por lo que se perderían todos los esfuerzos acometidos. Dar un paso en falso, en tales circunstancias, era estar cerca del triunfo o de la desgracia. Y Balboa, actuando con juicio, quiso asegurarse. De modo que envió a un grupo de hombres a Santa María para tratar de enterarse de primera mano de la situación que allí se vivía. Confió tal tarea a su fiel Andrés de Valderrábano y a otros hombres cercanos como Luis Botello y Andrés Garavito. Partieron con la difícil misión de obtener la verdad y volver con ella cuanto antes para permitir a Balboa tomar la decisión acertada.

El emperador levantó la mano para detenerme.

—Estoy ansioso por saber lo que siguió, Martín, pero por hoy es bastante. Cada vez estoy más fatigado y la gota me tortura. Además, he de medir las fuerzas que me quedan, pues hay todavía algunos asuntos que requieren de mi atención y que he de dejar arreglados antes de que Dios me lleve. Hubo un tiempo en que acostumbré a hacer muchas cosas a la vez; ahora me conformo con hacer una detrás de otra.

Me puse en pie y me despedí. Él cerró los ojos con expresión de inmensa fatiga y traté de recuperar la imagen de la primera vez que lo vi. Ya entonces me pareció exhausto y consumido, pero ahora su aspecto había empeorado y parecía unido a la vida solo por un hilo finísimo.

Un hilo que amenazaba con romperse definitivamente.

11

Un pequeño invitado

Estaba preparando unas gachas para el desayuno cuando Beatriz me llamó desde la calle. Acababa de sacar a Rafael en su silla para que recibiera los primeros rayos del sol.

—Mira, Martín, se acerca una carreta.

Dejé lo que estaba haciendo y me asomé para ver que se trataba de una carreta de grandes dimensiones y que venía acompañada, además, por dos hombres a caballo.

—¿Quién vendrá ahí? —preguntó Beatriz, intrigada.

Recordé la conversación que había tenido con Quijada y creí tener la respuesta, pero, como don Luis me había pedido la máxima discreción, preferí guardar silencio. Al poco se confirmó mi sospecha, pues vi cómo el propio Quijada acudía al encuentro del carruaje. Hasta aquel momento apenas había estado en Cuacos, ya que era habitual que durmiera en el monasterio, por lo cual todos los vecinos, que ya se habían ido arremolinando, se mostraban sorprendidos.

—Es Luis de Quijada —dijo Beatriz al verle—. ¡Y está dando la mano a la mujer que va en la carreta!

Efectivamente, don Luis se había acercado para ayudar a bajar a su mujer, doña Magdalena de Ulloa. Se abrazaron con afecto mientras asomaba el otro pasajero: un niño. Tendría unos diez años y era de tez muy hermosa, con cabellos rubios y ojos marrones. Tomó la mano que le ofrecía don Luis, bajó del carro y recibió también el abrazo del mayordomo.

—¿Has tenido un buen viaje? —le preguntó a su esposa.

—El viaje ha sido largo y espantoso, pero al menos ya estamos juntos.

Don Luis sonrió. El rostro de su mujer, en cambio, no era tan afable. Se notaba que aquel sitio no le agradaba y comprendí entonces la resistencia que había mostrado a dejar su casa de Villagarcía. Al niño, por el contrario, parecía que el lugar no le disgustaba y miraba curioso a su alrededor, como si le hiciera gracia el revuelo que había generado su llegada. Mientras paseaba la mirada de unos a otros, reparó en Rafael. Mucha gente, al verlo, retiraban la mirada, pues les causaba incomodidad ver su estado de postración y sus movimientos descontrolados; él, sin embargo, fijó toda su atención y terminó por acercarse.

—¿Qué le ocurre?

Beatriz hizo una pequeña reverencia antes de hablar.

—Está impedido desde hace años.

El niño se acercó un poco más antes de que doña Magdalena acudiera.

—Jeromín, ven con nosotros.

Pero él seguía interesado.

—¿Puede hablar?

—Sí, aunque con mucha dificultad.

—M... m... me... llamo Raf... ael.

El rostro del niño se iluminó.

—Yo me llamo Jeromín.

Y, acto seguido, le cogió la mano.

Doña Magdalena se acercó mientras los murmullos crecían entre los vecinos.

—Vamos, Jeromín; debemos ir a ver nuestra casa.

Él, sin embargo, no parecía querer darse por vencido.

—¿Y puede caminar?

Entonces el párroco don Genaro vino hasta la puerta para contestarle.

—No podía hasta hace bien poco. Pero entre Martín, aquí presente, y el relojero de Su Majestad, Juanelo Turriano, le crearon esta maravilla que le permite salir a la calle y pasear.

Jeromín se fijó en la silla e inspeccionó con detalle los diferentes mecanismos, tratando de averiguar su cometido.

—Mirad, es una silla extraordinaria —medié yo.

Le di la mano a Rafael y accioné la palanca para que pudiera ponerse en pie. Jeromín se quedó con la boca abierta.

—¡Es fantástico! ¡Otra vez, otra vez! —exclamó saltando de alegría.

Aquello fue demasiado para doña Magdalena y tiró del brazo de su esposo para que interviniera.

—Es hora de que vayamos a casa, Jeromín —dijo don Luis—. Debes descansar y recuperarte del viaje. Más tarde habrá tiempo para conocer mejor el lugar.

El niño asintió a regañadientes. Con doña Magdalena se mostraba más rebelde, pero la figura de Quijada parecía imponerle mayor respeto. Tomó la mano de Rafael y se despidió:

—Adiós, Rafael; otro día nos veremos.

Jeromín se juntó con don Luis y doña Magdalena y se dispusieron a ir a su casa. Quijada, en el último momento, se volvió y me miró fijamente. Yo sabía lo que quería decirme con su mirada y asentí en silencio. Volvimos a sentar a Rafael en su silla y regresamos al interior de la casa para desayunar. Beatriz iba de un sitio para otro y se la veía feliz, como siempre que había alguna novedad en el pueblo.

—No sabía que don Luis tuviera hijos.

Iba a decir «no es su hijo», pero me detuve a tiempo.

—Yo tampoco —murmuré, como quitándole importancia—. Realmente no sé mucho de su vida fuera del palacete del emperador.

—Es un niño muy guapo. El caso es que no se parece a su madre ni a su padre… Ambos tienen la tez morena y él, en cambio, es tan blanco y rubio… ¿No te has fijado?

Me puse a cambiar de sitio los cacharros para distraerme de la atención con la que Beatriz me miraba.

—Sí, bueno…, es rubio; pero es que don Luis es calvo, con lo cual poco parecido pueden tener en cuestión de pelo.

Beatriz rio con ganas.

—Sí, en la barba tampoco se parece…

Reí yo también mientras me sentaba a desayunar. Rafael estaba contento y se le dibujaba la sonrisa cuando Beatriz le daba las gachas.

—En fin —dijo—, hay hijos que se parecen a sus padres y otros que no se parecen en absoluto. Lo importante es que se le ve feliz, cosa que no se puede decir de su madre…, ¿verdad?

—Así es: traía cara de disgusto. Sin embargo, dice mucho de ella que haya accedido a los deseos del emperador y que haya aceptado dejar su casa de Villagarcía y venir a Cuacos con su esposo. Parece que don Carlos insistió en que la familia debía estar unida.

—¿Y se quedarán aquí para siempre?

—Parece que esa es la intención de don Carlos y no creo que don Luis vaya a llevarle la contraria en este asunto… ni en ningún otro, la verdad.

—Es una persona leal; eso no se puede negar.

Así era: leal hasta el extremo. Entonces una idea cruzó por mi mente y estuve a punto de abrir la boca, pero me callé a tiempo; no era momento para andar con elucubraciones.

Pasaron varias semanas sin que acudiera a Yuste. Los huertos requerían mucho trabajo y, además, Josepe había venido a avisarme de que don Carlos no se encontraba muy bien: había tenido calentura y apenas había dormido y se sentía muy fatigado. Fue más o menos una semana después cuando el propio Quijada vino a comunicarme que al día siguiente don Carlos ofrecería una recepción para dar la bienvenida a su familia. El emperador no deseaba que hubiese allí muchas personas, pero sí quería que yo estuviese presente. De nuevo me sentí conmovido por aquel gesto de consideración hacia mí y confirmé que acudiría puntualmente.

Llegué al monasterio antes de mediodía, como don Luis me había pedido, y me allegué a la sala del emperador, donde ya esperaban otras personas escogidas, entre ellas su confesor y también Juanelo Turriano. Traté de llamar su atención para saludarle, pero estaba tan distraído como de costumbre y no advirtió mi presencia. El que sí me vio fue el emperador, que asintió levemente con la cabeza, dándome la bienvenida. Era una mañana muy hermosa y el sol se filtraba a través del ventanal, iluminando la estancia y proporcionando un agradable calor. Cuando todos los invitados hubieron entrado, se hizo el silencio a la espera de que llegasen los protagonistas del acto. Fue entonces cuando vi aparecer a Luis de Quijada, en primer lugar, seguido de su esposa y el pequeño Jeromín. Don Luis se adelantó unos pasos e, inclinando la cabeza, se dirigió a don Carlos.

—Majestad, es para mí un inmenso honor traer a vuestra presencia a mi familia, que tanto tiempo lleva esperando poder venir a vivir a este lugar.

Yo sabía que aquello era mentira, pues doña Magdalena hubiese preferido quedarse en Villagarcía, pero Quijada lo dijo con tal convicción que resultó creíble. Doña Magdalena se arrodilló ante el emperador y besó su mano; él la hizo levantar de inmediato.

—No os arrodilléis, señora, pues el honrado con vuestra presencia soy yo. Os he robado a vuestro esposo ya por demasiado tiempo y que ahora hayáis venido aquí a acompañar mis últimos días de vida es para mí la mayor muestra de gratitud que podría esperar. Sed bienvenida.

Doña Magdalena se puso en pie, sonrió y se retiró a un lado. Entonces Quijada se volvió y, poniendo la mano en el hombro del chiquillo, lo invitó a avanzar. Me mantuve expectante, pues no sabía cómo lo iba a presentar. Estaba claro que no era su hijo, al menos eso era lo que él aseguraba, pero tampoco era un extraño en su familia, sino que lo tenía acogido. El niño caminó unos pasos, con miedo y emoción ante la figura del emperador, del que seguramente tantas leyendas había escuchado, aunque ahora no fuera más que un pobre viejo, enfermo e impedido.

—Majestad —dijo Quijada—, bien sabéis que la benevolencia de Dios es infinita y que regala sus dones de forma que el entendimiento humano no siempre es capaz de comprender.

Por ello, a nosotros, que no fuimos agraciados con la dicha de tener un hijo, nos regaló la posibilidad de criar a un niño al que hemos educado para ser un verdadero cristiano y, así lo deseamos, un hombre de bien cuando le llegue la edad. Su nombre es Jeromín y se honra de estar ante vuestra presencia.

El niño avanzó un poco más y se arrodilló a los pies de don Carlos. Si con doña Magdalena había estado presto en pedir que se levantara, ahora el emperador se entretuvo unos instantes mientras acariciaba sus cabellos. Miré su rostro y vi que estaba profundamente emocionado, más de lo que lo había estado en ningún momento desde que yo lo conocía. Luego me fijé en su mano cuando la pasaba por la cabeza del crío y vi que temblaba mucho más de lo acostumbrado. Trató de decir unas palabras y le faltó la coordinación. Por fin tragó saliva y, respirando hondo, halló las fuerzas para hablar.

—¿Qué años tienes?

—Once, majestad.

—¿Ya sabes leer y escribir?

—Sí, majestad; en castellano y en latín.

Don Carlos sonrió, complacido.

—Eso está bien, muy bien… A tu edad, yo era aún muy torpe con el latín. Nunca conseguí dominarlo, a pesar de los intentos de mis maestros. ¿Has tenido buenos instructores?

—Sí, majestad; el maestro Prieto me ha enseñado muy bien y también mi capellán, que me hizo aprender los buenos modales.

—Entre ellos desenvolverte como un noble en una recepción, por lo que veo.

—Sí, majestad.

—¿Y también a comportarte de manera adecuada en un banquete o con invitados en casa?

—Sí, majestad; y a bostezar sin abrir la boca aunque esté muy aburrido.

El emperador rio a gusto ante aquel infantil arranque de sinceridad.

—Esa es una gran enseñanza, no creas que no; solo espero que ahora no hayas tenido que aplicarla.

—No, majestad —dijo él, un poco azorado—; ahora no.

El emperador asintió en silencio, muy complacido, e inspiró hondo.

—Por lo que veo, don Luis y doña Magdalena han hecho un gran trabajo con tu educación; no se puede esperar menos de ellos.

Miré a Magdalena de Ulloa y vi su rostro encendido de satisfacción. En ese momento pensé que aquellas palabras, con probabilidad, la reconfortaban profundamente después de su decepción por tener que quedarse a vivir en Cuacos.

—¿Y las armas? —continuó don Carlos—. ¿Te han enseñado también a usar la espada correctamente?

—Sí, majestad. El escudero Galarza me ha enseñado a defenderme y a atacar.

—¿Y se te da bien? ¿Podrías defendernos a los que estamos aquí?

El muchacho dudó un instante, sin saber si el emperador lo preguntaba de verdad o en broma.

—Eso no sabría yo decirlo, majestad; de momento solo me dejan utilizar espadas de madera...

Todos sonrieron y el pobre se puso más colorado que una manzana, pero el emperador acudió presto al rescate.

—Por supuesto. Todo largo camino empieza con un paso; y nadie ciñe bien la espada sin luchar primero con un madero. Tus maestros son sabios y te sabrán guiar por el buen camino.

En ese momento se acercó un gatito de los que se criaban en el palacete y que, aprovechando que una puerta estaba abierta, se había colado en la sala. El gato se encaramó a la pierna de Jeromín, quien primero hizo por apartarlo, aunque luego sonrió al ver cómo trataba de trepar sin éxito por su espinilla.

—Es cachorro aún y solo quiere jugar —dijo don Carlos—; y está bien que así sea. De igual manera, tú también tienes cosas mejores que hacer que aguantar los desvaríos de un pobre anciano. Vuelve a tus estudios y sigue practicando con la espada. Puede que no lo creas, pero he visto en tus ojos que un día serás un gran soldado, quizá el mejor que haya visto España. Que nada te aleje de ese camino.

Jeromín se puso tan tieso e inspiró con tanta profundidad que parecía que su pecho fuera a estallar. Si alguna vez se había planteado qué quería ser en la vida, creo que en aquel momento las dudas se le despejaron por completo.

Luis de Quijada se adelantó un poco y, cogiendo a Jeromín por el hombro, le llevó de nuevo junto a doña Magdalena. Se formaron algunos corrillos y los invitados a la audiencia, quizá unos veinte en total, conversamos animadamente. Yo me junté con Juanelo Turriano y con el escudero Juan Galarza, el preceptor de Jeromín en el arte de la espada. Estaba casi tan henchido como el propio niño.

—Es *uno grande ragazzo* —dijo Juanelo—; no me extraña que sus padres estén tan orgullosos.

Era evidente que Juanelo no estaba al tanto de que Jeromín no era hijo de don Luis y doña Magdalena. Iba a corregirlo cuando el escudero se adelantó.

—El muchacho no conoce a sus padres, ni ninguno de nosotros tampoco. Pero si algo es cierto es que ni don Luis es su padre ni doña Magdalena su madre, aunque lo han criado como si fuera de su misma sangre. Y sea quien sea su padre os puedo asegurar que ha de ser un gran guerrero, pues la habilidad que tiene el muchacho con la espada y su entendimiento para comprender las maniobras militares no la he visto nunca en nadie de su edad…, y he instruido a muchos jóvenes.

Juanelo asintió y se disculpó por su error, del todo comprensible, pues no era el único que pensaba que don Luis y doña Magdalena eran los padres, visto el modo en que lo trataban. Fue a preguntar algo más, pero don Luis nos pidió que abandonáramos la sala y cada uno regresó a sus quehaceres. En el último instante, antes de salir del palacete, pude ver a Jeromín junto a Magdalena de Ulloa, con la cabeza apoyada en su pecho y sollozando. Luis de Quijada trataba de ocultarlo para que nadie lo viese llorar, y pensé que iba a reprenderlo por su comportamiento. En vez de eso, puso la mano sobre la cabeza del muchacho y lo consoló con cariño.

Aquel día no me reuní con el emperador ni tampoco en los tres siguientes. En todo caso, tuve que recrear tantas veces y a tantas personas diferentes la audiencia del emperador con doña Magdalena y Jeromín que me pareció que no había salido del palacio. Beatriz, por supuesto, lo quiso saber todo, desde cada uno de los movimientos del niño y la señora hasta el vestuario de los invitados a la audiencia. Luego ella se lo explicó a su manera a Rafael mientras yo tenía que repetirlo con los que iban pasando por casa, desde los vecinos al padre Genaro. Cada uno preguntaba una cosa, pero la duda que a todos tenía intrigados era la paternidad del niño y el hecho de que don Luis y doña Magdalena lo tratasen con tanta familiaridad y sentido afecto. Yo tampoco tenía la respuesta, pero poco a poco se me había ido formando una idea, aunque no fue hasta unos días más tarde cuando la confirmé.

Tras recibir la visita de Josepe anunciando que el emperador deseaba verme, salí de casa después de comer para cumplir con mi deber vespertino. Los días eran cada vez más calurosos y me costó más de lo acostumbrado llegar hasta el monasterio. Por el camino, además, me molestaron mucho los mosquitos, pero nada comparado a los enjambres que poblaban el entorno de Yuste cuando por fin llegué. El origen, no cabía duda, era el estanque de Juanelo que, aunque muy bello en su concepción y diseño, había fallado en el intento de que las aguas estuvieran en movimiento. En vez de eso, estaban estancadas y verdes, y había verdaderas nubes de mosquitos sobrevolando la alberca, a pesar de las muchas matas de hierbabuena y romero que los jardineros habían plantado en el contorno.

Me sacudí unos cuantos insectos que trataban de picarme y entré en el palacete para llegar a la sala del emperador, que ya me estaba esperando. Por primera vez desde que lo conocí, no estaba junto a la estufa o sepultado bajo una montaña de mantas, sino que se encontraba junto a la ventana abierta y vestido solo con la camisa. Ello me permitió observar que su piel tenía un preocupante color amarillento. En todo caso mi aspecto tampoco debía de ser especialmente bueno, pues lo primero que hizo al verme fue disculparse:

—He sido un desconsiderado pidiendo que vinieras esta tarde con el calor tan intenso que hace; estás sofocado.

—El calor es sofocante, señor, mas lo peor son los ejércitos de mosquitos que pueblan el estanque. No había visto tantos desde que regresé de las Indias.

—¡Ah, el estanque! En esta vida cada uno es docto en una cosa y no podemos esperar que todos sepan de todo. Juanelo es relojero y yo lo quise hacer arquitecto... Está muy disgustado porque sus conducciones y desagües no funcionan como es debido, y yo sufro también por su desdicha y porque tampoco a mí los mosquitos me dan tregua. Fíjate: ayer mismo me picaron tres en la mano.

Don Carlos me mostró el dorso de su mano y, efectivamente, vi que tenía tres picaduras muy abultadas y enrojecidas.

—En fin —siguió con un hilo de voz—, no deja de tener gracia que la más pequeña y ruin de las criaturas sea capaz de martirizar al que un día fue el hombre más poderoso del mundo. Solo por esa cura de humildad doy por buenos los picotazos.

Sonreí, me senté en mi silla y di un primer trago a la copa de vino.

—Tengo la impresión —dijo—, y corrígeme si me equivoco, de que muchas cosas están llegando a su término. Eres tú quien me está contando su historia, pero algo me dice que el final no está muy lejano. Y, por otro lado, cada día soy más consciente de que mis días están cerca de su ocaso. Me aferro como puedo a la vida y doy gracias a Dios por estas horas regaladas que me permite disfrutar aún en el mundo de los vivos, pero sé que el regalo no va a ser eterno y quiero dejar todo atado antes de partir. Mi hijo Felipe no carece de defectos, pero, así y todo, ha tenido una buena instrucción y sé que será un gran gobernante, con toda probabilidad más sereno y juicioso que yo. Los asuntos de mi casa están bien administrados por Quijada y Gaztelu, y no son problemas de los que deba preocuparme más que lo estrictamente necesario. Sin embargo, había algo que me tenía desasosegado y que ahora estoy decidido a resolver... De hecho, ya he empezado a hacerlo.

No sabía muy bien a lo que don Carlos se refería, pero me daba cuenta de que era algo en verdad importante y que tenía la necesidad de contarlo. Solo pensar que yo pudiera ser el confidente de tal secreto me estremeció y sentí una mezcla de orgullo y ansiedad.

—Desconozco lo que queréis contarme, señor, pero os juro por lo más sagrado que no saldrá de mis labios ni una sola de las palabras que me digáis en confianza.

—Lo sé, Martín; y por eso lo vas a saber antes incluso que mi propio hijo, a quien le será revelado cuando lea mi testamento. Quizá le sorprenda lo que haya de leer, pero confío en que sepa aceptarlo.

Asentí con respeto mientras el emperador se acomodaba con trabajo en su sillón antes de proseguir.

—¿Recuerdas cuando te conté cómo conocí a mi esposa Isabel y el modo en que los dos encajamos como lo hacen las dos piedras de un molino?

—Sí, señor; por supuesto que lo recuerdo.

—Y recordarás que te dije que ni un solo día ni en una sola ocasión —y te aseguro que no fueron pocas las oportunidades— engañé a mi esposa con otra mujer.

—Sí, señor: eso también lo recuerdo.

—La quise todos los días que estuvo a mi lado, Martín, y puedo afirmar que, después de su muerte, no ha habido un solo día que no haya dejado de amarla con todo mi corazón. Cuando murió, contaba ella con treinta y seis años y yo no llegaba a los cuarenta. Había experimentado la mayor felicidad y el mayor dolor que nadie pueda imaginar y me encomendé a respetar su memoria cada uno de los días que me quedasen en este mundo. Como podrás imaginar, no fue fácil. Yo aún conservaba el vigor de la juventud y, además, eran muchos los que me decían que, como emperador, lo que me correspondía era volver a casarme y establecer alguna alianza duradera con los reinos vecinos. Dije no a ambos: a la tentación de la carne y a los asuntos del siglo, y me mantuve firme durante años en mi decisión de honrar a mi difunta esposa. Ese era mi deseo, era mi voluntad; mas, ¡ay!, ¡no por casualidad los llaman demonios!

Fue a dar un trago a la jarra de cerveza, pero en el último momento la alejó de sus labios, como si estuviera rememorando el pecado del que quería hacerme partícipe.

—Fue en uno de mis viajes a Alemania. Había acudido a la Dieta Imperial en Ratisbona para tratar de aplacar a unos príncipes y contentar a otros, como siempre. Era una labor tediosa e ingrata, pues todos querían obtener más colaborando menos, y las discusiones eran tan largas y estériles que amenazaban con acabar con mi paciencia. Uno de los días, después de una sesión especialmente insufrible, me retiré a mis aposentos y pedí que alguien tocara un poco de música. Normalmente lo hacía un músico llamado Franz, que era un gran virtuoso con la viola. Aquel día, sin embargo, Franz se encontraba indispuesto y me enviaron a una muchacha de la ciudad, hija de unos comerciantes bien acomodados. No tenía por entonces ni veinte años, su piel era blanca como la leche y sus cabellos dorados como el trigo en verano. Se notaba que estaba nerviosa por tener que tocar ante mí y las primeras notas del laúd sonaron desafinadas. Yo estaba sufriendo por ella y estuve a punto de pedirle que se retirase para ahorrarle el bochorno. Pero entonces, como surgida por ensalmo, su voz llenó la sala y las notas del laúd, antes vacilantes, se hermanaron con su voz para componer la más hermosa melodía. Escuché en silencio su música y por un instante me olvidé de los príncipes alemanes, de las cortes castellanas y de las guerras con el rey de Francia. Solo estábamos ella y yo, y la música que parecía envolvernos a ambos.

»—¿Cómo te llamas? —le pregunté.

»—Bárbara, señor; Bárbara Blomberg.

»—¿De dónde sacas esa voz tan maravillosa?

»Ella rio bajando la cabeza.

»—Mi voz no es hermosa…, apenas sé cantar.

»—Sí que sabes; y muy bien. Toca otra pieza, por favor.

»Ella volvió a reírse de forma deliciosa y, tomando de nuevo el laúd, comenzó a cantar. Yo estaba embelesado: no veía más que sus labios sonrosados mientras las canciones se iban sucediendo.

»Ni que decir tiene que al pobre de Franz le di permiso para ausentarse cuanto quisiera, estuviera o no enfermo, y al día siguiente y durante los días sucesivos fue Bárbara la que acudió a llenar mis tardes de gozo. Me sentía como un adolescente y tenía la impresión de que Bárbara y yo habíamos inventado el amor. Aquel sentimiento me tenía atrapado, por supuesto, pero no por ello dejaba de pensar en Isabel y en la promesa que había hecho de no volver a enamorarme de mujer alguna. Eran como dos titanes tratando de demostrar cuál de los dos era más fuerte, y puedo asegurarte que ambos eran muy poderosos. Sin embargo, en toda lucha hay un vencedor; y en este caso la tentación pudo más que el deseo de permanecer puro. Un día se acercó tanto al cantarme que sentí su cálido aliento en mi piel y ya no hubo vuelta atrás. Nos amamos aquel día y muchos más que vinieron después. Por un momento, toda la amargura y el desconsuelo en el que me había sumido tras la muerte de Isabel se esfumó como la arena entre los dedos. Quizá fueran dos o tres meses, pero los viví con tal intensidad que me pareció apenas una semana. Al principio, los remordimientos me acompañaban; luego, cegado por la pasión, me abandoné por completo a la concupiscencia.

El emperador, ahora sí, tomó la jarra y dio un larguísimo trago, de suerte que casi acabó la cerveza. Era curioso, pues en nuestras conversaciones casi siempre era yo el que hablaba, e incluso él se disculpaba cuando me interrumpía para contar alguna experiencia propia. Ese día, sin embargo, se notaba que quería desahogarse.

—Al final —continuó—, aquello terminó de la única manera posible; la que ninguno de los dos deseábamos, pero sabíamos que tarde o temprano llegaría: una tarde me confesó que estaba encinta. Aquello era un desastre. Haber tenido un romance había sido un error, pero podía encontrar la manera de ocultarlo, disfrazarlo o negarlo llegado el caso. Sin embargo, tener un hijo con ella, fuera del matrimonio y con la delicada situación con la que bregaba en tantos frentes, era impensable. De modo que lo organicé todo de inmediato para que Bárbara no acudiera más a mi residencia y el embarazo no trascendiera. Establecí una renta generosa para que no le faltase de nada y me interesé por saber si la criatura había nacido bien, como así fue. Ella, por lo que me dijeron, quiso que yo conociera al niño, pero lo rechacé temiendo que la noticia pudiera difundirse. Además, ya al poco tiempo de su nacimiento me llegaron rumores de que Bárbara gustaba de estar con todos los hombres que se ponían en su camino, lo cual se confirmó cuando se casó con el preceptor que yo había puesto para el niño. Su nombre era Jerónimo Píramo Kegell y tuvo la gentileza de reconocer su hijo y de darle su propio nombre.

El emperador levantó la vista y nuestras miradas se cruzaron. Entendí al instante que me estaba queriendo decir algo y até cabos: Jerónimo, el padre… y Jeromín, el hijo.

—Entonces, el muchacho…

—Así es, Martín. Ese niño de ojos marrones, pelo ensortijado y barbilla retraída, que no se parece a mí en nada y que sin embargo es igual que su madre… es mi hijo. El pobre no lo sabe y es mejor que sea así. Tampoco lo sabe Magdalena de Ulloa y sé que ese ha sido un trago muy difícil para Luis de Quijada, pues la gente se apresura a aventurar cuando no tiene certezas. De modo que eres de los pocos que conocen la verdad: Jeromín es mi hijo y, aunque hasta el momento no me he comportado como un padre en absoluto, estoy decidido a enmendarme y dejar escrito a mi hijo Felipe que Jeromín sea reconocido como miembro de la familia real y que pase a llamarse Juan, como mi madre hubiese querido que me llamara yo. De ese modo Jeromín obtendrá lo que merece y yo podré expiar mi culpa antes de verme con el Todopoderoso.

Estaba tan sorprendido que no me salieron las palabras. Es cierto que al ver al niño y al recordar la advertencia de Quijada de que debía mantener la mayor de las discreciones intuí que había algo raro en todo ese asunto; algo que, en el fondo, debía tocar al emperador. Pero no podía imaginar que lo hiciese de forma tan directa.

—Cuando puse la mano sobre sus cabellos, sentí un escalofrío y creo que él también lo sintió. Por eso luego lloraba de manera desconsolada. No creas que no lo vi, por mucho que Luis tratara de ocultármelo. Lo vi muy bien y sé que lloraba porque intuía que había estado por primera vez ante su padre y porque algo le decía que nunca más habría de hacerlo, como así ha de ser.

—¿No volveréis a verlo?

Me costaba entender que el emperador hubiese hecho venir al niño y a doña Magdalena solo para aquella audiencia protocolaria.

—Mostrarme muy cercano a él no haría más que aumentar las habladurías y eso es lo último que deseo. Una vez que yo muera, mi hijo Felipe cumplirá mi voluntad y Jeromín tendrá el lugar que merece.

—¿Y la madre del niño? ¿No hablará en algún momento?

—Eso ya lo hemos solucionado. Bárbara ha dispuesto de todo lo que ha necesitado y me ocuparé de que así siga siendo para que nadie conozca su identidad. Jeromín será mi hijo, sin más.

Incliné la cabeza con respeto, pues sabía que aquella decisión no era improvisada, sino que había sido muy meditada.

—Ahora es muy importante —continuó don Carlos— que nadie sepa de esto hasta mi muerte. Espero que guardes el secreto del que te he hecho partícipe como yo guardaré silencio sobre los que tú me compartiste. ¿Lo harás?

—Por supuesto, señor —respondí de inmediato—. No contaré ni una palabra.

—Eso está bien. Cuando por un pecado se ha pedido perdón y se le ha puesto remedio, no hay nada más que hablar. Es algo que ya solo debe quedar entre el pecador y Dios.

Me pareció que iba a añadir algo más. Sin embargo, en el último momento cambió de idea y, mirándome a los ojos, me dijo:

—Ahora puedes retirarte, pues quiero rezar. Otro día me contarás lo que ocurrió entre Balboa y Pedrarias, pues deseo conocerlo, de veras; quizá sea la última historia que escuche, a fin de cuentas.

Me puse en pie y abandoné la sala, no sin antes dirigir una última mirada al emperador, al que vi hundido en su sillón, como sin fuerzas ya para nada más. Tuve la impresión de que había estado aguantando hasta aquel momento porque en el fondo sentía que se lo debía a Jeromín; que por una vez, al menos, el niño merecía haber estado delante de su padre, aunque ni siquiera lo supiera. Ese pensamiento me estremeció, pues si había aguantado solo por eso, quizá ahora estuviese dispuesto a abandonarse por completo en los brazos de la muerte.

12

La despedida

Uno cree que guardar un secreto es algo grato, pues quien nos lo ha transmitido ha confiado en nosotros antes que en cualquier otra persona. Y eso, por supuesto, alimenta nuestro ego. Sin embargo, cargar con un secreto puede ser una condena tan pesada de llevar como un fardo de piedras, sobre todo si no puedes revelarlo ni a las personas en quien más confías. Eso me ocurría a mí con Beatriz.

—Tú sabes algo sobre el muchacho y no quieres decirlo; estoy segura.

—¿Qué quieres que sepa? Sé lo mismo que los demás que estuvieron allí.

—Los que estuvieron allí no pasan todas las tardes con el emperador, como tú haces.

—Ya no paso con él todas las tardes; de hecho, no paso casi ninguna… El emperador está cada vez más agotado.

Beatriz no se dejó convencer.

—Sabes muy bien lo que quiero decir. No importa si estás mucho o poco; lo que importa es que estás más que los demás. Y algo sabrás del muchacho.

—Ya te lo he dicho: don Luis y doña Magdalena cuidan del niño y el emperador tenía curiosidad por conocerlo, pues aprecia a ambos y siente de veras que no hayan podido tener hijos. Eso es todo lo que hay que contar.

—Muy bien —dijo—, si no lo quieres contar por algo será.

Y, refunfuñando, volvió a sus quehaceres.

Sin embargo, no se dio por vencida y, aprovechando su buena mano con los dulces, preparó unas yemas y se dispuso a llevarlas a casa de doña Magdalena. Traté de quitarle la idea de la cabeza, pero no hubo manera. Puso a Rafael en la silla, metió los dulces en una cesta y salieron cuando el calor cedió un poco. No quise acompañarlos para no dar lugar a que Quijada pensase que era un entrometido y esperé con paciencia hasta que Beatriz y su hijo regresaron. Los dos venían muy sonrientes.

—¿Cómo ha ido? —pregunté.

—Muy bien —respondió Beatriz, con el rostro resplandeciente—. Han sido muy amables. El niño se entretuvo examinando la silla de Rafael y dándole un paseo por la plazoleta mientras yo le ofrecía a doña Magdalena los dulces. A pesar de ser muy seria, creo que tiene un gran corazón. Sin que yo le preguntara, me contó la historia oculta de Jeromín.

Me costaba creer que hubiera sido sin preguntarlo, pero me dispuse a escuchar.

—Al parecer, el niño es un familiar lejano de don Luis: el hijo de una prima que vivía en Medina del Campo y que enviudó muy pronto. Sin embargo, la desgracia no acabó ahí, pues, al poco de morir él, murió ella también y el niño quedó huérfano. Pensaron en dejarlo en un monasterio, pero don Luis se negó y decidió criarlo en su casa, como si fuera su propio hijo. Doña Magdalena me ha pedido que no cuente nada, pues ni siquiera el niño conoce su triste historia. Se han propuesto que crezca pensando que no hay otros padres más que ellos. ¿Ves como no era tan difícil saberlo?

Me mordí la lengua para no hablar y asentí en silencio mientras Beatriz volvía a meter a Rafael en casa.

Al cabo de una hora, más o menos, picaron a la puerta. Me levanté y cuando abrí, vi que era Quijada. Mi primera idea fue que venía a amonestarme por la curiosidad de Beatriz, mas no se trataba de nada de eso. Lo que quería era hablar conmigo con urgencia. Salí a la calle y lo acompañé unos pasos hasta donde nadie podía oírnos.

—Martín —comenzó—, esto se acaba. Don Carlos está dando sus últimos pasos en este mundo. Ayer empezó con unas fiebres terribles que lo tuvieron toda la noche tiritando y hoy no ha mejorado en absoluto. Mathiso y los otros médicos lo están sangrando para bajarle la calentura, aunque parece que no está dando resultado. Está tan caliente que duele hasta tocarlo. Permanece en cama y no es capaz de levantarse, solo balbucea y delira. Me temo que su cuerpo ha dicho «basta».

La noticia me dejó profundamente apenado. Me negaba a pensar que se encontrara en un estado tan lamentable.

—Es terrible, terrible... Me gustaría poder visitarlo si los médicos lo permiten.

—No lo permitirán, pero aun así podremos hacer algo. Entre los delirios me ha pedido verte al menos una última vez. Creo que quiere despedirse.

Inspiré muy hondo.

—Yo también quiero despedirme. Y aún he de contarle el final de mi historia, pues sé que desea conocerlo; así me lo dijo.

—Eso no puedo asegurártelo. Acompáñame y veamos qué podemos hacer.

Tomamos camino a Yuste nada más comer y llegamos a la hora de más calor, totalmente sofocados. Acudimos al dormitorio de don Carlos, pues no había podido levantarse, y me acerqué a su lecho. Abrió un poco los ojos y vi que le pesaban los párpados y apenas era capaz de mantenerse despierto. Observé sus brazos vendados y deduje que eran las huellas de las sangrías practicadas por los médicos.

—¿Cómo os encontráis, señor?

Tragó saliva con dificultad antes de conseguir articular palabra.

—Me cuesta reconocer que sigo en este mundo, Martín. La fiebre me tiene consumido y tengo la cabeza tan ida que no recuerdo siquiera lo que hice ayer o esta misma mañana. Por eso temo perder la cabeza antes de conocer el final de tu historia..., y eso es algo que no deseo. Siéntate junto a mi cama, ya que no podemos hacerlo en el salón, y cuéntame el desenlace.

Acerqué una silla mientras Quijada abandonaba la habitación seguido de Mathiso. Era tal el honor que sentía por poder estar viviendo esos últimos momentos con don Carlos que me encontraba embargado.

—Como os conté la última vez, señor, la situación estaba estancada. Balboa temía tanto que Pedrarias estuviera maniobrando para quitarle el mando —pues el tiempo de su exploración ya había concluido— como que lo hiciera el nuevo gobernador a su llegada. Por de pronto seguía confiando en tener la mejor información posible, y eso pasaba por que los hombres que había enviado al mando de Valderrábano a Acla pudieran enterarse desde allí, sin levantar muchas sospechas, si el nuevo gobernador había desembarcado. Para no llamar la atención debían acudir diciendo que iban a aprovisionarse de clavazón y herramientas para terminar los dos barcos que aún quedaban por armar. Al poco tiempo regresaron y comunicaron a Balboa que el nuevo gobernador no había llegado todavía y que no había noticias claras acerca de si Pedrarias estaría dispuesto a concederle la prórroga. A la vista de aquello, Balboa determinó hacer lo mismo que cuando se lanzó a descubrir el mar del Sur: tomar la iniciativa sin esperar más permisos y confiar en que sus logros acallarían cualquier tipo de queja en su contra.

—El vencedor tiene siempre la historia a su favor —dijo don Carlos con un hilo de voz—. Balboa actuó con inteligencia a la vista de sus alternativas.

—Así es, señor. El problema fue que apenas tuvo tiempo para reanudar los trabajos, pues al cabo de una semana llegó una carta del gobernador en la que le decía que lo esperaba en Acla para tratar el progreso de la expedición y los siguientes pasos que dar. El tono de la carta era muy cordial, trataba a Balboa como «hijo» y le pedía encarecidamente que hiciera lo posible por acudir cuanto antes al encuentro. El contenido trascendió con rapidez y entre los que allí estábamos había división de opiniones.

»Andrés de Valderrábano era uno de los que más se oponía a regresar y se lo dejó claro a Balboa.

»—¿Te has encariñado con tu suegro ahora que te llama "hijo"? Te digo que todo esto es un engaño. De Pedrarias no puedes esperar nada bueno. Si te quiere en Acla no es para conversar sobre nada, sino para apresarte a ti y a todos los demás.

»A Balboa no le gustó ese tono y menos que Andrés le zahiriese con la relación "fraternal" con Pedrarias. Aquello, sin duda, le recordaba su sumisión al gobernador y la humillación a la que había tenido que someter a Anayansi.

»—Si finalmente acudo a la reunión, no será porque me llame "hijo", sino porque no me quedará más remedio que hacerlo. Había decidido tirar hacia delante ante la falta de instrucciones. Pero ahora las tengo e ir en contra sería rebeldía...

»—Ir en contra sería de valientes —insistió Andrés—. Así era el capitán que nos llevó hasta el mar del Sur. ¿Es que ya no te acuerdas?

»Balboa agachó la cabeza. Era fácil entender su tribulación. Un paso mal dado podía conducirle al éxito más rotundo o a la perdición. Levantó la mirada y fue pasando de uno a otro de los que allí estábamos, tratando de recabar nuestro parecer. Yo, por mi parte, estaba deseando regresar a Santa María, no solo porque estuviese ya harto de aquellos trabajos y de todos los excesos que se habían cometido sobre los indios, sino porque deseaba reencontrarme con Mateo, que había permanecido en La Antigua, y, sobre todo, con Luaía. Sin embargo, no quise condicionar su decisión y me mantuve impasible.

»Al final, aunque a regañadientes, Balboa decidió confiar en la palabra de Pedrarias.

»—Hay que ser valiente cuando toca e inteligente cuando es preciso. Acudiré a la reunión y hablaré con él a las claras. El rey me ha dado el título de adelantado para algo y no pienso dejar que me pisoteen. Me importa poco que me llame "hijo" o "sobrino"; sé muy bien lo que tengo que hacer.

»Algunos todavía protestaron, como Andrés, pero al final aceptaron la decisión, pues, en el fondo, era la única razonable. Por no desmontar toda la expedición, Balboa decidió que iría solo con algunos hombres y yo le pedí permiso para acompañarle. Antes de comenzar la andadura me habló en confianza, sin que nadie pudiera oírnos.

»—Siento que me dirijo a un punto que cambiará mi vida, aunque no sé si para bien o para mal. Si Pedrarias me da permiso para seguir explorando, lo haré y me empeñaré en llegar al reino del Perú; pero si no lo hace, creo que este será mi fin, como dice Andrés. Solo que no puedo darle la razón delante de los demás… Por eso es importante que escuches lo que tengo que decirte: si las cosas se tuercen, aléjate de mí y no trates de ponerte de mi lado o defenderme. No habrá quien lo consiga y solo lograrás buscarte la ruina. Es otra la misión que te tengo encomendada.

»—Decidme, señor.

»—Vuelve a Santa María. Hazlo como sea, pero vuelve. Y, una vez allí, busca a Anayansi y aléjala de Pedrarias. Si yo caigo, ella también caerá y no lo merece. Tenía razón en lo que me dijo: hizo todo lo que pudo para convertirse en una dama castellana y al final todos la tratamos como una esclava india. Merece ser libre y tú has de conseguir que así sea.

»—Señor, yo…

»—No digas que no, Martín. Eres la persona que necesito para esta misión. A pesar de tus idas y venidas siempre me has mostrado lealtad y, además, has sido de los pocos que se han atrevido a hablarme con franqueza. Algunas veces tus palabras me han hecho daño, bien lo sabes, pero ahora reconozco que tenías razón. Haz lo que te pido y cuida de mi mujer si mis días llegan a su fin. ¿Lo harás?

»Recordé que Luaía me había dicho que solo estaríamos juntos tras el fin trágico de su esposo y me estremecí.

»—Lo haré, señor. Os seré fiel sea cual sea el destino que os espere.

»Partimos de inmediato y recorrimos a buen paso el camino hasta el puerto de Acla. Yo iba junto a Luis Botello y Andrés Garabito, dos de los que habían acudido con anterioridad a Acla, y conversaba animadamente con el primero, ya que Garabito iba callado y como en guardia. Cuando le pregunté si le ocurría algo, farfulló unas palabras y se alejó.

»—No te preocupes por él —dijo Luis—. Siempre ha sido un tipo extraño.

»—No sé…, lo veo esquivo, como si ocultase algo.

»—Eso son imaginaciones nada más; tengo el presentimiento de que todo va a salir bien.

»No acababa de decir aquello cuando vimos a unos hombres que se acercaban hacia nosotros. Eran unos diez, en el mismo camino; cuando nos detuvimos, escuché unas pisadas que se acercaban por los lados y comprobé que otro centenar nos había rodeado. Balboa tuvo la intención de desenvainar, aunque se detuvo a tiempo al ver el contingente al que nos enfrentábamos. Entonces descubrimos que al frente venía Francisco Pizarro. Nunca había sido un dechado de simpatía, pero aquel día se le veía especialmente circunspecto. Balboa retiró la mano del pomo de la espada y se adelantó unos pasos.

»—¿Qué ocurre aquí, Francisco? No recuerdo que esta fuera la manera en que solías saludarme.

»A Pizarro se le veía nervioso; estaba claro que aquello no era una bienvenida.

»—Vasco Núñez de Balboa, por orden del gobernador Pedro Arias de Ávila, quedáis detenido por traición. Y por ese crimen, y otros varios, seréis juzgado.

»—¿Se me acusa de traición? ¿A quién he traicionado, si puede saberse?

»Pizarro desvió la mirada y dio a sus hombres la orden de detener y atar a Balboa y también a Andrés de Valderrábano y otros capitanes del adelantado, incluidos Luis Botello y Andrés Garabito. Los demás que íbamos en el grupo no fuimos prendidos, pero nos quitaron las armas y nos rodearon para que no pudiéramos escapar. Cuando aún estaba tratando de recuperarme del susto, escuché una voz familiar tras de mí.

»—No te resistas, Martín.

»No me hizo falta volverme para reconocer la voz de Mateo y obedecí de inmediato. Nos condujeron hasta el puerto y nos metieron en una carabela presta para zarpar. Tuve la ocasión de ver a Balboa mientras lo sentaban en el suelo, con las manos atadas a la espalda. Su rostro reflejaba la inmensa vergüenza de haberse dejado engañar por el gobernador. Entonces me miró, negó con la cabeza y comprendí.

»Al día siguiente llegamos a La Antigua, donde ya se había organizado el tribunal. El clima era tan tenso y estaba tan crispado que muchos de los hombres nos increpaban y nos insultaban, hombres con los que habíamos compartido trabajos y penurias y que ahora actuaban como si no nos conocieran. Supongo que les habían contado todo tipo de mentiras acerca de nosotros; y el pueblo es tan maleable que se felicita siempre de tener a alguien a quien culpar y zarandear. En aquel instante supe que no había nada que hacer y que aquello no sería un juicio, sino una simple pantomima, pues el veredicto estaba escrito desde el momento de la detención. Sin embargo, había algo que aún podía hacer, alguien a quien todavía podía salvar.

»Me alejé del tumulto que se había formado alrededor del tribunal y busqué de nuevo a Mateo. Al verme llegar, me apartó un poco hasta ocultarnos tras una pared.

»—¿Qué ha pasado aquí, Mateo? ¿A qué viene todo esto?

»—¿Tú qué crees? Pedrarias solo envió a Balboa para que fuese allanando el terreno para futuras expediciones. Sabe que es mucho mejor y mucho más capaz que él y quería aprovecharse de sus virtudes como organizador para luego arrebatarle el mando y dárselo a uno de los suyos. Sin embargo, el plan se le estropeó cuando recibió la noticia del nombramiento de un nuevo gobernador para Tierra Firme. Podría haber dejado las cosas pasar, pero esa no es su forma de proceder. Tenía metido entre ceja y ceja acabar con Balboa y encontró la excusa perfecta cuando sus hombres trataron de enterarse de si ya había llegado el nuevo gobernador.

»Aquello me confirmó en la idea de que no había escapatoria posible para Balboa, pero necesitaba saber dónde se encontraba Luaía y cuál sería su destino.

»—¿Dónde está ella? ¿Está también acusada?

»Mateo bajó la cabeza, apesadumbrado.

»—No, no está detenida.

»Tuve un mal presentimiento.

»—¿Dónde está? ¡Dímelo!

»—Pedrarias la acusó a ella y a otras indias de haber actuado de manera contraria a la fe cristiana y las esclavizó. Ella dijo que no podían tratarla así, que era la mujer del adelantado, pero aquello no hizo sino empeorar las cosas, porque para Pedrarias era una vergüenza que su futuro yerno, al que de todos modos no va a tener problema en condenar a muerte, estuviera unido a una india. Tras esclavizarla, la puso en venta; y supongo que imaginas quién la compró.

»Sí; por supuesto que lo imaginaba.

»—Pascual.

»—Así es. Y pagó por ella una buena suma, no creas que no.

»Sentí un odio creciente en mi interior, más aún sabiendo que el dinero que le había entregado a Pascual para comprar su silencio era el que él había aprovechado para hacerse con Luaía.

»—Tengo que hacer algo.

»—Lo haremos, pero aún no es el momento. Hay que esperar a que termine el juicio; si no, puede que tú también acabes con tu cabeza sobre el cadalso.

»Mateo me agarró del brazo y me condujo cerca del estrado, donde ya estaba el licenciado Gaspar de Espinosa, que era el alcalde mayor de la villa e iba a actuar como juez. Se puso en pie y todos guardamos silencio mientras tomaba la palabra.

»—En nombre del rey y en virtud de las facultades que me han sido concedidas, acuso a Vasco Núñez de Balboa por la muerte del antiguo gobernador Diego de Nicuesa y por la traición al actual gobernador Pedro Arias de Ávila. Junto a él serán juzgados también por traición sus compañeros Andrés de Valderrábano, Fernando de Argüello, Luis Botello y Fernán Muñoz.

»Miré al estrado y vi que todos los acusados tenían la cabeza gacha salvo Balboa, que la mantenía alta y miraba al frente como despreciando las palabras del alcalde mayor. En ese momento me di cuenta de que entre los acusados no estaba Andrés Garabito y comprendí que él había sido el traidor.

»Después de la lectura de todos los cargos, el alcalde mayor hizo una breve descripción de su naturaleza y, sin dar pie a ningún tipo de defensa, dictó la sentencia de muerte. Balboa, entonces, como último recurso, alzó la voz:

»—Como adelantado del mar del Sur y gobernador de Panamá y Coiba, solicito poder apelar esta decisión ante el rey y el Real Consejo de Indias.

»Aquello cogió por sorpresa a Espinosa, que no esperaba ningún tipo de reacción por parte de los acusados, y vimos cómo enviaba al alguacil hacia un lugar fuera del estrado y medio oculto por unas tablas. Nadie sabía muy bien qué estaba ocurriendo. Al poco regresó y cuchicheó algo al oído del juez. Este se adelantó y habló de nuevo:

»—Por orden del gobernador, se deniega la apelación; la sentencia será cumplida de inmediato.

»Volví la vista hacia el lugar oculto por los maderos y creí ver, entre las rendijas, la pérfida mirada de Pedrarias.

—Tenía razón en actuar con tanta prisa —dijo el emperador—. Solo los tiranos piensan que un hombre acusado ha de ser necesariamente culpable; y yo nunca he creído ser un déspota. Si me hubiera llegado la apelación, a buen seguro que no hubiese permitido aquella ejecución sin antes escuchar al acusado.

—Eso era algo que el gobernador no se podía permitir. De modo que aquel 15 de enero del año del Señor de 1519 ordenó que todos fuesen conducidos en el acto al patíbulo. Balboa fue el primero al que pusieron junto al tajo y el pregonero leyó la sentencia:

»—"Esta es la justicia que el rey y su teniente Pedro Arias

de Ávila mandan hacer contra este hombre por traidor y usurpador de los territorios de la Corona".

»Balboa, ante aquellas acusaciones, no pudo callarse y exclamó:

»—¡Mentira, mentira! Nunca tuvo cabida en mí un crimen semejante. He servido al rey como el más leal de sus hombres y jamás pensé en otra cosa que en acrecentar sus dominios.

»Las palabras retumbaron en la plaza y muchos de los que lo habían acusado injustamente agacharon la cabeza, avergonzados. Yo me quedé mirando a aquel hombre junto al que había disfrutado de tantas dichas y había sufrido tantas desventuras. Recordé cuando lo conocí, al salir del tonel en el barco que nos llevaba a Tierra Firme, y me vino a la memoria también la cara de pasmo de Enciso. Aquel día algo dentro de mí me dijo que tenía un don extraordinario, una fuerza interior y un carisma muy distintos a los demás, capaz de llevarlo al cielo... o al infierno. Luego recordé el momento en que, con la espada en alto, vio por primera vez el mar del Sur y supo que su nombre ya nunca sería borrado de la Historia. ¡Era el reflejo del triunfo, de la victoria sobre todo y sobre todos! Sin embargo, no pude evitar recordarlo también cuando soltó a los perros para que despedazasen a sus enemigos, con el rostro contraído de ira y la mirada llena de crueldad. No estaba en mí juzgarlo, sino solo contemplarlo, pues únicamente Dios podría decidir si pesaban más sus buenos actos o sus crímenes.

»Balboa se acercó despacio al tajo en que iba a ser descabezado. Algunas voces se alzaron entre el público. Unos gritaban: "¡Justicia!"; otros: "¡Clemencia!". El alcalde mayor, temiendo que aquello pudiera descontrolarse, no quiso escuchar más y ordenó al verdugo:

»—¡Proceded de inmediato!

»El verdugo obligó a Balboa a arrodillarse sobre el madero y este no se resistió, sino que apoyó el cuello con mansedumbre. El acero rasgó el aire y, con un golpe certero, la cabeza del adelantado cayó rodando por el suelo. El silencio era tan profundo que pudimos escuchar cómo rebotaba al caer sobre la tarima del patíbulo. Luego fueron ejecutados de igual manera los otros acusados; quizá hubiesen deseado decir también algunas palabras para reafirmar su inocencia, pero, vista la suerte de Balboa, decidieron guardar silencio y aceptar sumisamente su destino.

»Acabada la ejecución, se alzó un palo y la cabeza de Balboa fue hincada en lo más alto de él para que todos pudieran ver el precio que pagaban los que se oponían a Pedrarias. Yo miré por unos instantes aquella cabeza desgajada, llena de sangre y con la boca abierta en un horrible rictus, hasta que no pude más; hubiese preferido guardar otra última imagen de él.

Don Carlos cerró los ojos y no supe discernir si lo hacía vencido por la fiebre o si estaba reflexionando sobre lo que acababa de contarle.

—La muerte es solo un instante, Martín; solo un instante. Un momento estás vivo y al siguiente tu alma abandona el cuerpo y se eleva al otro mundo. La muerte es solo el tránsito. Lo importante es lo que dejamos atrás: el legado de lo que hemos vivido, los pecados cometidos, los errores enmendados, la dicha proporcionada, los daños…

Buscó el término exacto pero la calentura lo venció por completo. Balbuceó unas palabras inconexas y sus ojos se pusieron en blanco antes de cerrarse. Respiraba con dificultad y su cuerpo temblaba. Me puse en pie y avisé a Quijada, quien a su vez avisó a Mathiso. Este le puso la mano en la frente y comprobó que estaba muy caliente.

—Retiraos —nos dijo—, hemos de proceder con otra sangría.

Avancé hacia la puerta y me volví justo antes de salir. De haber sabido que era la última vez que lo vería con vida, como me pasó con Balboa, hubiese preferido guardar otro recuerdo en mi mente.

Tomé el camino a Cuacos y las lágrimas me acompañaron todo el sendero hasta llegar a casa. Beatriz, al verme llegar en tal estado, se alarmó y me hizo sentarme.

—¿Qué ocurre, Martín? ¿Qué ha pasado?

—¡Ay, Beatriz! Me temo que el emperador se nos va. Dios lo reclama a su lado.

Beatriz se santiguó y me abrazó mientras rezaba una oración.

—Que Dios lo tenga en su gloria —dijo al terminar.

Los días y las semanas siguientes acudí puntualmente al monasterio solo para recibir noticias cada vez más desalentadoras. A cada jornada que pasaba, el emperador estaba más alejado del mundo. Había días que apenas recuperaba por unos instantes la consciencia y preguntaba dónde se encontraba o por qué no se le había informado de uno u otro asunto. Otros días no se despertaba en absoluto y soportaba las largas horas postrado en la cama entre temblores y balbuceos. Quijada me informaba de todo, mas no me dejaba entrar a verlo, pues los médicos habían prohibido de manera tajante que alguien se acercase a su lecho. Y él mismo pidió que nadie acudiese a visitarlo.

—Solo nos pide agua —me dijo Quijada una tarde—; agua y más agua. Tiene una sed espantosa a todas horas y alterna las tiritonas con los calores más extremos, y los vómitos con terribles dolores de cabeza. Hace unos días, en uno de sus escasos momentos de lucidez, quiso que le trajéramos el cuadro de la emperatriz y, después de observarlo emocionado, nos pidió que le acercásemos el de la *Oración en el huerto* y el del *Juicio Final*. Y mirando este último se estremeció especialmente.

—Sabe próximo su final y quiere presentarse ante Dios libre de pecado.

—Ruego a Dios que lo haya conseguido, pues sé bien que eran muchas las culpas que deseaba expiar. Al menos ha tenido la fortuna de cumplir con algunas de ellas.

No quise traslucir que conocía la historia de Jeromín, pero, de algún modo, Quijada se dio cuenta por mi expresión y me preguntó:

—Te contó su secreto, ¿verdad?

No merecía la pena disimular; y menos ante Quijada.

—Sí, así es. La generosidad y la lealtad que habéis mostrado con él no conoce igual. Os admiro por ello.

—No es nada digno de admiración. En realidad, el regalo nos lo hizo el emperador a nosotros, pues Jeromín ha colmado con creces nuestro deseo de ser padres. Cuando don Carlos muera, y solo entonces, le contaré a mi esposa la verdad, pues sé que para ella ha sido muy difícil no conocer la identidad del niño.

—Cuando lo sepa, quedará más honrada y agradecida aún.

Quijada asintió y, antes de retirarme, me dirigió unas últimas palabras.

—Has cumplido bien tu papel, Martín. Has hecho más livianas las horas del emperador y le has devuelto momentos de dicha que ya nadie parecía capaz de darle. De pocas cosas estoy más contento que de haber tomado la decisión de pedirte que me ayudases.

—Al igual que vos con Jeromín, no siento que esto haya sido una carga, sino un regalo. Yo también estoy contento de haber aceptado vuestro encargo.

Me despedí del mayordomo y tomé el camino a Cuacos, pensando si no sería aquella alguna de las últimas veces que lo hiciera.

Tres días después, por la mañana, un golpeteo en la puerta nos trajo la respuesta. Al abrir, vi a Josepe en el quicio, con el rostro lleno de lágrimas. No me hizo falta preguntar para conocer el motivo.

Me arreglé y lo acompañé mientras me iba contando la última noche de don Carlos: cómo había tomado una vela en una mano y un crucifijo que fue de su esposa en la otra y había dicho «ya es tiempo» antes de dar la última bocanada de aire y morir. Las campanas tocaban a muerto cuando llegamos al monasterio y todos los monjes rezaban por la salvación de su alma.

Las exequias se prolongaron durante tres días y en ellas participaron tanto los monjes de Yuste como los dominicos de Santa Catalina y los franciscanos de San Francisco de Jarandilla. El interior de la iglesia se cubrió por completo con telas negras y en el centro del templo se preparó un túmulo con el féretro.

Siguiendo los deseos del emperador, todo se hizo con sencillez y sin boato. Aquel primer día se ofició un funeral en el que todos permanecimos de pie durante la larga celebración. De hecho, se produjo un suceso desagradable, pues el conde de Oropesa, don Fernando Álvarez de Toledo, que padecía unas fiebres tercianas, no pudo soportar por más tiempo el estar de pie y pidió una silla. Quijada, al ver al paje que la traía, dijo que se llevasen eso de inmediato y, ante la intervención de algunos para que se apiadase del enfermo, les afeó su conducta y les respondió con desdén:

—Si no puede estar de pie, que se salga.

Y, en efecto, así lo hizo.

Los dos días siguientes continuaron los actos en honor del emperador, de cuerpo presente, mientras se iban resolviendo las peticiones que había formulado para el día en que llegase su muerte; no todas fueron cumplidas. La más difícil era ser enterrado bajo el altar de la iglesia, y así cada vez que un monje oficiase misa estaría pisando su cuerpo; lo que me recordó el mismo deseo que expresó el capitán Alonso de Ojeda al ingresar en el monasterio de San Francisco de La Española. Sin embargo, en este caso las discusiones entre el confesor fray Juan de Regla y el arzobispo de Toledo, Bartolomé de Carranza, sobre si era o no posible llevar a cabo un enterramiento bajo el altar de una iglesia para alguien que no fuera santo, dieron lugar a una solución de compromiso y se decidió abrir una hornacina tras el altar y en ella dar sepultura al emperador, cuyo cuerpo, entre tantas discusiones, ya empezaba a oler.

Durante el enterramiento se hizo una nueva misa y, tras ella, las autoridades eclesiásticas empezaron a despedirse, comenzando por el arzobispo y siguiendo luego por los monjes dominicos y franciscanos.

Yo acudí a la iglesia cada día durante el novenario y fui

testigo de ese goteo de religiosos y varones principales que iban partiendo y que, con su marcha, restituían al monasterio su paz habitual. En el fondo, a pesar de la tristeza que envolvía el lugar con cada nueva partida, estaba deseando que todos se fueran. Todavía tenía algo que contarle al emperador.

Y no pensaba faltar a mi cita con él.

13

Juntos de nuevo

—No me dio tiempo, señor. Estaba tan concentrado en contaros el final de Vasco Núñez de Balboa que no conseguí relataros el mío propio.

Agucé el oído y comprobé que no había nadie en la iglesia en ese momento. Aquello era lo más cercano a las tardes que pasé con el César: él sentado con su jarra de cerveza y yo a su lado con mi copa de vino. Todavía lo veía todo como si fuera un sueño; me parecía mentira que llevase ya un año en Yuste, que hubiese compartido confidencias con el emperador, que hubiese conocido a mi mujer y que mi vida hubiese cambiado de una manera tan drástica. Ya no sabía decir siquiera si era yo el mismo o si todo lo vivido me había transformado también, convirtiéndome en una persona diferente.

—Hoy no tengo vino, señor. Pero como vos tampoco tenéis cerveza, creo que no sería justo que yo lo bebiese. Si aún estuvierais vivo, seguro que ahora me diríais: «Nos habíamos quedado...». Sé que la vanidad es un pecado grave. Sin embargo, cada vez que vos decíais esa frase, sentía crecer mi orgullo; pues yo soy un hombre del pueblo y me parecía impensable que pudiera tener al mismísimo emperador atado a mis palabras. En todo caso, si conseguí algo así no fue por los méritos de mi labia, sino por los extraordinarios acontecimientos que me tocó vivir. Llegué a las Indias cuando nuestros dominios apenas se extendían por algunas islas y las dejé después de que Balboa descubriera el mar del Sur y poco antes de que Hernán

Cortés se lanzase a conquistar el Imperio de los aztecas. ¿Cómo explicarlo, señor? Es como si alguien hubiese vivido la fundación de Roma y acto seguido el dominio de los césares. Pero me estoy desviando…

»Si he venido aquí hoy es para contaros lo que ocurrió tras la ejecución de Vasco Núñez de Balboa. Creo que os lo debo. Como recordaréis, su cabeza había quedado expuesta en lo alto de un palo, como público escarmiento, y Pedrarias era amo y señor de Tierra Firme tras la muerte de su mayor enemigo y la salida del único que le ponía coto, que era el obispo Quevedo. Si algo me consolaba en aquel momento era que su dominio sería corto, pues el nuevo gobernador estaba ya en camino. Sin embargo, mi mayor preocupación no era quién gobernaría Tierra Firme, sino saber dónde se encontraba Luaía y cómo podría hacer para rescatarla. De modo que, tras la ejecución, cogí a Mateo por el brazo y le pregunté sin más ambages:

»—¿Dónde está Pascual? Tengo que hablar con él y recuperar a Luaía cuanto antes.

»—No va a ser tan sencillo. Si él la compró, fue solo por hacerte daño. Me temo que no estará dispuesto a entregarla por nada que le ofrezcas.

»—Todos los hombres tienen un precio y el de Pascual es fácil de adivinar: quiere todo lo que tenga.

»—Igual ni con eso es suficiente.

»—Eso lo discutiré con él. Lo que quiero saber es dónde se encuentra. ¿Sigue en su casa?

»—No; le fue bien comprando y vendiendo esclavos, y ahora tiene una casa mayor a las afueras de la villa. Si quieres puedo llevarte hasta allí, aunque te repito que no vas a conseguir nada de él.

»No quise escuchar más lamentos y le pedí que nos pusiéramos en marcha de inmediato. El lugar no estaba lejos: era un trozo de selva clareado y puesto en cultivo. Según nos acercábamos vimos a varios indios cortando maíz, con la espalda llena de cicatrices de latigazos. Finalmente llegamos ante la casa. Fui a llamar a la puerta cuando de detrás de la vivienda apareció Luaía. Tardé un instante en reconocerla: llevaba un vestido sucio y hecho jirones, iba descalza y su expresión era de profunda tristeza. Al verme esbozó una leve sonrisa que se apagó en cuanto escuchó los pasos de Pascual saliendo de la casa.

»—¡Vaya, Martín! Has tardado mucho en venir. La verdad es que te esperaba hacía meses, pero se ve que tu querida amante no te importaba tanto como parecía. Como ves, ella está igual que siempre: ha pasado de ser la furcia de un castellano a la furcia de otro.

»—Por lo que me han dicho —dije tratando de controlar la rabia—, ha pasado de ser la mujer de un castellano a la esclava de otro. Y no tienes derecho a eso.

»—¿La mujer? Si no recuerdo mal, Balboa nunca se casó con ella de veras. De hecho se avino a hacerlo solo por el rito indio. Nunca fue su esposa, solo su fulana. Y, además, una fulana problemática, porque andaba siempre jugando con fuego..., hasta que se quemó. Pedrarias estaba harto de ella. Ya antes del compromiso entre Balboa y su hija desaprobaba que el adelantado estuviera con una india y que encima se comportase como una gran señora castellana. Pero cuando se estableció el compromiso y no renunció a ella, el gobernador estaba hecho una furia.

»—Ella no ha hecho nada para ser esclavizada.

»—Sí lo hizo; y más que de sobra. Lo primero, usar magia e invocar a sus dioses; cosa que cualquiera que tuviera dos ojos podía ver. Como todos los indios, dice que cree en nuestro Dios, pero en realidad sigue adorando a los suyos. Y luego, por si fuera poco, estuvo el incidente aquel de la liberación de sus hermanos. Manuel fue el único condenado, pero no porque los guardias no viesen a nadie más, sino porque no se atrevieron a acusar a la mujer de Balboa. Uno de ellos la vio rondar por allí, pero pensó, con acierto, que no convenía acusar a Anayansi si ya tenían a un hombre al que echar la culpa. Si se le hubiese aplicado la misma justicia que a Manuel, tendría que haber sido condenada a muerte. Cuando Balboa partió, Pedrarias quiso ajusticiarla, pero maniobré para que solo la condenase a la esclavitud. De modo que, en el fondo, me debe la vida. ¿No te parece?

»—Lo que me parece es que eres un canalla. Dime cuál es el precio por liberarla y te lo pagaré.

»Pascual se volvió hacia Luaía.

»—¿Ves, Anayansi? No somos tan diferentes: tu querido Martín pretende comprarte como a un caballo.

»—No quiero comprarla; quiero liberarla.

»Aquello, por supuesto, no convenció a Pascual.

»—¿Liberarla? ¿Para qué? ¿Para que sea tu puta en vez de la puta de Balboa? De verdad que no os entiendo. ¿Qué habéis visto en ella? Te aseguro que es igual que cualquier otra india, así que olvídate de ella y vete a comprar la tuya.

»Mateo se me acercó y me agarró del brazo.

»—Ya te lo advertí, Martín —me dijo al oído—; no hay nada que hacer.

»Justo cuando Mateo pronunciaba aquellas palabras me fijé en que Luaía se agachaba y cogía una azada que estaba apoyada en la pared de la casa. Quise apartar la mirada para que Pascual no se diese cuenta, pero fue demasiado tarde. Él se volvió y vio a Anayansi con el hierro entre las manos. Sonrió de manera cínica.

»—Vaya…, esta es la forma que tienes de pagarme por todo lo que he hecho por ti, ¿no? Suelta eso, no vayas a hacerte daño…

»Mientras lo decía, echó mano al cinturón y sacó un cuchillo. Anayansi no se arredró y levantó la azada. Su expresión me estremeció y, viéndola, entendí el infierno que habría pasado en manos de Pascual. Avanzó decidida y sacudió la azada con todas sus fuerzas. Lo hizo con tanta velocidad y con tal violencia que Pascual no pudo retirarse a tiempo y el hierro le dio en el brazo cuando él le clavó el puñal en el vientre. Luaía cayó al suelo, con las manos en la herida, mientras yo me lanzaba sobre Pascual y lo derribaba. Era mucho más fuerte que yo, pero en aquel momento estaba alimentado por una ira tan grande que me sentía capaz de vencer a un gigante. Agarré su cuello y apreté con todas mis fuerzas. Ya una vez antes había querido matarlo, pero ahora estaba decidido a hacerlo; Dios me perdone. Entonces sentí sobre mis hombros las manos de Mateo:

»—¡Déjalo, Martín! ¡Lo vas a matar!

»Eso era precisamente lo que quería.

»—¡Para! ¡Es Anayansi la que te necesita!

»Miré y vi que Luaía permanecía en el suelo, con las manos ensangrentadas. Solté el cuello de Pascual, que cayó derrumbado, y me acerqué a mi amada. Examiné la herida y descubrí que era un corte profundo. Un escalofrío me recorrió solo de pensar que Luaía se me pudiera estar yendo.

»—Martín —me dijo Mateo—, tenéis que huir de inmediato. En mi casa guardo aún alguno de los remedios de Manuel. Hay un saquito de cuero con una cinta roja que tiene un ungüento de hierbas que él empleaba para sanar las heridas. Id allí y cogedlo. Luego salid corriendo de esta maldita villa. Si los hombres del gobernador os ven, no habrá perdón para vosotros.

»Miré a mi lado y vi el cuerpo de Pascual tirado en el suelo; no sabía decir si aún seguía con vida o no, pero estaba seguro de que Mateo tenía razón: en aquella villa no había ya sitio para nosotros.

»—Vete, amigo —me suplicó él—; hazlo. Has sido como un hermano para mí todos estos años, pero ahora tienes que irte. Vete con Anayansi o Luaía, o como quieras llamarla, y no mires atrás. Tenéis que encontrar un lugar distinto a este. El que sea…, pero distinto.

»—¿Y tú? Tú no puedes pagar por esta culpa.

»—Yo me las apañaré… Siempre lo he hecho, ¿no? Recuerda que cuando me encontraste yo ya llevaba muchos pasos tras de mí. Sabré estar bien, te lo prometo.

»Me tendió la mano y la agarré para ponerme en pie. Me abracé a él con todas mis fuerzas, con la triste certeza de que ya nunca volvería a verlo.

»—Te debo la vida.

»Él me rechazó con una sonrisa triste.

»—No me debes nada; solo márchate y olvídalo todo.

Puse la mano sobre la lápida que cubría el cuerpo de don Carlos y sonreí.

—«Olvídalo todo», me dijo mi amigo. No le hice caso, señor. Sí en lo de salir de allí, pero no en lo de olvidar. En eso hice todo lo contrario, pues de todos aquellos años no se me olvidó ni el más mínimo detalle. He pensado en ello cada día y ahora, sobre vuestro sepulcro, sé que mi empeño no fue en vano. Dios me tenía encomendada la misión de contaros aquello que no pudisteis ver, de haceros partícipe de las aventuras y las desdichas del único lugar de todos vuestros reinos en el que nunca pusisteis un pie. ¿Lo he hecho bien? No lo sé... Estoy seguro de que en mi mente se han mezclado los hechos irrefutables con las visiones sesgadas. Y sé también, cómo no, que el paso del tiempo modifica el modo en que vemos el pasado y que la mirada de un joven ansioso no es la misma que la de un anciano sereno. Nunca podrían serlo. Sin embargo, ante vuestra tumba y ante Dios todopoderoso, os juro que no he inventado nada, que todo lo que os he contado es lo que recuerdo y que si en algo he faltado a la verdad no ha sido por voluntad propia, sino por el desvarío de los muchos años transcurridos. Y a pesar de lo largas que han sido mis palabras, todavía no he terminado, pues debo contaros aún lo que ocurrió con Luaía y conmigo, si eso os place...

—A él no sé —escuché a mi espalda—; pero a mí sí me gustaría.

Me volví despacio y, entre la penumbra de la iglesia, distinguí dos figuras. Estaba tan enfrascado en mis pensamientos que ni me había dado cuenta de que nadie se acercara. Entre las sombras creí atisbar la calva y la barba rojiza de Quijada. Pero ¿quién era ese otro hombre que lo acompañaba?

—Dame la mano y ponte en pie, Martín. Ya lo hiciste una vez en La Antigua, ¿lo recuerdas?

No daba crédito a lo que estaba oyendo. No era posible.

—¿Mateo? ¿Eres tú?

—¿Qué otro te ha sacado siempre de todos los líos? ¡Por supuesto que soy yo! Dame la mano y ponte en pie de una vez, diantres; con la edad que tenemos, no estamos para perder el tiempo.

Tomé de nuevo su mano, casi cuarenta años después, y, poniéndome en pie, me abracé a él y rompí a llorar sobre el hombro de mi amigo. Él también lloraba, pero, sobreponiéndose a la emoción, me dijo:

—Basta, Martín, por favor; estamos aquí, ¿no es cierto? Vestimos buenas ropas y tenemos el estómago lleno: ¿qué mayor dicha podemos pedir? Para llorar era lo que teníamos allí...

Reí con ganas ante sus palabras y en mi rostro se mezclaron las lágrimas calientes con la mayor de las sonrisas.

—¿Cuándo has llegado aquí? ¿Quién te dijo...? ¿Cómo demonios...?

—Son muchas preguntas, amigo, y de momento solo tengo una respuesta, una que saco de tus propias palabras: Dios te encomendó la tarea de contar al emperador la historia de las Indias. A mí me reservó la de contarte aquello que tú no pudiste vivir.

Abandonamos la iglesia abrazados, apoyando el uno en el otro los muchos años que habíamos vivido juntos y también los muchos años que nos habían separado. Es curiosa esa sensación que se tiene con algunas personas, de que tras una vida separados puedas sentir una intimidad tan fuerte como si solo hubiesen transcurrido unas horas desde la última vez que estuviste con ellas. Así me pasaba en aquel momento con Mateo: tras tantos años de separación, me parecía como si pudiese hablar con él de la misma manera que lo hacía en Santa María de la Antigua. Era más que mi amigo: era mi hermano. ¿De qué otra manera podía ser?

Quijada nos acompañó fuera del templo y nos condujo hasta el claustro del monasterio. Allí estaba fray Gabriel, que nos recibió, como siempre, con su sonrisa:

—A él no le pareció tan mal la sopa de verduras, si es eso lo que te estás preguntando...

Sonreí con algo de vergüenza y profundamente agradecido por su generosa hospitalidad.

—Ahora os dejaremos solos —dijo Quijada—, pues es mucho lo que tendréis que hablar.

Iba a preguntarle al mayordomo cómo había llegado Mateo allí, pero entendí que sería él mismo quien me lo contase, así que guardé silencio. Mientras don Luis y fray Gabriel se alejaban, Mateo y yo nos apoyamos bajo un arco del claustro, protegidos del cálido sol de septiembre.

—Si te estás preguntando cómo es que estoy aquí, la respuesta es por la muerte de don Carlos. Estaba en Valladolid, donde tengo mi casa y a mi mujer, y la noticia del fallecimiento corrió rápido. Todas las iglesias de la ciudad se apresuraron a oficiar misas en su memoria, pero algo me dijo que el lugar para despedirme de él no había de ser Valladolid, sino que tenía que darle el último adiós en persona. De modo que me puse en camino y he llegado esta misma mañana. Hablé con fray Gabriel y, al contarle mis motivos, vi por su expresión que algo le sorprendía. Él fue el primero en darse cuenta de que quizá nos conociéramos y me condujo ante Luis de Quijada, que me contó el resto. Antes, cuando te vi arrodillado sobre la lápida de don Carlos, me dio por pensar en cómo se verán las vidas de los hombres desde lo alto, no sé si como las ve Dios, pero al menos cómo las vería un águila volando sobre el cielo. ¿Te imaginas? En un momento estamos juntos, en el extremo del mundo, y cuarenta años más tarde, después de haber rodado por todos los caminos imaginables, nuestros pasos nos hacen coincidir de nuevo aquí, en el rincón más apartado del reino. Supongo que será como observar a las hormigas que, después de caminar desorientadas por el patio durante un buen rato, coinciden de nuevo y se saludan chocando sus cabezas... ¿Es solo casualidad? ¿Estaba escrito que se encontrarían?

—Me temo que esas preguntas no tienen respuesta, Mateo. Y no es porque se pueda escoger entre una u otra, sino porque las dos son la misma: tenemos libertad para obrar de una manera u otra y para escoger este o aquel camino; Dios no nos impone lo que hemos de hacer, pero sabe de antemano cuál tomaremos.

Mateo sacudió la cabeza.

—Nunca he sido muy docto en razonamientos, Martín, y creo que no es momento para empezar, pues seguramente la muerte me alcance antes de haber aprendido siquiera los prolegómenos. Por eso, dejémonos de filosofías y hablemos de nosotros, que en ese campo tenemos más seguridades... Estabas a punto de contarle al emperador lo que te ocurrió cuando dejaste la casa de Pascual. Dime, ¿cómo hiciste para huir de Santa María?

Cerré los ojos y traté de concentrarme de nuevo en aquel momento, ya tantos años atrás.

—Escapar de allí era imperativo, pero antes tenía que conseguir salvar a Luaía; si no, que saliese o no carecía de sentido. Como me aconsejaste, fuimos a tu casa y rebusqué entre tus pertenencias. Encontré el saquito que me dijiste, con el cordel rojo, y le apliqué el ungüento en la herida. Sangraba menos y no parecía muy profunda; a pesar de todo, Luaía estaba dolorida y caminaba con mucha dificultad. Descansamos allí unos instantes y, en ese momento, se me ocurrió una idea al ver tus ropas: la vestiría como si fueras tú y saldríamos de allí a toda prisa, antes de que alguien pudiera detenernos. Luaía estuvo de acuerdo: se recogió el pelo lo mejor que pudo, rabiando de dolor al levantar los brazos. Luego se quitó el vestido y se puso tu camisa y tu pantalón; mientras lo hacía, vi que tenía la espalda llena de cicatrices. Ella se dio cuenta de mi expresión de horror y se tapó enseguida.

»—La herida de hoy sanará; y las demás lo harán también aunque tarden más tiempo.

»Terminamos de confeccionar el disfraz y salimos de nuevo a la calle. Había gente por todas partes, pero nadie parecía muy interesado en ver quiénes éramos. La atención de todos seguía centrada en la plaza de la villa y en la cabeza de Balboa ensartada en la pica. Para mi sorpresa, ese mismo pensamiento era el que tenía Luaía.

»—Quiero verlo antes de irme.

»Yo, por supuesto, traté de quitarle aquella idea de la cabeza:

»—No podemos ir allí: te reconocerán y será nuestra perdición. Si Pedrarias te ve, querrá acabar contigo como lo hizo con él, te lo aseguro.

»—Conozco el riesgo pero iré; se lo debo.

»Pensé en discutir con ella, pero me di cuenta de que no serviría de nada. En realidad, tenía razón: había sido su esposa y merecía despedirse.

»—Está bien, iremos. Pero después saldremos de aquí para no volver.

»Ella asintió y los dos nos dirigimos hacia la plaza, tratando de caminar pegados a las paredes de las casas y sin hablar con nadie. Cuando llegamos, vimos que había un gran tumulto. Eran muchos los que se habían congregado para ver el macabro espectáculo. Algunos tenían expresión apenada, pero la mayor parte se mostraban indiferentes o a todas luces hostiles, sobre todo los que más a favor de Balboa se habían posicionado. Uno de ellos, de hecho, se agachó para coger una piedra, se la lanzó a la cabeza y le acertó en la frente ensangrentada. Miré a Luaía y vi su expresión de horror. El mentón le temblaba y las lágrimas le caían por el rostro.

»—Esposo, querido esposo… —dijo entre sollozos—. Siempre en mi corazón, hasta que yo muera.

»Yo estaba cada vez más nervioso. Algunos se habían parado cerca de nosotros y sentía que nos estaban mirando. Si seguíamos allí, nos descubrirían de un momento a otro. Además, me fijé en que la herida le había vuelto a sangrar y empezaba a empapar la camisa. Uno de los hombres se volvió y nos miró de manera abierta.

»—Vámonos, Luaía —le dije al oído—, es peligroso.

»Ella aceptó, todavía mirando el rostro desfigurado de su esposo, y cuando echamos a andar, el hombre que se había fijado en nosotros la cogió por el brazo.

»—¡Eh, yo te conozco! ¡Tú eres Anayansi, la esposa de…!

»Sin darle tiempo a más, le arreé un empujón y salimos aprisa, tratando de ocultarnos entre el gentío. Luaía caminaba con dificultad, apretándose la herida con la mano, y el manchurrón de sangre era ya más que evidente. Mi idea inicial era escabullirnos y alcanzar el puerto, con la esperanza de dar con algún conocido que pudiera escondernos un tiempo y meternos luego en algún barco que fuese a La Española. Ahora aquello era poco menos que imposible: Luaía no lograría ir por su propio pie y nos descubrirían mucho antes de poder llegar. No era capaz de decidirme y sentía que todos los caminos no eran sino callejones sin salida. Entonces ella me dio la respuesta que necesitaba:

»—Hay que volver con los míos, Martín; solo con ellos puedo curarme.

»Volver con los suyos significaba adentrarse en la selva y fiar nuestra suerte a dar con lo que fuera que quedase de su tribu, después de que sus hermanos hubiesen sido tan salvajemente tratados por nuestras tropas.

»—¿Estás segura? ¿Podrás llegar hasta allí?

»Luaía me miró con firmeza.

»—No tengo fuerzas para otra cosa que no sea volver a mi pueblo. Es allí donde han de sanar mis heridas. Y si no sanan y he de morir, al menos lo haré con los míos.

»Ir a su pueblo era una idea tan buena o mala como cualquier otra y no podía negarle ese deseo. De modo que tomamos el camino más directo a la selva y nos ocultamos antes de que alguien más pudiera seguir nuestro rastro.

Mateo me había escuchado con mucha atención, sin decir palabra; sin embargo, en aquel momento me interrumpió:

—¿Vosotros solos en la selva, con Luaía herida? ¿Cómo lograsteis sobrevivir?

—La primera noche fue infernal; después de caminar unas cuantas horas —en las que nos pareció, además, escuchar los ladridos de los perros siguiéndonos en la lejanía—, Luaía dijo basta y se dejó caer en el suelo. Estaba exhausta y, a pesar del cobrizo de su piel, su rostro estaba pálido como la leche. Encontré un regato y le di agua, refrescando también su frente, que parecía arder. Apoyó la espalda contra un árbol y cerró los ojos mientras respiraba con dificultad. No había nada que pudiera hacer por ella salvo estar a su lado, y eso es lo que hice: la abracé y le di mi calor, rezando a san Matías para que no se la llevase, como muchos años atrás había hecho por otra persona amada. El sol se puso y las horas pasaron de manera interminable hasta el amanecer. Luaía soñaba despierta y decía frases en su lengua. No me importaba que fuera nuestro santo o sus espíritus los que la salvasen; lo único que deseaba era que no muriese aquella noche entre mis brazos.

»Cuando el sol salió, Luaía seguía viva, aunque terriblemente cansada. San Matías se había apiadado de mí una vez más. Recogí más agua y busqué también algunos frutos, pero ella los rechazó.

»—No quiero comer, solo descansar.

»Cerró de nuevo los ojos y se quedó dormida hasta más allá del mediodía. Entonces aceptó comer un poco y seguir bebiendo agua. Le examiné la herida y vi que tenía mal aspecto: estaba roja e inflamada y todavía sangraba de cuando en cuando. Apliqué algo más del emplasto elaborado por Manuel y con un jirón de mi camisa se lo cubrí para que no se ensuciase. Era todo lo que podía hacer…, pero el caso es que funcionó. No sé si fue por el ungüento, por la fuerza y la resolución de Luaía o por la intervención divina, pero pasó aquella segunda noche e incluso una tercera más casi sin comer, solo bebiendo y durmiendo, y sufriendo una fiebre atroz. Al amanecer del cuarto día, por fin, abrió los párpados y vi que su mirada estaba de nuevo en este mundo: sus ojos negros volvían a brillar con la luz de la noche que la conocí.

»—¿Sigo aquí? —me dijo.

»Yo sonreí.

»—Sí, en el mismo sitio; y yo a tu lado. ¿No recuerdas lo que me dijiste?

»Ella sonrió con dificultad:

»—Luaía y Martín un día juntos; dioses lo quieren.

»—Eso es; los dioses lo han querido.

»Aquel mismo día se puso en pie y, caminando muy despacio, conseguimos avanzar entre la espesura de la selva. Dormimos bajo las ramas de un árbol y seguimos así durante varios días. Yo estaba perdido por completo. Luaía, en cambio, se orientaba por una brújula interna que la llevaba de nuevo a casa, por aquellos senderos apenas dibujados que, sin embargo, parecían conocer su nombre. La herida iba cerrando día tras día y andaba cada vez más deprisa, como si conscientemente supiese que se alejaba del peligro y se acercaba a un refugio seguro.

»Por fin, tras casi semana y media de caminata, bebiendo el agua de los arroyos y comiendo lo que la naturaleza nos regalaba, llegamos al poblado de Careta. De aquel magnífico lugar que tú y yo descubrimos apenas quedaba una sombra de lo que fue. Los hombres habían desaparecido esclavizados por los capitanes españoles o habían muerto tratando de defender inútilmente a los suyos. Las mujeres estaban solas, llorando por ellos. Y allí los únicos que reían eran los niños, que correteaban entre las chozas persiguiendo a los animales o jugando entre sí. Era una escena desoladora.

»Nada más llegar, Luaía se dirigió a casa de sus padres. ¿Recuerdas la magnífica vivienda que tenía Careta? Pues ahora era un chamizo como los demás, destartalado y amenazando ruina. Luaía entró y llamó a sus padres, pero nadie contestó. Entonces, en la esquina más alejada, medio oculto por las sombras, vio a su padre. Estaba sentado sobre un taburete de palma e iba casi desnudo. Luaía caminó despacio y le llamó. Él no respondió. De hecho, no respondía a nada; parecía que estuviese en otro mundo. Luaía lo volvió a intentar con igual resultado: era como si no la viese. Ella no dijo nada más, solo se arrodilló, puso la cabeza sobre las piernas de su padre y lloró desconsoladamente como nunca la había visto hacerlo. Ese llanto no era solo suyo: era el llanto de su pueblo, de un mundo que agonizaba y no encontraba acomodo ni en su pasado ni en el presente que nosotros le habíamos impuesto.

Todavía hoy, cuando lo pienso, dudo de si lo que hicimos estuvo bien o mal...

Mateo resopló; aquella pregunta tampoco era fácil para él, ni para nadie.

—Me parece, Martín, que es inútil preguntarse si lo que hicimos estuvo bien o mal. Lo mismo que un niño se aventura a descubrir lo que está fuera de las paredes de su casa, los hombres siempre queremos conocer más y, por supuesto, siempre queremos poseer más. Llevamos allí la palabra de Dios y lo que creímos que era mejor para aquellas gentes..., y por el camino destruimos o transformamos su modo de vida. No sé si estuvo bien, pero tampoco sé si hay una forma mejor de hacerlo. Tú te uniste a Luaía, demostrando que, más allá de la diferencia entre los pueblos, está la unión de las personas.

—Sí, pero no sé si es posible sobreponerse a algo así. Ella pertenecía al pueblo derrotado y yo al vencedor. Tenía miedo de que, por mucho que ella no quisiese, yo siempre le recordaría a aquellos que habían arrasado su mundo.

—¿Fue así?

—En realidad, no. Dios nos regaló tanto amor que supimos comenzar de nuevo. Y eso a pesar de que la sombra de Pascual el Rubio todavía hubo de perseguirnos incluso con él desaparecido.

—¿A qué te refieres?

—Aquella cuchillada traicionera que le dio a Luaía, le impidió concebir. Ella se culpaba y me pedía perdón, aunque la culpa era de cualquiera antes que suya, por supuesto.

—Cuánto siento escuchar eso, Martín.

—Sí, fue un golpe muy duro para los dos, pero aprendimos a olvidar y a pensar solo en lo que deseábamos hacer con nuestras vidas a partir de entonces. Luaía no quería dejar solo a su padre, de modo que decidimos permanecer en la selva y lo hicimos por dos años, hasta que Careta falleció. Cuando aquello ocurrió, no le quedó nada que la uniera a su tierra y le propuse que nos embarcásemos y viniésemos a España. Al principio la idea le horrorizó porque tenía miedo de sentirse como una completa extraña. Sin embargo, tras tanto tiempo con Balboa y conmigo, creo que, en el fondo, le picaba la curiosidad por conocer esos lugares que tanto nos había oído nombrar.

»—Si tú has vivido como un indio, yo podré vivir como una castellana —dijo—. Ahora sí, como una castellana de verdad.

»Nos embarcamos en Acla hacia La Española y desde allí llegamos, unos meses después, a Sevilla. No te puedo explicar el asombro que le causó aquello: las muchedumbres, las construcciones, el puerto... Era como haber desembarcado en un mundo totalmente diferente. Estuvimos algún tiempo en Sevilla, aunque terminamos asentándonos en Toledo, ya no recuerdo muy bien el porqué. El caso es que allí vivimos casi veinte años, todos ellos muy dichosos, agradecidos por cada nuevo amanecer que podíamos disfrutar juntos. Fue lo mejor que tuve, Mateo; lo mejor. Y fui todo lo feliz que puede ser un hombre hasta el día que Dios se la llevó. No ha habido un momento desde entonces en que no haya pensado en ella; ni uno solo.

—No me extraña, Martín. A pesar de todo lo que te aconsejé para que la olvidaras, siempre supe que era el amor de tu vida. No había más que mirarte para saberlo. Me alegro de que no me hicieras caso.

—¡Quién sabe! Todavía hoy no sé si la hice feliz o desgraciada, o si hubiese sido mejor haber desviado la mirada aquel día junto a la hoguera y dejar que los acontecimientos corrieran sin que yo interviniese en ellos. De haber actuado así, todo habría sido diferente...

—Esa reflexión es inútil, pues lo mismo que te lamentas por lo que hiciste, bien podrías estar ahora lamentándote por lo que dejaste de hacer. El tiempo solo va hacia delante, gracias a Dios.

Sonreí ante sus palabras. Mateo siempre encontraba el modo fácil de salir de las conversaciones más enrevesadas.

—Dime, amigo, ¿qué es lo que ocurrió contigo y con Pascual?

—¡Vaya! Veo que quieres conocer el final de la historia, ¿no? Si te estás preguntando si Pascual sobrevivió a tu intento de estrangulamiento, la respuesta es sí. Por si tenías dudas, te diré que nunca fuiste un forzudo. Si conseguiste derribar a Pascual fue porque el golpetazo que le dio Luaía fue considerable. En el momento no lo pareció, pero le dislocó el hombro y el dolor lo dejó paralizado, lo que te permitió tirarlo al suelo. En resumen, que no lo estabas ahogando: simplemente estaba inconsciente. Al poco de marcharte, supongo que cuando todavía estabas en la plaza de La Antigua, Pascual volvió en sí. Parecía bastante aturdido, pero no tanto como para no darse cuenta de lo que había ocurrido. De modo que en cuanto trató de ponerse en pie, le sacudí un estacazo con el mango de la azada. Ahí sí te aseguro que cayó derribado de verdad; y por un buen rato. Mientras se recuperaba del garrotazo, fui a llamar a dos de los indios que trabajaban para él. Los esclavos tienen muchas virtudes, pero la lealtad no es una de ellas; por eso cuando les pedí que me ayudaran a deshacerme de su señor, no lo dudaron ni un instante. Lo primero que hicimos fue ponerle al cuello y en los bolsillos del pantalón todas las joyas que atesoraba en casa y que, por supuesto, había robado a los indígenas. Luego lo envolvimos en una sábana y lo metimos dentro de un saco, con la precaución de dejar un poco de tela rota para que pudiera respirar, pues no queríamos que se fuera a morir antes de recibir su sorpresa. Sin que nadie nos viese, lo subimos a lomos de un caballo y lo llevé hasta un poblado indígena en el que meses antes Pascual y otros cuantos habían entrado con las espadas en alto a violar, matar y saquear. Lo dejamos en el centro del poblado y les dije a los que habían sido sus esclavos que podían escoger entre volver a La Antigua o quedarse allí y relatar con todos los detalles que considerasen necesarios el tipo de persona que era Pascual. Por supuesto, escogieron lo segundo. Yo monté en el caballo y regresé a Santa María sin mirar atrás. Aquel fue el último día que vi a Pascual y ni una sola vez me he arrepentido de que así fuera.

Miré a Mateo y no pude evitar sonreír. Lo que hizo quizá no estuviera bien —de hecho, no lo estaba—, pero nada dentro de mí se rebeló para condenarlo por su conducta, sino todo lo contrario.

—Después de aquello —siguió—, dejé La Antigua y me asenté en la ciudad que Pedrarias fundó en el mar del Sur: Nuestra Señora de la Asunción de Panamá. La Antigua y Acla, por muy difícil de creer que resulte, desaparecieron casi tan rápido como habían sido creadas. Hoy, te lo aseguro, no apostaría ni un maravedí a que algo de ellas sobresalga entre las raíces de la selva. En cuanto a Pedrarias, el muy canalla, que había visto que su mandato tocaba a su fin con la llegada del nuevo gobernador, tuvo todavía otro golpe de suerte para sumar a su larga lista. El sustituto enviado por el emperador para relevarle murió el mismo día que puso el pie en Tierra Firme, aquejado de unas fiebres que lo consumieron. De modo que, después de todo, Pedrarias salió victorioso e indemne de todas sus fechorías. Permaneció en el cargo varios años más y, si lo abandonó, fue solo para ser elevado al de gobernador de Nicaragua, donde murió rodeado de los suyos a la venerable edad de noventa años, sin que en ninguno de ellos hubiese mostrado la más mínima piedad ni caridad cristianas. Tú siempre fuiste más listo que yo y quizá me puedas decir si de todo esto se desprende algún tipo de enseñanza, porque a mí, sinceramente, se me escapa.

—No soy más listo que tú ni puedo ver la lección de lo ocurrido, a buen seguro porque no la hay. El emperador, una de las tardes que estuve con él, me enseñó que no podemos pretender conocer el sentido de todo lo que Dios hace; a veces, como en el caso de Pedrarias, es posible que no entendamos nada en absoluto, pero ello no puede llevarnos al descreimiento, sino a la humildad. Somos ignorantes de los designios de Dios, Mateo; y está bien que así sea.

Mateo agachó la cabeza, probablemente no muy convencido por mis palabras, lo cual es normal porque yo tampoco lo estaba. En todo caso, él no parecía tener más interés en seguir hablando de Pedrarias, ni yo en preguntarle, así que fui a lo que realmente me importaba.

—¿Y qué fue de ti?, ¿te quedaste en las Indias?

—Estuve unos años, pero al final me cansé de aquel clima

insufrible, de modo que me trasladé a Nueva España hasta que me entraron unas ganas tremendas de regresar a la España de siempre, como a ti. Hice el viaje de vuelta y con el dinero conseguido en las Indias me asenté en Valladolid, me casé con Felisa y tuvimos cinco hijos; nietos, ni me acuerdo de cuántos tengo…

—¡Nietos! Dios mío…, ¡cuánto tiempo ha pasado!

Mateo sonrió.

—Lo que ha pasado es la vida, Martín, la vida.

—Así es, amigo, ha pasado la vida.

Los dos sonreímos y nos abrazamos. Sentí un estremecimiento tan intenso que a punto estuve de derrumbarme allí mismo, presa de la emoción. Gracias que Josepe vino para sacarme de ese estado.

—¿Estáis bien, señor?

—Sí, Josepe —dije mientras me limpiaba las lágrimas—, estoy muy bien. Dios ha querido que el día que me despedía para siempre de un amigo me encontrase de nuevo con otro. ¿No es maravilloso?

Josepe se encogió de hombros, sin entender muy bien.

—Supongo que sí, señor —dijo inclinando la cabeza—. Por cierto, ¿qué tal están Beatriz y Rafael? Hace ya mucho que no los veo.

Mateo se sorprendió.

—¿Beatriz? ¿Rafael? De eso no me has contado nada.

—Hay mucho de lo que tenemos que hablar, amigo.

—Pues viendo los dos vejestorios que estamos hechos, no nos queda mucho tiempo. De modo que aprovechemos cada uno de los días que nos quedan y demos gracias por seguir vivos.

—Tienes razón; acompáñame a mi casa y te presentaré a mi familia.

Metí la mano en el bolsillo para sacar el pañuelo y terminar de secarme las lágrimas y palpé la moneda de la mesonera de Sevilla. Jugué con ella entre los dedos unos instantes hasta que me decidí a sacarla.

—¿Recuerdas aquel vino cabezón que nos tomamos en Sevilla con Hernando, cuando nos contó lo de las expediciones de Ojeda y Nicuesa?

—Sí, por supuesto. Me acuerdo menos de la conversación que de lo malo que era el vino, la verdad. Pero ¿a qué viene eso ahora? ¿Es que no hay donde tomarse un vino más cerca?

—Nada de eso. Es solo que por fin he encontrado a quién dar esta moneda que le sisé a Hernando.

Mateo sonrió.

—De modo que...

—Exacto: la mesonera no me engañó, pero yo sí lo engañé a él. Ahora creo que sé quién la necesita. ¿Me esperas un momento?

Mateo asintió y yo me volví para entrar de nuevo al templo. La tarde había ido cayendo y apenas se veía entre las sombras. Caminé despacio por la nave principal hasta llegar a la cabecera mientras mi vista se iba acostumbrando a la penumbra. Cuando llegué ante el sepulcro de don Carlos, me arrodillé y dejé la moneda sobre su lápida.

—Adiós, señor. Ahora sí: adiós para siempre. Han sido muchas las tardes que hemos pasado juntos, desde aquella primera en que apenas me salía la voz hasta esa en la que vi cómo el alma pugnaba por abandonar vuestro cuerpo derrotado. Todo camino tiene su final y este, inevitablemente, es el nuestro. Pude construir una silla con la que devolver a Rafael el movimiento, pero contra la muerte no se ha inventado nada, ni nunca se hará. ¿Quién sería tan estúpido de inventar algo que nos negase el contacto más íntimo posible con Dios? Ese viaje, en todo caso, debéis hacerlo solo. Yo no tardaré mucho en emprenderlo, pero todavía me quedan algunas cosas por resolver aquí antes de marchar. Por eso quiero ofreceros esto. Si el barquero del que una vez me habló Ojeda existe de verdad, no quiero que os quedéis a medio camino por no tener con qué pagarle. Continuad vuestro viaje, señor, y que vuestra alma alcance la paz.

Y tras esas palabras abandoné aquel templo y nunca más lo

volví a pisar. Cuando salí de nuevo al claustro, Mateo y Josepe me esperaban, charlando distraídos y comentando la necesidad de tomar cuanto antes una copa de vino. Al verme llegar, Mateo se volvió:

—¿Cumpliste tu cometido?

Y yo, pensando en todo lo que me había ocurrido desde que puse un pie en Yuste, satisfecho y orgulloso de la tarea realizada, no pude sino responderme a mí mismo:

«Sí, lo hice».

Agradecimientos

La situación del lugar es enfermiza y pestífera, más perniciosa que el clima de Cerdeña; todos se ponen pálidos como los que tienen ictericia. [...] El sitio aquel que está en la zona del río Darién está colocado en un valle profundo, rodeado por ambas partes de ásperos collados [...]. También es pestilente el lugar por la naturaleza del suelo, por pantanoso que es, y rodeado de fétidas lagunas. [...] Además, dondequiera que cavan palmo y medio brotan aguas insalubres todas y corrompidas por la naturaleza del río, que corre hacia el mar en medio de un valle profundo por álveo perezoso y encenagado.

> PEDRO MÁRTIR DE ANGLERÍA,
> descripción del asentamiento de Santa
> María de la Antigua del Darién extraída de
> *Décadas del Nuevo Mundo* (1515),
> «Década tercera», libro VI, capítulo III

En la V Conferencia Internacional de los Estados Americanos, celebrada en Santiago de Chile en el año 1923, se concibió la idea de una carretera que recorriese todo el continente americano de norte a sur, desde las heladas tierras de Alaska a las gélidas tierras de la Patagonia, atravesando en su largo camino montañas, praderas y selvas tropicales. El proyecto, aunque formidable, parecía también imprescindible para potenciar la comunicación dentro del continente. Sin embargo, hoy en día, más de un siglo después de aquel primer esfuerzo, todavía no es posible recorrer en coche toda América. Existe un punto en el que ha sido inviable, pese a varios intentos, construir una carretera. Ese lugar impenetrable se conoce como «el tapón del Darién». Y precisamente allí, en medio de la selva más fragosa, húmeda, inhóspita e inaccesible que se pueda concebir, es donde los conquistadores españoles decidieron fundar la primera ciudad en tierra firme americana: Santa María de la Antigua.

Este hecho por sí solo nos dice mucho de la naturaleza de aquellos primeros aventureros: gentes venidas de Castilla, Andalucía o Extremadura que se lanzaron a conquistar, casi a ciegas, inmensos y desconocidos territorios con un arrojo que todavía hoy nos asombra. Hugh Thomas, en su vasta obra *El Imperio español*, habla de «héroes magullados», tanto por lo que hubieron de sufrir como por el daño que causaron. Así los veo yo también: héroes de carne y hueso, llenos de virtudes y flaquezas, y en busca de un futuro mejor que, la mayor parte de las veces, terminaba en un absoluto fiasco o en la misma muerte. Tendemos a recordar sus éxitos, que fueron numerosos; pero a veces nos dicen más sus fracasos.

Este libro versa sobre una de las muchas y extraordinarias expediciones que dieron lugar a la conquista de América por parte de los exploradores europeos. No fue solo la unión de dos mundos, en lo geográfico, sino también de dos formas de concebir la vida. En aquel encuentro hubo sangre, fuego y también muchas lágrimas, por un lado y por el otro. Que cada cual valore y juzgue, a la luz de los hechos, aquella inmortal etapa de nuestra historia.

Contarla desde el punto de vista de uno de sus protagonistas parecía lógico. Pero como soy aficionado a seguir el camino angosto, me pareció más estimulante hacerlo de un modo distinto; no como unas memorias, sino como una conversación entre dos personas: un marinero involucrado en todas las peripecias y tragedias de la conquista y el dirigente a quien le tocó lidiar con aquella colosal empresa, el emperador Carlos V. Hacer que esas conversaciones y confidencias se llevasen a cabo en los últimos momentos del emperador en el monasterio de Yuste era una posibilidad tan sugerente que no pude resistirme a convertirla en el eje sobre el que gira toda la novela. Y lo he hecho, además, con toda la libertad que el escritor ha de tener: recreando a mi gusto aquellas tardes que solo existieron en mi imaginación.

Quiero en estas últimas líneas mostrar mi agradecimiento a todas aquellas personas que hicieron posible que este libro haya visto la luz, desde su comienzo en Medina de las Torres, Badajoz, hasta su conclusión en el monasterio de San Pedro de Cardeña, Burgos. En primer lugar, a mi mujer, Maite, por su paciencia y sus ánimos; y a mis hijos, César y Alonso, que viven casi con el mismo entusiasmo que yo el nacimiento de cada nuevo libro. En segundo lugar, a toda mi familia y a todos mis amigos, cuyo aliento siento siempre a mi lado. Y, por último, a los magníficos lectores y revisores que, con sus consejos y comentarios, han hecho que este haya sido un libro mejor: Antonio Martínez Cerezo, Antonio Pablo Martínez, Ruth Arroyo Bedia y Yhivian Peñasco.

Y también a todo el equipo del grupo editorial Penguin Random House por confiar en mí, especialmente a las editoras que me han acompañado estos años y de las que tanto he aprendido: Mónica Tusell, Cristina Castro y Ana María Caballero.

Gracias a todos por darme la ilusión por seguir escribiendo.

Santander, 11 de marzo de 2024

Longitude de l'Isle de Fer

MER DU

Boca grande

el Portete

onception

Riv St Antoine

Carthago ruense

Riv. des Talamancas

R. de los Doraces

Riv. de Culebras ou des Couleuvres

Cap Blanc

Bouches de l'Amirante

Baye de Drac

Baye de l'Amirante

Pointe du Taureau

Teste du Taureau

Escudo de Veragua

Riv. d'Urira

Riv. de Veragua

Riv. Belem

Riv. de Cloque

Cap de Cloque

Cap de Chapre

Riv. de Chagre

Porte de Naos ou Port des Navires

I. d'Orange

I. Bonauanture

F.

S. Laurent de Chagre

Crues

I. des Femmes

la Conception

la Trinité

VERAGUA

TERRE

Capira

PANAMA

Chenp

Chame

Taboga

Reymedios

Tabaraba

Baye I. Honda ou Profonde

S. Francois

Nata

S.te Marie

S. Yago

Parita

Villa de los Santos

Pointe Chame

I. Chupe

I. Royales des Perle

Baye de Pan

Secas

Contreras

Canal

I. Coiba

Rancheria

Zevaco

P.ta de Meriato

I. Quicaro

Morro de Puercos

los Frailes ou les Moines

Isle de Iguanas

Pointe Mala

ER DU SUD

CARTE DE L'ISTHME DE PANAMA ET DES
PROVINCES DE VERAGUA TERRE FERME ET DARI
Pour l'Histoire Generale des Voyages. Par M. Bellin Ing. de la Marine 175.
Echelle de Lieues communes de France.

5 10 15 20 25   50